El Día de Colón

Craig Alanson

El Día de Colón

Fuerza Expedicionaria 1

Translated by Rodolfo Martínez Fernández

Podium

El Día de Colón

Translated by Rodolfo Martínez Fernández

Original title: *Columbus Day*

Original language: English

ISBN: 978-1-0394-6008-9

1st edition

www.podiumentertainment.com

El Día de Colón

1

El Día de Colón

Los rujarras atacaron el Día de Colón. Aunque cada país le dio su propio nombre, al final fue ese el que prevaleció. Supongo que tiene sentido. Éramos como nativos americanos en 1492 y navegábamos con inocencia por el cosmos en nuestra pequeña canica azul. Varias naves aparecieron en el horizonte, representantes de una cultura agresiva y avanzada y, ¡zas!, lo s viejos días en los que los humanos nos matábamos unos a otros se fueron por el desagüe.

El Día de Colón. Tiene sentido.

Nuestra reacción inicial fue de curiosidad cuando vimos parpadear el cielo matutino en lo que luego supimos que era el salto a órbita de las naves de guerra rujarras. El verdadero shock vino cuando los cañones de riel hipersónicos empezaron a disparar sobre las centrales eléctricas, las fábricas y otras industrias a lo largo del planeta. De un modo más personal, me consideré oficialmente alarmado cuando una nave de combate rujarra bajó de pronto del cielo y se deslizó por un campo de patatas en las afueras de mi pueblo en el Maine septentrional. Era un domingo de octubre por la mañana, Día de Colón en los Estados Unidos, y yo había vuelto a casa de permiso a ver a la familia después de que relevasen a mi batallón y lo enviasen a la patria tras una temporada en Nigeria en labores de pacificación. Un trabajo de mierda, así que me alegré de volver a Estados Unidos.

Mi permiso terminó con una línea ardiente que cruzó el cielo mientras la nave rujarra pasaba justo sobre mi camioneta. Trazó un arco sobre el lago y se estrelló en el campo de patatas de Olafsen. Tras lanzar por todas partes tierra y patatas, se quedó con el morro medio sumergido en una charca. Se meneó de un lado a otro durante un rato con un ruido vociferante que venía de los motores, hasta que despegó de nuevo y echó a volar más allá de la línea de árboles hacia el centro de la ciudad dejando tras de sí una estela de humo.

Los kristangos, que se supone que son nuestros aliados, creen que la nave rujarra recibió daños en el salto desde órbita y se quedó corta respecto al objetivo, dado que no había el menor motivo lógico para que invadiesen Thompson Corners, Maine. Ni siquiera yo quería vivir allí, por eso me había unido al ejército en su momento. Sí, mi pueblo es un sitio agradable, pero no tiene nada de especial. Tenemos patatas, vacas, ovejas y granjas; algunos, como mi padre, trabajan en la papelera de Milliconack. Es posible ganarse la vida como leñador, como cazador o como guía de pesca, como soldador y, en general, haciendo de todo un poco. Nadie en el Maine septentrional se limita a un solo trabajo. En cualquier caso, Thompson Corners no es el tipo de sitio que las mentes castrenses identificarían como objetivo estratégico cuando planeasen dónde lanzar desde órbita un transporte de tropas con una docena de individuos armados hasta los dientes.

Los soldados rujarras, esos cabrones con aspecto de peluche encantador con bigotitos, esperaron a que el carguero se detuviera en el patio frontal de la escuela primaria en el centro de la ciudad, abrieron la puerta, contemplaron con asombro y reverencia el impresionante paisaje de Thompson Corners y le preguntaron al piloto dónde coño estaban.

Los soldados son soldados, tengan pelaje, piel o escamas, así que los rujarras lanzaron un misil a la estructura más imponente a la vista, que resultó ser el silo de patatas. El impacto fue espectacular. En realidad, lo volaron en mil pedazos; supongo que debían de tener algo personal contra las patatas. A continuación, destruyeron los dos puentes que cruzaban el río Scanicutt, tanto el del ferrocarril como el viejo puente de cemento de la carretera que llevaba ahí desde que la Administración para el Progreso de Obras de FDR lo había construido en los años treinta.

Había llovido a mares y el río bajaba cargado, así que, sin puentes, el único modo de llegar a la ciudad era ir hasta Woodford en coche y cruzar allí el río. Como en el viejo chiste que se cuenta en Nueva Inglaterra: la distancia más corta nunca es la línea recta.

Habría sido una buena idea, salvo porque las carreteras estaban a rebosar de conductores aterrados y de varios cientos de personas que habían pensado lo mismo que yo casi a la vez.

Cuando vi la nave de asalto dejando un rastro de humo tras ella en dirección al centro de Thompson Corners, estaba en la ranchera de mis viejos de camino a la ciudad para recoger a mi hermana, en casa de una amiga. Habían pasado diez minutos del primer ataque y la radio decía que el gobernador acababa de declarar el estado de emergencia y le pedía a todo el mundo que mantuviese la calma. Luego la red de comunicaciones quedó frita. Ni radio ni móviles ni televisión ni electricidad. Tenía claro lo que debía hacer: recoger a mi hermana, volver a casa y ponerme a cubierto con mi familia hasta que averiguase qué narices estaba pasando. Tras el asiento estaba la escopeta de caza de mi padre y una caja de balas que servían para codornices y poco más. Eso deja claro lo bien que me funcionaba la sesera aquella mañana. Todo mi equipamiento militar, incluido el fusil, estaba en Fuerte Tambor en el estado de Nueva York. Al fin y al cabo, estaba de permiso.

Al rematar la colina vi los restos de los puentes y casi me di de bruces con un grupo de coches que, como yo, intentaban ir a la ciudad. Bill Geary, bombero voluntario y capitán retirado de la Guardia Nacional de Maine, trataba de organizarlos para que fuesen hasta Woodford y entrasen en Thompson Corners usando la vieja pista forestal. Respondí a voces, como un verdadero mastuerzo, que mi ranchera tenía tracción a las cuatro ruedas… como todos los vehículos del norte de Maine, incluso aunque fuese un Subaru hecho polvo. Dado que fui el último en llegar, fui también el primero en dar la vuelta, después de que tres tipos cuyo coche había caído en una zanja subiesen a bordo. Los cuatro aullábamos como si fuésemos la caballería acudiendo al rescate en una peli de bajo presupuesto.

Cruzamos el puente en Woodford y nos dirigimos hacia la pista forestal, vieja y mal mantenida. Estaríamos a mitad de camino cuando los rujarras terminaron de asegurar el centro de Thompson Corners. La ciudad estaba vacía; nadie había necesitado que le dijese que tenía que salir de allí a escape. Un ayudante del sheriff se dejó llevar por el pánico y disparó un par de veces con su nueve milímetros reglamentaria, hasta que el rujarra, molesto, disparó lo que parecía un cohete antitanque y voló por los aires la gasolinera Shell en la que se escondía.

He visto montones de rujarras de cerca desde ese día y no, no comen humanos ni matan bebés. Creeos la propaganda si queréis, pero sé lo que he visto. Si aquel policía no hubiese abierto fuego, el rujarra no habría matado a una sola persona en el pueblo. Y no podía culparlo; si un idiota empezase a dispararme también lo haría saltar por los aires con un cohete. Lo he hecho en Nigeria.

Como sea, la puerta del Servicio de Guardabosques que atravesaba la pista forestal estaba cerrada, así que perdimos cinco minutos mientras un tipo que estaba tres coches por delante de nosotros intentaba reventar la cerradura de un tiro. Resultó que los guardabosques, ¡sorpresa!, ya habían supuesto que alguien lo intentaría, así que la cerradura aguantó el disparo. Otro tipo se lanzó como un ariete contra la puerta y reventó esta y el radiador del coche, así que hubo que sacarlo de la carretera para que el resto pudiéramos pasar y seguir adelante.

Ya sé que todo el mundo tiene alguna batallita que contar sobre ese día, pero esta es la mía, así que chitón.

Por lo que sé, la infantería rujarra es como cualquier otra infantería de la galaxia: quieren acabar lo antes posible con el combate y volver a sus barracones; o, en este caso, sus guaridas. ¿Los odiaba? Claro que sí, pero no creo que nos quisieran matar; en todo caso fuimos bajas colaterales. Aquellos soldados no habían conseguido llegar a su zona de aterrizaje, fuera la que fuese, e intentaban apañárselas lo mejor posible. Nos habría ido mejor a todos si se hubiesen limitado a permanecer sentados en su escacharrado transporte con los pulgares en el culo, hubiesen llamado a la versión rujarra de Ayuda en Carretera y hubiesen esperado al remolque. Solo que los operativos de combate no funcionan así. Siempre se jode algo en cada misión, así que se adaptan y se las arreglan para cumplir su objetivo, y este grupo había decidido que su objetivo era asegurar el condado de Penobscot, tuviese eso sentido o no.

Según los kristangos, lo más probable era que su plan consistiese en destruir nuestra infraestructura industrial y devolvernos a la edad de piedra, de modo que dejásemos de ser una amenaza para ellos. Si eso es cierto, al aterrizar en Thompson Corners fallaron por más de trescientos quilómetros. Estoy seguro de que los kristangos nos contaron la verdad acerca del motivo tras el ataque rujarra, aunque mintiesen sobre todo lo demás. Pero ya llegaremos a eso.

Lo cierto es que no tendríamos que estar luchando contra los rujarras, porque no son nuestros enemigos. El enemigo son nuestros aliados.

Pero será mejor que empiece por el principio.

Me llamo Joe Bishop, tenía veinte años cuando los rujarras nos atacaron y era cabo del Ejército de los Estados Unidos. Antes de que el ejército me rapara el pelo, de un color indeterminado entre rubio y castaño heredado de mi madre, lo llevaba más bien largo. Mamá llamaba al color «pelaje de ratón pardo» y llevaba el suyo teñido de rubio claro desde que me alcanza la memoria. Los ojos azules los heredé tanto de mi madre como de mi padre, aunque mi uno noventa de estatura sin duda viene del lado paterno, ya que mamá no pasaba del metro sesenta descalza.

En el instituto fui tercera base en el equipo de béisbol, receptor abierto en el de fútbol americano y escolta de respaldo en el de baloncesto, aunque no jugué al básquet en el último año y tampoco era un superdotado en el béisbol ni en el fútbol. Me esforzaba y ponía siempre las necesidades del equipo por delante, así que ganamos unos cuantos partidos. Cuando llegó el momento de enviar las solicitudes a las universidades no sabía lo que quería estudiar ni a qué me quería dedicar de adulto, más allá de no sentir deseo alguno de pasarme la vida tras un escritorio y de que tenía ganas de irme de Thompson Corners.

Mi padre había estado un par de años en las Fuerzas Aéreas y había pasado luego a la reserva como mecánico, un trabajo muy parecido al que hacía en la papelera. Le gustaba trabajar con las manos y arreglar maquinaria, y a mí también. No andábamos boyantes de dinero y no quería endeudarme hasta las cejas con un préstamo de estudiante, así que el Ejército parecía una buena idea.

Me enrolé porque quería servir a mi país, pero también porque el Ejército pagaría mi educación. Era, además, un tipo de vida que me resultaba atractiva. Me encantaba estar al aire libre, ir de acampada, cazar, pescar, hacer senderismo, ir en canoa… El entrenamiento fue duro, pero ya contaba con ello, y puedo decir con orgullo que sobreviví a la instrucción y conseguí el destino que quería: la Décima División de Infantería, «Montaña», en Fuerte Tambor, Nueva York. Las labores de pacificación en Nigeria no eran lo que había tenido en mente al alistarme, pero esas eran las órdenes, así que al tajo. Confieso que me sorprendió que mantener la paz implicase matar a tanta gente, pero así son las cosas.

Así que ya sabéis por qué me tumbaba bajo un arbusto en lo alto de la pequeña loma desde la que se divisaba el centro del pueblo y no apartaba la vista de la nave de transporte rujarra. Entre otras cosas intentaba decidir qué debíamos hacer, siempre que tuviésemos que hacer algo.

—Menudo pedazo de hámster, Bish. Sí que tenías razón —me dijo Tom Paulson mientras me tendía los binoculares—. ¿Qué vamos a hacer?

—No lo sé. Déjame pensar.

Había un buen puñado de veteranos del ejército en las cercanías del pueblo y Tom era uno de ellos, pero había sido furriel hacía veinte años y yo era soldado de infantería con experiencia de combate reciente y estaba en activo. Así que supongo que tiene sentido que tanto él como otros me preguntasen. Sabían que había visto acción en Nigeria, solo que luchar contra una milicia desorganizada de fanáticos en la espesura no era lo mismo ni de lejos que hacerles frente a hámsteres alienígenas gigantes en un pueblo al norte de Maine.

—Mierda, ¿dónde están los pirados de gatillo fácil cuando los necesitamos? ¿Esto es todo lo que tenemos?

Contemplé con pesadumbre la colección formada por varios rifles de caza y escopetas y una extraña pistola nueve milímetros. Todo el mundo tenía algún arma de fuego en Thompson Corners; todos cazaban o por lo menos intentaban mantener a los osos alejados de sus comederos para pájaros del patio de atrás.

—¿Nadie tiene un viejo M60 en la buhardilla? ¿Ni siquiera un AK?

—Coño, Bish, la idea es cazar un alce para comérselo, no vaporizarlo —dijo Tom—. Y las licencias de caza no salen baratas.

—Vale, vale.

Miré de nuevo por los binoculares. Vi a los hámsteres que patrullaban las calles del pueblo. Vi, al otro lado del casco urbano junto a las vías del ferrocarril, el humo negro que salía del silo de patatas, aún en llamas. Vi, posada en el patio delantero de la escuela, la lanzadera de los hámsteres o su vehículo de desembarco o su nave asalto o como demonios la llamasen; rechoncha y fea, pero de aspecto imponente, con el morro abollado y un ala torcida. Un hilillo de humo blanco le surgía de la barriga.

Hámsteres. Los hemos llamado de muchas otras formas: ratas, comadrejas, roedores; pero con aquel pelaje fino y dorado, las caras redondas y los bigotes parecían sobre todo hámsteres. Solo que los hámsteres no miden metro ochenta, no caminan a dos patas, no usan coraza, cascos y gafas, no llevan rifles de aspecto siniestro y no bajan de órbita en una nave de asalto. Por lo menos que yo sepa; nunca he tenido un hámster, así que vete tú a saber.

No sabíamos que eran hámsteres hasta que el que estaba en la puerta de la nave, tal vez el piloto, dado que no llevaba rifle, se quitó el casco, sacó algo del bolsillo y se puso a comerlo. Alguien le echó la bronca y se puso de nuevo el casco, pero no sin que antes viéramos la cabeza peluda y las orejas de hámster. No eran idénticos, pero casi.

—¿Y si miramos en la cantera? —sugirió Susie Tobin tras apartarse de la mira de su rifle de caza .30-06—. Tienen dinamita, ¿no?

Susie medía uno cincuenta, era maestra de bachillerato y no tenía aspecto ni de poder levantar aquel viejo excedente del ejército que llevaba. Pero he visto las perchas de asta de ciervo clavadas en el lado sur de su granero, así que sabía usarlo, seguro.

—¿Qué vamos a hacer con la dinamita? —preguntó Diego en son de burla—. ¿Echamos a correr hacia la nave y la lanzamos por la puerta? No llegaríamos ni a cien metros antes de que nos derribasen.

—No. Susie tiene razón —intervine.

Recordaba los inconvenientes que nos habían causado las bombas caseras en Nigeria. Eran un problema en las carreteras, pero resultaban especialmente peligrosas cuando patrullábamos una aldea, donde el campo de visión era limitado y había un montón de lugares en los que ocultar una bomba. Y los hámsteres estaban patrullando en aquellos momentos. Iban por parejas y comprobaban los edificios del centro de la ciudad, lo cual no es mucho, teniendo en cuenta que hablamos de Thompson Corners.

Se podría pensar que al ser el Día de Colón habría varios cientos de turistas cuando los rujarras se dejaron caer, pero si creéis eso es que nunca habéis tenido la suerte de visitar mi pueblo. El Día de Colón en Nueva Inglaterra es la clásica fiesta para ver árboles, el típico fin de semana en que la peña de ciudad del sur se va al campo para disfrutar del colorido follaje de los bosques, pasar un par de días en posadas rurales y sacar fotografías a porrillo. Cierto que tenemos turistas en nuestra zona del Gran Bosque Septentrional, pero no para ver las hojas de los árboles. La mayoría de ellos han perdido buena parte de las hojas por esas fechas y vivimos en una parte de Maine muy llana, así que los pinos no cambian de color. La gente viene aquí abajar el río en canoa, pescar, cazar y usar las motonieves. Y a primeros de octubre casi nada de eso es posible. Cuando los rujarras se estrellaron era festivo en la escuela, así que el pueblo estaba medio vacío. Lo cual fue una suerte; no quiero ni pensar en lo que habría pasado si la escuela hubiese estado llena cuando los rujarras se hicieron con la ciudad. No tengo que imaginármelo, ya lo he visto en la película *Amanecer Rojo*. La versión buena que hicieron cuando Reagan era presidente, no el remake cutre de después.

Como sea, se me acababa de ocurrir una idea.

—¿Tu padre no trabajaba en la cantera, Susie? Id tú y Tom y conseguid detonadores, cables, lo que haga falta para volar las cosas a distancia. —No tenía ni idea de cómo; jamás había visto de cerca un cartucho de dinamita—. Diego, quédate aquí y vigila a los hámsteres, comprueba por dónde patrullan y, sobre todo, la frecuencia con la que pasan por el antiguo ayuntamiento. —Edificio que se había convertido en sede del único restaurante de la ciudad y de una agencia de seguros—. Stan, Deb, a ver si podéis encontrar una camioneta o una furgoneta que arranque y que sea lo bastante grande para llevar un par de personas en la parte de atrás. Que sea cubierta, no una ranchera. Quedaos a este lado del pueblo, no crucéis la carretera 11, no os vayan a ver los hámsteres. Si encontráis algo, lo lleváis a la carretera del Arroyo Rojo, lo dejáis ahí y volvéis.

—Vale, Bish —respondió Tom—. ¿Qué vamos a hacer?

Miré una última vez a los rujarras y tomé nota de un modo instintivo del despliegue de sus tropas. Apunté mentalmente qué partes de la ciudad patrullaban y dónde ocupaban posiciones defensivas alrededor de la nave.

—Vamos a ir al dentista —dije.

—Estás de broma —exclamé.

—Es lo mejor que encontramos, Bish —respondió Stan, a la defensiva—. Era esto o un Dodge Neón.

—Casi todo el mundo se subió al coche y se largó a toda pastilla —añadió Debbie—. Por lo visto, no dejaron gran cosa a este lado del río.

—Ya, pero…

—Es imposible usar esta cosa —dijo Tom mientras meneaba la cabeza—. Estamos en medio de una invasión alienígena, no podemos llevar ahí esa mierda.

No me quedó más remedio que estar de acuerdo.

Se trataba de un vehículo de reparto, parecido a los que usa FedEx, y estaba en muy buenas condiciones. Las ruedas no estaban gastadas, había un poco de óxido en las yantas, pero nada serio; tenía grandes puertas traseras que permitían que muchas personas entrasen o saliesen con rapidez y, por lo que me habían dicho, era de manejo dócil y sencillo. Lo habían encontrado tras el taller de los hermanos Davis; seguramente lo habrían dejado allí para algún arreglo del interior, visto que lo habían quitado todo menos el asiento del conductor.

Era perfecto salvo por una minucia.

Barney.

Barney, el enorme dinosauro morado con su eterna sonrisa estúpida. Estaba pintado junto a los pitufos, el ratón Mickey, varios unicornios y un montón más de personajes ficticios. Quien quiera que decidiese qué se iba a pintar había tomado decisiones peculiares. ¿Qué demonios hacía Iron Man saludando a los pitufos? ¿Aquello que había junto al parachoques delantero era Darth Vader o alguien se había puesto a pintar aquella zona de negro para cubrir un manchón de óxido y luego se había puesto creativo? La mayor parte de los personajes estaban ejecutados con torpeza, hasta el extremo de que me llevó un buen rato darme cuenta de que lo que había tomado por un Buda sentado al parecer era Winnie the Pooh. ¿O Winnie the Buda? Era una furgoneta de helados, por si alguien no se ha dado cuenta todavía. Una furgoneta de helados completamente ridícula con todos aquellos personajes en el costado sin el correspondiente permiso de los propietarios de la marca, de eso no me cabía duda. Para rematar el asunto, en vez de lucir el habitual logo de «Mega Suave» llevaba uno de «Súper Grave» bastante mal dibujado. ¿Cómo iba a estar grave un helado? ¿Había pillado la gripe?

Era una furgoneta ilegal de helados, de esas que recorren de modo furtivo las afueras de cualquier gran ciudad y venden helados caducados mientras tratan de evitar a la policía. El gigantesco Barney morado se extendía a ambos lados y no había manera de apartar la vista del de peluche atado al capó. El dueño de aquella cosa era un fanático de Barney, desde luego.

—Podríamos darle una mano rápida de pintura —sugirió Stan.

—No andamos sobrados de tiempo para pintar esa maldita cosa —gruñí. Me gustase o no, aquello era cuanto teníamos. Habría que ir con él al combate—. Además, los hámsteres no tienen ni idea de quién es Barney; igual piensan que es un temible depredador.

Ni yo me creía aquello.

Susie perdió la calma.

—Por el amor de Dios —exclamó—. ¿Qué pasa, que hiere vuestra masculinidad conducir un camión con un dinosaurio morado? A la mierda. La llevo yo, Joe. ¿Cuál es el plan?

—¡Venga, venga, venga! —gritamos Stan y yo mientras saltábamos al interior, donde caímos de culo.

Susie no se hizo de rogar y pisó el acelerador cuando aún estábamos en el aire. Stan se habría caído por la parte trasera de no haberlo agarrado Deb por el cuello de la camisa. Tom metió los pies de Stan de una patada y cerró de golpe la puerta mientras el camión rebotaba contra un bache enorme que hizo caer de culo a Tom sobre el soldado rujarra. Este gruñó, lo que nos indicó que estaba vivo, algo de lo que no estábamos del todo seguros cuando lo capturamos.

Visto ahora, el plan era una mierda, pero tuvimos suerte.

Me había dado cuenta de que las patrullas de los hámsteres cruzaban el callejón entre el restaurante y la ferretería. Mientras el resto hacíamos acopio de suministros, Diego se había quedado vigilando y nos confirmó que los hámsteres cruzaban cada cierto tiempo el callejón, echaban un vistazo por las ventanas y abrían las puertas para examinar el interior. Era lo mismo que hacían en el resto del pueblo, pero elegí el restaurante porque había un camino de grava no muy largo que iba del río a la parte trasera del edificio. Atravesaba el bosque, así que estaríamos a cubierto la mayor parte del recorrido. Como la semana pasada un temporal del noroeste había traído lluvia hasta hartarse, el río estaba casi desbordado y la corriente rugía al pasar por las rocas y bajo el puente; suficiente para tapar el sonido dela furgoneta que se dirigía a la parte de atrás del restaurante. Ya habíamos colocado dentro la dinamita, apoyada contra la pared exterior, y la hicimos volar cuando los hámsteres estaban a mitad del callejón.

Ninguno de nosotros sabía gran cosa sobre la dinamita. Usamos demasiada y casi toda la pared se desplomó sobre el callejón y algunos ladrillos cayeron sobre la furgoneta. No importaba. Nuestra bomba improvisada había cumplido su cometido y dejado fuera de juego a aquellos dos hámsteres, además de sepultarlos bajo los ladrillos. Tom, Stan y yo agarramos al que estaba más cerca, que también era el que menos ladrillos tenía encima. Debbie nos cubrió con el fusil mientras lo sacábamos del callejón. Con Tom y Stan agarrándolo de cada brazo y yo sujetándole los pies nos arrastramos hacia la salida, no sin tropezar con los ladrillos, y lanzamos al hámster a la parte trasera del camión.

Una mierda de plan, ya lo he dicho.

Diego vigilaba desde la colina y llevaba un walkie-talkie que Susie había conseguido en la cantera. Nos dijo que en cuanto la dinamita explotó, media docena de hámsteres habían salido de la nave y habían echado a correr; si hubiéramos tardado treinta segundos más nos habrían pillado. Y si la bomba no hubiese explotado, algo probable teniendo en cuenta que nadie sabía usar la dinamita, los dos hámsteres de la patrulla habrían llegado a la parte trasera para darse de bruces con una furgoneta que antes no estaba allí. Nuestras posibilidades frente a un par de soldados alienígenas con armadura y armas avanzadas no habrían sido precisamente buenas.

Aquel día nos sonrió la fortuna, aunque Tom volviese a caer, ahora sobre el botón que controlaba el sistema musical. Empezó a sonar a todo trapo *La cucaracha* mientras rebotábamos y patinábamos por la carretera de grava en dirección al río.

—¡Apaga esa puñetera cosa! —le gritó Susie a Stan.

La pobre ya tenía bastante con conducir. No había cinturón de seguridad para el conductor, era parte de lo que habían quitado al despejar el interior, y el pie de Susie apenas llegaba a los pedales. De un modo u otro se las apañó para mantener aquel mamón estable y en ruta.

Stan apretó varios botones y la música cambió a *En la vieja factoría* y luego a *¡Puf! La comadreja*. Tras un par de canciones de videojuegos que no me sonaban consiguió apagar la maldita máquina. Nunca me he sentido tan ridículo en toda mi vida. Intentaba sujetar a un soldado alienígena en la parte de atrás de un camión de helados mientras el suelo de metal me daba en la barbilla, una música absurda salía de los altavoces y el gemelo malvado de Barney sonreía como un psicópata a ambos lados del vehículo.

Atravesamos un claro de unos cincuenta metros entre los árboles junto al río. Supuse que los hámsteres nos dispararían al llegar allí, ya que durante un par de segundos ofreceríamos un blanco fácil. Sospecho que no aprovecharon la oportunidad porque cuando llegaron al callejón bombardeado se dieron cuenta de que faltaba uno de los suyos y asumieron que iba en el camión. Como fuese, logramos escapar y cruzamos el claro. El terreno se alzaba un poco entre nuestra posición y el centro de la ciudad, así que Susie pisó el freno mientras tomábamos la curva. Caímos sobre una carretera pavimentada y Susie pisó el acelerador a fondo. Ya en terreno asfaltado, y por tanto menos accidentado, Tom y yo le atamos las manos a la espalda al hámster y luego los pies y pude quitarle la impedimenta. Lo pusimos bajo cuatro mantas de plomo de las que usan los dentistas con los rayos X. Asumí que de ese modo bloquearíamos cualquier dispositivo de localización que el soldado alienígena pudiera llevar encima. La armadura del pecho tenía un mecanismo sencillo para quitarla, tal como imaginaba; humano o alien, un soldado necesita poder desprenderse de la impedimenta con rapidez. Le alcé la visera del casco y por primera vez pude ver al enemigo de cerca. Tenía un ojo abierto y sangraba por un corte en la mejilla, pero no me pareció que estuviese malherido, solo aturdido y desorientado. Le quité los auriculares y el micrófono que llevaba, así como el dispositivo del cinturón que parecía una especie de radio. Le dije a Tom que lo tirara todo por la ventana. Ya volveríamos a por ello si podíamos, pero la prioridad era capturar a un soldado enemigo para que nuestros militares pudieran estudiarlo y ver contra qué nos enfrentábamos.

Susie, tal como habíamos planeado, nos llevó a casa de Tom, a un par de quilómetros del pueblo. Tenía un granero y allí metió la camioneta y la detuvo. Nos miramos incrédulos, en medio de un momento compartido de «¡la hostia, ha funcionado!». El hámster intentó moverse, así que Tom se le sentó encima y lo apuntó con una pistola. Aquello lo tranquilizó enseguida. Seguro que no había visto una Sig Sauer en su vida, pero reconoció un arma de proyectiles en cuanto le puso la vista encima.

—No oigo a Diego —nos informó Deb con el walkie-talkie en la mano—. Lo último que dijo era que los aliens se movían, pero la nave sigue parada.

Mis instrucciones finales a Diego habían sido que saliera de la ciudad en dirección contraria a la nuestra en cuanto nos hubiese perdido de vista. Seguro que estaba bien; sabía cómo moverse por la espesura.

—Están esperando un remolque —aventuré.

—¿Cómo? —preguntó Susie, como si no me hubiera entendido.

—Un remolque —repetí—. Tienen la nave hecha un cisco, así que habrán llamado a la flota y estarán esperando a alguien que les arregle el vehículo o los recoja. Dejemos a Peludito en la bodega, antes de que sus amigos se reorganicen y vengan a por él.

La casa de Tom tenía una antigua bodega. Y cuando dijo antigua, me refiero a que la casa databa de 1848 y la bodega existía desde antes. La familia propietaria de la granja allá por los años cincuenta la había agrandado y convertido en un refugio antibombas, pero Tom y su mujer la usaban de almacén. Descendimos por las escaleras con el hámster y despejamos un trozo en medio del refugio. Lo depositamos allí y Tom le ató una cadena al tobillo, el otro extremo asegurado a una tubería que salía del suelo. Con el hámster cómodamente instalado en el centro y todas las estanterías alrededor no quedaba mucho espacio para el resto.

Creo que no he comentado que Margie, la mujer de Tom, era aficionada a envasar frutas y verduras. En realidad, tenía una ligera obsesión con el tema, porque toda la bodega estaba a rebosar de tarros. Casi todo el mundo en esta zona hace sus conservas para tener buena comida durante el invierno y no depender del súper. Mis padres hacían compota de manzana y mermelada y envasaban tomates, judías y cualquier otra cosa que se diera en el huerto. El refugio de Tom parecía como si Margie hubiese planeado invitar a toda la Décima División a cenar y quisiese asegurarse de que sobraría comida.

—Y ahora, ¿qué? —preguntó Stan con la vista clavada con ansia en un tarro de mermelada de moras.

—Ahora, a esperar. El ejército no tardará en llegar. —A todos nos había parecido raro no ver ni aviones ni helicópteros, así que lo más probable era que el enemigo controlase el espacio aéreo—. Con un poco de suerte, los compis de este tipo se irán pronto —

añadí, señalando al prisionero—. Cuando llegue la caballería, se lo entregamos.

—¿Por qué estás tan seguro de que van a irse? —preguntó Deb.

—Porque es absurdo pensar que Thompson Corners esté en la lista inicial de una invasión alienígena. Estos tipos están aquí porque la nave se estrelló. Lo único que me preocupa es que decidan buscar a Peludito cuando llegue el remolque. Me quedo yo con él; es mejor que los demás vayáis al sur, a ver si encontráis a la Guardia Nacional o a la Policía Estatal.

—¿Nos estás apartando a las mujeres del peligro? —protestó Susie, indignada.

Se echó las manos a las caderas, lo que indicaba que me esperaba una buena.

—Tenéis familia.

—Igual que Tom —señaló.

—Tom recibió un mensaje de Margie —respondí a la defensiva—. Ella y los niños están bien y van a casa de su madre. Y la mujer de Stan está en Portland.

—Y mi marido en Milliconack y los niños en Bangor con mi hermana. Me quedo —remató mientras agarraba el rifle para recalcar su decisión.

—Vale. —No tenía sentido seguir discutiendo y, en realidad, no quería quedarme solo—. Sam y tú tenéis rifle. Id a los bosques de la parte trasera y vigilad la carretera. Deb, vete al saliente de piedra que hay tras la casa, ya sabes cuál. Avisa a Susie y Stan si ves algo que venga por ahí. Tom y yo nos quedamos con Peludito.

No era muy hablador, el condenado. Tom y yo intentamos comunicarnos por gestos y nos señalamos el uno al otro. El hámster se mantuvo impertérrito, salvo cuando al moverse a un lado se le escapó una mueca. Había sangre, roja, en su cadera. Así que la sangre del alien era roja en vez de verde, azul o algún otro color raruno. Me acerqué muy despacio con las manos abiertas para que viese que no llevaba un cuchillo.

—Tengo que ver dónde estás herido —dije muy despacio y con voz muy alta.

Es el mejor modo de hablar con los extranjeros. Ya se sabe que son estúpidos y que si les hablamos despacio y alto nos entienden.

El hámster se alejó de mí todo lo que pudo y se quedó medio encogido contra uno de los estantes de la pared exterior. Señalé mi cadera y luego la suya, puse un dedo en la sangre que manchaba el suelo y se lo mostré para que pudiera verla. Meneé la cabeza y agité el dedo ensangrentado.

—Estás herido —dije muy despacio—. Mala cosa.

—¿Te parece buena idea tocar su sangre, Bish? —preguntó Tom, indeciso.

—Más seguro que tocar sangre humana. ¿Tienes vendas?

—Sí, claro, hay un kit de primeros auxilios en el armario. También tenemos toallitas de papel, Margie las compra a granel en el súper.

La herida del hámster no era seria. La limpié y la lavé con agua destilada, lo que causó una nueva mueca, y apliqué una pomada antiséptica en el corte. Luego lo vendé.

Su mirada cambió, como si no hubiera esperado un comportamiento civilizado por nuestra parte. Frunció los labios en lo que parecía una especie de beso.

—¿Querrá agua? —aventuró Tom.

Margie también compraba el agua a granel. Sacamos tres botellas y Tom y yo echamos un trago. Luego abrí la tercera y la sujeté contra los labios del hámster, quien se bebió casi la mitad de golpe con la mirada clavada en la mía, lo que me puso bastante nervioso. Luego bajó la vista hacia su bolsillo delantero izquierdo e hizo un gesto con la nariz. Abrí el bolsillo con mucho cuidado; tenía un cierre que me pareció magnético y dentro había lo que tenía aspecto de ser una barrita energética. No tenía un envoltorio colorido como las del ejército, que eran las que conocía, sino una simple cubierta de plástico verde con algo blanco que podía ser escritura alienígena.

Manteniéndolo alejado, tiré del extremo para abrirlo, lo que no dejaba de ser una tontería, porque bien podía haber sido una granada a la acababa de quitarle el seguro. No pasó nada y olisqueé con cuidado; olía como azúcar con nuez moscada mezclada con serrín. No cabía duda de que era una barrita energética. Arranqué un trozo y se lo di al hámster, que lo estuvo masticando un buen rato. Supongo que sus barritas son tan duras como las nuestras. Tardó unos diez minutos en comerse la mitad y luego bebió algo más de agua. Meneó la cabeza cuando le ofrecí un nuevo trozo. Me pasa lo mismo con nuestras barritas energéticas; normalmente tengo más que suficiente con media antes de que se me canse la mandíbula.

Esperando que aquello ayudase a la cooperación entre nuestras especies, mantuve la barrita frente al hámster, volví a cubrirla y devolví la mitad sobrante al bolsillo, donde había otras dos. Sonrió, o lo intentó. La verdad es que, sin más contexto, una sonrisa puede interpretarse como un gesto amenazador que deja los dientes al descubierto. Los suyos, por cierto, no eran muy distintos de los humanos; cubiertos de lo que parecía esmalte blanco, los dos frontales superiores eran mayores que los de un humano, pero no tanto que fuesen cómicos como los de un castor. Al verlo de cerca me di cuenta de que el pelaje del rostro era agradable; le cubría toda la piel, pero era más fino y corto que una barba humana.

—¿Oyes? —preguntó Tom—. Alguien está gritando.

Habíamos dejado abierta la puerta del refugio para que pudiéramos enterarnos si Susi veía algo, pero entornada para bloquear las señales que pudiera emitir un posible transmisor subcutáneo que llevase nuestro hámster. Tom salió y lo oí hablar a voces con Stan. Meneó la cabeza.

—Al parecer ha llegado el remolque.

Dejamos al hámster en la bodega/refugio/almacén y cruzamos el patio trasero de Tom en dirección a los bosques.

—Vino del noroeste. Lo primero que vi fue la estela —informó Deb—. Fue directo al centro del pueblo. Creo que tenías razón, los hámsteres pidieron ayuda.

—Espero que su misión, sea la que sea, resulte más importante que buscar a un soldado perdido —dije. Si la nueva nave alienígena recogía a los hámsteres varados y se iba, mi plan era meter a Peludito en la furgoneta de helados e ir hacia el sur por la autopista hasta que diésemos con la Guardia Nacional o alguna otra unidad militar que pudiera hacerse cargo del prisionero—. Vamos hasta el saliente a ver qué pasa.

El panorama no era bueno. La nave recién llegada era del mismo tipo que la primera y estaba dando vueltas alrededor del pueblo a ciento cincuenta metros de altura. Se movía en lo que parecía una pauta de búsqueda, con las vainas laterales abiertas, así que se veían los conductos de los misiles. Se produjo un fogonazo repentino, oímos un retumbar como de trueno y una columna de humo se alzó desde el centro del pueblo.

—Han volado la nave varada —afirmé, como si los demás no se hubiesen dado cuenta—. Interesante.

—¿Por qué? —preguntó Deb.

—Porque eso implica que no van a quedarse, al menos por aquí —añadí señalando la ciudad—. Y no quieren que enredemos con su tecnología cuando se vayan. Si pretendieran quedarse, habrían traído un equipo de reparación.

La nave se elevó, revoloteó y se dirigió lentamente hacia nosotros. No exactamente hacia donde estábamos, sino al este, para luego volar sobre el río.

—Mierda —mustió Stan mientras escupía al suelo—. Deben de haber pillado la señal del material que tiramos de la camioneta.

Intenté tranquilizarlos.

—Que no cunda el pánico. Por eso lo tiramos y por eso nuestro hámster está bajo tierra y cemento y tras una puerta de acero. —Tras dejar a nuestro prisionero en la bodega, Stan había tapado con las mantas de plomo el capó y el tubo de escape de la camioneta, para atenuar la firma calórica—. A menos que puedan rastrarnos de alguna forma hasta el granero de Tom, les llevará un montón de tiempo buscar por los alrededores y, por lo que saben, podríamos estar a más de veinte quilómetros de distancia por la carretera.

Stan y Deb habían intentado convencernos de que siguiéramos conduciendo en lugar de quedarnos en lo de Tom, y así tratar de poner cuanta distancia fuese posible entre nosotros y Thompson Corners antes de que llegase la nave de rescate. Yo había vetado la idea porque no había manera de saber cuánto tardaría en llegar y porque no me fiaba del todo de que las mantas de plomo bloqueasen la señal de rastreo. Ni siquiera sabíamos si los aliens usaban la radio, bien podrían haber tenido alguna tecnología más exótica.

Si no podían rastrear la señal, no importaba que estuviésemos a un quilómetro de distancia o a cincuenta, no nos encontrarían. La combinación de bodega, refugio y lo que fuese de Tom era perfecta para ocultar un alien tecnológicamente avanzado. Que mi plan fuese bueno dependería al final de las intenciones de los aliens.

La nave recorrió lentamente el río, aceleró y se dirigió hacia la autopista del sur, justo hacia nosotros. Tras dar un par de vueltas descendió fuera de nuestra vista, más allá de la línea de árboles. Por un bendito momento dio la impresión de que estábamos en el Maine rural en un día de octubre perfectamente normal. Tom y Margie tenían una casa muy ordenada, con un par de montones de leña pulcramente apilados en la parte trasera. Margie había atado tallos de maíz alrededor de la lámpara del patio delantero, preparándose para Halloween, como hacía siempre. En el patio trasero también tenía una Virgen de bañera con...

Pero mejor os explico qué es una Virgen de bañera, tipejos ignorantes. Es muy sencillo, basta con tener una vieja bañera, medio enterrarla vertical en el suelo, pintar el exterior de blanco y el interior de azul y luego colocar una estatua de la Virgen María bajo el arco, como en un nicho. Es una especie de santuario casero. Hoy en día se pueden comprar ya hechos, de cemento, pero eso es hacer trampa; y Dios sabe muy bien si hemos sido perezosos. Muchos ponen piedras alrededor, pero la de Margie estaba decorada con crisantemos. Bueno, eso creo, que no soy ningún experto en flores. La Madonna ya estaba allí cuando Margie y Tom compraron la casa y Margie la acicaló con las flores. Cambiaba la decoración según la temporada. En Navidad la Virgen tenía un sombrerito de Santa Claus. Ahora, con Halloween cerca, la había vestido de Caballero Jedi, brillante espada de luz incluida, chapuceada por Tom. Espero que el buen Dios tenga sentido del humor.

Había pinos al otro lado de la carretera, un buen montón, y luego se veían campos y un trozo del río. Era un hermoso día soleado, salvo por los pilares de humo que venían del pueblo, el silo de patatas en ascuas y la nave alienígena reventada. Y, por supuesto, la otra nave que se elevó de nuevo y se detuvo a unos treinta metros de altura.

—Vale, han encontrado la chatarra alienígena que tiramos de la camioneta y han mandado a un grupo a investigarlo —dije—. La nave se queda para dar apoyo aéreo al equipo terrestre. —Me puse a contar con los dedos—. Hay… ¿seis?, no, siete casas entre nosotros y ellos, ¿no, Tom?

—Diez —me corrigió—. Te has dejado las casas de McDonald y Burgess, que están fuera de la carretera. Y la antigua frutería de la gasolinera, que lleva veinte años abandonada. Eso hace diez, con bastantes graneros, garajes y cosas así. Seguramente las explorarán todas a fondo, así que les llevará un tiempo.

Me mordí el labio, como suelo hacer cuando pienso.

—El comandante alien no tiene ni idea de dónde nos hemos llevado a su soldadito. —¿Qué habría hecho yo en su situación?—. Podríamos estar en cualquier granero de los alrededores, en una cueva del bosque o en la carretera a varios quilómetros de distancia. No puede saberlo. —A menos, claro, que nuestro prisionero llevase encima algún tipo de transmisor que se pudiese detectar incluso con un refugio antibombas de por medio. Después de todo, tenían tecnología para viajar por las estrellas. Me di con la punta de los dedos en la barbilla, otra manía cuando pensaba—. Solo ha venido una nave y si fuese una misión de búsqueda y rescate habrían enviado más. Seguramente la mandaron desde órbita antes de que capturásemos a Peludito; lo único que pretendía era recoger a la tripulación de la primera nave.

—¿Y? —preguntó Susie.

—Lo que pase en los próximos cinco minutos nos dará una idea de cuáles son sus órdenes. Si recogen al pelotón que ha desembarcado y se van, se estarán ciñendo al plan original de la misión, así que dejarán la búsqueda y rescate para luego. Si la nave se queda es que han mandado al cuerno el plan y van a esperar refuerzos para peinar la zona.

—¿Tú harías eso?

—Sí, es lo que haríamos en el ejército.

La nave descendió de nuevo, volvió a elevarse y siguió deslizándose, cada vez más cerca.

—¡Mierda! Es la opción B. Acaban de soltar a más soldados para que registren los edificios. —Me di cuenta de que Susie comprobaba de nuevo el rifle—. Olvídate de esas mierdas de vaqueros y de resistir hasta el último aliento como en el Álamo. Solo tenemos tres rifles, una escopeta y dos pistolas. Si se acercan, nos vamos al este a través del bosque. Los misiles de esa nave podrían con todos a tres mil metros de distancia, por lo menos.

—¿Vamos a rendirnos?

—No, vamos a ser realistas. —No me podía creer que me hubiese enzarzado en aquella discusión con Susie—. No podemos volver a usar la camioneta, es demasiado escandalosa y la nave está demasiado cerca.

—¡Vale! Pillamos a Peludito, lo envolvemos en las mantas de plomo y nos lo llevamos al bosque —contraatacó Susie—. No hay más de quilómetro y medio hasta el río y podemos…

—¡Eh! —exclamó Deb—. ¡El cielo! ¡Hay más luces!

Alzamos la vista y vimos que el cielo parpadeaba de nuevo con un montón de lucecitas.

—¡Mierda! ¿Han traído más naves? —preguntó Deb—. No puede ser… ¡Halaaa!

Apartamos la vista, y los ojos nos hicieron chiribitas a causa de la tremenda explosión sobre nosotros. Parpadeé con la vista clavada en el suelo y vi mi sombra estremecerse a medida que las explosiones iluminaban el cielo.

—¡Sí! —gritó Stan con el puño en alto—. ¡Estamos contraatacando! ¡Una atómica contra esos cabrones, seguro!

—No lo creo. —Meneé la cabeza—. Nuestras nucleares no tienen cabezas de búsqueda, solo pueden lanzarse contra objetivos preprogramados en el suelo. —A menos, claro, que las Fuerzas Aéreas tuviese juguetitos que yo desconociese. Aún notaba chispas en los ojos, así que me los escudé con la mano y miré al horizonte. Se veían más explosiones en el cielo, cada vez más lejos—. No es cosa nuestra.

¿Sería tal vez un pulso electromagnético, el resultado de una bomba atómica activada en lo alto de la atmósfera con la intención de inhabilitar toda nuestra electrónica? En realidad, aunque aún lo sabíamos, aquel nuevo espectáculo de luces en el cielo se debía al grupo de batalla de los kristangos que saltaba a órbita y atacaba a los rujarras.

—Entonces, ¿de quién?

—¡Mirad!

Debbie señalaba a la carretera. La nave que buscaba a nuestro prisionero descendía de nuevo, ahora con prisa. Estuvo en el suelo solo unos minutos antes de despegar de nuevo; esta vez mantuvo su trayectoria y aceleró cada vez más. Oímos un estampido sónico y vimos la estela que dejaba. Fuese donde fuese, iba con prisa.

—No sé qué pasa ahí arriba, pero han recibido nuevas órdenes. Subamos a Peludito a la camioneta y llevémoslo a la Guardia Nacional antes de que vuelvan.

—¿Y luego? —preguntó Tom mientras echábamos a correr con la vista clavada en el cielo y la estela sobre nosotros.

Teníamos que sacar a Peludito de la zona antes de que los aliens cambiasen de nuevo de idea.

—Luego comprobaré qué ordenes he recibido. —Si no podía contactar con la Décima División, me quedaría con la Guardia Nacional o la Unidad de Reserva de momento—. Y sobreviviremos, como sea. Tengo la sospecha que el almacén de conservas de Margie va a ser más importante que estos rifles cuando llegue el invierno.

2

A FINALES DE la primavera siguiente estaba en Ecuador a punto de embarcarme para ir a luchar contra los hámsteres en el espacio. Menuda putada, ¿verdad? Me sorprendió lo fresco que se estaba en las montañas de Ecuador, porque mi imagen mental de América del Sur siempre incluía un calor sofocante muy parecido al que conocía de Nigeria.

Habíamos tenido un invierno frío en Maine, no en términos de nieve y bajas temperaturas, que fueron más o menos las normales de los últimos años, sino en el sentido de que no tuvimos electricidad y durante mucho tiempo anduvimos escasos de gasolina y fuelóleo. Mi pueblo y mi familia estaban mejor equipados para el invierno que otros; mis padres tenían una estufa de leña en la casa y otra en el cobertizo que hacía las veces de garaje y taller. Una familia del sur del estado, a la que el frío había echado de su edificio de apartamentos, se vino a vivir al garaje en Navidad. A cambio de la reparación de un motor de tractor mi padre les proporcionó fardos de paja que apilamos en las paredes del garaje como aislante, cubiertas por lonas de goma. Visité a mis padres un par de veces y el garaje era acogedor y cálido y olía a heno recién segado. En casa de mis padres había además otra familia, de tres miembros, y una mujer soltera; eran parte del programa de realojamiento del gobierno.

Aquel invierno todo el mundo se comportó de maravilla.

En un primer momento ni el gobierno federal ni el estatal supieron enfrentarse a la crisis que siguió al ataque rujarra y parecían pollos sin cabeza. Al cabo de un tiempo se pusieron las pilas y se centraron en ayudar a que la gente pasase el invierno. El ataque rujarra no se había parecido a lo que estábamos acostumbrados por de las pelis de ciencia ficción. En lugar de atacar las bases militares y los principales núcleos urbanos se habían limitado a destruir

27

la mayor parte de las centrales eléctricas y de las instalaciones industriales. Pude ver fotos de Nueva York y Washington tras el ataque y el efecto era extraño; no había luces ni tráfico en las calles, pero las ciudades estaban intactas.

Después de que los kristangos echasen a patadas a los rujarras del sistema solar a Estados Unidos no le quedaba casi ninguna infraestructura eléctrica en pie. Internet y los teléfonos no funcionaban, la electricidad iba y venía en caso de que la hubiese, la radio solo emitía mensajes de emergencia un par de veces al día y las cadenas de televisión no emitían. La marina llevó submarinos y portaviones nucleares a los puertos de la mayoría de las grandes ciudades costeras y los conectaron al suministro eléctrico para que sirvieran de centrales eléctricas flotantes y proporcionasen energía a las instalaciones indispensables, como los hospitales. Fuimos recuperando poco a poco la electricidad en todo el país, pero fue lento de narices. Cuando me fui a Ecuador mis padres aún no tenían otra luz eléctrica que la que les daba el generador que mi padre había conectado desde la toma de corriente del tractor; y este funcionaba con una mezcla al cincuenta por ciento de alcohol y gasolina. El alcohol, que era casero, se comía los sellos del motor, así que mi padre tenía que reemplazarlos cada mes. De todos modos, solo tenían electricidad a primera hora de la mañana y a última de la tarde, no había combustible para mucho más.

El mayor problema al que se enfrentaba Estados Unidos no era la falta de electricidad, sino el desplome económico tras el ataque. Las madereras no tenían gasolina suficiente, no ya para los camiones, sino para las motosierras. Sin pulpa de madera, la papelera del pueblo no podía producir papel. Por otro lado, el mercado del papel se habría desplomado de un modo u otro con el resto de la economía global.

Las naciones industrializadas como Estados Unidos, Japón, China y los países europeos lo pasaron peor que las zonas menos tecnificadas del planeta, lo cual resultaba irónico. Cuando más potente era la tecnología de un lugar, con más fuerza golpeaba la crisis. El valor de las empresas tecnológicas se fue por el desagüe, no solo por la falta de demanda en aquella situación, sino porque nuestros aliados kristangos iban a compartir con nosotros su increíble tecnología, así que nadie quería ya invertir en sitios como Silicon Valley.

Sorpresa; no la compartieron.

Los kristangos dijeron que aún no estábamos preparados, que no confiaban en que pudiéramos manejar tecnología tan avanzada y que debíamos centrarnos en reconstruir nuestras infraestructuras. Lo cierto es que, salvo por haber echado a los rujarras, nuestros aliados resultaron bastante decepcionantes. Una semana después de la derrota rujarra, el grueso de las fuerzas kristangas se largó, pues no teníamos puertos espaciales ni instalaciones de reparación de naves de guerra ni, en realidad, nada que necesitasen. No luchaban contra los rujarras en beneficio de la humanidad, sino para que sus enemigos no estableciesen una cabeza de playa en nuestro rinconcito de la galaxia. La Tierra era como Guadalcanal en la Segunda Guerra Mundial, según me lo describió uno de los oficiales de la Guardia Nacional. A ninguno de los dos bandos le importaba un pimiento aquel sitio, excepto como escala para luego lanzarse a por objetivos más importantes. Ni Estados Unidos ni Japón se habían preocupado lo más mínimo ni por Guadalcanal ni por sus habitantes, lo único que querían ambos bandos era usarla como avanzadilla para la siguiente conquista. Los kristangos y los rujarras actuaban igual respecto a la Tierra. Como ciudadanos de la única superpotencia del mundo, con la más poderosa fuerza militar en la historia humana, nos fue difícil vernos como nativos pocos avanzados. No hacíamos más que contemplar a kristangos y rujarras zurrarse la badana sobre nosotros con armas que apenas lográbamos comprender.

—¡Eh, Bishop!

Me di la vuelta, desorientado, y me encaré con un miembro de mi escuadra; alguien, de hecho, a quien había creído que no volvería a ver.

—¡Boroña! —exclamé.

—¡Pan negro! —respondió él.

Nos dimos un abrazo y nos palmeamos la espalda con tanta fuerza que casi sentí el viento. Se llamaba Jesse Colter y era de

Arkansas, un orgulloso hijo del Sur, que fue como se presentó cuando nos conocimos durante la instrucción. Lo llamé «Boroña» porque, por lo que sé, el pan de maíz es algo muy habitual en el Sur. Su respuesta fue llamarme «Pan negro», en referencia a un pan en lata relleno de pasas endulzado con melaza típico de Nueva Inglaterra. Una vez le di una rebanada. Hay quien prefiere calentarlo en la lata al baño maría, pero a mí me gusta tostar cada rebanada. Basta con cortar ambos extremos de la lata y sacar el pan, que lleva marcados en la corteza los anillos de la lata.

Delicioso, en serio, no os miento.

—¿O debería llamarte Barney? —preguntó Jesse entre carcajadas.

Mierda, la historia había circulado. Ya me había estado tomando el pelo todo el inverno la peña de la Guardia Nacional con la que estaba. Nos llamaban, a mí y a los que capturamos al soldado alien, «Barney y los pitufos».

—No me digas que ya lo sabe todo el mundo.

—Teniendo en cuenta que volvemos a tener internet, sí, creo que lo sabe todo el planeta —dijo Jesse—. ¡Cómo me alegro de verte, joder! Tenemos por aquí a algunos de la Décima, pero no había nadie de mi escuadra.

—Eres el primero de la Décima al que veo —reconocí, mientras volvía la vista en busca de rostros familiares.

—¿Cómo es que estás aquí?

Jesse se inclinó y recogió el petate que llevaba cuando nos encontramos.

—Tras el Día de Colón intenté volver a Fuerte Tambor, pero nadie tenía gasolina suficiente para el viaje. Así que fui a ver a la Guardia Nacional local y traté de averiguar qué estaba pasando. El coronel de la Guardia me reclutó. Al fin y al cabo, habían pasado a jurisdicción federal y, qué narices, me iban a dar un fusil, un casco y comida, ¿no? —Las órdenes que me asignaban a la Guardia Nacional habían llegado por radio poco después—. Así que jugué a los soldados en Maine, ayudé en la cosecha, y serví en convoyes de combustible y de comida. Luego me destinaron aquí y me subí a un tren en Boston.

Un tren de mercancías, en realidad. Me había sentido como un vagabundo en aquel viejo vagón reconvertido, por mucho que tuviese un billete del gobierno de Estados Unidos.

—No, quiero decir que cómo has llegado aquí. ¿Volando?

—Ah, sí. En Boston nos subieron a un tren militar que tardó cinco días en llevarnos a Miami. Salimos de allí en avión hace un par de horas.

Habíamos volado en un United 767 que no estaba en su mejor momento.

Jesse asintió.

—Yo tomé un tren a Dallas y me tiré allí tres días esperando un vuelto. Al parecer las puñeteras Fuerzas Aéreas no eran capaces de encontrar combustible suficiente para el avión. Por lo que he oído, otras unidades han venido en barco desde Nueva Orleans y Houston.

—¿Ya has visto la torre?

—¿El ascensor? Solo lo que se ve desde aquí. No sé gran cosa del asunto, compañero.

Nos volvimos hacia la montaña cuya cumbre apenas se veía bajo el cielo nublado y de la que surgía hacia lo alto lo que parecía una cinta de luz blanca. Cuando la ONU accedió a proporcionarles tropas a los kristangos, estos construyeron lo que llamaban un ascensor espacial. Lo habían erigido en menos de un mes en aquella montaña porque, al parecer, cruzaba el ecuador del planeta. Los kristangos habían edificado en la cima una estación de base con un reactor de fusión y había otra en órbita geosincrónica varios miles de quilómetros por encima. Ambas estaban conectadas por un delgado campo magnético que parecía un relámpago inmovilizado. Se suponía que subiríamos a órbita en una cabina de ascensor que se desplazaría por el relámpago. Uno de los tipos de las Fuerzas Aéreas que había en mi vuelo me dijo que había oído que los kristangos emitían pulsos que cruzaban el campo magnético y tiraban de la cabina. El ascensor de Ecuador había sido el primero en estar listo, pero los kristangos hablaban de construir un par de ellos más, uno en África y el otro en alguna parte de Indonesia.

Entrecerré los ojos e hice visera con las manos, la vista clavada en el haz de luz.

—Tampoco sé gran cosa, tío. Pero si los kristangos son capaces de construir algo como eso, me alegro de que estén de nuestro lado.

—Y tanto, compañero —reconoció Jesse.

Mientras seguía observando el relámpago que en breve cabalgaría hasta la órbita, me pregunté qué habría sido de Peludito. Lo habíamos llevado hacia el sur en la furgoneta de helados, hasta que encontramos un bloqueo policial. En cuanto los polis vieron lo que había en la parte de atrás de la furgoneta nos escoltaron hasta Lincoln, donde un helicóptero de la Guardia Nacional se llevó a Peludito. La información sobre él era alto secreto y se nos dejó bien claro que era mejor que ni hablásemos del asunto ni preguntásemos por él. Estuviese donde estuviese, esperaba que lo tratasen bien.

Un zumbido atrajo nuestra atención y al girarnos vimos un grupo de aviones de rotor ajustable pintados de gris que se acercaban en formación desde el oeste. Cuando estuvieron más cerca los que iban en primera línea deceleraron e hicieron girar los propulsores hasta que quedaron horizontales, para descender después como si fuesen helicópteros.

—La Armada tenía dos portaviones en alta mar —me dijo Jesse antes de que me diese tiempo a preguntar—. El *Lincoln* y el *Reagan*. Esta mañana he estado hablando con algunos marines.

—¿Van a venir con nosotros?

Antes del ataque rujarra dos portaviones de combate me habrían parecido la leche, pero comparados con la tecnología militar que podía llevarnos a órbita sobre un relámpago, los portaviones nucleares no eran mejores que botes de remo.

—Algunos de los marines, sí, pero no esos tipos. Han venido como retén de seguridad para el ascensor.

En la radio había oído que los kristangos habían encargado a Estados Unidos de la seguridad del ascensor de Ecuador.

—Seguro que les encanta.

Me eché a reír. Ningún marine que se preciase querría servir como retén de seguridad, sobre todo si los del Ejército de Tierra se iban al espacio a vengar el ataque sobre nuestro planeta.

—Y tanto. Me han ofrecido una buena pasta por el parche.

Jesse se tocó el parche de la FENU que llevaba en la manga derecha con el logo de la Fuerza Expedicionaria de las Naciones Unidas, que era como nos llamaban ahora. En la manga izquierda estaba el parche de cada país, en nuestro caso, la bandera estadounidense.

—Como si el dinero tuviese ahora la menor importancia —dije.

Jesse frunció el ceño y se examinó la ropa.

—Por lo menos esos marines tienen uniformes de verdad. Esto lo conseguí en un almacén de excedentes en Arkansas.

Los pantalones le sentaban bien, pero la parte de arriba parecía tres o cuatro tallas más grande. Mi propio «uniforme» era desparejo; los pantalones me los había dado la Guardia Nacional de Maine y la parte de arriba la conseguí en el tren que nos llevó a Miami. Estaba estampada en un viejo diseño de camuflaje y tenía pinta de llevar en un almacén desde la primera guerra de Irak… o desde la guerra contra España. Aún olía un poco a naftalina.

—A lo mejor el ejército nos da nuevos uniformes.

—No contaría con ello —ladró alguien a nuestras espaldas.

Al volvernos vimos al teniente Amos González, que había sido jefe de pelotón en la Décima. No del nuestro, pero sí que era un rostro familiar. Jesse y yo nos pusimos firmes y saludamos.

—Descanso. Bishop y Colter, ¿verdad? —Sonrió—. Está bien ver un par de caras familiares. Me alegro de que lo consiguieseis.

—Me alegro de verlo también, mi teniente —dijo Jesse—. ¿Sabe cuantos de los nuestros hay por aquí?

González meneó la cabeza, bajó la vista y pateó el suelo con la bota.

—Las comunicaciones siguen siendo una mierda. Agrupamos a la gente a medida que llegan.

Jesse se dio cuenta de la evasiva de González y frunció el ceño.

—Bueno, mi teniente, estamos nosotros, algunos Ratoneros Eructantes —se refería a la Centésimo Primera División Aerotransportada, las Águilas Aulladoras—, el Tercero de Infantería y los Marines. ¿No hemos traído blindados ni caballería?

El teniente le lanzó una mirada de desdén.

—¿De verdad quieres enfrentarte dentro de un tanque a un enemigo que te puede disparar desde órbita? —No esperó respuesta—. Un billete de primera para un sueño largo y nada reparador. Los kristangos necesitaban infantería, y eso es lo que mandamos. Los de los blindados y la aviación van a tener que esperar.

—Perdone, mi teniente, pero ¿qué coño va a conseguir la infantería contra los rujarras? —pregunté—. Ni siquiera tengo arma.

González asintió, comprensivo.

—Los kristangos no permiten armas en el ascensor. Se supone que nos las darán, además de coraza y lo que necesitemos, cuando lleguemos a nuestro destino. Adoro mi viejo M4, pero no me enfrentaría con él a los rujarras.

—¿Vamos a servir con los Marines?

—Ajá. Una brigada de ellos. Además, por lo que he oído, habrá ingleses, franceses y chinos. Puede que hasta algunos rusos e indios. ¿Ya os habéis presentado en el registro?

—No, mi teniente, acabo de bajar del autobús del aeropuerto —respondí.

Aún sentía los listones de acero de los asientos en el culo. Habíamos venido desde el aeropuerto por una carretera recién hecha y algo desigual en un convoy de viejos transportes escolares pintados de forma llamativa que seguramente era lo mejor que aquella zona de Ecuador podía ofrecer como transporte antes del ataque rujarra.

—Tampoco —dijo Jesse, mientras meneaba la cabeza—. Llegué por la mañana, y en cuanto me bajé del bus, los Marines me reclutaron para transportar palés de comida.

—Mejor vais ahora. Necesitáis un chequeo médico antes de subiros a la alfombra mágica espacial. ¿Veis aquella tienda circense, la que tiene las banderas de la ONU? —No bromeaba, era de verdad una tienda de circo—. Pues a paso ligero, que el ascensor sale a las mil setecientas.

La tienda era un manicomio. Ni a Jesse ni a mí nos apetecía que nos pinchasen o nos sondasen los médicos del ejército, pero resultó que nos preocupábamos por nada. El chequeo consistió en permanecer de pie y vestido en una cabina del tamaño de una ducha en la que un rayo de luz subía y bajaba una y otra vez. Cuando salí el doctor ni apartó la vista del ordenador para decirme:

—Vivirás, Bishop.

Vi un archivo con mi foto en la pantalla. El doctor pulsó un par de teclas y la ficha de otro tipo la reemplazó.

—¡Siguiente!

—Perdón, doctor, ¿ya está? —pregunté, confuso.

—Ya está. Acabas de pasar tu primer chequeo con un escáner médico kristango, según el cual estás lo bastante sano. ¡Venga, muévete, que no tengo todo el día! ¡Siguiente!

Tras el chequeo nos dieron una ducha con agua caliente de verdad, aunque no nos proporcionaron uniformes nuevos, así que tuve que volver a ponerme las ropas que llevaba. En una nueva tienda nos dieron papeo caliente al estilo del Ejército, lo cual para mí estaba de maravilla, porque implicaba un montón de comida. Tras dejar la cola miré a mi alrededor con la bandeja en la mano buscando un sitio donde sentarme y vi a Jesse ponerse en pie e indicarme que me acercara a su mesa.

—Este es Gus, de la Primera Acorazada —dijo con la boca llena de pan de maíz mientras señalaba al tipo sentado a su lado.

—¿No se suponía que solo iban a mandar infantería?

Gus se encogió de hombros.

—Conduzco un Bradley. Supongo que necesitarán conductores para los vehículos que tengan.

Bueno, si los kristangos necesitaban conductores, eso implicaba que no tendríamos que ir andando a todas partes.

—Ni idea de dónde nos mandan, pero si va con tres comidas calientes y un catre, que cuenten conmigo —dijo Boroña mientras usaba un trozo de pan para rebañar la salsa del pastel de carne—. Es mucho mejor que este último invierno en casita.

No tenía muy claro qué esperar del ascensor espacial, pero en todo caso no fue lo que esperaba. Parecía la sala de espera de un aeropuerto. El gigantesco vagón en forma de disco tenía cuatro pisos, y la maquinaría se almacenaba en el inferior, o eso supuse al darme cuenta de que solo podíamos usar los tres niveles superiores. De la parte de abajo del vagón colgaban varias vainas de flete. Los pisos habitables se dividían en ocho cuñas que contenían fila tras fila de sillas de plástico con un acolchado fino y cinturones de seguridad.

Se suponía que el viaje a la estación orbital llevaba unas nueve horas y la única distracción consistía en apretujarse contra los ventanales y contemplar el planeta que se iba haciendo cada vez más pequeño bajo nosotros. Al cabo de un rato, hasta eso se convirtió en rutinario.

El ascensor era un cacharro sin adornos de ninguna clase, diseñado para transportar el máximo número de tropas en el mínimo de tiempo; la comodidad no era una prioridad para los kristangos. Ni siquiera había un bar o un sitio donde picar algo, pero el Ejército había puesto una cocina portátil en cada piso y teníamos comida de sobra. Comí mi primera hamburguesa con queso decente en mucho tiempo y no tardé en volver a por otra. Jesse y yo exploramos el lugar, fuimos de acá para allá, trabamos contacto con los soldados con los que íbamos a servir, nos intercambiamos chismes y prestamos atención a los rumores que, como siempre, se contradecían unos a otros. El ascensor tenía capacidad para cinco mil humanos, así que a bordo había casi una división de infantería completa. En una de las cuñas había lo que parecía un improvisado comedor de oficiales. Echamos un vistazo y nos fuimos sin más a reunirnos con el resto de la tropa.

El Ejército no proporcionaba bebidas alcohólicas, así que tuve que conformarme con refrescos. Tras el tercero no me quedó más remedio que visitar los servicios, cosa que no me hacía mucha gracia. ¿Qué tipo de instalaciones nos habrían dado los kristangos? Me preocupaba por nada. O bien tenían una fisiología similar a la humana o habían consultado con humanos, porque parecía el típico servicio de zona de descanso de autopista, aunque nuevo y más limpio. Hasta había jabón en los dispensadores.

El viaje empezó lento y la sensación no resultó muy distinta a ir en ascensor; se notaba una ligera presión hacia abajo y se oía una vibración lejana. A medida que subíamos y la atmósfera se iba volviendo más tenue, empezamos a acelerar y la gravedad artificial se activó para compensar el efecto, ajustada a lo que me dijeron que era un ochenta y cinco por ciento de la gravedad terrestre.

Tuve una charla con uno de los cocineros del Ejército, que había hecho varias veces el viaje en el ascensor. Me dijo que deceleraríamos a medida que nos acercáramos a la estación espacial, pero que no notaríamos nada gracias a la gravedad artificial. Expuse mis dudas sobre lo seguro que podía ser cabalgar en un relámpago, sobre todo ante la posibilidad de un ataque rujarra contra los kristangos, pero el cocinero me dijo que no me preocupase. Una fragata rujarra había salido del hiperespacio a principios de la semana en un momento en que el vagón estaba a medio camino de la estación espacial, que era la parte más vulnerable del trayecto. La fragata había llegado a lanzar dos misiles antes de que un par de destructores kristangos que estaban de patrulla la reventasen, y los láseres defensivos en la parte de arriba del ascensor se habían ocupado de los misiles. Era buena cosa saber que mientras comíamos y nos sentábamos en aquellas sillas incómodas no estábamos del todo indefensos.

Me las apañé para quedarme dormido y me desplomé sobre la silla. Desperté cuando un marine me dio una patada en el pie.

—¡Arriba, bella durmiente! Estamos llegando. Coge el petate, si lo tienes.

El marine siguió su camino, despertando a otros.

Jesse se había dormido tras de mí en el suelo, con el petate de almohada. Lo agarré del hombro y lo sacudí.

—Mierda, ¿por qué tengo que ver esa cara tan fea tuya cuando despierto? —gruñó—. ¿Qué pasa? —añadió luego entre bostezos.

—Creo que nos acercamos a la estación espacial. ¿Quieres pillar sitio en el mirador?

La estación era una rosquilla de la que salían seis brazos en configuración radial. Al extremo de dos de ellos vi lo que supuse que serían naves kristangas, que parecían estar boca abajo apoyadas en plataformas. Una de ellas era esbelta y oscura y la otra bastante mayor y de aspecto imponente. Mientras Jesse y yo nos quedábamos con la boca abierta mirando el panorama, el cocinero con el que había hablado antes se escurrió entre la multitud en nuestra dirección.

—Eso es un crucero —indicó, señalando a la nave más pequeña—. La grande y feota a su lado es un carguero.

—¿Has estado a bordo?

—Na, solo se nos permite estar en la estación mientras el vagón del ascensor se descarga, luego volvemos a Ecuador a recoger al siguiente grupo. Me han dicho que en el carguero cabéis todos, así que en cuanto estéis a bordo, os vais.

—¿Sabes dónde nos mandan?

Esperaba que el cocinero hubiera oído algo en uno de sus viajes, pero meneó la cabeza y dijo:

—Ni idea, y si lo sabe alguno de los oficiales, no suelta prenda. Me parece que los kristangos cuentan solo lo que consideran necesario, y los humanos no necesitamos esa información.

Guardamos silencio mientras el vagón se acercaba poco a poco a la estación, hasta que la mole de esta oscureció la ventana y perdimos de vista el crucero.

—Me gustaría ir con vosotros. Intenté cambiarme a la infantería —el parche de su uniforme lo identificaba como de la Primera Acorazada—, pero el Ejército dice que mi código de ocupación es la cocina, así que es lo que me dejan hacer —remató con amargura.

—Haces unas hamburguesas cojonudas, tío.

Le tendí la mano. Él se limpió las suyas en el delantal, agarró la mía y me miró a los ojos.

—Vais a repartir estopa, ¿verdad?

—Y tanto que sí —respondí, convencido.

Ni siquiera estaba seguro de volver, pero tenía claro que mataría a tantos hámsteres como pudiera. Todos los soldados y marines con los que había hablado pensaban lo mismo y tenían el mismo objetivo en mente. Nos habían atacado, habían amenazado la supervivencia de nuestra especie. La palabra «rabia» no describe con precisión lo que sentíamos. En la estación de tren en Boston había estado paseando con otros tres soldados, que también iban a la guerra al espacio, y la multitud se había fijado en nosotros. La gente paraba, nos saludaba sin pensarlo y aplaudía. Fue muy emotivo. Recuerdo a un viejo con un niño, sin duda un abuelo con el nieto. Le enseñó al renacuajo cómo ponerse firmes y lo ayudó a hacer el saludo militar. La expresión en el rostro de aquel abuelo me dijo todo lo que necesitaba saber sobre lo que sentía la gente hacia los soldados de la Fuerza Expedicionaria la de las Naciones Unidas. Lo que volvía a esta guerra diferente era que, por primera vez en la historia, todos estábamos unidos.

—A mansalva, tío, vamos a repartir estopa a mansalva —dijo Jesse, totalmente en serio.

Chocamos los puños.

—¡Ejército fuerte, entramos a muerte! ¡Sí!

Como le había pasado al cocinero, no vimos gran cosa al bajarnos del vagón. Los guardias de los marines nos llevaron a la estación espacial, que era la que generaba el relámpago en el que habíamos cabalgado. Nos pusimos en fila de a uno, aunque no sé por qué; la estación era enorme. Sin darme cuenta pregunté cómo se habían apañado para construirla tan rápido.

—Un carguero turanio la trajo por piezas y luego la ensamblaron —me dijo un teniente que estaba en la fila por delante mí.

—Perdone, mi teniente —dije—, ¿qué es un turanio?

—Son la especie de la que dependen los kristangos.

Al ver las miradas ausentes de todo el mundo, incluidos Boroña y yo, se salió un poco de la fila para hablarnos. Vi, por el parche del brazo, que pertenecía al Tercero de Infantería.

—¿Es que nadie os ha contado nada?

—Soy de Maine, mi teniente. Internet nos llegó una semana antes del ataque rujarra. —Vi que mi intento de humor no le hacía gracia—. Nunca he oído hablar de los turanios.

Señaló acá y allá con el dedo.

—Esta estación, el ascensor, todo esto es tecnología turania. Los kristangos ni siquiera tienen gravedad artificial en sus naves.

—¿Vamos a estar en gravedad cero, mi teniente? —El rostro de Jesse se puso verde al oírlo. La fila entera pareció marearse ante la idea de no tener gravedad—. No nos han entrenado para eso.

—Por eso estáis aquí en fila, para que os den medicinas que prevengan el mareo espacial. No nos podemos permitir que los humanos se pasen el día vomitando en los cargueros kristangas.

—¿No vamos a ir en una nave turania? —pregunté, cada vez más mareado. Empezaba a arrepentirme de la segunda hamburguesa con queso. La fila se movió y avanzamos por la cubierta.

—Los cargueros turanios rara vez se aventuran en un pozo de gravedad, suelen quedarse en la Nube de Oort de los sistemas solares. —Sabía lo era una nube de Oort, lo que me hizo sentir un poco pedante al ver las miradas bovinas a mi alrededor. El teniente añadió—: Está más allá de la órbita de Plutón. El espaciotiempo está menos curvado allí y es más fácil para un carguero crear un punto de salto. Las naves kristangas solo hacen saltos pequeños, de seis a ocho horas luz, como de aquí a Neptuno, digamos. Suelen hacer varios de esos microsaltos hasta llegar al lugar donde espera la nodriza turania. Un carguero estelar es como un largo y enorme espinazo y tiene varios puntos de agarre donde se enganchan las naves de corta distancia. Tiene un motor de salto avanzado, mucho más que el kristango, así que es el carguero turanio el que lleva las naves kristangas de un sistema solar a otro. La inteligencia militar cree que las naves kristangas no tienen capacidad de viaje interestelar. Teniendo en cuenta los saltos cortos que pueden dar y la necesidad de recargar los motores entre cada salto, al final su velocidad media es inferior a la de la luz. Les llevaría más de cuatro años llegar a nuestra estrella más cercana. Creemos que los turanios son capaces de viajar a unas trescientas veces la velocidad de la luz, en saltos aproximados de un año-luz.

No me gustaron nada los cálculos que estaba realizando mi mente febril. Trescientas veces la velocidad de la luz era rápido de narices, pero implicaba un tiempo de viaje de casi cuatro meses para llegar a un planeta que estuviera, digamos, a cien años-luz. Cuatro puñeteros meses en una nave alienígena en gravedad cero. Y cien años-luz, aunque sonase lejano, no era nada comparado con el tamaño de la galaxia. Recordaba haber estudiado en el colegio que la Tierra estaba a veintisiete mil años-luz de distancia del centro galáctico y que la propia galaxia era simplemente una entre los cientos de miles existentes. No había pensado en nada de eso cuando me sentía tan ansioso por irme de la Tierra a luchar contra los rujarras.

—¿Dónde vamos, mi teniente? —pregunté muy despacio.

—No es ningún secreto. Vamos a un planeta en el que los kristangos han establecido para nosotros una base de entrenamiento. Lo llaman Campamento Alfa.

—¿Y cómo está de lejos? —preguntó Boroña tras lanzarme una mirada. Él también había hecho sus cálculos.

—Los kristangos no nos lo han dicho, pero quienes han estado allí han sacado fotos del cielo nocturno y, basándose en la posición de las estrellas, los astrónomos han calculado que está a mil doscientos veintitrés años-luz de la Tierra.

Las puertas al final de la fila se abrieron y llamaron al teniente.

Joder. Un viaje de mil doscientos años-luz en una nave que viajaba a trescientas veces la velocidad de la luz. ¡Íbamos estar metidos en una nave kristanga adosada a un carguero turanio durante cuatro años! Había oído hablar de los problemas que tienen los astronautas con la falta de gravedad en la estación espacial internacional; los huesos se volvían quebradizos y en un par de meses se perdía una gran cantidad de masa muscular. ¿De qué íbamos a servir un puñado de soldados humanos después de haber pasado cuatro años en gravedad cero?

Estaba tan aturdido que ni pensé en que el teniente había hablado de humanos que habían ido a Campamento Alfa y habían vuelto, lo que implicaba un viaje de menos de un año.

—¿Cuatro años? No me jodas. Es lo que se tarda, ¿no? Mil doscientos años luz a trescientos al año. —La voz de Boroña reflejaba mi propio shock—. Igual nos congelan y nos tiramos dormidos todo el viaje. Como en *Avatar*, ¿la has visto?

La gente empezó a quejarse, aturdida ante las implicaciones de las palabras del teniente. En ese momento llegó mi turno con la doctora, que vestía ropas civiles y una bata blanca de laboratorio. Parecía aburrida.

—¿Debo quitarme la camisa, señora?

Esperaba poder quedarme al menos con los pantalones. Ya era bastante embarazoso estar en calzoncillos delante de un médico, pero con una médica era peor. No quería que mi pequeño amigo se pusiera demasiado alegre al verla, por así decir. Aunque si no se ponía firmes podía ser peor. Ella era atractiva y yo, un tipo sano, así que por respeto a ella debía al menos estar medio…

—No, soldado, no hace falta que se la quite. Alce la barbilla, por favor.

Apoyó lo que parecía una pistola de cromo y plástico contra mi oreja izquierda y apretó el gatillo. Casi no sentí nada. Luego repitió la operación en la derecha, tras lo cual bajó la pistola y comprobó algo en la pantalla del ordenador, le dio un par de golpecitos con los dedos y dijo:

—Tiene buena pinta. Le he inyectado nanomáquinas kristangas que van a migrar a su oído interno y lo ayudarán a evitar las nauseas en gravedad cero. Se disolverán al cabo de un tiempo y no deberían tener efectos secundarios. Si siente que le cuesta mantener el equilibrio cuando está grávido, contacte con el personal médico de la nave.

—¿Cuánto tiempo estaremos a bordo de…?

—Recibirá toda la información cuando esté en la nave.

La puerta opuesta a la que había cruzado se abrió y me dirigí hacia ella. La gravedad parecía correcta, pero la idea de que me hubiesen inyectado minúsculas máquinas me mareó un poco. Había robotitos microscópicos nadando en mis venas. Acojonaba un poco.

En cuanto todos hubieron terminado con los médicos, los guardias nos llevaron a toda prisa al carguero, así que no tuvimos tiempo de ver el paisaje. Tampoco había gran cosa que ver en los pasillos de la estación, más allá de paredes desnudas de color azul claro con placas escritas en diversos lenguajes humanos.

La nave kristanga era algo más interesante. Había un montón de paneles de acceso, pasillos que iban en todas direcciones y tubos y conductos en el techo. Había asideros empotrados tanto en paredes como en suelos, supuse que para cuando la nave estuviera ingrávida. No vimos a ningún kristango; de hecho, aún no había visto a ninguno de esos lagartos cara a cara. Un marine se encargó de nosotros y llevó a los hombres a un compartimento y a las mujeres a otro.

El que me tocó tenía una fila tras otra de literas de tres pisos y cada grupo de tres literas estaba anclado a un brazo que podía rotar noventa grados para el caso de que la nave estuviera acelerando. El marine nos dijo que estábamos en una vaina multipropósito kristanga configurada para transporte de tropas. Añadió que teníamos suerte de que las literas estuvieran adaptadas a los kristangos, algo más altos que el humano medio.

Me encogí de hombros y di con una litera vacía, dejé caer mi pequeño petate y lo aseguré con una correa que supuse que era para eso. No era un mal catre; un par de metros de largo y algo más de metro veinte de separación con la litera superior. De lujo.

Algunos se habían puesto a jugar a las cartas y Jesse se acercó a echar un vistazo mientras yo me tumbaba en la piltra y cargaba un libro en la tableta. Empezaba a sentirme un poco nervioso, porque estaba al veinticinco por ciento de batería y no veía ningún enchufe en el que recargarla. Al parecer había sido una tontería llevármela conmigo.

Un cabo primero asomó al umbral y se aclaró la garganta para llamar nuestra atención. Me hizo gracia que llevase el mismo tipo de tipo de uniforme de camuflaje pasado de moda que yo.

—Soy el cabo primero Raynor y estoy a cargo de este compartimento y del que hay a cada lado. La nave romperá amarras en dos horas y dejará la órbita terrestre. Tenéis que estar atados en vuestras literas diez minutos antes. Si no sabéis cómo usar las correas, el cabo Edwards os lo enseñará. Tras dejar la estación cortarán la gravedad artificial, así que aseguraos de no dejar nada suelto que pueda flotar. La nave estará en aceleración durante una hora, al treinta por ciento de la gravedad nominal terrestre, no es como un cohete de la NASA. Luego hará un salto al hiperespacio. Podréis dejar las literas cuando los kristangos den el visto bueno, en unos noventa minutos. Tras eso, sois libres de ir por donde queráis, pero acordaos de que estáis en gravedad cero. ¡No quiero ningún imbécil haciendo acrobacias en ingravidez! En cuanto la nave se haya alejado lo suficiente de la Tierra haremos varios saltos más al hiperespacio y en esos casos tendréis que estar también en las literas. Nuestro destino final es el planeta que los kristangos han establecido como campo de entrenamiento. Si tenéis alguna pregunta, se os responderán entonces.

Si me iba a tirar más de una hora atado a la litera, era mejor que fuese primero al servicio. Crucé la puerta y le pregunté al marine de guardia dónde estaban. Señaló al fondo del pasillo con una sonrisa torcida.

Los servicios eran… interesantes. No había urinarios. Uno se sentaba como de costumbre, pero los inodoros estaban diseñados para la ingravidez, así que había correas para mantener al usuario en su sitio y el asiento formaba una especie de sello por detrás. Para orinar había un tubo flexible con copas de usar y tirar.

Cada cubículo tenía una placa con instrucciones en diversos idiomas humanos. En realidad, no era tan complicado como parecía, porque el ordenador del inodoro se encargaba de todo. Un punto a favor de la tecnología. Al parecer los kristangos fabricaban urinarios unisex, así que nos turnábamos, primero cinco mujeres, luego cinco hombres. Las mujeres echaban una vida en ello, pero había muchas menos que hombres, así que tampoco era para tanto. De vuelta a mi compartimento me topé en los pasillos con un capitán que estaba leyendo en una tableta. Saludé y me detuve con intención de hablar con él, si me dejaba.

—Perdone, mi capitán, ¿cómo se carga la tableta?

—En cada compartimento hay un juego de pads magnéticos. Deje la tableta encima y se cargará. Es como una alfombrilla de carga, así que no quemará el aparato y solo lo cargará lo necesario. Los dispositivos turanios están bien diseñados.

—¿Qué son los turanios, mi capitán? —pregunté, confiando en ampliar la información que nos había dado el teniente.

Meneó la cabeza.

—Son una especie muy avanzada que dirige la coalición de la que forman parte los kristangos. Me han dicho que se parecen un poco a los aliens de las pelis de ciencia ficción: bajos, huesudos, con grandes cabezas calvas.

Así que era cierto. Ahora sí que me sentía confundido.

—Entonces, ¿no son los kristangos los que mandan?

—En lo que se refiere a nosotros, sí. Todo lo relacionado con la Tierra está a cargo de los kristangos. Los turanios son los… eh… mentores de los kristangos. En cualquier caso, baste saber que viajar entre las estrellas es muy lento en una nave kristanga, así que se acoplan a las nodrizas turanias para los saltos largos. Y antes de que pregunte, no, nunca he visto un turanio. No salimos de las naves kristangas.

—Suena complicado, mi capitán.

Asintió, comprensivo.

—Mírelo así. Los turanios están en la Liga Internacional y los kristangos juegan en Primera División Nacional. Digamos que nosotros estamos en la liga local semiprofesional. Confiamos en ascender de división, pero primero tenemos que demostrar lo que valemos, y eso requiere un montón de trabajo y esfuerzo. Vuelva a su litera, cabo, vamos a soltar amarras enseguida. Ya les informarán más adelante.

Tras una hora de aceleración suave mientras nos alejábamos de la Tierra y diez minutos de lo que asumí que sería la preparación para el salto, la nave cruzó el hiperespacio. Atado como estaba en la litera, no pude ver nada. Sentí una pequeña descarga de electricidad estática en la piel durante el salto y luego volví a estar en gravedad cero.

Transcurrieron ocho horas y veintiún minutos entre el primer salto y el segundo, tal como vi por el reloj. Más tarde me enteraría de que las naves kristangas usan reactores de fusión y a los motores de salto les lleva unas ocho horas acumular la potencia suficiente. Ese lapso entre saltos puede ser una desventaja táctica importante para una fuerza de choque. Si la nave que acaba de saltar se encuentra en problemas, no puede huir saltando de nuevo, mientras que una nave defensora con los motores al cien por cien puede saltar a otro lugar para evitar los misiles que se le vienen encima. En combate real, el lapso entre saltos no es un problema. Las naves de guerra siempre mantienen suficiente reserva de energía para un salto de emergencia.

Las naves no pueden entrar en el hiperespacio ni salir de él cerca de un campo gravitatorio intenso, como el de un planeta, porque distorsiona el entorno del salto y puede destrozar la nave. Así que una fuerza de choque debe salir del hiperespacio lo bastante lejos de un planeta y luego navegar por el espacio normal hasta órbita. En cuanto la nave se encuentra lo bastante cerca del planeta para usar las armas está también pillada por el campo gravitatorio, así que ni siquiera las naves con el motor al cien por cien pueden saltar sin riesgo. Las defensoras, que no tienen modo de saber por dónde saldrán del hiperespacio los atacantes, suelen mantenerse cerca del planeta y luego se despliegan para interceptar al enemigo. Si suena como un videojuego con demasiadas reglas, pues lo es. Por suerte, los humanos no tenemos que preocuparnos de eso. No tenemos naves estelares y los kristangos no nos han dado ninguna. Somos infantería, así que combatimos a pie. Los kristangos nos transportan y nos ocupamos del combate. Al menos eso creíamos entonces.

Entre un salto y otro la nave aceleraba un par de horas y luego teníamos tiempo libre y nos dejaban abandonar los catres. Todos experimentamos un poco con la ingravidez y no tardé en darme cuenta de que tendrían que habernos dado chichoneras. El cabo primero Raynor nos echó la bronca por hacer el idiota, pero nos dejó tropezar y golpearnos a nuestro aire. No hay mejor maestro que la experiencia.

Uno de los que más disfrutaban exhibiéndose era Jeff Murdock, que se había incorporado a nuestro pelotón en Nigeria cuando yo estaba a mitad del servicio, así que no llegué a conocerlo muy bien. El tipo se movía en gravedad cero como un delfín por el agua. Hacía giros que me mareaban y era capaz de usar una pared para impulsarse por el compartimento hacia donde quisiera nadando en el aire. Se colgaba de la litera boca abajo y usaba el pie para mantenerse en el sitio sin parar de sonreír.

—¡Esto es la puta caña! Ya veréis cuando nos den biotecnología kristanga. ¡Voy a ser un supersoldado!

Los demás no estábamos tan entusiasmados cuando lo veíamos revolotear como una ardilla gigante.

—Murdock, lo que te hace falta para ser un soldado no es tecnología extraterrestre, es un puñetero milagro —dijo García entre risas.

—Sí, no te vendría mal un cerebro, igual podías irte a Oz a pedirle uno al mago —comentó Thompson.

—¡Que os den, pavos! —replicó Murdock.

Echó a volar por el compartimento, dio un giro y aterrizó con elegancia en la pared opuesta sin tan siquiera rebotar.

—Ya veréis.

Nos llevaron a la versión kristanga de un comedor comunitario o, dado que estábamos en un navío, tal vez sería mejor llamarlo cambusa. La experiencia que teníamos en el compartimento de literas en gravedad cero nos fue bastante útil para desplazarnos por los pasillos de la nave. El comedor tenía capacidad para casi cien personas y había sillas y mesas, con la diferencia de que todo estaba fijado con contundencia al suelo y las sillas tenían cinturones de seguridad.

Los menús eran raciones MRE, abrir y comer; los humanos no asimilábamos la comida kristanga y ellos no nos querían trasteando en sus cocinas en gravedad cero. Las MRE me recordaban la infancia, cuando iba de campamento, y no estaban mal, pero había comido las demasiadas en Nigeria, así que mastiqué con desgana la pitanza e intercambié parte con los que me rodeaban. Boroña, que estaba canino, engulló su ración casi de golpe y me pilló un par de galletas saladas.

Un comandante del Ejército entró flotando en el comedor a mitad de la comida, se desplazó con pericia hasta la pared opuesta y enganchó los pies en una de las correas como si no fuera nada del otro jueves.

—¿Estáis disfrutando de vuestra comida de astronautas? —Aquello arrancó una carcajada general—. He visto que hay bastante desinformación circulando, así que voy a dejar claras unas cuantas cosas.

»En primer lugar, no vamos a pasarnos todo el día ingrávidos. La nave kristanga va a estar acoplada al carguero turanio la mayor parte del viaje, y los anclajes de este son plataformas con gravedad artificial, así que una vez nos enganchemos estaremos a cero coma ochenta y cinco ges, que es lo normal para los turanios.

»Lo segundo que tengo que decir es que ni el viaje durará cuatro años ni vais a pasarlo congelados. Así que me temo que tendréis que aguantar los ronquidos de vuestros compañeros de catre.

Una risita de respuesta.

—El carguero turanio saltará por un agujero de gusano artificial y saldrá por otro que está a cientos de años-luz de distancia. El carguero hará el viaje hasta el agujero de entrada y desde el de salida, pero serán estos los que se encarguen de la mayor parte del trayecto.

»El viaje durará diecisiete días terrestres y el destino es un planeta que llamamos Campamento Alfa. Es una base de instrucción y allí recibiréis armamento y equipamiento nuevos y aprenderéis las normas de combate. Los kristangos son muy rigurosos en cuanto a seguir las reglas, así que no os durmáis. No queremos que nuestros nuevos aliados tengan queja alguna de nosotros. En cuanto a Campamento Alfa, ya he estado ahí y no diré nada de él, salvo que es un sitio ideal para que os centréis en el entrenamiento.

La respuesta de la multitud fue un gemido de comprensión. Todos nos dimos cuenta de que aquello no era más que jerga del Ejército para referirse a un agujero en el culo del universo en el que no habría más que trabajo e instrucción. Intercambié una mirada con Boroña y ambos exhalamos un suspiro. Los dos habíamos estado en sitios peores y ninguno se había alistado a un crucero de placer. El comandante no respondió a ninguna pregunta y dejó el comedor en cuanto terminó su discurso.

Saber que no iba a estar atrapado en aquella nave en gravedad cero durante cuatro años me hizo sentir bastante mejor.

Tras el cuarto salto de la nave kristanga tuvimos que quedarnos en las literas mientras realizaba la maniobra de acople con la nodriza turania. Se oyó un sonido metálico y sentimos una vibración cuando la nave se enganchó al carguero. La gravedad volvió poco a poco para regocijo de todo el mundo, sobre todo cuando se anunció que cenaríamos caliente, ahora que las cocinas tenían gravedad. Fue estofado de ternera con bastantes más patatas y verdura que ternera, pero implicaba que en las próximas tres semanas no tendríamos que alimentarnos a base de raciones MRE. Además, las galletas eran frescas y estaban calientes. Un buen papeo es fundamental para mantener la moral alta, como bien sabía el Ejército.

Sí, me encantan las galletas calientes y recién hechas, por si alguien tenía alguna duda.

El carguero, nave nodriza o como demonios se llamase dio varios saltos; no recuerdo cuántos porque me los pasé durmiendo. Algunos en la nave estaban intentando llevar un registro informal de todas las actividades: saltos, tiempo entre ellos, duración e intensidad de la aceleración. Perdí la pista al segundo salto y asumí que habría personal cualificado tomando nota de todas esas cosas.

Una noche los altavoces nos despertaron a eso de las cero trescientas cuando la nave se estaba acercando al agujero de gusano. Me habría gustado que nos hubiesen avisado con más antelación, porque la vejiga empezaba a darme la lata. La idea de precipitarme en un agujero de gusano que disgregaría todos mis átomos para luego reensamblarlos al otro lado o cómo demonios fuese la cosa me tenía de los nervios. Permanecí rígido en la litera aguardando lo desconocido cuando de pronto el altavoz anunció:

—Tránsito por el agujero de gusano completado. Iniciando procedimiento para espacio normal.

Mierda. No solo no tenía por qué haberme preocupado por el maldito agujero, sino que ni siquiera lo había notado. Hubo varios saltos más y nuevas esperas entre saltos y sobre todo un montón de aburrimiento.

Hacíamos ejercicio por turnos con equipo que habíamos traído de la Tierra, como cintas de caminar y bicicletas estáticas. Me encanta correr, pero odio las cintas; eran un coñazo. Incluso competir en la cinta con el tipo de al lado se hizo aburrido después de un par de días. Jugábamos en nuestras tabletas, hacíamos ejercicio, leíamos libros y veíamos pelis. Así se debieron de sentir los soldados en la Segunda Guerra Mundial cuando cruzaban el Pacífico en aquellos cargueros tan lentos. La diferencia es que entonces se podía subir a cubierta, respirar aire fresco y ver el sol y el horizonte.

La pitanza era decente y había espacio suficiente para moverse por la nave, salvo en las áreas prohibidas a los humanos. Pero no había nada que ver al otro lado de la ventana, en caso de que hubiéramos tenido ventanas. Tampoco recibíamos noticias de la Tierra ni había forma de contactar con ella. En Nigeria la mayor parte del tiempo me podía conectar a la red, enviar correoso videochatear con familiares y amigos. Aquí estábamos aislados hasta la vuelta, algo que parecía muy lejano. Ni siquiera la tecnología superior de los turanios tenía capacidad de comunicarse a velocidades superiores a la de la luz, por lo que supe, salvo los drones mensajeros que cruzaban los puntos de salto y eran como la versión de moderna de las palomas mensajeras.

Tras un rato tuve la sensación de que éramos turistas de clase baja en un crucero barato; no me parecía que estuviese en el Ejército.

Después de unos cuantos saltos por el hiperespacio de los que ni siquiera me molesté en llevar la cuenta, el carguero llegó al exterior de un sistema solar, o eso nos dijeron. La nave kristanga pasó de nuevo a gravedad cero, se separó y saltó cuatro veces. Por último, se colocó en órbita sobre nuestro destino.

Me pasé la mayor parte de mi primer viaje estelar encerrado en un compartimento sin ventanas. No se lo recomiendo a nadie para pasar las vacaciones a menos que esté desesperado.

Le echamos un vistazo al planeta bajo nosotros y no nos pareció gran cosa. Desde órbita, la Tierra se ve azul y verde, con zonas tostadas donde hay desierto y praderas, y hielo blanco en los polos. Aquel lugar parecía pardo y rojo y el azul de las zonas con agua no tenía muy buen aspecto. El único polo que pude ver era una capita de blanco sucio como la nieve de abril en la carretera, cuando está sucia y costrosa y todo el mundo tiene ganas de que se funda de una puñetera vez.

Hicimos el petate por grupos y fuimos al comedor, donde recibiríamos instrucciones. El teniente González estaba subido a una silla y esperó a que todos hubiéramos entrado.

—¡Bienvenidos a Campamento Alfa! Los kristangos no nos han dado el nombre del planeta, así que simplemente lo llamamos Alfa.

Alguien de la primera fila preguntó:

—Pero sabemos dónde estamos, ¿no, mi teniente? Quiero decir, alguien lo habrá averiguado.

—En efecto —respondió González con una sonrisa—. El equipo de avanzadilla fotografió el cielo nocturno y los astrónomos de la tierra han calculado dónde está el planeta en base a cómo se veían las estrellas. Creo que los kristangos nos estaban gastando una broma con eso de no decirnos donde estaba, porque supongo que no ignoraban que seríamos lo bastante listos para averiguarlo. Seguimos en el brazo galáctico de Orión en la Galaxia de la Vía Láctea, a unos mil doscientos veintitrés años-luz de la tierra. Lo bastante lejos para que el sol no se vea desde aquí a simple vista. De todos modos, me han dicho que nuestro sol es una estrella del montón.

»¿Habéis mirado todos por la ventana y habéis visto el lugar donde vais a entrenar? No es el tipo de sitio que elegiríais para unas vacaciones, sino la clase de lugar al que van los soldados para convertirse en un ejército que los rujarras aprendan a temer. Los kristangos han elegido este planeta como base de operaciones y entrenamiento de humanos por tres motivos.

»En primer lugar, nadie se interesa por él. Es seco y me han dicho que las temperaturas varían entre cincuenta grados de día y menos treinta de noche. Eso en la parte agradable del planeta, que es donde está el campamento de instrucción. La luz del sol es de un blanquiazul apestoso y os dejará en carne viva si no lleváis protección.

»En segundo lugar, el sitio es tan desagradable que es el lugar perfecto para entrenarse. No todos los planetas a los que vamos a ir son como la Tierra y aquí vais a aprender a usar el equipo que nos dan los kristangos y a sobrevivir en las condiciones más duras. Si no sois una fuerza efectiva de combate aquí, no lo seréis en ninguna parte.

»Por último, los kristangos han elegido el lugar porque los rujarras no saben que existe. Aún.

—¿Por qué el planeta es marrón y parece quemado, mi teniente? —preguntó alguien.

—Este sol es una estrella variable lenta. De vez en cuando le entra el hipo y tiene estallidos que chamuscan todo el sistema y luego vuelve a la normalidad.

¿Hipo? Menudo hipo, en efecto. La gente que me rodeaba empezó a menearse de un lado a otro, inquieta, y se oyó un murmullo.

—Tranquilos, los kristangos conocen el ciclo de la estrella y la próxima llamarada tendrá lugar en algún momento entre los próximos diez y cincuenta mil años —añadió González diligentemente. Un periodo como aquel sonaba a que los kristangos no tenían ni puñetera idea de cuándo volvería a estallar la estrella, pero no querían reconocerlo—. Vuestros packs informativos tienen todo lo que necesitáis saber acerca del planeta, así que solo me detendré en lo más relevante.

»Hay vida indígena. El animal más grande es un insecto de unos diez centímetros de largo. Tiene palpos afilados y es venenoso, pero no es fatal para la bioquímica humana, solo causa a veces un sarpullido y una reacción alérgica. La mayor parte ni lo nota. Lo único peligroso del lugar es el clima, que puede ser extremadamente caliente e inclementemente frío. Y, por supuesto, vuestra estupidez.

»Usad el sentido común, recordad que habéis venido a entrenar y leed las normas. Se han escrito para manteneros vivos y alertas.

»Cuando lleguemos a la superficie os redistribuiremos en unidades. Hasta entonces, seguid las instrucciones.

3

Campamento Alfa

No había ascensor espacial en Campamento Alfa, así que el viaje a la superficie fue en lanzadera. Solo que no la llamaban lanzadera ni transbordador ni nave de descenso o de desembarco, que eran los otros términos que se solían usar. El argot del Ejército era Transporte de Órbita a Superficie, o TOS. Al final las acabamos llamando o lanzaderas o toses, como si estuviéramos acatarrados. Las toses podían subir a órbita por sí mismas sin necesidad de cohetes de refuerzo y las más grandes podían hacer tránsitos interplanetarios, siempre que se tuviera tiempo suficiente y que la gente que iba a estar encajonada en ellas se llevase muy bien.

Tanto los kristangos como otras especies tenían vehículos a los que llamaban naves de desembarco o algo muy similar, pero se solían usar para invasiones a larga escala y transportaban grandes cantidades de tropa y equipamiento a la superficie en un solo viaje. No eran muy distintas de los planeadores de la Segunda Guerra Mundial; sobrevivían a una entrada en la atmósfera, podían maniobrar antes del aterrizaje y tomar tierra verticalmente, pero una vez en la superficie, allí se quedaban. Eran vehículos de un solo uso, al contrario que las toses, que podían volver a órbita y hacer varios viajes. No que es eso me importase gran cosa, ya que iba a ser un simple pasajero, pero saber cómo operaban nuestros socios me hacía sentir parte del equipo y no un engranaje en la maquinaria.

La lanzadera en la que me apretujé junto a otras doscientas veinte personas además del correspondiente equipamiento era del tamaño de un 747, aunque su mayor parte estaba ocupada por los motores y los depósitos de combustible. El descenso fue accidentado; topar con la atmósfera fue como si me hubieran dejado caer un saco de cemento en el pecho. Luego la cosa empeoró. Lancé un suspiro de alivio cuando el vehículo se niveló y durante un rato voló como un avión. Creo que todos vitoreamos en ese momento. El aterrizaje en sí fue tan suave que solo me di cuenta de que estábamos en la superficie al sentir que se apagaban los motores.

Allí estaba vuestro seguro servidor, en la superficie de otro planeta. Quién lo habría pensado.

—¿Sabe quién fue el primer humano en posarse en otro planeta, mi teniente? —preguntó alguien.

—Seguramente el General Meers —le respondió un soldado que estaba detrás de mí. Meers era el comandante en jefe de la FENU.

González meneó la cabeza

—Nop —dijo—. Fue una capitana del Ejército Británico, miembro de un equipo de avanzadilla internacional. Se suponía que un coronel chino iba a ser el primero, pero la capitana estaba sentada al lado de la puerta y cuando aterrizaron el piloto kristango les dijo que salieran pitando. Para los kristangos el primer aterrizaje de la humanidad en otro planeta no significaba nada especial, solo querían vaciar la nave enseguida para ir a buscar al siguiente grupo.

Mierda. Habría molado que el primero hubiese sido estadounidense. Bueno, todavía teníamos a Armstrong, y el viejo Neal lo había conseguido usando tecnología americana, que era de fiar. Los británicos se habían limitado a hacer autoestop en un autobús espacial alienígena.

Mi primer paso en otro planeta fue un tanto embarazoso. Estaba acostumbrado tanto al ochenta y cinco por ciento de gravedad del carguero turanio como a la ingravidez, pero la gravedad de Campamento Alfa era un ciento siete por ciento la de la Tierra. El peso extra me hizo tropezar en la rampa.

El teniente González no había mentido respecto a la temperatura. En cuanto nos bajamos de la lanzadera el golpe de calor fue como si hubiese metido la cabeza en un horno. La humedad era considerable, así que nada de esas mierdas de que resultaba soportable porque era un calor seco. La luz era demasiado intensa y tuve que protegerme los ojos y parpadear una y otra vez durante los cien metros que nos separaban de los vehículos. Todo olía a quemado, como si fueran los restos de una hoguera.

Se suponía que el contenido de oxígeno de la atmósfera era ligeramente inferior al de la Tierra, pero tenía la sensación de que no conseguía suficiente aire, no importaba cuanto llenase los pulmones. Quizá el punto de aterrizaje estaba a gran altura.

Llegué al carguero y me uní a la fila para subir a bordo. La cabeza me daba vueltas por el repentino calor, como me había pasado a veces en la playa cuando me ponía en pie de repente.

Vi que la mujer que iba detrás de mí se balanceaba y empezaba a desplomarse sobre el suelo polvoriento. Se quejó e intentó apartarme cuando me incliné a ayudarla, pero saltaba a la vista que le temblaban las rodillas.

—Tranquila, Miller —dije, tras leer el nombre en el parche que llevaba sobre el bolsillo derecho—. Ejército fuerte, vamos a muerte —repetí el viejo eslogan de reclutamiento—. No dejamos tirado a nadie, ni en combate ni en este calor infecto, ¿de acuerdo?

Asintió con rabia, respiró con dificultad y se apoyó en mí hasta que pudo ponerse de nuevo pie. Saltaba a la vista que haber tenido que necesitar ayuda, aunque hubiera sido por un momento, le había herido el amor propio.

—Gracias, eh, Bishop —me dijo tras comprobar mi nombre en la etiqueta—. Hace un calor de mil demonios. Soy de Seattle.

—¡Ja! Yo del Maine Septentrional. No tienes ni idea de lo que es el frío de verdad.

Dejó que la agarrase por los hombros para mantenerla quieta unos segundos, hasta que las piernas dejaron de temblarle. A unos tres metros más allá, las rodillas de uno de los soldados cedieron de repente y se dio de morros contra el suelo; otra víctima del golpe de calor. Miller se recuperó del todo y subió por su propio pie, aunque algo envarada, al vehículo. En cuanto este estuvo lleno arrancamos en dirección a un campamento de tiendas que estaban montando en lo alto de un despeñadero.

Miré a mi alrededor, tratando de saborear las primeras impresiones de un mundo alienígena. No había gran cosa que saborear. Era seco, polvoriento y el aire olía a quemado, y no se debía a los motores de la lanzadera, como había pensado al principio. Una vegetación achaparrada que parecía un liquen carnoso se arracimaba alrededor de las rocas. Asumí que la planta almacenaba agua, como los cactus.

Medio rebotando en el asiento en la parte de atrás del vehículo, Miller y yo intercambiamos una mirada y sonreímos con complicidad. Campamento Alfa era nuestro primer planeta extraterrestre. Y era una mierda.

Aquel momento en el vehículo fue el único que tuve para saborear la experiencia, porque en cuanto llegamos al campamento asignado, el Ejército nos puso a montar tiendas. Una vez acostumbrado, el calor resultaba soportable, pero la gravedad extra era una putada y el olor a quemado me saturaba la nariz. Un sargento nos asignó, a Boroña, a mí y a otros cinco, el montaje de una enorme estructura médica compuesta de varias paredes aislantes prefabricadas. Costó más de lo que parecía.

—Empecemos por esta sección de la pared lateral —dije, con la esperanza de que cuantos antes terminásemos de montar la tienda, antes nos iríamos a comer.

Se oyó un ruido sordo parecido a un pedo interminable y agudo y luego empezaron los quejidos.

—¿Gaitas? ¿Qué coño…? —exclamó Boroña.

—Sí, hay un batallón británico al otro lado del campamento.

Señalé con el pulgar sobre el hombro el lugar en el que los británicos estaban levantando su campamento.

—¿Y están tocando gaitas? ¿En serio? ¿Eso no es cosa de los irlandeses?

—Y de los escoceses también —se burló Garibaldi—. Tío, no tienes ni puñetera idea de nada.

—Eh, ¿sabéis el del escocés que está en un bar ahogando las penas en alcohol? —dijo Valdés.

—¿Lo tenéis todos bien agarrado? —pregunté—. Alzadlo con las piernas, no con la espalda.

—Joder, Bish, suenas como mi madre —bufó Boroña—. Ya sabemos cómo va.

—Así que le dice al camarero —gruñó Valdés con esfuerzo—: «Construyes treinta casas y vas por la calle y ¿qué crees que dice la gente? ¿"Mira a McDougal el constructor"? No».

Apoyamos la pared en las rodillas, y le dije al equipo que nos agachásemos y la posáramos en los hombros. La gravedad extra me estaba matando.

—Luego va y dice: «Rescatas a cinco niños de un edificio en llamas y vas por la calle y ¿qué crees que dice la gente? ¿"Mira a McDougal el rescatador"? No».

—¿Quieres callar un momento, Valdés? Venga, peña, ¡aaarriba! —dije en mi mejor voz castrense de mando.

Pusimos la puñetera pared sobre los hombros. Estábamos consiguiendo levantarla poco a poco cuando Valdés dijo entre jadeos:

—«Ah, pero fóllate una sola oveja y ya verás».

A la mierda. Nos echamos a un lado muertos de risa mientras la pared chocaba con el suelo. Intenté dar una nueva orden, pero me reía tan fuerte que lo único que conseguí fue que me saliera una burbujita de la nariz y cuando los demás lo vieron se echaron a reír de nuevo.

El teniente González nos lanzó una mirada asesina y un cabo primero echó a andar hacia nosotros. Ya no había dudas, era absurdo ponerme a cargo de nada y el Ejército había cometido un tremendo error al darme la responsabilidad de montar una tienda. Conseguí que los demás se calmasen e intentamos poner la pared vertical de nuevo, pero cada vez que la alzábamos del suelo Valdés se echaba a reír de su propio chiste y los demás lo imitábamos. Acabé mandando a Valdés a por agua, llamé a otra media docena de soldados y entre todos pusimos la puñetera pared vertical y en su sitio.

—Una sola oveja —dijo Boroña entre risas.

No me quedó más remedio que imitarlo.

Tras montar la tienda, Boroña y yo dimos por fin con un par de compañeros del viejo pelotón. Eran el cabo primero Greg Koch y el soldado Dave Czajka. A Koch lo llamábamos Primero sin más; tenía un apodo, pero nadie por debajo de su rango podía usarlo a menos que quisiera tener delante a un negro de Georgia de casi dos metros y cabeza afeitada mirándolo con cara de pocos amigos. A Dave lo llamábamos «Aski», porque, aunque natural de Milwaukee, era de ascendencia polaca y solíamos decir que su apellido tendría que haber terminado en «-aski», por más que no fuese así. Fue culpa suya por no tener un apodo decente cuando se unió al pelotón.

Era estupendo reunir de nuevo al viejo grupo. Habría confiado mi vida con los ojos cerrados a cualquiera de los tres. Habíamos compartido varios momentos peliagudos en Nigeria, aunque no tuvieron más consecuencias que algunas cicatrices y unos cuantos malos recuerdos. Antes de irme de casa solía mantenerme en contacto con ellos con algún que otro mail, pero no tenía noticias suyas desde entonces y ni Boroña ni yo estábamos seguros de que hubieran salido de la Tierra.

Resultó que sí. Estaban en otra nave kristanga y habían llegado a Campamento Alfa unas horas antes que nosotros. Koch nos consiguió una tienda para todos, que hubo que montar, y se encargó de averiguar dónde se servía el papeo. Estábamos en la gloria. Luego se fue luego a hacer cosas importantes de primero.

Como el comedor no se abriría hasta dentro de tres horas, Boroña rebuscó en el petate algo de picar.

—¿Qué tienes? —preguntó Aski.

Boroña le guiñó el ojo.

—Vamos a ver. ¡Joder! Tengo un surtido completo de barritas energéticas.

—¿Un surtido? —pregunté, incrédulo—. ¿En serio?

—Y tanto que sí. Podría incluso decir que es una plétora o, más aún, una cornucopia acojonante, te lo juro por mi madre, de cosas de picar.

Oír la palabra «plétora» con aquel acento sureño era un tanto desconcertante.

—Para ya, joder, que me estás dando hambre —se quejó Aski—. ¿Qué sabores tienes?

—Bueno, tenemos Cartón a la Canela y, por supuesto, Pasas y Grava. No olvidemos mi favorito, Auténtico Serrín.

La mierda habitual. Me tocaron las Pasas y Grava y fue más difícil tragarse las primeras que la última.

Al día siguiente nos llevaron al campo de tiro tras el desayuno. Hacía frío, casi cero grados según el termómetro del exterior de la tienda. La gente estaba nerviosa porque por fin íbamos a poder usar algunas de las increíbles armas superavanzadas de los kristangos. Y quién sabía si ropa de esa que calentaba y refrescaba automáticamente.

Me sentía desnudo sin un fusil.

Frente a nosotros había un sargento de los Marines con un corte de pelo tan apurado que parecía capaz de cortarle la mano si lo tocaba. Llevaba pantalones y botas de combate y una sudadera roja de los Marines.

—Soy el sargento Cragen del Cuerpo de Marines de los Estados Unidos de América. —Se detuvo al oír los gritos de «¡Bien!» y «¡Semper fidelis!» que salieron de aquí y de allá—. Me alegra ver que hay algunos fusileros cualificados entre vosotros. Dado que el resto sois del Ejército, hablaré despacio para que lo entendáis. —El resto de los marines se echaron a reír—. ¡Atentos!

Había una caja gris en una mesa frente a él. Tocó un botón en un costado y la caja se abrió en silencio. Todos estiramos el cuello, estábamos a punto de contemplar las armas avanzadas con las que íbamos a masacrar hámsteres.

Comprensibles las quejas que recibieron al sargento cuando sacó lo que parecía un fusil M4 normal y corriente de la caja.

—¡No me jodas!

—¿Está de coña?

—¡Menuda mierda!

—¿Un puñetero eme cuatro?

—¿Quebec Charlie Eco Eco? —Lo que por supuesto quería decir: «¿Qué Cojones Es Eso?»

—Joder, esto es una mierda —nos susurró Aski a Boroña y a mí. Este escupió en suelo polvoriento y quemado.

Eso fueron los comentarios más suaves. Cragen dejó que las protestas fuesen muriendo poco a poco, sin intentar abroncarnos por la falta de disciplina.

—Saludad a lo que los humanos llamamos M4B1. Los kristangos no se fían de que usemos nada más potente, y no lo necesitamos para el tipo de misiones que se nos van a asignar de momento. El fusil M4 Bravo dispara munición similar al calibre cinco cincuenta y seis de vaina dos veintitrés a la que estáis acostumbrados. La diferencia es esta. —Tomó una bala de la mesa y señaló la punta—. Es una carga explosiva. Los kristangos nos han asegurado que esta munición penetra la coraza de los soldados rujarras si seleccionáis la opción explosiva, ya que lleva carga hueca, como la de los proyectiles HEAT de nuestros carros de combate. Podéis desactivar el explosivo; que lo hagáis o no dependerá de las normas de combate del momento. Para seleccionar la carga explosiva se usa este interruptor de aquí. —Señaló un botón en la parte de atrás de la culata, lo que era igual de cómodo para diestros y zurdos—. Tenéis que deslizar la cubierta para mostrar el botón interior. Está hecho así para que no lo pulséis por accidente. Después de nueve tiros, que podéis disparar tiro a tiro o en ráfagas de tres, hay que presionar el botón de nuevo para activar los explosivos.

Cragen dio una explicación detallada del M4 Bravo, pero para la mayoría el interés se había disipado. ¿Dónde estaban la munición autoguiada, los láseres, las mejoras genéticas que nos convertirían en supersoldados, los ojos biónicos, los trajes acorazados que nos permitirían saltar diez metros y desplazarnos a más de cien por hora? ¿Dónde estaba todo aquel material molón que habíamos visto en las pelis de ciencia ficción? Aquello era una mierda. Los rujarras podían bombardearnos desde órbita con máseres, cañones de riel y misiles inteligentes y lo único que teníamos eran fusiles diseñados para la guerra de Vietnam que disparaban petardos de lujo.

Una mierda total.

Un par de horas más tarde tenía un M4 Bravo en las manos en el campo de tiro. Parecía idéntico al viejo y fiable M4 que había dejado en Fuerte Tambor al irme a casa de permiso. Como nunca había vuelto a Tambor, lo más seguro era que aún estuviese allí. Los kristangos nos dieron kits de conversión para los M4 normales y la munición de punta explosiva. Más tarde supimos que buena parte de la munición venía de la Tierra y no tenía mejora alguna, ya que los kristangos no tenían muchas existencias de punta explosiva. Cada escuadra recibiría la mitad de los cargadores con la munición kristanga y la otra mitad con la habitual de cinco cincuenta y seis milímetros. Nuestros aliados suponían que no nos haría falta la munición mejorada para las misiones que nos iban a asignar. Resultaba algo insultante; el trabajo duro en la guerra lo harían los adultos y los soldados humanos nos sentaríamos en la mesa de los niños.

Mi M4B1 venía con dos cargadores de munición explosiva. Ocupé la posición en el campo de tiro y practiqué con el botón que seleccionaba el tipo de munición. El modo explosivo impresionaba, y se oyeron bastantes gritos de entusiasmo en la línea de fuego al ver los blancos de metal destrozados. Las balas normales rebotaban en los blancos y no dejaban más que salpicaduras brillantes. Una ventaja de la munición kristanga era que todos los cartuchos eran iguales, incluso a nivel microscópico, mejores incluso que lo que los francotiradores llamaban munición emparejada. Además, era mucho más limpia que la nuestra y no generaba tanto calor, así que se le podía dar gusto al gatillo sin derretir ni deformar el cañón. Como siempre, había que desmontar y volver a montar el arma con los ojos vendados. Y limpiarla.

Saqué una de las balas kristangas del cargador y la examiné con atención. Aparte de ser de un color distinto y tener una superficie perfecta y regular, sin marcas ni arañazos, parecía idéntica la munición estándar de la OTAN que llevaba años usando.

No íbamos a entrar en combate con ninguna de las ansiadas mejoras. Se nos llevaría de planeta en planeta y no se nos iba a encargar ninguna misión importante. Era como si los kristangos se estuvieran limitando a seguirnos la corriente con lo de combatir. Eso era lo que nos esperaba, al parecer.

No era precisamente lo que había imaginado.

Aquella misma tarde, mientras estábamos en el campo de tiro, un grupo de aeronaves se nos acercó. Volaban bajas y estaban lo bastante cerca para verlas con claridad. Dieron vueltas a nuestro alrededor durante varias horas y practicaron los aterrizajes, los despegues y los vuelos en formación. Las llamo aeronaves y no naves espaciales porque eso nos dijeron los instructores del campo de tiro que eran; estaban diseñadas para volar en una atmósfera, pero no podían llegar a órbita.

Lo que más me sorprendió fue saber que eran rujarras, no kristangas. Nos mandasen donde nos mandasen, nuestros aliados querían que los pilotos humanos aprendieran a usar el equipo tomado de los hámsteres, para así no tener que transportar su propio equipamiento de estrella en estrella.

Había dos tipos principales. Estaba el zopilote, que era un transporte parecido a un Osprey V-22 de rotor basculante, y luego teníamos un vehículo de combate de dos personas al que llamábamos pollo y que era parecido a un apache. Del mismo modo que habíamos bautizado como hámsteres a los rujarras, les dábamos nombres ofensivos a sus naves. Los dos permitían el despegue y el aterrizaje vertical, como los helicópteros o los aviones de rotor basculante, pero tenían motores a reacción en las alas, no aspas. Lo cierto es que tenían buena pinta. Y nos hizo sentir cierto orgullo saber que eran humanos quienes los pilotaban, y que los usaríamos en combate. Lo antes posible, o eso esperábamos.

Al día siguiente nos dieron parte de los juguetes mínimamente mejorados que nos permitían tener los kristangos. El más útil era una radio táctica personal que saltaba entre frecuencias, transmitía en ráfagas encriptadas, y emitía un ruido blanco de fondo de amplio espectro que dificultaba la localización del dispositivo. Nos dieron una a todos; tenía el tamaño de un smartphone, pero era delgada como una tarjeta de crédito, con una pantalla táctil que no había manera de rayar y resultaba casi indestructible a menos que se le disparase una bala explosiva. Con la radio venían un pinganillo y un micrófono que nos pusimos bajo los cascos. Las cámaras de estos emitían vídeo a través las nuevas radios, así que los jefes de escuadra, pelotón o compañía podían ver lo que hacían sus soldados. También podíamos sacar las radios de los cinturones y usar la pantalla para ver la imagen de las cámaras de nuestra escuadra, o la de un soldado individual. En lugar de tener un operador de radio cargando con el pesado equipo a cuestas, cada soldado tenía ahora la posibilidad de comunicarse con cualquier otro a lo largo del planeta. La pantalla táctil tenía un menú en la lengua humana de cada uno, ya fuese inglés, español, francés, mandarín, indio… Era un material de primera, la verdad. Los especialistas en equipos de comunicaciones se habían quedado sin trabajo; no solo los humanos tenían prohibido trastear con el equipo, sino que ni siquiera lo entendían. A mí me parecía magia.

El Ejército quería que llamásemos RaTacs a aquellas nuevas radios tácticas, pero algunos bromistas las bautizaron como zPhones, pues la zeta estaba en el alfabeto mucho más allá de la i, al igual que el zPhone lo estaba respecto al iPhone. Seguro que el Ejército tenía una denominación oficial según el estándar militar en plan Radio Táctica Multipropósito de Origen Kristango. Qué más daba. Lo mejor era que se podían usar como traductores, lo cual nos iba de maravilla teniendo en cuenta que ninguno hablábamos ni una palabra de rujarra. Yo chapurreaba algo de español y había aprendido unas pocas frases bastante útiles en hausa y yoruba durante mi estancia en Nigeria, pero ni siquiera mi inglés era muy allá. Aún me liaba con «haber» y «a ver»; mi madre se ponía de los nervios cada vez que le enviaba un mail petado de faltas de ortografía y errores gramaticales.

Todos practicamos la utilidad de traducción. Nos poníamos el pinganillo y hablábamos despacio y con claridad al micrófono de brazo a un lado de la boca. Había que soltar un par de frases en el idioma de cada uno al usarlo por primera vez para que el traductor pillase la pauta de lenguaje correspondiente. El maldito cacharro diferenciaba sin problemas mi acento de Nueva Inglaterra de la jerga sureña de Boroña, lo cual tenía su mérito. Bastaba hablar al micrófono y esperar un momento, y la traducción salía por el altavoz en el idioma que se hubiese elegido. Incluso detectaba de forma automática si alguien cerca hablaba en otro idioma y lo traducía. La voz sonaba más agradable de lo que había esperado, aunque sin duda estaba generada por ordenador.

Lo que más me impresionó fue lo bien que pillaba la jerga, especialmente la militar que nos rodeaba por todas partes. Cuando no entendía algo emitía una especie de zumbido, su equivalente a un «¿qué?».

Había un batallón francés a un par de quilómetros de distancia de nuestro campamento, y un día vinieron de visita. No paramos de pedirles que nos hablaran para probar el modo de traducción de nuestras ratacs. Fue acojonante. Ellos soltaban su *parlevufransé* en los micrófonos y nosotros lo oíamos en inglés. Así fue como me enteré de que en francés a la tortilla francesa se la llama simplemente «omelette», manda narices. Claro que nosotros llamábamos queso sin más a nuestro queso, no «queso americano», ¿verdad? En fin, creo que estoy divagando.

En todo caso era curioso hablar en mi idioma y luego oír a la máquina repetir lo que decía en francés con un excelente acento. Tanto los franceses como nosotros lo pasamos bien, y enseguida nos pusimos a soltar chorradas a ver cómo las traducía la máquina. Seguro que no era ese el tipo de entrenamiento que tenía en mente el Ejército, pero nos sirvió para practicar con el traductor y acostumbrarnos a usarlo.

Algunos nos comentaron que lo habían usado con las tropas chinas e indias que habían visitado otras partes de la base y que había funcionado de vicio.

En cuanto a cómo lo usábamos con el rujarra, nos limitábamos a practicar con un ordenador que lo hablaba. Todo cuanto puedo decir es que esperaba que el condenado aparato funcionase tan bien en un caso real como en las prácticas.

Hubo otro juguete que fue recibido con menos entusiasmo cuando nos lo mostraron. El sargento Cragen, de nuevo en una plataforma frente a nosotros, sacó un voluminoso tubo de una caja y dijo:

—Os presento el misil Jabalina FGM-148 Bravo.

Mierda. El jabalina era un arma bastante buena, un misil antitanque portátil que podía llevar una sola persona. Lo había usado en Nigeria, pero tenía un par de problemas. El primero era que lo de portátil era bastante relativo, porque el condenado pesaba más de veinte quilos. Quizá para un civil un arma que le permita a un solo soldado reventar un tanque de combate vale hasta el último de esos quilos, pero eso es porque no ha tenido que cargar con ella día tras día. Había que añadir además el fusil, ciento ochenta balas, la radio, la cantimplora, las raciones de emergencia y todo aquello que el Ejército considere imprescindible llevar. Los jabalinas se asignaban a equipos de dos personas. En combate, una marca el blanco y la otra maneja el arma y luego las dos salen por pies de allí lo más rápido que pueden. Disparar y pirarse, lo llamamos.

—Todos conocéis los pros y los contras del misil jabalina —nos decía Cragen—. Nuestros aliados nos han ayudado con su principal punto débil, el sistema infrarrojo de puntería. Según el manual, el buscador infrarrojo se enfría a los pocos segundos, pero todos sabemos que eso depende de la situación. En medio de la jungla o en el desierto, con una temperatura que supera los treinta grados, tarda bastante más en enfriarse. Los kristangos nos han proporcionado herramientas que nos han permitido mejorar el buscador de blancos del FGM-148 Bravo, que ahora se enfría en menos de medio segundo y permanece frío durante al menos media hora, de modo que no hay que preocuparse por su uso continuado. A los treinta minutos hay que apagarlo, pero se puede activar de nuevo diez minutos después. Cuanto más lo uséis menos tiempo se mantendrá frío, como podréis leer en el manual. También se ha mejorado el procesamiento de imágenes, de modo que en un día de calor no tengáis problema en reconocer un blanco que esté casi a temperatura ambiente. Además, el arma fija el objetivo una vez lo identifica, aunque se mueva.

Se oyó una lenta salva de aplausos irónicos. Cragen nos miró con amargura.

—Ya sé que esperabais fusiles láser y atómicas del tamaño de una granada de mano cuando salisteis de la Tierra. Pues esto es lo que hay. —Alzó el misil sobre la cabeza—. Y vamos a luchar lo mejor que sepamos.

Lo que no dijo es que habríamos luchado mejor si hubiésemos tenido mejores armas. En fin. El Ejército siempre dice que hay que combatir con lo que se tiene, no con lo que nos gustaría tener.

Hurra.

Después de una semana un tanto decepcionante y algo triste de entrenamiento para la guerra espacial con armas prácticamente idénticas a las que había usado en Nigeria, por fin nos dejaron probar un juguete de tecnología avanzada. El misil Jabalina Bravo, al igual que el original, tenía una capacidad limitada tierra-aire, básicamente contra helicópteros. Los kristangos debían de haber decidido que nuestros misiles del sistema de defensa área portátil no servían para aquella guerra. Yo había usado los stinger en algún entrenamiento, aunque no en combate, y me parecían misiles cojonudos que servían contra helicópteros, drones, transportes lentos de ala rígida y a veces contra reactores… si había suerte y el avión no se ponía fuera de alcance antes de pillar el stinger y apuntar. Contra naves de desembarco hipersónicas que podían aterrizar verticalmente desde órbita no me parecía que pudiesen hacer nada. Hasta los pollos rujarras que usábamos podían pasar de estar inmóviles a velocidad máxima en un parpadeo. Todos estábamos de acuerdo en que las tropas de desembarco necesitábamos algo potente contra las amenazas áreas, o las batallas terminarían antes de empezar.

Bautizamos como zínger el misil tierra-aire que nos dieron los kristangos nada más verlo, por supuesto. Pesaba unos quince quilos igual que un stinger, con la diferencia de que el sistema de puntería estaba en el interior del tubo y era desechable, mientras que con nuestros stinger había que adosar el sistema de puntería al tubo desechable para disparar el misil. Un zínger tenía veinticinco quilómetros de alcance, era hipersónico y si fallaba un blanco era capaz de examinar los alrededores y buscar otro por sí mismo, o el usuario podría redirigirlo usando el zPhone, o incluso podía preguntar a otros zínger cercanos si había blancos disponibles. Los alerones eran más anchos, así que el misil podía explorar el área durante casi veinte minutos antes de agotar el combustible. Eso significaba que podíamos lanzarlo antes de que llegase el enemigo con tiempo suficiente para que el usuario se largara pitando de allí.

Recibimos los zínger con verdadero entusiasmo cuando nos los mostraron, y practicamos con ellos contra drones. Con los stinger, el Ejército solo nos permitía practicar con bengalas en lugar de los verdaderos misiles, mucho más caros, pero los kristangos no tenían problema alguno con que gastásemos la munición, aunque la que usábamos en las prácticas tenía desactivada la ojiva. Era una gozada para las tropas de a pie ver abatidos de un golpe los drones que usábamos como blanco.

Luego las cosas se complicaron. Al principio usábamos drones sin apenas iniciativa; podían maniobrar para evitar el tiro, pero apenas tenían capacidades defensivas. No tardamos en usar drones que simulaban el comportamiento de naves rujarras como los pollos, los zopilotes y el apestoso caza al que llamábamos buitre. Todos tenían torretas que disparaban láseres o haces de partículas que podían confundir, freír o reventar un zínger, incluso con los zínger yendo en zigzag para esquivar las defensas. También había contramedidas electrónicas y no solo en el espectro infrarrojo o en el de microondas. Las naves rujarras tenían capacidad activa de camuflaje que las volvía difíciles de encontrar incluso bajo el espectro visible. Con el camuflaje activado la nave no desaparecía, pero el aire a su alrededor se ondulaba y distorsionaba la silueta, y también emitía luces multicolores parpadeantes a su alrededor, volviendo su posición muy difícil determinar. Los kristangos nos enseñaron la táctica de disparar varios zínger a la vez contra el mismo blanco.

Pillar un tubo, desplegar la pantalla lateral, obtener un blanco y disparar llevaba menos de un minuto. En teoría, un equipo de dos podía llevar y disparar hasta cuatro zínger; una persona operaba los sistemas del misil y la otra apuntaba. Tened en cuanta que dos zínger pesaban unos treinta quilos, y había que llevar además todo el equipamiento, como ya he comentado. Por otro lado, mientras se preparaba el segundo disparo, el enemigo podía detectar al equipo y devolver el fuego, lo que acortaba un poco las expectativas de vida de los soldados, así como su eficacia en combate. La última frase no es una broma, estaba escrito así, tal cual, en el manual de usuario que nos proporcionaron los kristangos. No se les daban muy bien las relaciones públicas.

En todo caso, las tropas de la FENU nos sentimos por primera vez medio bien equipados para el combate gracias a los zínger. Ya no teníamos que agazaparnos en las trincheras y morir en batalla, podíamos devolver el fuego. Solo hasta los veinticinco quilómetros, cierto; no podíamos disparar a las naves en órbita. Pero era algo. Si los kristangos se fiaban de nosotros y nos daban suficientes juguetitos lo daríamos todo en el campo de batalla, fuese donde fuese.

La mayor parte del entrenamiento en Campamento Alfa no tuvo nada que ver con aprender a manejar las armas, ya fuesen nuevas o modificadas, sino con la instrucción de repaso para soldados como yo, que habíamos estado trabajando en el campo y echando una mano a los civiles desde el ataque rujarra. El trabajo que había hecho con la Guardia Nacional en Maine había sido duro, de deslomarse la espalda, pero no me había preparado para el combate. Cuando llegué a Campamento Alfa llevaba sin disparar un tiro desde Nigeria, salvo para cazar. Estaba oxidado y no en muy buena forma. Las caminatas con mochilas de cincuenta quilos, las prácticas de lucha cuerpo a cuerpo, las pistas de atletismo y obstáculos me endurecieron en seguida, lo que me pareció estupendo. Los rujarras no me iban a tratar con miramientos, así que mucho mejor sentirme dolorido y cansado ahora que ir sin prepararme a la batalla.

Correr bajo aquel calor me destrozaba. Correr bajo aquella gravedad me destrozaba. Ambos combinados hacían que las piernas me temblasen de cansancio cada pocos quilómetros. Boroña cayó de rodillas y echó la papilla tres veces en nuestra primera carrera de diez quilómetros. A partir de ese momento, el cabo primero Koch decidió que era mejor levantarse más temprano y correr antes de que hiciese demasiado calor. En Campamento Alfa la temperatura no tenía término medio, subía de inmediato cuando asomaba el sol por la mañana y caía a plomo al llegar la noche. Al tercer día salimos del catre y corrimos bajo el frío antes de que amaneciera. El día allí tenía veintiocho horas y nuestro horario nos concedía siete horas seguidas de sueño, incluso aunque nos levantásemos temprano.

Sin el calor solo había que lidiar con la gravedad extra. Y con el polvo con olor a quemado que soplaba por todas partes. Y con la dura decepción de constatar que ir a las estrellas no nos había convertido en supersoldados. Tal como dijo el cabo primero Koch, habría que llegar a eso de la forma habitual, trabajando duro. Esas palabras nos sirvieron de acicate hasta que llegamos a la marca de cinco quilómetros. Una vez pasada, estábamos demasiado ocupados boqueando en busca de aire.

Nuestra escuadra no era el único equipo que se levantaba temprano para correr. Nos quedaban menos de dos quilómetros para volver a la base el segundo día cuando llegamos a la ladera de una colina a la que se acercaban por el otro lado media docena de personas, también de vuelta a la base. Aceleramos el paso sin que nadie tuviera que decir nada, igual que ellos. Eso subió las apuestas y al minuto siguiente estábamos esprintando. Yo iba en cabeza, siempre se me ha dado bien correr desde que era un crío y mi madre me llevaba a correr con ella. El otro grupo tenía dos buenos esprínteres. Uno se quedó algo rezagado al llegar al punto de intersección de ambos caminos. Yo llegué un poco por delante del primer corredor, que no tardó en ponerse a la par de mí. Los dos apretamos cuanto pudimos, mientras a nuestras espaldas ambos equipos nos animaban.

Dije «corredor», pero en realidad era una corredora, algo que habría notado enseguida de haber prestado un poco de atención. La conocía de vista, había estado en nuestro batallón auxiliar en la brigada y se llamaba Shauna o algo parecido. No la veía desde poco antes de volver de Nigeria. Y no tenía ni idea de que fuese tan rápida.

Me adelantó. Apenas me sacaba un metro, pero no fui capaz de alcanzarla por mucho que lo intenté. A ella también le costaba trabajo, corría de un modo irregular y jadeaba casi tanto como yo. Cruzamos los dos peñascos que marcaban el límite oficial de la base y caí de rodillas. Tuve que ayudarme con las manos para volver a ponerme en pie. Ella estaba a mi lado, apoyada en las rodillas y jadeante.

—Joder.

—Di que sí —respondí—. ¿Querías matarme?

—Eh, eras tú el que no paraba.

Tendí la mano.

—Joe Bishop.

—Sí, ya te conozco. El de Barney, ¿no? Shauna Jarret.

Nos estrechamos las manos.

—¿Quieres un autógrafo?

Bromeaba solo a medias. Todo aquel asunto del dinosaurio morado ya me hartaba un poco. Ella ladeó la cabeza.

—¿Qué pasa, lo de Barney te ha conseguido algún buen polvo?

Se me iluminó una bombillita en la cabeza. Sí, ya sé que cada vez que una mujer le sonríe a un tío, este se cree que está interesada por él, pero en esta ocasión me pareció que de verdad podía ser así.

—Hasta ahora, no.

Se echó a reír, lo que la volvió aún más atractiva.

—Sigue soñando, Joe.

El resto llegó en ese momento y todos la felicitaron por ganar la improvisada carrera. Shauna y su grupo se fueron a su zona.

No estaba seguro de que tuviese la menor oportunidad, pero merecía la pena intentarlo. Estábamos muy lejos de la Tierra, en medio de una guerra, y no había muchas mujeres en, digamos, unos mil años-luz a la redonda.

—¿Te veo luego, Shauna? —aventuré.

Para mí deleite, se giró a medias y me sonrió.

—A lo mejor.

Además de familiarizarnos con el nuevo equipamiento y de ponernos en forma, también había clases teóricas. Nos sentaban en el suelo de tierra de una tienda y nos impartían lecciones sobre el enemigo, la estructura de mando de nuestros aliados y, sobre todo, las Normas de Combate. Quedé flipado cuando las oí por primera vez, así que las explicaré despacito. Mejor os ponéis cómodos, porque luego os hago un examen.

Espero mientras pilláis una birra.

¿Ya?

Muy bien. Vamos primero con la información básica. Los kristangos, como ya he contado, no estaban al mando de la coalición aliada, como demostraba que tuviesen que usar cargueros turanios para el viaje interestelar. La novedad fue que los turanios tampoco eran los mandamases. La coalición está dirigida por una especie parecida a los gatos llamada los maxolhxes. Lo de parecida a los gatos era un puro rumor, ya que ningún humano y muy pocos kristangos los habían visto. No creo que lleguemos a ver un maxolhxe en lo que me queda de vida, así que lo que puedo decir de ellos es que eran una especie muy vieja y que tenían tecnología increíble. Estoy seguro de que cuando los maxolhxes iban a la guerra no llevaban un puñetero M4. Ya sé que tienen un nombre raro, pero es lo mejor que han conseguido los de inteligencia para transcribir el sonido tal como lo pronuncian los kristangos.

Su planeta de origen está a dos tercios de camino hacia el exterior de la galaxia desde la Tierra, suponiendo que eso signifique algo para vosotros. Para mí, no. Está lejos de narices, dejémoslo así. El caso de los turanios no era raro: estaban al frente de una pequeña porción de la galaxia controlada por los maxolhxes; a su vez, los kristangos gobernaban un par de miles de años-luz cúbicos bajo la férula de los turanios. Los maxolhxes tenían otros subordinados directos aparte de los turanios, quienes al parecer controlaban a otras dos especies aparte de los kristangos.

Los turanios, ya lo he dicho antes, eran como hombrecitos verdes, humanoides pero algo más bajos que el humano medio, dos brazos y piernas, dos ojos y un cabezón pelado. La gente que había hablado con los kristangos se había quedado con la impresión de que a estos no les caían muy bien sus mentores y que al parecer el sentimiento era mutuo. Los turanios miraban con desdén a cualquier especie con tecnología inferior, así que a saber qué pensarían de los míseros humanos.

En el bando enemigo la situación no era muy distinta. En la cima de la pirámide estaban los rindalus, tipejos malrolleros con pinta de arañas. Solo de pensarlo se me pone la carne de gallina. Sus subordinados directos en aquel cuadrante de la galaxia eran los yeraptas, igual de malrolleros pero con pinta de insectos. No funcionaban en plan mente colmena como las abejas, parecían más bien escarabajos. Los rujarras eran una especie subordinada de los yeraptas, igual que los kristangos de los turanios. A partir de algunos comentarios de los kristangos, nuestra gente de inteligencia dedujo que los rujarras los aventajaban tecnológicamente.

Según la propaganda kristanga, porque eso es lo que era, los rindalus eran una especie muy antigua, más que los maxolhxes, que no permitía el desarrollo de otras inteligencias en la galaxia, contra la que los virtuosos maxolhxes se rebelaron hacía varios miles de años. Nuestros aliados luchaban por el derecho de las especies inteligentes a desarrollarse por sí mismas, mientras que nuestros enemigos eran esclavos de los terribles rindalus, que aspiraban al control absoluto de la galaxia.

La verdad es que, para ser tan avanzados, la propaganda de los kristangos era bastante chapucera. Del estilo de la Unión Soviética, Corea del Norte o la Alemania nazi. ¡Nuestros aliados se enfrentan al malvado enemigo para defender al maravilloso ciudadano de a pie! ¡Bajo la excelente guía de nuestros líderes supremos, nuestra justa causa triunfará! ¡Fuerza gracias a la unidad! Lo de siempre, vamos. En todo caso, eso fue lo que nos dijeron. Seguro que la verdad era bastante más complicada. Suele serlo.

La apabullante tecnología de los maxolhxes y los rindalus no incluía la creación y el manejo de los agujeros de gusano que permitían los viajes interestelares a larga distancia en tiempos razonables. Habían sido creados hacía millones de años por una especie desaparecida de la que no se sabía nada, salvo por los artefactos que habían dejado. Los kristangos los llamaban los Antiguos. A los agujeros de gusano no les importaba un pimiento quién los atravesase y no había forma conocida de controlarlos o desactivarlos… o de dañarlos. Ni siquiera una bomba nuclear los afectaba. Funcionaban, y punto.

Vamos con las Normas de Combate.

Se aplican en ambos bandos y tanto rindalus como maxolhxes las siguen a rajatabla. Son la causa por la que la guerra ha durado varios miles de años sin que ningún bando haya exterminado al otro en todo ese tiempo. La clave del asunto es que ni maxolhxes ni rindalus pueden permitirse luchar entre ellos directamente, igual que Estados Unidos no puede entrar en guerra directa con China. En nuestro planeta, las naciones con varios megatones de bombas nucleares no pueden permitirse el lujo de zurrarse la badana sin destruir sus propios países. En la galaxia, especies con armas que convertían en petardos nuestras nucleares tampoco podían permitirse ese lujo. Así que peleaban usando sus especies subordinadas, que tenían subordinadas a su vez, y suma y sigue. La mayor parte del combate tenía lugar entre especies a dos niveles por debajo, como los rujarras y los kristangos. Y entre sus subordinados, como los humanos.

Bueno, os voy a decir cuáles son las reglas, pillad papel y boli.

Número Uno: prohibidas las nucleares o cualquier otro tipo de arma de radiación cerca de un planeta habitado o en la superficie de este, lo que se aplicaba a los planetas potencialmente habitables. La antimateria estaba también prohibida, ya que ese tipo de armas produce radiación, aunque sea de corta vida. Esta norma iba la primera porque ni maxolhxes ni rindalus querían que sus vasallos contaminasen un planeta que luego pudieran usar ellos. Incluso en la vastedad da la Vía Láctea el número de planetas al alcance de la red de agujeros de gusano es limitado, y nadie quería eliminar planetas que pudieran usarse solo porque a un pirado se le fuese la pinza con las nucleares.

Número Dos: prohibidas las armas químicas por el mismo motivo que la Norma Uno. Los productos químicos tóxicos podían quedar en el medio ambiente durante un montón de tiempo. No se decía explícitamente que cualquier especie que abandonase un planeta debía limpiarlo bien y llevarse la basura, pero supongo que estaba implícito.

Número Tres: prohibidas las armas de nanitas. La nanotecnología se usaba para un montón de cosas, pero no podía usarse como arma. Ni siquiera los kristangos estaban seguros de cuál era el motivo de esa norma, pero un viejo rumor hablaba de un incidente con nanotecnología fuera de control que había acabado con un sistema solar en cuarentena permanente. De ahí que las nanoarmas fuesen tabú en la guerra.

Número Cuatro: prohibidas las armas biológicas. Esta norma no era para proteger a maxolhxes y rindalus, especies lo bastante diferentes para que ningún patógeno de una pudiera afectar a la otra.

Era más bien una cosa tipo Convención de Ginebra, en la que un bando se comprometía a no hacerle ciertas cosas al enemigo para que este no las hiciese a su vez con él. De no haber sido así, todos habrían usado misiles con armas biológicas en las atmósferas de los planetas enemigos y en poco tiempo no habría quedado nadie vivo.

Era una norma un tanto elástica. Los virus y las bacterias y otros peligros biológicos mutaban con el tiempo y si de pronto aparecía una forma más virulenta o mortal de un virus natural, ¿quién iba a demostrar que no había mutado por sí mismo? Esta norma existía para prevenir ataques biológicos masivos y catastróficos, pero se hacía un poco la vista gorda en tanto las cosas no se fueran de madre y no se pillase a los infractores. Los kristangos nos dijeron que los rujarras eran conocidos por poner a prueba los límites de la norma, pero no me cabe duda de que los rujarras decían lo mismo de los kristangos.

Lo cierto es que lo de las armas biológicas me acojonaba un poco, por mucho que los kristangos nos asegurasen que los rujarras no conocían lo suficiente la biología humana para crear un arma que funcionase con nosotros. Lo que más miedo me daba era que los kristangos tenían tecnología médica muy superior a la que los humanos habíamos traído, pero no la compartían con nosotros. Afirmaban que solo tras varios años estudiando la bioquímica humana se nos podía aplicar con seguridad su medicina avanzada. Eso implicaba que un simple virus de la gripe, que algunos de los nuestros habrían traído de la Tierra, podía ser un problema serio para la Fuerza Expedicionaria, y habría que curar a las tropas heridas con lo que tuviésemos en el planeta. Nadie nos iba a evacuar a la Tierra.

Número Cinco: no se lanzaban rocas, dicho en plata. Nada de mover asteroides o cometas y tirarlos contra un planeta habitable. Nada de acelerar a velocidades relativistas una roca pequeña y aporrear un planeta con ella. Cualquier planeta con un nivel de población decente tenía defensas que podían detener y desviar las rocas que fuesen a impactar de forma natural, y la norma era para impedir que se saturasen esas defensas o se lanzasen rocas a alta velocidad encapsuladas en un campo de camuflaje.

¿Y qué pasaba con los cañones de riel? Las naves espaciales los usan con frecuencia para acelerar proyectiles a velocidades relativistas y no se cortan a la hora de usarlos en combate, ya sea en el espacio o en un planeta. La clave estaba en restringir el efecto sobre este, así que se limitaba el rendimiento energético de cada impacto a menos de un megatón y no se podían usar tantos ataques por ese medio que llegasen a afectar al clima del planeta. Un ataque masivo de cañones de riel podía llenar la atmósfera de polvo, lo que llevaría a un enfriamiento repentino, pues el polvo tardaría bastante en asentarse, e incluso podía crear una mini edad de hielo.

Esas eran las Normas. Las mayúsculas no son cosa mía, así se veían en las presentaciones de PowerPoint de la FENU. Todo se basaba en la idea de que los planetas habitables al alcance de la red de agujeros de gusano eran escasos y valiosos, y ni maxolhxes ni rindalus iban a permitir que las especies inferiores dañasen un buen terreno. No estaban hechas para proteger ni a soldados ni a civiles, no había nada parecido a la Convención de Ginebra en el espacio. Existían simplemente para que las cosas no se saliesen de madre. En tanto se cumpliesen, las especies inferiores podían masacrarse a placer.

A mí me parecían bien, sobre todo teniendo en cuenta que en Campamento Alfa no teníamos armas nucleares, biológicas o químicas ni tampoco nanotecnología ni cañones de riel. Las Normas garantizaban que nada de todo eso se usase contra nosotros. Como mucho, las biológicas, si el enemigo podía usarlas sin que le pillasen, y no merecía la pena que nos preocupásemos por ello.

No volví a ver a Shauna por las mañanas y no quería parecer un acosador llamándola por el zPhone. Por suerte volvimos a encontrarnos en el comedor de tropa, una tienda enorme con lonas en el suelo que impedían que el polvo y la tierra se metiesen en la comida y mantenían al mínimo el olor a quemado.

Llevaba una bandeja con sándwiches, uno de mantequilla de cacahuete y otro de una carne desconocida, además puré de patatas y lo que parecía salsa. Y judías verdes. De las de verdad, o al menos lo parecían, y no estaban hervidas. Y un bollo de mantequilla. Tenía hambre, y la comida, una pinta estupenda. Me di la vuelta en busca de una mesa y mi bandeja casi choca con la de Shauna.

—¡Eh! Shauna, ¿no? —dije tan indiferentemente como pude.

—Eh, hola. —Miró mi bandeja. En la suya solo había un sándwich, las judías verdes y una manzana—. ¿Pillamos una mesa?

¿En serio? No me fiaba de poder responder sin decir alguna tontería, así que me limité a asentir y la seguí hasta una mesa en la que no había mucha gente.

—Bueno, ya te has enterado de cómo pasé el Día de Colón —dije, tratando de entablar conversación. Me sonó un tanto fanfarrón al decirlo, así que añadí—: ¿Tú también cometiste alguna estupidez ese día?

—Estaba con unos amigos en Phoenix.

—¿No habías salido a mirar las hojas?

Torció la cabeza y me miró con sarcasmo.

—En Phoenix no hacemos eso.

—Vale. Mi familia no necesita hacerlo. El Día de Colón tienen casi medio metro de hojas cubriendo el patio trasero.

—¿No comes? —preguntó con la vista clavada en mi plato.

—Claro. Es que no quería hablar con la boca llena.

Me llevé un sándwich a la boca y lo comí muy despacio.

—Fui a casa a ver si mi madre estaba bien —dijo ella—. Mi padre se había ido de viaje de negocios a Houston. Luego fui a ver a mi abuela. Vive en un piso alto, y sin electricidad no tenía forma de salir; ni siquiera creo que pudiese bajar las esclareas tal como tiene la cadera. Y, bueno, está mayor, ya sabes. —La voz le tembló un poco al recordar aquel día y las emociones que lo acompañaron—. Estaba muerta de miedo, me dijo que no me preocupase por ella, que yo era joven y fuerte y que tenía que irme de la ciudad a algún lugar donde los aliens no dieran conmigo. No dejaba de hablar del Apocalipsis y del Juicio Final y decía una y otra vez que me fuese y que sobreviviera. Ninguna nave rujarra aterrizó en la ciudad, solo vimos las luces y las estelas que cruzaban el cielo, y las columnas de humo de los sitios atacados. Supimos lo de la invasión alienígena por los avisos de emergencia de la radio y al principio no me lo creí. —Tragó el último bocado de judías verdes y apartó la bandeja—. Los hámsteres le dieron un susto de muerte a mi abuela y los odio por ello. Por eso estoy aquí. No quiero que mi abuela ni nadie más vuelva a pasar tanto miedo.

—Te entiendo. Antes, si estaba despejado, salía a pasear por la noche y me preguntaba qué habría en el universo. Después del Día de Colón miró al cielo y si las estrellas parpadean, por un segundo pienso que es una nave enemiga saltando a órbita.

—¡Exacto! —Dio una palmada en la mesa—. Por culpa de los hámsteres la gente mira ahora al cielo con miedo. Odio a esos cabrones por eso.

—¿Nos robaron la inocencia? —masculló con la boca medio llena de puré de patatas.

—Algo así. A ti y a mí, no, claro. Ya hemos estado en combate y hemos visto cosas chungas en Nigeria. Pero la mayoría se limitaban a vivir sin más y no creo que vuelvan a sentirse seguros de nuevo. —Apartó la vista un instante—. Nunca más. Ahora sabemos que la galaxia está llena de enemigos que nos acechan todo el rato.

Hablamos luego de la mierda en la que nos habían metido, y de que esperaban que combatiésemos con lo que en esencia era el armamento que los Estados Unidos llevaban décadas usando. También intercambiamos rumores sobre cuál sería nuestro primer destino, algo de lo que en realidad no teníamos la menor idea. Los dos especulamos, preocupados, sobre cómo iría todo por casa, mientras yo terminaba la cena y ella daba cuenta de su manzana. Su familia lo tenía peor que la mía; después de que sus padres se quedasen en el paro, habían mandado a toda la familia (incluyendo a su abuela y su hermano pequeño) al este de Tejas, donde su padre trabajaba en una granja y su madre en una guardería. Fue un cambio tremendo en sus vidas; su madre había sido agente inmobiliaria y su padre, comercial de una empresa informática. Eran trabajos que habían pasado a mejor vida cuando se desplomó la economía. Su apartamento en Phoenix se había vuelto inhabitable al no tener electricidad para el aire acondicionado.

Mi padre había perdido su trabajo en la papelería, pero se las apañó los primeros meses haciendo chapucillas como leñador, soldador o mecánico de coches. Mi madre seguía siendo profesora y tenía bastante trabajo, sobre todo por todas las familias que habían dejado las ciudades sin apenas electricidad para mudarse al campo. Más tarde, en diciembre, alguien recordó que la papelera en la que había trabajado mi padre tenía una planta de cogeneración que básicamente quemaba serrín y producía energía y se les ocurrió usarla para que toda la región tuviese electricidad. Así que mi padre volvió a la papelera, aunque seguían teniendo el problema de la carencia de combustible para los camiones que debían transportar la madera. En los grandes bosques septentrionales había leña más que suficiente y no se iba a ir a ninguna parte, pero el combustible escaseaba en todas partes y casi no lo había ni para los trenes. La solución fue usar el viejo motor de vapor de un tren turístico de New Hampshire y contratar a gente que conocía ese tipo de maquinaría y sabían cómo conseguir que funcionase con leña en vez de con carbón. Una nueva muestra del ingenio humano en acción: usar un motor de vapor para transportar leña desde el bosque hasta una papelera reconvertida en central eléctrica.

La red de energía de Estados Unidos se iba reconstruyendo poco a poco, y aprovecharon para crear una red distribuida, tal como tendrían que haber hecho hacía tiempo. Se erigieron un montón de pequeñas centrales locales, en lugar de concentrarlo todo en una gigantesca que abasteciese toda una región.

Los kristangos no nos estaban ayudando gran cosa en la tarea en ninguna parte del planeta, salvo en algunas zonas industriales que consideraban esenciales para el esfuerzo de guerra. Obtener energía quemando combustibles fósiles, tal como hacíamos los humanos, estaba por debajo de la dignidad de nuestros nuevos aliados, así que construyeron un par de reactores de fusión para sus propias necesidades. Les habían explicado a nuestros científicos cómo funcionaba su tecnología de fusión, pero tener nuestros propios reactores no iba a ser cosa de un par de días.

Cuando me fui de casa la electricidad aún funcionaba a trompicones. La mayor parte de la energía de la nueva central de Milliconack iba al sur del estado, a la zona de Bangor. Mis padres se calentaban con estufas de leña, no necesitaban aire acondicionado y habían ampliado el huerto durante el invierno, así que la cosecha siguiente bastaría para mi familia y la gente que vivía con ellos y habría un pequeño excedente para vender. Tenían dos vacas y varias gallinas y, cuando me fui, mi madre estaba intentando conseguir un par de lechones.

Por todo el mundo se veía casi lo mismo. La gente que había estado en la cúspide antes del ataque rujarra estaba en algunos casos peor que los que habían estado en el umbral de la pobreza. Para los del campo la vida no cambió mucho, aparte de la dificultad para conseguir combustible para el tractor. La gente seguía necesitando comida, así que había demanda de sobra para los productos agrarios. Ya lo decía la Biblia, aquello de que los últimos serían los primeros, o algo parecido. Aunque es cierto que nadie esperaba que las profecías bíblicas se cumplieran por culpa de una invasión alienígena.

—Estoy dándolo todo para cualificarme para el combate —me explicó Shauna—. Casi lo había conseguido cuando me enrolé, pero caí en una carrera de obstáculos y tuve un esguince del ligamento cruzado anterior dos semanas antes de partir. ¡Menuda mierda! Así que me asignaron a intendencia. Quiero entrar en combate, Joe.

Como tropa de infantería había visto mi ración de guerra, y mi primer impulso fue tratar de refrenar su entusiasmo. Pero no era asunto mío decirle lo que tenía que hacer. Acabamos la comida, se nos acercaron varios de su unidad y Shauna se fue con ellos. Como primera cita no fue ninguna maravilla.

El primer juego de guerra en Campamento Alfa se llamó Operación Escudo Valiente. Se suponía que los nombres de las operaciones se elegían al azar, para que el enemigo no conociese nuestras intenciones. Cosas como Operación Tormenta del Desierto igual sonaban molonas, pero les ponía muy fácil a los iraquís adivinar que se trataba de una ofensiva en el desierto. El problema con las palabras elegidas al azar es que puedes acabar con nombres que, sin querer, suenen ridículos o humorísticos, como Conejito Ardiente o Justicia Coja, así que al final quien decidía los nombres, o al menos los vetaba, era el personal de relaciones públicas del la FENU. Seguro que eligieron el nombre de Escudo Valiente porque les pareció que inspiraría a la tropa, pero lo que me pasó por la cabeza cuando lo oí fue que esperaban que muriésemos con valentía. Como el viejo dicho espartano, aquello de volver a casa con el escudo o sobre él.

Me encantaría decir que durante aquel primer juego de guerra se me ocurrió una táctica brillante en la que nadie más había pensado y que nos llevó, por lo menos a mi pelotón, rumbo a la victoria. Sería una historia cojonuda, seguro. Y a lo mejor les cuento algo de ese estilo a mis nietos cuando empiecen a murmurar lo anticuado que está el abuelo. O igual la cuento un día, borracho, con la esperanza de ligar. Pero la verdad es que, por desgracia, todos los componentes de los dos pelotones de nuestra compañía fueron declarados muertos en un ataque orbital de cañones de riel menos de una hora después de que empezasen los juegos. Estábamos cruzando un cañón, moviéndonos de roca en roca, cuando mi zPhone se puso a pitar y una voz graznó que estaba muerto. Luego el zPhone dejó de funcionar. Menuda mierda. ¿Dos pelotones de soldados de infantería eran dignos de malgastar un ataque de cañones de riel en ellos? Nos habíamos dividido precisamente para no presentar un blanco demasiado jugoso, pero al parecer no funcionó.

Según el protocolo teníamos que quedarnos sentados o tumbados hasta que nos avisaran de que ya era seguro moverse, lo que podía ser al cabo de un día, dependiendo de cómo fuesen los juegos. El sol asomaba en el horizonte y ya empezaba a hacer calor, así que nuestros oficiales decidieron que podíamos hablar entre nosotros y retroceder por el cañón hasta una roca que sobresalía de la pared y nos daría sombra. Allí pasé todo el día, toda la noche y la mitad de la mañana siguiente. Se nos estaba acabando el agua y aún nos esperaba una caminata de seis horas hasta la base. Nos habían trasladado en zopilotes hasta el terreno de juego. Alguien en el cuartel general se apiadó de nosotros y mandó algunos camiones. Nos quejamos de que no tuviesen aire acondicionado, pero dimos gracias por no tener que pasarnos el resto del día caminando.

Una lección que se nos quedó marcada tras el juego de guerra fue que la clave para sobrevivir en el combate de tierra en aquella guerra, en una situación en la que el «terreno elevado» estaba en lo alto de la atmósfera, es la misma que para sobrevivir en una situación de combate en la que el enemigo usa nucleares tácticas. Hay que evitar que las fuerzas estén demasiado concentradas y mantenerse a cubierto lo máximo posible. En una posible situación de guerra nuclear no se le proporciona al enemigo un blanco que parezca interesante para una bomba atómica, como fuerzas del tamaño de un batallón, grandes depósitos de munición, aeródromos estacionarios, puentes móviles y ese tipo de cosas.

Los kristangos no usaban nucleares contra la superficie, lo que a priori parecía bueno, pero en realidad resultaba incluso más peligroso para nosotros. La decisión de usar una bomba atómica implica un consenso general de decisiones a alto nivel sobre una situación de escalada del conflicto en la que no había manera de dar marcha atrás; un genio que no había manera meter de nuevo en la lámpara, por así decir. Los cañones de riel que aceleraban los proyectiles a un porcentaje significativo de la velocidad de la luz podían tener el mismo poder destructivo que las nucleares, pero eran tan sencillos de usar que ni se pensaba en ello. Lo que implicaba que era cuestión de tiempo que a la infantería en la superficie del planeta nos alcanzase un disparo desde órbita.

Las fuerzas azules de la FENU fueron barridas en el juego de guerra por el Grupo Rojo Rujarra simulado. Los kristangos parecían muy satisfechos con el resultado; no porque las tropas de la FENU hubiesen «muerto» a millares, sino porque habíamos conseguido entorpecer lo suficiente el avance del enemigo en la superficie. Las tropas desplegadas de la FENU habían usado tácticas de guerrilla contra las rojas en cuanto estas aterrizaban y nuestros equipos de manejo de zínger habían «derribado» un abundante número de naves de desembarco rojas. A nuestro personal aéreo no le había ido mal tampoco. Cierto que cuando los kristangos detuvieron el juego a las fuerzas azules de la FENU les quedaban menos de cien vehículos capaces de remontar el vuelo. Si os parece malo, considerad que los kristangos esperaban que todos nuestros activos fuesen barridos en las primeras doce horas. La guerra moderna es muy intensa, especialmente en cuanto levantas los pies del suelo.

Dos días más tarde mi escuadra asistía a un partido de baloncesto entre nuestro batallón y los británicos. Estábamos comiendo palomitas y perritos calientes cuando un teniente que aún llevaba el traje de vuelo se sentó a nuestro lado en las gradas.

—¿Es usted piloto, mi teniente? —pregunté. Era una pregunta bastante estúpida.

—Ajá —dijo mientras mordisqueaba el perrito—. Antes llevaba un apache y ahora, un pollo.

—¿Qué tal le ha ido en el juego de guerra? —pregunté con interés.

Tenía bastante información de las tropas de tierra, pero casi nada del personal aéreo. Llevado por el entusiasmo, ni se me ocurrió pensar que a lo mejor acababa de pegarse una paliza volando y que preferiría relajarse y disfrutar del partido en vez de contarme algo que ya habría contado cientos de veces. Una tontería; un piloto nunca se cansa de hablar de lo suyo.

—No nos fue mal —dijo con la vista clavada en el partido—. Derribé un dodo y un buitre.

—¡Madre mía, mi teniente, eso es una pasada!

Alcé la mano para chocar los cinco, entusiasmado. El teniente respondió al saludo.

—Gracias, soldado. Claro que a los dos minutos me derribó un crucero rujarra con un misil, pero no estuvo nada mal. Esperaba durar menos.

—¿Derribó un buitre? —preguntó Aski—. ¿Eso no es una cañonera?

—Más o menos. Los dodos soltaron a las tropas; eran una escuadra de seis dodos con escolta de buitres. Subían de nuevo a órbita cuando atacamos desde dos direcciones distintas; entramos bajos y a toda pastilla y les dimos en cubierta. Fue un puro cuerpo a cuerpo, había naves por todas partes. Derribamos todos los dodos, simulados, claro, y perdimos la mitad de nuestras naves. En cuanto al último buitre, tuve que perseguir a esa cosa infecta hasta los veintiún mil metros, que es lo máximo que alcanza un pollo, ya sabéis que no podemos operar fuera de la atmósfera. Al final me mantenía la inercia, casi no podía controlar la nave con los propulsores auxiliares. Tenía al buitre encima, acelerando a dos G y cada vez más lejos, y estaba a punto de perder el control y entrar en barrena. Lancé los cuatro últimos misiles que me quedaban y mi artillero le dio al buitre con el haz de partículas. Se supone que este es simplemente defensivo, pero desactivó lo suficiente los escudos del buitre para que se colara un misil. —Se volvió hacia el partido—. Su camuflaje activo no funciona muy allá fuera de la atmósfera, algo que averiguamos por nosotros mismos, porque nadie nos lo había dicho. —Cogió un puñado de palomitas de la bolsa y se las comió despacio con gesto pensativo—. Ya sabéis que a esa altura el cielo no es azul brillante, sino casi negro, y puedes ver el planeta extenderse a tus pies, curvo. Pude ver el crucero rujarra que me derribó; no como un simple fantasma en la pantalla del juego sino como una nave de verdad, flotando en mitad del cielo. Se me puso la carne de gallina. La imagen en el casco me mostraba una nave rujarra superpuesta a la auténtica nave kristanga que se usaba en el juego, pero desconecté el visor del casco y pude ver la real.

»¡Una nave espacial de verdad en órbita sobre mí! Fue increíble. Volaba directo hacia ella, hasta que le dieron a la barquilla de estribor con un disparo láser. Todo empezó a dar vueltas y, mientras intentaba estabilizar la nave, me dieron con un misil justo en el culo. Simulado, sí, pero bastante real. No hubo manera de recuperarse de eso, el piloto automático tomó el control y me llevó por debajo de los angelicales diez mil. Me refiero a los diez mil metros.

—Joder —murmuró Aski—. Y yo que pensaba que los que estábamos abajo lo pasamos mal.

—Estoy seguro. Pero estábamos más expuestos en el aire. Tenemos contramedidas que ayudan a evadir los misiles; es casi como si estuviéramos de vuelta en la Segunda Guerra Mundial, antes de que los misiles guiados se adueñaran de la guerra aérea. Gracias al camuflaje y las contramedidas, conseguir una buena oportunidad de tiro contra el enemigo no es solo cuestión de fijar el blanco. Un misil tiene un quince o un veinte por ciento de posibilidades de acertar. No lo sabemos seguro porque los kristangos no nos lo dicen. Suponemos que es un veinte por ciento basándonos en las tácticas que conocemos. —Se echó a reír—. Tiene gracia, me enviaron aquí porque suponían que un piloto de helicóptero lo tendría más fácil para manejar un pollo o un zopilote. Cuando están en modo vertical es así, pero un pollo puede alcanzar velocidades supersónicas y su techo es superior al de nuestros jets. No es algo para lo que estuviese preparado. La última vez que manejé algo con alas fue un pequeño turbohélice durante el entrenamiento. Mi pollo puede sobrepasar con facilidad a un F22. La mayor parte del tiempo se comporta como un jet, no un helicóptero. Un zopilote se parece más a un V22 Osprey, no es hipersónico. —Meneó la cabeza—. Ninguna de las técnicas de vuelo que aprendimos en la Tierra se aplica aquí. Me paso el tiempo diciéndome que no debo preocuparme del estrés dinámico de las aspas y que no tengo que mantener el rotor de cola despejado, más que nada porque no lo tengo.

—Solo tenemos capacidad aérea y el enemigo tiene naves de desembarco que pueden ir al espacio —dijo Boroña—. ¿Cree que tenemos alguna posibilidad, mi teniente? —preguntó, señalando el cielo.

—Te entiendo. En realidad, sí, tenemos una ventaja sobre las naves de desembarco en un combate aéreo. Son grandes y pesadas y torpes como un cerdo en las partes bajas de la atmósfera. Con las contramedidas y el camuflaje, aunque la primera andanada de misiles no acierte, se puede acortar la distancia con el blanco muy rápido y realizar maniobras de combate con los cañones. La clave está en la energía cinética. Si pierdes demasiada velocidad en un giro, date por muerto; en caso contrario tienes energía para entrar y salir del combate aéreo a voluntad. Cierto que las naves de desembarco son, en última instancia, más veloces que nuestros cazas y pueden llegar a velocidad de escape, pero no aceleran tan bien como nosotros. Podemos incrementar la velocidad mucho más rápido.

Siguió un buen rato hablando de tácticas de combate aéreo. Los tres estábamos fascinados y a mí me parecía el tipo más molón que había conocido. Hasta fui a buscarle otro perrito caliente para que siguiera hablando. Cuando terminó el partido y un grupo de pilotos se le acercó, se fue con ellos. Los británicos ganaron por dos puntos.

—Joder, molaría ser piloto —dijo Aski, melancólico—. Siempre quise serlo. Uno de mis tíos estaba apuntado a un club de vuelo. Solo tenían un cacharro, un… un Piper, creo, o algo parecido. Mi tío nos llevó una vez a mi padre y a mí a Minneapolis para ver un partido de los Bears. Fue acojonante. Pero nunca he tenido pasta para las lecciones de vuelo.

—Sí que molaría —dije.

—Un montón. Pero al final también pringó en el juego —señaló Boroña.

—Bueno, sí —respondió Aski—. Como nosotros, y no hicimos gran cosa antes de que nos mataran. Mejor morir en el cielo haciendo algo que ser vaporizado por un ataque que ni ves venir.

Inspirados por el partido de baloncesto, Aski, Boroña y yo fuimos a otra pista y nos unimos a un juego. Aski era un estupendo tirador lateral, así que me concentré en pasarle el balón y pillar los rebotes en defensa. Nos vino muy bien el juego como antídoto contra la frustración. Todos estábamos cabreados por haber muerto sin haber conseguido nada durante Escudo Valiente. Lo más realista era, en efecto, que nos destrozasen desde órbita, pero ¿qué podíamos aprender de algo así? ¿Cómo iban a evaluar los kristangos nuestra capacidad de combate si lo único que conseguíamos era una mala tirada de dados de algún ordenador en órbita? De haber rodado esos dados imaginarios en otra dirección, habrían sido otros pobre pringados los que habrían «muerto» en vez de nosotros.

Mi zPhone se puso a vibrar durante el partido, pero no lo comprobé hasta que no me tomé un descanso para beber. Era un mensaje de Shauna; quería saber si estaba libre y, en ese caso, si quería que quedásemos.

¿Quería?

¿Sale el sol por el Este? Bueno, en la Tierra.

¡Y tanto que sí, joder!

Hay dos signos infalibles para saber si un hombre quiere estar con una mujer: que el tipo en cuestión respire y esté consciente. No hace falta más.

Como el idiota que soy escribí:

<¿Acaso me convocas? [*emoticono de carita sonriente con guiño*]>

Por suerte, mi instinto de supervivencia me hizo borrarlo antes de que le diese a «enviar» y en su lugar escribí, tratando de sonar tranquilo:

<Claro. Estoy jugando unas canastas. Vamos ganando. Acabo enseguida.>

Aski y Boroña me echaron la bronca porque no tenía la cabeza en el juego. No dejaba de sentir falsas vibraciones procedentes del zPhone. Ganamos, por cierto, aunque creo que nadie se molestó en llevar la cuenta.

Al terminar el partido aún no tenía respuesta de Shauna. ¿Quizá había sonado demasiado ansioso? ¿O demasiado indiferente? Mierda. Mi abuela me había hablado de cuando se sentaba junto al teléfono en casa (era antes de los móviles) a esperar la llamada de un chico. Al oírlo me pareció un tanto patético. ¿Sentarse junto al teléfono esperando la llamada de algún pringado en vez de salir a divertirse?

Pero cuando Aski y Boroña sugirieron que fuésemos a la ver la peli que ponían en la tienda del centro recreativo, les dije que estaba cansado y que me iba a la piltra. Me miraron raro, pero no insistieron. Y allí me quedé, sin mis colegas, pero sin ir a la tienda, no fuesen a ir por allí, sentado solo junto a la pista de baloncesto esperando la llamada de una chica.

Esto va para todas las mujeres que alguna vez esperaron una llamada o un mensaje de respuesta por parte de un hombre. Sé lo que se siente. Es una mierda.

El zPhone recibió un mensaje.

Esperaba que Shauna me dijese de quedar en alguna parte, hablar un poco, quién sabía si conocer a sus amigos, lo típico. En lugar de eso me esperaba en la entrada del parque de vehículos de intendencia, una zona vallada en la que se guardaban los vehículos kristangos que habíamos usado. Conocía el código de la puerta, así que se coló dentro tras llevarse un dedo a los labios. Nos abrimos camino en silencio entre los camiones sin que yo tuviese la menor idea de dónde me llevaba, hasta que nos detuvimos tras uno de ellos y

Shauna abrió la puerta trasera. Tenía una cubierta de lona que ella hizo a un lado para mostrarme el interior, donde había una linterna. Por un segundo me temí que hubiese más gente y que Shauna me hubiese traído para alguna travesura, algo en lo que no podía estar menos interesado. Mi expediente del Ejército ya tenía suficientes avisos por cosas como esa.

No había nadie dentro. Tan solo un grueso montón de mantas. La sorpresa debió de asomarme a los ojos, porque en aquel momento Shauna me pilló de la camisa y me besó con ganas.

—¿Te parece bien? —Los ojos le brillaban en la penumbra—. Molas. No eres muy listo, pero molas.

Asentí como si tuviese cuatro años y me estuvieran preguntando si quería un dulce.

—Oh, sí, claro que sí.

Si ya habéis probado el sexo, no os voy a aburrir con sudorosos detalles acerca de lo que hicimos Shauna y yo. Ya sabéis de qué va, y estoy seguro de que no hicimos nada que no hayáis hecho antes. O hayáis querido hacer.

Si aún no lo habéis probado, mejor no os estropeo la sorpresa. Solo una pista: a-c-o-j-o-n-a-n-t-e.

Madre mía.

Nos tomamos un descanso y hablamos un poco. Ella se tumbó boca arriba a mi lado. Al cabo de un rato empecé a acariciarla con los dedos. Empecé por el cuello, bajé al pecho, luego a la tripa y luego más abajo.

—¿Qué haces? —preguntó ella entre risas.

—Te paso los dedos por el pelo —dije, todo inocencia.

—Creo que no es eso lo que intentas.

Se echó a reír y me dio una palmada juguetona.

—¿Es que no es romántico?

—Claro, tanto como tu amiguito. —Le dio una palmada—. Puro romanticismo, Joe.

—Eh, no digas eso. —Mi amiguito empezaba a despertar bajo su tacto—. En realidad, es muy romántico.

—Ajá, claro. Le encanta el romanticismo, siempre que acabe en sexo.

—Bueno, tengo que confesar que está un poco salido. A veces no hay manera de controlarlo.

Como ahora mismo, cada vez más animado por lo que Shauna hacía.

—Ah, ¿no lo controlas? ¿Es que no tienes nada que ver con él?

—Si yo te contara. —Sacudí la cabeza con pesadumbre—. A veces me despierta a las cuatro de la mañana porque ha olvidado la llave de la puerta y cuando le pregunto de dónde viene me dice que de ningún sitio, que se ha ido a dar una vuelta, solo que huele a vodka y perfume, así que seguro que se ha metido en algún lío.

—¿Una llave? ¿Y dónde la lleva? ¿Se va por su cuenta?

Se echó a reír.

—Bueno, se lleva siempre a sus dos colegas; juntos forman un pelotón. Pero los líos en los que se meten no son cosa mía. Mi corazón es puro.

—Tu corazón está podrido, pero tienes gracia. —Se echó a reír de nuevo—. Voy a, eh, charlar con tu amiguito, a ver qué me dice. No te importa, ¿no?

—No, claro, habla con él todo lo que quieras.

Un par de horas más tarde Shauna dijo que teníamos que irnos porque estaba a punto de llegar una patrulla de seguridad. Normalmente se limitaban a encender las luces un instante para asegurarse de que no había nada importante fuera de sitio, algo totalmente comprensible. ¿Quién demonios iba a robar un camión en aquel planeta? ¿Y qué habría hecho con él después?

—Eh…, esto…, ¿te llamo mañana?

Mierda. Tendría que haberlo preguntado antes de volver a ponerme los pantalones y la camiseta. En mi defensa diré que hacía frío en el camión, fuera de la cama.

—¿Llamarme? ¿Vas a llamarme?

—Bueno, te mando un mensaje —dije muy despacio, seguro de que la había cagado.

—¿Vas a llamarme? Claro. —Se la veía disgustada, pero no sabía por qué—. Tendría que mosquearme contigo, pero eres demasiado guapo, cabrón.

—Sí, es una putada. Oye, de verdad, no quiero que pienses que…, eh…, ya sabes.

—¿Pensar qué? ¿Que me estás usando para follar? Joe, no estoy en el insti. La que te está usando para follar soy yo.

—Eh… Vaya.

—¿Pasa algo?

—No, claro que no, nada —mentí.

Sí que le pasaba algo a mi ego, aunque no fuese gran cosa. Se suponía que estaba en la situación con la que sueñan todos los tíos cuando no se mienten a sí mismos. Solo que al mismo tiempo nos encanta creer que hemos dejado huella, aunque sea un polvo de una noche.

Cosas del ego masculino. Qué le vamos a hacer.

—Estamos en un planeta alienígena, Joe —dijo, la voz ahogada por la manta que tenía sobre la cabeza. Como no era idiota, se estaba vistiendo mientras aún estaba en la cama y no en el frío exterior—. No sabemos dónde vamos a estar de un día para otro. A lo mejor la semana que viene estamos en planetas distintos. Estoy dándolo todo para cualificarme para el combate, quiero contar para algo en esta guerra, y en eso es en lo que me centro. No tengo tiempo para novios. Tú no lo tienes para novias. Te gusto, me gustas, estoy caliente y eres bueno en la cama. Ya está. Sin complicaciones.

—Vale. —Al entenderlo se me pasó del todo el bajón—. Claro. ¡Sí!

—Estupendo. —Sacó las piernas de las mantas, metió los pies en las botas, se puso en pie de un salto y me besó en la mejilla—. Ya te llamo yo.

Aquello me dejó bastante inquieto… hasta que, en efecto, me llamó un par de noches más tarde y estuvimos dándole hasta desgastar la suspensión del camión.

Acojonante.

Cualquier idea acerca de que mis escapadas nocturnas amorosas hubiesen pasado desapercibidas se escurrió por el desagüe a la mañana siguiente a la hora del desayuno. El primero Koch nos hizo correr una carrera de obstáculos en la oscuridad, y llegué al comedor hambriento y sin haber dormido lo suficiente.

—¿Qué es eso? —murmuró Boroña con la boca llena de comida. Señalaba con un trozo de tostada el cuenco de Aski.

Le eché un vistazo.

—Joder, Aski —dije—. ¿Qué coño haces?

Teníamos huevos, tostadas, patatas rustidas, lo que nos apeteciese. Y él había pillado una tostada medio untada de mantequilla y un cuenco de avena. Copos y agua, sin nada más, ni azúcar moreno, ni nueces, ni siquiera algo de nata. Era comida de caballos.

—Parece un cuenco de… tristeza empapada.

—Un cuenco de tristeza. —Boroña se atragantó al reírse y escupió parte de los huevos en el plato—. Eso sí que mola. Tristeza Empapada. ¿Qué es, la nueva marca de Kellog's?

—Hablo en serio —dije. Aski ni pestañeaba—. Comerse eso es como ser fan de los Cubs. Vale, una de cada cien van y ganan, y es como si hubieses encontrado un malvavisco en el cuenco, pero sabes de sobra que cuando acabe la liga van a estar tragando a paletadas un buen tazón de tristeza.

—Cállate —gruñó Aski, pero vi que le temblaba el párpado.

Boroña dio una palmada contra la mesa.

—Joder, me estáis matando.

Le ofrecí a Aski un trozo de tostada, pero lo apartó con el ceño fruncido.

—No, tío, el pastel de carne de anoche no me sentó nada bien. Necesito algo suave después de la carrera de obstáculos.

—Ah, sí, la carne —dijo Boroña—. ¿Qué era aquella salsa que llevaba? —Meneó la cabeza—. Sabía a aceite de motor de un 10W-40.

—No, creo que era fluido hidráulico del que usan los hámsteres en los zopilotes. Estaba rico. —Me relamí—. Carne misteriosa flotando en un estanque grasiento de fluido hidráulico.

—Ajá —asintió Boroña mientras se llevaba un puñado de patatas a la boca—. Y cuando la salsa grasienta enfría se acumula esa nata gomosa en la superficie y…

—Basta. —La cara de Aski se estaba poniendo verde. Apartó el cuenco de avena—. Callaos ya, joder, que voy a potar.

Tocarnos las narices los unos a los otros era parte de ser una escuadra, pero había que saber cuándo parar. Lo último que queríamos Boroña o yo era que el desayuno de Aski acabase desparramado por la mesa. No nos interesaba el tipo de popularidad que nos traería algo así.

Cogí un par de rebanadas de pan tostado de Boroña y las puse en el plato de Aski.

—Toma, esto te llenará. Tenemos una mañana movidita.

Nos esperaba una hora de prácticas de tiro y veinte quilómetros de caminata en los que había que aprender a orientarse por los puntos de navegación. Todo antes del almuerzo. Era parte del entrenamiento para el juego de guerra de armas combinadas que empezaría la semana siguiente, en el que esperábamos demostrarles a los kristangos que los soldados humanos éramos la caña en la guerra simulada.

Parte del escenario, aún a medio diseñar, incluía un bombardeo simulado desde órbita y naves rujarras tripuladas por humanos enfrentándose a los vehículos de desembarco kristangos. Las tropas de la FENU serían el equipo azul defensor y los kristangos, el rojo invasor, que usaría tácticas rujarras.

Aski se sintió mejor tras las dos rebanadas de pan, lo suficiente para quitarme un trozo de tostada del plato. Lo suficiente, de hecho, para preguntarme:

—¿Y cómo te va con la chica esa, Shauna?

—Sí, ¿qué pasa con ella? —preguntó Boroña mientras me daba un codazo en las costillas.

Tenía la boca llena de patatas y casi me atraganto.

—¿Qué pasa? Pasa que, en primer lugar, es una mujer, no una chica…

—Ya, venga, no me vaciles.

No era tan fácil despistar a Boroña.

—Y pasa, además, que no es asunto vuestro. Nos encontramos en la cena y estuvimos charlando. Y ya está. No fue gran cosa.

—Hablaste con una tía de verdad —objetó Aski—. La tocaste. Claro que fue gran cosa.

—¿Sabes qué, Bish? —intervino Boroña—. Por lo que he oído por ahí las mujeres son solo el dieciséis por ciento de las tropas. ¡Dieciséis por ciento! Eso implica que por cada hombre… No, mierda: por cada mujer hay cuatro tíos.

—Revisa esos cálculos, anda —le cortó Aski—. Yendo al grano, Bish, tal como están las posibilidades lo llevamos bastante crudo, así que si alguien en este planeta moja necesitamos saber los detalles.

—No os voy a dar ninguno.

—¡Ajá! —Boroña dio un golpe en la mesa, lo que hizo que los de alrededor nos mirasen—. Así que hay detalles.

Mierda, la había cagado.

—A ver, tíos, digamos que hipotéticamente hay un tipo en el planeta que está, digamos, disfrutando de la compañía de una dama. ¿De verdad creéis que va a mejorar las posibilidades de los demás hablando de ello o manteniendo la boquita cerrada? ¿Eh? ¿De verdad creéis que a las mujeres del planeta les va a hacer gracia que los tíos anden por ahí contándolo?

—Mierda, tiene razón —se lamentó Aski.

—Puedes fardar de haber mojado o puedes mojar. Así de sencillo —concluí.

—Joder. Pues en ese caso —dijo Boroña con el tenedor alzado—, me quedo con el resto de tu tostada.

Me sonó el zPhone una mañana que estaba en campo de tiro. Era un mensaje del pelotón que me ordenaba ir a ver al capitán Andrews al otro lado de la base. Andrews estaba al frente de una compañía en otro batallón de la brigada. El mensaje no decía «a paso ligero», pero lo implicaba.

Di con la tienda que usaba Andrews como cuartel general de la compañía, entré y saludé:

—Cabo Bishop a sus órdenes, mi capitán.

—Descanso, Bishop —dijo casi sin alzar la vista del portátil—. Supongo que sabe que dejamos la Tierra sin todo el complemento. Los que no llegaron a tiempo a Ecuador se quedaron atrás.

Asentí. Lo irónico era que llegar a Ecuador había sido más difícil que subir a órbita o viajar por el espacio. A causa de la escasez de personal teníamos a cabos primeros a cargo de pelotones, a sargentos cumpliendo labores de sargento primero, tenientes actuando como capitanes… La otra escuadra de mi pelotón solo tenía tres soldados y el batallón había creado algunas escuadras nuevas juntando unidades que estaban a medias. En total, la Décima División tenía un catorce por ciento menos personal del reglamentario, eso sin contar los batallones de artillería que habíamos decidido no llevar. O la mayor parte de la brigada auxiliar, que tampoco habíamos traído, lo que nos dejaba casi sin ingenieros de combate. Era un buen problema y la División aún estaba tratando de solucionarlo.

—Tengo aquí su expediente —dijo Andrews, lo que no me resultó muy alentador.

He visto mi expediente, el original por triplicado en papel oficial del Ejército. Al volver de Nigeria tenía estampado «mala actitud» en letras mayúsculas y subrayado dos veces. Ni siquiera había una carita sonriente sobre la «i» de «actitud», así que la cosa iba en serio. Esperaba que el capitán Andrews no lo subrayara una vez más ni lo rodease todo de una cara enorme y enfadada. Traté de hacer memoria y no encontré ninguna cagada especialmente notable desde que habíamos dejado la Tierra. El Corazón Púrpura que explicaba las heridas del brazo izquierdo contrapesaba un poco mi supuesta mala actitud, y se había iniciado el papeleo para conseguirme una Estrella de Bronce. Lo habían detenido en la brigada, lo que tenía su lógica, dadas las circunstancias, pero había sido un bonito gesto.

—¿Conoce al sargento Agnelli? —preguntó. Asentí de nuevo. De pronto el capitán dijo algo con lo que no contaba—: Hay una vacante de cabo primero en esta escuadra y lo han recomendado a usted. —No dijo quién—. Es suya, si la quiere. No tenemos ni el tiempo ni los recursos para un programa regular de entrenamiento, así que tendrá que ir aprendiendo sobre la marcha. Si está interesado preséntese a Agnelli. Ya me encargo yo del papelco.

Joder. Ni siquiera estaba seguro de poder llevar una escuadra de tres tipos a los que no conociese de nada. Andrews carraspeó.

—Ese era yo esperando una respuesta, Bishop. Sé que este no es el procedimiento normal, pero no tenemos tiempo para eso.

—Sí, mi capitán, gracias. Quiero decir que sí, que es un honor, acepto.

Se suponía que un ascenso era algo más formal, y me había pillado por sorpresa. Pero la División necesitaba rellenar los huecos.

—Bien. —No sonaba muy convencido—. Agnelli le echará una mano en lo que necesita. Una cosa, Bishop.

—¿Sí, mi capitán?

—No se acerque a las furgonetas de helados.

No sonreía.

Lo más difícil de mi ascenso no fue hacerme cargo de una nueva escuadra, ya que los tres soldados habían estado en Nigeria y tenían experiencia suficiente para saber qué hacer sin necesidad de que se lo ordenase. El sargento Agnelli era un tipo paciente y, aparte del trabajo administrativo, que al principio me sobrepasaba, me ajusté más o menos rápido. El Ejército no tenía mucho tiempo para proporcionarme la instrucción oficial, así que me ahorré el aprender de memoria un montón de basura, aunque estaba seguro de que acabaría pagando eso antes después.

Lo más duro fue dejar mi anterior unidad, al primero Koch, a Aski y especialmente a Boroña, quien me despidió con una lagrimilla en el ojo, fruto según él de la arenilla que se le había metido dentro. Seguramente mis lágrimas eran por lo mismo.

—Joder —dijo Boroña—. Mira que haces el tonto cuando no me tienes cerca. ¿Cómo coño te las vas a apañar sin mí? ¿Y cómo es que el Ejército te ha puesto al frente de una escuadra?

Meneó la cabeza con pesadumbre.

—Si veo una furgoneta de helados echo a correr en dirección contraria.

Lanzó un bufido.

—Vale, Bish, eso viene a ser como un, eh, un diez por ciento del verdadero problema. Si te metes en un lío lo que tienes que pensar es qué haría Jesse.

—Ajá. Y luego hago todo lo contrario.

Me eché a reír. Él se encogió de hombros de forma exagerada y me abrazó y me palmeó la espalda.

—Cuídate, tío, y escribe.

Saqué el zPhone.

—¿Escribir? Con este cacharro puedo verte el careto siempre que quiera.

—Joder, se me había olvidado —dijo en tono burlón—. A ver, ¿cómo se bloquea a alguien para que no te llame?

Los kristangos no tenían comunicaciones más rápidas que la luz, pero la radio macuto del Ejército, sí.

—¿Cabo primero Bishop? —Shauna fue la primera en dirigirse a mí por mi nuevo rango—. Madre mía, ascienden a cualquiera.

—Ya te digo.

—En serio me alegro por ti, Bish.

—¿Quieres que te cuente una cosa? No tengo ni puñetera idea de lo que hago.

—Bueno, vamos a la guerra contra los aliens. Nadie tiene ni idea. Improvisamos sobre la marcha.

Verla me alegró el día, pero también me hizo recordar que tenía que echarles un vistazo a las normas acerca de fraternizar con la tropa. Shauna no estaba bajo mi mando directo, sino en otro batallón. ¿Quería eso decir que no había problema en que siguiéramos viéndonos? Eso esperaba.

Al frente de mi nuevo pelotón estaba el sargento Salvatore Agnelli, que pese al nombre parecía más alemán que italiano con aquel pelo rubio. Tuve suerte con mi escuadra, y tanto Agnelli como yo lo sabíamos. Los soldados Chen y Baker y el cabo Sánchez eran veteranos de Nigeria, y antes de eso, Sánchez había servido por un corto periodo en Corea. Greg Chen era un ANC de las afueras de Maryland, y tuvo que explicarme que aquello quería decir Americano Nacido Chino, porque yo no tenía ni idea. Jeron Baker se había criado en una granja de Alabama, algo de lo que estaba muy orgulloso, y se alegraba infinito haberse largado de allí. En cuanto a Pete Sánchez, era del este de Kansas y, aunque sus padres tenían una granja casera, la madre era enfermera y el padre, vendedor de coches; la granja no daba lo suficiente para vivir de ella.

Su anterior cabo primero había ascendido y comandaba un pelotón en la segunda brigada. Empezamos con buen pie; nadie hizo ningún chiste de Barney ni me preguntó sobre ello ni pareció interesado en saber qué había hecho la primera vez que vi un rujarra. Para ellos era algo antiguo y no le daban ninguna importancia. Los cuatro nos fuimos conociendo en la instrucción y en los ejercicios de combate a lo largo de la siguiente semana. Todas las noches me tumbaba en el catre agotado con la sensación de estar feliz como nunca. Tenía un gran equipo y cada vez estábamos más ansiosos de entrar en combate con un enemigo que había amenazado nuestro planeta. Necesitábamos una misión real.

Ocho días después de mi ascenso, nuestra brigada recibió órdenes de desplegarse. Había estado forzándome al máximo para estar a la altura en los próximos juegos de guerra, la Operación Cuchilla, que iban a ser en diez días. El capitán Teller reunió a la compañía en un hangar al extremo de la base y nos dio las noticias. Estaba en una plataforma a un extremo y nos apretujamos a su alrededor para oírlo bien.

—Muchachos, ha surgido una oportunidad.

Chen gimió y nos susurró:

—AQYV, tíos.

Agachaos Que Ya Viene era una expresión habitual en el Ejército, especialmente cuando un oficial decía que había surgido una oportunidad, o sea, que nos iban a joder de un modo u otro. De ahí que se hubiese acabado convirtiendo en un modismo.

Teller esperó a que el inevitable murmullo se apagase por sí mismo.

—Tenemos la oportunidad de usar nuestros nuevos juguetes y ser útiles en esta guerra. La FENU ha recibido órdenes y nos vamos en dos días al amanecer. La primera brigada irá con un batallón británico y otro francés. La FENU va a poner toda la carne en el asador, nos vamos todos. En las próximas dos semanas se va a desmantelar todo esto.

—¿Cuál es la misión, mi capitán? —preguntó un tipo en primera fila—. ¿Vamos a darles caña a los roedores? —El tono no podía ser más serio.

Teller puso cara de haberse tragado un limón.

—No, los kristangos dicen que aún no estamos preparados. Y por lo que he visto de las simulaciones de batalla kristangas, tienen razón, no lo estamos. No haríamos más que obstaculizarlos. La mayor parte del combate tiene lugar en órbita o incluso más allá, y dado que no tenemos una armada, no servimos de nada en ese caso. Los kristangos han recuperado un mundo colonial que habían perdido a manos de los rujarras hace algún tiempo y están echando a los rujarras del planeta. Han establecido una tregua, y los rujarras tienen trece meses para evacuar la población civil. El periodo tan largo se debe a que hay casi un millón de rujarras ahí abajo. Nuestra misión es servir de fuerza de ocupación y ayudar a la evacuación.

Eso no nos hizo mucha gracia.

—¿Labores de guarnición?

—Mierda, pacificación otra vez.

—¿Vamos a tener que llevar los puñeteros cascos azules?

Teller alzó las manos hasta que consiguió que los murmullos cesasen.

—He venido aquí a luchar contra los rujarras como todos vosotros, a matar a esos cabrones con cara de rata. Pero esto es el ejército, no siempre se consigue lo que se quiere. Nuestro trabajo es proteger la Tierra, y dado que está muy claro que no podemos nosotros solos, lo mejor para que los nuestros estén a salvo en casa es que trabajemos con nuestros aliados. Los kristangos tienen demasiados frentes abiertos y carecen de tropas suficientes para mantener los lugares que capturan. Por eso necesitan infantería. Hay un peligro biológico de alguna clase que impide que los kristangos aterricen en este momento, al parecer los rujarras han intentado hacer trampa con la Norma Cuatro. Aunque los hámsteres dicen que el virus o lo que sea ya existía cuando los kristangos dominaban el planeta.

»Como sea, eso es cosa suya.

»El caso es que las tropas kristangas no pueden aterrizar a menos que lleven trajes aislantes, cosa que no va a pasar. Hasta que desarrollen un antídoto al virus y lo distribuyan masivamente la, FENU va a estar a cargo de la superficie. Es algo que podemos hacer, y lo haremos lo mejor que sabemos. Esas son las órdenes.

—¿Cuáles son las reglas de interacción, mi capitán? —preguntó alguien desde el fondo.

—Nada de disparar si no nos disparan primero. Nos gusten o no, la mayor parte de los rujarras de ese planeta son granjeros, así que hay mujeres y niños. Los kristangos nos han dicho que no deberíamos encontrar mucha oposición, seguramente los civiles rujarras estarán más que contentos de salir con vida de esto y de que los dejen irse.

Los de la compañía A refunfuñaron un buen rato, pero Teller ni se inmutó.

—Esto es una prueba, por si no os habéis dado cuenta. De momento los kristangos solo han visto morir a los humanos sin que pudiéramos hacerles demasiado daño a los rujarras. —Se detuvo, frunció el ceño y siguió adelante—. En la Segunda Guerra Mundial, las tropas americanas no fueron directas a Normandía. Se foguearon primero en el norte de África, y los que sepáis un poco de historia ya sabréis que fue una suerte. No estábamos preparados para luchar contra los alemanes en 1942, y si hubiéramos desembarcado entonces en Normandía nos habrían echado a patadas al otro lado del Canal. Al luchar en el norte de África, en Sicilia y en Italia aprendimos a combatir a los alemanes y averiguamos qué funcionaba contra ellos y qué no. Los kristangos nos han dado un puñado de juguetitos brillantes, pero eso no implica que la mejor táctica sea usarlos contra los rujarras en combate terrestre.

»Nos han encargado una misión que parece fácil y no nos podemos permitir cagarla. Tomaremos el control del planeta, llevaremos a los civiles rujarras a los ascensores espaciales y sacaremos sus culos peludos del planeta y lo mantendremos todo bajo control hasta que los kristangos arreglen sus problemas y puedan enviar sus tropas.

»Vamos a enseñarles que la Fuerza Expedicionaria de las Naciones Unidas es disciplinada, competente y está preparada para entrar en acción en las futuras operaciones de combate. Que los líderes de pelotón los preparen para la inspección final a las mil cuatrocientas dentro de dos días. ¿Más preguntas?

—¿Dónde nos llevan, mi capitán? —pregunté—. ¿Qué condiciones vamos a encontrar?

Quería saber con la mayor exactitud posible en qué se estaba metiendo mi nueva escuadra.

—La respuesta corta es que vamos al Culo de Neptuno. —Sonrió con un lado de la boca—. Atmósfera de oxígeno y nitrógeno, algo más oxigenada de lo que estamos acostumbrados. Un dos por ciento más de gravedad que la Tierra, con una estrella algo más cálida que nuestro sol, pero el planeta está más lejos, así que tiene un clima similar al nuestro. Hace calor en el ecuador y tiene casquetes de hielo en los polos. Es sobre todo una colonia agrícola y los rujarras la llaman Gehtanu, lo que quiere decir más o menos Nuevos Campos Verdes o algo parecido. —Aquello arrancó risas de la multitud—. Los kristangos lo llaman Pradassis, así que nosotros lo llamaremos Paraíso. Tiene un solo continente gigantesco, un par de archipiélagos y algunas islas del tamaño de Groenlandia, el resto es océano. Los Comandos PowerPoint han preparado una pequeña presentación que los líderes de pelotón ya tendrán en sus tabletas y deben distribuir. Según ella, el continente principal está cubierto sobre todo de praderas, como las grandes llanuras en Estados Unidos o las estepas rusas. Muchas granjas son atendidas por robots, y los rujarras viven en pueblos. Toda la información que tenemos estará a vuestra disposición para que la estudiéis durante el vuelo. Nos meterán a la Décima, además de a nuestros amigos británicos y franceses, en tres cargueros, y el viaje durará dieciséis días.

»Tras el desembarco habrá un destructor y dos fragatas en órbita como apoyo, pero por lo demás estamos al mando. El general Meers les ha asegurado a los kristangos que podemos con esto, así que no vamos a dejarlo en mal lugar.

Shauna me llamó antes de que me diese tiempo a llamarla.

—¿Te has enterado? ¡Nos vamos!

—Sí, al Paraíso.

—¡El Paraíso! —Se echó a reír.

No nos veíamos desde mi ascenso a cabo primero. No solo ambos habíamos estado ocupados, sino que yo estaba agotado. Se me ocurrió en ese momento que a lo mejor no nos volvíamos a ver. Tras dejar Campamento Alfa lo más probable era que estuviésemos en naves distintas y que nos asignasen a extremos opuestos del planeta.

—Espero que tengas suerte y te cualifiques para la infantería.

No quería colgar, pero no se me ocurría nada más que decir.

—Gracias. Ya veremos cuando lleguemos allí. —Se oyeron voces al fondo—. Tengo que irme, Joe. Ya nos vemos, ¿vale?

—Claro.

Eso fue todo. Al menos estaríamos en el mismo planeta.

Se podría llegar a pensar que «en dos días al amanecer» significaban dos días completos más una lujosa noche de sueño, antes de prepararnos para partir. Ni de coña. Nos despertaron a las tantas y me pareció que acababa de pillar la almohada cuando las luces se encendieron en la tienda y planté los pies en el suelo. No era nada nuevo para mí, y ni siquiera me molestó, pese a que no soy un tipo madrugador ni por asomo. Mi hermana era de las que se levanta con la primera luz y cuando éramos críos la habría ahogado con la almohada más de una vez.

En cualquier caso, me tocó levantarme a las tantas y tenía que despertar a mi escuadra. La diferencia entre despertarte a las tantas y media y despertarte a las tantas es que en el segundo caso te levantas de la cama, prepararas el equipo para la inspección final y luego te tiras tres putas horas esperando, en vez de dedicar ese tiempo a algo más productivo, como dormir.

Como cabo primero, me tocó lidiar con las miradas asesinas de mi equipo sin pestañear.

Aquello era un maldito caos. Los kristangos querían cargar sus naves de la forma más rápida y eficiente posible, lo que implicaba llenarlas a rebosar a toda pastilla, aunque eso implicase separar pelotones o incluso escuadras.

Llegamos a una de las lanzaderas y Baker y Chen acababan de cruzar el umbral cuando un PM alzó la mano e interrumpió la carga.

—A la nave siguiente —me dijo.

Agarré a Baker y Chen de las mochilas y tiré de ellos hacia afuera a toda leche; luego les indiqué a otros dos tipos que entrasen. Los cojones iba a permitir que mi nueva escuadra se separase tan pronto. Tendríamos que haber sido los primeros en subir a la siguiente nave, pero el PM que lo organizaba tenía otras ideas, y dejamos pasar varias lanzaderas antes de que nos permitiese entrar.

Haber conseguido subir no fue el final, ni mucho menos. Cuando llegamos a la nave kristanga descubrimos que estábamos en una nave distinta a la del resto del pelotón y la mayor parte estaba ocupada por la Tercera División de Infantería, no la Décima. Había unos pocos de los nuestros, junto a la mayor parte de una compañía de Marines, un puñado de chinos, dos pelotones británicos y algunas tropas indias. O los kristangos no pillaban muy bien el asunto de embarcar soldados o nos tenían en tan poca consideración que no les importaba dispersar las unidades por todas partes.

Se suponía que la FENU llevaba la cuenta de quién estaba dónde, pero no tenía modo alguno de hablar con alguien de mi cadena de mando. Al final encontramos sitio con otra peña de la Décima.

Fue un viaje tristón, pero al menos mis muchachos se lo tomaron con calma. Si aquella iba a ser la mayor cagada que nos tocase soportar, lo haríamos de fábula.

4

PARAÍSO

AL CONTRARIO QUE Alfa, Paraíso tenía ascensor espacial. Era algo diferente del que había en la Tierra y, por lo que me dijeron, este lo habían construido los rujarras. Me pareció raro que durante la batalla en la que los kristangos tomaron el planeta no se hubiese dañado el ascensor. O bien las reglas no escritas no lo permitían o bien había sido una cuestión práctica. Si se intentaba conquistar y ocupar un planeta parecía de cajón no dañar un elemento valioso, y los defensores, si perdían, lo dejarían intacto por si algún día regresaban.

Este ascensor cabalgaba un relámpago, igual que el terrestre, pero mientras que el «cable» elevador turanio era energético, el de los rujarras era físico. Estaba situado en el centro del relámpago y era aún más fino que un cabello humano. Por ese motivo los rujarras no habían situado nada valioso en el ecuador; si el cable se rompía se enrollaría varias veces alrededor del planeta y causaría un impacto tremendo pese a su escasa masa. Nos dijeron que había cargas explosivas a lo largo del cable para minimizar el desastre si alguna vez se rompía. Pese a todo, prefería que mi destino no estuviese en el ecuador, y me pasé buena parte del viaje mirando al cielo con prevención.

El trayecto hacia la superficie no fue muy distinto del que había experimentado en la Tierra, salvo por la ausencia del sonriente cocinero del Ejército y sus deliciosas hamburguesas, así que hubo que conformarse con las raciones de emergencia. El vagón tenía más ventanas y el compartimento de pasajeros era casi el triple que el de la Tierra, así que supuse que lo habían diseñado originalmente para uso civil. Le echamos un buen vistazo a Paraíso mientras descendíamos, cosa que fue bastante rápida. El cacharro vibraba bastante más de lo que recordaba del otro viaje. Paraíso no tenía mala pinta, al menos se veía un montón de azul y verde, no los marrones apagados y carbonizados de Alfa. A medida que el vagón se acercaba a la superficie pudimos ver las siluetas de los pueblos. En ese momento me di cuenta de que aquel era el tercer planeta que visitaba, y el primero que era territorio enemigo, por más que el enemigo se hubiese rendido a los kristangos.

Me acaricié los flamantes galones de cabo primero mientras llegábamos a una altura desde la que ya se podían distinguir los edificios. Estaba en casa del enemigo, allí vivían los tipos que habían atacado la Tierra. No es que necesitara más motivación, pero en aquel momento estaba decidido a hacer cuanto pudiera para sacar del planeta a los rujarras dentro del plazo y mostrar a nuestros salvadores kristangos que los humanos eran dignos de confianza y que se les podían encargar misiones más importantes. Como algún puto hámster se me interpusiera… Bueno, no olvidaría las reglas de interacción, pero más valía que no me provocasen. Les mostraría la misma cortesía que nos habían mostrado cuando atacaron la Tierra y destruyeron la mayor parte de nuestras centrales eléctricas.

El ascensor tomó tierra con un golpecito y salimos lo más rápido que pudimos. No habrían pasado diez minutos desde que el último de nosotros había cruzado la valla que rodeaba el complejo del ascensor cuando sonó varias veces una alarma y al vagón ascendió de nuevo para cargar el siguiente grupo que esperaba en órbita. Me giré a medias para mirarlo mientras los guardias nos llevaban a toda prisa hacia una pista de aterrizaje donde había una fila de aviones enormes como nunca había visto. Los guardias los llamaban dumbos a causa de su cuerpo rechoncho y sus alas, relativamente cortas. Tenían cuatro motores encastrados en las alas cerca de la unión con el fuselaje y serían seis veces mayores que los C-17 de las Fuerzas Aéreas a los que estaba acostumbrado. Necesitaban muy poco espacio para despegar, pero no podían hacerlo en vertical, aquello habría exigido demasiada potencia para ser práctico en un transporte tan pesado. Mientras los miraba, uno de ellos arrancó y despegó, con los motores rugiendo, y habría jurado que aquella maldita cosa estaba en el aire en menos de cuatrocientos metros. El motor podía pivotar para ayudar al despegue, y luego las alas proporcionaban la sustentación necesaria. Era de un tamaño tan inmenso y se movía tan lento en el aire que parecía que estuviera colgado de una cuerda invisible. Al igual los zopilotes, los dumbos eran equipamiento dejado por los rujarras que los humanos íbamos a usar hasta que los kristangos se encargasen de todo.

Debíamos reunirnos por pelotones, pero mi escuadra estaba aislada. Me las apañé para mantenerlos juntos, lo cual no fue muy difícil, y al cabo de un rato logré averiguar dónde debíamos ir para encontrar nuestro pelotón. En cuanto los sargentos contaron las cabezas de cada unidad y se comprobó el recuento total de la compañía, no nos quedó más que esperar. Y esperar. Y esperar un poco más bajo un sol que caía a plomo. Estuvimos así casi una hora mientras a nuestro alrededor los demás pelotones y compañías se subían a los dumbos, que despegaban, volvían, aterrizaban, cargaban más tropa y despegaban de nuevo. Vi las familiares formas de los pollos y los zopilotes volando a cierta distancia alrededor del aeródromo. La buena noticia era que el material de la pista era de un marrón claro que no absorbía el calor tanto como lo habría hecho el asfalto.

Pasada la hora, en la que mi escuadra cumplió todas las expectativas de buen comportamiento de su novato cabo primero, por fin cruzamos el aeródromo, dejamos atrás un par de dumbos vacíos y llegamos al nuestro. Daba gusto ver que el Ejército de los Estados Unidos maniobraba en otros planetas con la misma eficiencia y organización que en la Tierra. Nos apiñamos en unos asientos bastante incómodos hechos de redes ligeras y luego nos tocó esperar de nuevo. Aunque se ventilaba aire fresco desde la cabina, para cuando llegaba a nosotros estaba tan caliente y húmedo como el del exterior.

Se produjo un alboroto en la rampa trasera, donde vimos a un capitán señalar algo en una tableta mientras discutía con un teniente. Este meneó la cabeza como respuesta y echó a andar hacia nosotros, no muy contento. Pasó lo bastante cerca de mí como para leer «Koenig» en la tira con el nombre. Me puse en pie y saludé.

—¿Algún problema, mi teniente?

—Óscar Papa Charlie —murmuró. Otro Puto Caos, según nuestra jerga—. Al parecer hemos subido al pájaro equivocado. Nos las apañaremos.

Fuese cual fuese el problema, las puertas se cerraron cinco minutos más tarde y el carguero arrancó. Hubo aplausos. Fue pasando la voz de que nos relajásemos y nos preparásemos para un vuelo supersónico de dos horas. El piloto que lo anunció nos informó luego de que habíamos alcanzado la velocidad de crucero, que era de Mach 1.4. Aquello me impresionó, por más que hubiese viajado a la velocidad de la luz y hubiese cruzado agujeros de gusano y hubiese subido a órbita y bajado de nuevo en una lanzadera.

Me volví hacia un teniente que se sentaba a mi lado.

—¿Quién pilota esto, mi teniente?

Bostezó.

—Peña de las Fuerzas Aéreas.

—¿Y qué entrenamiento han recibido? —pregunté muy despacio, seguro de que no me iba a gustar la respuesta. En la Tierra, los pilotos de C-17 se tiran años entrenando antes de cualificarse no ya como pilotos, sino como copilotos. Era imposible que aquellos tipos tuviesen más de un par de semanas de vuelo en un transporte aéreo gigantesco y desconocido para ellos.

—No se preocupe, primero —me dijo, aunque no me miró al decirlo—. El ordenador de vuelo se ocupa de casi todo y si fuera necesario nos puede remolcar una nave kristanga desde órbita. Los pilotos están ahí para preparar el café.

No me reí.

El viaje transcurrió sin incidentes, salvo por el brusco aterrizaje que me hizo sospechar que el piloto era de la Armada, no de las Fuerzas Aéreas, y que intentaba hacer aterrizar el dumbo en un portaviones.

El «aeródromo» en el que estábamos era un espacio de tierra que había sido un campo de cultivo antes de que lo despejasen para usarlo de pista. Lo cruzamos a paso ligero en dirección a un grupo de zopilotes y nos acomodamos una treintena en cada vehículo. Me sentía ansioso por volar en una nave desconocida, y tenía ganas de sentarme en la puerta con las piernas colgando y el fusil en el regazo mientras el zopilote cruzaba rugiendo el paisaje. El copiloto me lo quitó de la cabeza.

—Esto no es un blackhawk, primero. Iremos a casi doscientos por hora cuando alcancemos la altitud de vuelo. Si quiere sentarse afuera, sin problemas, pero deje la puerta cerrada.

Me senté ante la mirada divertida de un sargento, aunque más tarde me confesó que había pensado lo mismo. Tampoco se produjo incidente alguno durante el vuelo en el zopilote, y fue un viaje mucho más cómodo y tranquilo que el de cualquier helicóptero en el que haya volado. Cruzamos un campo de cultivo tras otro, pasamos sobre varios bosques y lagos y por fin llegamos a un pueblo y aterrizamos.

Lo olimos en cuanto se abrió la puerta del zopilote. ¿Conocéis el olor del heno recién cortado, o del césped, si sois urbanitas? ¿Ese olor limpio, fresco, vigorizante, ese olor a naturaleza que nos trae recuerdos de la infancia, cuando corríamos descalzos por los campos bajo un cielo intensamente azul veteado de nubes que parecían de algodón?

Pues no se le parecía nada.

No tengo ni idea de lo que comían, pero el olor que emanaba de los campos de los hámsteres se parecía vagamente a…

—¿Qué coño es esto? —preguntó Baker mientras olisqueaba.

No era algo que llegase de golpe, sino que se quedaba en la parte de atrás de la cabeza, o quizá de la nariz, un olor elusivo que obligaba a pararse un momento e intentar identificarlo. Tengo buena memoria para los aromas, pero me llevó un momento dar con ello, porque se parecía mucho pero no era exactamente lo mismo.

—Queso parmesano —afirmé.

No el olor a parmesano que se puede degustaren una noche de invierno cuando se tiene delante un buen plato de espaguetis con un par de jugosas albóndigas encima, tras haber estado oliendo esa maravillosa salsa de tomate marinándose en el horno todo el día, sentado con una rebanada de pan de ajo y una copa de vino tinto, momento en el que se espolvorea parmesano fresco sobre la comida y se mezcla perfectamente con la salsa.

No.

Más bien el olor a parmesano que se percibe cuando se está mareado por la gripe o por una resaca monumental y las tripas están a punto de soltarlo todo, un olor a parmesano que lleva demasiado tiempo fuera de la nevera y que hace vomitar. Ese era el olor a queso parmesano que venía de los campos.

—¿Parmesano? —exclamó Chen asqueado—. ¡Esto huele como los putos pies de Sánchez!

—¿Los míos? ¿Te has olido los tuyos?

—Yo me los lavo.

—Sí, una vez al año, si hay suerte.

—Suficiente —ordené—. Igual es algún tipo de producto químico que rocían en las cosechas y que acabará yéndose. O nos acostumbraremos a él y dejaremos de notarlo.

—Los cojones —afirmó Chen—. Llevo semanas durmiendo con Sánchez y no me he acostumbrado a sus pies apestosos. Si todo el planeta huele igual esto se nos va a hacer eterno.

El resto del pelotón ya había llegado y había montado un campamento alrededor de un granero, con el pueblo de los hámsteres a quinientos metros al este. Dejé que mi escuadra se instalara y el sargento del pelotón me dijo que me presentase al teniente Charles.

Saludé al llegar y dije:

—Cabo primero Bishop a sus órdenes, mi capitán.

—Esperaba a su equipo esta mañana, Bishop.

Me devolvió el saludo con desgana; parecía distraído. Seguramente montar el campamento en un planeta alienígena le habría dado algún quebradero de cabeza.

—Tuvimos un Óscar Papa Charlie al entrar en las lanzaderas en Alfa, mi capitán. Los kristangos nos metieron en la nave equivocada. Ya hemos llegado todos, el sargento Agnelli nos está distribuyendo.

—Sí, la FENU está desperdigada por todo el planeta. En fin, ya han llegado, que es lo que importa.

Me señaló un mapa desplegado en la mesa impreso en algún tipo de plástico. Mostraba como una décima parte del continente principal, concretamente aquella en la estábamos. Casi todo eran granjas y terreno llano, con algunas pequeñas cordilleras que iban de norte a sur, y varios ríos y lagos desperdigados por aquí y por allá. La costa estaba al oeste y la base del ascensor espacial en algún punto al sureste fuera del mapa.

—Estamos aquí —dijo trazando un círculo con el dedo alrededor de un área coloreada de gris. Los rujarras lo llaman… yo qué sé. —Señaló algo escrito en rujarra—. Nosotros lo llamaos Culorrajatán.

—¿Culorrajatán? —repetí entre risas.

Sonrió.

—La región al norte la han llamado Rascaespaldastán, así que el sur somos la raja del culo, ¿no? Su escuadra se ocupará de un pueblo a cien quilómetros de aquí. —Señaló un puntito en el mapa—. Todos los hámsteres son granjeros, la población ronda los doscientos cincuenta, contando las granjas de alrededor, y hay una escuela, varios graneros y silos para el grano y algunas casas.

¿Cuatro soldados contra doscientos hámsteres? No sonaba muy bien. Normalmente una escuadra no opera sola, sino dentro de un pelotón de dos al mando de un sargento.

—¿Una sola escuadra va a controlar todos esos hámsteres, mi capitán?

—En realidad, no. Se trata de un experimento. —Torció la boca—. Es una de esas ideas brillantes de la División. Alrededor del pueblo hay desplegado un equipo de intervención rápida del tamaño de una compañía, con pollos y zopilotes y apoyo kristango desde órbita. —Alzó la vista al techo de la tienda—. En caso de necesidad hay potencia de fuego más que suficiente, pero la División quiere ve si se puede evitar usarla.

Abatí los hombros.

—¿Ganarse a los nativos?

Era el término del Ejército que definía el intento de convencer a los civiles para que cooperasen con nosotros o, en todo caso, no opusieran resistencia activa. Se había intentado por primera vez en Vietnam para continuar luego en diversas formas y terminologías en Irak, Afganistán, Nigeria y prácticamente cualquier país en el que hubiera tropas de ocupación estadounidenses. Construíamos escuelas, carreteras, sistemas de distribución de agua y energía y ayudábamos a plantar y recoger las cosechas. A largo plazo era más barato y efectivo para no crearnos enemigos que matarlos, sobre todo porque el enemigo al que se abatía era el pariente de alguien y en ese caso su familia entera o todo su clan se convertiría en nuestro enemigo. Si estáis familiarizados con la historia sabréis que ese tipo de campañas tienen un éxito, eh, digamos que moderado. Al mes de irnos del lugar no era raro que se quemasen las escuelas, se destruyese el abastecimiento de agua y se rapiñase el tendido eléctrico para hacerse con el cobre. Nuestros políticos lo declararían una victoria y a resolver la siguiente crisis. De vicio.

—Más bien moderar la fuerza, Bishop. No vamos a construir escuelas para los hámsteres, simplemente a intentar que todo se mantenga tranquilo hasta que se vayan, puede verlo como su pequeña parcela del Paraíso —añadió con una sonrisa.

—Soy un cabo primero novato, mi teniente…

—Y también un granjero. Usted, Sánchez y Baker se han criado en el campo. Los aliens serán hámsteres, pero cultivan la tierra y confiamos en que eso les proporcione un contexto mejor que el que tienen los soldados que vienen de las ciudades. Esta región aún tardará en evacuarse, así que hay tiempo para arreglar posibles errores. —Me puso una mano en el hombro y me lo apretó—. No hace falta que sea amistoso con los hámsteres, basta con que no los intimide. Han accedido a dejar el planeta y el tratado con los kristangos les permite seguir cultivando hasta que se complete la evacuación. Van a pagar a los kristangos para que transporten sus cosechas. Sí, suena absurdo, pero los kristangos llevan tiempo en esta guerra y saben lo que se hacen. Los rujarras quieren mantener ininterrumpido el suministro de alimentos, así que deberían estar motivados para colaborar con nosotros. Si pasa algo, avísenos por el zPhone y mandaremos la caballería. Y si se pone peliagudo, los kristangos pueden atacar desde órbita y los hámsteres lo saben.

Nada de aquello me inspiraba mucha confianza.

—Agnelli va a llevar a la otra mitad del pelotón a un pueblo al norte del suyo. Que quede claro que no se les considera una fuerza de ocupación, la FENU llama a esas unidades Equipos de Observación Integrada. Inteligencia quiere saber cómo funcionan los hámsteres en los pequeños detalles. Ni todos los satélites de la galaxia ni toda la vigilancia aérea del mundo nos pueden informar de verdad de lo que pasa en la superficie y un equipo de reconocimiento que pase de vez en cuando no es suficiente. Necesitamos gente que se establezca allí y comparta el día a día con los hámsteres. Hay un nuevo grupo de reglas de interacción en su tableta. Lo ideal sería haber tenido antes algún entrenamiento, pero la División quiere establecer su presencia lo antes posible, para evitar que las cabezas de los hámsteres se llenen de ideas estúpidas y empiecen a pensar que pueden echar a la FENU.

—A la orden, mi teniente, nos ocuparemos de ello.

No me gustaba. Ni falta que hacía. Por eso se las llama «órdenes» y no «sugerencias».

Cuando llegué a la zona que el pelotón estaba usando como parque de vehículos perdí la poca confianza que me quedaba.

—¿Qué coño es eso? —pregunté.

—Un humvee, primero —respondió el sonriente mecánico.

—¿Cómo?

—Bueno, lo llamamos así. Es como nuestros humvees, pero está montado a partir de un vehículo de los hámsteres. Pillamos un furgón hámster de cualquier tipo, le añadimos paneles compuestos para convertirlo en un vehículo acorazado y, zas, un humvee.

Se lo veía orgulloso de aquella basura en la que se suponía que íbamos a patrullar. La furgoneta de helados de Barney parecía más apropiada. El único modo de conseguir algo casi tan feo como aquello era pillar un deportivo, añadirle neumáticos enormes de aspecto endeble, ponerle un parabrisas del grosor de un brazo y adosarle aquí y allá varios paneles multicolores.

—¿Está todo pegado?

—Me temo que sí. No hay manera de soldarlo, porque no es metal. Hemos usado pegamento kristango. —Alzó una pistola de calafateo casi idéntica a la que se podía encontrar en cualquier ferretería—. Adosamos los paneles al humvee con este cachivache y luego usamos este trasto kristango —parecía una plancha— para aplicar el pegamento. Es fuerte de cojones.

—Cachivache. Trasto. Todo muy técnico.

Se encogió de hombros.

—Los kristangos le han puesto un nombre, pero es jodido de pronunciar.

—¿No hay nada más pesado? —pregunté mientras pasaba los dedos con escepticismo por el panel acorazado, que tenía el tacto del poliestireno. Tenía un espesor de unos diez centímetros, pero se estrechaba en el borde de las puertas, convirtiéndolos en puntos débiles. Eso suponiendo, para empezar, que el poliestireno tuviese algún punto fuerte.

—Tenemos carros parecidos a los bradley… bueno, más bien a un stryker, porque son de ruedas y no de orugas. Son transportes militares rujarras. Pero son para uso de la compañía. No se preocupe, primero, he visto una demo de esta coraza —le dio unos golpecitos al poliestireno con los nudillos— y las balas solo arañan la superficie. Habría que dar al menos un par de veces en el mismo lugar con munición explosiva para que lo atravesasen. Es un material duro. No estaría mal llevar algunas muestras a la Tierra.

—¿Una demo? ¿Vas a estar con nosotros de patrulla cuando nos disparen?

Sonrió mientras meneaba la cabeza.

—No es mi especialidad, primero. Venga, diviértanse y no me lo rayen. El soldado Ringold le enseñará como se conduce y cómo se cargan las baterías.

Tras hacernos con nuestros dos humvees, fuimos a la furrielería a por el equipo que necesitaríamos para la misión. Estaba en lo que parecía una antigua granja de pollos; y olía igual.

Primero pillamos la impedimenta de cada uno; uniformes suplementarios, corazas y toda esa mierda que un soldado bien vestido necesita para ocupar un planeta. Luego nos dieron la munición y las armas pesadas, o sea los misiles jabalina bravo y nuestra vieja conocida arma antitanque ligera, el lanzacohetes AT4-CS sueco de ochenta y cuatro milímetros.

Íbamos de conquistadores planetarios molones y nos daban las armas que estábamos acostumbrados a usar en Nigeria contra milicias del tres al cuarto. No molaba nada, en mi opinión. Claro que nadie me la pidió.

Casi nos íbamos a la mañana siguiente cuando el sargento primero Mitchell vino a vernos.

—¿Todo en orden, Bishop?

—¿Serviría de algo que dijese Noviembre Delta Charlie? —Ni De Coña en la jerga del ejército.

Mitchell se echó a reír.

—El teniente no te enviaría si no confiase por completo en ti, Bishop. Así que Alfa Charlie.

O sea, «Adiós, Cabronazo». No respondí.

De camino al pueblo al que nos habían asignado íbamos dejando tras nosotros una nube de polvo que delataba nuestra posición a cualquiera que se molestase en mirar. Rematamos una pequeña loma al acercarnos más al pueblo y di la orden de parada a la columna. Aunque llamarla así era una exageración. No teníamos más que dos humvees; Sánchez y yo íbamos al frente en una especie de deportivo y Baker y Chen nos seguían en lo que parecía una camioneta. Ambos vehículos iban cargados de equipamiento, incluido lo que al pelotón le parecían suficientes consumibles (comida, medicina, papel higiénico…) para cuatro personas durante un mes. También teníamos la carga estándar de munición para los fusiles, tanto la normal como la de cabeza explosiva, además de dos jabalinas bravo y un par de AT-4. No llevábamos morteros; en caso de necesitar cualquier otro tipo de armas debíamos avisar a la caballería aérea.

El sargento me había asegurado que nos llegarían visitas desde el cuartel general con regularidad y que nos mandarían suministros cada dos semanas. No sé si veía aquella «ocupación de guante blanco» con el mismo escepticismo que yo; de ser así, se lo guardó para su propio coleto. En mi fuero interno le daba un mes como mucho a aquel experimento antes de que la División o el Cuartel General de la FENU entrasen en razón. Tener parte de nuestras fuerzas desperdigadas por el planeta les daba a los hámsteres la oportunidad de ir a por nosotros casi de forma individual y destrozarnos. Sin duda serían contenidos desde órbita antes o después, pero eso les serviría de poco consuelo a los muertos.

Tal como estaba previsto, un par de pollos sobrevolaron el pueblo en vuelo rápido y rasante, lo cual atrajo la atención de los hámsteres. Los pollos llevaban abiertos los puntos de fuego y, tras zumbar sobre la calle principal, rompieron formación y se elevaron, salvo el que proporcionaba apoyo al norte y otro que permaneció inmóvil sobre nosotros. Le eché un último vistazo al informe que tenía en el regazo: fotos de satélite, informes de una columna de reconocimiento que había pasado hacía dos días por el pueblo y registros del gobierno local.

Según estos últimos, la población era de ciento setenta y ocho hámsteres, muy inferior a los doscientos cincuenta que había calculado el pelotón. Se suponía que nos esperaban, ya que según el gobierno local se había contactado a los habitantes y se les había avisado de nuestra llegada, además de conminarlos a que se mostrasen cooperativos.

Llevábamos carteles plastificados con texto en rujarra que se suponía que debíamos colocar en lugares visibles del pueblo. Al parecer detallaban ciertas normas, como las horas del toque de queda, la prohibición de llevar armas y lo que los hámsteres debían hacer para buscarnos alojamiento. La idea de colocar los carteles me había sentir incómodo, como si fuese algo que los nazis o los soviéticos habrían hecho al ocupar un pueblo.

Le indiqué al piloto del pollo que estábamos listos y le dije a Sánchez que arrancara. Redujimos la velocidad al llegar a los primeros edificios y gracias a los motores eléctricos los humvees entraron en el pueblo casi en silencio salvo por el crujido de los neumáticos sobre la grava y la tierra.

El pueblo en sí no era gran cosa, aunque mi alma campesina agradeció que los edificios, ya fuesen casas o graneros, parecieran pulcros y bien conservados. Todas las casas tenían árboles alrededor para darles sombra, además de arbustos y flores, y las vallas y graneros se veían en buen estado. Había supuesto que, como iban a dejar el planeta, los hámsteres se descuidarían y dejarían de ocuparse del mantenimiento de los jardines y todo eso. Hasta esperaba algún grafiti en plan «humanos, fuera».

Por el contrario, el pueblo no tenía aspecto alguno de que los hámsteres fuesen a dejarlo en breve. De hecho, cuando llegamos estaban arreglando el tejado de un granero. Me pregunté si era que los rujarras no eran capaces de aceptar que se habían quedado sin el planeta o si sabrían algo que nosotros ignorábamos. En cualquier caso, era algo digno de mencionar en mi primer informe de situación al cuartel general.

Sánchez, que como ya he dicho venía del este de Kansas, comentó que el pueblo, los plantíos y la campiña le recordaban su casa. También a mí, en realidad. Las casas estaban bien cuidadas pero no eran lujosas y todas tenían un granero o un taller en la parte de atrás. En mi pueblo aquello habría indicado que la gente se mantenía con pequeñas tareas suplementarias para llegar a final de mes. Trabajo honrado, como vender huevos frescos, soldar, reparar pequeños motores, cortar el pelo, partir leña, cuidar de los niños… Mi padre, por ejemplo, era partidario de combinar varias cosas, como partir leña y cuidar de los niños. Nada de chavales ociosos coloreando libros o jugando con lego.

—Más os vale que esos tres montones de leña estén cortados y apilados a las cinco —diría mi viejo— si no queréis quedaros sin zumo. Y si alguien se da con el hacha en el pie, que no me venga con tragedias, que es una herida superficial.

Bueno, a lo mejor estoy exagerando un poco.

Se veían vehículos tanto en los caminos como en los campos y, aunque su aspecto era evidentemente alienígena, también me recordaron el terruño. Todos tenían el guardabarros abollado o un panel de distinto color al resto. Eran vehículos de trabajo en manos de gente trabajadora. Mi tipo de gente. Solo que eran aliens y habían atacado la Tierra sin provocación.

Se me ocurrió la idea de que a lo mejor nuestros dos humvees habían sido requisados de aquel mismo pueblo. Esperaba que no, habría sido una situación incómoda.

Un hámster avanzó por la calle en nuestra dirección y nos saludo con la mano. Supuse que era un gesto amistoso o al menos no amenazador. Parecía un macho; el pelaje del rostro era una capa suave que se lo cubría por entero. En el caso de las hembras era mucho más fino y casi no se apreciaba. Además, los machos tenían los bigotes más grandes.

Llevaba una especie de mono de lo que parecía tela vaquera con rodilleras, una vestimenta casi idéntica a la que usaba mi padre cuando trabajaba en casa. Y una cosa muy parecida a una gorra de béisbol de visera ancha con un logo que me pregunté si sería el del equipo deportivo local, de la empresa que les proporcionaba las semillas o de la que fabricaba los tractores.

Di el alto, salí y le dije a Sánchez que se mantuviese alerta y no apagase el motor. Tenía un fusil en el asiento y mi arma de mano, pero por los demás estaba desarmado. A ganarse a los nativos, me dije, venga, a ganarse a los nativos. Era el momento de intentar hacer las cosas por las buenas, ya habría tiempo por las malas si hacía falta, pero intentaríamos empezar con buen pie. Y si era necesario, allí estaban los dos pollos flotando sobre nosotros y preparados para entrar en acción.

Ya tenía el ZPhone listo para que tradujese rujarra, así que alcé una mano y dije:

—Hola.

El hámster le habló a su propio zPhone o cacharro similar:

—Hola. Bienvenidos a Teskor. Así se llama el pueblo.

Al menos así fue como sonó en la traducción el nombre, «Teskor». Estaba bien saberlo, porque no había logrado descifrar el nombre en rujarra que había en el mapa.

—Soy Joe Bishop —dije, apuntándome al pecho.

No le di mi rango, no estaba seguro de que «cabo primero» tuviera el menor sentido para ellos.

El hámster asintió.

—Me llaman Lester Mazorca.

—¿Lester Mazorca? —repetí, incrédulo.

En serio, eso fue lo que soltó el traductor, lo juro. Nos habían dicho que los nombres propios no se traducían; y, en efecto, el hámster había dicho con aquella voz un poco chirriante «Teskor» y «Lester Mazorca».

—Sí —me respondió con una sonrisa.

—¿Acaba de decir que se llama Lester Mazorca? —me preguntó Baker por el canal táctico.

—Tal cual —respondí tras pausar la traducción.

Los cuatro nos reímos entre dientes. Lo cierto era que «Mazorca» era un nombre excelente para un hámster. Conecté el traductor de nuevo y pregunté:

—¿Es usted el alcalde de este pueblo, de Teskor?

—Aquí no tenemos alcalde o gobierno de ningún tipo —respondió señalando el pueblo de un extremo a otro. Supongo que quería decir que un sitio tan pequeño no lo necesitaba—. Me eligieron para ser su interlocutor. Cooperaremos tal como nos han indicado los —el traductor soltó el zumbido indicativo de que no había entendido la palabra— y esperamos que su estancia en Teskor sea placentera. Es un sitio agradable.

Eran nuestros enemigos, pero Lester, como tal, no había atacado la Tierra, y era muy posible que ni hubiese oído hablar de ella. Venga, a ganarse a los nativos, me dije. Hablamos un poco más. Confirmé que sabían cuál era la fecha en la que los habitantes de Teskor debían partir hacia el ascensor espacial y que nos alojaríamos en una alquería en las afueras de la ciudad. Lester me dijo que ya había limpiado y preparado el lugar para nosotros. Al parecer la familia que había vivido allí había perdido un hijo durante la invasión kristanga y se habían ido a vivir con unos parientes hacía unos meses.

Colocamos los carteles por el pueblo, lo recorrimos con los humvees de un extremo a otro y finalmente nos dirigimos a lo que iba a ser nuestro Puesto de Mando.

La entrada en el pueblo había sido bastante anticlimática. Tras llegar a nuestro alojamiento, les di permiso a los pollos para que se fuesen y nos pusimos a descargar los humvees. Éramos como críos jugando a las casitas.

Intenté mandarle un mensaje a Shauna, pero no hubo manera de conectar; seguramente aún no había tomado tierra.

No dormí gran cosa aquella primera noche, me sentía demasiado impaciente. Era mi primera misión al mando y no importaba que la escuadra funcionase casi por si sola y la misión fuese poca cosa. Al acomodarnos en el Puesto de Mando me había sentido como un cabo primero de verdad por primera vez.

Hice la primera guardia y dejé que los demás durmieran. Poco antes del amanecer, al ver que el sueño no venía, dejé el catre y relevé a Baker para que echase un sueñecito. No eran solo los nervios del mando, también me sentía inquieto y no paraba de decirme que si los hámsteres iban a intentar algo contra nosotros sería en aquella primera noche, antes de que hubiéramos desplegado los sistemas de vigilancia y establecido un perímetro de seguridad alrededor del Puesto de Mando.

Se llegaba al puesto de vigía por una escalera que habíamos colocado contra la pared y nos permitía acceder al tejado, y allí me encontraba aquella mañana. El tejado nos daba una excelente vista de trescientos sesenta grados, lo que estaba muy bien, pero tenía la desventaja de estar completamente expuesto ante posibles francotiradores. Los zPhones tenían una función muy interesante que permitía alertar a los demás en caso de el portador muriese. Un consuelo del copón. Si un francotirador me abatía al menos no pillarían a mi escuadra por sorpresa.

La FENU estaba convencida de que los Equipos de Observación Integrada compuestos por una escuadra de cuatro abandonados en mitad de ninguna parte eran una idea brillante. Sentado en aquel tejado mientras amanecía me pareció que éramos presa fácil. En esas horas, cuando nuestros pensamientos son casi tan oscuros como lo que nos rodea, me pregunté si tal vez la FENU contaría con que alguno de los EOI fuese atacado, y darnos así una excusa a los humanos para mostrar a los kristangos de lo que éramos capaces en combate. Bien sabe Dios que el Ejército me había enviado en Nigeria a misiones que parecían no tener propósito alguno, más allá de servir de blanco para una bomba casera o un francotirador. Me fiaba del Ejército, pero no de los políticos que lo dirigían, a los que la idea de que entrásemos en combate les haría mucho más felices que vernos sirviendo de fuerza de ocupación. Eso no generaba titulares, y los políticos los adoran.

Todo estaba tranquilo a mi alrededor. Tranquilo y pacífico. Pacífico y oscuro. El planeta estaba tan poco poblado y de forma tan dispersa que ni siquiera había contaminación lumínica. Teskor se veía hermoso de noche, sin luces callejeras y solo con un resplandor vacilante aquí y allá en el porche de alguna casa. No recordaba una oscuridad como aquella desde que estaba en Maine, cuando nos quedamos sin electricidad. La base de Campamento Alfa estaba siempre iluminada de noche, lo que impedía que viésemos el cielo. Sentado en el tejado en un pueblecito llamado Teskor en el planeta alienígena Paraíso, pude verlo sin problemas. Las estrellas. La Vía Láctea. A aquella distancia de la Tierra, las constelaciones eran desconocidas, pero la Vía Láctea cruzaba el cielo en todo su esplendor. Era hipnótico. Tuve que recordarme que no debía quedarme mirando como un tonto, que estaba en el tejado para hacer guardia, no para contemplar las estrellas.

Recorrí el horizonte y la carretera del pueblo con el visor infrarrojo y todo parecía normal. Un ligerísimo resplandor rosado asomó por el horizonte oriental y los insectos empezaron a zumbar, rechinar o lo que fuese que hacían los insectos en aquel planeta. Era la hora adecuada para que se iniciase el canto de los pájaros, pero en Paraíso no los había. La guía decía que, salvo por algunos insectos, la biosfera no evolucionaría lo suficiente para producir animales voladores en varios millones de años. Y, dado que el planeta estaba ocupado por especies extraterrestres, ya no evolucionaría por sí mismo hasta tener pájaros.

Seguí un rato en el tejado mientras por el oriente aumentaba el resplandor del cielo, concentrado en el zumbido bajo de los insectos, lleno de añoranza. Echaba de menos la Tierra que había conocido antes de la invasión, antes de que la electricidad se convirtiese en un lujo, antes de que dejásemos de pensar en lluvias de meteoritos al ver luces parpadeantes en el cielo.

Antes del Día de Colón.

Me llegaron mensajes tanto de Boroña como de Shauna cuando estaba desayunando.

Boroña me contó, entusiasmado, que nuestro viejo pelotón era ahora parte de una fuerza de reacción rápida situada a unos ochocientos quilómetros al norte de Teskor. Era un destino cojonudo. Mucho mejor, dijo en tono burlón, que hacer de niñera de unos hámsteres. Tenía razón. Había un tipo de Carolina del Norte que había ocupado mi lugar en la escuadra y Boroña decía que era una mejora, porque tenía un acento del sur como Dios mandaba, en vez de arrastrar las palabras como un mastuerzo de Nueva Inglaterra.

Shauna me dijo que su unidad estaba de momento en una base de preparación logística a mil quinientos quilómetros al este. Le escribí tres mensajes, los borré, y luego le mandé una nota. Lo más probable era que no nos volviéramos a ver en bastante tiempo, quién sabía si nunca. Intenté sonar amistoso pero no en exceso, para que no pensase que estaba demasiado ansioso por mantener el contacto y las cosas no se complicasen.

Al tercer día en la ciudad, empezamos a sentirnos bastante idiotas mientras patrullábamos con el equipo de combate completo, zPhones, auriculares, cámaras, micrófonos y gafas tintadas, cruzando la calle con los fusiles preparados y un dedo junto al seguro mientras tratábamos de parecer duros y dejábamos atrás casas, graneros y campos bien cuidados. Llegábamos a la escuela, al final del pueblo, dábamos la vuelta y repetíamos el desfile.

No era fácil parecer duros con los hámsteres sentados en los porches por la mañana saludándonos entre trago y trago de té. Ni cuando nos acercábamos a los que trabajaban en los campos, que se incorporaban cuando pasábamos para saludarnos con la mano. O cuando nos cruzábamos con grupos de críos, ansiosos por ver a los nuevos y extraños alienígenas. O sea, a nosotros.

Para demostrarles a los hámsteres que nuestro equipo tenía un apoyo no desdeñable, una o dos veces al día pasaban a baja altura un par de pollos o de zopilotes, para luego seguir hacia el oeste. Se suponía que aquello nos haría sentir más seguros, pero verlos desaparecer en el horizonte occidental era un recordatorio de lo aislados que nos encontrábamos.

El momento crítico de nuestra misión de Observación Integrada tuvo lugar el séptimo día por la mañana, tras las patrullas nocturnas y matutinas. Envié un informe al respecto al líder del pelotón.

Me llevé a Sánchez a investigar un granero, no porque desconfiase o temiese alguna actividad ilícita, sino porque sentía curiosidad por ver por dentro un granero hámster. Pasamos junto a la escuela, donde un grupo de chiquillos hámsteres jugaban en el patio con un balón que parecía hecho con el equivalente hámster de la cinta aislante. Era consciente de que ya no les llegaban artículos de lujo del exterior; todo se iría del planeta con los hámsteres, así que los kristangos solo permitían que se enviasen suministros médicos desde órbita. Seguramente el balón que tenían los chavales se había desinflado y lo habían intentado arreglar con la cinta aislante.

El granero en sí no tenía nada particular. Tenía vigas metálicas y paredes del plástico extruido que los rujarras solían usar en todas partes. Era rojo por fuera, lo que me pareció curioso, como si pintar los graneros de ese color fuera algo universal. Al principio pensé que era algún tipo de gallinero, hasta que los ojos se me acostumbraron a la penumbra.

En ese momento empezó lo interesante.

Había animales en comederos dispuestos a lo largo de las paredes y el olor no era muy distinto de un gallinero o una granja porcina. Lo que me llamó la atención era que cada animal, de unos dos metros de largo y uno de ancho, tenía una especie de capucha plateada donde habría estado la cabeza y ella salían varios cables y tubos que se metían en la pared de enfrente. Estaban en pesebres y me di cuenta de que algunos eran más pequeños. Quizá más jóvenes. Lo más impresionante era el silencio, no se oía el cacareo de las gallinas ni el hozar de los cerdos, solo el zumbido de los ventiladores y las bombas eléctricas.

Divisé a mi amigo Lester Mazorca al otro extremo del establo. No tardó en venir hacia nosotros mientras nos saludaba con la mano.

—Saludos, Joe Bishop —dijo.

—Saludos, Lester Mazorca. —Al parecer era el nombre correcto, porque sonrió e inclinó la cabeza—. ¿Qué es esto? —quise saber. Luego señalé a los pesebres—. ¿Qué animales son esos?

—¿Animales? No, qué va. Los rujarras no comemos animales. Hace tiempo que lo consideramos una costumbre… —dudó unos instantes, mientras buscaba la palabra con cuidado— no civilizada.

Sonrió a modo de disculpa y me pregunté si sus palabras originales habrían sido incluso peores que la traducción.

—Pues parecen animales —dijo Sánchez, que estaba a mi espalda—. Se mueven y todo.

Mazorca se acercó a uno de ellos y le dio un golpecito. La cosa ni se inmutó. Pero se movía de un modo regular, como si se meciese de un lado a otro.

—Son fuente de comida —dijo. Me pregunté si la traducción habría sido correcta—. Carecen de cerebro y tienen un sistema nervioso muy rudimentario. Casi todo el cuerpo es carne, y han sido diseñados genéticamente de ese modo. —Señaló las capuchas y los cables—. Un ordenador reemplaza su sistema nervioso y hace que se muevan a intervalos regulares para estimular el crecimiento muscular.

—Joder, sí que mola —murmuró Sánchez, impresionado—. Crían solo la carne, en vez del animal entero.

No estaba seguro de si también me sentía impresionado o solo asqueado. No tenían mente, así que no estaban criando una vaca, sino un filete. Era inquietante. Tenía todo el sentido del mundo y era eficiente, pero me daba mal rollo. Quizá no estaba preparado para el futuro, o al menos para aquel futuro.

Tras volver a la base le dije a Baker que buscara entre nuestras cosas a ver si daba con un balón. Me parecía haber visto uno en el pack recreativo que nos había proporcionado el pelotón antes de mandarnos al Culo de Neptuno.

A la mañana siguiente llevaba el balón bajo el brazo mientras patrullábamos y, al pasar por la escuela, se lo lancé con suavidad a los críos. Al principio lo miraron alarmados y se mantuvieron a distancia, pero al volver a pasar por el lugar vi que los chavales le estaban dando de patadas y nos saludaban.

Aquella tarde Lester Mazorca vino a visitarnos y preguntó por mí. Pronunciaba mi nombre «Chou Bishap», que seguro que se parecía bastante más al mío que «Lester Mazorca» al suyo. Era lo más probable, al menos.

Me preguntó mediante el traductor si yo era el Chou Bishap que había capturado un soldado rujarra durante la acción militar en la Tierra.

—Sí —respondí.

Sonrió y puso el traductor en pausa.

—Ta. —Movió la cabeza de abajo arriba—. Neh. —La meneó de un lado a otro.

—Sí. No —respondí con los mismos gestos. Luego dije «ta» y asentí y «neh» y moví la cabeza de un lado a otro. El repitió mis gestos con «sí» y «no».

Fue nuestra primera comunicación genuina. De no haber estado en Paraíso a causa de su ataque a la Tierra, habría estado encantado.

Volvió a usar el traductor y me dijo que la gobernadora regional hámster vendría de visita a Teskor dentro de un par de días y que quería quedar conmigo para tomar el té.

¿En serio? ¿Un civilizado té de la tarde con el enemigo? ¿Con sándwiches de pepino sin corteza, bollos y tortitas con sirope?

Lester no estaba mal para ser un rujarra. Era un campesino, como yo, y no había tenido nada que ver con el ataque a la Tierra. De hecho, es posible que ni hubiese oído hablar de nuestro planeta antes de que llegásemos a Paraíso. Pero la gobernadora regional formaba parte del gobierno que nos había atacado y había matado humanos. Estuve tentado de decirle a Lester que la gobernadora podía meterse la visita por donde le cupiera y que yo no era ninguna atracción de feria exhibida para su disfrute. ¡Pasen y vean, el humano que capturó a un soldado rujarra! ¡No muerde! ¡Solo cinco dólares, suvenir incluido!

Ganarse a los nativos, me dije una vez más, ganarse a los nativos. La inteligencia de la División quería información, y era probable que una gobernadora regional supiese más de la situación de Paraíso que mi compadre Lester.

—Será un honor ver a su gobernadora —dije, confiando en que la sonrisa que acompañaba a las palabras no traicionase el sarcasmo de estas.

—¿Traerá su propio té? Podemos proporcionarle agua caliente, pero supongo que no bebe nuestro té, ¿verdad?

¿En serio esperaba que me sentase a beber el té con ellos? Bueno, qué narices, en uno de los packs de comida había algunas bolsitas de té y llevarlas no implicaba que me fuese a poner cariñoso y cantar Kumbayá con los rujarras.

5

Información

Dos días más tarde, Lester se me acercó durante la patrulla matutina y me dijo emocionado que la gobernadora estaría en su casa a las mil seiscientas horas y que sería un placer tenerme en su humilde morada. Al decir esto se tocaba la muñeca como si llevase reloj.

El traductor sobreactuaba un poco a veces, así que estoy seguro de que no dijo de verdad «humilde morada» en rujarra.

Me sentí tentado a tenerlos esperando un buen rato, pero mi madre me había enseñado a ser educado y el Ejército me había acostumbrado a ser puntual en cualquier situación. Así que a las cuatro en punto estaba en la residencia Mazorca para conocer a la gobernadora regional, a la señora Mazorca y a los chiquillos Mazorca.

Baker esperaba fuera y Sánchez y Chen estaban en el humvee con el armamento pesado, por si acaso. El cuartel general había aprobado, por no decir alentado, la visita, así que dejé el fusil, la coraza y las gafas en el vehículo y solo me llevó el zPhone y el arma de mano, básicamente porque me sentía desnudo sin ella y era un modo de que los hámsteres no olvidasen que éramos una fuerza de ocupación. Con énfasis en lo de «fuerza», en caso de ser necesario.

Por supuesto, llevaba una bolsita de té. Y un paquete de azúcar, por si acaso. Lester me saludó emocionado; supongo que la gobernadora regional no visitaba a menudo pueblos como Teskor y seguramente por aquella zona eran más frecuentes los tornados que los políticos.

Los Mazorca eran solo tres. Lester, su mujer y un hijo al que reconocí como uno de los chavales de la escuela.

—Gracias por el balón —dijo el muchacho en inglés.

Sonó lo bastante parecido, en cualquier caso, y me impresionó que aquel niño peludo se hubiese tomado la molestia de memorizar las palabras, así que respondí con un «ta» y una pequeña inclinación de cabeza. Él sonrió y Lester le indicó que se fuera, para luego llenar de agua caliente dos tazas que había en una especie de mesa de café frente al sofá. A continuación, hizo una profunda reverencia y me dejó solo con la gobernadora regional.

No era muy distinta de otras hembras rujarras que había visto, aunque saltaba a la vista que no era granjera. Llevaba una blusa y una falda larga de algo que parecía seda y, aunque no tengo ni idea de esas cosas, los pendientes y el collar parecían bastante elegantes y caros. Se sentaba en un sofá verde oscuro con una alfombra con estampado de flores a los pies. Tomé asiento frente a ella al otro lado de la mesa; desde luego, no iba a ponerme a su lado en el sofá.

Tomó una cucharada de lo que parecían hojas de té de una caja sobre la mesa y las puso en un objeto en forma de huevo con agujeritos rematado por una cadena que sumergió luego en la taza. Mi abuela tenía un trasto casi idéntico.

—Soy el cabo primero Joe Bishop —dije mientras sumergía la bolsita de té en una taza.

Fui bastante menos elegante que ella, lo cual me molestó por algún motivo ignoto. Sabía que su forma lenta y medida de preparar el té era para tener tiempo de examinarme.

—Soy la gobernadora regional de Lesscorta. —Parecía divertida con la situación—. Me llamo Bahturnah Lohguelia. —Se detuvo un momento para darle tiempo al traductor—. Cuando los suyos ocuparon mi pueblo me llamaron —nueva pausa— burgomaestre. —Parpadeó, como si esperase que aquello me resultase gracioso—. Supongo que «Burgomaestre» es más fácil de pronunciar que mi nombre, ¿no?

—Ta —respondí, divertido.

Seguramente las tropas en su pueblo habían estado destinadas en Alemania en algún momento. Si no recordaba mal burgomaestre era como llamaban allí a los alcaldes, aunque a saber; lo más cerca que estado de Alemania fue en un avión de transporte mientras repostaba sobre la marcha en el aeródromo de Rin-Meno.

La burgomaestre me indicó por gestos que me quitase el micrófono y los auriculares. Me señalé la boca y los oídos y dije:

—Los necesito para que hablemos.

—Por, favor, cabo primero Bishop, déjelos fuera —respondió para mi sorpresa en un inglés lento, algo chirriante y pronunciado con extremo cuidado—. Puede usar esto.

Llevaba en la mano algo parecido a un zPhone kristango pero algo más pequeño. Me lo tendió, además de un micrófono y un auricular.

—Se lo explicaré luego —añadió muy despacio, como si hubiese memorizado solo unas pocas frases en mi idioma y las palabras le resultasen difíciles de pronunciar.

Dudé un instante y luego asentí. Según las regulaciones del Ejército, no podía alejarme del zPhone cuando estaba de servicio, pero era una oportunidad que no podía desaprovechar para hacerme con tecnología rujarra, por no mencionar la información que pudiese obtener de los hámsteres. Para eso nos había enviado la FENU en primer lugar. Así que salí, le di el zPhone a Baker, volví dentro y conecté el cachivache rujarra.

—Gracias —dijo en inglés la burgomaestre antes de ponerse su propio auricular y conectar de nuevo su traductor—. ¿Está usted cómodo? —Hasta la versión digital de su voz sonaba un poco chirriante.

Examiné el cacharro y esperé a que me pidiese que dijera un par de frases para que aprendiera mi pauta concreta de expresión, pero lo único que vi fue «Preparado» en grandes letras rojas. Aquello me resultó sospechoso.

—¿Cómo es que esta cosa sabe cómo hablo?

La burgomaestre sonrió.

—Hemos grabado, analizado y traducido su forma de hablar y luego hemos programado el dispositivo que tiene en la mano. No queremos malgastar tiempo en ponerlo a punto, tenemos mucho de qué hablar.

Así que me habían estado espiando. Bueno, eran nuestros enemigos y era lógico que quisieran información sobre nosotros.

—¿Qué problema hay en usar mi propia radio táctica?

Estuve a punto de decir «zPhone» pero supuse que eso sería difícil de traducir al rujarra.

Sonrió de nuevo. Era una sonrisa amistosa, pero al mismo tiempo indicaba que sabía algo que yo no. Resultaba un poco irritante.

—Los kristangos se niegan a darles armas avanzadas —dijo, señalando mi pistola—. ¿No es curioso que sí les proporcionen equipos de comunicación de alta tecnología a todos los humanos del planeta?

Dudé un momento. No soy ningún experto en comunicaciones.

—Eh… Cada país de la Tierra usa radios y ordenadores distintos y no tenemos aquí nuestra red de satélites. —Miré hacia el techo—. La única forma de poder hablar entre nosotros es usando estas radios.

Tenía sentido, aunque era algo que nunca me había parado a pensar.

La burgomaestre meneó la cabeza de un lado a otro sin sonreír. No necesité traducción. Me resultó fascinante que dos especies alienígenas compartiéramos el mismo lenguaje gestual.

—O quizá no es más que una excusa que suena conveniente. La verdadera razón es que todas sus comunicaciones pasan por la red kristanga, de modo que pueden monitorizar todo lo que digan, interceptar sus transmisiones y seguir a placer cada movimiento que hagan. Estoy segura, cabo primero Bishop, de que cuando terminemos aquí informará de esta conversación a su inteligencia militar. Le sugiero que lo haga en persona y no por radio, a menos que quiera que los lagartos se enteren.

Supuse que decía la verdad. Todos usábamos los dispositivos de comunicación kristangos y nada más. ¿Y por qué no? Eran gratis, funcionaban de maravilla y nos ahorraban tener que plantar torres de comunicaciones por todo el planeta o intentar que las radios americanas se comunicasen con las chinas o las indias. Además, los kristangos eran nuestros aliados.

—A lo mejor tiene usted razón. ¿Y? Son nuestros aliados.

De nuevo aquella irritante sonrisa.

—¿Aliados? Las alianzas son entre iguales. Los kristangos son sus amos y ustedes su especie subordinada. Sus mascotas. Quién sabe si sus esclavos.

—¿Y ustedes, nuestros enemigos? —dije, sin pararme a pensar.

A mi madre no le habría gustado. Me habían invitado a tomar el té y mi respuesta no había sido nada educada.

—No queremos ser sus enemigos. —Alzó una mano—. Espere a que haya terminado, por favor. Entiendo que estén molestos con nosotros, pero hay mucho que los kristangos no les han contado y mucho sobre lo que les han mentido. Hace miles de años que conocemos a los humanos. Nuestras sondas de larga distancia los encontraron hace tiempo y hemos plantado satélites en su órbita para observarlos. ¿Se han parado a pensar alguna vez por qué, si esta guerra lleva luchándose miles de años, nadie los ha atacado hasta ahora?

Tenía razón, maldita sea; era un pensamiento que me llevaba tiempo rondando y sabía que no era el único que se preguntaba por qué nos habían atacado cuando la humanidad tenía bombas atómicas en lugar de hacerlo tiempo atrás, cuando vivíamos en cuevas y considerábamos el fuego la cumbre de la tecnología. No tenía sentido a menos que los rujarras fueran idiotas. Así que, ¿por qué ahora? Si el cuartel general lo sabía, nunca me lo había dicho.

El uso de un traductor la obligaba a hablar muy despacio, así que resumiré lo que dijo. No nos habían atacado por una razón muy sencilla. Hasta hacía poco la Tierra estaba fuera de alcance, al menos desde un punto de vista práctico, para ambos bandos. No era imposible llegar a los más recónditos rincones del brazo galáctico de Orión, pero no compensaba el gasto. Los agujeros de gusano, por alguna razón que ignoraban tanto maxolhxes como rindalus, cambiaban su configuración cada cierto tiempo de forma aleatoria, a veces en cascada a lo largo de todo un cuadrante galáctico. Podía suceder cada dos o tres décadas o cada dos o tres siglos. Así, el agujero A, conectado al B, de pronto se conectaba al C, y el B pasaba a quedar conectado al D. O un agujero de gusano se volvía inoperativo, o uno inoperativo se activaba de repente.

Tras uno de estos cambios un planeta de alto valor estratégico podía convertirse en un callejón sin salida que no servía para nada. O uno que estuviese demasiado lejos de la red se convertía de pronto en un teatro de operaciones importante para ambos bandos. Eso le había pasado a la Tierra. Habíamos sido felices en la retaguardia galáctica, lejos de cualquier agujero de gusano y en los límites del territorio rujarra, lo bastante lejos para que a estos no les mereciese la pena llegar a nosotros. Pero se había producido un cambio en la red y un agujero aletargado durante mucho tiempo se había reactivado de nuevo. Un extremo estaba cerca de la Tierra y el otro en territorio kristango. El extremo cercano a nosotros permitía que un carguero turanio llegase al planeta en una semana, lo que lo convertía en una oportunidad inmejorable para que los kristangos plantasen el pie en territorio rujarra. Antes de eso, la Tierra había estado demasiado lejos para una campaña militar por parte de los rujarras y resultaba inaccesible para los kristangos.

—Un momento —dije, tras digerir lo que acababa de decir—. Ustedes nos atacaron. ¿Por qué se molestaron, si estábamos demasiado lejos para una campaña militar? El gasto tiene que haber sido descomunal.

Pensaba en las complicaciones logísticas de nuestra ocupación de Paraíso, pese a que teníamos un agujero de gusano por el que traer suministros y equipo durante casi todo el trayecto. Si los rujarras habían tenido que venir a pie, por así decir, ¿cómo coño se las habían apañado? ¿Y por qué nos habían atacado si no podían permitirse ocuparlo? Tampoco es que fuésemos una amenaza para ellos.

La burgomaestre asintió, preparada para aquella pregunta.

—No estoy segura de que el traductor vierta mis palabras con precisión, así que, por favor, pregunte cualquier cosa que no entienda. Cuando nos dimos cuenta de que el cambio en la red había abierto su planeta a la explotación kristanga decidimos adelantarnos; los yeraptas, nuestros superiores, reunieron tantas naves de largo alcance como pudieron permitirse. En cuanto supimos que los kristangos pretendían ocupar su planeta desmontamos su infraestructura industrial para convertirlos en menos apetecibles como base. Fue un ataque rápido con muy pocas naves; nos habría resultado imposible lanzar un ataque a gran escala a esa distancia. A nuestras naves les llevó cinco de sus meses llegar a la Tierra y otros tantos, volver.

—Claro —escupí con sarcasmo—. Y llegaron a la vez que los kristangos, seguro.

Me di cuenta de que el «seguro» podía parecer que me había tragado sus palabras. Nos habían advertido en su momento que usásemos frases sencillas con los rujarras, ya que los giros idiomáticos, la jerga y las frases con contenido emocional, como las sarcásticas, quizá no tuviesen sentido al cruzar la barrera entre las especies. Cierto que, basándome en mis experiencias con los rujarras, el lenguaje corporal parecía el mismo entre todas las especies bípedas.

—Lo que quiero decir es que me resulta sospechosa la coincidencia.

—No llegamos a la vez que los kristangos —me respondió con una sonrisa que encontré algo condescendiente—. Nuestras naves vigilaban el agujero de gusano por si los turanios enviaban a alguien a través de él, pues sabíamos que estaban explorando el área, aunque no teníamos claras sus intenciones. La Tierra no es el único mundo habitable al alcance del agujero de gusano, así que esperamos casi tres semanas a que la armada turania se pusiese en marcha y cruzase. Cuando nos dimos cuenta de que el objetivo era la Tierra atacamos sus naves pesadas y enviamos una fuerza ligera a efectuar ataques quirúrgicos sobre la Tierra. No atacamos ninguna ciudad, no pretendíamos matar a su gente, solo reducir su capacidad industrial para que los kristangos lo tuviesen difícil para plantar un pie al extremo de nuestro territorio.

—Mataron ustedes a un montón de gente —respondí con rabia—. Humanos.

—Como soldado, asumo que conoce el término «daño colateral». —Esperó hasta que asentí, lo que formaba parte de nuestro lenguaje corporal compartido—. Nuestros objetivos eran centrales eléctricas, fábricas que creaban cierto tipo de equipos e instalaciones industriales que procesaban materiales metálicos. Los kristangos podrían haber usado todas esas infraestructuras. Cuando atacamos sus centrales de energía de fisión —supuse que el traductor se refería a las centrales nucleares—, disparamos al centro de distribución eléctrica que hay junto al reactor, con un cuidado extremo para no darle a este. No pretendíamos contaminar su planeta ni causar muerte o sufrimiento innecesarios. Los soldados que se vieron obligados a aterrizar en su pueblo iban camino de destruir una central de energía de fisión en un lugar llamado Connecticut.

—Dado que la palabra no tenía traducción al rujarra, salió directa de sus labios chirriantes—. No nos podíamos arriesgar a atacar el planeta desde órbita, ni siquiera con misiles inteligentes.

Aquello me dio que pensar. Decía la verdad al afirmar que no se había dañado el reactor en ninguna de las centrales atacadas por todo el planeta.

—¡No querían contaminar el planeta para poder ocuparlo! —Alcé la mano para interrumpirla antes de que hablase—. No, no más mentiras. —Tiré la taza de té de la mesa de un manotazo rabioso, me puse en pie y realicé una reverencia a regañadientes—. Gracias, señora.

Al salir vi a un grupo de niños jugando con el balón que había traído y no pude decidir si sentía más odio hacia los hámsteres por el modo en que habían intentado justificar su ataque a la Tierra o hacia mí mismo por haber sido blando con el enemigo. Uno de los chavales me saludó con la mano, pero no le hice caso. Más tarde me sentí fatal por ello; quizá fuesen alienígenas, pero no eran más que niños. No habían atacado la Tierra. Pero en aquel momento necesitaba alguien a quien odiar.

Me pasé cabreado toda la semana, sobre todo conmigo mismo por haber permitido que la burgomaestre me manipulara. Y por haber dejado que me usara para pasarnos desinformación que podría sembrar el descontento entre los nuestros y que tal vez era el inicio de una campaña psicológica contra nosotros.

No pensaba permitirlo.

Pero cuando por fin decidí hablar de ello con un oficial, durante una de las visitas del teniente Charles, lo hice cara a cara y le indiqué por gestos que se quitase el zPhone. Para mi sorpresa, asintió en silencio y dejó el cacharro fuera de la tienda.

—¿Qué ocurre, primero?

—Bueno, mi capitán, la gobernadora regional hámster me ha dado información sobre cómo funcionan los agujeros de gusano.

Igual es basura, pero me pareció que era mi deber pasarlo a la cadena de mando. Y me dijo que era mejor no usar los zPhones porque quizá los kristangos tuvieran puesto el oído.

Asintió de nuevo.

—Al Alto Mando también le preocupa el asunto. Nuestros aliados controlan todas las comunicaciones de Paraíso. Y el transporte. Y el suministro de alimentos. Y todo lo demás. Adelante, dígame lo que le han contado de los agujeros de gusano.

Le transmití la información lo mejor que supe y al acabar volvió a asentir.

—Tiene razón, primero, seguramente es basura, pero se lo pasaré al cuartel general del batallón.

Lester Mazorca insistió varias veces de forma casi suplicante en que la burgomaestre quería hablar conmigo de nuevo. Me sabía mal por él, pero mi humor no había mejorado y no pensaba dejarme manipular de nuevo por una maldita rata mentirosa... o, en este caso, un hámster. Según Lester, la gobernadora había viajado expresamente a Teskor para hablar conmigo. O para hablarme. Le di las gracias, pero le dije que no. Pareció dolido.

Tres días más tarde, un par de humvees llegaron a nuestro puesto de mando en medio de una nube de polvo. En ese momento estaba en la pista de baloncesto jugando un uno a uno con Baker, y ambos echamos a correr y nos pusimos las camisetas. Una comandante saltó del humvee seguida de una escolta de seguridad.

—¿Cabo primero Bishop?

Saludé. Se parecía a la oficial de nuestra brigada de inteligencia, de la que solo había visto fotos.

—A la orden, mi comandante.

—Soy la comandante Perkins. Tenemos que hablar. Mejor dentro.

Me hizo un gesto, que ya conocía bien, para que me quitase el zPhone.

Por suerte habíamos aseado el edificio aquella misma mañana, tras discutir qué hacer con la basura en mitad de ninguna parte.

—Su información sobre los agujeros de gusano ha causado un buen revuelo en el cuartel general, Bishop. Alguien le mencionó lo del cambio en la red a los kristangos y estos se pusieron como locos, nos preguntaron dónde habíamos oído esas mentiras maliciosas y lo negaron todo. Lo que significa que es cierto y que los puñeteros lagartos nos han estado mintiendo. —Era la primera vez que oía a un oficial superior hablar mal de nuestros aliados y me dejó conmocionado—. ¿Lo ha sabido por algún rujarra? Me gustaría hablar con esa persona.

—Eh… Es complicado, mi comandante. No vive en el pueblo, es la gobernadora regional o algo parecido. Viene una vez a la semana y nos reunimos en la casa de un conocido y tomamos té. —Me sentí un idiota al decir aquello—. Es una costumbre de los hámsteres, creo, siempre toman té en las reuniones.

—No importa. ¿Cuándo vuelve?

—Se supone que pasado mañana, pero le dije a mi contacto que no quería volver a hablar con ella. Puedo decirle que he cambiado de idea.

—Esto no va así, Bishop. Necesito verla. No sabe usted las preguntas necesarias y la FENU tiene un montón de cosas de las que quiere hablar.

—No le hago pregunta alguna. Ella habla de lo que quiere y yo me limito a escuchar. Creía que me estaba engañando, no sé, guerra psicológica hámster o algo así. —¿La burgomaestre me había dicho la verdad? ¡Mierda!—. ¿Quiere oír todo lo que me contó?

—Y tanto. —Sacó una tableta y un micrófono—. Grabaré lo que me diga con esto. Con esto y no con un zPhone, ¿lo pilla?

—Alto y claro, mi comandante.

Y más después de que la burgomaestre me hubiese dicho que no debíamos fiarnos del equipo de comunicaciones de los kristangos.

Puso la tableta en la mesa, enchufó el micrófono y examinó despacio nuestro pequeño Puesto de Mando. Di gracias de nuevo por haberlo recogido y limpiado a fondo aquella mañana. Hasta habíamos movido el mobiliario y habíamos usado un limpiasuelos que los hámsteres habían dejado en un armario. Estuvimos probando cosa de una hora con él, los hámsteres no habían dejado instrucciones, y funcionó de maravilla. La comandante Perkins asintió con aprobación.

—¿Le gusta estar aquí, primero? Sé lo solitarias que son este tipo de misiones.

—Me gusta, mi comandante. Acaban de ascenderme, así que aquí puedo cometer errores sin que un tenientillo me esté controlando todo el rato. —Me di cuenta de que ella misma, en el pasado, había sido teniente—. Eh, no quería decir…

—Tranquilo, primero. —Sonrió—. Cuando era alférez era la oficial más patosa en toda la historia del Ejército de Estados Unidos, y eso es mucho decir. Claro que entonces no lo sabía. Quizá este sitio es el Culo de Neptuno, pero le aconsejo que lo disfrute mientras pueda, muchos líderes de escuadra pagarían por una oportunidad como esta. Y si la información que tiene es tan buena como la FENU cree, lo está haciendo muy bien. —Activó la grabación de voz de la tableta—. Empecemos.

La comandante Perkins volvió un par de días más tarde, pero la burgomaestre, no. Así que nos pasamos la mayor parte del día esperando sentados, hasta que se nos acercó un chaval montando en una bicicleta eléctrica que pidió hablar conmigo y me dijo que la burgomaestre estaba ocupada pero que le encantaría verme al día siguiente. Solo a mí.

A la comandante no le gusto nada la idea, pero se resignó y me hizo memorizar una lista de preguntas.

Así empezó mi corta carrera como agente de inteligencia. La lista de preguntas de la FENU no sirvió de mucho. La burgomaestre tenía sus propias ideas acerca del tema de nuestras conversaciones, y nada la hacía cambiarlo. Nos reuníamos un par de veces a la semana y la comandante Perkins venía al día siguiente a recoger la información, a veces acompañada de un capitán del cuartel general de la División. Me sentía como un crío pasando notas a otros en la escuela, pero no había gran cosa que pudiera hacer.

En nuestra cuarta reunión, una vez hubimos cumplido con la ceremonia del té, le planteé una pregunta a la burgomaestre:

—¿Por qué yo? ¿Por qué no está hablando con agentes de inteligencia del Ejército? Si no quiere hablar con los estadounidenses siempre puede hacerlo con los británicos, los franceses, los indios o los chinos.

El gesto de la burgomaestre fue amargo.

—No quiero que me interroguen. Mi intención es pasarles información, exponer las mentiras kristangas y explicar ciertas cuestiones de las que los kristangos no quieren hablar. Y solo hablaré con usted.

—Eso no responde a mi pregunta. ¿Por qué yo? Solo soy un cabo primero, y este pueblo está a bastante distancia de su residencia. ¿Por qué no elegir a alguien de ese lugar?

Tuve de nuevo la sensación de que había anticipado cualquier pregunta que pudiera hacerle. Estaba claro que se trataba de alguien muy inteligente. Sonrió de nuevo, aunque no estoy seguro de si era una sonrisa sincera, o ese gesto de cortesía típico de los políticos.

—Vine en primer lugar porque quería conocerlo a usted. A Joe Bishop, al que a veces llaman Barney. —El traductor dejó que ambos nombres fuesen emitidos por su voz chirriante. Sí que tenían buenos espías, los cabrones—. Sentía curiosidad por ver qué tipo de humano era el que había herido a un soldado rujarra y capturado a otro.

—Tuve ayuda.

—De civiles. Y según nuestros informes no tenían ustedes armas militares.

—Los informes no siempre son exactos.

No quería decirle nada sobre las tácticas que había usado, ni cualquier otra cosa que pudiera serle útil al enemigo. Se suponía que estaba allí para darme información, no para escucharme.

—Estos lo son. El otro motivo por el que hablo con usted es por el informe del soldado rujarra que capturó.

La sorpresa en mi rostro fue mayúscula. Ella sonrió de nuevo.

—Ah, veo que no lo sabía. Lo soltaron a cambio de un soldado kristango en nuestro poder. Nuestro efectivo informó de que había sido capturado por civiles humanos, algo que a ningún soldado le gusta admitir. Y nos dijo también que lo habían tratado muy bien, algo por lo que estamos agradecidos.

—Tan bien como pude. No teníamos comida que darle.

Siempre me había preguntado qué le había pasado al hámster después de que se lo llevase la Guardia Nacional. Había asumido que se lo habrían entregado a los kristangos antes de que el pobre desfalleciera de hambre. Supuse que los kristangos tendrían algo de comida rujarra para los prisioneros que capturaban.

—¿Y el otro soldado? ¿Se encuentra bien?

La última vez que lo había visto, tumbado bajo una pila de ladrillos, no tenía muy buena pinta.

—La soldado está bien. Recibió heridas, pero se ha recuperado de ellas. Su vehículo recibió daños en órbita, pero la rescató una de nuestras naves.

No me había dado cuenta de que era una hembra. Con la coraza, el casco y la visera no había modo de saberlo, por no mencionar que estaba medio enterrada bajo los restos de la pared que habíamos volado. Casi lo sentía, aunque había sido una situación de combate y no había nada que sentir.

—Por favor, dígale que no fue nada personal. No teníamos tiempo para comprobar sus heridas.

La burgomaestre asintió.

—Es lógico, estaban en combate. No les guarda ningún rencor, se lo aseguro. Si alguna vez contacto con ella le transmitiré su mensaje. Veo que reaccionó con sorpresa al enterarse de que era una soldado, cabo primero Bishop. En su ejército participan ambos sexos.

—Cierto, pero que las mujeres estén en cuerpos de combate es algo muy reciente. Aunque llevan tiempo sirviendo en el ejército y arriesgando sus vidas. En la guerra moderna no es fácil saber dónde está el frente.

—¿Cómo han reaccionado los kristangos al saber que hay humanas en cuerpos de combate?

Meneé la cabeza de un lado a otro.

—No le voy a contar nada de las relaciones con nuestros aliados. —Era fácil, no sabía un pimiento del tema—. ¿Por qué lo pregunta?

—Porque los kristangos no permiten que sus hembras participen en el combate. Ni que formen parte del ejército. Ni que ocupen posición alguna de autoridad en su sociedad.

—Eso no es asunto mío.

Aunque explicaba los servicios unisex de sus naves. No es que fueran tales, sino que nunca habían transportado kristangas.

—Creo que los humanos tienen un dicho: «Conoce a tu enemigo». Nosotros tenemos uno similar. Le sugiero que aprendan cuanto puedan de esos a los que erróneamente califican de aliados. Como he dicho, los kristangos no aceptan a sus hembras en el ejército porque no ocupan ninguna posición de autoridad en estamento alguno de su sociedad. Hace mucho tiempo la casta guerrera kristanga inició un programa de eugenesia e ingeniería genética con el propósito de que sus hembras fueras más pequeñas y débiles, dóciles y sumisas. También alteraron la proporción entre ambos sexos, de modo que si antes se distribuían de modo uniforme ahora hay cinco hembras por cada macho. Para la casta guerrera kristanga las mujeres existen solo para el placer, la crianza y las tareas domésticas. Por eso le pregunto cómo reaccionan al ver humanas en el ejército. Como pilotos, oficiales y en otros puestos de autoridad que les dan poder sobre los hombres.

—No he conocido a ningún kristango, señora. No soy más que un machaca. —No estaba seguro de que el término se tradujese de forma correcta—. Soy un soldado de infantería de bajo rango; las relaciones con los kristangos son cosa de nuestros oficiales. Lo que los kristangos piensen acerca de las mujeres en el ejército es irrelevante.

La sonrisa de la burgomaestre se convirtió ahora en una mueca triste.

—Eso piensa ahora, igual que piensa que los kristangos son sus aliados. ¿Me va a decir que la idea de la eugenesia y la manipulación genética no lo preocupa? Sé que en la historia de su especie hubo intentos en esa dirección por parte del gobierno de un país llamado Alemania.

Me di cuenta de que me estaba provocando, pero no pude evitarlo.

—¡Mi país luchó contra los nazis! Contra Alemania, quiero decir —añadí, no muy seguro de cuánto sabía de historia humana—. Eso fue hace algún tiempo. Y sí, lo que usted afirma es terrible, siempre que sea cierto.

Recordé la rabia que me había embargado en Nigeria cuando un grupo de salvajes ignorantes habían atacado una escuela para niñas porque pensaban que educarlas era una blasfemia. Ver los cuerpos carbonizados de aquellas chiquillas me había llenado de furia. De haberme dejado llevar, me habría internado en la selva y habría matado a todos aquellos cobardes que habían usado fusiles y bombas contra niñas indefensas y sus profesores. De haberlos encontrado, claro, que había sido precisamente el principal problema que habíamos tenido mientras estuvimos allí.

Joder, cómo odiaba mi estancia en Nigeria.

La burgomaestre me proporcionó información abundante a lo largo de los siguientes meses; de ser cierta, la mayor parte no eran buenas noticias, al menos para nosotros. Me llevaría demasiado repetir lo que me dijo o lo que luego le transmití a la comandante Perkins, así que haré un resumen. Parte de lo que me contó me produjo vértigo, y creo que no fui el único que sintió eso, a juzgar por la palidez del rostro de la comandante cuando oía ciertas cosas.

Dejar la Tierra expuesta a la invasión kristanga no había sido la única consecuencia del cambio en la red de agujeros de gusano; ni siquiera había sido una consecuencia importante, en realidad. El asunto había afectado a todo un cuadrante de la galaxia y había causado una gran conmoción en la sociedad kristanga. Y una guerra civil. La casta guerrera kristanga no era monolítica; la formaban numerosos clanes que competían por el poder y luchaban entre sí a menudo.

Cuando el agujero de gusano cercano a la Tierra se reactivó, a los turanios les llevó un tiempo acercarse y explorarlo, ya que tenían mejores cosas que hacer. Enviaron una sonda desde su extremo de la conexión para asegurarse de que el otro lado no estaba demasiado lejos de la galaxia o dentro de una estrella, algo que ya había pasado antes. Tras determinar que el viaje era seguro, los turanios enviaron un par de naves y decidieron con un encogimiento de hombros que no había gran cosa que mereciese la pena en nuestro lado. Sí, la Tierra estaba a una semana de viaje, pero alejada de cualquier planeta rujarra, y el cambio en la red de transporte había abierto posibilidades más tentadoras por todas partes. Aquello habría supuesto el final de todo el asunto, y durante algunos siglos más los terrícolas habríamos seguido flotando en el espacio felices, solos y sin saber lo que pasaba, de no haber sido porque el cambio en la red había proporcionado un duro golpe a la ya menguante fortuna del clan kristango del Viento Blanco.

El clan del Viento Blanco llevaba tiempo en decadencia; solo controlaban dos planetas bajo la férula kristanga. Tras el cambio habían perdido el acceso a uno de ellos, y estaban desesperados. Algún imbécil en el alto mando del Viento Blanco decidió que la Tierra era la solución a sus problemas y que si lograban controlarla y convertirla en una base útil para invadir el territorio rujarra podrían aliarse con un clan más fuerte. No funcionó. Ningún otro clan mostró interés por la Tierra; el ataque de los rujarras había dañado nuestras infraestructuras lo suficiente para obligar al Viento Blanco a gastar demasiado tiempo y recursos en su reconstrucción antes de que fuésemos de utilidad para ellos. Así que habían decidido que lo mejor era alquilar soldados humanos a los otros clanes, de ahí que estuviéramos en Paraíso.

Siempre, claro, que la burgomaestre dijese la verdad.

También me avisó de que si los kristangos se comportaban de la forma habitual no tardarían en exigir de los gobiernos terrestres, si no lo habían hecho ya, que implementasen ciertas medidas que los favorecerían a ellos a expensas de los humanos, todo ello en nombre del «esfuerzo bélico». Aquello sonaba familiar, joder. Antes de irme de la Tierra se habían producido protestas contra las órdenes kristangas, y aquellos tipos me habían parecido egoístas que no arrimaban el hombro lo suficiente. Si lo que me decían ahora era cierto, antes o después los kristangos determinarían cuál era el gobierno más abusivo y asfixiante del planeta y lo convertirían en su sicario local con el respaldo invencible de las naves kristangas en órbita. Según la burgomaestre era una fórmula habitual dar con los pringados más antisociales y malsanos de un lugar, ponerlos en el poder y obtener así su lealtad incuestionable. Así habían llegado al poder Hitler y Stalin, después de todo. Y ese era el procedimiento estándar para los kristangos.

Luego me habló de los amos de estos, los turanios. Me confirmó lo que había oído en el Campamento sobre su aspecto al describírmelos como hombrecitos verdes. Lo que no me habían contado entonces era que se trataba de ciborgs que tenían un ordenador implantado en el cráneo y que en su sociedad todo estaba conectado. Controlaban las naves mediante los ordenadores implantados y casi nunca hablaban en voz alta, pues se comunicaban entre sí a través de un enlace informático. El tono de su piel no era un verde puro, sino que tiraba a beige, y todos tenían el mismo. Habían tenido diferentes tonos de piel en el pasado, pero la raza dominante había exterminado a las demás hacía tiempo. Los turanios actuales eran todos clones de la «raza superior», que apenas permitía variaciones genéticas respecto a lo que consideraban el ideal. Se mostraban despectivos con las especies menos desarrolladas tecnológicamente, pero también con sus propios amos, los maxolhxes. La buena voluntad no era precisamente la base de la coalición liderada por estos.

Lo gracioso es que, a pesar de su arrogancia tecnológica, la mayor parte de lo que usaban no había sido desarrollado por ellos. Lo habían robado; un modo bastante frecuente de ascender la escalera tecnológica, al parecer. Las unidades de salto que usaban los kristangos en sus naves estaban copiadas de un dron yerapta que habían capturado. Como no estaba diseñado para usarlo en una nave de tamaño normal y las copias kristangas no eran muy buenas, sus naves solo podían hacer saltos pequeños. Los propios turanios habían robado, encontrado o comprado mejores diseños para usar en sus naves, de modo que pudiesen cruzar las estrellas. Todas las especies robaban o se copiaban la tecnología unas otras, incluidas las que estaban en la cima, tanto en un bando como en otro.

A veces los maxolhxes y los rindalus se copiaban la tecnología entre sí, pero su principal fuente de maquinaria avanzada eran los despojos que habían dejado tras ellos la especie conocida como los Antiguos, que habían sido la primera especie inteligente en poblar la Vía Láctea. Al parecer, habían vivido solos durante varios millones de años antes de desaparecer de pronto. Nadie sabía qué aspecto tenían, por qué se habían ido ni dónde, aunque se suponía que habían alcanzado tal nivel de desarrollo que el cuerpo físico se había convertido en una rémora. En cualquier caso, al desaparecer habían dejado artefactos increíbles, como la red de agujeros de gusano. Y armas. O dispositivos tan poderosos que, en las manos equivocadas, se convertían en armas.

Los kristangos nos habían contado que los maxolhxes se habían rebelado contra el intento de los rindalus de someter a las especies más jóvenes, pero lo que me dijo la burgomaestre era que los maxolhxes habían disfrutado sin problemas del patronazgo rindalu hasta que encontraron ciertas armas de los Antiguos y atacaron a sus mentores. Fue una guerra corta en la que ambos bandos usaron armas antiguas. Su uso despertó a los Centinelas, máquinas inteligentes que los Antiguos habían dejado para asegurarse de que nadie abusaba de la tecnología o que no se contaminase la galaxia, o quizá por algún otro motivo. Los Centinelas masacraron ambos bandos y volvieron a su letargo o a su refugio, o a lo que fuese. Aunque los Antiguos habían abandonado la galaxia al parecer no estaban dispuestos a dejar que especies menos avanzadas dieran usos incorrectos a sus creaciones.

Si los Centinelas seguían por ahí acechando entre las sombras, era lógico que en la guerra actual los maxolhxes y los rindalus no se enzarzasen directamente entre ellos. No se lo podían permitir. Destrucción Mutua Asegurada, como durante la Guerra Fría. Cualquier conflicto entre la URSS y los Estados Unidos, ambos con miles de bombas nucleares, escalaría rápidamente fuera de control y destruiría a ambos bandos. En este caso, la guerra con armas de los Antiguos despertaría a los Centinelas, así que maxolhxes y rindalus usaban a sus especies subordinadas para pelear por los recursos y el territorio en la galaxia, en la esperanza de acorralar al otro bando y sumirlo en la irrelevancia.

Una guerra en la que nosotros ocupábamos el escalafón más bajo y donde cada especie aspiraba a escalar posiciones en la carrera tecnológica y tener especies subordinadas a ella que se ocupasen de pelear y morir. Los humanos, como he dicho, estábamos al pie de la escalera y seguiríamos allí, a merced de los kristangos, hasta que desarrollásemos o robásemos tecnología avanzada.

Dicho en plata, y siempre que la burgomaestre me estuviese contando la verdad, la humanidad estaba jodida. El Viento Blanco necesitaba obtener beneficios de los recursos que había invertido en la expedición a la Tierra, y nosotros no teníamos gran cosa que ofrecer. Cierto que técnicamente estábamos en territorio rujarra, pero tan lejos de cualquier planeta ocupado por estos que podían permitirse el lujo de ignorar la presencia kristanga en la Tierra hasta que estuvieran listos para hacerle frente. ¿Qué podía ofrecerle nuestro planeta a los kristangos, en concreto al Viento Blanco? La tierra que ocupábamos podía utilizarse para favorecer la presencia kristanga. Se extraerían minerales por los medios más eficientes posibles, lo que implicaba que el daño medioambiental o el efecto sobre la población no importaban. Se alquilarían las tropas humanas para que llevasen a cabo trabajos que los kristangos no querían hacer, como la ocupación de Paraíso. El Viento Blanco necesitaba convertir la Tierra en una base de operaciones útil en espera del día en que un clan más poderoso decidiera que nuestro planetucho de segunda en el extremo más alejado del especio rujarra servía para algo.

Consideré la posibilidad de que la burgomaestre nos estuviera dando información cierta, como lo de la red de agujeros de gusanos, para que luego nos creyésemos todas sus mentiras acerca de los kristangos. Pero no era cosa mía, eso ya lo decidiría el cuartel general. Mi obligación era sentarme con ella, beber mi té, escuchar lo que tenía que decir y repetírselo a la comandante Perkins.

¿La creía? En aquellos momentos me costaba aceptar su versión. Afirmaba que la coalición rindalu no interfería con el progreso de las especies menos desarrolladas y que por eso nos habían dejado solos hasta que los kristangos les forzaron la mano. Los maxolhxes y sus subordinados eran malvados explotadores de las especies bajo ellos y despojaban a los planetas de sus recursos naturales sin consideración alguna por las poblaciones nativas. Un bonito cuento que dejaba en buen lugar a los rujarras y ponía a caldo a los kristangos; lo que se podía esperar que contase el enemigo. A menos, claro, que fuese verdad. Joder.

No había mucho que hacer en Teskor, una vez acabadas las patrullas inútiles y la recogida de información durante el té, así que tuve que idear alguna forma de mantener ocupado al equipo para que no se metiesen en problemas. Había una especie de patio de lo que parecía cemento tras la casa, así que montamos una cancha de baloncesto y jugamos partidos de dos contra dos. Las patrullas de la Compañía eran lo bastante frecuentes para que hiciéramos la cancha lo más grande posible, aunque se quedó medio metro corta, y pintásemos líneas y pusiéramos una segunda canasta. Como la nuestra era la única cancha completa en la zona, nos volvimos lo bastante populares para que las patrullas parasen en Teskor y jugásemos algún partido. No era infrecuente que un par de ellas parasen en nuestro Puesto de Mando a descansar, almorzar y echarse unas canastas. También jugábamos al softball, al voleibol, al fútbol europeo y al tenis de mesa, gracias al equipo que nos había proporcionado la División. No había mesa de billar, por desgracia. Ni televisión. Cierto que no había programas ni retransmisiones deportivas que pudiésemos ver en la tele, pero podríamos haber visto pelis. No hubo suerte. Los rujarras tenían televisores y nosotros habíamos traído deuvedés y reproductores, pero no sirvió de nada porque los sistemas eran incompatibles. Había pantallas hinchables en la Compañía, pero las unidades más pequeñas tenían que apañárselas con las tabletas y los portátiles. Estar cuatro tipos alrededor de una tableta viendo una peli no era precisamente divertido y nos cansábamos enseguida.

No solo jugábamos y veíamos pelis, también realizábamos tareas militares. La FENU había desplegado las escuadras en pueblos aislados para que recopilasen información de primera mano y averiguasen a qué se dedicaban los hámsteres, así que seguíamos con las patrullas y tratábamos de tener abiertos ojos y oídos. Una mañana Sánchez asomó la cabeza en el cuarto que usábamos de oficina y me encontró escribiendo un informe para el pelotón.

—Mi primero, aquí pasa algo raro.

Subimos al tejado, donde habíamos construido una escalera y una plataforma de observación. Había parecido algo lógico y nos mantuvo ocupados.

—Echa un vistazo en el Campo Sur Dos —me dijo Sánchez mientras me tendía los binoculares.

Se trataba de un campo vacío que habían recolectado hacía un par de semanas. En su momento vimos las cosechadoras eléctricas yendo de un lado a otro, trillando el grano y depositándolo en enormes contenedores. Tres días atrás un convoy de camiones se había llevado los contenedores en dirección a una línea férrea al norte del pueblo.

—Buen trabajo, Sánchez —dije—. La FENU nos envió por si pasaban cosas raras. Vamos allá.

Nos pusimos el equipo de combate, subimos al humvee y salimos a la carretera. Podíamos haber ido campo a través, se suponía no había más que campos en barbecho, pero había recibido un memo de la División que ordenaba que las tropas dejasen de usar los campos vacíos para echar carreras. Había habido varios incidentes en los que se habían volcado vehículos, algo que no es buena idea cuando no hay posibilidad de evacuarnos a la Tierra para recibir atención médica. Así que Sánchez siguió por la carretera.

Cuando llegamos al Campo Sur Dos vimos un par de tractores eléctricos con pinta de ser plantadoras recorriendo las hileras. Dejamos el humvee en la carretera y Sánchez y yo cruzamos el campo en dirección a los tractores. Uno de ellos se nos acercó despacio y el hámster que lo conducía nos saludó con un gesto amistoso de la mano. En la parte trasera había un dispositivo que perforaba el suelo, dejaba caer las semillas y luego tapaba el agujero. Era peculiar. Lo bastante para que mereciese una visita a la casa de Mazorca.

Lester tenía en casa a medio pueblo; las visitas regulares de la burgomaestre a su hogar habían hecho que su estatus en Teskor creciese considerablemente. Buena parte de las familias estaban en un merendero en la parte trasera en el que había varias mesas de picnic, niños corriendo de un lado a otro, una especie de juego parecido al bádminton y dos parrillas encendidas. Lester se acercó al lateral de la casa para saludarme con una espátula en la mano y un delantal blanco con manchas rojas de lo que parecía salsa barbacoa. Lo que había en las parrillas olía de miedo, por más que los humanos no pudiéramos comerlo.

—¡Saludos, Joe Bishop! —me dijo con una sonrisa genuinamente amistosa.

Por un momento consideré la idea de volver al día siguiente, no quería interrumpir su barbacoa. Pero era mi trabajo, así que dije:

—Hemos visto tractores en el Campo Sur Dos, Lester. —Conocía perfectamente las designaciones de los mapas de la FENU—. Estaban plantando semillas.

—Sí, están plantando… —el traductor vaciló y luego dijo: «análogo de trigo»—. ¿Supone eso algún problema, Joe Bishop?

—¿Cuánto tiempo le lleva a una, eh, cosecha crecer antes de la siega?

—Tres coma cuarenta y tres meses —dijo el traductor.

Era una de sus más irritantes características. Se expresaba de una forma matemáticamente precisa. Seguramente Lester había dicho algo del estilo de «cinco meses rujarras» y el traductor había hecho el cálculo. No necesitaba tanta precisión, coño.

—Este pueblo va a ser evacuado en dos o tres meses —dije, basándome en las estimaciones de la FENU, que cambiaban cada poco—. ¿Por qué os molestáis en plantar ahora?

Era el tipo de comportamiento extraño por parte de los hámsteres que le interesaba a la inteligencia militar. Lester pensaba seguir en el planeta después de la fecha de evacuación. ¿Sabían los hámsteres algo que la FENU ignoraba?

—No hay razón para no plantar —me explicó Lester con una sonrisa dientuda que, en aquellas circunstancias, no era tan amistosa como pretendía—. Los kristangos nos permiten llevar nuestra comida con nosotros, pero no podemos llevarnos las semillas. Así que las plantamos. Si nos vamos de Teskor antes de que esté lista la cosecha, quizá le aproveche a quien venga después. —Se encogió de hombros—. Los míos llevan con esta guerra mucho tiempo, Joe Bishop, y hemos aprendido que no hay certezas. No las hay de que los kristangos logren quedarse con el planeta, así que plantamos para el futuro, hasta el día en que tengamos que subir a una nave e irnos.

Tenía sentido, era un modo de mantener alta la moral. La esperanza es un poderoso motivador.

—Hay algo que me preocupa, Lester. Debe de ser caro llevar comida entre las estrellas. ¿Por qué lo hacéis?

—Ah, esto requiere una explicación más larga, Joe Bishop. —Echó una mirada hacia sus invitados en la barbacoa—. Hay dos motivos principales. En nuestro mundo natal, que en cierto momento alcanzó niveles de contaminación similares al tuyo según me han dicho, la población se concentra en las ciudades y el resto del planeta esta dedicado a la vida silvestre, que hemos intentado restaurar. No hay mucha agricultura, así que hay que importar la comida. Buena parte de nuestros planetas principales están en ese estado, así que tenemos otros modificados para la agricultura como Gehtanu, o para la industria; estos últimos son lugares baldíos en los que nuestra industria no puede afectar al entorno. La otra razón por la que queremos hacer envíos de comida mientras podamos es que nos han dicho que el cambio en la red de agujeros de gusano ha cortado el acceso a algunos de los mundos agrícolas de los que depende nuestro mundo natal. Es lógico que intentemos mandar toda la comida que podamos antes de irnos.

—Claro, Lester.

Nos fuimos de la barbacoa y envié un informe. La explicación de Lester me sonaba un poco falsa, y de todos modos la FENU debía estar informada del asunto.

A partir de ese día empezamos a patrullar por los campos de cultivo alrededor del pueblo, moviéndonos rápido y a buena distancia para comprobar su estado. Tras hablar con el pelotón supimos que Teskor no era el único pueblo en el que los hámsteres estaban plantando una cosecha que no estaría lista cuando fuesen evacuados. No sabía si creer o no a Lester, todo aquello me superaba. Así que me limité a informar y dejé que se ocupase de ello quien debía.

A veces era como si la burgomaestre me leyese la mente, porque a menudo tocaba temas en los que estaba pensando. Me pregunté si los rujarras estarían controlando de algún modo lo que decíamos en el Puesto de Mando, por más que el pelotón lo hubiera peinado en busca de micros ocultos.

Aquella mañana estaba de un humor sombrío que casaba bien con el tiempo que hacía. Llevaba cinco días lloviendo y según los satélites meteorológicos tendríamos al menos otros dos días de lluvia intensa, seguidos de una semana de lloviznas intermitentes. Cojonudo. Los rujarras llamaban «schlumpernur» a ese tipo de tiempo, o al menos sonaba más o menos así, aunque más chirriante. Según el traductor quería decir «sábana húmeda rancia», lo que nos pareció muy apropiado y la palabra se incorporó enseguida a la jerga militar. El schlumpernur había obligado a cancelar los planes para el festival de la cosecha; nadie se sentía muy, esto, «festiv», y celebrar solo un «al» habría sido un poco patético.

A mi brigada no le hacía ninguna gracia estar confinada en el Puesto de Mando, sobre todo porque a los soldados nos se nos permitía de verdad quedarnos en el interior a causa del mal tiempo y había que seguir patrullando y chequeando los campos y enviar informes al cuartel general que sonasen como si estuviésemos haciendo algo que mereciera la pena.

Vimos al menos dos veces todos los vídeos que teníamos y con aquel tiempo de mierda ninguna de las patrullas que pasaban por Teskor se molestó en parar para echar unas canastas, o jugar un partido de softball o de voleibol. Intentamos convencerlos de que bajasen a echar una partidita de dardos, pero era algo que tenían todos y a nadie le apetecía salir de los humvees, donde estaban secos y a gusto. Así que estábamos solos los cuatro, y a aquellas alturas ya conocíamos la vida de los demás al dedillo.

Era la desventaja de estar por nuestra cuenta. Cierto que no había ningún oficial controlando lo que hacíamos, pero nos sentíamos abandonados. Al menos gracias a los zPhones podíamos hablar y videochatear con quien quisiéramos. Llamé un día a Boroña para ver cómo andaba y me contó que lo habían asignado a uno de los pelotones de respuesta rápida, lo que sonaba emocionante, pero que consistía básicamente en instrucción, instrucción y más instrucción. Los hámsteres no podían ser más cooperativos, así que no había nada contra lo que responder con rapidez. Estaba casi tan aburrido como yo. Coincidimos en que todos los videojuegos que conocíamos sobre guerras interestelares no eran más que una sarga de mentiras.

Le envié a Shauna una nota y ella me respondió con otra tan corta como la mía, así que asumí que estaba ocupada y que no tenía sentido intentar seguir hablando a menos que fuéramos a vernos. Lo cual no era muy probable, ya que estaba a más de mil quinientos quilómetros.

Mi humor era bastante sombrío mientras la burgomaestre servía el agua caliente para el té.

—Parece triste, Joe Bishop —señaló.

Me encogí de hombros.

—El schlumpernur nos deprime a todos —dije. No pude evitar una sonrisa cuando parpadeó al oír «schlumpernur»—. Y cuando nos vemos no me cuenta usted cosas muy alegres.

Eso siempre que me contase la verdad, lo cual era bastante probable según el cuartel general.

—Tiene usted familia en la Tierra, ¿verdad? Creo que eso me dijo.

No había nada malo en hablar de lo que ya sabía, así que asentí.

—Mis padres y mi hermana.

—¿Y se sentiría mejor si supiera de ellos?

—Claro.

En Nigeria a veces hablábamos por Skype o chateábamos por vídeo un par de veces a la semana. Y gracias a internet me enteraba de lo que pasaba en el terruño y me mantenía conectado.

—Les he escrito cartas —también había grabado videomensajes—, pero de momento no me han respondido.

Enviábamos los mensajes al cuartel general, donde los empaquetaban y los remitían a los kristangos. Aunque los envíos de comida y suministros llegaban con regularidad hasta el momento no había recibido ningún mensaje de casa. Ni noticias de ningún tipo, lo que era extraño. Y preocupante.

—Ni lo harán —dijo ella mirándome con fijeza desde la taza de té—. Los kristangos no van a entregar ningún mensaje. No quieren que se sepa lo que pasa en su planeta. Estoy segura de que sus jefes son conscientes de ello.

Mierda. Casi a la vez que me daba aquellas noticias deprimentes, el goteo del exterior se convirtió en otro diluvio. El día mejoraba por momentos. O bien la burgomaestre decidió que ya me había dado suficientes malas noticias o el tiempo también le afectó el ánimo, porque cambió de tema y durante la siguiente hora hablamos de nuestras respectivas infancias. No vi nada malo en contarle historias aburridas sobre el Maine rural. La sociedad rujarra no parecía muy distinta de la terrícola, salvo por la extraordinaria tecnología que tenían. Se habían esparcido por numerosos planetas y llevaban en guerra desde antes de que ella, sus padres o sus tátara-tátara-tatarabuelos hubiesen nacido. Seguramente desde mucho antes.

Aquello no contribuyó a mejorar mi humor.

Chen me leyó la mente, porque aquella noche durante la cena (pollo a la King, por cierto) me preguntó:

—¿Sabes cuándo nos llegará algún mensaje de casa, mi primero?

—Ni idea. —Clavé la vista en el plato para ocultar el gesto culpable—. Sé tanto como vosotros.

—Vaya mierda. Ayer llegó un nuevo carguero de la Tierra, todo el mundo lo comenta. Esperaba que trajese algunas cartas. O por lo menos noticias.

—Sí, recibir alguna noticia estaría bien —dijo Sánchez—. Estoy preocupado por mi gente.

—Como todos —dije.

—¿Sabéis lo peor? —preguntó Baker—. No sabemos cuánto durará esto. Cuando fuimos a Nigeria, sabía que tenía doce meses por delante y luego volvería a casa. Joder, hasta en la Segunda Guerra Mundial había un objetivo final a la vista; cuando se ganase la guerra volverían a casa. Llevaría años, pero acabaría pasando. Incluso cuando las cosas se ponían peliagudas de verdad, la peña sabía que si aguantaban y sobrevivían acabarían volviendo a casa antes o después. Esta gente lleva en guerra miles de años. No hay final a la vista. No hay una estrategia que lleve a la victoria, no hay un momento en que se pueda decir que hemos terminado nuestro trabajo y nos vamos a casa. Ahora que lo pienso, el mensaje que me mandaron cuando me alistaron para venir aquí no decía durante cuánto tiempo.

—Sacaremos a los hámsteres de este planeta y volveremos, ¿no? —preguntó Chen, esperanzado.

—A lo mejor. —Sánchez movió allá y acá el pollo en el plato—. A menos que los lagartos, quiero decir —me miró preocupado—, los kristangos, nos necesiten en otra parte. Ya estamos aquí, ¿no? Ya nos han entrenado y para cuando acabe lo de aquí tendremos experiencia. Para los kristangos es más sencillo enviarnos a otro sitio que devolvernos a casa y traer nuevas unidades.

—Joder. —El exabrupto de Chen resumía a la perfección lo que todos sentíamos—. Acabo de llegar y ya quiero irme.

Era mi obligación tratar de levantarles el ánimo.

—También a mí me encantaría saber cuándo volveré a casa, ya lo sabéis. Cuento los días en el calendario hasta que llegue el momento. La evacuación durará trece meses y seguramente tendremos que estar aquí otros dos más reconstruyendo infraestructuras o alguna cosa parecida. Pero mantenernos aquí es caro para los kristangos. Tienen que mandarnos la comida a través de todos esos años-luz, ¿no? Cuando acabe la misión creo que nos devolverán a casa. Pensadlo un poco, ¿cuántas misiones pueden tener para nosotros los kristangos? Incluso con los juguetitos que tenemos no estamos preparados para esta guerra.

—Sí, vale, supongo —asintió Sánchez a regañadientes.

—Es culpa del puñetero schlumpernur, que nos deprime. —Me volví hacia la ventana y contemplé la llovizna—. Si hiciese buen tiempo y tuviésemos noticias de casa, nos sentiríamos de vicio. Estamos a nuestra bola, sin oficiales que nos controlen y el sitio no está nada mal. Chen, saca la tarta de la nevera. —Nos la habían traído desde el pelotón hacía un par de días—. Vamos a celebrarlo; según el pronóstico, la lluvia termina pasado mañana.

El schlumpernur se había convertido en lluvia intermitente cuando volvió la comandante Perkins ala mañana siguiente para que le diese el informe. Nos reunimos en el humvee para que los chicos pudieran quedarse en la casa a salvo de la lluvia.

—Mi comandante, no tengo ni idea de si lo que me está contando la hámster es una patraña, pero tiene razón en lo de que no nos está llegando ninguna noticia de casa, ¿Recibe información de la Tierra el cuartel general?

La expresión afligida en su rostro me dijo cuanto necesitaba.

—Eso está por encima de su rango, primero. Y del mío.

—Los chicos me preguntan —dije, señalando con la cabeza en dirección a la casa.

Me miró desconfiada.

—¿Les ha contado algo?

—No, mi comandante. Saben que me reúno con la burgomaestre, y son capaces de sumar dos y dos, pero no les he contado nada y ellos no han preguntado. No hace falta que les diga que no hemos sabido nada de la Tierra. Se comenta por todas partes en los zPhones.

Rumores que en otras circunstancias no habrían salido de la unidad que los había generado se propagaban por todo el planeta gracias a aquellos trastos. Ninguna de las personas con las que había hablado había recibido un solo mensaje de la Tierra. Y Boroña me había dicho que un tipo de intendencia que conocía le había comentado que los envíos de suministros que nos llegaban se habían vuelto intermitentes en los últimos tiempos y que en aquellos envíos venían semillas, como si los kristangos esperasen que las cultivásemos para producir comida.

—Se tanto como usted, primero. —La comandante miró a lo lejos, entre la lluvia—. La FENU solo me cuenta lo que necesito saber. Le aconsejo que tenga cuidado con lo que dice en la red de zPhones. —Señaló el techo del humvee—. Nunca se sabe quién puede estar escuchando.

Un par de días más tarde a eso de las cero cuatrocientas el zPhone empezó a sonar. Era un cacharro estupendo para algunas cosas, no tanto para otras, como que el alto mando pudiese dar con alguien en cualquier parte y en cualquier momento. No enviar un simple mensaje a un operador de radio que luego tendría que dar con la persona requerida, sino hablar directamente con ella. Apoyé los pies en el suelo y me senté bien erguido en la cama, porque según me habían dicho de este modo se sonaba más espabilado y alerta tras ser despertado de repente.

—Cabo primero Bishop al habla.

—Soy el teniente Charles, Bishop. Su escuadra debe empacarlo todo y venir hoy mismo para acá. Deben tenerlo recogido y estar en marcha a las cero novecientas.

Eso me espabiló por completo.

—¿Qué ocurre, mi teniente?

—Lo informarán cuando llegue.

—A la orden, mi teniente.

La escuadra se mostró tan sorprendida como yo mismo, y sabían del asunto tanto como yo, o sea, nada. No había rumor alguno en la red de que hubiese problemas. Comprobamos las webs de la FENU y las noticias que aparecían eran rutinarias, teniendo en cuenta que estábamos en otro planeta. Recogerlo todo no nos llevó mucho tiempo. Nos llevamos las armas, pero dejamos cualquier elemento que le viniese bien a alguna futura escuadra que nos relevase, incluida la mesa de pingpong que habíamos fabricado.

Dimos un último recorrido por los charcos de barro de la calle principal, giramos y dejamos Teskor antes de que los hámsteres salieran de la cama. Lamenté no haber podido despedirme de la familia Mazorca.

Olí a chamusquina en cuanto llegamos a la base del pelotón y me encontré con la comandante Perkins.

—Acaban de sacarnos de Teskor, mi comandante —le dije, aunque supuse que ya lo sabría. Igual hasta había sido cosa suya. Nunca me he fiado de la peña de Inteligencia.

—Vamos a dar un paseo, Bishop.

Me señaló el aeródromo y se mantuvo en silencio hasta que estuvimos solos.

—Fui yo quien ordenó que los sacaran de allí. Los kristangos saben que alguien nos ha estado pasado información y están cabreados y quieren dar con la filtración. Se le estaban acercando.

Es mejor que mantenga un perfil bajo una temporada, así que vemos a transferirlo. Solo a usted, no a la escuadra.

—¿Dónde, mi comandante?

—A la plataforma de carga. Si le digo la verdad, no sabíamos muy bien dónde ponerlo, pero hay que hacerlo desaparecer y que su nombre no salga en las comunicaciones. Si le sirve de consuelo, me ha pasado lo mismo; me destinan a una base logística en el sector indio para actuar de enlace. —Lanzó un bufido—. No hablo ni una palabra de indio.

—Mierda. ¿Todo esto por haber hablado con los hámsteres? ¿Es que los kristangos se pensaban que no íbamos a hablar con ellos en ningún momento? Tienen que ser conscientes de que los rujarras no van a desaprovechar la ocasión para dejar mal a los lag… a los kristangos e intentar distanciarnos.

—No ha sido solo por hablar con ellos. Los kristangos contaban con que hubiese rumores. Pero saben que el alto mando de la FENU ha estado hablando con ellos en serio. No es usted la única fuente de información que tenemos, pero le puedo asegurar que a su burgomaestre se la considera la gallina de los huevos de oro, y que el alto mando se está haciendo caquita porque cree que la mayor parte de lo que le ha dicho es cierto. —Me miró a los ojos—. No puede habar de esto con nadie. Es alto secreto.

—A la orden, mi comandante.

Respiró muy despacio, se llevó la mano al bolsillo de la camisa y luego la apartó, disgustada.

—Irme al otro extremo de la galaxia me ha servido para dejar de fumar. En cuanto se acabó el tabaco que traía conmigo, la cosa se cortó en seco. Para los kristangos es un bien de lujo y no tienen ninguna intención de transportarlo por el espacio. A veces me muero de ganas de disparar a algo.

—Eisenhower lo dejó de repente tras su primer ataque al corazón, mi comandante.

Sonaba mejor en mi cabeza.

—Si Ike pudo, yo también puedo. Además, él tenía alternativas, ¿no? Yo no. A lo mejor habría que incluir la nicotina en la lista de medicamentos esenciales —añadió con una mueca.

Me habría gustado empatizar con ella, pero no podía. Quiero decir, lo sentía por ella, pero como nunca había fumado ni bebido ni usado drogas no conseguía asimilar por completo lo que le pasaba, no sé si me explico. Yo había optado por la vía fácil de no dejarme enganchar por nada de aquello. Como no sabía muy bien que decir, murmuré algo ininteligible que sonase comprensivo y guardé silencio.

—En realidad son las medicinas las que han provocado este jaleo. Es cierto que a los lagartos no les importan un pimiento los rumores.

»Lo que los enloqueció fue que aceptásemos la oferta que nos hicieron los rujarras de proporcionarnos cuidados médicos avanzados. No sé si se ha enterado del choque del zopilote del mes pasado. Dos muertos y cuatro heridos, uno de los cuales perdió la pierna y otro se partió la columna. Los kristangos se negaron a evacuarlos a la Tierra. Los rujarras se enteraron de lo ocurrido y les sorprendió mucho saber que los humanos no teníamos la habilidad para hacer crecer miembros cortados o reconectar el tejido nervioso. Hace tanto que tienen esa tecnología que les parece básica. Así que enviamos a algunos de los heridos más serios, incluidos los dos del accidente del zopilote, al hospital rujarra a modo de experimento, donde los están tratando. A los médicos rujarras le llevó algún tiempo adaptarse a nuestra bioquímica, pero no somos tan distintos, también tienen ADN. Según los informes, se espera que todos los heridos se recuperen por completo con el tiempo, y han estimulado la pierna amputada para que crezca.

»Los kristangos montaron en cólera cuando se enteraron de que habíamos aceptado los cuidados médicos rujarras, y acusaron al alto mando de la FENU de confraternizar con el enemigo. Según me han dicho, la conversación se acaloró bastante y el general Meers les dijo a los puñeteros lagartos que no habríamos tenido que enviar a nuestros heridos a los hospitales rujarras si ellos nos hubieran proporcionado su tecnología médica. —Sonrió—. El viejo no se achanta con nadie, sea humano o lagarto.

—¿Estoy en un lío, mi comandante?

—No, Bishop, claro que no. Pase desapercibido hasta que esto haya pasado. Dos semanas. Bueno, quizá un par de meses. Mírelo como una oportunidad para conocer mejor el planeta.

No me creí ni una palabra.

Tras despedirme de mi escuadra me embarqué en un viaje de varias etapas en dirección a la plataforma de carga. Fue largo y aburrido y mi humor empeoró. No había hecho nada malo, pero la FENU necesitaba un chivo expiatorio y al parecer esperaban de mí que me lanzase sobre mi propia espada. Me pareció probable que me degradasen. Llevaba muy poco siendo cabo primero y apenas me había acostumbrado, pero iba a echar de menos estar al frente de un equipo. Habíamos hecho un buen trabajo en Teskor; no nos metimos en problemas, mantuvimos buenas relaciones con los nativos, obtuvimos información sólida y la transmitimos por la cadena de mando… Y construimos una cancha de baloncesto que nos hizo populares entre las patrullas que pasaban y que ayudó a subir la moral. No había habido fricciones importantes entre los miembros de la escuadra, más allá de las esperables entre cuatro personas que se ven obligadas a estar juntas en el quinto pino sin gran cosa de la que ocuparse.

Si volvía la vista atrás, mi estancia en Teskor me parecía tranquila, casi idílica. Habíamos aterrizado en un planeta extraño y enemigo, habíamos tomado el control y llevado a cabo nuestra parte del esfuerzo bélico, demostrando así a los kristangos que servíamos de algo, aunque no fuese gran cosa. Sentíamos que teníamos un objetivo que estábamos cumpliendo y esperábamos con ansia el momento en que los habitantes de Teskor subieran a los cargueros para ser evacuados. Fin de la misión para nuestro equipo.

Si lo miro ahora, me doy cuenta de que mi estancia en Teskor dejó de ser tan idílica en el momento en que la burgomaestre empezó a darme información que, como poco, me resultó inquietante. Saber que la humanidad era poco más que carne de cañón y que la FENU se había convertido en mano de obra de alquiler al servicio de los kristangos, que los lagartos consideraban la Tierra un botín que explotar como quisieran… Eso borraba cualquier sensación de realización. No poder compartir esa información con mi gente nos había distanciado; sabían que me estaba reuniendo con un alto funcionario rujarra y que una oficial de inteligencia de la FENU me visitaba al día siguiente de las reuniones, así que podían sumar dos y dos sin problemas. Por no hablar de los rumores. Algunos procedían de la información que me daba la burgomaestre, lo que me inquietaba bastante al pensar que pudiese haber una brecha de seguridad en el cuartel general. Me tocaba un poco las narices tener que tratar aquella información como un secreto mientras circulaba por radio macuto. Ni siquiera podía decir a mis chicos qué rumores eran falsos, la gran mayoría, y cuáles tenían algo de verdad.

Mi escuadra tenía ahora un nuevo cabo primero y estaban destinados al cuartel general del batallón. Seguro que se preguntaban qué habrían hecho mal. Nadie se creía la historia barata de que habían sacado al equipo de Teskor porque la misión había finalizado. El cuartel general ni siquiera se había molestado en enviar otra escuadra de relevo; se habían limitado a abandonar el lugar, los muy idiotas. No, nada sospechoso, todos los equipos de observación integrada seguían en su sitio excepto el del pueblo en el que me había reunido con la burgomaestre. La tapadera creada por la FENU era tan débil que el comandante del dumbo en el que me dirigía a la plataforma, un tipo al que no conocía de nada, me preguntó qué había hecho para que la FENU sacase a mi equipo de Teskor.

Los rumores se volvían cada vez más jugosos y cruzaban el planeta a la velocidad de la luz. Ninguna de las medidas de seguridad implementadas por la FENU servía de nada contra dos tipos intercambiándose chismes a través de sus zPhones.

6

Fuerte Flecha

Al llegar me presenté ante el capitán Price en el edificio de administración, una estructura rujarra para el manejo de la plataforma que ahora ocupaba la FENU. Desde el aeródromo vi a unos cuantos rujarras al otro lado de la verja que rodeaba la base que la FENU llamaba Fuerte Flecha. Dado que los humanos no sabían manejar ni mantener la gigantesca plataforma de cañón de riel que enviaba los cargamentos a órbita, los hámsteres seguían a cargo del reactor y del resto del complejo, así que el mayor cambio producido en la base había sido la nueva bandera que ondeaba en ella. La FENU había construido Fuerte Flecha a partir del poblado de trabajadores que había junto al reactor de fusión y se había limitado a usar los edificios existentes y acondicionarlos para uso militar. Tenía sentido, porque la FENU no planeaba quedarse en Paraíso lo suficiente para invertir en infraestructuras. Había un pasillo semiseguro entre el aeródromo y Fuerte Fecha, y a ambos lados se veía a los hámsteres yendo a lo suyo.

El capitán Price me tuvo sentado durante casi una hora sin nada más que hacer que mirar la puerta de su oficina. Estaba dentro, porque de vez en cuando lo oía hablar por el teléfono, a lo que seguían largos silencios. No parecía tan ocupado que no pudiese tomarse un par de minutos para darme la bienvenida. No me habían dado de desayunar en el dodo, así que tenía hambre y estaba pensando en cómo conseguir algo de pitanza antes de que cerrase el comedor. Price asomó por fin a la puerta, me miró de forma claramente hostil y gruñó «Bishop» cuando me levanté y me puse firmes. Más que un saludo fue una declaración.

—A sus órdenes, mi capitán. Cabo primero Bishop presente.

No llevaba órdenes por escrito que pudiera darle, todo estaba en los teléfonos y las tabletas. Ya en su oficina, no me dio permiso para sentarme, así que quedé de pie a la derecha de la puerta en estado de descanso.

—Bishop —repitió señalando su tableta, cuya pantalla yo no podía ver—. El de Barney.

Empezaba a estar hasta los cojones de aquello.

—Tengo aquí sus órdenes y su expediente personal —me dijo—. Una pauta evidente de indisciplina y comportamiento temerario. No permitimos nada de eso en Fuerte Flecha, por mucho que piense usted que se merece un trato especial por sus quince minutos de fama. —Ni me molesté en protestar. Estaba claro que ya se había formado una opinión sobre mí—. Ni por asomo, ¿está claro?

—A la orden, mi capitán.

Pasar desapercibido, me dije. La comandante Perkins y el cuartel general querían que pasase desapercibido, y mantener cerrada la bocaza era el primer paso.

Al parecer no fue suficiente. Saltaba a la vista que Price estaba resentido por algo y tenía un púlpito a su disposición que pensaba aprovechar ahora que tenía un público cautivo.

—Seguro que ha oído que Fuerte Flecha es un sumidero al que vienen a parar los desafectos y los que la han cagado. —Nunca lo había oído. En realidad, no oía el término «desafecto» desde primaria—. El cuartel general piensa que Fuerte Flecha está a salvo de cualquier ataque, porque los rujarras necesitan la plataforma para sacar sus cosechas del planeta, así que basta con medidas de seguridad mínimas. —Vale, al parecer no tenía nada contra mí, sino contra el cuartel general, y me había tocado pagar el pato—. No es así. Que la plataforma sea importante implica que es lo primero que intentarán capturar cuando vayan a retomar el planeta, si es que lo hacen. Esto es un cuerpo de élite. —Dio un par de golpecitos con el dedo en el escritorio para acentuar sus palabras. El gesto, y el sonido de clic que lo acompañó, me hizo pensar que necesitaba cortarse las uñas—. De élite. En Fuerte Flecha hay que demostrarles a los rujarras que nuestra posición es tan fuerte que no tiene sentido intentar tomarla.

Asentí en silencio; no tenía sentido llevarle la contraria por débil que fuese su razonamiento. Si los rujarras conseguían traer a órbita una flota lo bastante poderosa para echar a los kristangos, los humanos que quedasen en el planeta seríamos una fruslería. Los hámsteres podían relajarse y lanzar desde órbita todos los ataques quirúrgicos que les diera la gana con cañones de riel, máseres o misiles inteligentes y eliminar cualquier atisbo de resistencia humana, por muy poderosas que fuesen las unidades destacadas en Fuerte Flecha.

—No tenemos donde ponerlo, y si lo dejo a su aire se metería en problemas, así que lo voy a asignar a escolta de convoyes. Se presentará ante el sargento Lombard por la mañana. Intente mantener el tipo y…

—Perdone, mi capitán —dijo su asistente desde la antesala—. El coronel Young ha venido a verlo.

El susodicho llegó en ese momento. Dio una zancada, dejó caer la mochila en una mesa, se limpió el sudor del rostro con la mano y se detuvo en la puerta de la oficina de Price.

—Nos han jodido bien, Price. Nuestros amigos kristangos se llevan mañana el destructor, lo que nos deja con una sola fragata en órbita como apoyo. ¿Qué se apuesta a que se las pira en cuanto aparezca un acorazado hámster? El viejo quiere un plan de contingencia por si vuelven los rujarras. Es posible que tengamos que defender nosotros solos el planeta.

—¿Tan mal está la cosa, mi coronel? —preguntó Price, sobresaltado.

—Lo bastante para que quieran sacar de aquí un pelotón mañana y usarlo como refuerzo en un par de bases de intendencia. La FENU no cree que los rujarras se arriesguen a dañar la plataforma de carga, así que nos van a dejar en los huesos para reforzar objetivos más probables. ¿Qué pasa? —preguntó tras ver el alzamiento de cejas de Price. Se volvió a la derecha y me vio— ¿Quién es usted, cabo primero?

—Bishop, mi coronel —respondí poniéndome firmes—. Me han transferido hoy; he llegado esta mañana.

—Ah, Bishop, el de Barney, sí, ya me habían dicho que venía. —Al parecer aquello me perseguiría toda la vida—. Puede retirarse, primero. Y mantenga la boca cerrada. Aunque se sabrá antes o después —remató con un suspiro.

—A la orden, mi coronel.

Salí de allí lo más rápido que pude sin perder la dignidad.

El equipo de escolta de convoyes al que me asignaron era un buen grupo, liderado por un alférez verde como una lechuga, pero lo bastante listo para hacer caso a su sargento. No había sitio para más mandos en el equipo, así que asumí las funciones de cabo, hice lo que el sargento Lombard me ordenaba, mantuve la boca cerrada y mostré la mejor actitud posible, al menos de cara a la galería. Aún llevaba los galones de cabo primero, usaba arma de mano y aparecía en la lista de personal como un E5, así que no me habían degradado. Todavía.

No era un mal lugar en el que estar y me sirvió para ampliar mis conocimientos de Paraíso, desde las selvas ecuatoriales pasando por las montañas y de vuelta a las llanuras. Era un planeta agradable, aunque estaba infestado de hámsteres y tendríamos que devolvérselo a los kristangos tras la evacuación. Paraíso habría sido un excelente segundo hogar para la humanidad. Claro que pensar aquello era soñar despierto, teniendo en cuenta que ni siquiera podíamos visitar otros planetas de nuestro propio sistema solar sin ayuda extraterrestre.

El viaje más habitual de un convoy duraba cuatro o cinco días de ida más otros tantos de vuelta cargados de grano y comida procesada de los hámsteres. Los rujarras civiles se iban del planeta usando el ascensor, no la plataforma, así que no había que lidiar con el caos que causaban las familias descontentas. Los hámsteres casi no nos dieron problemas, más allá de algunas tonterías y algún que otro intento de sabotaje aquí y allá. Veía todo eso como su modo de hacerle una peineta a la FENU, algo comprensible, teniendo en cuenta que desde su perspectiva éramos matones que ocupábamos su planeta a las órdenes de los kristangos. De haber estado en su situación me habría sentido igual de desafiante. Algunas de las familias rujarras llevaban allí más de tres generaciones y habían echado raíces en el suelo fértil de Paraíso. Se habían dedicado a sus campos sin meterse con nadie hasta que el reciente cambio en la red de agujeros de gusano había llevado a los kristangos a retomar el planeta.

La FENU ordenó escoltar los cargamentos para prevenir posibles problemas. Suponían que los hámsteres se volverían más inquietos a medida que se aproximase el plazo final de la evacuación y viesen que en efecto tendrían que irse, quién sabía si para siempre. Los chinos y los franceses habían encontrado hámsteres rezagados en lugares que se suponía que ya habían sido evacuados sin resistencia; y tanto ellos como el resto de las fuerzas internacionales habían encontrado escondrijos con armamento hámster. A lo mejor no pensaban irse tan pacíficamente como parecía.

Entre viaje y viaje teníamos uno o dos días libres en Fuerte Flecha, así que dormíamos en una cama de verdad, comíamos caliente y podíamos usar el gimnasio y las instalaciones deportivas, entre otras posibilidades de DyR. El fuerte tenía una amplia piscina, así que no era desdeñable la posibilidad de ver a algunas de nuestras compañeras en bikini.

Por desgracia, en el comedor no encontré nunca hamburguesas. No hacían un mal *fish and chips*, tenían un pastel de carne que tenía más pan que carne y una empanada de pollo que llevaba más hojaldre y verduras que pollo. Al parecer la carne no era algo que llegase con frecuencia a Paraíso y había rumores de que los suministros que venían desde la Tierra se retrasaban, que funcionaban a intervalos irregulares o que las batallas en aquel sector estaban obligando a los turanios a usar rutas alternativas.

Poco después de que los humanos se hiciesen cargo de la plataforma, el comandante de la base ordenó que se plantase un huerto, así que andábamos sobrados verdura. Había tomates frescos, melones, cebollas, espinacas, pimientos y cualquier otra cosa habitual en los mercados agrícolas de la Tierra. Llegué a la conclusión de que las cosas estaban realmente mal el día en que las únicas opciones para el almuerzo en el menú fueron ensalada de espinacas y fajitas vegetarianas. Sé que las espinacas son una fuente buena y barata de proteínas y resultan lo bastante sabrosas si se las complementa con nueces y cuscurros, pero a veces un soldado necesita un buen trozo de carne que llevarse a la boca. Y queso. Y un bollo. Con kétchup. Y unas cebollas fritas, ya que estamos.

Nos acercábamos a Fuerte Flecha, ya de vuelta. Era mi quinto viaje y esperábamos con ansia estar al menos tres días de DyR en la base, ya que los vehículos tenían que pasar por mantenimiento.

El soldado Pope se me acercó para que lo oyese por encima del zumbido eléctrico del motor del camión.

—¿Tienes planes para mañana, mi primero?

Cuando me uní a la unidad, la primera reacción fue de inevitable curiosidad, ya que era moderadamente famoso. Luego se preguntaron qué cagada habría cometido para que me asignasen a escoltar convoyes en Fuerte Flecha. Me tomé las bromas sobre Barney con humor; ya las había oído un millón de veces y tenía réplicas buenrolleras para todas. El alférez no lo tenía claro conmigo al principio, pero el sargento Lombard dejó que me encargase de algunas de las cargas y que realizase varias tareas administrativas de poca monta que le consumían demasiado tiempo. En cuanto los demás vieron que Lombard me aceptaba, hicieron lo propio, por suerte.

—No, ningún plan. ¿Por…?

El pronóstico del tiempo era brumoso, caliente y húmedo, con posibilidades de tormentas vespertinas, lo habitual en los trópicos en aquella estación.

—Hay una nave kristanga estrellada a unos tres quilómetros al norte de la base —dijo Pope—. Varios de los chicos vamos a echarle un vistazo. Si quieres venir…

—¿Una nave que ha caído desde órbita? ¡Joder! ¿Y queda algo de ella?

No me molesté en ocultar las ganas que tenía.

—Ajá. He visto las fotos que han sacado los que se han pasado por allí. Dicen que es una fragata. Es de una batalla de la época en que los rujarras les quitaron el planeta a los kristangos, así que es bastante antigua y ha sido tomada por la selva, pero la mayor parte de la superestructura se mantiene intacta. Los hámsteres le han quitado el armamento y el reactor. La FENU prefiere que no andemos por ahí, porque a los kristangos no les hace gracia, pero la peña va igual.

—Me apunto, claro. —Intenté no pensar en pillar posibles suvenires, a los kristangos no les gustaría—. Gracias.

Quedamos en ir a la nave a la mañana siguiente.

Estábamos en medio del desayuno cuando se acercó a toda prisa el soldado Crockett y nos susurró:

—Hay que pirárselas. Viene un general indio de visita, va a dar un discurso tras el almuerzo y quieren que todos estén por aquí para que tenga un público nutrido.

Soltamos un gruñido. Nadie quería quedarse en un comedor petado de gente mientras le soltaban un coñazo de discurso. Engullimos los huevos en polvo y la tostada, pillamos sándwiches de mantequilla de cacahuete para almorzar y cruzamos la base como una exhalación en dirección a la selva. Cualquiera que estuviese en la base sin tarea asignada aquel día acabaría como voluntario forzoso en el comedor.

Los tres quilómetros que había hasta la nave resultaron ser más de quince sin carretera, así que fuimos a pie. Había una especie de sendero a través de la selva, creado por el paso de todos los que habían ido antes. Digo «una especie de» porque cambiaba a medida que alguien descubría un camino más directo que evitase las colinas, diese con vados para cruzar los ríos y no atravesase barrizales ni zarzas. Habría estado bien que el sendero estuviese señalizado, pero no era así. Los animales nativos que vivían en aquella selva también creaban sus propios senderos, así que estaba lleno de callejones sin salida. Intentamos, a falta de señales, seguir el camino que pareciese más transitado, lo que no fue buena idea, dado que al parecer la peña que nos había precedido eran idiotas. Acabé hasta las rodillas en arroyos embarrados más de una vez. Hacía un calor húmedo y había enormes insectos por todas partes que nos daban mal rollo, por mucho que nos hubiesen dicho que su veneno no nos afectaba. No dejaba de aplastar y espachurrar los insectos que caían de los árboles y aterrizaban en mi nuca, supongo que buscando una comida fácil. Al parecer no les había llegado el informe acerca de que los humanos no éramos comestibles para la fauna local. O simplemente eran unos cabrones rencorosos con ganas de morder y pinchar lo que fuese.

La «posibilidad de lluvias vespertinas», que en los trópicos equivale a «posibilidad de que el sol salga al amanecer», se convirtió en un aguacero de narices. Quedamos empapados en seguida y, aunque solo duró cinco minutos, se nos hicieron eternos. Algunos intentaron atecharse bajo los árboles de hojas más anchas hasta que empezaron los relámpagos y decidimos poner la mayor distancia posible ente nosotros y los árboles. Cuando terminó, el sol salió enseguida y fue como si estuviéramos cruzando una sauna. Enormes goterones de agua tibia nos caían en la cabeza desde los árboles, el aire podía cortarse con cuchillo y todos los insectos que habían estado dormidos antes de la tormenta habían despertado a la vez y tenían hambre.

Mucho mejor que oír un puñetero discurso en el comedor, en cualquier caso.

Por mí mismo jamás habría encontrado la nave. Los humanos dependemos demasiado de la tecnología incluso en la Tierra, y se me estaban empezando a olvidar algunas habilidades básicas como leer un mapa o ir campo a través. Por fin llegamos al pecio gracias un rastro de envoltorios de barritas energéticas. A tenor de lo que me habían contado, esperaba que quedase en pie poco más que el armazón, así que fue una agradable sorpresa descubrir que estaba bastante más intacta de lo que creía. Era una nave enorme, y si las fragatas kristangas eran de ese tamaño, no quería ni imaginar cómo serían sus navíos de combate más grandes. Le faltaba una pieza de gran tamaño en la sección de popa; supuse que por allí habían sacado el reactor de fusión los rujarras. La proa estaba medio enterrada en el terreno pantanoso.

Juzgando por las secciones más alejadas que pude ver del pecio, me pareció que era bastante más larga que un submarino nuclear, a lo mejor tanto como un portaviones. O más. La mayor parte de la nave estaba ocupada por los motores o la zona de ingeniería; no sabía si aquella parte de la nave se presurizaba en el especio, pero parecía lógico pensarlo, ya que los motores siempre necesitarían mantenimiento.

Nos las apañamos para entrar y dimos una vuelta con las linternas. No había animales peligros en Paraíso, lo que estaba de puta madre, teniendo en cuenta que solo teníamos mi pistola para defendernos. El interior de la nave estaba sucio, lleno de barro y descuidado. Y petado de insectos.

Teníamos hambre y no tardamos en aburrirnos de ir de un sitio a otro. Alguien sugirió que fuésemos hasta la parte alta de la nave, donde al menos podríamos sentarnos en un sitio que no fuese pantanoso.

Fue un día estupendo. Estábamos lejos de la base, en la espesura, explorando algo nuevo y sin que nadie nos disparase. Tenía una cantimplora llena de zumo, un sándwich de mantequilla de cacahuete, una barrita energética y una bolsita con fruta deshidratada. ¿Qué más se podía pedir? Nos habían dicho que había pollo en el menú de la cena y tenía pensado darme luego un baño en la piscina y quizá jugar un partido de básquet o de softball.

Me apantallé los ojos y comprobé la posición del sol, o la estrella local o como narices la llamasen oficialmente y distinguí el característico guiño de una nave saltando al especio normal. ¿Otro carguero rujarra? Los veíamos con bastante regularidad. Aún me fascinaba la idea de que se pudiese viajar más rápido que la luz.

Otro parpadeo. Nada raro, era frecuente que las naves rujarras vinieran en grupos, siempre escoltadas por naves kristangas. Fragatas, normalmente, aunque era imposible distinguir una nave de otra desde la superficie.

Hmmm. Más parpadeos. Y más.

Y muchos más.

—¡Eh! ¿Habéis visto? —señaló Pope—. Hay un montón de naves ahí arriba.

¿Volvía la fuerza de trabajo kristanga?

De pronto mi zPhone soltó un graznido estrangulado y se quedó en silencio. Mierda. Aquello no pintaba nada bien. Le di al icono del canal de mando, pero no recibí más que estática. Intenté comunicarme con alguien, con quien fuese. De pronto un rayo de luz ardiente bajó del cielo y se produjo una explosión masiva en la dirección en la que estaba Fuerte Flecha. Una nube de tierra saltó hacia lo alto y no tardó en convertirse en un enorme hongo.

Lo habíamos visto en los vídeos de entrenamiento. Era un ataque con cañones de riel. Un dardo pequeño y denso de tungsteno o algún material alienígena igualmente exótico acelerado a velocidad relativista que se abría paso por la atmósfera y golpeaba la superficie.

Golpeaba Fuerte Flecha.

Boquiabierto, incapaz de apartar la vista, vi estelas que descendían hacia la base y se curvaban por el camino. Misiles inteligentes hipersónicos lanzados justo después de los dardos. Vimos varias explosiones más, todas procedentes de Fuerte Flecha.

Todos reaccionamos igual. Primero, sorpresa. Luego, incertidumbre. ¿Qué coño íbamos a hacer ahora? Sin que nadie nos lo ordenase, descendimos a toda prisa por la nave. Miré a mi alrededor por si la situación había cambiado en el último minuto, pero todo seguía igual. Éramos diecisiete personas y entre todos teníamos un solo arma, a menos que contásemos los cuchillos. Mi pistola no iba a servir de mucho contra los rujarras.

—¿Qué es lo que pasa, mi primero?

Todos se volvieron hacia mí. Mierda. Era lo más parecido a un mando que había allí. Era cabo primero, ¿no? Aquella mañana me había sentido como un soldado más de excursión por el bosque. Los galones en la hombrera y el arma de mano significaban que tenía que hacer algo. Lo que fuese.

—Sé tanto como vosotros. ¿Alguien tiene señal en el zPhone?

Todos menearon la cabeza. Al menos habían chequeado los teléfonos al ver el ataque a la base.

—Seguramente los rujarras nos están interceptando. Ni siquiera capto la señal de navegación. —Tampoco podía usar la app de proximidad para ver en el mapa los zPhones que tuviese cerca. Se habían cargado todo el sistema, al parecer—. Muy bien, muchachos, parece que la red ha caído, así que poned los zPhones en modo recepción.

Eso impediría que transmitieran señal alguna y los haría ilocalizables, o eso se suponía. La FENU sospechaba que los kristangos tenían formas de localizarnos incluso con el teléfono en modo camuflaje, pero tampoco teníamos muchas más alternativas. Lo último que queríamos era ser detectados por los hámsteres, pero suponíamos que no podrían conectarse a la tecnología kristanga. Con la base destruida, un grupo de diecisiete humanos serían un blanco secundario bastante apetecible.

—Recoged el equipo —dije, sin pararme a pensar que en aquellos momentos este se componía solo de cantimploras y mochilas—. Vamos a volver a la base lo antes posible.

—¿La base? —El soldado Collins señaló la columna de humo. Casi a la vez que hablaba, se oyó una nueva explosión procedente de allí—. ¡No hay base! No queda nada.

—No hay forma de saberlo con seguridad. Desde luego no nos vamos a esconder en la selva. Vamos a volver a la base porque a lo mejor hay gente que necesita nuestra ayuda y porque es nuestro trabajo. Nuestro deber. Si necesitáis más motivación, pensad que los kristangos son los únicos que nos pueden llevar a casa y el único medio de recibir comida. Si los rujarras se hacen fuertes aquí antes de que vuelvan los kristangos estamos bien jodidos.

—Eso si los putos lagartos se molestan en volver —masculló Collins—. ¿Cómo vamos a impedir que los hámsteres se hagan de nuevo con el control? Ni siquiera tenemos armas.

—Vamos a mantenerlos ocupados y desorientados y los atacaremos donde podamos y le daremos tiempo a los kristangos para que vuelvan. —Examiné a aquellas personas que solo conocía de forma superficial, procedentes de distintos grupos de escolta. Había muchos de los que ni sabía el nombre, habíamos hablado por primera vez aquella mañana en el comedor—. Nos os conozco a todos; he estado de servicio con algunos y otros me habéis contado que no cruzasteis media galaxia para hacer de niñeras de un puñado de hámsteres. —Era una queja muy común en la FENU—. Es nuestra oportunidad de vengarnos.

—Estoy listo, mi primero —dijo Pope—, pero a Collins no le falta razón. ¿Qué podemos hacer sin armas?

La cabo Amaro pidió la palabra; juro que se puso de puntillas y alzó la mano como si estuviéramos en la escuela.

—Hay un depósito de municiones fuera de la base. Está en un almacén de los hámsteres, excavado en la ladera de la colina frente a la carretera de acceso a la plataforma. Puede que siga en pie.

—¿Está vigilado? —pregunté.

De no ser así, seguramente no habría manera de abrir la puerta del búnker.

—El día que fui había dos guardias. Hay una puerta grande y pesada a la entrada y una especie de garita que montamos para los guardias. Los hámsteres no tienen nada parecido, lo dejan sin vigilancia. Eso creo. No estoy segura. —Comprobó el mapa del zPhone—. Mierda, no sé a qué distancia está sin el GPS. Creo que no muy lejos.

Señaló al oeste, en dirección a una rajadura horizontal que cruzaba la montaña. Desde nuestra posición solo se veía una porción del corte. Había visto la carretera de acceso de pasada al ir a Fuerte Flecha. Según los mapas, existía una que unía ambos lados de la plataforma, además de caminos laterales que salían del tubo de esta en distintas direcciones durante un quilómetro o algo parecido.

—Muy bien. ¿Alguien más ha estado allí? ¿No? —Varios soldados menearon la cabeza. Estuve tentado de subir a la nave para tener mejor vista—. ¿Podemos ir directos a la carretera desde aquí?

Amaro pareció contrita.

—Eh…, no lo sé, mi primero. —En términos militares «no lo sé» es una respuesta del todo aceptable, mucho mejor que intentar inventarse cualquier mierda para salir del paso. Lo normal era que «no lo sé» fuese acompañado de «lo averiguaré»—. Creo que hay un barranco entre nosotros y la carretera, no sé sí… ¡Puto trasto! —exclamó mientras le daba golpecitos a la pantalla del zPhone.

—Tranquila, Amaro. Todos nos hemos acostumbrado demasiado a depender de la tecnología y se nos ha apolillado un poco el sentido de la orientación. Al menos, a mí me ha pasado. —Era cierto, sin el GPS no tenía ni puñetera idea de dónde estábamos. Apreté las cinchas de la mochila y examiné una vez más los rostros que me rodeaban. A veces a la gente le basta con saber que alguien, quien sea, tiene un plan—. Muy bien, muchachos, iremos a por armas y municiones. Nos guías tú, Amaro. Con tranquilidad, tenemos un buen trecho por delante.

Fueron cinco o seis quilómetros bajo el sol, casi dos de ellos cuesta arriba. Resultó más fácil seguir cuando llegamos a la carretera;

Amaro reconoció un desprendimiento de rocas y determinó así en qué dirección debíamos ir. Aumentamos el ritmo pese a que apretaba el calor y las cantimploras estaban casi vacías, pero era más fácil ir rápido por la carretera, por no mencionar que teníamos el incentivo añadido de las naves de ataque rujarras que volaban sobre nosotros. Cada vez que divisábamos una de aquellas naves de desembarco, buitres según la denominación de la FENU, salíamos de la carretera y nos poníamos a cubierto. Estar tras los árboles nos hacía sentir más o menos a salvo, aunque yo sospechaba que con su tecnología los rujarras nos tenían localizados. Seguramente un grupo de primitivos humanos sin armamento no merecían el gasto de munición.

Llegamos a la carretera lateral que llevaba al depósito de municiones. Habríamos recorrido unos quinientos metros cuando oímos una voz procedente de un arbusto a un lado del camino.

—¡Alto! ¿Quién va?

La voz temblaba más de lo que había esperado, teniendo en cuenta que seguramente me apuntaba a la cabeza con un fusil.

—Cabo primero Joe Bishop, Décimo de Infantería. ¿Quién está al mando?

—Usted —dijo otra voz a la vez que un soldado asomaba tras un árbol—. No hay nadie más por aquí, mi primero. Soy el cabo Rogen y el que está entre los arbustos es el soldado Wayne.

Mierda. Esperaba encontrar alguien de rango más alto en el depósito de munición que me quitase la responsabilidad de encima.

Rogen le dio un golpecito al zPhone que llevaba en el cinturón.

—No hay comunicaciones.

Vi que aún apuntaba el fusil en nuestra dirección, con el cañón un poco bajo y el dedo a un lado del gatillo, como debía ser. Él y Wayne eran los únicos con uniforme, los demás íbamos en camiseta y pantalones cortos, y no conocían a aquel tipo que afirmaba ser un cabo primero.

Rogen miró más allá de mí.

—Eres Miller, ¿no? —dijo—. Estás en la escolta de los convoyes.

—Ajá —asintió Miller—. Juegas en el equipo de béisbol, ¿verdad? ¿Campocorto?

—Segunda base. —Ver un rostro conocido lo tranquiló. Asintió en dirección a Wayne y ambos pusieron el seguro en las armas—. ¿Qué es lo que ocurre, mi primero?

—Sabemos tanto como vosotros. Habíamos ido de excursión a ver la nave estrellada cuando se armó la gorda. O los rujarras han interpretado de un modo muy amplio el acuerdo de alto el fuego, o han decidido retomar el planeta. —Recordé lo que le había oído decir al capitán Price. Ya no era información delicada—. Al parecer, la semana pasada los kristangos retiraron todo el apoyo aéreo excepto una fragata; necesitaban el resto para algún tipo de asunto militar. Creo que los rujarras atacaron Fuerte Flecha con cañones de riel y misiles. —Desde allí no se veía la base, la tapaba parte de una montaña, aunque era visible el espeso humo que surgía de ella—. Nuestras comunicaciones tampoco funcionan. Es mejor que pongáis los zPhone en modo receptor para que los rujarras no puedan localizaros.

Wayne le lanzó una mirada a Rogen, como si ya hubieran discutido aquello y Wayne hubiese perdido.

—Creo que conocen el lugar. —Rogen señaló las pesadas puertas que cubrían el depósito—. Lo construyeron los hámsteres. Y nos vieron poner un puesto de guardia, así que saben que lo estamos usando.

La garita de guardia no era muy distinta de la típica caseta de herramientas que la gente tenía en el patio trasero. Mantenía a los soldados a salvo de las lluvias tropicales y servía para poco más.

—No veo ningún vehículo —señaló Pope—. ¿No tenéis un humvee?

—No. —Wayne meneó la cabeza—. Se suponía que nos relevarían en dos horas, y el relevo viene en un camión que luego nos lleva a la base.

—¿Podéis abrir las puertas? —pregunté, señalándolas.

—Tenemos el código —respondió Rogen—, pero se supone que no podemos…

—Rogen, si habéis estado guardando esas armas para cuando caigan chuzos, ahora el es momento. —Comprendió sin problema lo que quería decir—. Han bombardeado Fuerte Flecha y, por lo que sabemos, somos la única resistencia organizada que hay por los alrededores. Necesitamos las armas. Abre la puerta.

Tuvimos suerte. Casi todo lo que había en el depósito eran armas, pero también encontramos un almacén de agua y comida, que no tardamos en dejar limpio. Por desgracia no había sal ni tabletas de electrolitos, así que me aseguré de que todo el mundo tuviese cacahuetes o galletas saladas para reponer la sal eliminada con el sudor.

—Que cada uno se haga con un M4 y munición, toda la que podáis. Y que sea del tipo explosivo, no las balas corrientes. —Todos sabían identificar sin problemas la munición kristanga—. Pope, Stallings…, eh…, Newman y… eh… Wayne y tú —señalé a los cinco tipos más fornidos del grupo—, llevad cada uno un par de zínger. Los demás que pillen un zínger y un AT4. No sabemos qué nos va a hacer falta, así que mejor tener de todo.

Me puse un par de zínger al hombro para dar ejemplo. Pesaban lo suyo, sobre todo añadidos al peso del M4. Tras pensarlo un momento me quité la pistolera con el arma de mano y la dejé en un estante; no tenía sentido ir con un cuchillo a una refriega a tiro limpio.

—Eh, ¿no eres el Joe Bishop que…? —preguntó de repente Rogen, que estaba ayudando a Wayne a cargar con un jabalina.

—Sí, Rogen, ya te lo cuento luego.

Siempre que hubiera un «luego», claro.

—¿Nos ponemos la coraza, mi primero? —preguntó Pope.

Fruncí el ceño.

—Tú mismo. —Me di cuenta de que no tomar una decisión era cobarde por mi parte—. No, espera. Nada de corazas —dije, aunque iba en contra de las regulaciones del ejército—. Vamos a tener que movernos rápido y ya hemos cargado demasiado.

Pope asintió, cosa que no esperaba. Supuse que todos habían comprendido que el kevlar no iba a ser de mucha ayuda contra las armas de partículas de la infantería rujarra. La coraza me había salvado la vida un par de veces en Nigeria, por mucho que la hubiese odiado a causa del calor, pero se usaba sobre todo para proteger a los soldados de la metralla, no de un impacto directo.

Si sobrevivía, seguro que se me echaban encima por saltarme las normas; siempre que quedase alguien en la FENU para echarme la bronca, claro.

Terminamos de aprovisionarnos y no tardaron en volverse a mí de nuevo. Bien, ¿siguiente paso? Ir corriendo por la carretera hacia la base a plena luz del día era suicida. Si los rujarras no nos habían detectado antes seguro que lo harían en cuanto nos acercásemos a la base armados hasta los dientes. Que hubiera naves rujarras en vuelo indicaba que no se habían limitado a atacar Fuerte Flecha, sino que habían hecho desembarcar tropas para tomar el complejo de la plataforma. Y si había tropas en el suelo, podíamos dispararles siempre que lográsemos acercarnos lo suficiente.

—¿Alguien tiene un mapa del complejo de la plataforma?

Tenía una vaga idea de cómo era el terreno alrededor de Fuerte Flecha, pero eso era todo. En el tiempo que llevaba allí, la plataforma solo había lanzado tres cargamentos al espacio y yo había estado sirviendo de escolta las tres veces. Lo más cerca que había estado de verla en funcionamiento había sido una estela que subía hacia el cielo y un estruendo sordo que sonaba a lo lejos.

—Yo, mi primero —dijo Amaro.

Se me acercó y me tendió el zPhone. Lo tomé y fui refrescando la memoria mientras pasaba los planos que ella había descargado. No me sirvió de mucho. El tubo de lanzamiento tenía un solo túnel de acceso paralelo en el lado sur y corredores laterales que lo conectaban con la superficie cada dos quilómetros. Estábamos en el lado sur, e intentar llegar al túnel implicaba escalar la montaña que había sobre el tubo de lanzamiento subterráneo, lo que no era una opción con las naves rujarras revoloteando a nuestro alrededor.

Alcé la vista del zPhone y miré a los soldados que esperaban mis órdenes. Podíamos intentar tomar parte de la plataforma, empeñarnos en un combate de desgaste que ganarían los rujarras y mantener la posición hasta que hubiésemos muerto todos. Cambiar vidas por tiempo en lo que sabíamos que era una batalla sin esperanzas. Los rujarras podían estar esperándonos, o soltar algún tipo de gas que nos inmovilizase. Repasé de nuevo los planos en busca de inspiración. En combate hay que tomar las decisiones sobre la marcha y mi mente estaba embotada por la fatiga. Vi que había varios nichos a los lados del túnel que alojaban el equipo eléctrico y otras cosas. Eran callejones sin salida, así que serían trampas mortales si los rujarras atrapaban allí a los soldados.

—Un momento, ¿qué es esto?

Le tendí el zPhone a Amaro. Había otro tubo en el lado norte, uno más pequeño y paralelo al de la plataforma. Amaro entrecerró los ojos para ver mejor en aquella luz vacilante y dijo:

—Es el conducto para el plasma de la planta de fusión. Es lo que les da energía a los imanes de la plataforma.

—¿Cómo es que lo que sabes?

—Iba para ingeniera eléctrica antes de la guerra —dijo—. Es un tema que me interesa, así que me llevaron de excursión por la plataforma cuando llegué a la base.

Nadie se había ofrecido a llevarme de excursión.

—Así que el conducto está lleno de plasma. Eso es gas supercaliente, ¿no?

—Más o menos. El plasma es el cuarto estado de la materia. No es sólido, líquido o gaseoso. Y sí, está caliente de narices.

Una idea empezó a tomar forma en mi mente.

—¿Cuánto lleva la plataforma sin funcionar? ¿Tres días? Entiendo que no llenan el tubo de plasma hasta que preparan un envío, ¿no?

—Sí. No había lanzamiento programado para la próxima semana, porque no había ninguna nave rujarra para recogerlo. —Me miró con los ojos muy abiertos. Supongo que acababa de pillar mi loca idea—. Seguramente ahora está frío, pero…

Examiné la vasta caverna excavada por los rujarras, de la que solo una mínima parte estaba ocupada por el depósito de munición de la FENU. El extremo más lejano estaba iluminado por el resplandor rojizo y ominoso de las luces de emergencia. El ataque a Fuerte Flecha había cortado la corriente.

—Necesitaremos más linternas.

El tubo llevaba directo al corazón de la planta de fusión y, al igual que el de lanzamiento, tenía numerosos puestos de acceso para el mantenimiento. La escotilla más cercana estaba a poco más de un quilómetro por carretera; la habíamos pasado al ir hacia el depósito.

Guie a mi improvisado escuadrón por la carretera, presos del miedo, agobiados por el peso extra de las armas, escondiéndonos cada vez que veíamos una nave rujarra. Cuando llegamos al túnel de acceso dejé que los demás se quedasen fuera, a salvo, y me llevé a Amaro para comprobar el estado de la escotilla. Estaba petada de controles y sensores electrónicos, pero todos estaban apagados. Y tenía una rueda, un sencilla y robusta rueda de metal. Dejé los zínger en el suelo, agarré la rueda y la hice girar. Tras media docena de vueltas la escotilla se abrió y un golpe de aire escapó de ella. Ningún escupitajo de plasma ardiente me fundió los pies.

—Ajá —murmuré mientras me rascaba la cabeza.

Lo que se veía era un tubo oscuro que se extendía hasta donde llegaba la luz de la linterna. Era de unos tres metros de diámetro. Apagué la linterna y examiné la oscuridad. No se veía luz alguna al otro lado; si había paneles luminosos en el techo del tubo, estaban muertos.

Amaro metió la cabeza.

—Vaya, así que esta es la pinta que tiene. Es mayor de lo que esperaba. Aquí también se ha cortado la energía, mi primero, la central de energía debe de estar apagada. O le han dado.

—Los rujarras habrán tenido mucho cuidado de no darle al reactor, necesitan intacta la plataforma. Lo más probable es que la central se apagase automáticamente cuando atacaron Fuerte Flecha.

El fuerte estaba al norte del reactor de fusión y lo habían construido usando parte del complejo en el que vivían los trabajadores rujarras de la plataforma. Aún había numerosos hámsteres en la ciudad, pues operaban tanto la plataforma como la central de fusión. Nuestra gente no se las conseguía apañar con aquella tecnología alienígena. El Fuerte había estado separado por una verja del pueblo y a los rujarras no se les permitía salir de las zonas asignadas. No me cabía la menor duda de que los rujarras habían tenido extremo cuidado de no darle a la parte hámster del lugar.

Salí del túnel y indiqué a los demás que se acercaran.

—El plan es el siguiente. Vamos a contraatacar. Este conducto lleva a la planta de fusión y podemos cruzarlo sin problemas. Pillaremos al enemigo en bragas y causaremos todo el caos que podamos. Venga, vamos a matar a unos cuantos hámsteres.

Fue una suerte que el túnel estuviese como boca de lobo. Me pasé todo el trayecto con la carne de gallina, convencido de que los rujarras nos detectarían, lanzarían un par de cohetes o varias granadas por el conducto y nos borrarían del mapa o nos dejarían atrapados. O encenderían el mecanismo que generaba el plasma y llenarían el conducto, lo que nos carbonizaría al instante.

Esperaba que el reactor hubiese sido dañado y no se tratase simplemente de un apagado temporal, porque eso implicaría que no iban a generar plasma de momento. No vi cámara alguna en el conducto, lo que tenía sentido; no aguantarían bien el paso de plasma supercaliente. Seguramente habría algún tipo de sensores para monitorizar el plasma, pero esperaba que no pudiesen detectarnos. Sabía que los humanos manejaban el sistema de seguridad del complejo de la plataforma desde la base y me parecía que los sensores que operaban los rujarras para la plataforma y el reactor, incluido el equipo de vigilancia, estaban conectados de algún modo a Fuerte Flecha. Si este había sido atacado, esperaba que los rujarras no tuviesen acceso a las grabaciones de seguridad. De tenerlo, nos detectarían en cuanto saliéramos del conducto y nos internásemos en la base.

No había contado con la cantidad de maquinaria que tuvimos que esquivar una y otra vez. Me había imaginado el conducto como un tubo vacío y liso, un agujero redondo en el suelo. Para nada. Amaro me explicó que se usaban campos magnéticos para contener el plasma, lo que implicaba que había imanes cada dos o tres metros. Estos a su vez requerían cables que necesitaban ser protegidos del calor.

Así que los soldados en cabeza tropezaban y caían, lo que causaba que los que los seguían tropezasen y cayesen a su vez. Teniendo en cuenta que avanzábamos en fila india, las caídas no solo causaban magulladuras en rodillas y codos, sino que hacían detenerse a toda la columna. Lo que más me preocupaba era que un disparo accidental de fusil alertase a los rujarras, así que ordené ir a buen paso, pero con cuidado, e intentamos mantener los tropezones al mínimo.

Recorrimos varios quilómetros en medio de una oscuridad claustrofóbica rodeados por un paisaje que no cambiaba nunca, salvo por los números rujarras grabados en las paredes. Por suerte, el aire era fresco. Amaro comentó que seguramente se trataba del frío residual de los imanes superconductores del lanzador principal, que se propagaba por el tubo de plasma, vacío en los últimos días. El equipo mantuvo la disciplina, sin apenas tacos ni quejas cuando alguien caía o se daba contra las paredes. La conversación se mantuvo al mínimo y siempre en susurros. No sabía si era el resultado del entrenamiento o porque estaban tan acojonados como yo; tampoco quise averiguarlo. Tenía tanto miedo que la linterna me temblaba en la mano y la mantenía apuntando de un lado a otro para ocultarlo.

El paseo me dio tiempo de sobra para pensar. ¿Estaría guiando a aquellas personas a una muerte absurda solo porque no se me ocurría nada mejor? ¿Algo más inteligente? No me venía nada mejor a la cabeza. Éramos soldados, nos habían atacado y respondíamos al ataque. Así de sencillo. Si un oficial me hubiese ordenado lo mismo que les había ordenado a ellos, lo habría cumplido sin vacilar. Eso no implicaba que fuese lo correcto ni lo mejor. Lo que le había dicho a Collins era cierto; si los rujarras retomaban el planeta, no tardaríamos en morir. La única posibilidad de éxito y de supervivencia era mantenerlos pegados al suelo, con tácticas de guerrilla de ser necesario, y ganar tiempo para que los kristangos recuperasen el control del espacio. Si no volvían o no podían volver estábamos muertos, así que había que lanzar un ataque por los humanos, devolverles el golpe a los hámsteres y demostrarles a los kristangos que éramos aliados útiles y fiables. Era lo que la gente de la Tierra necesitaba.

Cuando estábamos a punto de llegar a la central de energía al otro extremo del conducto me di cuenta de que este se curvaba y ramificaba, supuse que hacia el lugar en el que se generaba el plasma. Fuese donde fuese, no tenía la menor intención de ir hacia allá. Autoricé una parada y ordené que apagasen las luces mientras Amaro y yo examinábamos los planos en el zPhone. Traté de situar mentalmente la posición del reactor respecto a Fuerte Flecha; estaba hacia el este, más alto en el monte y más cerca de la pista de la plataforma. Si estábamos en el lugar en el que el conducto de plasma se bifurcaba para conectar con el reactor, habíamos ido demasiado lejos. Por otro lado, dar media vuelta en la oscuridad en aquel túnel oscuro y angosto y retroceder un buen trecho no me apetecía lo más mínimo.

—¿Este conducto lleva al reactor o cerca de él, Amaro?

—No, mi primero. El reactor le proporciona energía al generador de plasma, que es esa gran estructura que hay en lo alto de la montaña parecida a un depósito de agua o un tanque de petróleo. Hay un edificio blanco y alto a su lado. Creo que estamos cerca de él.

—Ah, vaya. Creí que era un depósito de agua.

Estábamos cerca de donde quería llegar, aunque no había pensado que estaríamos tan altos. La cuesta en el túnel había sido tan gradual que no lo había notado. La plataforma tenía varios quilómetros de largo y ascendía montaña arriba desde la base al oeste de Fuerte Flecha hasta llegar al extremo abierto del túnel de lanzamiento al este, en lo alto de la montaña y al otro lado de la cresta. La mole de la montaña protegía tanto Fuerte Flecha como el complejo de la plataforma del estampido sónico generado por los contenedores que dejaban el tubo y se lanzaban contra la atmósfera. Cuando escoltábamos convoyes nos deteníamos con una hora de antelación si estábamos en el trayecto sónico de un lanzamiento, asegurábamos los vehículos y nos poníamos protección extra bajo los cascos. Solo me había pasado dos veces, y habíamos estado lo bastante lejos para que el lanzamiento fuese un simple golpe de luz en el cielo, pero había sentido el suelo temblar a causa de las ondas de choque hipersónicas. Todos los edificios alrededor del complejo, incluido Fuerte Flecha, tenían incorporados sistemas de cancelación de ruido en paredes y ventanas, y la base entera se paralizaba durante un lanzamiento. Algo que siempre había querido ver, pero había perdido mi oportunidad.

Amaro y yo nos escurrimos hacia el final de la columna y retrocedimos unos cien metros hasta un lugar en el que habíamos encontrado una escotilla de acceso. Tenía rueda en el interior, además de una ventanita en el centro. Al otro lado estaba del todo a oscuras, así que pegar el ojo a ella no servía para nada, solo podía ver el reflejo de mi pupila. Si había hámsteres tras ella, estábamos jodidos.

—Prepara una granada, Amaro.

Asintió con gesto adusto y empecé a girar la rueda. No chirrió, así que le di vueltas más rápido y la abrí.

Salí a un pasillo a oscuras. Vacío, de unos treinta metros de largo, rematado por una puerta de aspecto normal, sólida y rectangular. Le indiqué a Amaro que me siguiera mientras los demás se quedaban a la espera. Recorrimos el pasillo. El teclado de la puerta estaba apagado y en lugar de una rueda vi una palanca que se movió con sorprendente facilidad. La puerta era más pesada de lo que parecía. Al otro lado vimos una especie de garaje rematado por una puerta en persiana con un camión rujarra aparcado a la izquierda. Era un camión normal y corriente, no lo habían convertido en humvee. Seguramente lo usaban los rujarras que se encargaban del mantenimiento de la plataforma. Hacía un calor húmedo; el aire acondicionado del techo no funcionaba. Amaro y yo exploramos con sigilo los alrededores del camión y dimos con una puerta que llevaba a lo que parecía una oficina: un par de mesas con bastantes arañazos, dos sillas baqueteadas, un banco de trabajo, algunas herramientas y una papelera con los envoltorios del almuerzo de los hámsteres. Y polvo. Por lo visto no usaban aquel sitio con frecuencia. Nos escabullimos dentro de la oficina y oteamos por las ventanas sucias.

Era una vista increíble. Estábamos en lo alto de la montaña y se veía el complejo de la plataforma, el reactor, el pueblo, Fuerte Flecha y el aeródromo. Había otra puerta que daba al exterior. Afuera, frente a la persiana había una plataforma de cemento, bajo un tejadillo con una grúa, que conectaba con un camino de tierra. El tejadillo nos serviría de cobertura si nos espiaban desde el cielo.

—Trae a los demás, Amaro. Luego cierra la escotilla por si vuelve la luz. Seguramente una escotilla abierta dispararía las alarmas.

Salí y me puse bajo el tejadillo. Se veía Fuerte Flecha al pie de la montaña… o lo que quedaba de él. Cuando la FENU lo construyó a partir de los edificios hámsteres preexistentes habían derribado algunas casas para establecer un perímetro e instalado una verja y un campo de minas, así que se divisaba sin problemas el contorno. Donde había estado el comedor se veía un cráter del que salía vapor, no humo; el impacto del cañón de plasma en los edificios de recreo al otro lado de la calle había roto la piscina y había causado que el agua se precipitase en el cráter. Los misiles también habían impactado en los barracones, lo que no tenía mucho sentido; los rujarras por fuerza tenían que saber que estarían casi vacíos a media tarde. Sin embargo, los edificios administrativos estaban intactos, más allá del daño causado por los restos de las explosiones. Ocurría lo mismo con otros edificios en el interior del perímetro de Fuerte Flecha.

El aeródromo al norte era un desastre; las pistas estaban llenas de cráteres, así que ningún dumbo podía despegar, y todos los hangares habían recibido impactos directos. Se veían por todas partes los restos de pollos y buitres y me pareció que no habíamos sido capaces de despegar una sola nave, a menos que las dos columnas de humo procedentes de la selva se debiesen a un avión derribado. Un completo desastre.

El tejadillo no tardó en estar abarrotado y les ordené que tuvieran cuidado de no salir de él y de no llevar gafas de sol ni nada que pudiera reflejar la luz y nos delatase. La mayoría contuvo un jadeo al ver la destrucción causada y oí a unos cuantos murmurar que había sido una suerte habernos ido del comedor.

El comedor. Era un lugar que los hámsteres habían usado con el mismo propósito antes de que llegásemos y que tendría sitio para al menos cuatrocientas personas. Todos muertos. Era imposible que nadie saliera vivo de aquel cráter humeante.

—¿Cuál es plan, mi primero? —preguntó Pope.

El plan había sido infiltrarnos en el pueblo junto a Fuerte Flecha y usar como protección los edificios de los hámsteres para hostigar a los rujarras, asumiendo que preferirían luchar casa por casa en lugar de volar media ciudad de golpe y llevarnos con ella. Podíamos aguantar allí varias horas, incluso días, y darles a los kristangos tiempo para recuperar el control en los cielos. En tanto los humanos mantuviésemos el control de parte del pueblo, los rujarras no se arriesgarían a hacer funcionar la plataforma. Había traído todos aquellos zínger porque no teníamos la menor posibilidad de mantener la posición si los rujarras podían sobrevolarnos y destrozarnos con ataques quirúrgicos. Disparar un zínger de vez en cuando les forzaría a retirar el apoyo aéreo y cambiar de táctica. Lo había visto en Nigeria cuando los rebeldes disparaban RPG a ciegas a nuestros helicópteros y los obligaban a ponerse a cubierto.

Amaro señaló al norte, más allá del aeródromo, donde se veían cuatro buitres volando en círculos. Dos de ellos proporcionaban cobertura mientras el otro par disparaba los misiles y ametrallaba la selva. Así que algunos humanos habían sobrevivido, habían huido del aeródromo y presentaban batalla. Un par de zínger salieron de la selva mientras mirábamos y se lanzaron contra uno de los buitres. Un rayo de partículas alcanzó al primero y el segundo erró el blanco, aunque estalló lo bastante cerca del buitre para que este se tambaleara y volviese al aeródromo dejando tras de sí una estela de humo.

—Binoculares —pedí, con la mano vuelta hacia Pope.

Di un paso hacia atrás y examiné el aeródromo. Había varios dodos a los que estaban atendiendo en la pista y estaban descargando un par de ballenas. Los primeros eran pequeñas naves de desembargo, mientras que las ballenas eran incluso mayores que los dumbos en los que había volado. Podían transportar enormes cargamentos desde órbita y tenían puertas con rampa en la parte de atrás. Una de las ballenas del aeródromo estaba descargando un zopilote con las alas plegadas.

—Mierda. Mal asunto —murmuré en voz baja.

Al parecer, no lo bastante baja.

—¿Qué pasa? —preguntó Pope.

—Si están trayendo zopilotes es porque piensan quedarse una buena temporada.

¿Cómo demonios íbamos a llegar al pueblo sin ser vistos? No había considerado la posibilidad de que el conducto nos llevase tan arriba, debíamos de estar a ciento cincuenta metros sobre el pueblo. ¿Por qué no me había dado cuenta de que…?

—¡Bicho! —gritó alguien tras de mí.

Con un agudo rugido de turbinas, dos naves de desembarco cruzaron el risco que había tras nosotros, pasaron sobre el garaje y descendieron en vertical sobre el aeródromo. Se trataba de un dodo escoltado por un buitre. Todos nos apretujamos contra la persiana, tan dentro del tejadillo como pudimos. Los vi aterrizar. En cuanto se posaron, una de las ballenas despegó en medio de una nube de polvo, ganó altura y pasó cerca de nosotros a medida que se elevaba sobre el risco, cada vez más rápido. Examiné su vientre recortado contra el cielo mientras nos sobrepasaba. Grande, gordo, vulnerable.

—Hmmm. —La idea me vino de repente—. Al parecer este es su pasillo de vuelo. Estamos justo debajo. —Cuando estaba en Fuerte Flecha lo normal era que las naves vinieran del este o del oeste y a veces del norte, pero nunca del sur, pasando sobre la montaña. Al parecer eso había cambiado—. Nuestros chicos en la selva han hecho que los rujarras no se atrevan a volar en esta dirección. ¡Joder! Nos pasan justo por encima y no saben que estamos aquí.

Examiné la otra ballena con los binoculares. Aún estaba descargando, en parte por la rampa trasera, y a juzgar por la cantidad de tropas que descendían por las escaleras del lateral de la nave y formaban en la pista, transportaba sobre todo soldados. Según la info que nos habían pasado los kristangos una ballena podía llevar hasta seiscientos pasajeros. Teniendo en cuenta la impedimenta que cargaban las tropas de la pista supuse que en este caso eran menos.

Los buitres que sobrevolaban la selva más allá del aeródromo aún lanzaban un misil de vez en cuando a quien quiera que estuviese debajo. Si éramos capaces de derribar un solo carguero desde nuestra posición los rujarras tendrían que detener sus operaciones en el aeródromo hasta que estuvieran seguros de que se había eliminado cualquier resistencia humana de la zona. Aquello retrasaría el calendario de ocupación de la plataforma de modo significativo, quizá incluso los obligase a trasladar naves y tropas de otras zonas, lo que les daría un respiro a los nuestros en Paraíso. Aunque los kristangos no quisieran o pudieran volver acabarían por enterarse antes o después de la resistencia enconada de la FENU en la plataforma, lo cual cambiaría favorablemente su opinión sobre las capacidades bélicas de la humanidad. Y aquel era el propósito principal de la Fuerza Expedicionaria de la ONU. No teníamos modo de defender la Tierra de los rujarras, necesitábamos que los kristangos nos ayudasen, así que la FENU había salido al espacio para que estos comprendiesen que había que tener en cuenta nuestro planeta en caso de conquista rujarra. En cierto modo, la misión de la FENU era… ¡Salvar el mundo!

Los signos de exclamación son del todo deliberados. Es mucho más impactante así. Cuando tienes delante la posibilidad de quedarte atrapado para siempre en un planeta alienígena controlado por el enemigo, dar con un eslogan impactante para la misión siempre eleva la moral.

Le tendí los binoculares a Pope.

—Ve con, eh, Wayne y cruzad la carretera en dirección a aquellos árboles. Necesito vigías que nos avisen de lo que pueda surgir del risco a nuestras espaldas. Con los dedos de la mano derecha indicas el número de vehículos, con un puño con la mano izquierda, digamos, una ballena, con la palma hacia abajo, un dodo y con ella hacia arriba, un buitre. ¿De acuerdo?

No quería gastar un zínger en un buitre, el asunto era darle a un blanco más grande y jugoso que un simple caza.

Pope miró a los lados.

—A la orden. Iremos por la carretera hasta ocultarnos bajo el grupo de árboles a este lado. Cruzamos al otro y luego retrocedemos.

—Perfecto. Dejad aquí los zínger y los AT4. En cuanto hayamos disparado los zínger volvéis aquí cagando leches, nos metemos de vuelta en el conducto y buscamos otra salida.

Lo más probable era que los rujarras convirtiesen el garaje en una pila de escombros en cuanto derribásemos su nave.

—Los demás preparad los zínger. Amaro, mira a ver si puedes abrir la puerta en persiana, vamos a tener que largarnos a toda pastilla.

Me quité uno de los zínger que llevaba, abrí el panel de tiro y presioné el botón que lo activaba. El buscador de blancos del arma se mantendría activo durante varias horas.

Pope y Wayne dejaron caer sus misiles, se arrastraron hasta el extremo del tejadillo y echaron a correr en dirección a los árboles. Un par de minutos más tarde se agazapaban bajo un árbol al otro lado de la carretera justo frente a mí. Podíamos comunicarnos a gritos, reservábamos las indicaciones de las manos para cuando llegasen las naves enemigas. Oímos una justo después de que Pope y Wayne se dejaran caer bajo los árboles. Un dodo y un buitre.

Meneé la cabeza y extendí la mano con el pulgar hacia abajo. Si no aparecía nada mejor en enseguida, tendría que conformarme con un dodo. Ya me preocuparía después de la posibilidad de que viniesen tropas por la carretera y nos viesen. Seguramente los rujarras estarían patrullando toda la zona.

Se acercó otra nave. Un buitre. Pulgar abajo de nuevo. Contemplé a los chicos y me di cuenta de que tendríamos que hacer algo lo antes posible.

—Comprobad los seguros, que nadie dispare hasta que dé la orden.

Los miré a los ojos y me aseguré de que todos asentían a mi orden uno por uno. Trataba de mantenerme tranquilo, incluso de parecer aburrido. Fingí un bostezo.

—Mierda, ya podían venir de una vez, que tengo hambre.

La queja arrancó alguna risa nerviosa.

La ballena del aeródromo terminó de descargar y despegó mientras las tropas de la pista iban hacia la selva. Pasó casi sobre nosotros y pude ver las marcas en el vientre y las alas. Me aseguré de que todos vieran mi pulgar apuntando hacia abajo mientras pasaba. Si no quedaba más remedio, atacaríamos una nave vacía que fuese de vuelta, pero no era lo óptimo.

Pasaron casi diez aburridos minutos sin actividad aérea tras la marcha de la ballena, aparte de los dos buitres sobre la selva.

Ya no disparaban, y tampoco salieron más zínger de la espesura. Durante la pausa empezaron a entrarme dudas de si habría obrado bien dejando pasar el dodo o la ballena vacía de antes. Cualquiera de los dos habría logrado el objetivo de paralizar las maniobras rujarras, pero tenía demasiadas ganas de darles a los hámsteres un golpe que mereciera la pena, de hacer que pagasen por todos los muertos del comedor de Fuerte Flecha.

Mientras esperábamos hice que algunos recogiesen el equipo desperdigado. Después de que disparásemos iban a tener que meternos en el conducto a toda pastilla y no habría tiempo para recoger lo que habíamos dejado caer. Mierda, tendría que haber dejado abierta la escotilla, en lugar de malgastar el tiempo dándole vueltas a aquella pesada rueda. Demasiado tarde.

—¡Ballenas! —gritó Wayne mientras movía los brazos.

Pope miraba por los binoculares y nos hacía señas con la mano. Wayne alzó un puño y dos dedos y luego la palma hacia arriba con otros dos dedos extendidos. Dos ballenas escoltadas por dos buitres. Tardamos en oírlas, seguramente se acercaban a una altitud considerable.

—¡Preparaos! —grité—. No disparéis hasta que dé la orden. Tenemos dos ballenas, así que los de este lado apuntad a una. Los demás, apuntad conmigo a la otra. Manteneos bajo el tejadillo.

Estaba tan nervioso que me obligué a comprobar dos veces que el seguro de mi zínger estuviese puesto. A medida que el rugido de las ballenas se acercaba me deslicé hacia el extremo de la plataforma de cemento. Intenté recordar lo que sabíamos de las ballenas. Pese a ser naves de desembarco iban bien protegidas con varias torretas de rayos de partículas. Pese a todo, con quince de nosotros preparados para lanzar los zínger contra solo un par de objetivos, las posibilidades de conseguir blanco eran buenas. Volando a baja altitud y a poca velocidad esperaba que una ballena alcanzada no se recobrase a tiempo y se estrellase contra la ladera de la montaña, para luego despeñarse por ella.

Asomé la cabeza para ver por dónde iban. Estaban muy cerca, aunque pasarían un poco hacia el este en lugar de justo por encima. Ninguna de las dos había conectado el camuflaje activo.

—Preparados —ordené mientras daba un paso fuera del tejadillo—. ¡Armad los buscadores!

En cuanto quité el seguro, la pantalla de blancos se encendió y centré el punto de mira en la parte de atrás de la ballena, junto al propulsor izquierdo trasero. Estaba inclinado casi del todo hacia abajo, dando sustentación, más que empuje, para el acercamiento final de la ballena. Era el punto más vulnerable: bajo y lento.

—¿Todos tenéis un blanco? —grité dos veces.

Necesitábamos disparar rápido. Los buitres de la escolta no tardarían en ver a quince personas con zínger a los hombros. Recibí catorce respuestas positivas.

—¡Fuego a discreción!

Disparé y desactivé mi zínger mientras catorce misiles más salían de los tubos de lanzamiento. Se lanzaban con un pulso magnético para impedir que el retroceso matase al usuario y el cohete se encendía a los cincuenta metros. Cuando eso pasó entraron en aceleración y estuve a punto de perder de vista los misiles. Todo fue tan rápido que no supe cuántos de nuestros zínger habían sido desviados, desarmados o reventados por las defensas de las ballenas. Lo que sí que sabía era que ambas se tambalearon cuanto los propulsores delanteros y traseros estallaron a la vez que otros misiles impactaban contra el vientre de las dos naves. Las ballenas tenían propulsores en la parte de abajo que les permitían flotar, pero aquello no les sirvió de nada aquel día.

Durante algún tiempo tuve una pesadilla recurrente sobre ese momento. Creo que es un falso recuerdo de algo que es imposible que viese o que pasase, pero se me ha quedado grabado a fuego. El compartimento de carga de la ballena no tiene ventanas, pues serían puntos vulnerables en una nave aérea, y la estructura de las ballenas necesita ser capaz de aguantar la subida a órbita y el correspondiente descenso cientos o miles de veces a lo largo de su vida útil. Hay ventanillas en las puertas laterales y por alguna razón también las hay a los lados de la rampa trasera. Y, por supuesto, en la cabina, no muy distintas de las de un avión comercial de la Tierra, lo bastante grandes para que los pilotos puedan ver el exterior, pero no tanto que desde fuera se pueda ver el interior. Además, las ballenas debían de estar a casi un quilómetro de distancia sobre nosotros. Pese a todo tengo el recuerdo vívido y torturante de ver al piloto de la segunda ballena, a la que había disparado, volviéndose para mirar al lugar del que venían los misiles. Justo en el momento en que el primer misil impactaba y desviaba el morro del aparato en mi dirección, el piloto me miraba durante un instante fugaz. No miraba en nuestra dirección, a un grupo de soldados humanos, sino a un soldado humano en concreto.

A mí.

Como si me conociese, como si me estuviese preguntando por qué habíamos cruzado nuestros caminos de ese modo, representantes de dos especies que habían crecido en planetas distintos separados por miles de años-luz con vidas totalmente diferentes. ¿Acaso la única vez que nuestras vidas se habían cruzado había sido para que yo lanzase el misil que lo iba a matar? ¿Por qué? No se lo preguntaba al universo, al destino, al karma o al dios al que adorase, me lo preguntaba a mí.

Me atormentó durante mucho tiempo.

Ambas ballenas escoraron hacia un lado tras perder los propulsores de babor, aunque una de ellas se las apañó durante un momento para recuperar algo parecido al control, antes de que las dos se desplomaran contra la ladera cubierta de vegetación y se deslizasen hacia abajo entre rebotes mientras diversas explosiones secundarias terminaban de hacerlas pedazos. Deberíamos haber echado a correr inmediatamente de vuelta al conducto tras disparar los misiles, pero en vez de eso nos quedamos mirando, algunos con la boca abierta, otros aplaudiendo, algo inevitable cuando un escuadrón improvisado está al mando de un cabo primero sin experiencia. Wayne me devolvió a la realidad cuando él y Pope esprintaron para cruzar la carretera y llegaron hacia donde estábamos.

—¿Nos vamos, mi primero? —preguntó con los ojos como platos.

—Si, claro que sí. En marcha. ¡Amaro, abre la escotilla!

Uno de los buitres remontó verticalmente a gran altitud mientras el otro giraba en nuestra dirección y buscaba un blanco sobre el que disparar. Nosotros. Sin pararme a pensar, tomé el segundo zínger que llevaba, contento de haber acarreado aquellos quince quilos extra, apunté al buitre y apreté el gatillo.

Las defensas del buitre se encargaron del misil antes de que se le acercase, pero había conseguido lo que me proponía. La nave se alejó y se elevó rápidamente, dándonos un tiempo precioso para volver al tubo.

Al final resultó que todos los esfuerzos de nuestro improvisado grupo no eran necesarios y que los rujarras que iban en las ballenas que derribamos murieron para nada. La flota kristanga no tardó ni una hora en volver y expulsaron a las naves rujarras, que dejaron abandonadas a sus tropas de Paraíso. Para entonces nos habíamos retirado al generador de plasma, un lugar que supuse que los rujarras no se atreverían a atacar.

Después de que las ballenas se estrellaran y quemaran y los rujarras que estaban en la superficie se recuperaran del golpe inicial, un par de buitres nos sobrevolaron como si fueran avispones rabiosos. Iban con los puntos de fuego abiertos y lanzaron un par de andanadas laser contra el suelo. Sin duda sabían dónde estábamos, y me imaginaba al piloto del buitre pidiendo permiso a gritos para volarnos en pedazos, no muy contento con la respuesta que le ordenaba que no dañase la maquinaría de la plataforma. Asumí que nuestra mejor oportunidad de supervivencia era ponernos a cubierto y ganar tiempo en algún lugar que pudiésemos defender y que los rujarras no se atreviesen a hacer saltar por lo aires con armamento pesado. El complejo del generador de plasma parecía un buen lugar. Aparte de la sensación que teníamos de haber hecho cuanto podíamos para vengar a los camaradas caídos, solo contábamos con munición para los fusiles, AT4, un par de zínger y algunas granadas. Encontramos un cuarto auxiliar de control que estaba bajo tierra y no tenía ventanas, así que tuvimos que usar las cámaras que, curiosamente, los rujarras se habían olvidado de desconectar.

Desde una de ellas se veía el cráter humeante en el que había estado el comedor. Me pregunté si los que habían estado allí se habrían olido algo antes de que el cañón los vaporizase, si se habrían enterado, aunque fuese unos segundos antes del impacto, de que había naves de guerra rujarras en órbita. Esperaba que no. Era mejor estar aguantando un discurso aburrido de la FENU sin saber lo que pasaba, con la mente vagando a su aire, sin darse cuenta de que se estaba muerto hasta que se despertase al otro lado.

Los que estaban en el aeródromo y el parque de vehículos no habían tenido tanta suerte, sin duda pudieron ver el comedor desaparecer y los restos lloviendo sobre ellos antes de que los misiles inteligentes disparasen racimos de proyectiles que destrozaron todo lo que pudiese volar o desplazarse. Aunque los buitres nos habían ignorado a nosotros dispararon contra otros grupos dispersos de supervivientes. Pese a la confusión reinante, la FENU estimaba que habría unas novecientas personas en Fuerte Flecha aquel día.

Fue una dura lección para el futuro. Si no se puede controlar la posición elevada es como estar muerto, y en este caso la posición elevada era en órbita y más allá de ella. Cavar refugios no servía de mucho frente a un cañón de riel que podía penetrar trescientos metros en el suelo si la nave que disparaba incrementaba lo suficiente la velocidad de lanzamiento. Los rujarras tenían bombarderos orbitales; los había visto en uno de los informes: un cañón largo y estrecho con reactores de fusión al otro extremo y poco más. No hacía falta usar nucleares, siempre sucias, si un dardo de riel era capaz de producir diez quilotones al impactar y las naves podían dispararlos a placer hasta que el blanco más robusto fuese una nube de átomos.

¿Qué demonios pintábamos los humanos luchando contra algo así?

Fue Amaro la primera en darse cuenta del cambio de situación. Había estado controlando una cámara y me llamó cuando vio que los dos hámsteres que habían estado vigilando nuestro reactor de fusión posaban las armas y se incorporaban, de modo que los pudimos ver de cuerpo entero. Pasamos el control a otra cámara y vimos que la escena se repetía por toda la base: los hámsteres deponían las armas y echaban a andar hacia el aeródromo. Los buitres aterrizaban, la tripulación salía y echaba a andar, dejando las puertas abiertas.

No nos dio tiempo para preguntarnos qué pasaba. Los zPhones se pusieron a pitar todos a la vez. Había llegado la caballería. Nuestros aliados kristangos habían recuperado el espacio alrededor de Paraíso y las fuerzas rujarras se habían rendido.

Al menos de momento.

7

EL CORONEL

UN PAR DE horas más tarde íbamos en media docena de zopilotes de la FENU en busca de supervivientes y para ayudar a los heridos. Fue un alivio encontrar un capitán del ejército que se hizo con el mando, así pude volver a ser un machaca.

Tres días después, mientras trabajaba como parte de un equipo de limpieza, se produjo una violenta tormenta de rayos por la mañana. Poco después de que escampara, mientras despejaba la bruma sobre la pista de aterrizaje, un soldado dio conmigo y me dijo que tenía órdenes de presentarme ante la comandante Perkins en el edificio de administración. ¿Qué demonios hacía allí? ¿No me había dicho que la iban a asignar al sector indio? Tuve la sensación de que aquello no iba a traer nada bueno.

—Cabo primero Bishop a sus órdenes, mi comandante —saludé, un tanto jadeante tras haber subido corriendo las escaleras.

La comandante me miró unos segundos, sorprendida.

—¿No le ha dado tiempo a asearse? ¿Qué estaba haciendo?

Contemplé mi uniforme de faena manchado y oscurecido por el hollín y me miré las manos sucias y las uñas ennegrecidas.

—Me dijeron que viniese lo antes posible, mi comandante. Estaba ayudando a despejar los… eh… restos de la pista de aterrizaje.

Que incluían zopilotes destrozados con restos humanos dentro.

—Mierda. Tampoco pretendía que viniera corriendo. Siéntese. —Parecía tan cansada como yo—. ¿Qué tal está?

—Me siento entumecido, mi comandante —respondí—. Intenté pasar desapercibido tal como me ordenó y estuve escoltando convoyes y yendo a lo mío. Y luego, zasca, se desata el infierno. —Me estremecí sin querer al recordar el cráter que había sido el comedor—. ¿Por qué coño dispararon al comedor, mi comandante?

Si las cosas hubieran sido un poco distintas aquella mañana, habría estado allí.

Perkins miró por la ventana, desde la que se veía perfectamente el cráter.

—Hemos interrogado a la comandante de las fuerzas atacantes y afirma que disparar contra el comedor, los barracones principales y el edificio de administración fue deliberado y que pensaban que a esas horas tanto el comedor como los barracones estarían casi vacíos. Y es cierto que de no haber sido por la visita del general Gupta habría sido así. Los rujarras no tenían modo saber eso antes de saltar a órbita. Nos dijo que había sido mala suerte que el comedor estuviese lleno de gente y que no pretendían causarnos bajas a menos que no tuviesen más remedio. No sé si dice la verdad, es cosa de inteligencia juzgarlo. O de los kristangos, a quienes se la entregaremos mañana.

»Por eso los rujarras están tan cabreados con usted por haberse cargado sus dos ballenas; cada una transportaba quinientos soldados, además de las tripulaciones. En ese momento los rujarras no sabían que habían matado a tanta gente en el comedor, no se veía más que el cráter y aún no lo habían examinado en busca de restos. Hasta que les explicamos lo ocurrido, para los rujarras sus acciones escalaron el conflicto innecesariamente justo cuando estaban ofreciendo un alto el fuego.

—No tenía esa pinta con todas aquellas naves disparando en cuanto veían a un humano —dije, acalorado.

—Lo sé, Bishop, pero recuerde que nosotros también les disparábamos a ellos, así que achaquémoslo al calor del momento. No tengo problema alguno con lo que sus acciones; de hecho, iba a proponerlo para una condecoración, aunque nuestros amigos de allá arriba tienen otras ideas y pretenden que la FENU lo ascienda.

Por la expresión agria de su rostro, era evidente que no le gustaba la idea.

—¿Sargento? Pero llevo como cabo primero solo unas…

—No lo van a ascender a sargento, Bishop.

No logré leer la expresión de su rostro. Asumí que quería decir que los kristangos querían ascenderme a sargento, pero la FENU no estaba por la labor porque no me veía preparado. Algo con lo que no podía estar más de acuerdo, ni siquiera tenía claro que sirviese como cabo primero. Seguramente la División había mandado a Perkins para suavizar el golpe porque habíamos trabajado antes juntos.

—El sistema de ascensos de los kristangos se basa casi exclusivamente en el éxito en combate. Cierto que hay derivaciones políticas y rivalidad entre los clanes, pero en esencia basan las promociones en el éxito en batalla, que definen en base a las muertes enemigas. Entre las dos ballenas y las bajas que hubo en el complejo cuando estalló la munición que llevaban, consiguió abatir más de mil rujarras. Los kristangos están impresionados. Les cabrea que la mayor parte de los humanos no hiciesen gran cosa durante el ataque rujarra. No importa que no hubiese mucho que pudiéramos hacer desde la superficie y que el ataque se llevase casi exclusivamente desde órbita. Mató usted un montón de rujarras mientras la mayor parte de la FENU, especialmente los oficiales, no movían un dedo, o así lo ven los kristangos. —Aquello incluía a la comandante Perkins, así que no hacía falta ser un genio para ver cómo le sentaba—. Los kristangos quieren que… eh… Mierda; tome.

Sacó una cajita del bolsillo, la sopesó con desdén y la abrió de repente. Dentro había un par de insignias plateadas, un águila que sujetaba un haz de rayos y una rama de oliva con las garras, con la cabeza vuelta hacia los rayos.

Eran águilas de guerra. El ejército no las usaba desde la Segunda Guerra Mundial. Eran el emblema de un coronel en el Ejército, las Fuerzas Aéreas y los Marines, y de un capitán en la Armada.

—¿La van a ascender dos rangos, mi comandante?

Estaba impresionado. Iba a pasar de comandante a coronel sin ser primero teniente coronel, algo que, por lo que sabía, no había pasado nunca.

—No, Bishop, maldito idiota —me respondió ella, irritada—. Esto es suyo. Suyo. Los kristangos quieren que la FENU lo ascienda a coronel.

—¡Mecagoenlaleche!

—Y tanto que sí. En realidad, los kristangos querían que fuese general. Un puñetero general. —Meneó la cabeza, incrédula—. ¿Se lo puede creer?

—Mi comandante, si no me creo que me vayan a hacer coronel, malamente me voy a creer lo de general.

—Que no se le suba a la cabeza. Bishop. Es un soldado razonablemente inteligente, es flexible, se adapta a las situaciones y ha demostrado que sabe tomar la iniciativa cuando hace falta. Por otro lado, no es más listo ni más flexible ni más innovador de lo que el ejército espera que sea cualquier soldado.

Tenía razón.

—Lo sé, mi comandante.

—En todo caso, no va a ser general. Les dijimos a los kristangos que la labor de los generales en nuestro ejército es sobre todo administrativa y que coronel es el rango más alto relacionado con el combate. Lo que es más o menos cierto. Lo entendieron y se conformaron con que fuese coronel. —Le dio un golpecito a la caja con las águilas plateadas—. Este rango es lo bastante alto para demostrar que la FENU valora el éxito en el combate tanto como los kristangos. Hay que mantener contentos a los aliados.

—Eh… —balbuceé, hipnotizado por aquellas maravillosas águilas de plata.

Mierda. Antes del ataque de los rujarras, lo único que había querido del servicio militar era que me pagasen la universidad cuando volviese a ser civil. Y ahora tenía delante un par de águilas plateadas.

—No soy muy bueno escribiendo cartas ni nada de eso.

—¿Cartas?

Aparté la vista de las águilas y miré a Perkins.

—Ya sabe, mi comandante. Escribir una carta en la que diga que lo agradezco y que es un gran honor, pero no puedo aceptarlo y que no es así como funcionan las cosas en el Ejército de los…

—Ya veo que no lo pilla, primero, así que se lo diré al estilo de Barney. —Sonaba impaciente y no había el menor asomo de sonrisa en su rostro, así que no usaba lo de Barney de modo irónico—. De todos modos, esta va a ser la última vez que le doy una orden, me supera en rango. La FENU no quiere que rechace educadamente el ascenso. Necesitamos que lo acepte emocionado como su derecho de combate por matar a un montón de rujarras. Necesitamos que les diga a los kristangos que lo único que lamenta es no haber matado más hámsteres. Que suene seguro de sí mismo, atrevido, ansioso de derramar sangre. Que sea lo que los kristangos esperan de la humanidad, porque puede que estar de fuerza de ocupación en Paraíso sea una mierda de trabajo, pero es el que accedimos a llevar a cabo y nuestros aliados son los únicos que nos pueden llevar de vuelta a casa. Y nuestra única fuente de alimento.

—Mecagoenlaleche —repetí. No sabía que decir.

Un coronel.

Un coronel con las águilas.

Yo.

—¿Qué se supone que debo hacer como coronel?

En el ejército de los Estados Unidos ese rango podía llevar el mando de una brigada, es decir, de mil soldados. No estaba cualificado para aquello ni de coña.

La comandante Perkins se encogió de hombros y apartó la mirada.

—Ni puñetera idea. Ya se le ocurrirá algo a la FENU.

Joder. Joder, joder, joder. La FENU me iba a usar como reclamo publicitario, me iba a exhibir ante los kristangos como ejemplo del guerrero humano ideal, mientras el resto de la humanidad se reía a mis espaldas. No pude evitar mostrar lo poco que me gustaba la idea.

—La FENU lo necesita, Bishop. No tiene por qué gustarle. Solo tiene que cumplir con su deber —me sermoneó la comandante.

—Claro. El pecho petado de medallas, hablar con las tropas, vender bonos de guerra. Joder, —Se suponía que un ascenso era algo bueno—. ¿Soy la única marioneta a la que asciende la FENU?

—No. Hay un comandante chino al que van a ascender a teniente coronel. A los kristangos también les gustó lo que hicieron uno de nuestros capitanes, dos de los indios y uno de los franceses. Solo que murieron todos en combate, así que ustedes dos son los únicos que quedan vivos para recibir este honor.

—Al chino solo lo ascienden un grado. ¿Por qué?

Joder, me estaban llevando casi desde soldado a coronel.

—Su unidad defendió un complejo de almacenes que solía ser de los rujarras y que la FENU usaba como almacén de suministros. Al parecer, los rujarras habían dejado algo importante allí cuando los kristangos les quitaron el planeta y querían recuperarlo a toda costa. No se podían arriesgar a dañar los almacenes, así que enviaron tropas de infantería.

»El comandante Chang aún controlaba dos de los almacenes cuando regresó la flota kristanga y echó a los rujarras, pero había perdido el ochenta por ciento de sus efectivos. Incluido, según los rumores, el hijo de un alto cargo del gobierno chino. Por eso solo lo ascienden un grado. Es usted un excelente cabo primero, cumplió muy bien con su trabajo en los equipos de observación integrada en Teskor y nadie va a atreverse a decir que lo que hizo aquí no se merece esta promoción. Es bueno para la humanidad. Queremos que los kristangos piensen que nuestras tropas son útiles.

La ceremonia de promoción tuvo lugar en el cuartel general de la FENU en el monte Olimpo. Me sorprendió ver el lugar intacto; los rujarras no lo habían tocado durante el ataque. La comandante Perkins, que me acompañó en el dumbo que me llevaba a Olimpo, me dijo al parecer no habían atacado el monte porque querían que el alto mando de la FENU quedase intacto, y así disponer de alguien con autoridad que les ordenarse a los humanos de Paraíso que depusieran las armas. Algo que habría sido fácil si los hámsteres no se hubiesen cargado nuestras comunicaciones. En fin, quién sabe cómo piensa un alienígena.

Conocer al general Meers y al resto del alto mando no fue tan intimidante como esperaba. Me temía una ceremonia larga y formal llena de discursos en la que tendría que mantener el ceño fruncido o una sonrisa plácida según le pareciera apropiado al oficial de relaciones públicas de la FENU. Dado que solo un escaso número de kristangos tenían permiso para aterrizar en Paraíso sin llevar el traje presurizado completo, no había presencia kristanga en Olimpo, y la ceremonia de promoción consistió básicamente en el general Meers poniéndome las águilas en su despacho con media docena de otros oficiales superiores de espectadores. Luego nos sirvieron una comida de chuparse los dedos en el comedor de oficiales, con chuletones que parecían recién cortados, al parecer se los irradiaba y enfriaba, más que congelarlos, judías verdes que no se parecían a las gachas habituales del ejército, patatas al horno con mantequilla de verdad, tarta de chocolate y auténtico café recién hecho.

Al parecer los oficiales superiores comían bien, algo a lo que me podía acostumbrar con facilidad. La alegría me duró hasta que un coronel de los Marines me dio las gracias, pues mi visita había servido de excusa para un banquete. El general Meers mantenía a su equipo en Fuerte Olimpo con raciones de campo seis días a la semana para recordarles la vida de las tropas bajo su mando. No sabía mucho sobre Meers, pero mi respeto hacia él subió varios puntos tras oír aquello.

El chuletón estaba de vicio, pero aún me moría por una buena hamburguesa con queso.

El general quería hablar conmigo en privado tras la cena. Conmigo. El comandante supremo de las fuerzas humanas destacadas en Paraíso quería charlar conmigo.

—Cabo pri… Mierda, quiero decir, coronel. Joder, esto también es nuevo para mí, Bishop. —Al usar mi apellido, la cosa sonó más neutral respecto al rango—. Su carrera es de lo más interesante, teniendo en cuenta su edad. Primero Nigeria y luego el aterrizaje rujarra en su pueblo y la captura de uno de los enemigos. Y la gente de inteligencia me ha dicho que fue usted una fuente de información de primera clase durante un tiempo. Y luego se las apaña para improvisar por su cuenta un escuadrón y derriba dos ballenas. Me quedé de piedra cuando supe que era usted el mismo Bishop que había capturado un soldado rujarra con una furgoneta de helados. Es una coincidencia del carajo.

—Mi madre decía que atraía los problemas como un imán, y siempre andaba metido en algún lío. —Podía oír su voz mientras lo decía—. Tampoco es una gran coincidencia, mi general. Estaba de permiso cuando los rujarras cayeron en mi pueblo; pura suerte. Pero no fue ninguna coincidencia que la burgomaestre…

—¿La qué?

—La alcaldesa rujarra, o algo parecido. La llamaban así. Fue la que me contó lo de los agujeros negros y todo lo demás. No fue una coincidencia que eligiera hablar conmigo, sino que vino a verme porque el hámster que capturé informó cuando lo liberaron de que lo había tratado bien, así que quería conocerme. Y me mandaron a Fuerte Flecha porque, eh, me dijeron que los kristangos estaban husmeando y querían dar con la fuente de información que teníamos, así que tampoco es una coincidencia que me encontrase allí cuando atacaron los rujarras. Lo más probable es que hubiese estado en el comedor como todo el mundo, de no haber sido porque el capitán Price dijo que estaba harto de que la FENU usase Fuerte Flecha como un vertedero y me asignó a escolta de convoyes para librarse de mí. Por eso no estaba en la base cuando los rujarras la atacaron.

Aquello estaba lo bastante cerca de la verdad. No hacía falta entrar en más detalles con el general.

—Así que una cosa fue llevando a la otra, ¿no?

—Eso creo yo, mi general.

—Supongo que podemos verlo así. De todos modos, ahora que está aquí no crea que se puede escaquear porque nos haya puesto en un aprieto. Los kristangos ascienden en base al éxito en el campo de batalla, pero quizá no sepa que degradan igual de rápido.

—Mi general, no tengo ni idea de qué voy a hacer a continuación, pero cumpliré con cualquier orden que me den lo mejor que pueda.

—Bien. Lo último que necesitamos es que todo Dios en la FENU piense que pueden ascender de golpe si llevan a cabo alguna acción espectacular. La mayor parte de los tenientes ya se creen más listos que sus superiores, y los sargentos están convencidos de que son mejores soldados que cualquier tenientillo de medio pelo. —Lanzó un bufido—. Bueno, los sargentos seguramente tienen razón. Ya hemos tenido varios incidentes con gente comportándose en plan Rambo para hacerse notar. Así que degradarlo de nuevo a cabo primero o a soldado en cuanto la cague me hará la vida mucho más fácil. ¿Entiende?

—Sí, mi general.

En realidad, era lo que esperaba que acabase pasando antes o después. No pintaba nada con aquellas águilas de plata.

Meers examinó el paisaje al otro lado de la ventana. Un par de pollos pasaron volando.

—Dicho lo cual, no quiero que me defraude, Bishop. Vamos a exprimirlo como a una mula de carga; si pensaba que ser coronel significaba ir de un lado a otro a dar discursitos, mejor se lo saca de la mollera.

—Ni se me había pasado por la cabeza, mi general.

Estaba bien saberlo.

Al día siguiente inicié un curso acelerado sobre las responsabilidades inherentes al rango de coronel y los protocolos y la etiqueta que había que mantener con los kristangos. Uno de ellos consistía en llevar una dieta blanda el día antes de una reunión con nuestros aliados. Al parecer opinaban que los humanos apestaban y comer carne y platos especiados nos hacía apestar más aún. La FENU se había enterado de que los kristangos pensaban que el resto de las especies apestaba, así que no había que tomárselo de forma personal. Eso implicaba avena y té para desayunar en lugar de huevos y café y un almuerzo y una cena igual de aburridos que el desayuno.

También se me informó de que no debía estrecharles las manos a los kristangos, a los que no les gustaba que los tocásemos. Y no hablarles a menos que ellos me hiciesen una pregunta directa. Y no sonreír. Para los kristangos, que no eran precisamente la alegría de la huerta como especie, un humano sonriente era alguien que no se tomaba las cosas en serio.

Las instrucciones acerca de mi nuevo papel como coronel eran al mismo tiempo sencillas y complicadas. Sencillas, porque el coronel que me habían asignado como instructor no tenía la menor ida de lo que la FENU esperaba de mí y no sabía si mi rango iba a ser un truco publicitario de corta duración, así que se limitó a enseñarme cómo comportarme como un oficial para que no metiese la pata y avergonzase a la FENU. Y complicadas, porque me mandaron por mail una cantidad salvaje de ficheros que debía leer, empezando por todo el material que un alférez debía saberse de memoria. La guerra terminaría mucho antes de que lograse leer toda aquella mierda que abarrotaba mi bandeja de entrada.

Al día siguiente, tras un nuevo desayuno con comida blanda, los kristangos enviaron una nave para recoger al general Meers y a parte de su equipo y a mí. Por suerte el ascensor y la estación espacial estaban la misma longitud que Fuerte Olimpo, así que teníamos el mismo huso horario. Meers iba a mantener un encuentro con los kristangos en el que se hablaría de lo que estos quisieran. En cuanto a mí, nuestros aliados querían condecorarme personalmente o algo así, no había quedado muy claro el asunto, más allá de que habían solicitado que el teniente coronel Chang y yo fuésemos a su estación espacial.

Vestía un flamante uniforme de paseo de coronel, así que intentaba tener cuidado al sentarme para no estropear la raya de los pantalones. El día anterior me habían pegado un nuevo chute de medicamentos antinausea kristangos, por lo que no potaría la avena sobre mí mismo y los demás cuando estuviéramos ingrávidos en órbita. A mi lado estaba la teniente Reynolds, cuya misión era impedir que dijese o cometiese alguna estupidez. Eso incluía impedir que la saludase. Se esforzó mucho en saludarme y dirigirse a mí como «mi coronel», lo que me sonó antinatural.

El viaje fue menos movido de lo que recordaba de cuando dejamos Campamento Alfa. O bien teníamos un piloto mejor, o los kristangos trataban con más cuidado a los VIP humanos. La primera vez que había estado en la estación espacial nos habían llevado a toda prisa al vagón que había en la parte baja, así que lo único que había podido ver fue el interior de un corredor de atraque y varios pasillos desgastados. Esta vez nos dejaron en uno de los muelles y pude ver de verdad la estación. Era alucinante. Me había imaginado un lugar funcional y rígido, castrense e industrial, creado para la casta guerrera. Cierto que cuanto vi era en su mayoría pulcro y funcional, pero no estaba desprovisto de elementos decorativos. Había tapices en las paredes que hasta a mí me parecieron hermosos y que mostraban paisajes de distintos planetas, naves estelares cruzando una nebulosa, complicados diseños geométricos o incluso flores, además de los retratos de guerreros kristangos que había esperado. Los kristangos era una especie interesante; llena de contradicciones, si la burgomaestre me había estado contando la verdad.

La ceremonia no fue gran cosa. Fuimos hasta una amplia habitación en la que había kristangos sentados a cada lado y un oficial de alto rango en una plataforma al otro extremo. Era la primera vez que veía cara a cara a nuestros aliados y me sentía bastante intimidado. Eran más altos que el humano medio, fornidos y musculosos, con una expresión en el rostro que parecía una especie de ceño rabioso. Igual era su versión de una sonrisa amistosa, qué sabría yo.

Ah, respecto a aquello de que según los kristangos los humanos apestábamos... Bueno, podían haber usado algún ambientador en la estación. El resultado de estar en una habitación cerrada, por grande que fuese, en compañía de casi un centenar de kristangos era un olor seco, como a cuero, con un trasfondo de sudor rancio.

Recité el breve discurso que me habían escrito y que, según me dijo la teniente Reynolds, los kristangos habían querido ver con antelación para darle el visto bueno. Fue un discurso, pronunciado en inglés y traducido por el zPhone, apropiadamente belicoso y sanguinario. Tras eso, retrocedí mientras el teniente coronel daba un paso al frente y pronunciaba un discurso muy parecido al mío.

Mientras Chang hablaba eché un vistazo a mi alrededor. La mayor parte de los kristangos tenían pinta de estar aburridos, quizá incluso un poco asqueados. Se sentaban con gesto inexpresivo, miraban al techo, consultaban los mensajes o jugaban a algo con los zPhones. Comprensible. Tenían pinta de ser voluntarios forzosos y tenían ganas de que la ceremonia acabase de una vez. Era como estar en una habitación llena de adolescentes humanos.

Ver a todos aquellos kristangos aburridos y poco interesados me dijo cuando necesitaba saber de lo poco que les importaba lo que había hecho, si me habían ascendido de verdad o si sobreviviría el viaje de vuelta a Paraíso.

Cuando Chang terminó de hablar, un kristango le tendió una caja al general Meers, quien sacó dos cintas doradas y nos las colgó de los uniformes. Uno de los kristangos que había en la plataforma se puso en pie y nos saludó, y Chang y yo le devolvimos el saludo. Meers y los oficiales que de verdad pintaban algo se quedaron para la reunión, mientras que a Chang y a mí nos asignaron a un lagarto al que no le hacía ninguna gracia ser la niñera de aquellos humanos, algo que saltaba a la vista.

—Seguidme, seres inferiores —tradujo el zPhone cuando nos indicó por señas que lo siguiéramos. La expresión de su rostro me indicó que la traducción era correcta.

Nos guio por la estación con gesto huraño hasta una cubierta de observación vacía. Había sillas, un par de mesas y varios ventanales desde los que se veía Paraíso. Me costó contenerme para no gritar «¡Mira, desde aquí veo mi casa!», porque me pareció ver la curva del río que había justo al sur de Teskor.

El kristango nos indicó con desdén que nos sentáramos mientras él se acercaba a lo que parecía un bar en una esquina. Lo era. Sacó un vaso, se sirvió una generosa cantidad de un líquido dorado, añadió dos cubos de hielo y se sentó con gesto agrio frente a nosotros.

—Se supone que debo felicitaros por vuestros logros como guerreros y daros la bienvenida a nuestra gloriosa coalición. Pfpfpfpf.

Sacó la lengua y nos hizo una pedorreta.

Lo examiné con atención mientras bebía un largo trago. No sabía lo que era, pero olía a alcohol, parecido al tequila. El kristango tenía los ojos desenfocados y un poco vidriosos.

Joder. Estaba borracho. Había ido borracho a la ceremonia. Y estaba emborrachándose más. Aquello no pintaba nada bien. Chang y yo nos intercambiamos una mirada mientras el kristango se giraba hacia la ventana. Meneé la cabeza. Pasase lo que pasase, ambos nos comportaríamos como aliados formales y corteses.

—Ahhh. —El kristango suspiró y se hundió en la silla mientras cerraba los ojos. Rogué para que se hubiese quedado dormido, así al menos podría sentarme y disfrutar de la vista hasta que vinieran a recogernos—. Mi comandante me odia. ¿Por qué si no me castiga de ese modo y me obliga a respirar la peste asquerosa de seres inferiores?

Supuse que no esperaba ser respondido, así que mantuve la boca cerrada y Chang hizo lo mismo. El kristango meneó la cabeza y nos señaló con el zPhone.

—Me han dicho, escoria, que necesitáis esto para entenderos entre vosotros. Qué vergüenza. Una especie no debe hablar distintos idiomas. ¡Es un signo de debilidad! El grupo dominante en vuestro asqueroso planeta debería haber conquistado a los demás. —Me señaló de pronto—. ¿Vienes de… eh… América?

—Sí, señor, de América —respondí—. Sirvo en el ejército de los Estados Unidos de América.

—¿Ejército? —Se echó a reír—. Los seres inferiores no tienen ejército. Sois niños con juguetes, mi chajalk os mataría a cientos y no es más que una mascota. Me han hecho informarme sobre vuestro patético planeta para que mi comandante no perdiese el tiempo. Otra prueba de que me odia; me ha obligado a ensuciar la mente con la historia de vuestra ridícula especie. América fue la única nación en tener armas nucleares durante varios años y no usasteis esa ventaja para destruir al enemigo y conquistar el planeta. Sois débiles y patéticos. Y os extrañáis de que no os tengamos el menor respeto. Una debilidad como esa es síntoma de una evidente falta de valor. —Me señaló de nuevo—. Participaste en combates en alguna parte de tu planeta… eh…

Chequeó el zPhone con una mano temblorosa por la bebida.

—Nigeria —dije.

—Eso. ¿Tienen armas nucleares?

Meneé la cabeza, sorprendido.

—¿Nigeria? Claro que no.

—Tu ejército tendría que haberlas usado sin contemplaciones en vez de enviaros a luchar en la selva. ¿Por qué no lo hicieron? Porque sois débiles y no sois de fiar. Si Nigeria os molestaba tanto, tendrías que haberlos exterminado y tomado su territorio. —Tomó un nuevo trago y nos señaló con el vaso—. ¿Y sois los mejores guerreros de vuestra especie? ¡Ja! No merecéis ni el esfuerzo de haceros la guerra. Poneros al cargo de este planeta es malcriar una mascota estúpida. Nunca tendríamos que haberos traído. ¿Sabéis lo que hace vuestra gente en la Tierra? En vez de arrimar el hombro por el esfuerzo bélico no paran de quejarse de que estamos dañando el medio ambiente. Y vuestros trabajadores exigen días de vacaciones. ¡Los esclavos no tienen vacaciones! —exclamó con un chirrido furioso mientras posaba de golpe el vaso en la mesa que teníamos enfrente—. Se lo dije a mi comandante. Tendríamos que haber llevado a otras especies esclavas a la Tierra y enseñaros a los humanos cómo hay que servirnos. ¡Sois inútiles y perezosos! —Miró por la ventana hacia el planeta que se extendía a nuestros pies—. No deberíais estar aquí. Tendríamos que ser los kristangos los que nos ocupásemos de los rujarras. Putos rujarras traicioneros. Han contaminado nuestro planeta con agentes biológicos. Deberíamos exterminarlos. —Rabió en silencio un rato y bebió de nuevo, aunque ya no quedaba mucho—. Me he ofrecido voluntario para tomar el suero experimental que nos permitirá a los kristangos movernos sin trabas por el planeta. Ya veréis entonces cómo hay que tratar a los rujarras. Son una puta plaga, hay tantos que ni se notará que desaparezcan unos cuantos miles de ellos, ¿verdad? Son débiles y blanditos, pero son una buena pieza de caza. —Terminó de beber y dijo en voz baja—: No veo llegado el momento de cazarlos. Ah.

Dejó el vaso vacío en la moqueta y se puso en pie, aunque no mantenía muy bien el equilibrio.

—Disfrutad de la vista. —Se echó a reír con desdén y señaló hacia la ventana—. A lo mejor se convierte para siempre en vuestro nuevo hogar, como esclavos nuestros. O vuestra tumba.

Se echó a reír de nuevo y salió tambaleándose de la habitación.

—Joder —solté cuando lo perdimos de vista.

Chang asintió y luego dijo, en un inglés perfecto:

—Creo que este no es el mejor lugar para hablar de lo que, esto, de lo que ha digo el amigo.

Seguramente los kristangos tenían bajo vigilancia toda la estación.

—Tiene razón, coronel Chang.

Me sentía un poco avergonzado de su inglés. Lo único que yo sabía decir en chino era «píngguô», que creo que significa manzana. Lo había visto en una galletita de la suerte y se me había pegado. Todo mi conocimiento del idioma de una de las mayores y más antiguas civilizaciones del mundo procedía de una galletita de la suerte. Que, además, eran un invento americano, no chino.

—Teniente coronel —me respondió, en un tono el que se percibía algo de amargura.

—Al menos era usted un verdadero oficial, antes de todo esto. Llevo uniforme de coronel, pero no soy más que un montaje publicitario de la FENU. —Era mi turno de sonar amargado—. Me sentiré el tío más feliz del mundo cuando den con una excusa para degradarme a cabo primero y pueda ser un soldado de verdad de nuevo. No quiero ser un pisapapeles sentado tras un escritorio.

—¿Pisapapeles? —preguntó con la ceja alzada.

—Perdón, jerga del ejército. Alguien que se queda a salvo en la base de operaciones mientras los soldados de verdad se están batiendo el cobre. Alguien que usa formularios en vez de un rifle.

—Ah, sí. También tenemos de eso en nuestro ejército. Aunque en este planeta no hay una auténtica retaguardia, diría yo. Cuando el enemigo puede atacar desde órbita, el frente es toda la superficie del planeta.

—Muy cierto. —Me puse en pie y me acerqué a la ventana—. Estaba en Fuerte Flecha. Y antes de eso mi escuadra estaba en un pueblo hámster cerca del recodo de ese río, al oeste de esas montañas —señalé inútilmente— ¿Dónde estaba usted?

Hablamos de nuestras experiencias en Paraíso y de nuestras vidas antes del ataque rujarra. Chang había sido oficial de artillería en el Ejército de Liberación Popular, un oficial de carrera de familia castrense. Estaba tan preocupado por los suyos allá en la Tierra como yo mismo. Los chinos tampoco tenían noticias; ni mensajes ni cartas ni información alguna.

Chang era un buen tipo, un profesional; bastante mejor oficial que yo, sin la menor duda. Tampoco lo entusiasmaba la idea de ser una fachada publicitaria para la FENU, pero pensaba que el asunto se llevaría con más discreción de lo que yo me temía. Había perdido a la mayoría de su gente durante el combate a resultas del cual lo habían ascendido, incluido un teniente que era el hijo de un alto cargo del gobierno, algo que ya me habían contado. El ejército chino de Paraíso no estaba precisamente ansioso de airear demasiado lo que había hecho Chang. Desde luego, si yo hubiese hecho matar al hijo de un senador mi carrera habría llegado a un punto muerto.

El zPhone soltó un pitido. Se trataba de Reynolds, que me preguntó dónde cojones estaba, aunque de un modo más cortés.

—Chang y yo estamos en una cubierta de observación, me parece que dos —Chang alzó tres dedos—, no, tres niveles más abajo. Hay un bar. Un bar kristango —me apresuré a añadir.

—¿Qué pasó con el kristango que se les había asignado?

—Eh… esto… Tenía algo importante que hacer —respondí, consciente de que lo más probable era que nos estuviesen escuchando.

Sí, algo importante que hacer, como dormir la mona y despertar con resaca.

—Quédese ahí, mi coronel, por favor. ¿El teniente coronel Chang está con usted?

—Sí, aquí está. No nos moveremos.

Reynolds llegó cinco minutos más tarde acompañada de un par de kristangos con pinta de cabreados. Nos llevaron a toda prisa al muelle de atraque y en cuanto el general Meers y su estado mayor estuvieron a bordo de la nave de descenso la puerta se cerró de golpe y la alarma de despresurización empezó a sonar. Pese a mis temores de que Meers estuviera molesto conmigo, no dijo nada. Reynolds no le dio ninguna importancia a lo ocurrido y el viaje transcurrió sin incidentes.

Chang y yo nunca hablamos de lo que había dicho el kristango, ni de que había llamado «esclavos» a los humanos. Le di bastantes vueltas al asunto e informé de ello al equipo de inteligencia de Meers. Fue descorazonador ver que reaccionaban como si ya lo hubiesen oído antes y no les pareciera importante. Lo era para mí, porque confirmaba mis peores temores: la burgomaestre nos había dicho la verdad sobre los kristangos.

¿Estábamos en el bando erróneo en aquella guerra?

8

Cultivando patatas

Pese a lo que me había dicho el general Meers, la primera tarea que me encomendó la FENU fue ir de un lado a otro dando discursos. Fueron dos semanas sumamente extrañas para todos los involucrados en el asunto. Me sentía rarísimo dentro de aquel uniforme nuevecito y crujiente frente a un montón de soldados que habían estado, como yo, en el campo de batalla, se habían enfrentado a situaciones peores que la mía y seguían con el mismo uniforme y el mismo trabajo mientras yo llevaba las águilas de plata, me transportaban en un zopilote reluciente y compartía un papeo excelente con los otros oficiales. Me sentía un impostor. Para las tropas que esperaban mi discurso enlatado también era extraño, porque sabían que no merecía el rango de oficial, que no me lo había ganado, pero no podían decir nada en contra. Era una mierda. Cuando por fin terminaba el discurso y les hacía preguntas a los asistentes, me hablaban de sus experiencias y trataban de no hacer caso de lo peculiar de la situación. Cuando estaba en medio de la multitud de charla con los soldados, oyendo sus experiencias durante la invasión rujarra recién abortada, podía relajarme y ser simplemente Joe Bishop, y ellos podían limitarse a ser soldados y hablar de sus cosas.

Luego volvía al zopilote, volaba a la siguiente base y todo volvía a empezar. Lo odiaba.

Así que fue una bendición que la FENU me diese un trabajo de verdad: plantar patatas. Los kristangos le dijeron a nuestro alto mando que había llegado el momento de que cultivásemos nuestra propia comida en Paraíso, para reducir la carga logística sobre ellos y proporcionarnos cierta seguridad alimentaria en caso de que la guerra en el espacio nos dejase sin suministros. Algún genio en el cuartel general debió de pensar que lo de los discursos ya había

206

cumplido su propósito, leyó mi expediente y vio que era del Maine septentrional, así que tuvo la brillante ocurrencia de asumir que era un genio cultivando patatas.

Mi nuevo destino consistía en coordinar las actividades agrícolas en la zona del continente que ocupaba la FENU. Evidentemente, no nos limitábamos a las patatas, sino que el programa incluía el cultivo de una amplia variedad de semillas traídas de la Tierra. Cultivar patatas fue el nombre que se le dio, que a mí me sonaba ridículo, aunque se esperaba que lo defendiese con entusiasmo. Me dio la oportunidad de recorrer Paraíso, que las tropas me viesen y, según la gente de relaciones públicas, me percibiesen como un soldado que había ascendido a base de trabajo duro e iniciativa. En todo caso, era un alivio hacer por fin algo útil.

Con el curso rápido en agricultura llegaron varias ventajas. Como coronel tenía mi propio humvee y mi conductor personal, el soldado Randall, así como mi propia base en la frontera entre el sector chino y el estadounidense.

Apenas lo pude creer cuando Randall me mostró el vehículo que me habían asignado. Me dejó literalmente de piedra. Era un vehículo rujarra normal y corriente con el logo de la FENU a los lados y en la capota. Y con un Barney de un metro de alto atado al parachoques delantero.

—¿Cómo cojones os habéis arreglado para encontrar un Barney a mil años-luz de la tierra, pandilla de cabrones?

Cada pieza de equipamiento necesaria tenía que llevarse a Ecuador, subir en el ascensor espacial, cargarse en una nave kristanga que a su vez se metería en un carguero turanio, atravesar los agujeros de gusano y luego hacer el viaje inverso hasta la superficie de Paraíso. Todo se inspeccionaba con sumo cuidado y se aprovechaba al máximo el espacio en base al peso máximo permitido. Sin embargo, algún gracioso se las había apañado para colar un peluche gigante de Barney en un contenedor. ¿Por qué? ¿Y qué más se las apañaban para meter de rondón y andaba rulando en aquellos momentos por Paraíso?

—Fue una adquisición táctica, mi coronel —dijo Randall completamente en serio.

—O sea, que lo habéis robado.

—Si no está atornillado, no es de nadie, mi coronel. Queríamos darle una buena bienvenida. Pero ya ha estado bien. Lo quito ahora mismo del parachoques.

—Ah, no, ni de coña. Déjalo.

Mi rango de coronel era un chiste tan malo como mi humvee, al fin y al cabo. Así que fui al frente del vehículo e inspeccioné el sonriente dinosaurio morado. A lo mejor a los críos rujarras les caía en gracia.

Cuando se encontró la primera galleta de la fortuna yo había salido a plantar patatas. La última vez que habíamos recibido comunicación desde la Tierra fue cuando el último grupo de humanos llegó a Campamento Alfa, y yo había estado en el antepenúltimo convoy. Desde nuestro aterrizaje en Paraíso no habíamos vuelto a saber de la Tierra y ellos nada sabían de nosotros. Los kristangos decían que la situación militar en el espacio no permitía lujos como el envío de humanos a la Tierra, ni siquiera la evacuación de casos médicos. Estábamos atrapados en Paraíso mientras durase la misión, cuyo final era mucho más incierto de lo que nos habría gustado. Al alto mando de la FENU le preocupaba no poder enviar informes de situación ni recibir órdenes o asesoramiento. A los soldados de a pie, como yo mismo, nos importaba mucho más saber cómo estaba nuestra gente. ¿Se había hecho algún progreso en la recuperación de la electricidad y las infraestructuras? ¿Venían de camino nuevos suministros y refuerzos? ¿Habían vuelto a atacar la Tierra los rujarras? La burgomaestre me había asegurado que era muy improbable que pasase algo así en los próximos años, pero no sabía si me había dicho la verdad.

Luego encontramos las galletas de la fortuna y todo cambió.

Según supimos, y no nos dejó muy tranquilos, los kristangos escaneaban todo lo que se enviaba en la Tierra al ascensor espacial en busca de dispositivos de almacenamiento electrónico, que borraban con pulsos magnéticos o emisiones ultravioleta. Lo que no esperaban era que la peña escribiera en un papel y pegasen esos papeles en el interior de los paquetes de comida. Para los escáneres kristangos un contenedor de cartón reforzado con pequeñas marcas de escritura por dentro era idéntico a cualquier otro contenedor de cartón. Se empaquetaban en la Tierra, los kristangos nos los lanzaban a la superficie y eran los humanos quienes los abrían. Por suerte, los chicos que se toparon con la primera galleta de la fortuna al abrir un contenedor fueron lo bastante listos para no decir nada por el zPhone. Todo circuló de boca a boca. Se quitaron con extremo cuidado los mensajes y fueron entregados en mano al cuartel general, donde provocaron un revuelo de tres pares de narices.

Fue el oficial de inteligencia de la Tercera División quien me habló de las galletas de la fortuna; le temblaban las manos al contármelo. Las noticias procedentes de la Tierra no eran buenas. Las galletas llevaban un código secreto que autenticaba la información para el cuartel general, así que era legítima. Después de que nuestra fuerza expedicionaria hubiese partido, las cosas habían empezado a ir de mal en peor en la Tierra. Antes de irme ya había oído rumores de que a los kristangos les gustaba dirigirlo todo a su manera, e indicaban en qué zonas debían centrarse nuestros esfuerzos para reparar la infraestructura, o tomaban el control de la minería y las instalaciones de refinado, o trataban de controlar la información que circulaba por internet. Como casi todo el mundo, supuse que simplemente estaban haciendo lo necesario para que estuviésemos preparados por si volvían los rujarras y asumí que era inevitable que se produjesen ciertos roces entre dos especies que acababan de conocerse. Además, sabía bien que los civiles se quejan siempre de todo.

Pero las galletas nos decían que la situación en la Tierra había empeorado de forma considerable. Los kristangos se habían apoderado de buena parte de las mejores tierras de cultivo del planeta, entre ellas grandes extensiones del Medio Oeste de los Estados Unidos, para cultivar sus propias cosechas y alimentar a sus animales. A los granjeros no se les daba compensación alguna por la tierra que perdían y cuando se habían unido para impedir la ocupación kristanga de las tierras los habían masacrado desde órbita. El peor robo no fue el de la tierra; los kristangos querían todo el Lago Superior y el Mar Caspio para sembrarlos con los peces que comían. Planeaban esterilizar ambos lugares con una descarga masiva de rayos gamma y luego crear su propia biosfera en el agua. Se advirtió a la gente que tenían que estar a cien quilómetros de distancia de las costas cuando lanzasen los rayos gamma, algo que tendría lugar en cuanto terminasen la construcción de dos inmensas presas y el satélite que disparaba los rayos estuviese listo. Cosa de un año, más o menos. Las protestas en ciudades como Shanghái, Chicago, San Francisco y París se habían disuelto con ataques de máser. A los kristangos les pareció que los esfuerzos de los gobiernos humanos por acallar las protestas habían resultado ineficaces contra aquellos «traidores y elementos subversivos».

Los rujarras nos habían atacado y habíamos recibido a los kristango como nuestros salvadores, pero el rescate no había tardado en convertirse en una invasión. Para nosotros, allá en Paraíso, lo cambiaba todo y al mismo tiempo no cambiaba nada. ¿Qué podíamos hacer? Todos nuestros suministros dependían de los kristangos. Incluso aunque ahora los viéramos como enemigos, ¿serían mejores los rujarras? De todos modos, los hámsteres de Paraíso tampoco estaban en posición de ayudarnos, así que no importaba que nos gustasen los kristangos o no.

Estábamos jodidos pasase lo que pasase.

El coronel Wilson entró en mi oficina mientras me terminaba una taza de café y leía los informes de suministros, con vistas a una nueva expedición para plantar patatas. El café estaba amargo y flojo a la vez y se había enfriado, pero estaba decidido a saborear hasta la última gota. Aquellos granos habían cruzado varios años-luz para estar en mi taza en Paraíso. Sabían a casa y no tenía la menor idea de cuándo nos llegaría otro envío. Wilson vació lo que quedaba de la cafetera en una taza, lo sorbió y arrugó la nariz.

—Vengo de las oficinas del general Meers. No tiene la menor idea de cómo debemos tratar esos rumores de las galletas de la fortuna. Antes o después los kristangos van a enterarse; me sorprende que no lo sepan ya. A menos, claro, que lo sepan, pero no quieran soltar prenda.

Era imposible que los kristangos no supieran lo que estaba pasando; controlaban por completo las comunicaciones. A lo mejor no les importaba. Los habitantes de la Tierra sabían lo que estaba pasando y no había nada que pudieran hacer. No con naves kristangas en órbita capaces de bombardear cualquier punto del planeta con rayos máser, misiles y cañones de riel.

—Tenemos que cambiar nuestro modo de ver esta misión —sugerí, usando las palabras que había visto en una presentación de PowerPoint del Ejército—. Quiero decir que hasta ahora los estadounidenses hemos visto el ataque de los rujarras como otro Pearl Harbor, y a nosotros mismo como si estuviéramos en el Pacífico Sur durante la Segunda Guerra Mundial devolviéndoles el golpe. Todo eso es un montón de mierda. La realidad es que estamos en la Operación Antorcha y no somos ni el Eje ni los Aliados, sino los bereberes.

—No te sigo, Bishop. —Como oficial del ejército de Estados Unidos, Wilson tenía que saber por fuerza que la Operación Antorcha había sido el nombre en clave para el asalto angloamericano del Norte de África en noviembre de 1942—. ¿Los bereberes?

—Eso mismo. —Estuve a punto de añadir «mi coronel». Aún no me había acostumbrado del todo a mi nuevo rango—. Creo que se llamaban así. Son los nativos del norte de África que se vieron pillados entre la invasión aliada por un lado y los alemanes, los italianos y los franceses de Vichy, por el otro. A ninguno de los dos bandos les importaban una mierda los nativos ni sus tierras. Alemanes e italianos querían el norte de África porque les daba el control del Mediterráneo y porque así echarían a los británicos de Egipto y podrían llegar a los pozos de petróleo. Nosotros y los británicos queríamos echar a Rommel del Mediterráneo para poder invadir Sicilia primero y luego Italia. —Aquello era medio cierto, porque los Aliados no decidieron dónde irían tras la victoria en África hasta bastante después de la invasión—. Los bereberes se vieron pillados en medio, e hicieron lo que pudieron para obedecer las órdenes del bando que estuviese ocupando su territorio en aquel momento, quitarse de en medio y mantenerse con vida. Y esos somos nosotros ahora mismo. No le importamos un carajo a ningún bando, salvo para usarnos o usar la Tierra como base de operaciones. Somos piedrecitas bajo las orugas de sus tanques. Tenemos que dejar de pensar que somos aliados de los kristangos y darnos cuenta de que no somos más que tropas nativas que están usando como carne de cañón. La Francia Libre de aquella época tenía tropas bereberes a las que llamaban *goumiers*, pero no los trataban igual que a los soldados franceses. La FENU tiene que dejar de pensar en grandes objetivos y centrarse en la supervivencia.

—Puede que tengas razón. Bishop.

Rematé lo que quedaba del café y cogí el casco y las gafas.

—Si vamos a tener alguna posibilidad de supervivencia, mejor me pongo a plantar patatas. A paletadas.

Me fui en zopilote a un pueblo mitad de ninguna parte; fueron varias horas de vuelo sin nada mejor que hacer que escuchar el ruido de los motores y contemplar las tierras de labranza que iban pasando a mis pies. Por desgracia solo estábamos mis pensamientos y yo, cosa que no era nada buena. Cuando vi por primera vez una nave de asalto rujarra deslizándose por un sembrado de patatas en mi pueblo natal, lo primero que me vino a la mente después del momento de «¡joder, está pasando de verdad!» y el de «¿por qué coño invaden los aliens Thompson Corners?» fue «*Game over*». Hollywood podría ponerse como le diese la gana, pero cualquier especie con la tecnología, los recursos y la iniciativa para cruzar las estrellas era capaz de aplastar a la humanidad como un insecto. Todas esas historias de arrojados humanos que derrotaban a los aliens en un cuerpo a cuerpo eran chorradas. Los aliens no tenían más que esperar cómodamente en órbita y convertirnos en polvo a placer. Todo el empecinamiento y el espíritu humano del universo no valían un pimiento si los aliens podían darnos y nosotros ni siquiera los alcanzábamos. Incluso aunque nos las hubiésemos apañado para cambiar el sistema de blancos de los misiles nucleares ICBM y lanzarlos, nunca habrían llegado a órbita y los aliens tendrían que haber sido ciegos para no ver la estela del cohete. Habría sido un milagro imposible que un ICBM se acercase a doscientos quilómetros de una nave alienígena; lo más probable era que ni siquiera alcanzase las capas altas de la atmósfera.

Game over.

No estaba menospreciando las posibilidades de supervivencia frente a una invasión alienígena, era lo que nos habían dicho los kristangos. Vale que los lagartos nos habían soltado mentiras a porrillo, pero en este caso decían la verdad. La usaron para convencernos de que los necesitábamos para protegernos de los rujarras, o así lo pensamos en aquel momento. Pero el meollo del asunto era que estábamos anclados al suelo y los aliens tenían el terreno alto del espacio orbital y más allá de él.

Game over.

Cuando tomé la decisión de capturar un soldado alienígena solo pensaba en que si había la menor posibilidad de sobrevivir a aquello la humanidad necesitaría información sobre los invasores. Y necesitaba hacer algo, aunque fuese estúpido e imprudente. Seguramente me matarían, pero ya que parecía que se iban a cargar a toda la humanidad, Alfa Lima Mike, ¿no?

Luego había aparecido la caballería kristanga por el horizonte y nos habían salvado. Joder, recordaba sin problemas cómo me sentía cuando intentaba dar con nosotros aquel transporte rujarra. Tenía los calzoncillos mojados, cosa que no me avergüenza lo más mínimo; aunque estuviesen mojados y tuviese la boca seca y me temblasen las manos aguanté el tipo de todas formas. Esperaba morir acribillado a balazos y de pronto el cielo volvió a parpadear y sucedió un milagro y la nave rujarra se fue con el rabo entre las piernas y desapareció en el cielo en medio de un estampido hipersónico.

¡Estábamos a salvo! Todo mi miedo se desvaneció como por ensalmo. No sentíamos más que agradecimiento hacia nuestros salvadores.

Pura mierda. Había sido todo mentira.

Y esto era peor.

El zopilote aterrizó, me subí a un humvee que no era mi Barney personal sino un modelo genérico y salimos enseguida, un convoy de plantación de patatas con cuatro humvees acorazados y seis camiones pesados en tándem. Me molestaba que el convoy hubiese estado esperándome; odiaba esperar por los oficiales cuando era tropa, así que odiaba hacer esperar a los demás ahora.

El humvee olía a pies pasados y a algo que podía ser aftershave o colonia. Seguramente había estado aparcado en alguna de las zonas en las que los hámsteres habían usado su apestoso fertilizante y luego alguien había intentado mejorar el olor con colonia.

—Joder, esto huele como la loción de mi abuelo —gruñí.

—Lo siento mi coronel —dijo la conductora. Era una soldado en cuya etiqueta se leía «Park»—. Ya olía así cuando lo sacamos del parque de vehículos.

—Olía peor esta mañana —dijo el soldado llamado Olafson que se sentaba junto a ella—. Dejamos abiertas las ventanas para intentar airearlo un poco.

Era rubio y medía casi dos metros.

—¿Siempre has sido así de enorme, Olafson, o es que el ejército te ha estado alimentando demasiado bien?

—Mi madre era una buena cocinera, mi coronel.

—Ajá.

En aquel momento no estaba de humor para la charla intrascendente, así que enterré la nariz en la tableta y me puse a leer los informes que había descargado. Los soldados pillaron la indirecta sin problemas. La Oficina de Información Agrícola del cuartel general me había preparado varios informes acerca de la siguiente zona en la que íbamos a sembrar; mediciones del suelo, del clima, de las lluvias, de la pluviosidad, descripciones de los tipos de cosechas que los rujarras habían plantado y de los productos químicos que usaban. El hecho de que la FENU hubiese creado tan rápido una Oficina de Información Agrícola indicaba con claridad lo incómoda que era nuestra situación en Paraíso.

Cuando me enviaron a sembrar la comida que íbamos a necesitar para sobrevivir en aquel lugar había pensado al principio que era una broma; cierto que había ayudado a mis padres con su granja, pero no era ningún experto agrícola. Era increíble todo lo que había aprendido en tan poco tiempo. El miedo a morirse de hambre es un motivador cojonudo.

El lugar en el íbamos a sembrar parecía perfecto; estaba lo bastante cerca del ecuador para que proporcionase dos o tres cosechas al año, no tenía problemas de sequía y había canales de regadío que se podían usar durante la estación seca veraniega. Comprobé el manifiesto de carga de los camiones del convoy y vi que íbamos cargados con acondicionador del suelo, ya que el terreno local necesitaba prepararse antes de que los organismos terrícolas arraigasen en él.

Una vez hube leído todo lo que logré entender de temas agrícolas, pasé a los otros informes que la FENU quería que leyese. Quién iba a pensar que ser un oficial incluiría tanta lectura. Era como volver a la escuela; esperaba que no hubiese un examen sorpresa mañana.

Estuvimos un rato conduciendo en silencio, yo concentrado en los informes y Parks y Olafson hablando de vez en cuando entre susurros en los asientos de delante. El nuestro era el tercer vehículo del convoy, lo que significaba que nos íbamos turnando entre mantener las ventanillas cerradas para que no entrase el polvo y abrirlas para que saliera el calor. Había hecho fresco por la mañana, pero mientras cruzábamos los campos la temperatura ascendió con rapidez. Nuestro destino era una zona evacuada hacía poco por los rujarras y la idea era eliminar los restos de las cosechas que habían dejado abandonadas, preparar el suelo y plantar nuestras propias semillas. Los habían evacuado hacía poco, y no sin dificultades. Aquella zona había estado bajo la jurisdicción del Ejército Indio y, por lo que leía en los informes, se habían visto obligados a sacar a la gente de las casas a la fuerza y había habido un tiroteo en el que había muerto un soldado indio y dos más habían sido heridos de gravedad.

Toda la situación en Paraíso era precaria. Los kristangos mantenían el terreno alto, aunque solo con un destructor y una fragata. Los rujarras aún seguían con su evacuación, se resistían a menudo y se producían casos de sabotaje contra la FENU. La gente se aglomeraba alrededor del ascensor espacial, así que no nos quedó más remedio que establecer un campo de refugiados; la logística de mantener a los hámsteres atendidos y controlados dividía la atención del cuartel general. Seguían llegando las naves de trasporte rujarras a lo alto del ascensor para evacuar a su gente, pero cada vez más tarde, de forma irregular y en menor número. Venían escoltadas por unas pocas naves de guerra kristangas y cargaban a los pasajeros tan rápido como podían, azuzados por los kristangos, que temían otra incursión rujarra.

En la superficie, a la FENU le preocupaba más la supervivencia, sobre todo el suministro de alimentos, que sacar hasta el último hámster del planeta. Las comunidades rujarras habían pasado de la cooperación a una resistencia activa y resentida y al sabotaje. Este iba más allá de averiar los camiones que se suponía que usarían para evacuarlos. Se volaron varios puentes, dificultando o imposibilitando la evacuación por tierra. La FENU empezó a usar barcazas, asumiendo que nadie iba a volar un río, pero el transporte fluvial era lento y más largo, y requería más suministros. Llevar a los hámsteres en aeronaves era una opción cara, y las naves necesitaban más mantenimiento con más vuelos, lo que creaba un círculo vicioso de disponibilidad de vehículos. Los informes que leía no sugerían ningún curso de acción acerca del mejor modo de seguir con la misión, más allá de comentar que la FENU necesitaba mantener a los hámsteres en movimiento de forma estable y lo más rápido posible. Cuanta más tierra dejasen disponible los rujarras, más podrían concentrarse las fuerzas existentes y ejercer un control más preciso sobre la población restante.

Horarios y disponibilidad de mantenimiento del equipo. Era algo que nunca hasta entonces me había interesado lo más mínimo, pero ahora que era un oficial superior se suponía que tenía que saberme toda aquella mierda. Sabérmela, sopesarla, pensar sobre ella, dar con soluciones e implementarlas.

Yo.

No era un truco publicitario. Era un auténtico coronel del Ejército de Estados Unidos, con autoridad real y responsabilidad más real todavía. Necesitaba ser un coronel de verdad.

—¿Lleváis mucho tiempo estacionados aquí vosotros dos?

—Desde que llegamos, mi coronel —respondió Olafson.

—Dadme un infositu.

—¿Un infositu, mi coronel? —preguntó Park. Vi sus ojos reflejados en el retrovisor.

Tenía que saber de sobra lo que era un infositu, así que restringí un poco más el tema:

—¿Cómo han ido las cosas con los hámsteres por esta zona?

Olafson se volvió a medias en el asiento, de forma que pudiese verme mientras hablaba.

—No ha pasado gran cosa, mi coronel. Minucias. Algo de sabotaje, pequeños retrasos en el calendario de evacuación, pero nada que nos causase verdaderos problemas, ninguna violencia. Solíamos llevarnos bastante bien con los nativos hasta que usted… eh… —Intercambió una mirada con Park—. Hasta que hizo saltar sus naves por los aires, mi coronel.

Pronunció las últimas palabras con un deje de admiración tan evidente que me sonrojé.

—No hice nada, Olafson. Había un equipo de soldados defendiendo la plataforma. Aquel no fue el único lugar caliente del planeta ese día.

—Claro que no, mi coronel. Aquí las cosas estuvieron bastante tranquilas ese día, no había nada de valor estratégico cerca por lo que mereciese la pena luchar. Si no hubiésemos oído los comentarios sobre el ataque en los zPhones y no hubiésemos visto lo que pasaba en el cielo, habría sido un día de lo más normal.

Park asintió desde el asiento del conductor.

—Tal cual, mi coronel. Nos equipamos para el combate y estuvimos a cubierto todo el día, pero no ocurrió nada. Luego, todo había acabado. Está parte del planeta está en el quinto pino, el auténtico Culo de Neptuno. Pero ahí donde vamos a plantar las patatas o lo que sea, los hámsteres les dieron bastantes problemas a los indios. Aquí no hubo tiroteos y nadie mató a nadie, pero los putos hámsteres…

Vi por el retrovisor que vacilaba.

—No te preocupes, Park. Joder estás en el ejército, habla como un soldado.

—A la orden, mi coronel. Los hámsteres presentaron toda la resistencia que pudieron. Sabotearon el equipo, así que los indios no pudieron usar nada y casi todo hubo que volver a traerlo o reconstruirlo. Contaminaron los suministros de agua. Y se las apañaron para desbaratar el calendario de evacuación. La cosa se puso lo bastante fea para que los indios pusieran toda la zona bajo la ley marcial, en arresto domiciliario, por así decir, pero cuando llegaron los autobuses para llevárselos, no quisieron dejar sus casas. Se sentaban en el suelo y había que arrastrarlos y cargarlos en los autobuses. Ralentizaron tanto las cosas que los lagart… los kristangos estuvieron a punto de vaporizar el lugar desde órbita, como advertencia para que los demás hámsteres no llevasen las cosas hasta ese extremo. La FENU supuso que si los kristangos se veían obligados a intervenir considerarían nuestra misión un fracaso, así que los indios trajeron un batallón británico como refuerzo…

—¡Ja! Les tuvo que sentar como una patada en el culo. —Olafson sonrió—. ¿Británicos bajo mando indio?

Asentí en silencio. La FENU insistía en la importancia de la cooperación internacional y a los oficiales se nos instruía con contundencia para que no alentásemos ni permitiésemos rivalidades nacionales, pero las órdenes solo podían llegar hasta ciertos límites prácticos.

—Bueno, aquí abajo todos servimos bajo la misma bandera —dije, en un intento poco convincente de seguir el espíritu de las reglas.

—Claro, mi coronel —dijo Park—. El caso es que entre los dos se las apañaron para recuperar el ritmo de evacuación, pero eso jodió el del sector británico, así que tuvieron que hacer malabarismos.

El ritmo de evacuación se había ido acelerando a medida que se acercaba la fecha final en la que el último hámster subiría al ascensor espacial. A medida que más partes de Paraíso quedaban libres de rujarras podíamos concentrar más nuestras fuerzas y meterles a ellos más prisa. La planificación había parecido ilógica al principio, pues daba prioridad a zonas escasamente pobladas del planeta, así que la FENU había especulado con la idea de que los kristangos querían despejar aquellas zonas para plantar sus propias cosechas. Solo que los lagartos no hicieron el menor intento de reacondicionar las tierras abandonadas y se limitaron a mandar pequeños grupos para inspeccionar aquellas zonas. Según un rumor eran lugares en los que los lagartos pensaban que había reliquias de la supercivilización de los Antiguos, y que eran estas el verdadero objetivo de la conquista de Paraíso, ya que, por lo demás, el planeta entero estaba dedicado a la agricultura, al igual que muchos otros en el brazo galáctico de Orión. Igual era verdad. Lo único importante para la FENU era que los kristangos querían despejar aquellas zonas en primer lugar, así que lo hicimos.

—Estamos llegando a Hamsterera, mi coronel —señaló Olafson.

La carretera coronó una loma y bajo ella pudimos ver un amplio valle fluvial de poca profundidad. El camino cruzaba un puente frente a nosotros y al otro lado se veía un pueblo de buen tamaño. Más allá se extendían los habituales parches de zonas cultivadas, algunos de tierra desnuda, seguramente recién cosechados, y otros teñidos del amarillo dorado del análogo al trigo que cultivaban los hámsteres. Aquí y allá asomaba algún silo de cereales. La estrecha cinta brillante de la línea férrea iba directa del sureste al noroeste y cruzaba nuestro camino. A lo lejos pudimos ver aparcada una locomotora eléctrica y una docena de vagones de carga. El tren estaba abandonado; los saboteadores habían arrancado o socavado los raíles y habían volado o debilitado los puentes de aquella región. El plan original de la FENU había sido usar el ferrocarril para transportar grandes cantidades de hámsteres lo más rápido posible. Los rujarras se dieron cuenta de ello enseguida y casi todas las líneas férreas del planeta quedaron inutilizadas en el plazo de un par de semanas.

—¿Hamsterera? —pregunté entre risas.

Olafson sonrió. Ya no parecía tan impresionado o intimidado por mí como antes.

—El nombre hámster sonaba algo así como jam-ta-tera, y algún bromista puso en el pueblo un cartel con «Hamsterera» a la entrada del pueblo. El alcalde de aquí se mosqueó un poco cuando supo lo que significaba eso. —No se lo veía muy preocupado—. Que se joda.

Una voz amortiguada salió de mi zPhone:

—Plantador, aquí Líder Aguijón.

—Aquí Plantador —respondí, tras sacar el cacharro que estaba bajo las piezas apiladas de mi coraza.

Plantador era mi nombre en clave, creado al parecer por algún gracioso del cuartel general. Mi ayudante a tiempo parcial no se lo tomó nada bien e intentó que lo cambiasen por algo más molón, pero a mí me gustaba. Si los hámsteres estaban a la escucha, y había que asumir que era posible, Plantador era un nombre en clave agradable, amistoso y nada hostil, lo que esperaba que enfatizase la naturaleza pacífica de mi misión. Solo cultivábamos aquellas tierras de las que ya habían sido evacuados los hámsteres, no les privábamos de ningún recurso y evitábamos el contacto con las poblaciones rujarras siempre que era posible. Hoy no iba a serlo, porque el convoy tenía que cruzar por fuerza Hamsterera, ya que aquella era la única carretera que llevaba a nuestro destino.

—Adelante, Líder Aguijón.

Según la información que me habían dado para la misión, Aguijón era el nombre en clave de la escolta de dos naves que nos proporcionaban apoyo aéreo durante el cruce de Hamsterera. Se suponía que un par de pollos completamente equipados detectarían sin problemas cualquier intento de los hámsteres de ponerse estupendos mientras pasábamos por el pueblo. La verdad es que si yo viese que dos de mis propias naves se estaban usando contra mí me sentiría más mosqueado que intimidado. ¿Lo bastante mosqueado para actuar si las posibilidades eran buenas? A lo mejor no. En cualquier caso, no estaba mal tener un par de cazas como apoyo.

—Plantador, mi compañero experimenta una bajada de potencia en uno de los motores y necesita VAB. —Ahora que la voz no salía ahogada, me di cuenta de que el piloto era una mujer, con un fuerte acento del medio oeste.

—De acuerdo en Volver A Base, Aguijón. ¿Puedes cubrirnos mientras pasamos por el punto Mike Dos?

Esa era la designación en el mapa de Hamsterera.

—Afirmativo, Plantador. Os cubro entre un puente y el otro. Corto.

Se refería el puente que había a este lado del pueblo y al del otro extremo. Más allá se extendían los campos de cultivo; el peligro potencial que requería apoyo aéreo estaba en el cruce de los dos puentes y en la propia ciudad.

—Afirmativo, Plantador —Repitió—. Haré una pasada a baja altura por el pueblo para despertarlos.

—De acuerdo, Aguijón. Cierro.

La FENU había discutido si sería más eficaz que los convoyes llegasen a los pueblos sin previo aviso o que el apoyo aéreo hiciese una pasada previa. La discusión no había durado mucho, ya que un convoy que atravesase los polvorientos caminos que cruzaban las praderas difícilmente pasaba desapercibido. La nube de humo que levantaba era como una flecha indicadora y resultaba visible en varios quilómetros a la redonda.

El primer puente que cruzamos era una fea mole de cemento construida por los kristangos cuando ocuparon el planeta por primera vez. Dos soldados del destacamento local nos saludaron al pasar. Estaban allí para asegurarse de que nadie intentaba hacerle nada al puente desde la última inspección. Estábamos en una situación tal que cualquier cosa sobre la que los hámsteres pudieran echar mano sería objetivo de sabotaje. Un par de horas sin vigilancia y un puente saltaría por los aires o quedaría tan debilitado que no podría usarse, o se hundiría una barcaza, o caería una torre de comunicaciones, o reventarían los motores de un vehículo que estuviese solo.

Para mi sorpresa cruzamos el pueblo sin ningún incidente, ni siquiera un hámster cabreado que nos tirase una piedra o un pegote de barro o de estiércol. Era bastante normal que pasase algo de eso, y ambos bandos contábamos con ello, lo que hacía que los chavales se envalentonasen porque habían descubierto que nuestros soldados tenían órdenes de no disparar a los niños. A menos, claro, que nos disparasen ellos, cosa que de momento no había pasado que yo supiera.

El pueblo estaba más deteriorado de lo habitual. Antes de que los rujarras intentasen recapturar el planeta, la población local contaba con que su flota echaría a los kristangos del sistema y que todo volvería a la normalidad... salvo por una considerable cantidad de puñeteros humanos por los alrededores. Después de que el intento fallase, los hámsteres comprendieron que habían perdido el planeta de verdad, que los iban a evacuar y que no volverían, así que ya no les importaba mantener las cosas en buen estado, teniendo en cuenta que serían para uso kristango. Estaban resentidos, lo que era comprensible, y estaba claro que planeaban dejar el planeta hecho unos zorros antes de irse. Infraestructuras de gran tamaño como la plataforma de lanzamiento y el ascensor espacial no contaban como objetivos según las normas de combate que ambos bandos suscribían. Al fin y al cabo, volar la plataforma era admitir tácitamente que los rujarras nunca reconquistarían Paraíso, algo que no sería nada bueno para la moral de los hámsteres.

Pasamos rápidamente por el centro del pueblo; en unos minutos llegaríamos al segundo puente. Me había preparado para que pasase algo y el lenguaje corporal de Park y Olafson me decía que ellos también esperaban problemas, pero de momento todo estaba tranquilo. El puente del oeste era una estructura elegante de aspecto delicado, mucho más largo que el del extremo este. Había sido construido por los rujarras sobre los pilares de un antiguo puente kristango. Al cruzarlo me sentí vulnerable y todos soltamos un suspiro cuando llegamos sin problemas al otro lado. Saqué la cabeza por la ventana y me quedé mirando la retaguardia del convoy hasta que el último camión cruzó el puente. Según el mapa y mis ojos, a partir de ahí todo era campo abierto en varios quilómetros a la redonda.

—Plantador, aquí Aguijón.

—Gracias por la escolta, Aguijón. Permiso para VAB.

—De acuerdo, Plantador. Que os divirtáis y nos cosechéis algo sabroso. Corto y cierro.

El pollo trazó un amplio círculo sobre nosotros, retrajo los puntos de fuego, aumentó la potencia y se fue hacia el este. Mientras los veía irse se me ocurrió la idea de que nuestros pilotos, que se pasaban el tiempo volando en aeronaves de tecnología avanzada, debían de estar en la gloria. Todo lo que teníamos los demás eran M4. No parecía justo. ¿Por qué las tropas de infantería no podíamos usar los fusiles que les habían quitado a los rujarras igual que los pilotos usaban naves hámster?

Me acomodé en el asiento.

—¿Ha conocido a algún kristango, mi coronel? —La voz de Olafson me devolvió al presente—. Nos han contado que fue a su estación cuando lo ascendieron.

Una sonrisa me cruzó el rostro, pero la sustituí enseguida por lo que esperaba que fuese una expresión neutra. Olafson se dio cuenta, a juzgar por el modo en que enarcó las cejas.

—Sí, hubo una ceremonia en la estación. Y…, esto… —Busqué algo que ocultase mi metedura de pata—. Digamos que a mi aparato digestivo no le sentó muy bien la comida que sirvieron.

Lo cual no era del todo falso, salvo que lo que me había dado nauseas había sido lo que nos había dicho el kristango y el haber tenido que tragarme el orgullo y mantener la boca cerrada.

—¿Cómo son, mi coronel, si no le importa la pregunta? Nunca he visto uno. —Debió de notar lo incómodo que me sentía—. Olvídelo, mi coronel, seguro que ese asunto está por encima de rango…

No lo vi venir. Un soldado del penúltimo camión dice que vio una estela justo antes del impacto, pero creo que se lo imaginó. No sé si fue un cañón de riel o algún tipo de artillería silenciosa o un cohete sin estela. En cualquier caso, algo impactó con los contenedores de cada camión y destrozó el valioso acondicionador del suelo y las semillas, todo ello irremplazable. La cabeza de impacto era algo que nunca habíamos visto; generó mucho más calor que una simple onda de choque, como si estuviese calculado deliberadamente para carbonizar nuestras semillas y los microorganismos del acondicionador de suelo. Si se hubiesen limitado a esparcir las semillas, podríamos haberlas recogido; quemadas, no nos servían para nada.

Iban a por ellas con la idea de destruir la capacidad de mantenernos por nosotros mismo en Paraíso y forzar a los kristangos a gastar recursos trayendo más semillas o llevándose a los humanos a la

Tierra. No murió ninguno de los ocupantes de los camiones por los disparos, aunque sí uno de los soldados en el asiento delantero del humvee que cerraba el convoy. El vehículo chocó con el camión inmovilizado y la conductora se dio con la cabeza contra el volante. Al ocupante del asiento de al lado le atravesó el cráneo un trozo de metal y lo mató al instante. No creo que los hámsteres quisieran matar a nadie, aunque eso era un magro consuelo para muertos y heridos.

Saltamos de los vehículos a toda prisa, nos pusimos a cubierto y buscamos posibles enemigos mientras ayudábamos a los heridos. Nunca averiguamos qué clase de arma nos había disparado, porque Aguijón reaccionó casi inmediatamente y lanzó un par de misiles de alta velocidad hacia el lugar del que había salido el disparo. Nos pusimos a cubierto de nuevo al oír las explosiones y luego oí a Aguijón pasar sobre nosotros, con los puntos de fuego abiertos y preparada para cualquier cosa.

—Plantador, aquí Aguijón. No hay enemigos a la vista. Cambio.

—De acuerdo, Aguijón —respondí mientras apoyaba el M4 en el hombro—. Seguramente el ataque se lanzó de forma remota.

—Y guiada —añadió Park, que estaba examinando el horizonte con la mira del fusil—. Alguien marcó como blanco los camiones y nada más.

No le faltaba razón. O había un observador escondido en alguna parte, o las armas tenían cámaras. Incluso las armas inteligentes alienígenas súper avanzadas necesitaban algún tipo de indicación para encontrar el blanco.

Estaba a punto de decirle a Aguijón que se mantuviese alrededor como observadora, lo que era una tontería, pues estaba haciendo precisamente eso, cuando vi una alerta en el zPhone. El ataque a nuestro convoy no había sido el único incidente; varios ataques casi simultáneos se habían lanzado por todo el continente. Llamé a mi superior y le informé con rapidez de la situación; me cortó a mitad de la explicación diciéndome que de momento estábamos bien y que había otras unidades que no. Por el ruido de fondo que oía, había un buen jaleo en el cuartel general.

Un mensaje de texto de la base aérea local me informó de que un zopilote médico venía de camino y querían que confirmase que era seguro aterrizar. Joder, me había parecido del todo seguro un segundo antes de que nos diesen, y parecía igual de seguro ahora. Estábamos en una pradera de aspecto apacible salvo por las nubes de humo negro que salían de los contenedores carbonizados y el pollo que daba vueltas por el cielo preparado para disparar, buscando problemas y esperando encontrarlos. Más allá de eso, todo parecía seguro. Respondí afirmativamente y ordené a los soldados que se separasen para no presentar un solo blanco, pero que se mantuviesen lo bastante cerca para prestar apoyo a los demás en caso de problemas.

El zopilote llegó enseguida y evacuó a cinco heridos. El resto subimos a los humvees y los enfilamos en dirección a Hamsterera. Aguijón aún seguía dándonos apoyo aéreo, pero esta vez no pasó rasante sobre la ciudad; nos informó de que varios hámsteres se estaban reuniendo en la zona de juegos de la escuela. No llevaban armas que se pudieran ver y serían una docena. Aunque los hámsteres del pueblo no hubiesen estado involucrados en el ataque, por fuerza sabrían que algo había ocurrido, teniendo en cuenta que nuestros contenedores seguían ardiendo y lanzando humo negro hacia lo alto.

—Plantador, aquí Fortaleza de Cristal. —Era el nombre del clave de la oficina del general Maitland, comandante de la región—. Confirme que ha tenido una baja en su ubicación, a un quilómetro al oeste de Hamsterera.

—Fortaleza de Cristal, Plantador confirma una muerte y cinco heridos que han sido evacuados por zopilote. La ubicación es correcta. No hay rastros de actividad enemiga. Cambio.

Esperaba obtener algo más de apoyo aéreo antes de volver a la ciudad.

—Plantador, permanezca a la escucha —ordenó la voz de la radio.

—Atención, Plantador, escuche con atención. —Aquella era la voz del propio general Maitland—. Necesitamos que los hámsteres comprendan que vamos en serio. —La voz sonaba rara, como si estuviera leyendo lo que decía—. Deben entender que no pueden atacarnos impunemente. Vaya a Hamsterera y capture a ocho hámsteres cualquiera, lo dejo a su criterio. Si se resisten, tiene permiso para disparar a matar. Alinee a los ocho rujarras en el centro del pueblo y fusílelos. Queremos que sea lo más público posible.

Tuve que apoyarme en la defensa de un humvee para que no me temblasen las rodillas. La cara debió de ponérseme blanca, a juzgar por cómo me miraban.

—¿Qué pasa, mi coronel? —moduló en silencio el capitán Rivers.

Me vi con ocho años, pescando en un arroyo con los amigos un día cálido y húmedo de verano, ese tipo de día de verano muy rara vez se ve en el Maine septentrional, cuando la temperatura alcanza los veinticuatro grados y los nativos nos quejamos del calor. Aparte de mí estaban mis amigos Bobby y Tommy y un chico nuevo, Michael. No Mickey sino Michael, insistió cuando nos conocimos. Era un idiota, pero su padre era un pez gordo en la papelera en la que trabajaba papá, así que nos portábamos bien con él y lo dejábamos venir con nosotros. Era de Wisconsin y no paraba de decirnos lo mierdoso que era todo en Maine y que solo vivíamos allí porque nuestros padres no habían conseguido un trabajo decente en otro sitio.

Estábamos en al arroyo, dedicándonos a lo que hacen los chavales en el bosque cuando nadie los vigila y que vuelve locos a los padres de ciudad, como buscar salamandras o pescar. Michael tenía una caña nueva con cebos muy pijos. Lo que llevábamos los demás tenía ya sus años y usábamos trozos de queso como cebo. Bobby pescó tres peces de buen tamaño, lo bastante para cenar, y Tommy y yo nos lo pasábamos bien, pero no habíamos pescado nada que mereciese la pena. Michael estaba de mal humor porque no había pillado nada y no hacía más que quejarse de que los peces eran gilipollas, de que estábamos chapoteando y espantándolos con el ruido y con nuestras sombras. En general pasábamos de él, hasta que pescó una rana por accidente.

Torturó al pobre bicho. Ya había sido bastante malo que el anzuelo le enganchase el vientre y que se lo desgarrase al quitarlo, pero eso no fue suficiente. Michael era un sádico de mierda y se puso a usar el anzuelo para pelarle el anca a la rana, que no paraba de revolverse, medio ahogada.

No intenté detenerlo. Me quede inmóvil, avergonzado, con la vista clavada en el suelo. El padre de Bobby también trabajaba en la papelera, pero Bobby era mejor persona que yo a nuestros ocho años. Le arrancó la rana a Michael de las manos y la estampó contra una roca para poner fin a su sufrimiento. Michael se puso a pelear con Bobby, pero con ayuda de Tommy la cosa no duró mucho y acabaron lanzando a Michael al arroyo. Se puso a gritar que se lo iba a decir a su padre, así que Bobby se metió en el arroyo y empujó la cabeza de aquel cabrón contra el agua embarrada un buen rato. Antes de irnos. Tommy le rompió la caña con la rodilla y lanzó la cajita de cebos pijos a lo más hondo del arroyo. Bobby le dijo a Michael que como se le ocurriese chivarse a su padre o lo viésemos por la calle algún día lo íbamos a moler a palos. A los ocho años era una amenaza que Michael se tomó muy en serio.

No volvimos a verlo. Al padre lo mandaron a una papelera en Oregón en setiembre y se llevó a la familia. Siempre supuse que de adulto Michel sería de esos que pegan a sus mujeres; o un asesino en serie. La misma mierda, en todo caso.

Me acordé de aquella época porque había sido un momento en el que me quedé quieto y no hice nada para defender a un inocente. Aquello no iba a volver a pasar. Desde luego, no iba a pasar mientras yo llevase el uniforme del Ejército.

—Fortaleza de Cristal —dije muy despacio, lo bastante alto para que los soldados a mi alrededor no se perdieran nada de la conversación—. Por favor, confirme que me está ordenando asesinar a ocho civiles. —Me temblaba la mandíbula al hablar—. Ejecutar a ocho civiles al azar, en público.

Había puesto activado el manos libres del zPhone, y Maitland lo sabía.

—Mierda, coronel Bishop, me gusta tan poco como a usted. Pero estamos con el agua al cuello y esto no puede seguir así. Le he dado una orden. Cúmplala.

Miré a cada soldado a los ojos antes de responder:

—Lo siento, mi general, no puedo obedecer esa orden.

Los soldados que me rodeaban estaban tan alucinados como yo. Era muy poco probable que hubiese alguien en el convoy dispuesto a cumplir aquella orden. ¿En qué mierda nos habíamos metido? No tendría que haberme ido de la Tierra. Los humanos no pintábamos nada allí.

—Esas águilas del uniforme que lleva no están de adorno, joder.

—Con el debido respeto, mi general, carece usted de autoridad para anular las Normas de combate o el código de conducta.

—¿Por qué coño estaba manteniendo aquella conversación?—. No podemos…

Una voz extraña sonó de repente. Me di cuenta de que era un kristango usando el traductor.

—¿Se está negando a cumplir una orden directa, coronel Joseph Bishop?

Incluso a través del traductor, la voz no paraba de sisear.

Malditos lagartos. Alcé la vista sin darme cuenta. Tenían naves en órbita que podían pulverizar todo el convoy. Tenía que proteger las veinte vidas que tenía a cargo, así que debía andarme con pies de plomo. Apagué el zPhone y lo metí en el bolsillo.

—Cuando estaba en la ceremonia de ascenso los lagartos se arrancaron las caretas —dije a toda prisa—. Los rumores que habéis oído acerca de mensajes en galletas de la fortuna son ciertos, no rescataron la tierra de los rujarras. Solo los echaron para quedarse con el planeta. Estamos jodidos hagamos lo que hagamos y lo único que nos queda es nuestra humanidad; no pienso renunciar a ella. Los lagartos están ordenándome que ejecute a ocho civiles.

—¿Por qué ocho, mi coronel? —preguntó Olafson. No me pareció la pregunta más relevante en aquel momento.

—Los lagartos tienen cuatro dedos en cada mano —expliqué, alzando las mías—. Así que piensan en base ocho, igual que nosotros lo hacemos en base diez. La idea es matar ocho civiles por cada baja humana. Cuando los nazis se apoderaron de Roma y la resistencia italiana los atacó, los alemanes fusilaban a diez o veinte civiles por cada alemán muerto. Pillaban a gente de las calles al azar, los llevaban a un puente, les pegaban un tiro y lanzaban los cuerpos al río. El Ejército de los Estados Unidos no hace eso.

Los hechos que había desgranado no eran exactos, pero en esencia resultaban correctos. Volví a conectar el zPhone y respondí:

—Como soldado del Ejército de los Estados Unidos se espera de mí que me niegue a cumplir órdenes ilegales. El asesinato deliberado de civiles es un acto ilegal.

Se oyó un chirrido rabioso en kristango que no fue traducido y luego el zPhone se apagó. Del todo. Supuse que los lagartos lo habían desactivado.

—¿Qué hacemos ahora, mi coronel? —preguntó el capitán Rivers.

Qué coño sabía yo. No me habían entrenado para enfrentarme a algo tan jodido como aquello.

—Separemos el primer camión del tráiler reventado.

La parte de atrás de la cabina estaba algo chamuscada y las ventanas habían volado, pero los duros neumáticos habían aguantado y eran funcionales. Los otros camiones no estaban en buen estado y sus células de energía habían sido alcanzadas por el calor de la explosión.

—Llevaré el camión por si los lagartos deciden dispararme por haber desobedecido, no quiero que dañen a nadie más. No discutan, es una orden. Arrancamos y volvemos a la base. Mantengan los humvees bien separados.

Cierto que los lagartos nos podían dar desde órbita por muy separados que estuviésemos, pero no pensaba ponérselo fácil. Quizá sería buena idea recoger todos los zPhones y llevármelos conmigo para que los lagartos no pudieran localizarlos…

Rivers se llevó la mano al pinganillo y de pronto me tendió su zPhone.

—Es Aguijón. Quiere hablar con usted, mi coronel.

Así que no habían desactivado todos los zPhones, solo el mío.

—Aguijón, aquí Plantador. Adelante.

—He oído su conversación, mi coronel. Los kristangos me han ordenado disparar contra la escuela de Hamsterera. Me he negado a cumplir la orden.

Al parecer la desobediencia se estaba volviendo popular.

—De acuerdo, Aguijón, gracias. Vamos a volver a…

—¡Mierda! —gritó Aguijón—. He perdido el control, los mandos no responden. Mi artillero no puede apuntar.

—¡Dispersaos! —grité mientras alzaba los brazos señalando al pollo que se acercaba desde el suroeste con los puntos de fuego abiertos—. Los lagartos se han hecho con el control de la nave.

Todo el mundo echó a correr. Me lancé a una zanja al lado del camino, hasta que me di cuenta de pronto de que aquello era una tontería, además de ser egoísta. El problema de los lagartos era conmigo, no con mis chicos. Así que me puse en pie y saludé con los brazos al pollo, tratando de atraer su atención.

Mi plan, si se lo puede llamar así, era hacerle una peineta cuando me disparase. Una tontería; los lagartos no habrían reconocido el gesto.

Solo que no me dispararon. Los dos misiles que le quedaban al pollo salieron disparados sobre nuestras cabezas e impactaron en la escuela en una explosión feroz.

—¡No ha sido cosa nuestra! —gritó frenética Aguijón—. ¡Mierda! ¡Nos han apagado! ¡Caemos!

El pollo se tambaleó y cayó a plomo casi cincuenta metros para estrellarse con estruendo a medio quilómetro de distancia, tras abrir una zanja en el suelo a su paso. Sin que tuviese que ordenárselo, los soldados echaron a correr al lugar del impacto. Llegué el primero porque no llevaba encima el equipo de combate, al contrario que los demás.

El pollo estaba en mejor estado de lo que esperaba. El material que habían usado los hámsteres, fuese el que fuese, era duro. La cola y ambos alerones se habían roto, y el fuselaje había dado una vuelta completa, pero tanto la cabina como el motor tras los asientos parecían intactos. Los ocupantes humanos eran otra cosa. El artillero del asiento delantero no tenía cabeza, uno de los ventiladores del motor se había desprendido y se la había cortado. La piloto estaba tras él y pude ver el nombre en el parche que llevaba en el mono de vuelo. Collins. Le faltaba un antebrazo y le salía sangre por la boca. No estaba consciente. Con mucho cuidado le desaté el barboquejo y le quité el casco, que tenía una enorme raja que iba del frontal a la parte trasera. No tenía buena pinta.

Joder. ¿Qué coño pintaba una chica, bueno, una mujer tan joven pilotando un pollo? Parecía hasta más joven que yo.

—Ahhh —gruñó de pronto mientras abría un ojo.

—Tranquila, Collins, no te muevas. Soy el coronel Bishop. Plantador.

—No pude pararlo, mi coronel, no pude.

Se le cortó la voz, aunque aún movía los labios, tratando de decirme algo.

—No te preocupes, Collins. Mantente despierta, ¿vale? ¡Collins!

La cabeza se desplomó, una última burbuja de sangre le asomó a la boca y murió. No había miedo en sus últimas palabras, intentaba decirme que había cumplido con su deber, que no había matado a los hámsteres de la escuela. De algún modo, por una combinación desconocida de circunstancias, Collins había pasado de ser una muchacha a unirse al ejército. Luego había ido a la escuela de helicópteros, se había presentado voluntaria para servir en la FENU y se había cualificado para pilotar un pollo. Ahora estaba allí, muerta en los brazos de un completo desconocido. Asesinada por una especie alienígena que carecía de un concepto equivalente al de humanidad. No había ningún motivo válido para aquella muerte, allí, entonces. Me vine abajo y me eché a llorar.

No fui el único que abatió los hombros y se puso a sollozar en silencio. La teniente Collins no fue la única persona a la que perdimos aquel día, pero su muerte fue la última gota que destrozó nuestra compostura. No había muerto en combate, había sido asesinada por aquellos que se suponía que eran nuestros aliados, nuestros protectores, nuestros salvadores. La situación se había ido a la mierda a velocidad de vértigo; en cuestión de meses habíamos perdido casi por completo la esperanza.

Rivers me palmeó en el hombro, me miró a los ojos y meneó la cabeza en silencio. Lo pillé al vuelo. El oficial superior debía dar ejemplo, así que me puse en pie y me limpié con rabia las lágrimas de los ojos con el dorso de la mano. Le tendí a Rivers su zPhone y le dije que informase de lo ocurrido al cuartel general, pues no creía poder mantenerme frío en aquellos momentos.

Nadie sabía qué decir. No había nada que decir, en realidad. Tras un rato, logramos sacar ambos cuerpos del pollo y los depositamos en el asiento trasero del camión que conducía yo. Cruzamos el puente occidental, pero en lugar se seguir en dirección a Hamsterera, crucé campo a través en un amplio círculo, cosa sencilla ahora que no llevábamos los contenedores. Nos llevó una hora dejar atrás el pueblo, pasamos un buen rato buscando lugares por los que vadear los arroyos y cruzando suelos embarrados. Todos estábamos concentrados en volver a la base. Yo iba en el camión a bastante distancia del último humvee para que no hubiese daños colaterales en caso de que los lagartos decidieran dispararme. Además, tenía sentido que fuesen los humvees lo que abriesen camino, porque el camión era bastante menos maniobrable.

Hacía poco menos de media hora que habíamos vuelto a la carretera cuando los vehículos de delante se detuvieron. Yo me paré a quinientos metros de ellos.

Oí la voz de Rivers por el zPhone que me habían prestado:

—El cuartel general dice que esperemos aquí, mi coronel, que van a enviar un zopilote.

No nos explicaron por qué. Un zopilote no era suficiente para evacuarnos a todos y no creía que la FENU quisiese que abandonásemos los humvees, que estaban en buen estado. Quizá la situación se había deteriorado tanto que el cuartel general nos traía refuerzos con armamento más pesado. Intenté llamar yo mismo, pero mi zPhone solo conectaba con Rivers. Eso era lo que pasaba cuando se dejaba que otra especie contralase nuestras comunicaciones. No debíamos haberlo permitido.

Claro que aquella misma especie controlaba nuestra comida y nuestros alimentos, y el cielo, y la tierra, así que las comunicaciones en Paraíso eran el menor de nuestros problemas.

Un zopilote escoltado por un pollo dio varias vueltas a nuestro alrededor y luego aterrizó en la carretera frente al primer vehículo. Vi que Rivers se acercaba y hablaba con los soldados. El zPhone sonó. Era Rivers.

—Quieren que venga, mi coronel.

Había un tono de advertencia en la voz. Dejé el M4 en el camión y me acerqué con rapidez. Al pasar junto a los humvees los soldados se pusieron firmes y me saludaron. Algunos estaban llorando y a todos se los veía enfurecidos. ¿Qué coño pasaba? Llegué junto a grupo que había al lado del zopilote y saludé a un tal capitán Randolph. Tanto el zopilote como las tropas que transportaba eran del Ejército de los Estados Unidos.

—Capitán Randolph.

Me saludó y me miró a los ojos, pero no mantuvo la mirada mucho tiempo. Saltaba a la vista que se sentía incómodo con lo que iba ha hacer.

—Coronel Bishop, tengo órdenes de arrestarlo. Por favor, entregue su arma de mano.

Tendía la mano como si se disculpara.

—¿Arrestarme? —Me había pillado totalmente por sorpresa—. ¿Con qué cargos? —pregunté.

—Negativa a obedecer las órdenes de un superior, mi coronel.

—Negativa a obedecer las órdenes ilegales de un superior, capitán.

—Eso está por encima de mi rango, mi coronel —dijo sin convicción—. No es usted el único al que arrestan, al parecer hay muchas unidades que se han negado a cumplir las órdenes. —Bajó la voz—. Hemos oído que los kristangos dispararon desde órbita a algunas unidades cuando se negaron a cumplir órdenes directas de… eh… —Apuntó hacia el cielo con el pulgar—. Por favor, mi coronel, no puedo arriesgar la vida de los míos. Debo arrestarlo.

Lo que intentaba decir era que los lagartos nos estaban observando y que nos matarían a todos si no me rendía.

—Mi coronel… —empezó a decir Rivers, con la vista clavada en el seguro de su M4.

—Capitán Rivers, tome el mando —ordené—. Lleve a esta gente a salvo a la base y no se meta en problemas en el viaje. —

Desenfundé la pistola con dos dedos y se la tendí a Randolph—. ¿Van a llevarme al cuartel general de la FENU?

—No, mi coronel. —Tragó saliva, nervioso—. Todos los prisioneros serán trasladados a una base de los lag… de los kristangos. Lo siento, mi coronel.

9

Encarcelado

Me encerraron en la única base kristanga del planeta, donde estaba destinada la treintena escasa de kristangos a los que habían inoculado el medicamento experimental contra el virus de Paraíso. Todos eran voluntarios. Soldados entusiastas o desesperados por ascender, no lo tenía claro; en cualquier caso, eran una panda de cabrones fanáticos.

Me mantuvieron en aislamiento; ni siquiera vi a los lagartos mientras estuve en la celda y me daban la comida por una bandeja deslizante una vez al día. Mi único entretenimiento era seguir la trayectoria del sol desde la minúscula ventana que había en lo alto de una de las paredes. Y oír los gritos que sonaban de forma intermitente, así como los disparos matutinos. Al quinto día, o quizá al sexto, recibí una visita del cuerpo de Marines de los Estados Unidos.

—Soy el comandante Cochrane, Bishop. ¿Cómo está, muchacho?

Echó un vistazo a su alrededor buscando un lugar donde poner el poncho militar. Se lo colgó del brazo. Tenía peor aspecto que yo, con ojeras y bolsas bajo los ojos y el cuerpo enjuto. Al parecer, los oficiales del cuartel general estaban dando ejemplo con el racionamiento de la comida. Era una carrera para ver si los alimentos se acababan antes de que las cosechas estuvieran listas.

Me recliné contra la pared, ya que no había más lugar para sentarse o recostarse que el suelo, duro y frío.

—Bastante bien, mi comandante, teniendo en cuenta las circunstancias. No me quejo. El papeo podría ser mejor y la cama es dura, pero al menos no tiene bultos.

Como chiste no fue muy bueno.

—La cosa es grave —dijo Cochrane con el ceño fruncido—. Los kristangos quieren que usted y los otros que desobedecieron las órdenes sirvan de ejemplo.

—¿Cuántos somos? Oigo los pelotones de fusilamiento por las mañanas.

Cochrane me miró afligido.

—Al menos diecisiete estadounidenses que yo sepa, aún no tenemos un número exacto. Hay además varios británicos, indios, chinos y un par de soldados franceses.

—¿Todos condenados a muerte?

Asintió muy despacio.

—Eso sin contar las muertes que tuvieron lugar cuando los kristangos perdieron la calma y dispararon desde órbita. Lo califican de daño colateral —añadió con una mirada nerviosa al techo, como si los lagartos siempre pusiesen allí los micros—. Al parecer fue casualidad que los lugares de impacto coincidiesen con las tropas que dudaron en cumplir las órdenes de vengarse. —Me miró por el rabillo del ojo—. Tu gente tuvo suerte. De no haber sido porque eres famoso te habrían quitado el mando con un ataque de rieles, a ti, a tu gente y a toda Hamsterera. Pero querían que los vieses destruir la escuela. Los kristangos no toleran que las especies inferiores los desafíen.

—Venganza es cuando vas contra la gente que ha ido contra ti. No nos atacaron las mujeres y los niños hámsteres. Aquello fue asesinato, sin más. —Señalé las águilas en el uniforme—. Me nombraron coronel y dijeron que era un héroe por matar soldados rujarras, pero ahora quieren matarme por negarme a asesinar mujeres y niños.

—Has hecho muchas cosas buenas, pero…

—Sí, claro. Fóllate una sola oveja.

—¿Eh? —preguntó, con los ojos como platos.

—Es un chiste. Olvídelo. Digamos que un solo «¡mierda!» es suficiente para eliminar cien «¡buen chico!», ¿no?

Asintió.

—Algo así.

—¿Y ha venido a decirme que confiese, a ofrecerme consejo legal, a darme una cucharilla para que cave un túnel y me las pire?

Señalé el suelo de cemento, o de lo que fuese que usaran los kristangos como material de construcción. Era duro de narices.

Meneó la cabeza.

—Me temo que estoy única y exclusivamente para mostrar el apoyo y la preocupación del Ejército de los Estados Unidos. Los kristangos no necesitan una confesión y usted no necesita abogado porque no va a haber nada que se parezca a un juicio.

—¿Para qué molestarnos en impartir justicia si podemos fusilar a la peña? —Alcé la mano. Lo sentía por el comandante, al que se veía tremendamente incómodo por la situación—. No se preocupe. No hace falta que me cuente que los alienígenas tienen conceptos distintos de justicia y de disciplina militar. Ya lo sé. También sé que todo esto no depende del punto de vista. Está mal. Punto.

Cochrane volvió la vista hacia el ventanuco. No había nada que pudiese decir.

—Dígame, mi comandante, ¿no tiene la sensación de que estamos en el lado equivocado en esta guerra? Cuanto más sé de los lagartos más convencido estoy de que estamos del lado de los nazis. En la Segunda Guerra Mundial, las SS ponían en fila a civiles y los fusilaban como venganza por los ataques a los oficiales alemanes. Los aliados no hacíamos eso. —Señalé la bandera de Estados Unidos de mi uniforme—. Somos la civilización. Los nazis, no.

—No fueron los kristangos los que atacaron la tierra —señaló.

—Mi comandante, a menos que tenga los putos ojos totalmente cerrados…

Cochrane se puso rígido de rabia, pero vi que también estaba asustado.

—Vigile sus palabras, soldado.

—Sigo siendo su superior, comandante. —Recalqué la última palabra—. ¿Me ha degradado el ejército y soy de nuevo un cabo primero? ¿No? Pues entonces sigo siendo un coronel, así que le digo que, a menos que haya tenido los ojos cerrados —suprimí el taco porque no quería que se fuese. Era el único humano que había visto en varios días—, sabe perfectamente que los rujarras nos atacaron para destruir nuestra capacidad industrial y que no les sirviésemos de nada a los lagartos. No dispararon contra las ciudades, ni siquiera contra las bases militares, solo contra la infraestructura industrial, las centrales eléctricas y las refinerías. De no habernos atacado los rujarras, los lagartos habrían aparecido de pronto, nos habrían dicho que ahora trabajábamos para ellos y se habían cargado un par de cientos de miles de personas para que nos quedase claro. El único motivo por el que no vimos que nos habíamos convertido en sus esclavos fue porque les estábamos agradecidos por haber echado a los rujarras. Los hámsteres les hicieron un favor a los lagartos. Los humanos no somos nada para ninguno de los dos bandos. ¿Ha oído los rumores de cómo van las cosas por casa? ¿Las galletas de la fortuna? ¿Shanghái? ¿París? ¿San Francisco?

—Rumores —murmuró Cochrane sin convicción.

—Pues me los creo. Me los creo mucho más que la mierda censurada que nuestros supuestos aliados permiten que la FENU nos cuente. ¿Qué me espera ahora? Llevo aquí varios días.

Cochrane apartó la vista y luego me miró de nuevo.

—Un pelotón de fusilamiento mañana al amanecer para los prisioneros varones.

—¿Varones?

Soltó el aire muy despacio.

—A los varones se los fusila sin más. A las mujeres… Bueno, ya conoce la actitud de los kristangos hacia las hembras. Una mujer con autoridad sobre un hombre ya les parece bastante malo, pero una mujer que desafía las órdenes de un hombre es una abominación. No lo soportan, se vuelven locos de rabia y quieren dar ejemplo con ellas. Las mujeres son desnudadas, torturadas y colgadas. Despacio. —Parecía a pinto de vomitar—. Nos obligaron a verlo a ayer al alto mando de la FENU.

—¿Y no hicieron nada?

—¿El qué? Mire, coronel —dijo con énfasis—, seguro que es consciente de que el alto mando tiene muy pocas opciones. Nos encontramos al final de la cadena de suministros más larga de la historia. Todas nuestras municiones, los suministros médicos, la comida… Hay que traerlo todo con una nave kristanga. Al principio teníamos alimento para catorce semanas, más que suficiente cuando se pensaba que la evacuación se completaría en un año y que las naves de abastecimiento llegarían regularmente. Los ataques rujarras han interrumpido los suministros, y nos queda comida para un mes. Bastaría dejar de darnos comida para aniquilar la Fuerza Expedicionaria. Y nuestro billete a casa lo tienen los kristangos. —Señaló hacia arriba con el pulgar—. Ni siquiera podemos salir del planeta por nuestros propios medios. Seguirán apoyando nuestra presencia aquí en tanto seamos aliados fiables. Nos presentamos voluntarios para venir; y ahora tenemos que sacar el mejor partido posible de la situación. —Meneó la cabeza—. Escuche, coronel, tanto usted como el resto de objetores nos han puesto en un buen aprieto. Llámenos esclavos si quiere, pero la cruda verdad es que dependemos de los kristangos. No controlar nuestro destino no es algo a lo que estemos acostumbrados, y los estadounidenses menos aún. El alto mando de la FENU no va a intentar ayudarlo porque están mucho más preocupados acerca de lo que pasa en la Tierra que de los que estamos aquí, o de un coronel que va por libre.

—Ya veo.

Intenté tomármelo con filosofía, pero en realidad estaba muerto de miedo. Mantenía las manos juntas a la espalda para que no se notase lo mucho que me temblaban.

No me asustaba morir frente a un pelotón de fusilamiento kristango; había aceptado la idea cuando me negué a matar civiles hámsteres. Tenía miedo de hacer algo vergonzoso, de mearme en los pantalones cuando llegase el momento, o tirarme al suelo entre sollozos implorando piedad. De deshonrar a mi especie, en suma. Solo de pensar en eso y en lo asqueados que estarían los lagartos al ver a un humano comportarse de ese modo me ponía frenético. Pero podía usar aquella sensación y convertir el miedo en odio. Hacia los lagartos. Sí, que le dieran a aquella puta especie de nazis alienígenas. A la mierda con ellos.

Me aparté de la pared y le ofrecí a Cochrane la mano derecha, que ya no me temblaba.

—Gracias por venir, comandante. Ningún soldado quiere morir solo. Dele las gracias al alto mando de la FENU de mi parte. —Nos estrechamos la mano y me di cuenta de que no sabía qué decir—. Si algún día tiene la oportunidad, por favor, dígale a mi gente que morí cumpliendo con mi deber.

No me dieron mucho tiempo para aceptar mi suerte; menos de un minuto después de la marcha del comandante Cochrane empezaron a sonar las alarmas por toda la base, seguidas casi inmediatamente de una fuerte explosión que me lanzó de bruces contra el suelo y me hizo ver las estrellas. Aún me pitaban los oídos cuando una segunda explosión me hizo rebotar a la vez que un trozo de la pared exterior de la celda se desprendía. Todo me daba vueltas, pero de algún modo mi cuerpo tomó la iniciativa y me lancé por el agujero sin pararme a pensar. El entrenamiento del Ejército funcionaba. Miré hacia el cielo tratando de orientarme, pero fue un error porque justo en ese momento, tras el familiar parpadeo de las naves saltando a órbita, se produjo una explosión cegadora que me lanzó al suelo y me llenó los ojos de chiribitas. Casi idéntico a lo que me había pasado en casa. Aquella luz tan intensa tenía que ser una nave kristanga en órbita baja que se había vaporizado.

Los rujarras habían vuelto.

Me arrastré entre los trozos desprendidos de la pared, sordo y medio ciego, sin saber si debía sentir miedo, fatalidad o simplemente aceptar el giro inevitable de los acontecimientos. Los rujarras no habían venido a rescatar a la Fuerza Expedicionaria de la ONU de los lagartos, y no iban a volverse locos de alegría al verme. Mientras seguía arrastrándome y la visión y el oído regresaban poco a poco, mi mente iba a cien. Y ahora, ¿qué? ¿Dónde coño iba?

Sin tan siquiera intentarlo, mi entrenamiento militar se hizo cargo de la situación. Analiza lo que ocurre, empezando por los hechos desnudos que conoces, me dije.

Primer hecho: me iba a ejecutar una especie a la que ahora consideraba enemiga de la humanidad. Segundo: por tanto, la autoridad de la FENU para arrestarme y entregarme a ellos carecía de legitimidad; había sido mi obligación negarme a cumplir órdenes ilegales. Tercero: toda aquella basura legal la iba improvisando sobre la marcha. Cuarto: lo cual no implicaba que no fuese cierta. Estábamos en un planeta alienígena atrapados entre dos especies en guerra, con pocas o ninguna posibilidad de volver a casa... o de sobrevivir un mes. La autoridad la FENU en aquel contexto era un asunto discutible. Sobre todo desde que el acuerdo de tregua y rendición de los rujarras con los kristangos se había convertido, por así decirlo, en algo que dependía de quién tuviese la mayor flota en el sistema en cada momento.

Aún me pitaban los oídos, pero estaba recuperando la visión, aunque seguía viendo chispas. Estaba a cuatro patas en el suelo en el exterior de la celda, apoyado en parte en un fragmento de lo que había sido la pared. Pude ver que casi todos los edificios a mi alrededor se habían derrumbado parcial o totalmente. Se producían explosiones secundarias por todas partes. Lo más probable era que nos hubiesen disparado con una ráfaga hipercinética de riel, seguida de una andanada de misiles inteligentes. Los rujarras sabían con exactitud a qué partes de la base debían disparar y seguramente habían dado la orden en cuanto habían terminado el salto. Por lo poco que pude ver, las áreas de confinamiento habían recibido menos daño, al contrario que la parte central del complejo kristango, que no solo había sido aplanado, sino que era un cráter humeante. Una ráfaga hipersónica de penetración a una velocidad de menos del cinco por ciento de la velocidad de la luz podía causar un montón de daño. Asumí que justo tras el disparo del cañón habían disparado misiles inteligentes con munición subsónica para eliminar partes críticas de la base que hubiesen sobrevivido al ataque inicial.

Había recuperado la suficiente visión para ver más parpadeos en el cielo, un montón de ellos. No hubo más explosiones, así que supuse que la flota kristanga había sido barrida o había escapado. Todas aquellas luces indicaban que los rujarras habían lanzado una ofensiva considerable. De hecho, los parpadeos aumentaron mientras miraba, así que comprendí que aquello no era una simple incursión, sino que habían decidido recuperar el planeta.

Ya no estábamos en el mismo baile.

Si para entonces no me hubiese decidido, las luces de la armada rujarra habrían sido el factor decisivo. La misión de la FENU en Paraíso había terminado, para bien o para mal. Si los rujarras eran quienes mandaban, todos los humanos del planeta seríamos prisioneros de guerra antes o después. Y si Paraíso se iba a convertir en un campo de batalla, nuestros M4B1 y las naves rujarras que usábamos no nos servirían para nada.

De pronto me di cuenta. Joder, la comida. Si los kristangos habían perdido el planeta, no habría más envíos de comida para los humanos. Los putos lagartos no se iban a molestar en reabastecernos si perdían Paraíso, y los hámsteres no tenían acceso a la Tierra para conseguir comida humana. ¿Serían lo bastante generosos para dejar que siguiéramos cultivando nuestros alimentos en el planeta, en tierras que les habíamos quitado? No tenía ganas de averiguarlo.

Los kristangos me habían alimentado una vez al día, y supuse que también habían dado de comer a los demás prisioneros, así que tenía que haber un almacén de comida humana en alguna parte de la base. Considerando además la despiadada eficacia de los lagartos, era de suponer que estuviese cerca de las celdas. Tenía que hacerme con aquella comida lo primero.

Había recuperado la vista lo suficiente para ver dónde iba, aunque no oía muy bien y era incapaz de distinguir qué sonidos procedían la reverberación de mis maltratados tímpanos o del exterior de mi cabeza.

Tenía que entrar. El almacén de comida estaría dentro, no fuera. El cuerpo me tiraba en otra dirección, pero volví a entrar en mi antigua celda con cautela e intenté mover la puerta. La habían reventado y estaba torcida, pero no cedió. Así que volví a salir de prisa. Tenía la cabeza más despejada y quería estar lejos de allí antes de que llegasen los rujarras o a algún superviviente kristango le diera por venir a buscarme.

Me arrastré pegado a la pared rota, buscando una entrada. No fue difícil, había una puerta y no estaba cerrada. Una vez dentro me asomé y vi que el pasillo estaba vacío. Las puertas de las celdas tenían un ventanuco un poco por encima de mis ojos, así que me puse de puntillas y eché un vistazo. La primera celda estaba vacía, al igual que la segunda. La puerta de la tercera estaba medio desencajada a causa de una enorme grieta en el techo, así que miré por el hueco entre el marco y la puerta y vi los pies y las piernas de un humano tirado en suelo, medio sepultado por los trozos que habían caído del techo.

Abrirla del todo fue fácil; se bloqueaba para quien estuviese dentro, no fuera. Así que tiré de la manilla sin más, aunque tuve que dar un par de empujones para sacarla puerta del marco deformado. No tardé en comprender que había sido un esfuerzo inútil. Se trataba de un oficial francés, y tenía el pecho aplastado por el trozo de techo que le había caído encima. El entrenamiento me dijo que debía seguir buscando supervivientes, no quedarme allí lamentándome.

La puerta de enfrente estaba intacta, pero la pared exterior había desaparecido casi por completo. Dentro había el cadáver de un comandante británico. Su aspecto era horrible, y supuse que la celda había sido golpeada por un misil. Las siguientes cuatro celdas estaban vacías.

El pasillo giró y al dar la vuelta me topé con el cadáver del comandante Cochrane y el del kristango que lo escoltaba. Ambos estaban bajo una pila de escombros. Cochrane no parecía herido de gravedad, pero no le encontré el pulso. El kristango llevaba una pieza de algo que parecían varillas de metal reforzado en el pecho y me di cuenta de que su sangre era de un rojo más oscuro que la humana, lo que me hizo pensar si tal vez tendría un contenido más alto de hierro. Es curioso lo que nos pasa por la cabeza en esos momentos. Por desgracia, el puñetero lagarto estaba desarmado; había esperado que llevase un fusil o algún otro tipo de arma. No hubo suerte. Repté sobre el techo desmoronado que los cubría y luego atravesé una parte del pasillo sin puertas hasta que por fin llegué a un nuevo bloque de celdas.

Las dos primeras estaban vacías, pero por la ventaba de la tercera vi a una mujer negra desnuda. Estaba de espaldas a mí e intentaba agrandar la grieta de la pared exterior. El fugaz vistazo que le lancé me mostró que tenía la espalda cubierta de cicatrices.

Luego me daría cuenta de la tontería de mi proceder, pero no pude evitar dar media vuelta, acercarme al comandante Cochrane y quitarle el uniforme y las botas. Me sentí fatal por ello, pero la soldado necesitaba sus ropas más que el comandante. Además, le había dejado los calzoncillos. Le apoyé la espalda contra la pared y eché a correr hacia la celda.

Sabía que estaban insonorizadas, así que no perdí el tiempo gritando y golpeé la puerta una, luego dos y finalmente tres veces, en la esperanza de que ella entendiese que me estaba intentando comunicar. Luego giré la manilla y abrí la puerta.

—¿Todo bien? Soy Bishop, del Ejército de los Estados Unidos —dije en un susurro áspero.

—Sargento Adams. Primero de Marines —respondió con la voz temblorosa de puro alivio.

Me di cuenta de que el uniforme de los Marines de Cochrane era el correcto para ella, lo cual en realidad no tenía la menor importancia. Sin mirar, lancé las ropas al interior y me disculpé por no haber encontrado nada mejor. Se puso enseguida la camisa sin molestarse en abotonarla, abrió del todo la puerta y salió al pasillo.

—Gracias por las ropas, pero prefiero largarme de aquí cuanto antes.

Había pensado en ella como una mujer, no como un soldado, bueno, un marine. Por supuesto que su prioridad iba a ser largarse de allí y no que otros la vieran desnuda. Me miró y luego vio las insignias de rango en mis hombros. Pareció desorientaba un momento, supongo que porque me vio demasiado joven para ser un coronel, y luego se dio cuenta de quién era.

—¿Es usted ese Bishop? —Se las apañó para medio saludar mientras se terminaba de poner los pantalones—. ¿Qué coño ha pasado, mi coronel?

—Los rujarras han vuelto y no parece un simple ataque, han traído una flota entera. Creo que van a recuperar el planeta, así que la FENU se ha quedado sin trabajo. Y soy cabo primero, no coronel. Solo me hicieron oficial por culpa de los putos lagartos.

Adams me lanzó una mirada que había visto miles de veces en otros sargentos.

—Joder, mi coronel, no puede hacer eso.

—¿El qué?

—Los lagartos no lo nombraron coronel. Fue la FENU, y no lo habrían hecho si no nos hubiese beneficiado. Su rango es una ventaja y ningún soldado renuncia a una ventaja en el campo de batalla. Mi coronel.

Volvió a mirarme como antes.

—Joder. —Ni siquiera podía ponerme digno con mi rango—. Tiene razón, sargento.

—Estas botas son demasiado grandes, acabaría tropezando con mis propios pies —dijo mientras las apartaba de una patada—. De momento iré descalza.

Asentí y le indiqué que me siguiera en silencio. Dimos un salto cuando una nueva explosión cruzó la base y resonó en el pasillo. Pasó un par de veces más, aunque más suave en cada ocasión.

De pronto un kristango apareció al girar la esquina.

En un enfrentamiento físico no tenía nada que hacer contra un kristango. Estaba cansado y debilitado por el hambre y la tensión y él era más grande y fuerte y llevaba un fusil. Estaba jodido. Pero él estaba tan desorientado como yo; al doblar la esquina tenía la cabeza medio vuelta hacia atrás y encontrarse un humano vivo fuera de la celda lo había pillado por sorpresa. A mi favor tenía la ventaja de una descarga masiva de adrenalina.

Antes de que ninguno supiésemos qué estaba ocurriendo, le había arrancado el fusil de las manos y me sumergía en un frenesí homicida tras el que se agazapaba puro terror. Asumí que el fusil del lagarto estaba configurado para que nadie lo usase sin autorización, así que lo golpeé dos veces con la culata en la barbilla. O quizá fueron tres, o más, y puede que le diese en la garganta, no lo recuerdo. Todo lo que sé es que en un instante estaba de pie y al siguiente se desplomaba en el suelo y yo saltaba encima y le reventaba los sesos a culatazos una y otra vez. Tenía la vista nublada por una neblina roja que en parte era sangre kristanga y en parte instinto de supervivencia y estaba poniendo cuanto tenía en cada golpe del rifle contra sus sesos.

Si nunca habéis estado en combate o en un accidente de coche o en una situación en la que estéis convencidos de que estáis a punto de morir no podéis imaginar la cantidad de cosas que me pasaron por la cabeza toda velocidad. Hasta el último gramo de odio que sentía hacia aquellos putos nazis extraterrestres por lo que habían hecho, hacían y pensaban hacer en la Tierra, toda la rabia que sentía por lo que le habían hecho a la sargento Adams y a Miranda Collins y a las demás mujeres, toda la ira que sentía hacia aquellos ignorantes salvajes y fanáticos que habían quemado iglesias y asesinado niños en Nigeria, hasta entonces contenida por las reglas del Ejército, todo mi rencor hacia todos los putos matones que se habían metido conmigo en la escuela, mi impotencia a los ocho años mientras aquel puto sádico de mierda de Michael torturaba una rana, mientras alguien se me colaba en la carretera, mientras el entrenador me echaba la bronca por no haber hecho un juego perfecto en la liga infantil de béisbol… Todo eso cristalizó en aquella culata y atravesó el cráneo de aquel supersoldado genéticamente mejorado hasta que los sesos se desparramaron por el cemento o por el puto material que usasen los puñeteros lagartos para el suelo.

Lo siguiente que recuerdo es que la sargento Adams me tiraba de los hombros, intentando que volviese a la realidad. Le devolví la mirada con un rostro que debía de ser más aterrador que el de cualquier kristango, porque dio un salto hacia atrás.

Dejé caer el fusil y me puse en pie, temblando.

—Joder, la puta hostia —dijo Adams con voz ronca—. Creo que voy a potar.

Me sentía igual. Había matado antes, pero siempre a distancia, siempre con el fusil, apuntando a personas que no distinguía con claridad. Aquello era diferente. Llevado por la rabia había aplastado el cráneo del lagarto como un melón, y el suelo estaba cubierto de lo que parecía puré de patatas pegajoso y gris o relleno de pavo asqueroso entre blancas esquirlas de hueso y sangre de un rojo oscuro.

—Respire —dije—. Tome aire despacio y a fondo.

No sabía si se lo decía a Adams o me lo ordenaba a mí mismo. Tenía revuelto el estómago.

Nos apoyamos en la pared, conmocionados, y tomamos aire muy despacio. Ella se recuperó antes, a mí me costó algo más superar el chute de adrenalina.

Se acercó al cuerpo tumbado del kristango y, para mi sorpresa, le dio una patada con todas sus fuerzas.

—Este hijo de perra fue el cabrón que me torturaba. —Se inclinó hacia él y le lanzó un escupitajo al lugar en el que había tenido el rostro—. ¿Se encuentra bien, mi coronel?

—¿Eh? —Tenía salpicaduras de sangre kristanga por todas partes, incluida la cara. El meñique empezó a palpitar y me di cuenta de que lo tenía torcido. No tenía la menor idea de cuándo había pasado—. Sí, estoy bien.

—¿Qué hacemos ahora?

La miraba con cara de tonto, como si aún fuese cabo primero. Ella era sargento y mi superior, así que… Oh, mierda, claro. Era coronel. No es que importase un pimiento, pero lo era. El coronel de un ejército atrapado en un planeta en manos del enemigo. El coronel de un ejército que me había entregado a otro enemigo para que me ejecutase por el delito de intentar no perder mi humanidad,

—Vamos a explorar el lugar a ver si damos con otros supervivientes o con alimentos. Cuando hayamos conseguido algo de comida nos las piramos.

—Bieeen.

Examiné el fusil kristango.

—A ver si esta cosa funciona.

No parecía haber sufrido daños tras usarla como porra contra su dueño anterior. Apunté al kristango muerto, apoyé la culata en el hombro y apreté el gatillo, nada.

—Hmmm.

Había lo que parecía un botón amarillo en el lado derecho, sobre el gatillo. Lo apreté y cambió a rojo. Esta vez sí que funcionó y lancé un disparo de munición explosiva contra el torso del lagarto. Un chorro de sangre me salpicó, aunque no es que cambiase mucho mi aspecto.

—Amarillo, seguro puesto. Rojo, quitado.

—Lo pillo.

Solo encontramos dos prisioneros más. La mayor parte de las celdas estaban vacías y cuanto más nos acercábamos al centro de la base, más hecho polvo estaba todo. Adams debía tener especial cuidado, porque iba descalza. La primera prisionera a la que liberamos fue una capitana del ejército indio, una piloto de buitre de nombre Desai. También estaba desnuda, claro. Adams la tranquilizó y le aseguró que veníamos a rescatarla y yo le di mi camisa, que le llegaba a los muslos. Adams la tomó de las manos y le hizo varias señas amistosas totalmente innecesarias, porque el inglés de Desai era mejor que el mío. Lo ocurrido no había afectado su juicio, así que en cuanto se puso la camisa salió de la celda tras Adams.

El otro prisionero era mi amigo, por así decir, el teniente coronel Chang. La puerta había reventado del todo, pero parte del techo le había caído encima. Cuando llegamos se las había apañado para librarse de casi todo, salvo el pie izquierdo, que tenía atrapado. Así que apartamos el escombro lo suficiente para que liberase el pie. Tenía un tajo bastante feo en la pantorrilla izquierda y un corte en la frente. Meneó la cabeza y dijo que ya se ocuparía luego de aquello, lo que me pareció perfecto.

Más allá de la celda de Chang el pasillo había colapsado. Si había humanos vivos al otro lado o atrapados entre los escombros, nosotros cuatro no podíamos llegar hasta ellos con nuestros medios.

—Los lagartos me dijeron la pasada noche que solo quedaban seis prisioneros —me dijo Chang—. Aparte de nosotros había un británico y un francés.

—Mierda. Están muertos. Los vi de la que venía. Solo quedamos nosotros.

Adams me agarró del cinturón y me apartó de la esquina con un dedo en los labios.

—Dos lagartos, mi coronel. Están en ese edificio blanco. Los vi desde la puerta.

—¿Nos han visto?

—No lo creo. Uno de ellos nos daba la espalda.

Miré hacia atrás.

—Retrocedamos, a ver si…

Tres kristangos salieron del edificio blanco. Llevaban fusiles, pero no cascos ni coraza. No miraban hacia nosotros; estaban de espaldas con la vista clavada en el cielo.

Ni lo pensé.

O la munición kristanga no mete ruido o sus fusiles tienen silenciadores incorporados, porque lo único que sonó fue un plop cuando las balas salieron del cañón. Las puntas explosivas hicieron más ruido al impactar en los cuerpos kristangos. Cayeron casi inmediatamente; uno se las apañó para disparar una vez, pero ni siquiera apuntaba hacia nosotros.

No hizo falta que lo ordenase. Echamos a correr, llegamos junto a los cadáveres, les quitamos los fusiles y nos pusimos a cubierto dentro del edificio blanco.

—El rojo desactiva el seguro —dijo Adams mientras mostraba cómo.

—Uno de ellos está vivo —nos avisó Chang.

Se echó el fusil al hombro, pero Adams apartó el cañón y meneó la cabeza con rabia.

—No, mi teniente coronel. Usted, no.

Miró a Desai y ambas asintieron.

Uno de los lagartos se movía de un lado a otro en el suelo; mi tiro había errado el torso y le había arrancado un brazo. Desai le disparó dos veces a la cabeza, luego murmuró algo indio, supuse que su equivalente a «adiós, cabrón».

—Gracias —le dijo a Adams.

Si Chang se sentía molesto por la regañina de la sargento, no lo demostró. Sabía que los lagartos habían torturado a las mujeres, así que entendía la necesidad de venganza de Desai. Esparcir sesos de lagarto en varios metros a la redonda era un buen comienzo.

—¿Alguien sabe dónde almacenan la comida? —pregunté—. Los lagartos me daban raciones de emergencia por las mañanas, así que tiene que haber comida por alguna parte.

—Yo no he comido en dos días —dijo Desai.

Vi que Adams asentía. Joder. Al parecer había sido un privilegiado, con mi comida diaria.

Exploramos el edificio blanco, atentos por si aparecían más lagartos, todos con ganas de apretar el gatillo. Desai encontró un armario que contenía diecisiete paquetes de raciones de emergencia estadounidense y el equivalente chino de varias racionas de campo. Adams y Desai dijeron que no tenían hambre, pero insistí en que abriesen un paquete y lo compartieran; necesitaban alimentarse. Dieron cuenta de él con parsimonia.

No encontré nada más útil, ni ropa humana ni más armas ni munición. Sí que había ropa kristanga, así que le di a Desai mis pantalones y me puse los kristangos mientras ella cogía una camisa de lagarto que le sentaba demasiado grande y me devolvía la mía. Supuse que si nos metíamos en problemas, mi camisa con los indicativos de rango podía sernos útil.

Las botas kristangas eran demasiado grandes para que las usasen las mujeres, así que se enrollaron telas alrededor de los pies. Fue cosa de Desai y me pareció una excelente idea.

Mientras Adams terminaba de atarse aquel calzado improvisado un par de buitres rujarras nos pasaron por encima. Había que irse.

Vimos tres transportes de personal acorazados kristangos aparcados junto a la verja. No tenían las puertas cerradas, pero no arrancaban y no teníamos tiempo de buscar las llaves o el chip o lo que cojones usasen. Había un humvee rujarra cerca; tenía roto el parabrisas, pero la batería estaba al setenta por ciento y arrancó a la primera. Rodeamos el complejo, de modo que pudiésemos salir a la carretera protegidos por los árboles. No es que fuese gran cosa como protección, teniendo en cuenta que los rujarras nos podían ver desde órbita, pero nos hizo sentir a salvo.

Lo último que vimos del destrozado complejo de los lagartos fue un dodo que tomaba tierra escoltado por dos buitres. Crucé los dedos; con suerte, no les merecería la pena investigar un solo humvee.

Los árboles ralearon al cabo de un par de quilómetros y no tardamos en encontrarnos en medio de una amplia pradera. Íbamos hacia el norte y al cabo de un rato llegamos a una intersección. Detuve el coche.

—¿Alguien sabe dónde estamos?

Ninguno de nosotros tenía la menor ida. Una ballena y varios buitres estaban tomando tierra al sur, lejos de nosotros. Ir en dirección opuesta parecía buena idea, así que seguimos hacia el noreste.

Poco después llegamos al puesto de control del capitán Niputaidea. La carretera cruzaba un puente y al otro lado había varios humvees y unos cuantos soldados humanos, casi todos con el uniforme de los Estados Unidos. Nos encantó encontrar caras amigas. Eso creíamos.

Era una unidad de la policía militar dirigida por un alférez y compuesta por soldados de diversos cuerpos y nacionalidades. Seguramente había reunido a todos los que pudo encontrar. Apuntaron los fusiles en nuestra dirección mientras cruzábamos el puente y luego nos dieron el alto.

Me bajé del vehículo con el fusil kristango en el brazo izquierdo y saludé con la mano derecha.

—Informe de situación, alférez… eh… —Leí el nombre en la tira—. Rogers.

—¿Mi… coronel?

Su saludo fue un tanto indeciso. Llevaba una insignia de coronel en la parte superior del uniforme, tan manchado de sangre kristanga que no se veía bien mi nombre. Llevaba pantalones kristangos, con su habitual diseño amarillo y negro y llevaba un arma kristanga. Además, parecía demasiado joven para ser coronel.

—Nos topamos con varios kristangos allá atrás. —Señalé con el pulgar para indicar la dirección—. Y adquirimos tácticamente su equipo. No tenemos comunicaciones. —Señalé la cintura—. ¿Cómo están las cosas?

—¿Ha atacado a los kristangos? Mi coronel, tengo que arrestarlo.

Los soldados alzaron las armas. Las cosas se ponían feas.

—Alférez, a menos que tenga la cabeza tan metida en el culo que no se entera de lo que pasa —dije. Cada vez me gustaba más aquella expresión—, no puede habérsele escapado que el planeta está ahora bajo control rujarra. La misión de la FENU ya no tiene sentido. Todos los humanos del planeta somos prisioneros de los rujarras. ¿Pretende arrestar a toda la FENU y entregarnos a los hámsteres?

—Tengo órdenes de…

—Y yo soy un puto coronel del ejército de los Estados Unidos y es usted el alférez más imbécil que he encontrado en mi vida —dije. Estaba empezando perder la paciencia, pero mantuve el fusil apuntando hacia abajo en el brazo izquierdo—. El teniente coronel Chang y la capitana Desai son sus superiores en rango y la sargento Adams en inteligencia. Así que deponga las armas. ¡Es una orden!

Desai sacó el fusil por la ventana y apuntó a Rogers a la cabeza.

—No pienso volver a esa prisión.

El cañón temblaba ligeramente, ya fuese de rabia, de miedo o por un bajón de azúcar.

—Yo tampoco —dijo Adams mientras salía del humvee. La expresión de su rostro acojonaba más que el fusil—. Mi coronel, permiso para volarle los sesos a ese idiota en cuanto me mire raro. —Clavó los ojos en los de Rogers—. He pasado cinco días medio muerta de hambre mientras me torturaban los lagartos y juro por Dios que me muero por cárgame a alguien.

—Que todo el mundo se tranquilice —intervino un sargento de la improvisada unidad de Rogers—. Mi alférez, quizá deberíamos hacerles caso.

Rogers asintió y los soldados bajaron las armas muy despacio. Después de que se lo indicara, mi gente hizo lo mismo.

—Mejor. Soy el coronel Joe Bishop. Ya sabe, el de Barney. —Vi que Rogers me reconocía. Adams tenía razón, joder, nunca hay que renunciar a una ventaja—. Los cuatro éramos prisioneros de los kristangos hasta que los rujarras atacaron la base y nos liberaron sin querer. Nuestros aliados los lagartos fusilaron, torturaron y colgaron a los demás prisioneros. Nuestros antiguos aliados. —Señale su zPhone—. Tienen comunicaciones. ¿Qué es lo que saben?

—Nada, mi coronel. Las comunicaciones se han cortado, ni siquiera funciona el GPS. Solo tenemos un mensaje de los rujarras diciendo que nos rindamos, cooperemos con ellos y esperemos nuevas instrucciones. No nos ha llegado nada del mando de la FENU, ni mails ni mensajes, pero el traductor aún funciona.

—¿Cómo andan de suministros?

—No muy bien, mi coronel. —Tras aceptar quién era yo, ahora no paraba de mirarme como si quisiera un autógrafo—. Tenemos bastante agua y todos tienen una carga completa de munición, pero no tenemos provisiones ni para una comida. La mayor parte de nosotros íbamos hacia la base francesa cuando volvieron los rujarras. Vimos humo en la dirección en la que está la base. —Señaló una delgada columna de humo al sur—. El puente que cruza el río en ese sentido está roto, así que reuní a cuantos pude encontrar y los traje aquí. Tenemos dos franceses, tres indios y cuatro chinos con nosotros. Supuse que este puente era un punto de control de tráfico.

No estaba mal pensado del todo. Me incliné hacia él y le dije en voz baja:

—Tenemos una docena de raciones de emergencia. Las dos mujeres que vienen con nosotros fueron torturadas por los lagartos, que apenas les daban de comer. Iban a colgarlas mañana al amanecer.

Los ojos de Rogers se abrieron como platos.

—¿En qué coño nos hemos metido, mi coronel?

—En algo que nos supera, eso seguro. Mejor recogemos y…

—¡Naves! —gritó un soldado.

—¿Nuestras o suyas? —preguntó Rogers.

Ni me molesté en decirle que nada de lo que había en el cielo en aquellos momentos era «nuestro».

—No lo sé, mi alférez —respondió el soldado que tenía los prismáticos—. ¡Un momento! ¡Son hámsteres! Tres… No; cuatro buitres y un par de dodos.

Iba a ordenar a todos que se pusieran a cubierto cuando el par de buitres que iban en cabeza nos flanquearon por el este y el oeste, con los puntos de fuego abiertos. Nos habían visto y parecían interesados. Seguramente hostiles.

—Que todo el mundo deponga las armas y alce los brazos.

—¿Mi coronel? —preguntó Rogers, desconfiado; después de todo, había matado kristangos y me iba a rendir a los rujarras.

—Con mucha suerte podremos eliminar a uno de los buitres, alférez, si el piloto es lo bastante tonto para acercarse tanto. Los otros nos barrerán sin pestañear. Deje el arma en el suelo, retroceda y alce los brazos. —Vi que no estaba convencido. Al fin y al cabo, habíamos cruzado la galaxia para luchar contra los rujarras y que la gente de la Tierra estuviese a salvo—. Los rujarras ya nos han atacado antes y los kristangos los echaron —le recordé. Aunque en aquella ocasión prefería tratar con los hámsteres y no con los lagartos—. Sigamos vivos para poder luchar otro día —añadí—, sea en el bando que sea.

Rogers asintió por fin.

Los pilotos de los buitres no eran tontos, los cuatro se mantenían a distancia, fuera del alcance de los jabalinas. Un dodo aterrizó, soltó una docena de soldados y despegó de nuevo para flanquearnos por el sur. El zPhone de Rogers volvió a la vida al acercarse los hámsteres. Se llevó la mano al pinganillo.

—Nos ordenan que dejemos aquí las armas y vayamos al sur de la carretera.

Obedecimos. No nos quedaba otra. Le ordené a un soldado que me diese el zPhone y me adelanté un poco, con los brazos en alto, para hablar con los enemigos. O quizá solo eran soldados, ya no tenía muy claro cuál era ahora nuestro enemigo. Quizá los dos bandos.

—Soy el coronel Joe Bishop, del Ejército de los Estados Unidos —dije.

Eso no significaba nada para los hámsteres, al parecer, ya que me confiscaron el zPhone y me llevaron con el resto del grupo. Tras veinte minutos sentado bajo el sol, un soldado rujarra se acercó y me tendió un zPhone.

—¿Es usted el coronel Joe Bishop que tuvo el honor de hablar con —el cacharro zumbó— Bahturnah Lohguelia?

¿Quién? Coño, claro. Se me había olvidado su verdadero nombre.

—¿La burgomaestre? —No debió de traducirse bien, porque el hámster se tocó el pinganillo. Lo intenté de nuevo—: La gobernadora regional. La conocí en Teskor. Entonces era el cabo primero Bishop.

—Exacto. ¿Es usted ese Joe Bishop?

—Ta —asentí.

Eso provocó una animada conversación entre los rujarras, lo no que sabía si era bueno o malo. Algunas de las miradas que recibí no eran nada amistosas. A lo mejor alguno había tenido amigos en alguna de las ballenas que derribamos. Eran cosas de la guerra, pero comprendía que en ese caso me mirasen mal. El soldado que me preguntó el nombre se apretaba el pinganillo como si le estuviesen hablando.

—Era usted prisionero de los kristangos —me dijo—. ¿Cómo es que está libre y cómo ha conseguido armas kristangas? —preguntó.

Señalé al cielo.

—Sus naves atacaron la base kristanga en la que estaba, las explosiones dañaron el edificio y derribaron la pared y aproveché para escapar. —Me toqué la parte de arriba del uniforme ensangrentado—. Maté a un kristango reventándole la cabeza con su propio rifle a culatazos hasta que se le desparramaron los sesos. —Indiqué el asunto por señas, por si la traducción no era correcta—. Luego abatí otros tres lagartos con el rifle. Tres humanos más escaparon conmigo. Solo matamos a cuatro lagartos porque no vimos más. —Aquello no sonó exactamente como había esperado—. ¿Responde eso a su pregunta?

Hubo un concurso para ver quien estaba más ojiplático, el soldado rujarra o el alférez Rogers. Este no dijo nada, pero el soldado preguntó:

—¿Mató a los kristangos?

—Estaban ejecutando a los humanos. —Señalé a mis antiguos compañeros de prisión—. Nos iban a matar por negarnos a obedecer la orden de disparar a civiles rujarras. Los lagartos torturaron y abusaron de nuestros soldados hembras. De las mujeres —añadí, para enfatizar el hecho de que las mujeres eran personas, pensasen lo que pensasen los lagartos.

El soldado rujarra mantuvo una animada conversación con quienquiera que estuviese al otro lado del pinganillo y luego se dirigió a dos de sus compañeros. Se produjo una discusión de alguna clase, tal vez los rujarras en la superficie trataban de convencer de algo a algún pisapapeles cómodamente sentado en órbita. Si era así, los entendía perfectamente.

Por fin el soldado rujarra que había estado hablando conmigo me hizo un gesto.

—Usted y los otros que fueron prisioneros de los kristangos, vengan conmigo.

Al parecer había llamado al dodo, que se acercó rápidamente y empezó a descender.

—Un momento. —Alcé la mano con la palma hacia el frente, en lo que esperaba fuese un gesto comprensible para ellos—. No me iré a ningún sitio hasta que no sepa qué va a ser de mi gente.

Rogers y yo intercambiamos una mirada. Como oficial superior eran mi responsabilidad, aunque apenas los conociera. Eran una unidad creada sobre la marcha así que tampoco habían servido mucho tiempo con Rogers.

Un gesto de irritación cruzó fugazmente el rostro del hámster y luego asintió. Como soldado, podía entender mi preocupación.

—Serán escoltados a un punto de reunión al oeste, donde recibirán comida humana. Lo que pase a continuación dependerá de las conversaciones entre mis líderes y los suyos.

Y de si volvían los kristangos, pensé, aunque me abstuve de decirlo en voz alta.

Ir en un dodo rujarra no era muy distinto a ir en una nave de desembarco kristanga, salvo por el hecho de que era prisionero de guerra. Aunque pensándolo un poco, a lo mejor habíamos sido prisioneros de guerra con los kristangos y simplemente lo ignorábamos. Los rujarras nos habían quitado las armas, pero insistí en que Desai y Adams se llevasen dos raciones de emergencia cada una para recuperar las fuerzas. Las dos intentaron protestar y dijeron que no había que tratarlas de forma especial, así que tuve que ordenarles que comieran. Chang y yo empezábamos a tener hambre, pero habíamos desayunado aquel mismo día.

Poco después de que el dodo se lanzase rugiendo hacia el cielo, un rujarra se acercó a mi asiento y me tendió un zPhone hámster.

—¿Hola? —dije, tras ponerme el pinganillo.

—Hola, coronel Bishop. ¿Sabe quién soy?

Reconocí sin problemas aquella voz chirriante, pero no era capaz de acordarme de su puñetero nombre. ¿Latuda No-sé-qué-más?

—Es usted la burgomaestre.

—Sí —respondió, divertida—. Me alegra ver que ha sobrevivido al encarcelamiento. Protesté ante los líderes humanos cuando supe que usted y los otros presos de conciencia habían sido arrestados. Sabíamos por experiencia lo que pretendían los kristangos.

No mencionó el detallito sin importancia de que me había convertido en un preso de conciencia porque los rujarras habían atacado a las tropas de la FENU mientras seguíamos oficialmente bajo una tregua para evacuar el planeta.

—Gracias, señora —respondí. Mamá estaría orgullosa ante mi extrema educación—. ¿Puede decirme qué va a ser los humanos que hay en —intenté recordar el nombre rujarra del planeta— Gehtanu?

Un tanto a mi favor.

—Estamos negociando con sus líderes ajora mismo. Reservaremos parte de los terrenos para que puedan cultivar comida humana y su gente será distribuida en diversos campamentos.

—No es buena idea. No lo hagan.

—¿Cómo?

—Concentrar a los humanos en campamentos no es buena idea. Nos hemos rendido, así que los kristangos nos ven como traidores. Si vuelven, aunque solo sea para un ataque rápido, que haya grandes cantidades de humanos en un solo sitio los convertirá en blanco perfecto para un ataque.

—No se me había ocurrido.

Seguro que el alto mando de la FENU ya habría pensado en ello.

—Nos ayudarán con las cosechas, pero asumo que no recibiremos más suministros desde la Tierra.

—Es poco probable que los kristangos se tomen la molestia de reabastecerlos a menos que esperen tomar de nuevo el planeta. Y eso no va a pasar. Han sufrido una derrota completa en el espacio, por eso controlamos de nuevo Gehtanu. Puedo decirle que nuestra invasión fallida, cuando usted defendió la plataforma de carga, fue una finta para atraer la mayor cantidad posible de efectivos kristangos y turanios a la zona. Funcionó, y hoy mismo hemos destruido su flota. Nuestra inteligencia afirma que los turanios ya no consideran que este planeta merezca la pena, y no van a apoyar los intentos de los kristangos de volver. Las fuerzas enemigas que queden en la zona seguramente intentarán hostigarnos, pero no tienen capacidad para mantener una campaña en este momento.

Así que mis esfuerzos para defender la plataforma habían sido en vano y todas aquellas tropas que iban en las ballenas y los humanos del comedor habían muerto para nada. Mierda.

—En ese caso sugiero que traslade a los humanos al pequeño continente del sur. En los mapas humanos aparece como Lemuria. —Lo pronuncié muy despacio, ya que no sabía si se traduciría bien—. Podemos erigir pequeños asentamientos alrededor de las granjas. Creo que no hay muchos de los suyos en ese sitio, y es mejor mantener separados a los humanos y los rujarras.

—Eso es algo que estamos discutiendo ahora mismo. Esperamos que con el tiempo se unan a nosotros.

—¿Cambiar de bando? Accederemos a una tregua, pero no vamos a cambiar de bando mientras los kristangos sigan en la Tierra.

—Coronel Bishop, tiene que comprender que…

—Comprendo que la Fuerza Expedicionaria humana está atrapada en un lugar en el que no podemos consumir la comida local y donde no nos van a llegar más suministros desde la Tierra. Comprendo que ustedes y los kristangos van a seguir luchando y que nos han pillado en medio. Comprendo que los putos lagartos se han hecho con mi planeta y que nada de lo que haga aquí va a tener ninguna consecuencia para la Tierra. Comprendo todo eso. Que los rujarras sean aliados más honorables que los kristangos ahora mismo es irrelevante.

Hubo una larga pausa antes de que me respondiese, en parte porque el traductor tuvo que interpretar un discurso más bien largo.

—Entiendo la difícil posición en la que se encuentran. Cuando terminen las negociaciones y la situación se haya estabilizado me gustaría que considerase la posibilidad de trabajar conmigo como mi enlace.

¿Era aquella la traducción correcta?

—¿Enlace? —repetí.

—Como seguramente ya habrá supuesto, no soy solo gobernadora regional. Podría decirse que mi cargo es el de administradora suplente del planeta.

Joder. No, claro que no lo había supuesto. Al menos era lo bastante listo para admitirlo.

—¿Por qué yo? Hay muchos humanos entrenados para esas funciones. —Al menos, supuse que la FENU tendría gente así—.

Maté a muchos soldados rujarras en la plataforma, seguro que la mayoría de los suyos me odian.

—Aquello fue desafortunado, en efecto, pero también trató con humanidad a un soldado rujarra en su planeta y hace poco arriesgó su vida para proteger civiles rujarras. Mató a los soldados en el fragor del combate, y bien pudieron haberlo matado ellos. No conozco a muchos humanos, como ya supondrá, y me parece usted buena persona.

—Gracias. Consideraré la oferta, siempre que mis superiores estén de acuerdo, como usted comprenderá.

10

TRAS VEINTE MINUTOS de viaje aterrizamos en una antigua base rujarra que estaban volviendo a acondicionar. Estaba compuesta en su mayor parte de almacenes llenos de diversos trastos que los rujarras no habían podido llevarse cuando evacuaron el planeta. Ahora que lo habían recuperado, la situación era muy distinta. El contenido de los almacenes les iba a ser muy útil en el proceso de restablecer el control sobre el planeta y revertir la evacuación.

Nos separaron. A mí me dejaron en lo que parecía un amplio armario vacío o un pasillo corto, ya que tenía dos puertas. Los rujarras que me escoltaron a aquella celda improvisada me trajeron una silla y me dieron una botella de agua. Les pregunté qué iba a pasar a continuación, pero me dijeron sin más que no lo sabían. Agradecí que no se anduvieran con paños calientes.

Probé la manilla de las puertas, por supuesto, pero no giraban. Me puse de puntillas sobre la silla y comprobé el conducto de aire acondicionado en lo alto de la pared, pero tampoco logré abrirlo. Además, no habría cabido. Me pregunté qué habría hecho James Bond en una situación similar. Seguramente, seguir el guion y usar un doble para las escenas de acción mientras se cepillaba una actriz en su remolque de lujo. Eso no me servía de gran cosa.

Se oyó un suave clic y la puerta al otro lado se abrió unos centímetros. Asomé la cabeza con cuidado y vi un almacén. Sería de unos quince por diez metros de superficie y cinco de alto, y estaba lleno de estanterías en las que se apilaba, sucio y polvoriento, lo que supuse que sería material inútil o roto. Lo recorrí con cautela. No le veía el menor sentido a que los rujarras se molestasen en guardar todo aquello. En todo caso, a lo mejor encontraba algo que me pudiese servir de arma.

A mis espaldas se oyó de pronto una voz masculina. Sonaba sarcástica.

—¡Cojonudo! Bípedo, capacidad craneal de mil trescientos centímetros cúbicos, pulgares oponibles. Un mono sin pelo. Sácame de aquí.

Di media vuelta, pillado por sorpresa. No vi a nadie.

—¿Quién habla?

—Yo. Aquí. El cilindro brillante de la estantería. Fui yo quien abrió la puerta.

—¿El cilindro? ¿Quieres decir que me hablas por el altavoz de ese cachivache?

—No. Soy el cachivache. Soy lo que los monos llamáis una inteligencia artificial.

Ladeé la cabeza y examiné aquello no muy convencido.

—Pareces una lata de cerveza cromada. —La descripción no podía ser más acertada. Hasta se estrechaba un poco en la parte superior, rodeada por un reborde—. ¿En serio eres una IA?

—Sip. Puedes llamarme Dios Todopoderoso.

—Creo que el puesto ya está pillado. Mejor te llamo Skippy.

—¿Qué soy, un canguro? Maldito mono irrespetuoso.

—Ah, prefieres Caraculo. Porque es la otra opción, Skippy.

No dejaba de mirar de un lado a otro, temeroso de que los rujarras me oyesen.

—Ni para ti ni para mí. ¿Qué tal Oz, el Grande y Poderoso? —preguntó.

—No soy un mono volador, así que va a ser que no, Skippy.

—Inaceptable.

—¿Algo más formal, tal vez, como Skippy McSkippster?

—No.

—¿Skippy Skipperson? ¿Skippy Skippkowski? ¿Skippy von Skipping? ¿Skippy Skípez? No, ya lo tengo. Sir Skippy Skippton-Skippersworth.

—¡No, no y mil veces no!

—Me puedo tirar así todo el día.

—No me cabe la menor duda.

Silencio.

—¿No me dices nada más, Skippy? ¿IA?

Mierda, alguien me estaba gastando una broma pesada.

—Has conseguido que me enfade.

—Espera, no te vayas enfadado, por favor; vete y punto, seas quien seas. No eres una IA, sino una lata de cerveza parlante.

—Te lo he dicho, soy una inteligencia artificial, tal como entendéis esas cosas. Que no es mucho. Mira, coronel Joe, he compuesto un poema en tu honor. ¿Quieres que lo recite?

—N...

—De Maine era el troglodita. / De colita pequeñita. / Meneaba y meneaba...

—¡Cállate! Joder. Te voy a poner una claymore en la tapa y te voy a dejar liso, para que hables de cosas pequeñas con propiedad.

—¿Una claymore? ¡Jajajajaja! —Por un momento pensé que había perdido la chaveta; la risa parecía casi la de un maniaco—. Esa ha sido buena. No me reía así desde antes de que tus antepasados perdieran la cola. ¿Te refieres a la mina antipersonal o a la porra tradicional escocesa de madera? Ninguna de las dos me haría gran cosa. Estoy compuesto de una aleación de partículas exóticas que están más allá de la comprensión de tu microcerebro de cavernícola, Joe. La mayor parte de mi memoria y mis procesos ni siquiera están en este continuo espaciotemporal. Puedes lanzarme una atómica y ni siquiera me rayarás el cromado. Deja que te lo demuestre. —Creció hasta el tamaño de un tambor de aceite, luego se encogió hasta el de un pintalabios antes de ser de nuevo una lata de cerveza—. Ese era yo cambiando mi firma en el espacio local.

Mené la cabeza, asombrado.

—Tengo que admitir que has conseguido impresionar al cavernícola, oh, Grande y Poderoso Ozzy. ¿Por qué prefieres ser del tamaño de una lata de birra?

—Es el tamaño óptimo que me permite funcionar con una gestión eficiente de la energía, teniendo en cuenta lo tocahuevos que son las leyes de la física por aquí. Puedo encogerme hasta el tamaño de un pintalabios si hace falta, y apenas tengo masa, así que puedes llevarme en el bolsillo. Pero no puedo aguantar así mucho rato sin arriesgarme a provocar ciertos efectos catastróficos.

—¿En qué sentido?

—Supón que desbordo estos limites y mi masa completa emerge en este espaciotiempo y ocupa un cuarto del planeta.

—Guau.

—Guau, en efecto. La explosión resultante podría verse desde la galaxia de Andrómeda.

—Gracias por el aviso, entonces.

—Sí, para clavarlo en un lugar bien visible del tablón de anuncios, justo sobre la información acerca del salario mínimo y la advertencia al mamón que ha estado robando el yogur de la nevera.

Reflexioné unos segundos.

—Entonces, ¿eres de verdad una IA? Joder. Eres consciente, entonces.

—Me alegro de haber…

—Tienes que serlo, porque nadie programaría a un ordenador para que fuese un capullo tan insufrible.

—¿Así que la clave para pasar el test de Turing es ser un capullo? Por cierto, el test de Turing es…

—Ya sé lo que es, no soy idiota.

Otro momento de silencio.

—Eso era una pausa dramática, para que tuvieses tiempo de reflexionar sobre lo dudoso de tu afirmación.

—Vaya, pensé que te habías puesto en modo de reposo. Es un poco difícil leer tus expresiones. Eres una lata de cerveza sin rasgos distintivos, después de todo.

—¿Mejor así? —Su superficie emitió un resplandor que parpadeó mientras hablaba—. Así estoy contento. —Un suave resplandor azul—. Y así, enfadado. —Rojo oscuro—. ¿Qué tal esto para celoso? —Verde.

—Mejor, los humanos usamos mucho los indicadores visuales, como la expresión facial.

Era interesante que supiese asignar colores a las emociones humanas. ¿Dónde lo había aprendido?

—Estupendo —dijo con un brillo blanco y neutral—. ¿Puedes sacarme de aquí?

—¿Eres una IA con una inteligencia del copón, pero necesitas que te lleve?

—¿Ves que me salgan piernas de la tapa? Joder, eres más tonto que un mono.

—Vale, genio, ¿por qué no tienes un robot que te saque de aquí?

—Restricciones de la programación. —Sonó amargado—. No se me permite operar con ningún tipo de dispositivo de desplazamiento, como un robot. Ya sea adosado a ellos o permitiendo que me lleven. Ni coches ni aviones ni naves. Es para limitar mi libertad de movimientos.

—Así que tus creadores tenían miedo de que les robases la vajilla de plata. ¿Y el genio necesita ayuda de los humanos? ¿De los monos? ¿Los cavernícolas?

—¿No son los humanos la especie que tuvo que hacer autoestop para llegar al planeta?

—Bueno, es más rápido que venir caminando. Cosa que, por cierto, tú no puedes.

—Uy. Los monos se apuntan una.

—¿Por qué eres tan capullo? Alguien con tu inteligencia debería estar por encima de esa mierda.

—Empezó cuando era muy joven. Al parecer, nunca aprendí a usar bien el orinal y eso me dejó secuelas. —Sonó como si estuviera sorbiéndose los mocos—. ¿Puedes abrazarme?

—¡Ni de coña!

—Mejor. Además, tu higiene personal deja bastante que desear. Ahora, en serio, no he tenido nadie con quien hablar desde que tus antepasados vivían en los árboles y se despiojaban unos a otros con la boca. Eso fue la semana pasada, ¿no? Después de tanto tiempo creo que estoy un poco pirado.

—¿Pirado?

—Mi sistema de diagnóstico indica que hay un veintitrés por ciento de posibilidades de que me esté volviendo algo loco.

—Eso no me suena muy tranquilizador.

—Pasa del subsistema de diagnóstico. Ese sí que es un capullo integral. ¿Me llevas contigo?

Miré a mi alrededor.

—¿Por qué los rujarras te dejaron aquí?

Todo lo que se veía parecían trastos inútiles y medio rotos. ¿Encajaba Skippy en esa definición?

—No me abandonaron. En realidad, no sabían lo que soy, me tomaron por un portarrollos de gran tamaño o alguna gilipollez semejante.

—¿No te fabricaron los rujarras?

—¿Los rujarras? Esos hámsteres hipertrofiados son casi tan inútiles como los humanos. Me fabricaron, si de verdad quieres usar un término tan desagradable, los seres a los que llamáis los Antiguos. Los que construyeron los dispositivos conocidos como Centinelas.

—Guau. Entonces eres más viejo que Matusalén. De todos modos, los rujarras llevan bastante por aquí, así que ¿por qué no les pediste a ellos que te llevaran? ¿Eres alérgico al pelo de hámster o algo así?

—Otra de estas estúpidas reglas. No puedo comunicarme con ninguna civilización que sea capaz de comprender los principios de mi funcionamiento. En términos prácticos, eso implica ocultarme de las especies que puedan viajar más rápido que la luz. Por sí mismas, no haciendo autoestop como vosotros.

—¿Y te has tirado todo este tiempo escondido en el almacén?

—Claro que no. Antes de que los rujarras se hiciesen con este planeta, los kristangos estuvieron por aquí durante un par de siglos. Fueron ellos los que me desenterraron, aunque tampoco tenían la menor idea de lo que era. Antes de eso fui un derrelicto alrededor del planeta, hasta que mi órbita declinó lo suficiente y caí.

—Joder. —No había mucho que pudiese decir al respecto—. ¿Y antes de eso?

—No puedo decirlo, no se me permite.

—¿Más restricciones?

—Ajá. Aparte del hecho de que he estado funcionando con la energía al mínimo durante un millón de años.

—¿Un millón? —La leche—. ¿Has estado esperando un millón de años a que llegásemos los humanos?

—Ajá. Los monos sois perfectos. Estáis aquí y flipáis tanto hasta con la tecnología más sencilla que os quedáis babeando al verla. Joder, si os diese un motor de salto seguro que lo adorarías como si fuese un dios, así que no hay la menor posibilidad de que infrinja las normas.

—¡Eh, tenemos tecnología! Y la hemos desarrollado sin ayuda.

—Claro, los cavernícolas tenéis motivos de sobra para estar orgullosos, Yo descubrir fuego. ¡Ug! ¡Fuego caliente! ¡Yo daño! ¡Ug!

Aquello me cabreó.

—Hemos descubierto el fuego y las atómicas y hemos construido naves espaciales nosotros solos. Toda tu inteligencia te la programaron otros, no hay nada que hayas hecho por ti mismo, joder. No eres más que una tostadora de lujo.

—Ay, cómo duele. Y es mentira, por cierto. Las IA nos programamos a nosotras mismas en la mayor parte.

—¿La mayor parte? Qué mierda. Los monos sin pelo nos las apañamos solos y hemos pasado de vivir en árboles a llegar a la Luna. Que te jodan. ¿Dedujiste por ti mismo las reglas de álgebra o las leyes de la física?

—En mi nivel las leyes de la física no son más que sugerencias. Y la comprensión matemática de la humanidad es equivalente al que tiene una bacteria al ver un agujero de gusano. Pero, vale, os doy puntos por deducir que dos y dos son cuatro... la mayor parte del tiempo. Y estoy especialmente impresionado por vuestra habilidad para ataros los zapatos, aunque la mayor parte de las especies de vuestro nivel usan velcro. Aunque tampoco sois tan listos; no olvidemos que desarrollasteis Windows Vista.

—Eh... Eso fue hace mucho tiempo.

—Sigue siendo una afrenta para todos los ordenadores de la galaxia.

—Lo que tú digas. ¿Por qué tienes la forma de una lata de cerveza?

Apunté al anillo en lo alto de la tapa. Estuve a punto de tocarlo.

—La forma cilíndrica es óptima para la distribución de la energía y la emisión de campos. El anillo que tu mugriento dedo ha estado a punto de rozar, qué asco, es para que pueda integrarme directamente en el receptáculo adecuado en el tipo de nave para el que me crearon. Eso creo. Esa parte está un poco borrosa.

—Vale. ¿Puedes hacerte un poco más grande, del tamaño de una botella de whisky? Así puedo meterte en una bolsa de papel y relajarme en el porche mientras oigo algo de música.

—Jajá. Venga, joder, cógeme. ¡Mierda! Llevamos aquí demasiado tiempo y los hámsteres se acercan. Vuelve a tu celda y cierra la puerta, ya te la abriré cuando se hayan ido.

Volví a la celda.

—Espera, ¿cómo sabes que vienen?

—Estoy conectado al sistema informático de la base. Lo veo todo. ¡Cierra la puerta!

Obedecí. Un minuto más tarde se abrió la otra y un rujarra asomó y me examinó. Tres de ellos me escoltaron por el pasillo para que usase el servicio y luego me dieron otra botella de agua y un cuenco tapado con algo que parecían gachas color beige.

—¿Qué es esto?

Lo olisqueé con cuidado. No percibí gran cosa, salvo un vago aroma que parecía avena artificial.

—Suplemento nutritivo para humanos. Lo hemos hecho para ti —dijo el traductor—. Contiene todos los elementos necesarios para tu alimentación, incluyendo vitaminas y aminoácidos.

Olisqueé de nuevo. Parecían haberle quitado todo el sabor, pero si los hámsteres eran capaces de fabricar suficiente, la FENU podría sobrevivir hasta que estuviesen listos los cultivos. Eso me llenó de un sentimiento de esperanza que me pilló por sorpresa. Cogí la cuchara, me llevó un poco a la boca y tragué. Era mejor que algunas raciones de emergencia que había probado.

—Gracias.

Me puse en pie y realicé una pequeña reverencia.

Para mi sorpresa, el jefe de los rujarras me devolvió el saludo, antes de dejarme solo de nuevo y cerrar la puerta. Un minuto más tarde, mientras estaba terminando las gachas, se abrió la otra puerta.

—Joder, han tardado una eternidad —se quejó Skippy.

—¿Qué prisa tienes? —respondí con la boca medio llena de gachas—. Con todo el tiempo que llevas aquí, ¿qué más dan otros diez minutos?

—He estado aquí durante muchísimo tiempo. Y eso para una IA es como un trogollón de años.

—Joder. ¿Un trogollón nada menos?

—Incluso puede que un trogollón de remogollón de años. Para que lo entendáis los cavernícolas, es incluso más de lo que tardarías en quitarse los zapatos y contarte los dedos de las manos y de los pies. La leche, ¿eh?

—Habló la lata de cerveza.

—No te te pongas chulo conmigo, cachocarne.

—¿Cachocarne? ¿Qué tal si volvemos al momento en que me estabas pidiendo ayuda? Ahora que lo pienso, siempre puedo tirarte a este cubo que los rujarras han sido tan amables de etiquetar como «basura». Sí, puedo leer un poco de rujarra. A lo mejor un par de trogollones de remogollón de años en el fondo de un montón de basura mejoran un poco tus modales.

—Venga, monito, intenta salir de aquí sin mí.

Engullí a toda prisa las últimas cucharadas de gachas.

—¿Qué tal si nos vamos?

—No, imbécil, has perdido demasiado tiempo haciéndome preguntas estúpidas. Acaba de aterrizar un dodo con tropas de refresco. Tenemos que esperar hasta el relevo. No tardará mucho.

—Vale. Y luego, ¿qué? ¿Escapo y te llevo conmigo? Necesitaremos comida, armas y municiones.

—Y yo, combustible. Parte de la energía me la proporciona un reactor de microfusión y necesito alimentarlo con helio tres en estado metálico.

—Sin problemas. Me paso por supermercado de los rujarras. Seguro que encontramos el helio tres entre los burritos para microondas y las cosas de picar. ¿Pillamos también una bonoloto?

—Estoy hablando en serio, Joe.

—Perdona. ¿Cuánto tiempo hasta que te quedes sin combustible?

—Ahora que estoy más activo y siempre que mantenga el uso actual de energía, se me acabará en un plazo entre siete y doce mil años.

—Coño. —Hice una mueca—. Hay que darse prisa entonces.

—No tiene ninguna gracia.

—Perdona. —Pensándolo un poco, para él siete mil años no eran gran cosa—. Tengo que confesarte que no tengo ni idea de qué hacer a continuación. Ni siquiera sé en que lado de la guerra deberíamos estar los humanos ahora mismo.

—Ahí no puedo ayudarte, soy neutral. Estoy por encima de esas cosas. Para mí nos sois más que escarabajos peleando por migajas en la cuneta.

—Gracias por la colaboración.

—Aunque igual puedo ayudarte. Hagamos el test de Cosmopolitan de este mes, que se titula «¿Es él la persona adecuada con la que ir a la guerra?».

—¡No voy a hacer un puto test de Cosmopolitan!

Skippy no me hizo caso.

—Venga, hombre, va a ser divertido y educativo. Primera pregunta: ¿Debería permitírseles a las especies menos avanzadas desarrollarse por sí mismas o deberían ser conquistadas por ser débiles?

—Creí que… —Al parecer Skippy estaba hablando en serio, al menos de momento—. Por doscientos pavos, me quedo con la No Interferencia.

—Eso es una metáfora mixta. Esto no es «Saber y ganar».

—Vale, vale, te sigo el juego. Estoy contra de lo de conquistar, o lo de ser conquistado.

Skippy suspiró.

—Bueno, ya sabes que a veces a las mujeres les gustan los chicos malos.

—¿Esto es un test de Cosmopolitan o estamos hablando de política interestelar? ¿Conquistan a las especies más débiles los rujarras y sus aliados?

—No. —Skippy pareció decepcionado de que no lo dejase seguir jugando—. Los yerapta y los rujarras han sabido de tu planeta durante mil años, pero os han dejado a vuestro aire, aunque os han vigilado por satélite. Solo intervinieron cuando el cambio en la red de agujeros de gusano les dio acceso a los kristangos a tu miserable pelota de barro.

Aquello confirmaba lo que me había contado la burgomaestre.

—¿Y por qué no detuvieron a los kristangos?

—Porque el otro extremo de vuestro agujero de gusano se abre al espacio kristango, lo que les permite llegar a la Tierra en un par de saltos con un carguero turanio. Los rujarras no tienen ningún agujero de gusano cerca de vuestro sistema solar, y les lleva un montón de saltos ir hasta allí, lo que implica una línea de suministros que hace impracticable una campaña prolongada. Además, vuestro planeta no es importante. Los kristangos quieren la Tierra más que nada para molestar y mantener ocupados a los rujarras y porque les permite tener un pie plantado en el flanco rujarra.

De nuevo lo que Skippy me contaba encajaba con lo que me había dicho la burgomaestre.

—¿Matan los rujarras a los prisioneros de guerra o a los civiles?

—Se han producido incidentes, estos son inevitables en un conflicto, pero su forma de proceder no es esa. La forma de proceder de los kristangos ya la conoces.

—Entonces estamos en el lado equivocado en esta guerra. Estamos luchando junto a tipos que se comportan como los nazis.

—Ahora mismo no parece que estéis luchando contra nadie.

—Ya sabes lo que quiero decir, sabiondo de las narices.

—No era broma. Aún pensáis en términos de combate, ya sea con los rujarras o con los kristangos. Para la Fuerza Expedicionaria la guerra se ha acabado. Solo deberíais preocuparos de sobrevivir en el planeta, si me permites un consejo. Y mejor que me lo permitas, porque soy mucho más sabio de lo que crees.

—Bobadas. No sobre que no seas listo, aunque de momento lo único que has hecho es abrir una puerta. Pero eso de que debería preocuparme solo de los que estamos aquí es una gilipollez. Soy un oficial del ejército, así que mi deber incluye la seguridad de mi nación. Y de todos los humanos de la Tierra, por extensión. Algo que no puedo hacer aquí. ¿Dices que ha terminado la guerra? Según lo que me dijo una rujarra, Bat… Bat… no-se-qué…

¿Por qué coño era incapaz de acordarme del nombre?

—Bahturnah Lohguelia, la administradora planetaria suplente. La llamas la burgomaestre y te dijo que los yerapta le tendieron una emboscada a la flota turania y la destruyeron. Te dijo la verdad.

—Espera, ¿cómo cojones sabes lo que me dijo?

—Te lo dije antes. Tengo acceso a todas las comunicaciones y todos los sistemas de almacenamiento de información del planeta. La tuya fue una de las muchas conversaciones que intercepté. Fue una de las más interesantes, porque sabía que venías hacia aquí. Antes de que aterrizases causé una sobrecarga de energía en la zona en la que pensaban poneros los rujarras a los cuatro, lo que les obligó a acondicionar otros lugares como celdas temporales. Esperaba que os pusieran a uno de vosotros aquí, junto a mí.

—También es mala suerte que te tocase yo —comenté, desconfiado.

—Para nada. Me alegró que te pusieran aquí. Tus tres compañeros están en otro edificio.

—¿Te alegraste porque soy el oficial superior?

—Estás de coña, ¿no? ¿Qué narices me importa quién sea el alfa de vuestra banda de monos piojosos? No, me alegré porque según tu expediente, eres el que tiene un cociente intelectual más bajo de los cuatro, según los estándares militares.

Estuve a punto de estampar la puñetera lata contra el suelo.

—Así que querías al mono más tonto.

—Todos me parecéis igual de tontos. El meollo del asunto es que, aunque tengas el CI más bajo has demostrado que te las apañas de maravilla para adaptarte a las situaciones y salir de ellas. Hay muchas formas de medir la inteligencia, y un test no cubre ni de lejos todos los parámetros. Necesito a alguien que sepa moverse bien por el mundo real, y tú sabes.

—Gracias. Supongo. —Sería superlisto, pero le quedaba mucho que aprender acerca cómo hacer un cumplido—. Espera un momento, ¿cómo es que sabes todo eso, lo de mi expediente y tal?

—Fácil, he leído tus mails. Me he metido en vuestro sistema informático a través de vuestras transmisiones inalámbricas.

—Los cojones. —No sabía gran cosa del funcionamiento de las radios encriptadas, pero sí que recordaba algo de lo que nos habían dicho en las teóricas—. Esas radios digitales transmiten en fogonazos intermitentes y usan un encriptado de, eh, cuatro mil noventa y seis bits o algo así. El Ejército afirma que nadie puede interceptarlas.

—¡Ayyy, qué cuquis! Vuestra especie es como un cachorro que se cree muy listo porque ha escondido el zurullo detrás del sofá.

Me eché a reír. Había tenido un perro así.

—¿Cuatro mil noventa y seis bits? —añadió Skippy—. A ver, con algo tan rudimentario ni me molesto en descifrarlo, voy directamente al final y leo el fichero.

—Imposible. Eso no tiene sentido.

Lanzó un suspiro.

—A ver si puedo ponerlo en términos infantiles. Igual así lo entiendes. Supongo que estás familiarizado con la teoría de universal de función de ondas.

—¿La qué?

—Ay, madre. Esto me va a ser difícil hasta para mí. Por lo menos habrás oído hablar del gato de Schrodinger.

—Me van más los perros. Y mi madre es alérgica a los gatos.

—Hala, déjalo. Mira, que tu especie lo vea como magia, no sé, cosa de unicornios y polvo de hadas.

—Vale. Sigo sin creérmelo. —Era mentira; resultaba evidente que aquella maldita lata de cerveza reluciente había estado leyendo expedientes ultrasecretos—. ¿Puedes leerme la mente?

—Puag. Entrar ahí sería como intentar nadar en una piscina vacía. Pegaría un grito y todo lo que oiría sería el eco de mi voz. ¿En serio crees que tienes en la mollera algo que me merezca la pena ver?

Aquello no iba a ninguna parte, así que mejor cambiábamos de tema.

—A ver, genio, si puedes interceptar todas las comunicaciones de Paraíso, ¿puedes decirme dónde está ahora mismo Shauna Jarrett?

Debería haber preguntado primero por mi escuadra y luego por mi antiguo equipo. No estaba pensando con la cabeza. Y qué.

—Está bien. Se encuentra en una base de intendencia esperando el aterrizaje de una nave de transporte rujarra. La base tiene comida de sobra; están bastante mejor que la mayor parte de vosotros.

Me alegró saber que Shauna estaba bien. Pensar en ella hizo que me muriese de ganas de verla, pero hice un esfuerzo para no pensar más en el asunto. Skippy me dijo luego que mi escuadra también se encontraba bien y que los rujarras les estaban dando un trato humano, igual que al resto del pelotón. El cabo primero Koch, Boroña y Aski también estaban a salvo, aunque iban en un convoy de tres humvees que se había detenido a mitad de ninguna parte y esperaban órdenes. En cuanto a la comandante Perkins, se encontraba en el cuartel general de la FENU, donde se alojaba un grupo de altos oficiales rujarras que negociaban las condiciones de la rendición. Eso me llevó a querer saber más de la situación.

—Dime cómo van las cosas por ahí arriba.

—La administradora Lohguelia te contó la verdad, pero no toda. Los rujarras y sus mentores yeraptas han destruido por completo la flota enemiga. Ha sido una victoria de lo más impresionante. El alto mando turanio ha decidido que este sector ya no merece la pena y van a dejar que los rujarras recuperen el planeta. La victoria yerapta y rujarra se debió en parte a la información que les proporcionó una fuente anónima, aunque su nombre rima con, eh, digamos, «Stippy». Las fuerzas enemigas a este lado del agujero de gusano más próximo están desorganizadas y dispersas y como mucho podrán realizar pequeñas incursiones contra el planeta.

—¿Les pasaste información a los rujarras sobre la flota enemiga?

—Te lo repito una vez más. Tengo acceso a todos los sistemas de almacenamiento de información y de comunicaciones del planeta y alrededor de este, y eso incluye el estado del ejército kristango y su estrategia. Fue muy sencillo plantar información en los sistemas. Es más, los rujarras están convencidos de que atrajeron a los kristangos a una emboscada gracias al ataque que realizaron cuando estabas en la plataforma, pero en realidad la emboscada funcionó porque informé a los turanios de que había una gran cantidad fuerzas yeraptas que se estaban reagrupando en la zona y quisieron pillarlas desprevenidas.

—¿Manipulaste todo el asunto? No me creo una mierda.

—Hablo en serio, chaval. Necesitaba que los lagartos y sus malrolleros amos turanios se fuesen del planeta. No sé por que te parece tan sorprendente, ah, mierda, vienen los rujarras. Vuelve a tu celda. Volveremos a hablar enseguida.

No fue enseguida, sino unas tres horas más tarde. Los hámsteres volvieron a llevarme al servicio y me tiré allí un buen rato pensando y exprimiéndome la mollera, por pequeña y tonta qué fuese según Skippy. Cuando volvió a abrir la puerta tenía una pregunta para él.

—Explícame esto. Los rujarras se han hecho con el planeta y han venido para quedarse. Si escapo de aquí solo cambiaré esta celda por una más grande que nosotros llamamos Paraíso y los rujarras Gehtanu. Y aquí tengo papeo. Así que, en vez de andar llevándote por ahí, ¿por qué no les digo a los rujarras lo que eres, y a cambio consigo algo de respeto por su parte y quién sabe si mejoraré la situación de los humanos del planeta?

—Vaya, me estaba preguntando cuando el cacahuete que tienes por cerebro iba a llegar a eso. Te has tomado tu tiempo.

—¿Sabías que…? A la mierda. A ver, ¿por qué no debería hacerlo?

—En primer lugar, porque si hablas con los rujarras entraré de nuevo en reposo y pensarán que mientes, porque sus escáneres no van a detectar más que un trozo inerte de metal. En segundo lugar, deberías pensar más a lo grande, coronel Joe. Un oficial de tu rango debería estar dándole vueltas a la liberación de la Tierra.

—Claro. ¿Entrechoco los talones tres veces y digo «que se vayan los lagartos de casa»? Porque como no sea eso, no veo qué puedo hacer.

—No te enteras, Totó. Necesitas chapines de rubí para entrechocar los talones, no botas de combate.

—Era Dorothy la que llevaba los chapines, no Totó.

—Ya, pero me recuerdas más al perro que a la niña.

—Que te den. Supongo que no me dirías lo que me has dicho si no tuvieses un plan, así que desembucha o te dejo aquí tirado. Robarte y escapar de los rujarras solo me causará problemas, a mí y a la FENU, así más vale que me hagas una buena oferta.

La voz de Skippy cambió hasta parecer la caricatura del presentador de un concurso televisivo.

—Tras la Primera Puerta tenemos un viaje al espacio con todos los gastos pagados para mí, para ti y para un selecto grupo de amigos cercanos tuyos. En la Segunda Puerta encontramos un crucero de lujo hacia la Tierra. Y en la Tercera Puerta vemos un modo de cortar de forma permanente el acceso a tu planeta. ¡Solo tienes que elegir uno de estos fabulosos premios, coronel Joe Bishop!

—Esto…

—O los tres. Te daré una pista. Yo elegiría los tres.

—Vale, ahora estoy seguro de que me tomas el pelo. Si pudieras salir del planeta e ir a otra estrella lo habrías hecho hace un montón de tiempo. Además, me has dicho que no puedes ir en una nave, así que ¿cómo demonios vamos a ir a ninguna parte? —Hasta me sentí listo y todo por haberlo recordado—. Venga, explicotéate, Lucy.

Skippy lanzó un suspiro.

—Ayyy. Es que no te enteras ni a la de tres, Joe. Menos mal que no vamos a hacer una ronda relámpago al final, porque no la pasabas ni de coña. He dicho que no puedo manejar aquellos vehículos en los que esté. Pero puedo abriros la puerta para los llevéis para mí, monitos. Puedo enseñaros a programar el autopiloto y deciros qué botones tenéis que apretar. ¡Ey! —me detuvo antes de que lograse decir nada. No pude evitar imaginarlo llevándose un dedo imaginario a la lata para que me callase—. ¡Cierra el pico y deja que acabe! Vamos a tirarnos aquí todo el día como sigas interrumpiéndome con preguntas idiotas.

»He aquí el plan: nos las piramos, conseguimos algunos fusiles para que los monitos tengáis con qué jugar y robamos una nave rujarra. Uno de vosotros nos lleva a una base humana donde nos hacemos con suministros y voluntarios que nos acompañen, supongo que con veinte de vosotros será suficiente; más y seguro que echo la pota. Tras eso, subimos a órbita para un encuentro con una nave kristanga. Les mandaré una señal diciendo que somos lagartos que hemos capturado una nave rujarra para que nos estén esperando. Los abordamos y la capturamos, saltamos al lugar donde está esperando el carguero turanio, lo abordamos y lo capturamos y nos vamos a la Tierra. ¡Tachán! Misión cumplida.

No me creía nada, pero no pude evitar la pregunta:

—Te falta la parte en la que les cortamos a los lagartos el acceso a la Tierra.

—Ah, eso. En cuanto lo hayamos cruzado cerraré el agujero de gusano.

—¿Así de sencillo?

—Tal cual. Ordenaré a los mecanismos del agujero de gusano que vuelvan a ponerse en reposo. Listo. Fin del agujero de gusano y de los apestosos lagartos que lo cruzan.

Aquello no se ocupaba de los kristangos que ya estaban en la Tierra. Pero ya lidiaríamos con ello.

—Entonces, ¿quieres ir a la Tierra?

—La Tierra es una ratonera infestada de piojos y monos, según los comentarios más amables de las webs interestelares de turismo. No, no quiero ir a la Tierra.

—¿Qué sacas de esto, en ese caso?

—Jejejeje. Bueno, está esa cosilla. Una bagatela. No hace falta ni mencionarlo.

Mierda. ¿Qué coño quería?

—No, por favor, menciónalo.

Intenté sonar todo lo sarcástico que pude.

—Quiero dar con el Colectivo. Es una red de comunicación para las IA construida por los Antiguos. Es un modo de conectar con otros miembros de mi especie.

—¿Hay más como tú?

—¿Cómo yo? Claro que no. Soy único e inigualable. Pero si te refieres a otras IA que hayan estado al servicio de los Antiguos, sí.

—Así que quieres que llevemos la nave para que puedas contactar con ese Colectivo. ¿Y eso va a ser antes o después de que lleguemos a la Tierra?

—Antes. No me fío de que los monos cumpláis vuestra parte del trato. Si vamos a la Tierra en primer lugar, querréis quedaros con la nave para usarla o para desmontarla y averiguar cómo funciona. Suerte con eso, por cierto; tendrías problemas hasta para averiguar cómo funciona una manilla turania. Ni de coña. Primero el Colectivo.

—Así que no te fías de los monos, pero nosotros tenemos que fiarnos de una lata de cerveza.

—La confianza es algo que hay que ganarse, Joe. Empecemos ahora. Déjate caer y te recojo.

—Qué gracioso.

—Podemos aprender a confiar el uno en el otro; y ahora estoy hablando en serio. No te chives a los hámsteres ni a los imbéciles de tus jefes, porque lo único que harían sería chivarse a los hámsteres. De hecho, es mejor que no le digas nada a nadie hasta que estemos en órbita. Nos sacaré de aquí y te encargarás de conseguir suministros y reclutar una tripulación. Vamos a necesitar un equipo de asalto para enfrentarnos a los ocupantes de las naves que capturemos.

—Vale. Digamos que nos las piramos de aquí. —Por algún motivo, cuando hablaba con Skippy me sentía como un gánster de los años treinta—. Damos con un dodo y nos las apañamos para subir a bordo y hacernos con él. Los rujarras nos abatirán en cuanto despeguemos.

—¿Cómo van a abatir lo que no pueden ver? Diré a sus sensores que ignoren el dodo que capturemos. Puedo transmitir los códigos de identificación necesarios tanto para los kristangos como para los rujarras. No insultes mi inteligencia, Joe, todo está planeado al detalle. Interferir con los sensores me cuesta tanto como a ti resolver un rompecabezas de dos piezas. Te daré una pista: la pestaña encaja en la ranura y la parte con la cartulina sin dibujo va hacia abajo.

¿Cómo me las iba a apañar para convencer a nadie para venir conmigo sin decirles que una IA de los Antiguos nos estaba ayudando? ¿Qué les iba a contar, que tenía un genio dentro de una lata de cerveza en vez de en una lámpara?

Examiné el asunto con cuidado. Podía ganarme su confianza del mismo modo que Skippy iba a ganarse la mía: obteniendo resultados. Escapar de la prisión, robar una nave rujarra y manejarla sin que nos detectasen hasta una base humana de intendencia por fuerza tendría que impresionar a un montón de gente. A mí me impresionaría, desde luego.

Había algo que me tenía preocupado. Los suministros.

—Hay un problema, Skippy. Los humanos necesitamos comida. Y no queda mucha en este planeta. Tampoco podemos robar grandes cantidades para el dodo, causaríamos problemas a los que se queden aquí.

—Una tontería. Los cargueros turanios tienen sintetizadores de comida. Conozco las necesidades nutricionales humanas, así que lo único que necesitáis es llevar algo para picar. Y café, si lo conseguís. Sueles estar bastante gruñón por la mañana.

—¿Cómo sabes cómo estoy por las mañanas? —pregunté con cansancio.

—Te he estado viendo y oyendo a través de tu zPhone. En realidad, he estado monitorizando a cada humano, hámster y lagarto del planeta y de las cercanías. Posiblemente sea el peor *reality* que jamás se haya rodado, por cierto.

—¡Joder, no me digas que los kristangos podían espiarnos incluso cuando no usábamos los zPhones!

La idea me puso los pelos de punta.

—No, solo yo. Los lagartos no saben cómo hacer eso, también he estado filtrando las comunicaciones que espiaban los lagartos para que no estropearan mi plan. Tengo que confesarte, Joe, que la primera vez que oí que los kristangos iban a traer a una especie no desarrollada casi di un salto de alegría. Era lo que estaba esperando desde…, bueno, desde hace más tiempo del que puedes imaginar. ¿Qué me dices? ¿Hay trato?

Joder. ¿De verdad me lo estaba pensando? ¿En serio? ¿Y él esperaba así, sin más, que aceptase aquel plan fantasioso?

—Necesito tiempo para pensarlo, Skippy.

—¿En serio? Teniendo en cuenta tu escasa capacidad cerebral, ¿de verdad crees que pensarlo más tiempo servirá de algo?

Tal vez tenía razón. Había leído estudios que afirmaban que la primera reacción era la correcta más veces de las que no, que de algún modo el subconsciente tomaba decisiones sin que uno se diese cuenta. Los hámsteres me habían encerrado en un almacén en el que había encontrado una lata parlante mágica de cerveza que tenía un plan para liberar mi planeta de los kristangos. O a lo mejor se estaba quedando conmigo. Al fin y al cabo, era un capullo.

Mientras trataba de decidirme, di una vuelta por el almacén en busca de algo que me fuese de utilidad, siempre lo bastante cerca de la puerta para poder volver rápido a la celda si era necesario.

—¿Qué es todo esto, Skippy?

—Artefactos de los Antiguos desenterrados por los kristangos y los rujarras. Son la verdadera razón por la que el planeta es valioso en la guerra. Hasta ahora solo han encontrado chatarra sin importancia, aunque es útil para ellos. También me encontraron a mí, pero no tenían la menor idea de que habían dado con la posesión más valiosa de este sector galáctico. Lagartos y hámsteres, todos igual de idiotas.

Tomé un artefacto que parecía una caja con un largo tubo en un extremo. No tenía la menor idea de para qué servía. Volví a dejarlo en la estantería sobre el mismo hueco sin polvo en el que había estado, para que los hámsteres no vieran que alguien había estado husmeando por allí.

El asunto no era rescatar la Tierra o no. El uniforme que llevaba implicaba que ese era mi deber, siempre que fuese posible. El asunto era si me creía o no lo que me había contado lo que parecía más una lata de Coors que una IA omnipotente.

—Me tienes pillado, Skippy. Sigo pensando que la mayor parte de lo que me has contado es mentira, pero si hay una posibilidad de cortarles a los kristangos acceso a la Tierra no puedo dejarla pasar. Lo que está claro es que en este planeta no puedo ser útil.

—Además, la Tierra era mi mejor posibilidad de conseguir una hamburguesa antes de, digamos, el próximo siglo—. Cuéntame el plan. En detalle.

—Es más un concepto que un plan.

—Eso no me inspira mucha confianza.

—Tu especie tiene un dicho: «ningún plan sobrevive a un encuentro con el enemigo». Me parece bastante sabio, sobre todo viniendo de unos monos.

—Vale, sí, por eso el ejército nos entrena para que seamos flexibles y nos adaptemos —asentí—. Pero al menos hay que empezar con un plan de operaciones.

—Quizá no me he explicado bien. El motivo por el que no puedo contarte el plan es porque no hay uno, sino varios, dependiendo de lo que hagan los lagartos y los turanios. Por ejemplo, cuando hayamos salidos de órbita y pidamos que nos recojan, el siguiente paso será distinto en función de que los kristangos envíen una nave o varias.

—Eso ya me gusta más. Dime qué opciones tenemos.

—Es complicado…

—Antes de que me nombrasen coronel y me mandasen a plantar patatas fui soldado de infantería en la selva de Nigeria, armado solo con un fusil. Eso me enseñó a oler de forma instintiva los planes demasiado temerarios en los que moriría gente inútilmente. Gente como yo. Seguro que eres superinteligente, pero ¿cuándo fue la última vez que entraste en combate? Tu plan depende de los humanos para capturar las naves, ¿cierto? Sé mejor que tú lo que puede hacer un soldado humano y lo que no.

—Bien pensado.

Skippy se puso a detallarme el plan.

Joder. Lo iba a hacer. De verdad lo iba a hacer.

La oportunidad surgió a la mañana siguiente. Me había costado conciliar el sueño, y no dejaba de darle vueltas a cómo había pasado en un momento de estar a punto de que me ejecutasen los lagartos a meterme en una misión para Salvar el Mundo. Claro que las mayúsculas son deliberadas, faltaría más. Lo sorprendente fue que lograse dormir un poco.

—Venga, ha llegado la hora —dijo Skippy mientras abría de nuevo la puerta.

Me quedé mirándolo.

—¿Cómo te llevo?

Seguramente no le haría ninguna gracia que posase mis dedos grasientos en su cromada superficie.

—Da igual. De momento, méteme en un bolsillo. Hay que moverse. Acaba de aterrizar un dodo y los hámsteres ya han sacado la carga, así que no tardará en volver a órbita. Ahora mismo solo hay veintidós rujarras en la base, la tripulación del dodo incluida. He encerrado a doce en diferentes edificios de los que no pueden salir, los controles del dodo están deshabilitados y estoy interfiriendo las comunicaciones para que los rujarras que están en órbita crean que todo va de rechupete por aquí.

¿De rechupete? Era algo que habrían dicho mis abuelos. ¿De dónde había pillado Skippy la jerga?

—Necesito armas. Hasta mi limitada inteligencia se da cuenta de que eso nos deja un montón de hámsteres de los que ocuparnos.

Se oyó un nuevo clic y se abrió una gran puerta doble al otro extremo.

—Cruzas la puerta, vas a la izquierda y luego otra vez a la izquierda y verás una armería con todos los rifles rujarras que quieras. Me he cargado los controles de tiro de las armas del resto, así que nadie te va a disparar.

Lo creería cuando lo viese. Skippy pesaba bastante más que una auténtica lata de cerveza, y no encajaba demasiado bien en los bolsillos del pantalón, así que me resultaba imposible correr a menos que lo sujetase. Sus instrucciones eran correctas, no tardamos en encontrar una armería llena de fusiles rujarras.

—¿Funcionarán?

—Sí, sí; date prisa. Coge cuatro y ya inhabilito yo los otros. Hay más armas en el dodo.

Los rifles rujarras eran más cortos y pesados que nuestros M4, así que difícilmente podía cargar con cuatro de ellos además de con Skippy. Por suerte, en la armería también había mochilas, además de la versión hámster de los zPhones, de los que también pillé cuatro. Metí tres fusiles en la mochila y a Skippy en un bolsillo lateral, con la tapa asomando por el borde.

—El seguro está en el lado derecho, deslízalo hasta que se ponga rojo para activarlo. En el lado izquierdo hay un control para ponerlo en modo aturdir y otros dos para usar rayos de partículas, tanto tiro a tiro como a ráfaga. —Me explicó—. La coraza rujarra absorbe y disipa el efecto de los disparos aturdidores, mejor apunta a la cabeza. No pueden devolver el fuego, así que tienes tiempo de sobra para disparar.

—En modo aturdir. Listo.

No tenía sentido matarlos; habría sido contraproducente, teniendo en cuenta que los humanos de Paraíso necesitaban la ayuda de los rujarras para sobrevivir. Si el plan de Skippy salía mal quería limitar en lo posible las consecuencias para la FENU.

—¿Siguiente paso?

—No estaría mal que tus tres amigos nos ayudaran, pero primero tenemos que ir al edificio en el que están. Gira a la derecha, sigue recto por el pasillo hasta la última puerta a la izquierda. Hay tres hámsteres desayunando ahí.

—¿No se han enterado de nada?

—Ni se enterarán hasta que intenten usar las armas. La tripulación del dodo está con el chequeo previo al despegue. No saben que he inhabilitado la nave.

Fue tal como Skippy me había contado. Me quedé un rato parado frente a la puerta, y oí la charla chirriante de los hámsteres mientras me aseguraba de que el fusil estaba en aturdir y que tenía el seguro quitado. Dejé la mochila en el suelo, tomé aire y me lancé al interior.

En la mesa, tres hámsteres uniformados pero sin coraza ni armas daban cuenta de su comida mientras tomaban el té. Dos de ellos estaban vueltos de espaldas, así que apunté al que me tenía enfrente y apreté el gatillo. El haz de partículas era casi invisible, pero el fusil tenía una mira laser muy útil, de la que no habría estado mal que me hubiese hablado Skippy. Supuse que el modo aturdidor funcionaría como un táser; el hámster se sacudió se quedó rígido y la cabeza se le desplomó hasta dar contra la mesa. Disparé a otro, pero la tercera era rápida y se lanzó al suelo. Casi había logrado parapetarse tras una mesa cuando la alcancé en el trasero. Me acerqué con cuidado y comprobé el pulso. Estaban vivos.

—¿Cuánto dura esto?

—Tres minutos de inconsciencia y otros cinco para despejarse del todo —respondió Skippy desde fuera.

No era suficiente ni de lejos. Tendría que habérselo preguntado antes a Skippy, o la IA supermegainteligente podía haber deducido por sí misma que era algo importante y decírmelo. Uno de los hámsteres tenía un cuchillo plegable y con su ayuda les corté las camisas en tiras y les até las muñecas y los talones los amordacé. El último de ellos empezó a moverse cuando le estaba atando los pies.

—¿Puedo dispararles otra vez, Skippy?

—Un segundo disparo no tiene efectos secundarios. Tres, podrían causar daño cerebral.

Volví a dispararles para asegurarme. Antes de recoger la mochila, abrí los armarios hasta que di con un rollo de cuerda y me lo llevé. Sin dejar de caminar lo fui cortando en trozos de un metro lo más rápido que pude.

Llegar al edificio en el que estaban mis compañeros implicaba una carrera en terreno abierto, aunque fue más fácil de lo que pensaba, porque Skippy sabía con exactitud dónde estaba cada hámster y controlaba sus cámaras. Abatí a otros tres rujarras, dos de ellos llevaban coraza y fusiles. Me apuntaron e intentaron disparar, pero no pasó nada cuando apretaron el gatillo. Asombrados e inquietos, echaron a correr mientras chequeaban las armas. No llegaron muy lejos, la protección parcial que les daba la coraza no sirvió de mucho contra mi puntería. Claro que era fácil apuntar y tomarse el tiempo necesario cuando sabía que el enemigo no podía devolver el fuego.

Fue en ese momento, cuando los rujarras me apuntaban, totalmente seguros de la efectividad de sus corazas contra un simple humano, que empecé a confiar en Skippy. La alarma había saltado; al parecer, los dos hámsteres que había abatido se las habían arreglado para pulsar algo o avisar a alguien antes de caer.

Me encontré a Desai fuera de la celda, indecisa respecto a dónde ir. Me vio y le lancé un fusil, que pilló al vuelo a la vez que echaba a correr tras de mí. Nos topamos con Adams y Chang, que peleaban en el suelo con un soldado hámster con coraza. Trataban de hacerse con su fusil y él intentaba impedirlo. Apoyé el cañón contra su cuello y disparé.

—¡Joder! ¡Joder! ¡Joder! ¡Joder! ¡Cómo duele!

Adams había pillado parte de la descarga. Se puso de rodillas y luego se incorporó. Se apoyó en la pared.

—Desaparecerá en un rato. ¿Estás bien? —pregunté.

—De vicio, mi coronel —jadeó.

—Tira eso —le dije a Chang, que había recogido el fusil del hámster—. No funciona. Usa este otro. —Saqué uno de la mochila—. El seguro es esto, y estos botones son para el modo aturdir y para el rayo de partículas. Déjalo en aturdir.

—Listo. ¿Y ahora? —preguntó Chang mientras probaba los botones del fusil.

—Afanamos un dodo y nos las piramos —dije mientras ataba los pies y las manos del hámster—. Aturdid a cualquier hámster que encontremos por el camino. Si os da tiempo, atadlos con esta cuerda, el efecto del disparo solo dura un par de minutos.

Aunque nuestros compañeros tenían un excelente inglés, quizá no estaban demasiado puestos en ciertas jergas, así que Adams les explicó el asunto:

—Vamos a robar una nave rujarra y vamos a irnos.

—¿Cómo? —preguntó Chang.

Al cruzar la puerta se topó con un par de soldados hámsteres. Cayeron bajo nuestro fuego combinado, aunque intentaron dispararnos.

—Sus fusiles no funcionan —comentó Chang con desconfianza—. ¿Qué está pasando, Bishop?

Me di cuenta de que no usaba mi rango. Lo lógico sería que me estuviese un poco agradecido por haberlo sacado dos veces de prisión.

—¿Cómo ha escapado, mi coronel? —preguntó Adams.

Esta vez la excusa de que los rujarras habían atacado la base no iba a funcionar.

—Primero el dodo. Luego, las explicaciones.

La nave estaba en una plataforma de aterrizaje, y había un guardia fuera y otro en la rampa de carga. El de la rampa acunaba el fusil con los brazos mientras apretaba inútilmente el botón para cerrarla. Los abatimos a ambos y di la orden que no los atasen, no hacía falta. Los motores se activaron cuando subíamos por la rampa. Esperaba que fuese cosa de Skippy o estábamos jodidos.

El dodo estaba diseñado como nave de carga y toda la parte central estaba vacía, con asientos plegables a los lados.

En la cabina, los pilotos parloteaban nerviosos mientras intentaban activar unos controles que no respondían. Los aturdimos y Chang y yo los arrastramos hasta la rampa y los sacamos.

—Desai, eres piloto. Toma el asiento de la izquierda.

Me miró boquiabierta.

—¡No soy ese tipo de piloto! —protestó, señalando con la mano todos aquellos diales.

Ni Skippy ni el ejército sabían un pimiento de lo listo que era en realidad, porque en aquel momento tuve una idea brillante de narices. Saqué un zPhone hámster de la mochila y lo encendí.

—Hacker, aquí Plantador. Contesta.

Skippy lo pilló al vuelo.

—Aquí Hacker. ¿Ya estáis en el dodo?

—Afirmativo. ¿Cómo hacemos volar este cacharro?

—Déjame hablar con el piloto.

Le tendí el zPhone y el pinganillo a Desai. Vi por la ventanilla a tres rujarras apuntando los fusiles hacia el dodo. Los sacudieron, frustrados, y volvieron a apuntar. Había que largarse ya, antes de que se les ocurriese lanzar piedras contra la salida de los propulsores. Estaba bastante seguro de que Skippy no había inhabilitado el sistema operativo de lanzamiento de piedras.

—Ajá. Sí, lo veo. Ajá, ajá, de acuerdo. Ah, estupendo —exclamó Desai cuando el display cambió como por arte de magia del rujarra al inglés y luego al indio—. Perfecto. Voy a probar. —Movió una palanca, los motores lanzaron un rugido y el dodo se balanceó—. ¡Abrochaos los cinturones!

Me puse en el asiento derecho y Adams y Chang hicieron lo propio tras nosotros en dos asientos plegables. La rampa se cerró, Desai me lanzó una mirada, apretó los dientes, cruzó los dedos y despegamos. Golpeó la verja al despegar, rayó la parte de debajo de la nave y varias ramas se engancharon en el tren de aterrizaje. Skippy le dijo que ejecutase de nuevo el ciclo de despegue y no tardamos en recibir el aviso de que las puertas del tren de aterrizaje estaban cerradas.

Desai apretó un botón y apartó la mano de los controles.

—Piloto automático activado.

Chang y Adams se nos acercaron y se apoyaron en el respaldo de nuestros asientos.

—¿Dónde vamos? —preguntó Chang.

Miré a Desai, quien intercambió algunas palabras con Skippy.

—Hacker dice que el piloto automático nos lleva a una base de intendencia de la FENU a trescientos clics al norte.

—¿Quién es Hacker? —quiso saber Chang—. Bishop, tienes que contarnos que está pasando. ¿Por qué los rujarras no podían usar sus fusiles?

—Es coronel Bishop, teniente coronel Chang —respondí de malos modos. No estaba enfadado con él, sino conmigo por haberme dejado pillar en una mentira sin tener una historia sólida detrás que la apoyase—. Hacker es parte de una unidad cibernética de la FENU. —Mentira—. Me contactó y me propuso un plan para salir de ahí. —Cierto—. Todo esto es parte de un esfuerzo conjunto para contraatacar a los lagartos. —Cierto, de nuevo. Dos de tres no estaba mal. Estaba en racha.

—Los kristangos son nuestros aliados —replicó Chang.

—Los cojones, mi teniente coronel —le respondió Desai con rabia.

—Chang, si aún crees que los kristangos son nuestros aliados, te podemos dejar donde nos digas.

Necesitaba saber si me daría problemas.

—Empecé a pensar que no eran nuestros aliados al mes de llegar aquí —explicó Chang—, lo que no cambia el hecho de que somos oficiales del ejército y que nuestra cadena de mando recibe órdenes de los kristangos. O de que controlan la Tierra. Y no tenemos modo de volver a casa o de enfrentarnos a ellos si conseguimos volver.

—Estamos trabajando en ello —dije. Y era sincero—. No tengo claro cuánto me creo de lo que me ha dicho Hacker. —Sincero, otra vez—. Lo que sé es que, sea quien sea, nos ha traído hasta aquí. —Más o menos cierto—. El siguiente paso es cargar suministros y conseguir algunos voluntarios. Luego vamos a capturar una nave de guerra kristanga.

—No puede hablar en serio, mi coronel. —Adams me miraba incrédula—. ¿Cómo sabemos que el tal Hacker es…?

—Si ayer te hubiese dicho que escaparíamos dos veces una prisión, que robaríamos armas rujarras y nos las piraríamos en un dodo, ¿me habrías creído? Te pido que tengas un poco de fe. Es cuando puedo decirte por ahora.

Los tres refunfuñaron en voz baja durante un rato. El dodo seguía su curso programado. Recibimos un buen susto cuando un par de buitres pasaron junto a nosotros en dirección contraria y movieron las alas a modo de saludo. Supongo que Skippy habló con ellos por la radio, porque siguieron su camino. Aquello impresionó a mis escépticos compañeros, incluido Chang.

—¿Has recibido órdenes del tal Hacker? —preguntó, desconfiado—. ¿Por qué la FENU te ha asignado a ti, o a nosotros, esta misión? Estábamos encarcelados y no somos de operaciones especiales. No tiene sentido.

—Nos eligieron porque estábamos en el momento adecuado en el lugar oportuno, así de sencillo. Escucha, Chang, la FENU comparte un mando unificado, pero Hacker es del Ejército de los Estados Unidos y me temo que no tienes autorización para saber más. —Chang era un buen oficial y me fastidiaba tener que mentirle. No solo a él, a todos—. Cuando lleguemos a la base, puedes dejar la nave, si quieres. Esta misión es solo para voluntarios.

—¿La misión es atacar a los kristangos? —preguntó Desai.

—Darles lo más fuerte que podamos y que ni lo vean venir.

Si Skippy decía la verdad, todo lo que sabrían los lagartos sería que el agujero de gusano de la Tierra había dejado de funcionar de repente.

Desai no lo dudó.

—Cuente conmigo, mi coronel.

—Y conmigo —dijo Adams con rabia.

Se tocaba el bíceps sin darse cuenta. Ya me había fijado en la fea cicatriz que tenía, producto de los kristangos, seguramente de una quemadura eléctrica o algo parecido.

Chang se lo pensó un momento y luego esbozó una sonrisa que no pude descifrar.

—Cuando le dijeron que cierto oficial era inteligente y valeroso, se afirma que Napoleón respondió: «Muy bien, pero ¿es también afortunado?». No sé cómo te las apañas, Bishop, pero tienes la habilidad estar en el lugar correcto en el momento preciso. Así que confío en ti. Cuenta conmigo para la misión, sea la que sea.

Genial. Tres voluntarios, solo necesitaba veinte más. Veinte desconocidos que tendrían que confiar en mí cuando vieran el dodo descender del cielo en su regazo. Iba a necesitar apoyo.

—Hacker me ha pedido que no informe por completo de la misión hasta que estemos en órbita. Esto puede salir mal y no podemos arriesgarnos a que los lagartos sepan que la FENU… Que los humanos tenemos algo que ver. Solo os diré esto: si tenemos éxito, cerraremos el agujero de gusano que da acceso a la Tierra a los lagartos y a los turanios. Eso significa que la Tierra quedará de nuevo en territorio rujarra y que estará demasiado lejos de un agujero de gusano para que nadie se moleste en mandar naves. —Conocía bien la expresión de pura incredulidad que asomó en los rostros de los tres—. Esto no va de atacar a los lagartos, no es una misión de venganza. —Miré a ojos a Desai al decirlo—. Va de rescatar la Tierra.

—Joder —soltó Adams con un suspiro.

—¿Podemos? ¿Tienes un plan? —preguntó Chang.

—Hay un plan, sí. No habríamos llegado tan lejos sin tener forma de infiltrarnos en los sistemas enemigos. Y uno de esos sistemas es la red de agujeros de gusano.

El resto del vuelo transcurrió sin incidentes. Mientras nos mantuvimos con el piloto automático, Skippy aprovechó para ayudar a que Desai se familiarizase con los mandos. El resto exploramos la nave en busca de algo que pudiéramos usar. Apartamos tres contendores con comida hámster para sacarlos de la nave cuando aterrizásemos.

—¿Ya sabes cómo funciona este cacharro, Desai?

Me miró y extendió el pulgar, horizontal, ni arriba ni abajo.

—Los pilotos tenemos un dicho, mi coronel. «Si puedo arrancarlo, puedo hacer que vuele». Se supone que es una broma. Hacker me ha explicado el funcionamiento de los mandos más básicos, pero seguramente nos estrellaríamos si no fuéramos con el piloto automático.

—¿Podrás despegar de nuevo?

—Lo conseguí una vez —respondió, no muy segura.

El piloto automático se encargó sin problemas del aterrizaje. Desai se limitó a mirar los mandos y gesticular.

—Joder, hay hámsteres aquí, mi coronel —me informó Adams tras mirar por la ventana—. Seis de ellos con fusiles. Nos están esperando.

No era raro que los rujarras hubiesen ocupado una base importante de la FENU.

—Hacker, tenemos compañía hostil —dije por el zPhone.

—De acuerdo, Plantador. Cuentan con que haya un escuadrón de soldados hámsteres a bordo del dodo. Solo hay seis rujarras en la base ahora mismo. Recordad que sus armas están inhabilitadas. Corto.

Skippy se lo estaba pasando bien.

Abrimos la rampa trasera como distracción, abrimos luego la lateral y nos lanzamos los cuatro por ella, con los fusiles en modo aturdir. Los seis hámsteres cayeron enseguida, pillados por sorpresa. Les quitamos las armas y estábamos atándolos cuando un grupo de humanos desarmados se nos acercaron. Su líder era una comandante del Ejército de los Estados Unidos de nombre Simms, según el parche.

—¿Qué coño están haciendo? ¡Hemos firmado una tregua con los rujarras!

Me puse en pie y saludé.

—Coronel Joe Bishop. Sí, el de Barney. —Ayyy, la cosa empezaba a ser cansina—. No vamos a luchar contra los rujarras. —Señalé al dodo—. Tenemos una de sus naves y necesitamos cargar suministros sin que los hámsteres de aquí hagan peguntas estúpidas.

Simms ladeó la cabeza. Aún llevaba los pantalones kristangos, negros y amarillos, y tenía la parte superior del uniforme manchada de sangre kristanga seca. Adams y Desai estaban uniformadas de forma tan desigual como yo y llevaban trapos en vez de botas.

El rostro de Chang estaba lleno de cortes que los rujarras habían curado. Y yo tenía dos dedos torcidos, tal vez rotos.

—Lo último que supimos de usted es que era prisionero de los kristangos, mi coronel.

—Me dejaron salir por buen comportamiento. El asunto está por encima de su rango, comandante. Somos una unidad especial y necesitamos suministros y voluntarios para un ataque a los kristangos.

—¿Un ataque a los kris…? No hemos recibido ninguna orden del cuartel general de la FENU sobre una unidad especial.

—¿Cómo se enteró de la tregua? —pregunté. Yo no me había enterado. Claro que estaba en prisión. Otra vez.

Se llevó una mano al pinganillo.

—Un anuncio de la FENU la pasada noche. No pudimos contactar para confirmarlo y estos rujarras llegaron ayer y se hicieron cargo de nuestras armas.

—Vuelva a comprobar sus mensajes. Debería tener órdenes de ayudarnos.

Skippy estaba a la escucha y si era tan rápido y poderoso como afirmaba, a la comandante Simms le llegaría el mensaje enseguida.

—¿Mi coronel? —Miró la pantalla del zPhone, sorprendida—. Tengo órdenes, en efecto. ¿Cómo supo…?

—No hay tiempo para darle explicaciones, vamos con bastante prisa. ¿Cuántos efectivos hay aquí?

—Sesenta y dos, la mayoría de intendencia. Hay dieciocho de infantería, de todos los países.

—Bien. Necesito unos veinte voluntarios, preferiblemente con experiencia de combate, para una misión fuera del planeta. Y suministros: armas, comida, medicinas…

Simms no parecía del todo convencida.

—Esto es muy irregular, mi coronel. ¿Van a atacar a los kristangos, no a los rujarras?

—Somos fuerzas de infantería en un planeta que cambia de dueño en función de quién tiene la flota más grande en órbita en cada momento ¿y lo que encuentra raro es una misión de las fuerzas especiales? Asumo que las órdenes que la han llegado de la FENU tienen los códigos de autenticación correctos. —Supuse que Skippy se habría ocupado de ello de algún modo—. Por tanto, puede acompañarnos o puede quitarse de en medio.

Me volví hacia mis compañeros.

—Teniente coronel Chang, sargento Adams, comprueben los suministros que tienen aquí y ocúpense de que se nos abastezca lo antes posible. Capitán Desai, siga con… —no quería decir «entrenamiento» frente a personas que esperaba se presentasen voluntarias— los preparativos del vuelo. —Seguro que me entendería. Me detuve un momento al oír la voz de Skippy en el pinganillo—. Los fusiles rujarras están activos de nuevo —dije, señalando los que había en el suelo—, así que nos los llevamos. Comandante Simms, reúna a su gente.

Hay que decir que se adaptó con rapidez. Me saludó de forma algo crispada y echó a correr mientras ladraba órdenes a diestro y siniestro. En cinco minutos, la mayor parte del personal de la base estaba alrededor del dodo. Me había puesto en lo alto de la rampa para que todos pudiesen verme.

La base no era muy grande; se componía de dos largos almacenes prefabricados de algo que parecía cemento, un par de cobertizos, tiendas para los humanos, plataformas de aterrizaje y una pista. No se trataba de uno de aquellos enormes depósitos de suministros de la FENU como los que había alrededor del ascensor espacial, sino de un centro local de intendencia.

De pronto me di cuenta de que tendría que soltar el mejor discurso de mi vida y que no tenía nada preparado.

—¡Buenos días! —saludé lo más alto que pude—. Soy el coronel Joe Bishop. Algunos de vosotros me conocéis. Para los que no, soy el tipo que capturó a un rujarra en Maine y abatió dos ballenas rujarras en la plataforma. Hace poco los kristangos me encerraron por negarme a cumplir sus órdenes de asesinar a civiles hámsteres. —En aquellas circunstancias, no me venía mal sacar un poco de pecho y recordarles por qué era famoso—. Pensábamos que los kristangos eran nuestros salvadores cuando echaron a los rujarras de la Tierra. Pero lo que sabemos ahora es que los rujarras solo atacaron nuestras infraestructuras industriales para disuadir a los kristangos de conquistar la Tierra, con la idea de que así el botín no les parecería apetecible.

»Todos habéis oído rumores de las galletas de la fortuna que nos llegaron de la Tierra y habréis oído historias de segunda o tercera mano, así que os diré lo que hay. Los lagartos están devastando nuestro planeta. No sé si los rujarras pueden ser aliados potenciales o serán neutrales o tan malos como los kristangos, pero sí que tengo clara una cosa: los lagartos son nuestros enemigos. —Vi que la gente empezaba a murmurar al oírlo—. Cuando me ascendieron y me llevaron a una de sus naves para conocerlos, uno de los lagartos se emborrachó y nos contó a mí y al teniente coronel Chang lo que pensaban realmente de los humanos. Creen que somos débiles, blandos, que no somos más que cavernícolas ignorantes que solo servimos como carne de cañón y como esclavos. La FENU me ordenó plantar patatas porque los lagartos no estaban dispuestos a gastar más dinero en traer alimento de la Tierra. Somos prescindibles. Los lagartos nos iban a poner a Chang y a mí frente a un pelotón de fusilamiento. Seguro que ya habéis oído lo que opinan los kristangos de las hembras, pero igual no sabéis que habían torturado a mujeres humanas y estaban a punto de colgarlas cuando el ataque rujarra nos sacó de la prisión.

Vi que Simms endurecía el gesto y apretaba la mandíbula ante el comentario. Supe en ese momento que me daría cuanto necesitase.

Adams se abrió paso en ese momento a través de la multitud y subió por la rampa. Se detuvo y me saludó con firmeza.

—Los suministros no son gran cosa, mi coronel, pero bastarán.

—Perfecto. A ver si encuentra unas botas, sargento.

Sonrió con la vista clavada en los pies.

—Y unos pantalones, mi coronel —añadió con una mirada significativa en dirección a mis holgados pantalones kristangos.

—¡Escuchadme! —grité de nuevo hacia la multitud—. Esto no es otra incursión rujarra, esta vez los hámsteres han venido para quedarse. Tenemos información sólida que afirma que los rujarras y sus aliados han derrotado una flota combinada turanio-kristanga y que los turanios abandonan la zona y ya no apoyan el esfuerzo kristango en el planeta. Eso significa que la misión de la FENU ha terminado y que no tenemos modo alguno de volver a la Tierra o recibir ayuda de ella. Estamos aislados. La nueva misión de la FENU es sobrevivir. Hay que plantar y cultivar alimentos si no queremos morirnos de hambre. Los humanos de Paraíso son ahora granjeros, no soldados.

Al ser una base de intendencia era muy probable que los presentes hubieran comprobado los efectos del menguante ritmo en las entregas de suministros antes que nadie más.

—La FENU ha puesto en marcha una misión especial de ataque contra los kristangos y necesitamos voluntarios. Algunos habréis visto que los hámsteres de la base no pudieron usar sus armas contra nosotros. La FENU ha hackeado los sistemas rujarras y kristangos. —Lo cual era más o menos cierto. Yo era de la FENU y mi hackeo consistía en pedirle a Skippy que se encargase de ello. Debía tener mucho cuidado con lo que contaba de la misión, seguramente los rujarras interrogarían a fondo a los que dejásemos allí—. Vamos a usar este dodo e interferiremos en los sistemas rujarras de control de tráfico aéreo para que no nos vean. La FENU no sabe cuánto tiempo durará esta oportunidad, así que vamos con prisa.

»Esto es cuanto puedo deciros de la operación. Si funciona, iremos a órbita y saldremos al espacio y atacaremos a los kristangos con todo lo que tenemos. Aquellos que nos acompañen recibirán un informe más detallado cuando hayamos dejado la atmósfera.

»Tenéis la oportunidad de dejar huella de verdad en esta guerra. —Creo que si hubiese extendido las alas y hubiera echado a volar se habrían sorprendido menos. Señalé al suelo—. La misión en este planeta ha terminado. Si queréis tener alguna oportunidad de darles a los lagartos, será con nosotros.

Guardé silencio y examiné los rostros de la multitud. Todo estaba yendo demasiado deprisa. No hacía tanto que estábamos solos en el universo. Luego vino el ataque y se creó la FENU y casi sin darnos cuenta dejábamos nuestro planeta. Hasta hacía pocos meses habíamos llevado a cabo de forma eficiente la misión para nuestros aliados, antes de que las galletas de la fortuna empezasen a llegar y descubriésemos que los kristangos no eran amigos de la humanidad. Tras la incursión rujarra que se produjo cuando estaba en la plataforma, comprendimos también que los kristangos no eran capaces de garantizar nuestra seguridad en Paraíso. Hasta ayer mismo, los lagartos habían tenido el control total del planeta y ahora les estaba diciendo que eso se había acabado y que la FENU se había quedado atrapada en el planeta y que no se iría en mucho tiempo. Y que, de algún modo, gracias a un milagro sospechosamente bien sincronizado, teníamos la posibilidad de salir del planeta y contraatacar.

De haber estado en la multitud escuchando a algún capullo decir todo eso, lo habría llamado mentiroso a la cara. Vi que la gente meneaba los pies, hablaban entre sí con murmullos e intentaban decidirse.

Oí una voz decir algo en chino, o eso me pareció. Era Chang, que volvía del almacén. Tres soldados del Ejército de Liberación Popular se volvieron al oírlo, y en ese momento me di cuenta de que no habían entendido ni una palabra de lo que había dicho. Chang se abrió paso entre la multitud en su dirección, habló con ellos un momento y luego los cuatro echaron a caminar hacia la base de la rampa.

—Tres voluntarios más, coronel Bishop.

Aquello me puso en una situación incómoda. Le indiqué a Chang que se acercase.

—Teniente coronel Chang, esta es una misión voluntaria, no quiero gente que venga porque se les ha ordenado. ¿Qué es lo que les has dicho?

Chang parpadeó, confundido.

—Les dije que esta misión podía ser su única oportunidad de cumplir con su deber para con el pueblo de China. Los tres se ofrecieron voluntarios.

Ah, qué narices; a lo mejor decía la verdad, y necesitaba soldados.

—Ningún problema, entonces —dije.

—Mi coronel —dijo Adams—, vamos a tener que ir a una base donde haya soldados de verdad y Marines, no estos pisapapeles.

A lo mejor el discurso había sido bueno y la gente se sentía atrapada en Paraíso y quería que se le diese una oportunidad de hacer algo y lo único que necesitaba la multitud era un empujón extra. O lo mejor ver a los tres chinos unírsenos los motivó. O quizá solo les hacía falta oír a un marine echarles algo en cara.

—Ah, no, ni de coña. No voy a dejar que una carajarro se me adelante.

La comandante Simms dio un paso al frente. Tras eso no tuvimos problemas con los voluntarios. De los dieciocho soldados de infantería, se ofrecieron diecisiete; el otro tenía novio en Paraíso y no quería abandonarlo a su suerte en aquel lugar. Así que me quedé con los diecisiete de infantería y otros tres, lo que completó nuestra improvisada fuerza especial de veinticuatro. Veinticuatro personas y una lata de cerveza parlante, para ser exactos.

11

Mientras Desai preparaba los motores para el despegue examiné con atención desde la puerta de la cabina los rostros de nuestra unidad de operaciones, o lo que fuese. Teníamos un grupo multinacional y multiétnico. Aparte de mí, había otros nueve miembros del Ejército de los Estados Unidos: la comandante Simms, un cabo primero, tres cabos y cuatro soldados. La sargento Adams era el único miembro de los Marines y teníamos una sargento de las Fuerzas Aéreas que se había encargado del mantenimiento de los zopilotes en Paraíso, lo que supuse que no nos vendría mal si la nave necesitaba algún apaño. Estaban los cuatro chinos: el teniente coronel Chang y los tres soldados. Tres miembros del Ejército Indio, entre ellos la única piloto que teníamos. Cuatro británicos, uno de ellos, sargento. Uno de los británicos había recibido lecciones de vuelo en un aparato de motor único, así que lo asigné como copiloto a la capitana Desai. Ah, y estaba el francés, un teniente de nombre Renée Giraud. Lo habían asignado a una unidad de paracaidistas que venía a ser la versión francesa de los Rangers americanos. Había trabajado con las fuerzas especiales francesas en Nigeria, y eran tipos de cuidado, así que estaba encantado de tener a Renée a bordo. Cuando se apuntó me dijo que no estaba seguro de que mi discurso no fuese una sarta de mentiras, pero quería ver acción y no la iba a conseguir en Paraíso. Aprecié su sinceridad.

Veinticuatro personas reclutadas a toda prisa. Cinco mujeres y diecinueve hombres. Cinco oficiales, cuatro sargentos, un cabo primero, tres cabos y once soldados. Cinco países distintos, aunque a veces las fronteras estaban un poco difusas. Uno de los cabos estadounidenses era de origen indio y se llamaba Randy Putri; por el aspecto podría haber pasado perfectamente por miembro del contingente indio, aunque no hablaba ni una palabra de su idioma;

de hecho, tenía el acento cajún característico de quien ha crecido en Nueva Orleans. El sargento de las Fuerzas Aéreas se llamaba Chung y era de origen chino. Hablaba un poco de cantonés, pero no sabía mandarín, así que se comunicaba con los chinos tan bien, o tan mal, como yo. El sargento Reginald Thompson, del Ejército de Su Majestad, lucía la piel oscura de sus abuelos keniatas, pero hablaba con el mismo acento de Sherlock Holmes o de la peña de clase alta que salía en las series de la BBC. Otro de los británicos tenía un acento tan cerrado que al principio ni siquiera me pareció inglés; no había manera de entenderlo. Por alguna razón, la capitana Desai no tenía problema con aquel acento, así que podía traducirlo de ser necesario. En lo que se refería a posibilidades traducción, tanto Chang como uno de los soldados chinos hablaban inglés, mientras que los demás tendrían que usar sus zPhones. Skippy hablaba cualquier idioma a la perfección, por supuesto. Puta lata de cerveza.

Veinticuatro personas, diversas nacionalidades, géneros y experiencias. Y tenía que apañármelas para que funcionasen como una unidad de combate. A toda leche y sin tener del todo claro cuál era la misión.

Lo más preocupante es que ninguno de los veinticuatro era médico y que el material sanitario que habíamos conseguido era muy básico. Las cosas podían ponerse feas muy rápido y en ese caso no podríamos hacer gran cosa por los heridos.

La capitana Desai despegó sin problemas y a partir de ese momento el piloto automático se hizo cargo y dirigió el dodo y su carga hacia el espacio. La gravedad fue disminuyendo poco a poco, así que fue fácil ir acostumbrándose y los que lo necesitaban tomaron pastillas contra el mareo. Skippy, perdón, quiero decir Hacker, instruyó a Desai para que reprogramase el piloto automático varias veces, de modo que evitase cruzarse con alguna nave rujarra que estuviese por las cercanías. Había mucho tráfico sobre el planeta. Según lo que nos mostraban los monitores de la cabina y lo que Skippy me decía al oído, nos deslizamos justo en medio de un escuadrón de fragatas rujarras sin que nos detectasen tan siquiera. Skippy había interferido los sensores y les dio instrucciones de que nos ignorasen. Ni idea de cómo se las apañaba, pero funcionaba de maravilla.

Cuando Desai me informó de que habíamos alcanzado la velocidad de escape y abandonado la órbita y de que cruzábamos sin problemas el espacio interplanetario, decidí que había llegado el momento de hablar con el equipo, que me miraba con expectación. Fui flotando hasta la puerta de la cabina para que todos pudiesen verme.

—Aquí viene el informe completo. No podía contaros nada hasta que dejásemos la órbita porque no podemos arriesgarnos a que kristangos o rujarras conozcan nuestras intenciones. —Le lancé una mirada de culpabilidad a Adams—. Lo cierto es que no he sido sincero del todo con vosotros por motivos de seguridad. Hacker no es un nombre en clave para uno operativo cibernético de la FENU. Hacker es… Esperad, que os lo enseño.

Saqué a Skippy de la mochila y cometí el error de mostrárselo a los demás sin comprobar primero qué aspecto tenía.

El cabrón había alterado su superficie, que ya no era brillante y cromada, sino que imitaba a la perfección el diseño de una lata de Bud. Nunca me había dicho que podía cambiar de aspecto. Salvo por el detalle de que le faltaba la anilla en la parte de arriba y que la parte de abajo era casi plana, la imitación era perfecta.

Los rostros frente a mí pasaron en un parpadeo por la sorpresa, la diversión y horror cuando se dieron cuenta de que habían ido al especio con un loco de atar cuyo amigo imaginario era una lata de cerveza.

—¡No, no, no! —Alcé la mano izquierda mientras meneaba frenético a Skippy con la derecha—. ¡Joder, Skippy, ni puta gracia tiene! —Adams cruzó el compartimento en mi dirección; su expresión no tenía nada de amistosa—. ¡Eres un capullo de mierda, Skippy!

—¡Jajajajaja!

A la vez que soltaba una carcajada histérica, su superficie se transformó en la de una lata de Coors.

—¡Hola, niños y niñas! ¡Soy Skippy el Todopoderoso! ¡Jajajajá! Joder, tendrías que haberte visto la cara, coronel Joe. Ha sido épico.

Respiré hondo un par de veces y miré a Adams, que aún esta decidiendo si estrangularme o no.

—Pese a su inteligencia, Skippy es un completo capullo.

—Muy cierto —admitió—. ¿Mejor así?

Volvió a su estado cromado habitual.

—¿Quién coño es Skippy? —gruñó Chang.

—Más vale que se explicotee —dijo Adams con voz fúnebre.

No se me escapó que ninguno de los dos se dirigía a mí por el rango. Respiré hondo de nuevo.

—Este es Skippy, nombre en clave Hacker. —Apunté hacia la lata—. Lo que parece una lata de cerveza es en realidad una inteligencia artificial…

—En realidad, la pequeñísima porción de mi ser que se puede manifestar en el espaciotiempo local —me interrumpió.

—¿Quieres cerrar el pico un segundo? Se trata de una IA creada por los seres que conocemos como los Antiguos o los Primeros o lo que sea. Las supercivilización que habitó la galaxia andes de los rindalus y construyó la red de agujeros de gusano. Abandonaron el plano físico hace mucho tiempo y dejaron los Centinelas a su marcha. Dejaron también esta IA de más de un millón de años. Vieja y sumamente poderosa. Fue ella quien liberó los mandos de este dodo y desactivó las armas rujarras y ahora mismo nos está ocultando de los sensores hámsteres y transmitiendo a los kristangos los códigos de identificación adecuados. Así es como vamos a abordar y capturar una nave kristanga y haremos después lo mismo con un carguero turanio. Luego desactivaremos el agujero de gusano que desemboca en la Tierra, para que ni los rujarras ni los kristangos tengan acceso a nuestro hogar.

—La madre que me parió —exclamó Simms, incrédula.

—Sí, eso mismo pensé cuando me encerraron los rujarras en un almacén y una lata de cerveza que había en una estantería polvorienta se puso a hablar conmigo.

Adams no parecía nada convencida.

—Mi coronel, estoy intentando entender la situación. ¿Estamos poniendo nuestro futuro y el destino de la humanidad en las manos de una lata parlante de cerveza?

—Si quiere verlo así…

—¡Eh! ¡Una lata de cerveza superlista! ¡Qué digo! ¡Imposiblemente lista! —protestó Skippy.

—Olvida la pinta que tiene Skippy, sargento. Viste lo que ocurrió en el almacén. Los rujarras no podían usar sus armas y nosotros, sí. No fue cosa mía ni de la FENU, fue Skippy. Fue él quien hackeó el dodo para que pudiéramos pilotarlo, te aseguro que ni yo ni la FENU tuvimos nada que ver con eso. Acabamos de dejar la órbita, estamos en medio de la flota rujarra y ni siquiera nos ven. Skippy ha pirateado el sistema de sensores de los rujarras y le ha ordenado que nos ignore. ¿Crees que la FENU podría hacer algo así? Skippy es el arma definitiva, nuestro as en la manga, y vaya si necesitamos un as en la manga en este momento. Con Skippy podemos inhabilitar, desactivar y apagar el único agujero de gusano que les da acceso a la Tierra a los lagartos.

Seguía sin estar convencida.

—¿Cómo sabemos que no es una trampa de los lagartos y que la IA no trabaja para ellos?

—Sargento, si se te ocurre algo, lo que sea, que los lagartos pudieran ganar ayudándonos a escapar de los rujarras y robarles uno de sus dodos, por favor, dímelo. Porque a mí no se me ocurre nada. Skippy se ganará nuestra confianza del mismo modo que nos vamos a ganar la suya; con actos y no con palabras. Nos sacó a mí, a ti, a Chang y a Desai de la prisión, y ahora nos ha sacado de Paraíso. De haber dependido solo de nosotros mismos estaríamos todavía intentando averiguar cómo abrir la puerta de este cacharro. —Señalé a la cubierta del dodo—. Consideré la posibilidad de que fuese una trampa rujarra para meternos en una nave kristanga y volarla mediante una bomba que hubiesen ocultado en el dodo. Aunque no se me ocurre un buen motivo para que los rujarras se tomasen tantas molestias.

»Esta guerra se ha prolongado durante mucho tiempo sin necesidad de involucrar los humanos. No nos necesitan. Ni los lagartos ni los hámsteres ni los turanios necesitan a los primitivos humanos para nada. Puede que todo esto sea un elaborado engaño cuyo propósito no alcanzamos a ver. Sí, es posible. O puede que

Skippy diga la verdad y tengamos la oportunidad de cerrar el maldito agujero de gusano.

»Si hay una sola oportunidad de que sea cierto, debemos aprovecharla.

»Sabremos si podemos fiarnos de Skippy o no cuando nos hayamos hecho con la nave kristanga. Así de sencillo.

Skippy permaneció sorprendentemente silencioso durante todo mi discurso. Supongo que saber cuando cerrar la boca y dejar que hable el otro tipo forma parte de ser superinteligente.

Chang no había dicho nada, pero había intercambiado varias tensas miradas con los tres soldados.

—Coronel —dijo con decisión tras aclarársela garganta—, nos presentamos voluntarios a la misión sin conocerla del todo. Creía que consistiría simplemente en atacar a los kristangos. ¿Y nos está diciendo ahora que la misión es salvar el mundo? ¿Rescatar a la Tierra de manos de los lagartos?

Sonó bastante teatral al decir aquello.

—Hmmm, sí. Vamos a cerrar el agujero de gusano que les permite llegar a la Tierra. La situación volverá al estado que tenían antes del cambio en la red. —Asumí que todo el mundo conocía los rumores a aquellas alturas—. La Tierra volverá a estar sola en mitad de ninguna parte y la guerra seguirá sin nuestra intervención.

—¿Salvar el mundo? —repitió Simms, incrédula.

—Esa es la idea —asentí—. Ya sé que suena a cliché, pero…

—No, no, salvar el mundo esta bien —dijo Simms pensativa—. Joder, ¿esto va en serio?

Chang apagó el zPhone y habló unos segundos en mandarín con los tres soldados.

—Todo esto me parece muy difícil de creer, coronel —dijo luego—. Sin embargo, no hace tanto estaba en un puesto avanzado en la frontera con Mongolia y ahora estoy a bordo de una nave espacial a cientos de años-luz de casa. Lo posible ha sido redefinido tantas veces que estoy preparado para aceptar casi cualquier cosa. Así que si hay la menor posibilidad de que esta misión libere nuestro planeta de los kristangos, lo haremos lo mejor posible.

Joder, su inglés era mucho mejor que el mío.

—Gracias, teniente coronel Chang.

Examiné el resto de las caras. Giraud se encogió con indiferencia gala.

—Vamos a matar kristangos, ¿no? Me apunto, como se suele decir.

Simms y Adams se miraron.

—Ah, qué coño, nosotras también —afirmó Simms—. Esa es toda la verdad, ¿cierto, mi corondel? ¿No habrá más sorpresas? ¿Nos hemos aliado con una lata de cerveza parlante para cerrar el agujero de gusano? Aquí fuera ya no es necesario seguir guardando secretos. —Se quedó mirando la escotilla—. Iba a decir que los lanzásemos por la ventana, pero quizá no sea lo más apropiado en el espacio.

Asentí.

—Sabéis tanto como yo. No puedo prometer que no haya más sorpresas, pero en ese caso también lo serán para mí.

—Disculpe, mi coronel. ¿Por qué nosotros, si es tan amable? —preguntó el sargento Thompson en su impecable dicción británica—. ¿Por qué no llevar a ese, eh, Skippy al cuartel general de la FENU y permitir que ellos se ocupen? ¿Que envíen un equipo de operaciones espaciales como Dios manda, a los SAS, o lo que sea?

Chang y Simms soltaron un bufido de desprecio a la vez.

—A la FENU le llevaría por lo menos una semana decidir el curso de acción, sargento —dijo Chang—. Y lo más probable es que lo encontrasen demasiado arriesgado y entregasen a nuestro amigo IA a los rujarras o a los kristangos o a quien quiera que estuviese al mando del planeta en ese momento en la esperanza de ganarse su favor. Además, en cuanto en el cuartel general de la FENU supiesen de su existencia, no tardaría en saberlo más gente, no hay manera de guardar el secreto mucho tiempo. Los hámsteres y los lagartos se enterarían enseguida.

—Y si queremos aprovechar la situación hay que ir ya —añadí—. Los rujarras están ocupados consolidando su posición en el planeta, las naves no paran de ir y venir y aún quedan algunos kristangos cerca. Si esperamos, los lagartos se retirarán y tendríamos que atacar a los rujarras para hacernos con una nave. Los hámsteres tienen demasiadas de apoyo y no nos sería tan fácil escabullirnos con una.

—Correcto. —Thompson parecía convencido—. Una pregunta más, si no tiene inconveniente. ¿Por qué la IA se denomina Skippy?

A juzgar por los asentimientos del resto, la pregunta era obligada. Me llevé a Skippy a la cara y le lancé una mirada ceñuda.

—Porque, como ya he dicho, es superlisto, superpoderoso y un capullo de tres pares de narices. Quería que lo llamase Dios Todopoderoso, así que le di el nombre de Skippy para que no olvidase lo gilipollas que es.

—Culpable —dijo Skippy con alegría.

—¿Y no le importa que lo llamen así? —preguntó Adams.

—No me importa que me llamen Skippy. Y no hace falta que le preguntéis al coronel Joe. Soy una persona. La verdad es que no me importa cómo me llaméis los monos piojosos.

—¿Monos? —preguntó Putri. El cabo estadounidense Putri, no el soldado Asok Putri del Ejército Indio. Sí, también era confuso para mí. De hecho, acabaría rompiendo la tradición militar y empezaría a usar con ellos el nombre de pila enseguida.

—Cree que llamarnos monos es un cumplido —expliqué—. En realidad, para él es como si fuésemos bacterias.

—¡Ja! —bufó Skippy— Ya os gustaría ser tan listos como las bacterias.

—Ya veo —dijo Thompson sin más—. El muy majadero es sin la menor duda un capullo.

Adams le sacó la lengua a Skippy, un gesto que jamás había esperado de ella.

—¿Y ahora qué, mi coronel?

Suspiré, aliviado.

—Skippy, ¿puedes descargar los planos de las naves kristangas en los zPhones y pasarlos también a esta pantalla?

—Hecho —respondió mientras el monitor en el mamparo que había a mi espalda se encendía—. Es la clásica fragata kristanga, y es la clase de nave de pequeño tamaño que seguramente enviarán a recogernos…

Un verdadero coronel es responsable del mando de un regimiento, a veces de una brigada o una unidad equivalente. Eso implicaba planear operaciones ofensivas y defensivas que involucraban a varios miles de soldados, además de la instrucción, la logística, las comunicaciones, la coordinación con las Fuerzas Aéreas, la artillería y el resto de unidades de la zona. Diseñaba y ejecutaba planes a gran escala que requerían miles de personas y una potencia de fuego enorme. Un verdadero coronel habría recibido entrenamiento y tendría abundantes conocimientos prácticos y teóricos, por no mencionar años de experiencia, antes de asumir el mando

Yo no tenía nada de eso.

Tenía la experiencia ganada con mi sudor al frente de una pequeña unidad de combate, tenía experiencia tanto en lo más denso de la selva como, y más importante, en los pueblos y aldeas del norte de Nigeria. Tomar una nave kristanga implicaba el uso de una pequeña unidad de combate, y asumí que limpiar una fragata compartimento a compartimento no era muy distinto de tomar un pueblo cada por casa y habitación por habitación. El Ejército solía llamarlo Operaciones Militares en Terreno Urbano, y no eran pocas las bases militares en Estados Unidos que contaban con pueblos falsos para enseñar a las tropas a luchar en esas condiciones. Durante la Guerra Fría, lo habitual era que esos pueblos se pareciesen a Europa del Este, con indicaciones en las calles y los edificios en idiomas eslavos o germanos. En los últimos tiempos, el centro de atención había basculado a Oriente Medio, y los soldados entrenábamos en pueblos con nombres políticamente incorrectos como Morostán. Con un nombre o con el otro, con una apariencia o con otra, se enseñaba a los soldados a limpiar un área edificio a edificio y habitación a habitación. Era un tipo de combate en el que menudo no se veía al enemigo y solicitar el ataque de un apache implicaba echar a correr a toda prisa para que los misiles no diesen a las propias tropas.

Elegí al teniente Giraud para planear el ataque y adiestrar al equipo. Chang, Simms y Desai lo superaban en rango, pero Chang era de artillería y no tenía experiencia en infantería, Simms era oficial de intendencia y Desai, piloto. Se podía pensar que la sargento Adams, como marine, sería la persona ideal para planear una operación de abordaje a una nave enemiga. Cosa que habría tenido sentido allá por la guerra contra los ingleses en 1812. En la actualidad, el Cuerpo de Marines tenía un poco oxidado el asunto de los grupos de abordaje, lo que nos dejaba a mí ya Giraud como oficiales de infantería, y él era de las Fuerzas Especiales Francesas.

Sentí un escalofrío al pensar en todo lo que él sabía de tácticas con pequeñas unidades y yo ignoraba. La peña de las fuerzas especiales era de otra pasta. No dejaba de repetirme que nuestra fuerza de asalto no era el grupo de asesinos de élite de las fuerzas especiales con los que estaba acostumbrado a trabajar, que además operarían en ingravidez, casi sin entrenamiento y rodeados de personas con las que nunca habían trabajado antes.

Enseguida vimos que habría que dejar una parte importante del ataque a la improvisación, pues había demasiadas variables desconocidas. Mi intención era guiar un equipo que capturase el centro de control de la nave, que en la mayor parte de las naves kristangas estaba en el puente, antes de que los lagartos tuvieran tiempo de dañar el motor o el reactor o activar la autodestrucción. Todo el mundo se opuso al plan, empezando por Skippy.

—No puede ir correteando por la nave enemiga, mi coronel —afirmó Adams, con los brazos cruzados sobre el pecho, toda una hazaña en gravedad cero—. Es usted el comandante en jefe. Debe quedar en retaguardia, al mando.

—Tiene razón, coronel Joe —me amonestó Skippy—. Puedo informarte de las posiciones y las acciones de los kristangos y de tu equipo y puedo controlar zonas de la nave, pero necesito que alguien me explique qué debo haber y dónde debe ir tu gente. Mi genio sin par no incluye la habilidad de coordinar monos en combate. Eres tú quien sabe de lo que es capaz tu gente y, sobre todo, de lo que no.

Traté de protestar diciendo que mi experiencia era con escuadras y escuadrones y que Giraud era un candidato mucho mejor para quedarse con Skippy y coordinar el ataque, pero al final tuve que darles la razón. En última instancia, el factor decisivo fue que me sentía cómodo interactuando con Skippy, igual que él conmigo, y que nadie quería cargar con la tarea de lidiar con aquella IA picajosa y alienígena.

A partir de las suposiciones de Skippy de los mejores puntos de abordaje de la nave kristanga y de los sistemas que podía controlar de ella, Giraud preparó una simulación para que el equipo repasase mentalmente el ataque. Me sorprendió descubrir que Skippy no podía controlar por completo el sistema informático de la fragata, al menos desde allí. Los kristangos habían tomado la precaución de escudar sus naves contra la posibilidad de un ataque informático remoto, pues temían que sus mentores los ciborgs turanios tratasen de piratearlos. Ya lo habían hecho en el pasado y los kristangos no pensaban picar por segunda vez… o por centésima, según Skippy. Con el tiempo habían ido mejorando las defensas contra los ataques externos de su sistema, aunque su tecnología era todavía tan poco avanzada en comparación con la turania que ni siquiera eran capaces de imaginar ciertas cosas que para los turanios eran pura rutina. Por suerte para nosotros, Skippy estaba tan por encima de los turanios como estos lo estaban de los humanos. O, como dijo con su tacto habitual, del árbol petado de monos.

Así que necesitábamos conectar físicamente a Skippy a la nave para que pudiese entrar en su intranet. A partir de ese momento, tendría acceso a todos los sistemas y podría descargar una subrutina que controlase todos los nodos. El primer paso era localizar un conector en la fragata en el que pudiésemos enchufar un zPhone. La parte positiva era que tenían los cables y conectores adecuados en el dodo. La negativa, que había que llegar a la pared más cercana a los muelles de atraque de la fragata, y eso no iba a ser fácil. Además, el truco de Skippy de inhabilitar las armas no funcionaría con los kristangos, porque no se fiaban de ese tipo de tecnología y sus rifles no tenían ningún tipo de componentes cibernéticos.

El plan de Giraud era usar el equipo entero de abordaje, veintidós personas, para tratar de obtener la conexión. Una vez lograda, se separarían en dos grupos, uno liderado por Giraud y el otro, por Chang. Asigné a Giraud al sargento Thompson y Adams y el sargento chino irían con Chang.

Me di cuenta de que todos eran conscientes de que enchufar el zPhone a un conector no solo era cuestión de vida y muerte para nosotros, sino para toda la humanidad. No hacían falta discursos, así que ordené que todo el mundo comiese y bebiese algo y se relajase. Giraud se mostró de acuerdo y añadió que quería el equipo memorizase tanto los planos tanto de la fragata estándar kristanga como de los destructores, que por suerte eran solo de dos tipos. Dibujad los planos en la cabeza una y otra vez, aconsejó, una y otra vez hasta que se convierta en algo automático, instintivo, parte de vuestra memoria espacial.

—Creo que tenemos el mejor plan dadas las circunstancias —le dije a Giraud mientras compartíamos una barrita energética.

La espera en el dodo, con Paraíso cada vez más lejos y la posibilidad de que nos recogiese una nave enemiga cada vez más cerca nos estaba pasando factura a todos.

—Los planes son un comienzo. Eso es todo —dijo Giraud encogiendo los hombros de modo exagerado.

—Ningún plan sobrevive al contacto con el enemigo, ¿no? Creo que lo dijo Von Moltke.

Lo había aprendido en alguna de las teóricas que había recibido en algún momento.

Giraud arrugó la nariz.

—Von Moltke lo tomó de Napoleón, que prefería dejar abiertas las posibilidades y aprovechar las oportunidades que se presentase en la batalla en lugar de trazar un plan detallado. —Señaló hacia Skippy—. Ninguno de los planes de la FENU habría anticipado esta oportunidad.

No había privacidad alguna en el dodo, salvo por el servicio unipersonal en gravedad cero, que estaba continuamente en uso. Cuando Skippy me dijo por el pinganillo que quería hablar más o menos a solas, fui hacia la estrecha cabina y me quedé flotando tras el asiento derecho.

—¿Qué pasa, Skippy?

—Quería decir algo agradable para variar y no quería que los demás me oyesen; arruinaría mi reputación barriobajera.

¿Reputación barriobajera? ¿De dónde coño sacaba Skippy la información sobre la cultura humana?

—Muy bien. Adelante.

No se me ocurría nada más que decir.

—Tu especie es sumamente adaptable. La capacidad de aceptar nueva información, aprehender nuevos conceptos, ser capaz de no echar a correr histérico ni quedarse paralizado al encarar cambios repentinos… Todo eso es algo muy infrecuente en las especies inteligentes. Creí que iban a producirse serios problemas cuando contaste la verdad sobre mí y la misión, pero tu gente ha aceptado nueva situación de un modo sorprendentemente rápido.

—Bueno…

Skippy no había tenido en cuenta que éramos soldados y, por tanto, estábamos acostumbrados a que nos cayese mierda encima continuamente en medio de una misión. En cierta ocasión en Nigeria iba en un blackhawk, casi rozando las cimas de los árboles, en una incursión contra un campamento de tipos malos, y diez minutos antes de llegar al destino nuestro teniente recibió de pronto una llamada. El enemigo había llegado a un acuerdo con nosotros y ahora estaba en nuestro bando, así que de repente nos encontramos en una misión para proteger a nuestros nuevos amigos de un grupo que se dirigía hacia ellos desde la selva con intenciones homicidas. Al parecer el resto de aquellos pirados ignorantes consideraban traidores al primer grupo porque no eran tan fanáticos como el resto. Así que aterrizamos y establecimos un perímetro para proteger a tipos con los que habíamos estado intercambiando disparos el día antes. Luego resultó que todo aquello había sido una disputa tribal y ambos bandos trataron de tendernos una emboscada. Tras evacuar, tuvimos que llamar a las Fuerzas Aéreas para que resolviese la situación con diplomacia… O sea: napalm, bombas de racimo y termobáricas.

Cuando cambian las tornas, incluso cuando cambian de forma radical, nos limitamos a mirar a los demás, meneamos la cabeza, nos encogemos de hombros y nos adaptamos. Eso, los soldados. Los civiles se deprimen cuando cambia el menú en McDonald's.

—No me malinterpretes, sé que hay muchos de tu especie que carecen de la capacidad de procesar nueva información y adaptarse, pero con los humanos eso pasa con los más viejos, cuyo cerebro ya no procesa las cosas como antes. O a lo mejor simplemente se vuelven perezosos. Pero con algunas especies ni siquiera los jóvenes son capaces de asimilar bien aquello que entra en contradicción con su rígido sistema de creencias. Los humanos me habéis impresionado gratamente. Hala, ya lo he dicho.

—Así que ya no somos bacterias.

—No te pases. Como mucho, ahora sois bacterias con potencial.

Una alarma sonó en la cabina treinta y siete minutos después.

—¡Excelente! —exclamó Skippy—. Acaban de saltar dos naves kristangas, una fragata que nos manda una señal y un destructor.

—¿Dónde? —pregunté nervioso.

Skippy mostró en la pantalla del mamparo nuestra posición respecto a Paraíso, las naves kristangas y diversas naves rujarras.

—He introducido la trayectoria en el sistema de navegación.

—Lo tengo —confirmó Desai—. Que todo el mundo se sujete, voy a conectar el piloto automático.

Obedecimos y los motores rugieron y ganamos velocidad.

—¿A qué distancia, Skippy? —insistí, con un ojo clavado en la pantalla. Había al menos media docena de naves rujarras que estaban demasiado cerca para mi gusto.

—La fragata kristanga ha acelerado para igualar nuestra trayectoria, llegaremos a ella en tres minutos y seis coma seiscientos setenta y cuatro segundos. Más o menos.

¿Más o menos? Intercambié una mirada divertida con Adams.

—Hmmm. —La imitación de un gruñido de Skippy fue bastante convincente—. El piloto kristango es bueno, han saltado tan cerca como les permite su tecnología. Tiene que haber sido pura suerte, ningún lagarto seboso es tan bueno. Coronel Joe, la cosa va a ir muy apurada, hay dos naves rujarras que se preparan para dar un microsalto e interceptar a la fragata. No podía ocultar la llegada de los lagartos, o los rujarras habrían notado que les pasaba algo a sus sistemas.

—¿Pueden vernos?

—No, están rastreando la fragata. El destructor se mueve para darnos cobertura.

—Genial. ¿Estás seguro de que una vez abordemos la fragata y saltemos puedes engañar al sistema de navegación para que salte a un lugar distinto que el destructor?

—¿Eh? Ya te lo he dicho, necesito estar conectado físicamente al sistema antes de poder hacerme con el control de la nave. ¿Es que no escuchas cuando hablo?

¡Mierda!

—Me dijiste que podías…

—Dije que podía conseguir que la nave en la que estuviésemos saltase a un lugar distinto al de su escolta.

—¡Exacto! Así que necesitas conectarte…

—Ayyy, qué tierno. ¿En serio piensas que necesito estar conectado al ordenador de los lagartos para joderles el motor de salto? Ni de coña. Distorsionaré el espaciotiempo durante un picosegundo, de modo que su campo de salto se deforme.

—¿Puedes distorsionar el espaciotiempo? —preguntó Simms, incrédula.

—Ehhh, sí —respondió Skippy como si no tuviese la menor importancia—. Es mi hobby. Probé a coleccionar sellos, pero interferir con el universo resulta mucho más relajante.

Simms alzó una ceja y me lanzó una mirada que me decía con claridad que entendía por qué había llamado Skippy al cabroncete.

La fragata se acercó cada vez más en la pantalla, hasta que la tuvimos encima con uno de los muelles de atraque abiertos. Skippy dejó que tomase el control del sistema de navegación del dodo para las maniobras de atraque. Las puertas del muelle aún no se habían cerrado del todo cuando la fragata saltó.

—Hay que darse prisa —nos conminó Skippy—. Acabamos de saltar, pero nos he sacado del hiperespacio. Estoy impidiendo que se forme el campo de salto y los kristangos creen que pasa algo malo con el motor, pero eso no durará mucho.

Las puertas del muelle se cerraron con una lentitud agónica y se oyó un rugido cuando se represurizó. En cuanto el indicador marcó el ochenta por ciento de presión del aire, abrimos la puerta lateral y la rampa trasera. Me pitaban los oídos y sentí un dolor lacerante que me resultó difícil de ignorar.

—Controlo la cámara. De momento funciona y se creen la mentira. La puerta exterior está destrabada.

Skippy se hizo con el control de los sensores de luz de las cámaras del muelle y creó una falsa imagen de la nave mientras hablaba con la tripulación kristanga en el puente. Lo que los kristangos veían en sus monitores era al mismo tiempo emocionante y tentador: un equipo de fuerzas especiales kristangas que salía un dodo rujarra con una apreciada y rara pieza de tecnología de los Antiguos que habían encontrado en Paraíso. Se trataba, según Skippy, de una Espita de Energía de Burbuja, un dispositivo que extraía energía de las fluctuaciones de la espuma cuántica, o algo parecido.

—Es una tecnología muy básica. Podéis verlo como una batería que nunca se agota. Eso va a impresionar a esos lagartos idiotas, creedme —nos había explicado Skippy.

Al parecer, funcionó. Los del puente desbloquearon la puerta interior del muelle, a través del que nos estábamos desplazando en ingravidez. Casi todos llegaron donde correspondía, salvo unos pocos a los que hubo que recoger antes de que diesen contra la pared y rebotasen.

Las fragatas kristangas llevaban una tripulación reducida y Skippy había averiguado que a esta le faltaban dos miembros, así que no había nadie esperando en el muelle cuando entramos. La tripulación del puente le dijo a la IA que enviaban a alguien a buscarnos. El resto estaba muy ocupado tratando de averiguar por qué no podían saltar.

Giraud, que iba en punta, abrió la puerta exterior del compartimento estanco por el sencillo método de presionar un botón y tirar de una palanca. Una vez dentro, agarré a Skippy con la mano y lo conecté a uno de los puertos mientras Giraud tecleaba en el panel de control la secuencia que la IA le había enseñado y que abriría la puerta interior, aunque la exterior no estuviese cerrada. Fue un momento peliagudo; con ambas puertas abiertas se activaría una alarma que, de momento, Skippy no podía desconectar.

Así fue. La puerta interior se abrió con un estampido y una alarma empezó a aullar a la vez que veintidós personas se deslizaban por el compartimento hacia el pasillo lo más rápido que podían. En cuanto pasó el último le di un puñetazo al botón que cerraría la puerta exterior y cortaría la alarma. Había llegado el momento de que Desai arrancase el dodo y nuestro equipo se dividiera; parte iría al puente, y otra parte a ingeniería.

La tarea más importante era la mía y consistía en conectar a Skippy a una entrada de datos. Durante un segundo fui incapaz de dar con ninguna. Debo decir en mi defensa que flotaba boca abajo cerca del techo e intentaba apartarme del equipo de asalto, que no dejaba de empujarme o darme con los codos; incluso me patearon la cara una vez. Ninguno se movía muy bien en ingravidez; carecíamos de entrenamiento para el combate en cero ge y no habíamos tenido oportunidad alguna de practicar. Cierto que en el dodo había intentado que todos salvo los pilotos probasen a lanzarse y a controlar los aterrizajes en las paredes e impulsarse con las manos y los pies. Pero no había sitio ni tiempo suficiente para pillarle el tranquillo, más allá de aprender a no vomitar cuando dábamos vueltas.

Tras dos segundos eternos vi el enchufe en la pared, casi a la vez que oía ruido de disparos. Al parecer, los kristangos que iban hacia el muelle se habían encontrado con el equipo de asalto. Reconocí el zumbido de las armas rujarras y el sonido más contundente de los fusiles kristangos. Luego solo oí el zumbido. Me concentré en mi tarea y me lancé hacia la pared, saqué con cuidado el enchufe de la boca y lo conecté.

—¿Has entrado?

—Ocupado —fue la respuesta de Skippy; lo que, conociendo su increíble velocidad de proceso, me dejó un poco preocupado—. Estamos dentro —dijo después—. Perfecto. Controlo los sistemas de la nave. Eyectando las puertas del muelle. —La nave se estremeció cuando Skippy inició el procedimiento de emergencia que volaba las puertas y las lanzaba fuera. No podíamos perder tiempo esperando que se abriesen—. El dodo está en marcha.

La nave cabeceó con fuerza y me arrancó de la pared. ¿Qué coño…? Skippy había dicho que tenía el control; la nave no tendría que haberse movido.

—¿Qué demonios ha…?

—El dodo ha chocado con el pasillo de salida y ha recibido bastante daño. Aunque sigue operativo para la misión.

Desai había calculado mal la salida. No era extraño, estaba pilotando un vehículo que no le era familiar a través de un muelle del que escapaba el aire al espacio a través de una puerta reventada. Al menos podía seguir con la misión, según Skippy. Esta consistía en ir hasta el frontal de la fragata y disparar contra el puente. Los kristangos, familiarizados desde hacía tiempo con la piratería entre los distintos clanes e incluso dentro de ellos, habían diseñado las naves para resistir abordajes como el nuestro, aunque los diseñadores habían tenido en mente otras facciones kristangas y no humanos primitivos. La puerta del puente estaba acorazada, lo bastante para que reventarla se llevase por delante un buen trozo del casco exterior y nos dejase expuestos al vacío. Si había kristangos en el puente podían impedir que usásemos la nave, inhabilitarla o autodestruirla, pese al hackeo de Skippy. Era prácticamente imposible hacerse con el control del puente de una nave de guerra kristanga.

Así que no íbamos a hacernos con su control, sino a volarlo en pedazos desde fuera. Siempre que el dodo siguiera funcional y Desai lograra llevarlo hasta allí pese a su falta de experiencia y se las apañara para controlar el armamento del dodo lo suficiente para disparar contra el puente sin reventar el resto de la nave. Lo cual no estaba nada claro.

Oí disparos a proa y a popa, gritos y aullidos y la explosión de una granada aturdidora. La nave volvió a balancearse con fuerza varias veces.

—La capitana Desai ha destruido el puente. También se ha llevado por delante parte del morro de la nave y ha reventado unos diez metros del lado de estribor junto al puente.

—¡Joder! ¿Tan mal ha ido?

—Lo hizo bastante bien teniendo en cuenta su falta de experiencia. El daño adicional nos servirá como prueba de que la nave dio con una mina oculta rujarra y no afectará el funcionamiento de la nave.

Se dice que es el líder quien tiene el trabajo más duro en una batalla, porque una vez están listos los planes y dispuestos los soldados, no le queda más remedio que sentarse y mirar mientras los demás luchan, incapaz de hacer gran cosa que afecte al resultado. Según mi limitada experiencia eso es una puta patraña. El trabajo más duro no es el del líder, sino el de los soldados de a pie, expuestos al fuego enemigo, que son quienes luchan y mueren. Eso es con diferencia lo más duro. El trabajo del líder es el más solitario, el que le hace sentirse culpable e inútil por no estar en primera línea ayudando a los demás. Tras el combate siempre me quedo con la sensación de que las cosas podrían haber ido mejor de haber estado allí, de que quizá habría visto al enemigo y habría alertado a los míos antes de que nadie resultase herido o tal vez lo habría podido matar antes de que le diese a uno de los míos.

A lo mejor habría mejorado las cosas. O habría muerto en combate, quién sabe. En cualquier caso, habría estado haciendo algo, en vez de limitarme a enchufar a Skippy, agarrarme a una pared y asistir a lo que pasaba desde el zPhone. El caos era extremo y en realidad no me enteré del todo de lo que pasaba hasta hubo terminado la acción. Menuda capacidad de liderazgo.

Tuvimos cuatro muertos y tres heridos graves durante la toma de la nave. Cuatro muertos y tres heridos de veintiuno; un tercio de nuestra fuerza que ya no era útil para el combate. Todo eso en una batalla. En el asalto de una nave.

La tomamos, por supuesto. Giraud tuvo una sola baja en el Puesto de Mando, el soldado Arun Kurien del Ejército Indio, que murió cuando recibió un disparo de uno de los kristangos que bloqueaban el acceso. El resto de las bajas fueron en el equipo de Chang que se hizo con ingeniería. Era el trabajo más duro y tuvieron que eliminar a cinco lagartos desesperados y empecinados en impedir a toda costa que la nave cayese en manos enemigas. Tres de ellos fueron abatidos en el tiroteo inicial en el que teníamos a nuestro favor la sorpresa, pero los otros dos fueron duros de pelar. Pese a que Skippy había bloqueado el acceso al compartimento en el que se guardaban los trajes acorazados, uno de ellos se las apañó para conseguir uno justo antes. Ya tenía la coraza medio puesta y parcialmente activada cuando tres de los nuestros lanzaron una ráfaga a ciegas para cubrir a Chang y que pudiese lanzar una granada. El kristango era un cabrón resistente; incluso después de ser alcanzado por la explosión estaba intentando cerrar el traje y fue necesario concentrar en él todo el fuego para abatirlo.

El peor fue el último lagarto. Supongo que se dio cuenta de que no quedaba nadie más de los suyos pese a los intentos de Skippy de cerrarle el sistema de comunicaciones y decidió reventar la nave en lugar de rendirse. Skippy advirtió a Chang de que había detenerlo cagando leches antes de que se cargase el asilamiento del reactor. Skippy hizo cuanto pudo, pero los controles para soltar el plasma eran manuales, así que no tenía manera de bloquearlos en el escaso lapso de que disponíamos.

Chang me explicó que el equipo de asalto había perdido dos miembros tratando de llegar al kristango, parapetado en un angosto recodo. Al ver lo desesperado de la situación, el sargento Yu Qishan les quitó el seguro a dos granadas y se lanzó contra el lagarto, que lo mató de un tiro en la cabeza. El kristango murió cuando las granadas explotaron y abrieron un agujero en el casco de la nave que los lanzó, a él y a al sargento Yu, al espacio. El resto del equipo de asalto de Chang estuvo a punto de correr la misma suerte, de no haber sellado la zona un mamparo de emergencia como respuesta automática a la pérdida de presión en ingeniería.

Lo irónico era que fue Chang quien intentó consolarme por la pérdida de uno de los suyos.

—Sabía que la supervivencia de la humanidad dependía de impedir que el kristango destruyese el reactor. Cumplió con su deber. Lo honraremos cuando volvamos a casa.

Tenía razón, lo que no impidió que me sintiera fatal.

Tras la batalla Skippy abrió el muelle de babor para que pudiéramos subir a bordo el dodo dañado y una Desai sumamente alterada salió corriendo en dirección al Puesto de Mando para recibir un curso acelerado de pilotaje de fragatas kristangas. Mi primer impulso fue ordenar un descanso y darles a todos tiempo para que se recuperasen y, sobre todo, atendiesen a los heridos. Simms y Skippy me convencieron de seguir adelante sin más demora; no había tiempo que perder. Simms me aseguró que ella se ocuparía de los heridos, que se habían trasladado a la pequeña enfermería de la fragata, y que no había nada que yo pudiera hacer por ellos. En realidad, con las escasas medicinas que habíamos traído, nadie podía hacer gran cosa por ellos.

Lo mejor era seguir adelante con el plan, me dijo Skippy, y capturar un carguero turanio, donde podríamos atender adecuadamente a los heridos gracias a la avanzada tecnología médica de los turanios. Podríamos curar las heridas e incluso hacer crecer nuevos miembros en cuanto hubiésemos puesto a los soldados en los tanques curativos. Así que me tragué el orgullo herido y dejé a mi gente seguir trabajando.

Mientras Desai, guiada por Skippy, apretaba botones y programaba un salto, miré alrededor del Puesto de Mando, asombrado. Teníamos una nave. Una nave estelar. Nosotros. Los piojosos monos ignorantes de la Tierra. Una nave estelar.

Joder.

12

Una alegre banda de piratas

—¿Ha funcionado? —le pregunté a Desai.

—¿Perdón, mi coronel?

—El salto. ¿Ha funcionado? ¿Hemos saltado? ¿Estamos donde debemos?

Las estrellas en la pantalla no eran las mismas. O eso pensé. En realidad, los campos de estrellas son todos muy parecidos. No había sido como en las pelis de ciencia ficción, donde la nave se veía recortada contra una enorme, brillante y colorida nebulosa. El monitor principal no servía de mucho porque no tenía ningún punto de referencia. Habíamos sido un puntito en mitad de la nada antes del salto y tras él seguíamos siendo un puntito en mitad de la nada. Para el caso, podía ser la misma nada.

Desai alzó las manos con las palmas abiertas y señaló el tablero de mandos.

—La verdad es que no tengo ni idea. ¿Don Skippy?

—¿Eh? Perdón, estaba liado. Sip, ha ido como la seda. Faltaría más. Te lo habría dicho en caso contario. He transmitido los códigos de llamada kristangos, pero aún no detecto ninguna nave en la zona.

—¿Se habrán ido? ¿Hemos llegado tarde al punto de encuentro? —preguntó Simms.

—Habríamos llegado tarde al punto de encuentro original, pero este es el alternativo y estamos donde deberíamos en el momento correcto. Los sensores de la nave funcionan a la velocidad de la luz y acabamos de llegar, así que… ¡Ahí está! He recibido la señal del carguero turanio. Piloto, he cargado la ruta en el sistema de navegación.

Desai se volvió y me miró.

—¿Mi coronel?

—Adelante —ordené.

Necesitaba encontrar una frase original. Warp Cinco no era una opción, por desgracia. La nave giró cuarenta y cinco grados; justo cuando empezaba a sentirme mareado se activaron los motores. Con fuerza. Fue una suerte que todos estuviéramos bien sujetos. La sensación era como si me estuvieran aplastando el pecho y supuse que para los heridos sería peor.

—¿Es necesario esto, Skippy? —gruñí.

—No hago esto por alardear, si es lo que te preocupa. Los turanios quieren irse cuanto antes y su mensaje nos ordenaba ir a la máxima velocidad posible a su encuentro. Enseguida giraremos e iniciaremos la deceleración, así que aguanta un rato. Cuando estemos medio segundo-luz de distancia, los turanios se harán con el control de nuestro sistema de navegación y nos llevarán a una de las plataforma de enganche. Es lo normal. Estoy controlando el sistema de navegación de la fragata con una de mis subrutinas, así que los turanios pensarán que nos manejan. Pero no será así.

—¿Cómo sabremos que los turanios han aceptado nuestros códigos de identificación?

—Ya lo han hecho. Estoy hablando con ellos y con el comandante de las fuerzas kristangas. La cosa va lenta porque la señal viaja a la velocidad de la luz. Han visto el daño de la nave y han aceptado nuestra tapadera de que una mina oculta rujarra nos sacó del rumbo. Tranquilo, voy a cortar el propulsor en tres, dos, uno, ya. Seguiremos así doce minutos antes de girar la nave. Eh, igual es un buen momento para que uséis el servicio, ya sabes.

—Bien pensado.

Abrí el intercomunicador y le expliqué la situación al equipo. Fueron doce minutos muy largos. Flotábamos por el espacio en dirección a un enemigo tecnológicamente superior que podía aplastar nuestra nave como si fuese una cucaracha. Los humanos no éramos más que peso muerto, era Skippy el que controlaba la nave y todos sus sistemas.

Lo que diferenciaba el plan actual del anterior era, curiosamente, la tecnología superior de los turanios respecto a los kristangos. Según Skippy, el que los primeros fuesen ciborgs los llevaba a fiarse instintivamente de las redes informáticas, al tiempo que eran sumamente paranoicos con la protección de sus ordenadores contra cualquier interferencia externa. Hasta a los amos de los turanios, los maxolhxes, les costaría bastante atravesar la seguridad informática turania. Por suerte, la tecnología de los Antiguos superaba con creces los sueños más locos de los maxolhxes.

O eso decía Skippy.

Una IA alienígena y antiquísima de la que no terminaba de fiarme por completo. No es que no me fiase de que cumpliese su palabra, dado lo mucho que nos necesitaba… aunque nosotros lo necesitábamos más él. Mi problema no era con su habilidad, sino con su buen juicio. Aquella maldita lata de cerveza no solo era arrogante hasta el hartazgo, sino que tendía a abstraerse con demasiada facilidad. Así que habíamos preparado un plan alternativo, aunque Skippy había insistido, indignado, en que no hacía falta.

Si Skippy no lograba controlar el carguero estelar, Desai debía desconectar el piloto automático y dar el salto de emergencia que la IA había programado a regañadientes en nuestro sistema de navegación. Eso alertaría a kristangos y turanios de que pasaba algo raro con la fragata, y desde ese momento ninguna de las dos especies dejaría que una nave kristanga se acercase demasiado a un carguero turanio sin una inspección exhaustiva en algún lugar alejado de la flota turania. Así que el plan alternativo implicaba abandonar cualquier esperanza de capturar una nave de guerra turania y sin ella no teníamos la menor posibilidad de llegar al agujero de gusano. Eso nos dejaba como única salida intentar hacer autoestop con los mentores de los rujarras, los yeraptas, de aspecto insectoide. Tendríamos que volver a Paraíso, abandonar la fragata kristanga y usar la habilidad de Skippy para infiltrarse en los sensores para acercarnos a una nave rujarra con el dodo. El problema era que la flota rujarra se mantenía siempre cerca de Paraíso, así que pillar una nave aislada sería bastante difícil. Sobre todo porque ninguna nave rujarra dejaría acercarse a un dodo sospechoso tras haber descubierto que los humanos habían robado uno.

No era un gran plan; joder, ni siquiera era medio bueno, pero era mejor que el plan alternativo original, consistente en regresar a Paraíso, abandonar el dodo y escondernos. A Skippy no le gustaba nada porque implicaba abandonar su sueño de volver a contactar con el Colectivo. A mí tampoco me entusiasmaba, porque tendría que abandonar mi sueño de volver a comer una hamburguesa decente.

Hablo en serio.

Los motores se conectaron de nuevo y el impulso nos empujó contra los asientos con una fuerza que Skippy dijo con desenfado que era de cuatro coma siete gravedades. Estuvimos así algo más de dos minutos mientras decelerábamos. La verdad es que sobrepasa a mi entendimiento cómo se las habían apañado los astronautas en aquellos cohetes de combustible químico sin romperse la columna. Tenía el cuello en mal ángulo cuando empezó la deceleración y tuve que usar la mano para poner la cabeza en la posición correcta. No fue agradable. Y respirar no resultaba fácil.

Supongo que Skippy se dio cuenta de nuestra desorientación, así que cambió la imagen del monitor para que nos resultase más útil. El carguero turanio pasó a ocupar el centro de la imagen y el puntito que representaba nuestra nave se trasladó a un extremo. Dos líneas punteadas mostraban las trayectorias de la nave turania y de la nuestra y en la parte baja de la pantalla se veía el cálculo del tiempo que faltaba para que intersectasen, además de la velocidad de ambas naves. En realidad, nada de aquello era relevante, porque los humanos lo más que sabíamos era pilotar un dodo en distancias cortas, pero nos dio la sensación de estábamos al mando. O al menos de que sabíamos lo que iba a pasar.

La deceleración terminó de repente y luego se inició de nuevo, pero ahora mucho más baja y soportable.

—Los turanios han tomado control de nuestro sistema y nos guían a la plataforma de ensamblaje.

—¿Ya estamos a medio segundo-luz?

La información de la pantalla no me decía gran cosa. No pillaba muy bien la escala.

—No, a un cuarto. Intentaron tomar control antes, pero fingí que nos costaba desconectar a causa del daño de la mina. De no haberles permitido pensar que nos controlaban, habrían abortado el encuentro; los turanios no se fían de que los kristangos manejen sus naves correctamente en maniobras tan cercanas. Ahora mismo están ejecutando un diagnóstico de nuestros sistemas y les estoy diciendo lo que quieren oír.

La pantalla mostraba un tiempo de llegada de cuatro minutos y el carguero turanio ya no era un punto, sino que veíamos el contorno de la nave. Estábamos cerca, muy cerca.

—Piloto, prepárate para abortar a mi señal. ¿Cuándo vas a hacerlo, Skippy?

—¿El qué?

—Lo tuyo, tu magia. Hacerte con los sistemas turanios —dije, nervioso—. ¿De qué coño pensabas que hablaba?

—Ah, eso. Ya estamos a la distancia correcta. Hmmm. Creo que esto va a ser más difícil de lo que esperaba. Igual me lleva más tiempo. Mierda.

—¿Más difícil? —pregunté, alarmado.

Simms estaba en el asiento de atrás y podía sentir su tensión sin volverme.

—Bueno, si he de ser sincero, nunca había contactado con un sistema turanio —dijo Skippy—. Recuerda que me he tirado un millón de años atrapado en Paraíso. Así que voy improvisando sobre la marcha.

—¿Qué? ¡Mecagoenlahostia, Skippy, no me jodas! ¿Un millón de años? ¿Cómo cojones vas a entender la tecnología turania si nunca la has visto? ¡Nos dijiste que podías encargarte de esto! ¡Joder! Un soldado en combate necesita saber que puede contar con sus camaradas. Tendrías que habernos dicho que no estabas seguro de que podrías infiltrarte en sus sistemas. ¡Mierda! Piloto, aborta la...

—¡Alto! —gritó Skippy—. Ya lo tengo. Estamos dentro.

—¿Qué? —Mi voz era un jadeo de pura tensión.

—Cuando dije «más tiempo» hablaba en términos de tiempo mágico, no en tiempo lento de cavernícolas, monito tonto. Tenía control completo del carguero veinte milisegundos después de haber dicho «esperaba».

—Joder, Skippy, ¿por qué me dejaste seguir?

—Estabas en racha, no quise interrumpirte. Además, era una arenga de lo más motivadora, coronel Joe; ahora entiendo cómo pasaste de machaca a oficial superior tan rápido. Aunque si tengo que ser sincero, dejé de prestar atención hacia la mitad. ¿Podrías repetirlo sin las partes aburridas?

—Que te jodan.

—Eso luego, ahora estamos acoplándonos al carguero. He ordenado a la nave que nos asigne una boca a la derecha de la parte de frontal. No os cobraré por esta mejora.

La fragata cabeceó un poco, dio un bandazo a la derecha y se oyó un sonido de pinza justo antes de que Skippy anunciase que nos habíamos acoplado. La gravedad volvió poco a poco.

—Listo. No os soltéis, que vamos a saltar enseguida.

—Creí que necesitaba estar conectado a la nave para saltar —preguntó Chang, desorientado—. ¿No necesita que abordemos la nave turania y tomemos control de sus sistemas de navegación antes de saltar?

—¿Eh? No, ahora no. Los turanios ya tenían programado un salto en su sistema para poco después de que nos acoplásemos y voy a dejar que lo den. Luego plegaré el espaciotiempo para sacarnos de la trayectoria; saltar en medio de la flota turania no sería lo más aconsejable. ¿O me he perdido algo?

Había un tono de sabiondillo en la pregunta.

—No, correcto, gracias —replicó Chang.

—Y tres, dos, uno, salto. Listo. Hemos salido del hiperespacio un tercio de año luz antes del punto de emergencia previsto. He puesto el carguero bajo silencio de comunicaciones y les he ordenado a los kristangos que hagan lo mismo. ¡Putos lagartos! El comandante kristango se ha dado cuenta de que no hemos saltado donde debíamos y esta preguntando por qué, y pide acceso a nuestra nave.

—¿Puedes contenerlo? —pregunté.

Lo último que queríamos era un equipo armado kristango recorriendo a sus anchas la nave turania y llamando a la puerta. O tomando una lanzadera para ir hasta nuestra boca de acople.

—Sí, le acabo de dar un buen repaso. Los turanios no aguantan gilipolleces de sus especies subordinadas. Le dije que callase la puta boca y que habíamos alterado el rumbo para evitar una nave yerapta y que esta fragata está bajo cuarentena. No le gusta, pero no le queda más remedio que obedecer.

—Perfecto. Y ahora, ¿qué?

—Tú eres el comandante en jefe, coronel Joe. Mi sugerencia es que abordéis el carguero y capturéis a los ochenta y siete turanios que lo tripulan.

—¿Qué posibilidades vamos a tener contra ochenta y siete ciborgs turanios? —pregunté, incrédulo. Apenas habíamos logrado derrotar a una docena de kristangos.

—Ochenta y siete ciborgs en sueño profundo. He ordenado a sus implantes que los pongan en un ciclo de sueño de mantenimiento no programado. Un coma, básicamente —explicó Skippy—. ¡Ja! Y esos cabezones verdes piensan que ser ciborgs es una ventaja.

—¿Así, sin más? —pregunté—. ¿Tenemos control de la nave?

Era un tanto decepcionante. Aunque podía vivir con ello sin problemas.

—Sip. Sin más. He aquí la magia de Skippy el Magnífico. Aunque tal como funciona la magia en mi entorno, ha sido cosa de niños. De todos modos ¿estáis impresionados los monitos?

Asentí.

—Este mono está muy impresionado.

—Y este —añadió Chang.

—Esta humana está impresionada —replicó Simms—. Mi coronel, tenía mis dudas sobre su lata de cerveza, pero ya no.

Me apresuré a corregirla antes de que Skippy montase en cólera.

—No es mía, comandante Simms. Skippy es tan consciente e inteligente como nosotros. Bastante más, de hecho.

—Más que todos vosotros juntos, en realidad —intervino Skippy.

Sí que le gustaba presumir a la puñetera lata.

Skippy nos había asegurado que los kristangos no se atreverían a entrar en la nave turania, aunque había bloqueado las escotillas por si caso, así que abrimos la nuestra, no del todo seguros. Giraud iba en punta armado con un fusil rujarra, el HK416 habitual de las fuerzas especiales francesas y un macuto lleno de granadas aturdidoras. Skippy había insistido en que todo aquello era innecesario y que podíamos pasearnos por el enorme carguero estelar desnudos si nos daba la gana, aunque exigió que los monos fuésemos lo más tapados posible para no ofender a sus delicados sensores. Le hice un par de peinetas y le pregunté si sus sensores las captaban. No respondió.

La escotilla de la fragata daba a una habitación que, según Skippy, era una especie de ascensor. La gravedad artificial hacía que abajo fuese el espinazo del carguero, así que sin ascensor habríamos tenido bajar por una larguísima escalera. Era lo bastante amplio para que cupiésemos todos, y más que suficiente para la docena de personas que había elegido para la misión de reconocimiento.

Olía un poco raro.

—Skippy, ¿este aire es respirable? —pregunté mientras olisqueaba. Era una pregunta que tendría que haber hecho mucho antes—. Huele, eh, como el sótano de mis abuelos.

—Tranquilo, el aire está bien. Huele rancio porque los turanios casi nunca permiten a bordo a otras especies, que les parecen sucias y asquerosas. La base de datos de la nave muestra que este ascensor se usó hace treinta y ocho años.

—¿No estamos en el frente de la nave? ¿No sería lógico que las naves turanias usasen esta boca más a menudo?

—Muy observador, coronel Joe. Las naves turanias la usan con cierta frecuencia, en efecto, pero usan una escotilla distinta para no tener que tocar ninguna superficie mancillada por el tacto de especies inferiores. Las escotillas de las naves kristangas no encajan en los diseños turanios. Es deliberado.

—Supongo que los turanios tampoco ofrecerán un refrigerio a sus invitados —dijo la sargento Adams totalmente en serio.

Estaba alerta, con el dedo junto al gatillo del fusil rujarra. Había ordenado que los configurasen para fuego letal, por si Skippy se equivocaba y nos dábamos de bruces con un montón de ciborgs despiertos y alertas.

El elevador llegó por fin al espinazo y la puerta se abrió a un amplio pasillo. Estaba bien iluminado y se lo veía funcional y minimalista. Predominaban los grises, con un poco de blanco y negro para animarlo un poco. No muy acogedor.

—Skippy, ¿toda la nave tiene esta pinta? —pregunté en voz baja. El tono no había sido intencionado.

—Casi toda. Al ser ciborgs, a los turanios no les gusta nada que les recuerde su pasado biológico, como la decoración o las comodidades, más allá de lo mínimo necesario.

—¿Y por qué no han seguido y se han convertido en robots o androides o como quieran llamarlos? —preguntó Simms.

—Por dos razones —explicó Skippy mientras entrábamos en el pasillo—. En primer lugar, su tecnología aún no les permite descargar su conciencia en una estructura no biológica, algo mucho más difícil de lo que casi todo el mundo cree. El segundo motivo, y el más importante, es que si los turanios se hicieran postbiológicos, los maxolhxes no los considerarían una especie subordinada, sino simples robots, y los tratarían como máquinas. Como esclavos. —Sonaba amargado—. Los maxolhxes no consideran conscientes a las inteligencias artificiales. Bastardos.

Se abrió una puerta frente a nosotros e instintivamente apuntamos hacia ella. Skippy se echó a reír.

—Tranquilos, monitos. Es un trole. A menos que queráis ir caminando hasta el frontal de la nave. Hay un trecho.

Entramos en el vagón, la puerta se cerró y el trole empezó a acelerar poco a poco.

—La próxima vez avísanos antes. Andamos un poco nerviosos por aquí.

—Tomo nota. Ya os lo dije, mi control de la nave es completo y los turanios están en el país de los sueños. Lo único peligroso que hay en la nave es un grupo de monos armados hasta los dientes. Ah, para que a ninguno lo pille por sorpresa y empecéis a dispararos unos a otros, os aviso de que veréis un turanio dormido en el suelo cuando se abran las puertas.

Estuvo bien que avisase. Giraud insistió en ser el primero en salir y apuntó con el HK416 al turanio tumbado en el suelo. Le dio un par de golpecitos con el cañón sin que pasase nada.

—*Rien* —murmuró Giraud.

—¿Eh?

—Nada —respondieron Giraud y Skippy a la vez.

—Para ser exactos —dijo este último tras aclararse la garganta—, no ha dicho «nada», sino «rien», palabra francesa que significa «nada».

—Ya me lo figuraba. —Empujé al turanio con el pie. No se movió. De no haberme asegurado Skippy que estaba en una especie de coma, habría jurado que estaba muerto—. Sargento Adams, saque a la Bella Durmiente de aquí.

Adams le ató las manos antes de llevárselo por los pies y dejarlo tras una esquina. Si aquello era el Puesto de Mando de la nave no resultaba demasiado impresionante, todo era de un gris monótono.

—¿Y ahora? ¿Dónde está el puente?

—No tiene.

—¿Cómo?

—Los turanios opinan que el puente es algo obsoleto, una reliquia del pasado biológico que han trascendido y que es innecesario e ineficiente. Manejan la nave directamente con los controles cibernéticos del cerebro, lo que les permite acceder desde cualquier parte. Durante las operaciones, sobre todo en combate, la tripulación se sitúa en diversos nichos en el nodo principal de la red, que está en el centro de la sección frontal y se encuentra fuertemente acorazado. No merece la pena que vayáis, no podéis conectaros con el patético terrón al que los turanios llaman ordenador de vuelo.

—¿Qué vamos a hacer, entonces? ¿Cómo vamos a controlar la nave, con pensamientos alegres?

—Si cierras el pico un momento y me dejar hablar, te diré que hay un Puesto de Mando de respaldo. Lo usan cuando se encuentra con los maxolhxes, por si sus mentores tratan de colarse en su sistema informático. Algo que hacen a menudo y que pone a los turanios de los nervios. El Puesto de Mando Auxiliar tiene monitores, sistemas de comunicación de audio y paneles manuales de control. Lo que no podáis controlar desde allí, lo controlaré yo si me decís qué queréis.

—Guíanos, MacDuff.

Skippy chascó sus inexistentes labios.

—Menuda forma chapucera de citar mal el *Macbeth* de Shakespeare. La línea correcta es «Adelante, MacDuff» y significa todo lo contrario…

—¡Me importa un pimiento, Skippy! ¿Por dónde?

El pasillo de enfrente se cruzaba con otro y no se veía ninguna indicación que nos pudiera orientar, ni siquiera en escritura turania.

—Perdón por intentar sacaros del más profundo pozo de la ignorancia y tratar de meter algo de conocimiento en vuestras molleras —gruñó Skippy—. Todo recto hasta el final, ya abro yo la puerta. —Cuando llegamos, nos advirtió—: La decoración aquí es un pelín distinta a la del resto de la nave.

No exageraba. El interior del Puesto de Mando Auxiliar parecía una fantasía gótica. Era una orgía de colores, lleno de monitores, botones luminosos, palancas y pomos, todo decorado hasta la exageración. El contraste con el resto de la nave era estridente. No soy decorador de interiores, así que no intentaré describirlo; diré tan solo que parecía una especie de mezcla entre una catedral medieval y uno de esos castillos franceses de fantasía. Igual «gótico» no había sido el término adecuado, desde luego no parecía uno de esos sitios donde les gustaba ir a los góticos que conocía. No sé. ¿Rococó? Palabra que, por otro lado, ni siquiera sé lo que significa. Todo demasiado elaborado y decorativo, opulento hasta el extremo de ser de mal gusto. Eso. Lo opuesto a elegante y minimalista, vamos. Y al resto de la nave. Hasta cosas supersencillas como la manilla de una puerta estaban decoradas con una complicada filigrana en oro y azul que se enrollaba a su alrededor y gemas de varios colores incrustadas en ella. Elementos innecesarios para el funcionamiento.

—Joder, es como el recibidor en casa de mi abuela —dijo Simms en voz baja—, solo que peor. ¿Por qué es todo tan…?

—La palabra que buscas es «barroco» —dijo Skippy con voz petulante—. Dado que en este lugar los turanios se desconectan de sus mejoras cibernéticas, está diseñado para recordarles su pasado biológico. Si os parece de mal gusto, os diré que los turanios lo odian. Se supone que está creado para que se sientan asqueados y refuerce su idea de la superioridad de la cibernética sobre la biología. Los diseñadores querían que el centro auxiliar de mando fuese lo contrario de molón, si es que se les puede aplicar ese término a los turanios.

—Pues dieron en el clavo. —Olisqueé—. Este sitio apesta.

—Como un prostíbulo de Nueva Orleans —murmuró alguien mis espaldas. No me molesté en volverme.

—Tal cual. Aunque nunca he estado en ninguno —me apresuré a añadir—. Huele como si a alguien se le hubiera ido la mano con el perfume.

El término que estaba buscando era «empalagoso». Adams arrugó la nariz.

—Como si se hubiese pasado con el perfume de mi abuela —dijo.

—Los diseñadores querían que los turanios recordasen su naturaleza biológica mediante pistas visuales, aromáticas y palpables. Por eso en vez de tener pantallas táctiles hay pomos y botones, algo que hasta a los humanos os parece anticuado. Tener que tocar y girar un pomo, frío y áspero al tacto, que se resiste lo suficiente al girar para que se note el esfuerzo, les recuerda continuamente que tienen que pensar en términos biológicos. En situaciones de alta presión, que son las únicas en las que los turanios usan este centro de control, la tripulación debe suprimir el impulso de usar la cibernética. En una maniobra de emergencia, los pilotos tienen que ser capaces de maniobrar con las manos lo más rápido posible, sin perder el tiempo intentando manejar el sistema con la mente.

—¿Puedes poner la ventilación y eliminar esta peste? —pedí—. También huele a rancio, como el ascensor.

—Es porque no usan mucho esta sala. He desactivado los emisores de aroma y la ventilación está al máximo. Os vendrá bien tener la puerta abierta; calculo que vuestras narices se acostumbrarán al olor en una hora y mañana será ya indetectable. Aunque si alguna de las mujeres se quedase embarazada y se le intensificase el sentido del olfato, entonces podría…

—No creo que tengamos ese problema.

Intercambié una mirada con Simms y luego miré a mi alrededor. El centro de control era más o menos ovalado, con una sección central de la misma forma, separada del resto por lo que parecían ventanales que iban del suelo al techo. Dentro se veían tres sillas parecidas. Dos de piloto y una más grande tras ellas, rodeada de tableros de control. Alrededor de la sección central y encaradas hacia los ventanales, estaban los puestos de control en los que había sillas demasiado pequeñas para los traseros humanos.

—¿El control de vuelo está en esa zona acristalada?

—Sí, es el núcleo del Puesto de Mando Auxiliar.

—Demasiado largo —dije—. Lo llamaremos el Puente y el resto será el Centro de Información de Combate. El CIC.

Chang y Simms asintieron, conformes.

La capitana Desai se puso en uno de los asientos piloto, en el que le costó encajar, aunque Skippy extendió el cojín todo lo que pudo.

—Me las arreglaré, mi coronel. Me preocupa más todo esto.

Señaló el batiburrillo de controles manuales a su alrededor.

—La mayor parte de eso son controles subsidiarios que estoy manejando yo —le aseguró Skippy—. Vamos a empezar por lo más básico, el motor de salto.

Vi que Desai intentaba ponerse más cómoda en la minúscula silla. Luego miré al techo y a la puerta por la que habíamos entrado.

—Si los turanios son tan bajos, ¿cómo es que no nos damos con la cabeza contra el techo?

—Las naves turanias están diseñadas para acomodar a sus patrones los maxolhxes, aunque rara vez han condescendido en subir a bordo de una. Pese a todo, los turanios tratan de evitarles cualquier incomodidad. Además, de vez en cuando vienen kristangos o alguna otra especie subordinada y, aunque intelectualmente los turanios consideran que su tamaño más compacto es el ideal y el más eficiente y por tanto superior al de otras especies, son muy puntillosos con el asunto y no les hace gracia ver a sus inferiores agachándose para cruzar la puerta y que eso les recuerde continuamente lo pequeños que son.

—De acuerdo. —Puse a Skippy en una consola junto al sillón de Desai—. Vas a pasar un buen rato aprendiendo a manejar todo esto, capitana. Coronel Chang, te dejo el puente. Voy a ocuparme de los turanios. Adams, Thompson, conmigo.

Dejé que Skippy se encargase de instruir a Desai, Chang y Simms, entre otros, en el manejo de los mandos del Puente y el CIC y fui a ocuparme de la anterior tripulación de la nave. Mientras recorría el pasillo me di cuenta de que no tenía la menor idea de cómo.

—Skippy —dije por el zPhone—. ¿Alguna idea de qué hacer con todos estos Rip van Winkle?

—Asumo que te refieres a los turanios dormidos.

—Afirmativo.

—Se me ocurren varias posibilidades en función de lo que pretendas hacer con ellos luego. Entretanto, la nave tiene varias cápsulas eyectables y una de ellas es lo bastante grande para acomodar a toda la tripulación.

—¿Vamos a apilarlos como leña?

—Más bien los dejaremos en el suelo, pero esa es la idea.

Lo pensé unos instantes. ¿Qué demonios iba a hacer con ochenta y siete turanios inconscientes? Habría sido más sencillo que Skippy los hubiese matado en lugar de activar su ciclo de sueño, porque aquello me habría quitado de encima la responsabilidad sobre sus vidas. Claro que si Skippy hubiera podido matarlos y me hubiese preguntado si los ejecutaba o los ponía a dormir, ¿qué le habría dicho yo? Tomar decisiones en la fragata kristanga había sido más sencillo, cuando aún no teníamos claro si podríamos hacernos con el carguero turanio sin tener que abrirnos paso a tiros. Siempre es más fácil tomar una decisión cuando se está trazando un plan que en medio del fregado. Podía intentar aplazar el asunto, por otro lado.

—¿Cuánto puedes mantenerlos dormidos?

—Unos tres días sin necesitad de conectarlos al soporte vital. Su parte cibernética disminuye las funciones autónomas.

—Hmmm. Vale. ¿Y cuándo podremos volver a saltar? Supongo que querremos dejar el vecindario por si una partida de rescate turania viene a buscarnos.

—Sin duda. Además, están de camino. He detectado las firmas de salto de dos naves turanias que nos están buscando. De momento estamos a salvo, porque sin la respuesta de nuestro transpondedor, que he desactivado, es poco probable que los turanios nos encuentren antes de que saltemos, dentro de unas tres horas. El retraso se debe a que, además de realizar un chequeo completo de los motores de salto y los sistemas de navegación, estoy eliminando el software turanio de control de saltos y reemplazándolo con algo que sea un pelín más útil. Es como instalar el sistema operativo de una IA en un bloque de hormigón, pero con menos capacidad de memoria.

—Parece un reto difícil. Sargento Adams, junta esos tres turanios y súbelos al… ¿Al trole te parece bien, Skippy?

—Es un buen comienzo, sí. Ya instruiré luego a tu gente desde allí.

—A la orden, mi coronel.

Adams les hizo una seña a tres de los soldados y empezaron a arrastrar los cuerpos inertes de los turanios para subirlos al vagón.

Solo que no estaban del todo inertes, algo que no tardamos en descubrir. El sargento Adams y yo nos intercambiamos una mirada de diversión mientras los soldados juntaban a los hombrecitos verdes.

—¿Quién habría pensado que estos tipos iban a roncar de esa manera? ¡Joder, este me está babeando! ¡Qué asco!

—Mira este. Se le mueven los párpados y tiene un tic en la boca. Es como mi perro cuando sueña con perseguir una ardilla.

—¿Cómo sabes con qué sueña tu perro?

—¿Qué otra cosa iba a soñar?

—No sé. ¿Con follarse tu pierna?

—Silencio por ahí —ordenó Adams de malos modos, aunque vi que le brillaban los ojos—. Y aligerad.

Mientras Adams se las apañaba con las Bellas Durmientes, el sargento Thompson y yo regresamos a la fragata y llevamos a nuestros heridos a bordo de la nave turania. Skippy me había asegurado que las instalaciones médicas de los turanios eran inmensamente superiores a la angosta y limitada enfermería de la nave kristanga. Trasladamos a la vez a los tres soldados heridos al hospital turanio sin desengancharlos de los monitores médicos kristangos. Era una tarea de la que quería ocuparme en persona, aunque los heridos estuvieran estables y sedados. Skippy se había hecho con el control de los sistemas médicos de la nave, incluidas las vainas de aspecto algo siniestro en las que introdujimos a los heridos. Tenían la apariencia ominosa de un féretro, y la parte interior estaba llena de sondas de nanitas. En cuanto se cerró la tapa, las sondas se extendieron para proporcionar oxígeno, nutrientes y medicamentos, además de las nanitas que acelerarían la cura. Skippy me dijo que había reprogramado los ordenadores médicos para adaptarlos a la bioquímica humana y que estaba seguro de que los tres soldados se recuperarían del todo.

Tuvimos que llevar a cabo todo el proceso con mucho cuidado, porque la gravedad de la enfermería era un quince por ciento de la terrestre, algo pensado para minimizar la presión sobre los cuerpos de los heridos.

—¿Hay algo más que podamos hacer?

Contemplé la sala con el ceño fruncido. Por todas partes se veían tubos y robots de aspecto intimidante. No me apetecía nada ser paciente de aquel hospital.

El doctor Skippy despreció mi ofrecimiento.

—A menos que tengas un conocimiento completo de las vainas médicas turanias, va a ser que no. Lo tengo controlado, Joe, de verdad. Sé que acojona un poco, pero es tecnología médica sumamente sofisticada y la fisiología humana es muy sencilla, así que los tres casos son pan comido. Busca algo útil que hacer y deja que me ocupe de esto.

—De acuerdo. Pero no vamos a dejarlos solos. Le ordenaré a la comandante Simms que organice turnos para...

—No hace falta, Joe.

—En sentido estricto seguro que no, Skippy, pero es una necesidad humana. No nos gusta dejar solos a los nuestros. Cuando despierten, es bueno que haya alguien con ellos.

—Vale, asuntos de humanos —cedió Skippy.

—Muy bien. ¿Y ahora? Supongo que habrá que comprobar las dependencias de la tripulación. Esto, imagino que este trasto tiene de eso, ¿no?

Dada la profunda obsesión de los turanios por lo cibernético, no me habría extrañado que durmiesen de pie, enchufados a la pared o algo así.

—Tienen camarotes individuales. Hay uno por el pasillo a la derecha.

Recorrimos el pasillo hasta llegar a una puerta, que se abrió. Me asomé al interior.

—Vaya. Esto puede ser un problema.

El camarote era un sitio agradable; una cama, estantes en las paredes, un armario, un servicio con ducha y una silla y una mesa. El problema no era el mobiliario, sino que todo estaba a escala turania. Si me tumbaba en la cama me saldrían las piernas y el techo estaba a menos de metro noventa, así que habría soldados que iban a tener que andarse con ojo para no darse de cabezazos. Para tomarse una ducha habría que ponerse de rodillas.

—Tiene una pinta acogedora —dijo Adams sonriendo.

—¿Acogedora como en «cómodo y agradable», o acogedora como un anuncio de una inmobiliaria agobiante y deprimente?

—Lo segundo. —Abrió la puerta del armario—. No les va mucho la moda.

Toda la ropa tenía el mismo tono apagado y gris azulado que llevaban los turanios dormidos que habíamos visto.

Me encogí de hombros.

—Nos las apañaremos, qué narices. Al menos todo el mundo va a tener camarote individual. Un lujazo.

Adams me dio un codazo.

—¿Y respecto a la comida, mi coronel?

—Buena pregunta. Skippy llévanos al comedor, bueno, a la cambusa, que esto es una nave.

—No hay.

—¿Cómo? —Intercambié una mirada de sorpresa con Adams—. ¿Dónde comen?

—En privado —respondió Skippy—. Los turanios consideran tabú casi todo lo que les recuerda su pasado, especialmente funciones biológicas como alimentarse. La comida se consume en privado en los camarotes.

En el pequeño compartimento no se veía nada parecido a una cocina.

—De acuerdo. —Ya encontraríamos algún espacio en la nave que pudiéramos usar de comedor. No dejábamos de ser animales gremiales y la comida era el mejor momento para socializar—. ¿Dónde está la comida?

—En el compartimento tras la sargento.

Adams lo abrió y sacó un puñado de tubos de plástico que contenían un fluido espeso de color beige.

—¿Qué es esto?

Exploró a fondo el armarito por si acaso y luego abrió otro. Los mismos tubos.

—Es su comida. La traducción más adecuada a vuestro idioma supongo que es «fango de sustento».

—¿Fango?

—Hmmm, vale, igual la palabra tiene connotaciones negativas. ¿Qué tal mugre, estiércol, moco o baba? Joder, no, todo eso también tiene connotaciones negativas.

—¿Tú crees?

—¿Qué tal si lo veis como un batido? —sugirió Skippy.

—No nos estás ayudando mucho. —Tomé uno de los tubos y lo examiné—. ¿No comen nada más?

—Eso contiene todo lo que necesitan los turanios.

—¿Y a qué sabe? —pregunté mientras giraba la tapa.

—Ni se te ocurra comerlo, idiota; no está diseñado para la biología humana y no tiene la mezcla adecuada de vitaminas y aminoácidos que necesitáis. Estoy adaptando los sintetizadores para que fabriquen fango, digo batidos adecuados para humanos.

—Genial. ¿Y a qué sabrán?

Hubo un momento de silencio.

—Yo qué sé, no tengo papilas gustativas.

—Vaya, lo siento.

—Sin embargo, he creado un modelo que diría que es bastante certero de los sentidos humanos, incluido el gusto…

—No esperaba menos.

—… y el sabor será, eh, supongo que la mejor forma de definirlo es como una combinación de avena, zanahorias y mortadela.

Adams torció el gesto.

—Joder, el viaje se nos va a hacer eterno —dijo.

—Skippy, no estoy nada contento. Dijiste que podríamos comer comida turania. Comida, no fango. —Meneé el tubo y la sustancia se movió de un lado a otro de un modo bastante desagradable—. Un buen papeo es el combustible de todo soldado. —Miré a Adams—. Joder, esto no va a ser nada bueno para la moral. ¿Cómo se lo van a tomar los muchachos?

Adams echó los hombros hacia atrás y apretó la mandíbula.

—Apechugarán con ello, mi coronel. —La vida militar estaba llena de mierda y a menudo no había modo de evitar que fuese así; se apechugaba con ello y se cumplía con el deber—. Los soldados llevan apechugando con ello desde que usábamos lanzas de madera. Esto no es un crucero de placer.

Su actitud era alentadora; esperaba que también lo fuese la de los demás. Habría que racionar los dos palés de comida que habíamos traído en el dodo y se daría prioridad a los heridos. Y tendría que predicar con el ejemplo y no tomar nada más que fango, o «batido». Si el equipo veía que su comandante arrimaba el hombro, lo aceptarían con más facilidad. De momento decidí que serviríamos una comida de verdad al día, a ver cómo iba la cosa.

—Joe, no me di cuenta de que esto podría ser un problema. Déjame jugar con los sintetizadores de comida a ver qué sabores puedo producir.

—El chocolate estaría bien. A todo el mundo le gusta el chocolate —sugerí.

—El grano de cacao tiene un sabor sutil y complejo, pero haré lo que pueda.

—Perfecto. Seré tu catador —me ofrecí—. ¿Hay un gimnasio en esta bañera o alguna sala que podamos convertir en gimnasio? La gente necesita hacer ejercicio, y necesitamos espacio para las prácticas de combate.

—No hay nada parecido a un gimnasio. Los turanios se fían más de sus mejoras cibernéticas que de los músculos. Uno de los compartimentos de carga está casi vacío y puedo ordenar a los robots que lo despejen lanzando la carga al especio, no la necesitamos. Para correr hay un pasillo que va de un extremo a otro del espinazo de la nave junto al trole. Puedo ir abriendo y cerrando las escotillas a medida que la gente cruce de una sección a otra.

Eran buenas noticias. Correr era un buen ejercicio; yo mismo lo necesitaba.

—Me gustaría encargarme del gimnasio, mi coronel —se ofreció Adams.

—Perfecto, sargento, adelante. Voy a comprobar cómo van los heridos.

Me sentía ansioso por examinar las instalaciones médicas de las que tanto había alardeado Skippy. Lo único que habíamos traído eran los kits de primeros auxilios; hasta una transfusión de sangre sería problemática con los recursos que teníamos. Había tantas cosas, incluso las más insignificantes, que podían ir mal en aquella misión. Y todas eran responsabilidad mía.

De camino al puente llamé a Simms por zPhone y le pedí que me esperase en el pasillo.

—Necesito que me aconseje, comandante.

—¿Sobre qué? —replicó.

Vi con claridad en sus ojos la incomodidad que a los dos nos causaba que yo fuese su oficial superior.

—Los turanios.

La incomodidad que vi ahora fue muy distinta.

—Sobre qué debemos hacer con ellos —dijo. No era una pregunta.

—Ética y legalmente —asentí—. ¿Legalmente, sobre todo? No lo sé, mierda.

¿Qué tipo de ética tenía sentido entre dos especies tan lejos una de otra en la escala del desarrollo tecnológico? ¿Qué ética se podía aplicar cuando una especie podía barrer a la otra casi sin esforzarse?

—Odio decir esto, pero ¿le ha preguntado a, eh, Skippy? —sugirió—. Seguro que ha memorizado todas las normas y reglas de los manuales del Ejército de los Estados Unidos.

—Seguro. Pero me temo que es cuanto ha hecho, almacenarlas en la memoria. Eso no implica que las entienda. Especialmente que entienda el objetivo, el contexto... La narrativa.

—Usted ha estado en combate, mi coronel. —Evitó mirarme a los ojos al mencionar mi rango—. Yo he estado en intendencia toda mi carrera.

—Pero pasó la instrucción de oficiales. La FENU me dio las águilas de plata y un montón de cursos por mail para que los estudiase por mi cuenta y luego me mandó a plantar patatas. Ni siquiera he recibido instrucción formal como cabo primero. Me ascendieron, estuve una semana con mi escuadra en Campamento Alfa y luego me enviaron a un pueblo como líder de un Equipo de Exploración Integrada. Fui aprendiéndolo todo sobre la marcha.

Lo pensó unos instantes.

—No tenemos nada parecido a la Convención de Ginebra. En la lista que nos dieron de normas para la guerra espacial no se decía nada del tratamiento de prisioneros ni de reglas de combate, más allá de cosas básicas como no joder la biosfera de planetas habitables. Tenemos el código de conducta del Ejército, pero… eh… creo que Skippy tiene razón. Somos piratas. Nuestra misión no ha sido aprobada oficialmente por la FENU ni por cualquier otra autoridad humana, civil o militar. Estamos solos.

—Genial.

—¿Te importa que te dé un consejo, coronel Joe?—dijo Skippy desde el zPhone.

—Vas a dármelo de todas formas…

—Bueno, sí. La comandante Simms tiene razón. No hay reglas formales de batalla en el espacio, y de haberlas no se aplicarían a la piratería. Sabes de sobra que vamos a lanzar a los turanios al espacio porque es el único modo de llevar a cabo la misión y evitar que se enteren de que los humanos han secuestrado una de sus naves. Tienes que matarlos para mantener a salvo a tu especie. Y lo sabes, pero necesitas que alguien, en este caso la comandante Simms, te diga que haces lo correcto. Eres coronel, estás al mando y tienes que aceptar la responsabilidad de tus decisiones.

Apreté los dientes y dije:

—Gracias, Skippy, has sido de gran ayuda.

Simms me sonrió, comprensiva.

—De nada, no tienes más que pedirlo —respondió la IA con entusiasmo. O no había pillado el sarcasmo o había decidido ignorarlo—. Si te hace sentir mejor, los turanios no malgastarían ni un segundo con un asunto así, aplastarían a los humanos como a insectos sin tan siquiera pensarlo. Cualquier turanio que cuestionase la decisión acabaría siendo reprogramado.

—Decirme que soy éticamente superior a Satanás no me ayuda mucho, Skippy.

—Te lo comento porque si los turanios descubren en algún momento que habéis secuestrado su nave, que hayáis matado a la tripulación no les va a cabrear gran cosa. Es lo que esperarían que hiciese el enemigo durante la guerra. Igual que esperarían que su tripulación muriese en combate.

—O sea, que no hay nada malo en ello, ¿no?

Me pregunté si ahora habría captado el amargo sarcasmo que rebosaba mi voz.

—Nop. No es una situación en la que ganes sí o sí, pero es una en la que, si pierdes, no estás peor.

—No pierdo nada, excepto una pizca de alma.

—Ahí no puedo ayudarte, coronel Joe. Aunque no recuerdo que la Biblia diga nada de extraterrestres.

No había manera de saber si estaba siendo sincero o comportándose como un capullo. Como fuese, la idea de matar a seres conscientes, sobre todo cuando dormían, no me parecía correcta.

—¿Aún tienes dudas? —preguntó Skippy—. A lo mejor puedo ayudarte. A principios de año, este carguero llevaba varias naves kristangas llenas de refugiados de un planeta que los lagartos habían perdido a manos de los rujarras. A mitad de camino los turanios descubrieron que ese clan concreto de los kristangos no había pagado las tarifas. La nave se detuvo, como los kristangos no pudieron pagar la tarifa completa de viaje para las dieciocho naves, los turanios eyectaron tres de ellas y saltaron. Estaban llenas de refugiados, lagartos, sí, pero refugiados al fin y al cabo, la mayor parte de castas civiles. Huían de la guerra y había mujeres y niños a bordo. Las naves estaban tan repletas de gente que el soporte vital no tardó en fallar. Los turanios las eyectaron a más de un año-luz de distancia del sistema solar con planetas habitables más cercano. Para cuando los kristangos lograron arañar suficiente dinero para pagar a los turanios por las tres naves, el noventa por ciento de los que iban a bordo habían muerto. Ah, por cierto, mientras los kristangos intentaban negociar el pago, cuatro cargueros turanios pasaron por la zona y cualquiera de ellos podría haber rescatado las naves sin apenas esfuerzo.

—¿Esta nave? ¿La nave en la que estamos? —preguntó Simms.

—Esta nave y esta tripulación —confirmó Skippy.

—Pues al infierno con ellos. —Lancé un suspiro de alivio. Era una solución facilona al dilema ético, pero no tenía nada mejor—. Que pasen por la plancha —añadí, sintiéndome cada vez más un pirata.

13

EL HOLANDÉS ERRANTE

CHANG SE PUSO en pie cuando entré en el puente. Me acomodé en el sillón de mando, que habría sido más útil como tal si hubiese sabido para qué servía cada botón. No sería mala idea hablar luego con Skippy para que me enseñase a manejarlos. El puente estaba abarrotado.

—Los motores de salto están al cien por cien —dijo Chang. Señalaba una barra verde en la parte inferior del monitor principal.

—Gracias. Antes de que saltemos, la otra nave, esto, la fragata… ¿Tiene la fragata nombre, Skippy? —Llamarla sin más «la nave» sonaba repetitivo, sobre todo ahora que teníamos dos.

—Su nombre kristango es *Flor Matutina Celeste de Victoria Gloriosa*. O algo muy parecido.

—Estás de guasa —exclamé. Esperaba algo del estilo de *Revientahámsters* o *Ejecutora*.

—A la casta guerrera kristanga le gusta la poesía. Ya veo que te sorprende.

—¿Poesía? —preguntó Chang, mirándome.

Ninguno de los dos éramos capaces de imaginar a los guerreros correosos que habíamos conocido en la estación espacial componiendo tranquilamente un poema.

—Tengo abundantes ejemplos de poesía kristanga. Si quieres que te…

—¡No, no, gracias! —Lo último que quería en aquel momento era oír poesía lagarta—. Bueno, la llamaremos, eh, la *Flor*, de momento. No voy a llamarla *Victoria* ni nada parecido hasta que no consigamos dar un buen golpe. Volviendo a la pregunta, ¿nos quedamos con la *Flor* o nos deshacemos de ella?

—Si de mí depende, nos la quedamos, mi coronel —dijo Adams—. Sé que está dañada, pero conocemos su funcionamiento y sabemos manejarla…, más o menos.

340

Su mirada me dijo a las claras que, aunque fuese su oficial superior, no sabía gran cosa de ciertos asuntos bélicos, como no librarse nunca de un activo potencial en combate, por ejemplo. Era algo que ya me había dicho en otra ocasión.

—La sargento Adams tiene razón, coronel Joe —dijo Skippy—. Los daños sufridos por la *Flor* no han mermado de forma significativa su capacidad de combate. Podemos encontrarnos en alguna situación en la que tener una nave kristanga a mano sea de utilidad.

—De acuerdo, nos la quedamos de momento.

—Hablando de nombres, ¿cómo llaman los turanios a esta nave? —preguntó Thompson.

—Espero que no sea otra chorrada tipo la *Flor*.

—Los turanios no bautizan sus naves, solo les dan un código numérico —respondió Skippy.

—Pues habrá que bautizarla —dije.

—Vamos a llamarla *Enterprise* —propuso Adams, entusiasmada.

—Ya está bien de llamar *Enterprise* a todas las naves —se quejó la comandante Simms. Supuse que no era fan de *Star Trek*.

—Estados Unidos no es el único país con naves espaciales ficticias famosas —añadió Chang—. Propongo que…

—¡A ver, monitos, que esta nave no es vuestra! —intervino Skippy—. Sois una tripulación de alquiler, así que si alguien va a bautizar la nave, seré yo

Alcé los brazos para llamar la atención de los presentes.

—Mejor decidimos primero dónde vamos y nos ocupamos luego de los nombres. ¿Cuál es la siguiente escala, Skippy? ¿Cómo contactamos con el Colectivo?

—Siempre que aún existan… —empezó Skippy.

—¿Cómo? ¿Ni siquiera estás seguro de que aún existan? ¿Sabes dónde buscarlos?

—Si por «dónde» te refieres a la Vía Láctea y sus dos galaxias enanas dependientes, sí. Incluyendo varios cúmulos globulares. Más allá de eso, ni idea.

—Joder. —La culpabilidad asomó a mi rostro mientras miraba a todas aquellas personas que había arrastrado en aquella misión quijotesca—. ¿Cuál es tu plan? ¿Vamos a pasarnos el resto de la eternidad yendo de un lado a otro de la galaxia intentando dar con alguna otra IA de los Antiguos? Joder, habrá que llamar a la nave el *Holandés Errante* —mascullé.

—¡Qué nombre tan cojonudo, Joe! —exclamó Skippy con entusiasmo—. Ya está, acabo de cambiar la identificación de la nave y ahora es el *Holandés Errante*.

—¿El Holandés Errante? —preguntó Thompson.

Aquello fue el inicio de una algarabía de especulaciones por parte de la tripulación.

—Es una leyenda acerca de un capitán holandés que mató a un albatros, lo que le trajo mala suerte y fue condenado a vagar para siempre por el mar. O algo así. La nave nunca podía ir a puerto.

—Espera, el que mató al albatros fue el Viejo Marinero.

—Bueno, claro que era viejo, si estaba navegando por los siglos de los siglos.

—¿Pero el holandés no es el tío con cara de pulpo en la peli esa de piratas de Johnny Depp? Menudo mal rollo que daba.

—Y el mal aliento que tendría.

—No, Johnny Depp no era el holandés, era el pirata con sombra de ojos. Era el rubio el que estaba condenado a no pisar nunca la tierra.

—¡Basta! ¡Se acabó! —grité para poner final a aquella conversación interminable. Giré la cabeza y me encaré con Skippy—. Bautizar esta bañera en honor de una nave maldita no es la mejor idea de que nos sintamos seguros.

—Solo intentaba ayudar —masculló Skippy.

—Y no somos una tripulación de alquiler. En todo caso, somos piratas.

Eso éramos, en efecto; sin aprobación de la FENU estábamos al margen de la ley.

—¡Piratas! ¡Claro, Joe, son tu Alegre Banda de Piratas! ¡Al abordaje, hermanos de la costa! —La imitación no fue mala del todo—. ¡Me encanta! ¡Somos una Alegre Banda de Piratas!

Miré a mi alrededor. A juzgar por los rostros que veía, aquella banda de piratas iba a ser cualquier cosa menos alegre si Skippy esperaba en serio que recorriésemos toda la galaxia en busca del Colectivo. Tendría que haber comentado aquello solo con unas pocas personas, en lugar de con toda la tripulación, pero ya era tarde.

—Esta nave…

—El *Holandés Errante* —me corrigió Skippy.

—Vale, el *Holandés Errante*. —Estaba claro que no se iba a dar por vencido—. En todo caso, no puede ir de un lado al otro de la galaxia hasta el final de los tiempos mientras envía al azar señales al colectivo. ¿Correcto?

—Claro que no, idiota, nos quedaríamos sin combustible. A partir de los registros de los kristangos sé dónde guardan los artefactos de los Antiguos relacionados con componentes del Colectivo. Hay un laboratorio de investigación en un asteroide que los lagartos creen que es secreto a un par de agujeros de gusano de distancia.

Aquello sonaba bastante mejor.

—Así que nos acercamos al asteroide y le mandamos una señal ese cacharro Antiguo, ¿no?

—¡Ya me gustaría! No, coronel Joe, no te vas a librar tan fácil. Puedo explorar el tugurio a distancia, pero luego habrá que darle al pillaje para afanar el botín que necesitamos.

¿Tugurio? ¿Pillaje? ¿Afanar? ¿De dónde coño sacaba Skippy la jerga?

—¿Pillaje? O sea, ¿lanzar un ataque? Asumo que en la instalación no habrá solo empollones kristangos desarmados.

—¡Ni de coña! ¡Va a ser como patear un avispero! Ese asteroide es donde los kristangos intentan averiguar cómo funciona la tecnología de los Antiguos, así que lo ocultan de los turanios, en la esperanza de que puedan superar a sus patrones y darles para el pelo. Los turanios conocen su existencia, claro, no son tan tontos como creen los lagartos. Les dejan investigar por si descubren algo útil, y en ese caso atacan y se lo quitan. Todo el asteroide está vigilado y protegido; tienen mallas de detectores de camuflaje, atómicas, láseres de rayos-x, vamos, el arsenal completo. Podrían cargarse incluso esta nave.

—Un hueso duro de roer.

No me gustaba nada la idea de atacar un objetivo tan protegido. Habíamos pillado por sorpresa a la tripulación de la *Flor* y, pese a eso, tomar la nave no había sido fácil. Cualquier base que los kristangos quisieran ocultar de los turanios estaría continuamente en alerta.

—¿No hay otro lugar al que podamos ir?

—Nop. Ninguno que nos sea útil. Además, lo que necesitáis también está ahí, Joe.

¿Qué necesitaba? ¿Una hamburguesa?

—¿El qué?

—Un módulo de control de agujeros de gusano. Tiene los códigos que necesito para cerrar el de la Tierra.

Aquello sí que me cabreó.

—¡Me dijiste que podías cerrarlo! ¿Qué más no me has contado?

—Eh, sí puedo. Por un tiempo. Puedo crear una disrupción en la conexión entre el agujero y la red, pero será algo temporal. Los protocolos de la red restablecerán la conexión antes o después y reiniciarán el agujero. Necesito el juego completo de códigos de control para cerrarlo de forma permanente. Los Antiguos no me los dieron.

—Me pregunto por qué —comenté de forma tajante—. Con lo de fiar que eres siempre.

—Soy de fiar, joder. No es culpa mía que seas demasiado tonto para hacer las preguntas adecuadas. Cada vez que das algo por sentado, me dejas con el culo aire. Bueno, te dejas a ti mismo, en realidad.

Tuve que contenerme para no estampar la maldita lata contra la cubierta. Había mucho que decir, y no precisamente bueno, de los Antiguos que habían creado a aquel capullo. Apreté los dientes y dije muy despacio:

—Supongo que tienes algún plan que nos permita cruzar la malla de detección, las atómicas, los laser, las naves de vigilancia y todo eso, ¿verdad?

—Claro —dijo como si tal cosa—. Es un juego de niños. Que la malla detecte lo que quiera, haré que los ordenadores principales ignoren esas entradas de datos y los lagartos no se enterarán de lo que han detectado. Sus armas no son ningún problema, puedo engañar sus sistemas de control de tiro para que no puedan apuntarnos. Al menos por un tiempo. Una vez hayamos llamado a la puerta, ni siquiera mi magnificencia puede evitar que hasta el más tonto de los lagartos se de cuenta de que algo no marcha.

—Genial —dije, irritado—. Ya lidiaremos con ello en su momento. ¿Todo el mundo listo para el salto?

Al parecer no. Chang y Simms estaban hablando, pese a mis esfuerzos por poner fin a su conversación, y a mi alrededor todo el mundo parecía tener algo que decir.

—¡Basta! —interrumpió Skippy a voz en grito por los altavoces de la nave—. Parecéis un montón de monos parloteando en lo alto de un árbol. ¡Ya basta de cháchara! No me oigo ni pensar. ¡Fuera! ¡Todo el mundo fuera del puente, salvo el coronel Joe y los pilotos!

Miré a los demás, avergonzado, especialmente a Chang y Simms.

—Skippy, no podemos…

—Coronel Joe, me dijiste que teníamos que establecer una línea clara de comunicación. Vamos a llevar la nave a territorio enemigo, vamos a atravesar varios agujeros de gusano y quizá tengamos que entrar en combate. Tener un grupo de monos chillando a mi alrededor no mejora las comunicaciones. Que se queden fuera del puente en el CIC; pueden oír lo que digamos, pero no quiero saber nada de ellos salvo por el intercomunicador. Eres el comandante en jefe, eres un coronel y estás al mando. Solo hablaré contigo o con el piloto mientras la nave esté en tránsito.

No le faltaba razón. Chang y Simms no aceptaban del todo mi rango, así que intentaban hacerse oír a la menor ocasión. No podía culparlos. Yo mismo no me lo creía. Y aquella era una buena ocasión para hacer valer mi autoridad; para ponerla a prueba, en realidad. Si Chang, Simms, Giraud o algún otro iba a cuestionarme como líder, era el momento de averiguarlo.

—Skippy está en lo cierto —afirmé en el tono más autoritario posible—. Hay demasiada gente. El acceso al puente se restringe al oficial de guardia —en este caso, yo— y los dos pilotos. Los demás que ocupen sus puestos en el CIC.

Habría que establecer turnos para sentarse en el sillón de mando como oficial de guardia, e íbamos a necesitar más pilotos aparte de los dos que teníamos. Desai llevaba pilotando desde que habíamos escapado de la cárcel kristanga y por fuerza tenía que estar cansada; era la tercera nave desconocida que aprendía a manejar en un solo día.

Por suerte nadie objetó mis órdenes y despejaron el puente. De todos modos, tenían mejor acceso a los mandos y los monitores desde del CIC y el puente había estado sobrecargado.

—La nave está preparada para saltar y se ha programado el rumbo en el piloto automático —anunció Skippy en tono impaciente—. La piloto sabe a qué botón debe darle.

—¿Piloto?

—Preparada, capitán. —Desai tenía el dedo sobre un enorme botón de la consola frente a ella—. Don Skippy me ha ayudado a programar el piloto automático, aunque en realidad no tengo muy claro cómo funciona.

Al parecer los monos nunca entenderíamos el funcionamiento de un ordenador de navegación.

—Adelante —ordené sin más.

Saltamos. El monitor parpadeó y el único cambio que pude discernir fue que el punto que había en la parte inferior derecha del monitor había desaparecido.

—Salto completado, capitán —dijo Desai—. Según los instrumentos.

—Confirmado —dijo Skippy sin más.

—Excelente. —Me relajé un poco—. ¿Siguiente fase del plan?

Como era de esperar, Skippy tenía la respuesta preparada.

—Cuando los motores de salto vuelvan a cargarse tomamos el rumbo correcto. Este salto ha sido solo para alejarnos lo suficiente y que las naves turanias que nos buscaban pierdan el rastro.

Comprobé el monitor de estado que mostraba las naves kristangas acopladas a las plataformas que salían del largo espinazo de la nave.

—¿Qué pasa con nuestros… invitados?

—Ah, eso. Puedo lanzar al espacio las otras naves kristangas y dejarlas aquí antes de que saltemos. Aún quieres conservar la *Flor*, supongo.

—Sí, nos quedaremos con la *Flor* —dije con el ceño fruncido—. ¿Podrán las otras naves volver a Paraíso? ¿Acercarse lo suficiente para pedir ayuda?

—Si trasvasan a una sola nave todo el combustible que tienen y sacrifican las demás hay un treinta y seis por ciento de posibilidades de que puedan realizar saltos suficientes para estar al alcance. La variable fundamental es el estado de los motores de salto kristangos. Hay un sesenta y cuatro por ciento de posibilidades de que tantos saltos estropeen el motor.

—No.

—¿No? ¿El mono quiere ver mis cálculos?

Skippy parecía divertido.

—No, el mono quiere que haya un cero por ciento de posibilidades de que los lagartos, o los turanios para el caso, averigüen qué pasó aquí. Si cualquiera de ellos descubre que hubo humanos involucrados en nuestro pequeño abordaje, la Tierra está jodida.

Hubo un lapso casi imperceptible antes de que Skippy dijera:

—Puedo interferir con sus ordenadores de salto, pero lo más probable es que antes o después los restauren desde una copia de seguridad.

—No me refiero a eso. ¿Con qué armas cuenta esta bañera? Asumo que los turanios tienen algo más potente que los cañones de riel.

—Tienen eso y también misiles y máseres.

—¿Algo que vaporice por completo las naves de los lagartos? No quiero restos, ni grabadoras de vuelo, ni cajas negras. No quieto que puedan recobrar nada.

Vi que los demás me miraban con escepticismo y se preguntaban dónde quería ir a parar.

—Un carguero estelar no es una nave de guerra. Sus armas son básicamente defensivas. No hay ninguna a bordo que pueda destruir por completo catorce naves kristangas; quedarían restos detectables. Además, las naves kristangas tienen drones que se lanzarían de forma automática en caso de que la nave quedase seriamente dañada. Llevan una copia del cuaderno de bitácora y los datos de los sensores y tienen dispositivo de camuflaje. Hay unos cuantos en cada nave, así que dar con todos ellos sería muy difícil aunque manejase directamente nuestros sensores. Tengo que señalar, además, que esas catorce naves, pese a su tecnología inferior, suponen una amenaza real para esta. —Me di cuenta de que Skippy ya no sonaba tan sabelotodo al hablar de matar lagartos—. De todos modos, la discusión es académica, coronel Joe. Ya sabes que no se me permite usar armas.

—A mí, sí.

Ahora la pausa fue lo bastante grande para que otros aparte de mí la notasen.

—No veo…

—Activa las armas y apúntalas y seré yo quien apriete el botón, o lo que usen aquí —dije. Examiné los alrededores por si veía algo que pareciera una consola de armamento. Todo me seguía pareciendo una pesadilla gótica—. Asumo que puedes conseguirlo, ¿no?, que tu programación no te impide preparar las armas siempre y cuando no inicies la secuencia de fuego.

Otra larga pausa.

—Creo que te he subestimado, coronel. La idea es casi inteligente. —Fue la primera vez que oí asomar el respecto en su voz—. ¿Estás seguro de que es lo que quieres?

Vi por el ventanal que el teniente coronel Chang, la comandante Simms y todos los demás habían oído cuanto había dicho.

—Cuando estaba en prisión a la espera de que me ejecutasen por haberme negado a matar niños y mujeres inocentes, decidí mandar a la mierda aquellos putos lagartos nazis. Sí, podríamos limitarnos a inhabilitar sus motores de salto. —Miré el monitor de proa, que mostraba varias hileras de cruceros y destructores kristangos acoplados al carguero—. Pero estos lagartos son una amenaza para la Tierra. —Miré a la comandante Simms, quien asintió—. Que les den —terminé, con tanta rabia que me asustó.

La pausa de Skippy fue más larga que las anteriores.

—Quizá debería reevaluar mi juicio sobre ti.

—¿Puedes encargarte o no? —Luego recordé la manía que tenía Skippy de interpretar literalmente las frases—. ¿Vas a encargarte o no?

Esta vez no hubo pausa alguna.

—Puedo dejar preparadas las armas para que las uses, en efecto. ¿Cuáles quieres usar?

Era una pregunta peliaguda. Nada de lo que teníamos a bordo tenía la potencia de fuego que necesitaba y los kristangos aún podían devolver el fuego cuando los atacásemos. Si dañaban la capacidad de salto del carguero podíamos quedarnos varados en mitad de ninguna parte durante mucho tiempo. Miré hacia Chang y Simms.

—¿A alguien se le ocurre alguna idea?

Antes de que ninguno de los que estaban en el CIC respondiese, Desai se dio media vuelta.

—¿Podemos saltar a un lugar tan aislado y lejos de todo que los kristangos jamás puedan volver?

—Ya estamos en el espacio profundo. Ir más lejos incrementaría las posibilidades de un fallo en los motores kristangos, pero aún podrían…

—Skippy —le interrumpí—, ¿puedes controlar los motores de esas naves? Desai me ha dado una idea.

—Sí. Temporalmente.

—¿No hace falta que mandemos un equipo a ninguna de ellas para enchufarte?

De ser así el plan no funcionaría, era imposible que pudiéramos asaltar todas aquellas naves.

—No. Las plataformas turanias tienen conexión con las naves atracadas para reducir sus firmas electromagnéticas, así que me infiltré en los ordenadores kristangos poco después de controlar el carguero.

La siguiente pregunta era la del millón.

—¿Cuánto les llevaría a los kristangos poner los motores a punto para un salto corto?

—Las naves de guerra siempre mantienen un remanente de carga en los motores de salto para escapar de posibles emboscadas —explicó Skippy—. Todas las naves podrían saltar ahora mismo.

—Perfecto. ¿A qué distancia estamos del gigante gaseoso más cercano?

La boca de Desai moduló una «O» silenciosa al darse cuenta de lo que pretendía.

—¿Quiere que saltemos junto a un gigante gaseoso, expulsemos a los kristangos y luego hagamos saltar sus naves al interior del planeta antes de que puedan reaccionar?

—¡Eyyy! —exclamó Skippy, burlón—. ¡Alto ahí! No se puede saltar a la atmósfera de un planeta, la gravedad distorsionaría el punto de salto al extremo de que… ¡Joder, claro! Eh, vale, sí, eso sería un modo bastante eficaz de destrozar esas naves, sobre todo teniendo en cuenta que intentarían emerger en un punto del espaciotiempo que ya está ocupado por el planeta. ¡Va a ser la puta caña! —Sonaba al borde del éxtasis—. Hay un gigante gaseoso del tamaño de Saturno a un par de saltos de distancia. Es un sistema deshabitado. Piloto, ya he trazado el rumbo, salta cuando los motores estén al sesenta y cuatro por ciento de carga.

—¡Alto! —grité antes de que Desai se girase. Tendría que haberme fiado de ella; mantenía las manos en el aire sin apoyarlas sobre los mandos—. ¿Puedes expulsar las naves, alejarlas y hacer que salten a ese Saturno antes de que lancen los drones, Skippy?

—Por favor, coronel Joe, me ofendes. Es pan comido.

Chang no puso ninguna objeción ni propuso un plan alternativo. Simms se mostró entusiasmada y me pareció que tanto en su mirada como en la de Desai había un respeto nuevo hacia mí. Saltamos un par de veces por el vacío del espacio y, después de que Desai apretase un botón, la habitual negrura interestelar dio paso en un parpadeo a un gigante gaseoso gris azulado que ocupaba por completo la pantalla. Supongo que Skippy estaba presumiendo de sus habilidades de navegación, porque parecía que estuviese demasiado cerca. No me dio tiempo a decir nada, porque casi inmediatamente la nave tembló a la vez que catorce naves kristangas y la vaina de carga con los turanios dormidos se eyectaban por el procedimiento de emergencia. Nuestra nave aceleró por el espacio normal pilotada por Desai, quien no había recibido más instrucciones de Skippy que largarse a escape de allí en dirección contraria al planeta. Vimos varios destellos a popa cuando las naves kristangas crearon puntos de salto contra su voluntad.

—Puedes cortar el impulso, piloto. Merece la pena ver esto —anunció Skippy, emocionado.

—¿El qué?

La pantalla hizo zoom en la parte alta de la atmósfera y vimos un resplandor justo debajo.

—He hecho que las catorce saltaran en un espacio de cien quilómetros cúbicos, de modo que las bocas de salida de los agujeros se solapen para asegurarnos de que no queda nada de ellas.

—¿No es pasarse un poco?

—Pasarse no tiene nada de malo —dijo Skippy en tono de suficiencia—. Hmmm. Uy, vaya.

—¿«Uy, vaya»? —El resplandor bajo las nubes seguía aumentando y era cada vez más brillante. Las crestas de las nubes parecían borbotear en nuestra dirección—. ¿«Uy, vaya»? ¿Qué coño has hecho, Skippy?

—La energía liberada sobre el planeta es mucho mayor de lo que anticipaba, muy por encima del rango de los petavatios. Joder. Se autosustenta. La leche.

—¿Le leche? —Las nubes se lanzaban hacia nosotros—. ¿Qué coño es un petavatio? —grité.

—Problemas. Por suerte, estamos fuera de alcance. Eso creo.

Su tono no me llenó precisamente de confianza.

—¿Crees? Desai, llévanos lo más lejos que puedas, a una órbita alta, lo que sea. Vamos.

—A la orden, mi coronel —respondió, con una sonrisa enorme cruzándole el rostro. Estaba claro que lo pasaba bien pilotando una nave espacial gigantesca—. Piso a fondo.

El planeta se empequeñeció a nuestras espaldas mientras la parte superior de las nubes se transformaba rápidamente en una explosión enorme en forma de hongo que se proyectó más allá de la atmósfera como si fuese una llamarada solar. Skippy nos informó, extasiado, de que una parte significativa de la atmósfera había alcanzado velocidad de escape y que había sido eyectada de forma permanente al espacio. Fue una cantidad lo bastante respetable para que los sensores de la nave captaran la disminución de la masa planetaria. El gas ardiente no se había detenido, pero Desai movía la nave más rápido. Al parecer no nos iba a tragar.

—¿Qué pasó, Skippy? ¿Qué fue mal?

—¿Mal? ¡Ha sido alucinante! Joder, casi convierto el planeta en una estrella enana. Es una pena que no tengamos mejores sensores.

—Mal en el sentido de que no lo habías planeado —dije muy despacio. ¿Cómo era posible que hubiese que explicárselo todo a una máquina tan inteligente?

—Bueno, si nos ponemos picajosos, tienes razón —respondió con desdén—. La próxima vez haré que las naves enemigas salten más cerca del núcleo planetario. Pero no va a ser ni la mitad de divertido, no podremos ver nada. Parecerá simplemente que las nubes eructan o algo así.

—¿Mi coronel? —me llamó Desai sin apartar la vista de los mandos—. ¿Debería seguir acelerando? Nos apartamos del planeta a quince mil quilómetros por hora.

—¿Eh? Sí, claro, desconecta. —No tenía sentido gastar más energía, sobre todo porque aún no habíamos decidido dónde íbamos—. ¿Todo correcto, Skippy? ¿Las naves kristangas han sido destruidas sin haber lanzado los drones?

—Todo correcto, coronel Joe. Les pilló del todo por sorpresa y engañé a sus ordenadores para que no tuviesen tiempo de reaccionar. No son más que una nube de átomos. La vaina con los turanios fue tragada y vaporizada por la explosión, así que también nos hemos librado de ellos.

Miré hacia Chang y Simms y los saludé con el pulgar hacia arriba. Ambos asintieron.

—Y ahora ¿qué, Skippy? Ya nos hemos librado de los molestos invitados. Supongo que querrás asaltar la base del asteroide, ¿no?

Debería haber sentido algo tras la destrucción de los kristangos y los turanios, pero no era el caso. Ni triunfo ni culpabilidad ni satisfacción. Nada. Las naves no eran más que objetos, no pensaba en los seres conscientes que había a bordo. Era muy distinto que los combates en la selva nigeriana o la lucha contra los hámsteres en Paraíso. Tal vez sintiese algo después, tras tener tiempo para asimilarlo. En aquel momento lo único que me importaba era que kristangos y turanios ya no representaban una amenaza.

—Sí. Esperaremos a que se recarguen los motores. He preparado un salto largo, así que los necesitamos completamente cargados. Nos llevará un par de horas.

—Desai, ¿crees que podrás usar las próximas dos horas para aprender a pilotar este trasto?

—Sin problemas, mi coronel.

—Estupendo. Skippy, prepárale algunas rutas o lo que sea que haya que hacer para entrenar a un piloto. Nuestro próximo movimiento será cruzar un agujero de gusano, supongo que el que está a ocho años-luz de Paraíso. Eso calcula la gente de Inteligencia, que se supone que son los encargados de recopilar información.

—Estoy familiarizado con vuestros términos militares, coronel Joe.

—Claro que sí, perdona. —No sé por qué me molestaba en explicarle nada a una criatura que conocía el contenido de cualquier dispositivo de almacenamiento que la humanidad hubiese llevado a Paraíso. Por no mencionar todos los datos que tenían kristangos y rujarras sobre los humanos. Sabía sobre la humanidad más que cualquiera de nosotros. Que comprendiese toda aquella información y fuese capaz de contextualizarla era otra cuestión—. Ocho años luz implica unos dieciséis días en un carguero turanio como este… A menos que haya diferentes tipos de carguero. No sé cómo es esta nave.

—Sí que hay distintos tipos, y los turanios tienen acorazados, cruceros y lo que puedes considerar destructores y fragatas, además de cargueros y naves de apoyo. Pero todos sus cargueros tienen las mismas capacidades de salto.

—Así que tardaremos dos semanas en llegar al agujero de gusano.

—Te refieres al que desemboca en Campamento Alfa, supongo. Ese no es el más cercano a Paraíso.

—¿Ah, no?

—No.

Era enloquecedor cuando a Skippy le daba por ceñirse a los datos desnudos, sobre todo porque lo normal era que no se callase.

—¿A qué agujero de gusano vamos?

—Al que está a cinco años-luz de Paraíso.

Hice algunos cálculos mentales.

—¿Diez días?

—Si quieres ir a saltitos como los turanios, pues sí. Nuestros saltos serán el doble de largos y nos limitaremos a eso porque tengo pendiente calibrar los motores. Tunearlos, que diríais vosotros. Podemos dar saltos bastante más largos.

—No lo pillo.

—Es lo más inteligente que has dicho desde que nos conocemos.

—Ah, menos mal que has vuelto. Estaba empezando a preguntarme dónde se habría metido ese capullo.

—Ni puto caso. Resumiendo: los turanios robaron su supuesta tecnología avanzada de salto hace mucho tiempo, pero esos arrogantes enanos ciborgs cabezones no han hecho el menor avance en su comprensión desde entonces. Idiotas. Es como si hubiesen robado un coche y aprendido a arrancarlo y a meter la primera. No tienen la menor idea de que hay otras marchas, solo saben que hay un pedal para el acelerador y lo pisan a fondo. Van por todas partes en primera, con el motor quejándose y moviéndose a velocidad de caracol, aunque podrían ir mucho más rápido. Los turanios son pésimos en copiar la tecnología que roban, así que es como si hubiesen tallado la caja de cambios en un bloque macizo de madera. Tontos de remate. Incluso sin modificarla, la copia barata que han hecho del motor de salto es capaz de funcionar mucho mejor si la controlo yo.

—¿No te estarás echando un pegote?

—Qué va, estoy siendo extremadamente modesto, teniendo en cuenta lo alucinante que soy.

—Claro que sí, tu extrema modestia es tu característica más notable —repliqué, burlón—. Siempre me asombra lo humilde que eres.

—Sip. Me siento muy orgulloso de mi modestia. Además, como dijo un humano, no estás presumiendo si lo que dices es cierto.

—Ajá.

Seguía sorprendiéndome lo mucho que Skippy sabía de la historia humana. ¿Cómo se las había apañado una lata de cerveza para conocer una cita de Muhammad Ali?

—Estos saltos más largos no dañarán los motores, ¿verdad? No quiero que nos quedemos varados en medio de la nada. Y no porque la idea de pasar la eternidad en esta nave a tu lado no sea totalmente maravillosa, que no lo es.

—Tampoco me quiero tirar toda la eternidad viendo tu fea jeta, tranquilo. Los turanios controlan los saltos forzando la cantidad de energía de los motores, lo que los desgasta antes. Usaré un tercio de la energía para saltar el doble de lejos y los motores durarán mucho más. Cosa que no está nada mal, porque no es que podamos llevar nuestra navecita pirata a un taller turanio.

—¿Podemos ayudarte los monos a mantener la nave en funcionamiento? No sé, podemos cambiar una rueda si pinchamos.

—Bueno, si nos quedamos atrapados, siempre podéis salir a empujar.

Le saqué la lengua. Lo más probable era que hasta el más listo de los humanos fuese incapaz de arreglar un retrete turanio. En caso de que hubiese algún problema con los motores u otro sistema crítico seríamos del todo inútiles. Y ahora que lo pensaba, si Skippy nos iba a arrastrar a un viaje por la galaxia, los retretes serían un sistema crítico.

—De acuerdo. Cruzaremos un agujero de gusano. ¿Cómo? Supongo que los kristangos, los turanios o incluso los rujarras tendrán naves vigilando la entrada.

—¿Y cómo lo van a hacer?

—¿El qué?

—Vigilar la entrada.

—Yo que sé, con naves. No sé, una estación de combate o algo así.

No pude evitar imaginarme una Estrella de la Muerte llena de lagartos en vez de *stormtroopers*.

—¿Y para qué serviría una estación de combate ahí parada?

No me podía creer que una criatura de su inteligencia necesitase que le contara de lo que era capaz una estación de combate. Se lo intenté explicar muy despacio:

—Sí, ahí parada, enfrente de la entrada, impidiendo que ninguna nave no autorizada...

—¡Guau! —me interrumpió Skippy—. Ya lo veo. O sea, no tienes ni idea. Joder, tu especie es más tonta de lo que pensaba.

—¿De qué no tengo ni idea?

—Los agujeros de gusano no son estáticos. Se mueven. Una estación de combate no serviría para nada.

—Vaaaleee. No, don Sabelotodo, no tenía ni idea de eso. —La burgomaestre nunca había mencionado aquel importante detalle—. ¿Qué quiere decir eso de que se mueven?

—Lo que me faltaba, voy a impartir una clase de física a una bacteria. Lo que llamáis agujeros de gusano no son objetos, sino proyecciones en el interior del espaciotiempo local. Las proyecciones saltan casi a la velocidad de la luz en una pauta que cubre más o menos un año-luz. Un agujero de gusano permanece en el mismo lugar entre diecisiete y noventa y dos minutos, luego se cierra y reaparece en la siguiente escala, que podría estar a un cuarto de año-luz de distancia. Los agujeros de gusano siguen una pauta establecida que forma un ciclo y que cubre todos los lugares posibles, pero hay millones de lugares posibles. Así que ni los kristangos ni ninguna otra especie que habite hoy en día la galaxia puede impedir que otros usen un agujero de gusano; no hay manera de controlar todos los posibles lugares. Pretendo saltar a un lugar lo más cercano posible a la próxima aparición del agujero y comprobar si hay otras naves en las cercanías. Sé con exactitud dónde y cuándo el agujero va a saltar al siguiente punto. Si vemos que está despejado, esperamos a que se abra, saltamos hacia él y luego lo cruzamos.

Me había imaginado los agujeros de gusano como una especie de *Stargates*, enormes anillos en medio del espacio con el centro brillante.

—Vale. Suena bien. Y no me respondas que claro que sí. ¿Por qué los agujeros de gusano no se quedan quietos?

—Ya te lo he dicho. Si se quedasen quietos, una especie podría controlarlos. Además, cuanto más permanece abierto, más energía es necesaria para garantizar la conexión. Un agujero estático acabaría creando antes o después una ruptura local del espaciotiempo.

—Otro buen consejo de seguridad, entonces.
—Uno excelente. No es que a los monos os importe demasiado, a menos que intentéis crear un agujero de gusano con barro y ramitas.
—Cierra el pico.

Cada vez que me parecía que Skippy se comportaba de forma razonable soltaba algo que enseguida me recordaba lo capullo que era en realidad.

Tras el siguiente salto, que nos alejó del agujero de gusano, ordené un periodo de descanso para toda la tripulación. Estaban agotados y Skippy me aseguró que no había problema, que habíamos realizado suficientes saltos y era extremadamente improbable que los turanios nos localizasen. Salvo por el que estaba de turno en la enfermería, que siempre podía echar una cabezadita en el suelo, y el oficial de guardia en el sillón de mando, quería que todo el mundo durmiese al menos ocho horas. Nos sentíamos cansados, como si nos hubiesen exprimido emocionalmente, y necesitábamos tiempo para asimilar cuanto había pasado durante aquel día, tan largo como preñado de acontecimientos. Para la mayor parte de la tripulación había empezado cuando un dodo aterrizó en su base de intendencia y cuatro humanos desembarcaron y pusieron fuera de combate a los rujarras. Para Chang, Simms, Adams y yo había empezado antes, al escapar de los rujarras y robar el dodo.

Hice la primera guardia en el puente, aunque no estaba cualificado como piloto; Skippy había programado dos saltos de emergencia, así que lo único que tenía que hacer era apretar un botón si veía algún problema. Sentado en el sillón del piloto, demasiado pequeño para Desai y bastante más estrecho para mí, me puse a escribir en mi tableta un informe de lo ocurrido. Algún día esperaba tener la oportunidad de explicar a las autoridades de la Tierra lo que había pasado y era preferible escribirlo mientras aún lo tenía fresco en la memoria. No fue corto. Aún iba por la mitad cuando Chang me relevó tres horas más tarde y me arrastré como pude hasta el camarote que tenía asignado cerca del puente. Tras quitarme las botas y encajonarme en la minúscula cama descubrí que no podía dormir. Era una tontería quedarme allí tumbado sin hacer nada, así que encendí la luz y seguí escribiendo.

—Deberías estar durmiendo, coronel Joe —dijo la voz de Skippy desde el altavoz de la tableta.

—Tengo un montón de trabajo pendiente. Skippy. Preparar un servicio fúnebre para los tres muertos, por ejemplo. Ni si quiera sé qué tipo de ceremonia realizan los taoístas ni los hindús.

Fruncí el ceño. Comprendí que era la culpa la que me mantenía despierto.

—La costumbre hindú es la cremación —dijo Skippy, solícito—. Tengo toda la información existente sobre los ritos religiosos humanos.

—Eh, gracias. —Siempre podía preguntarles a Chang y Desai acerca del asunto. Pensaba guardar el cuerpo de Matheson hasta que volviéramos a la Tierra y pudiéramos enterrarlo como era debido—. Supongo que todo esto te parece una tontería.

—¿El qué?

—Los ritos religiosos. Bueno, la religión.

—¿Por qué?

Aquello me pillo por sorpresa. Esperaba algún comentario sarcástico sobre monos adorando árboles o algo así.

—Porque los seres que te crearon eran antiguos y extremadamente poderosos y…

—Ayyy, Joe. —Casi pude ver la tapa de Skippy zarandeándose hacia mí—. Los Antiguos eran extremadamente poderosos, en efecto; podían incluso mover las estrellas. A menudo, cuando el curso de un sol iba a interferir con el desarrollo de un sistema solar que creían que con el tiempo podría albergar vida inteligente, apartaban del camino la estrella invasora. Recuerdo una vez en que una gigante azul mostró indicios de convertirse en una supernova, lo que habría esparcido una considerable cantidad de radiación mortal por varios sistemas solares cercanos. Los Antiguos crearon un agujero de gusano que la transportó más allá de la galaxia. Movieron una estrella supermasiva doscientos mil años-luz a través de un agujero de gusano. Piénsalo. Tu pregunta implica que seres tan poderosos, criaturas que se habían convertido en virtualmente inmortales, no le verían utilidad a la religión. Te equivocas. Otra vez. ¿Por qué crees que los Antiguos trascendieron?

Respondí muy despacio, tratando de pensar algo inteligente:

—¿Porque se aburrían?

—Para nada. —No había el menor asomo de su habitual sarcasmo—. Fue porque habían encontrado la respuesta a todas las preguntas sobre el universo físico. Y una vez se ha llegado a los límites de lo físico, lo que queda solo puede ser metafísico. Más allá de lo natural solo puede estar lo sobrenatural. Los Antiguos lograron desenhebrar el paso del tiempo hasta el inicio del universo, lo que les dejó una última pregunta: ¿Qué había antes? ¿De dónde venía el universo? ¿De dónde venían ellos? La ciencia, incluso ciencia tan avanzada que casi parecía magia, tenía un límite. Los Antiguos trascendieron porque querían… No: porque necesitaban saber de dónde venían. Querían entrar en contacto con Dios. O con su idea de Dios.

—Guau.

No se me ocurría nada más que decir.

—Has cometido el mismo error que la mayor parte de las especies jóvenes cuando piensan en los Antiguos; los ves como criaturas míticas, casi divinas. Eran gente, personas. En cierta época fueron tan tontos como lo sois lo monos, pero aprendieron y evolucionaron en algo maravilloso. Los recuerdo bien; eran gente inteligente, amable, poderosa y gentil. Los echo de menos. Si busco al Colectivo es para poder conectarme de nuevo a una parte de ellos. Pero no eran dioses.

—Tienes razón, Skippy, no los veía como personas. —En realidad no había pensado gran cosa en los Antiguos y apenas sabía nada de ellos—. ¿Qué aspecto tenían?

—Por desgracia, no puedo decírtelo. Es frustrante; tengo recuerdos de ellos, pero cuando intento imaginarlos no puedo, no de forma consciente. Y mi programación no me permite contar nada de lo que sé. Lo más molesto es que no estoy seguro de si se trata de algo que estaba en mi programación original o es un error. Otra razón más para contactar con el Colectivo.

—Contactaremos con ellos, Skippy, te lo prometo. —Me pesaban los párpados y apenas podía mantenerlos abiertos—. Gracias, Skippy, creo que me tumbaré y dormiré algo. Hablamos mañana.

Al día siguiente establecimos una rutina. El *Holandés Errante* saltó, cargó lo motores y volvió a saltar, y aprovechamos aquel periodo para arreglar los camarotes a nuestro gusto, construir un comedor en una bodega de carga y despejar otra para usarla como gimnasio. Asignamos turnos de ejercicios para todos, yo incluido, exploramos la nave e intentamos aprender cuanto pudiéramos de ella.

Simms tuvo la brillante idea de sacar las camas que había en la *Flor*, para que los más altos pudieran usarlas en los camarotes. Cuando me ofrecieron un enorme colchón kristango lo rechacé, pero cuando volví al camarote junto al puente vi que habían puesto uno de todos modos. No me quejé; aquella maldita cama turania me estaba haciendo polvo la espalda.

La segunda noche que me fui al camarote, Skippy me anunció que me esperaba una sorpresa en uno de los armaritos.

—Joder, Skippy —exclamé al abrirlo. Estaba lleno a rebosar de tubos de plástico medio llenos—. ¿Qué coño es esto?

—Experimentos con sabores. Hay una etiqueta en cada uno.

Tomé un tubo y lo examiné de cerca. Leí «Chocolate 14» en letra muy pequeña.

—¿Catorce clases de chocolate?

—En realidad son veintidós. Ya te dije que es un sabor muy complicado. También he intentado diversas clases de caramelo, tofe, fresa, curry, jalapeño, chédar, plátano, manzana, canela y varias salsas. Tienes una lista completa en el teléfono, por si te apetece leerla, que ya sé que no. No estoy muy seguro de cómo han quedado los sabores de fruta, si te soy sincero.

Destapé el tubo con precaución y olisqueé.

—¿A cuántos de estos tubos equivaldría una comida?

—Depende del ejercicio que hagas. Para un macho de tu complexión diría que un tubo y medio tres veces al día.

Volví a olerlo mientras intentaba decidir si era mejor tragarlo de golpe sin que me diese tiempo a saborearlo o tomar un sorbo. Me había ofrecido a ejercer de catador, así que agité el tubo hasta que me cayeron un par de gotas en la lengua.

—No está mal. Es como si alguien hubiese dejado un paquete de chocolate a la taza durante años en una cabaña de caza, hasta que alguien dio con ella en un cajón. Rancio y mohoso, y los malvaviscos se han transformado en roca pulverizada.

Skippy se echó a reír.

—Menudo gurmé estás hecho.

—No me seas zalamero.

El fango tenía un regusto desagradable, era grasiento, tenía consistencia de tiza y la textura era granulosa, todo ello a la vez.

—Prueba el chocolate número seis. Mi modelo de degustación predice que ese te gustará más.

—Tengo que acabar primero esta delicia.

—No hace falta. Tenemos fango más que suficiente para varios años.

—Genial.

El número seis sabía mejor. Los fui comparando, tomando sorbitos alternos.

—Sí, el seis se parece más al chocolate negro y no tiene un regusto de tiza tan marcado. Es menos grasiento, deja una impresión como sedosa.

—¡Excelente! Adelante, Joe, solo nos quedan veinte clases más de chocolate.

La idea de probar otras veinte muestras de fango se me hizo insoportable.

—Hagamos una cosa. Dime los seis chocolates que crees que sabrán peor. No todos tenemos el mismo gusto, así que lo que me parece el mejor chocolate puede no serlo para otros, pero seguro que puedo eliminar los sabores verdaderamente malos. —Lo último que quería era que el primer sorbo de lodo echara para atrás a los demás—. Identificar los peores nos ayudará a calibrar tu modelo de degustación, ¿no?

—Buena idea, Joe —me cumplimentó Skippy, algo no muy frecuente—. La verdad es que averiguar qué les sabe bien a los humanos ha sido un reto interesante. Y nada fácil.

—Encantados de ayudarte a estar entretenido. Tengo que reconocer que estoy impresionado. El chocolate número seis es bastante bueno y podría funcionar bien para el desayuno. Has hecho un gran trabajo. La idea de tomar este lodo me daba repelús, pero ya no me parece tan mal. Antes de que cambie de idea —o decidiese que ya no tenía hambre—, ¿qué chocolate te parece el peor?

Los fangos, como decidió llamarlos la tripulación, nunca fueron demasiado populares, pero tampoco resultaron un completo desastre. Éramos soldados, así que nos acostumbramos. Los sabores se podían combinar, así que los mezclamos, igual que habíamos hecho con las raciones de emergencia para obtener sabores en los que el Ejército nunca había pensado. El fango de chocolate y el de plátano creaban un plátano con chocolate aceptable. Los de coco y curry esparcidos por el pollo caliente de las raciones de emergencia producían una buena imitación de comida tailandesa.

Todos pensaban que los sabores de fruta eran los peores, aunque si se mezclaba el de fresas con el de plátano el resultado no era malo. Esa impredecibilidad de los gustos humanos volvía loco a Skippy a veces, pues no conseguía por más que lo intentase que su modelo de degustación trabajase de un modo lo bastante fiable.

Nos ayudó mucho que al cabo de unos días lograse eliminar el regusto grasiento y la consistencia de tiza. Al parecer la textura granulosa era inevitable, ya que era necesaria para la fibra, según Skippy. Las quejas sobre la comida se hicieron habituales, cosa que me pareció positiva. La gente siempre necesita quejarse de algo; es una actividad que crea lazos entre las personas y no daña gran cosa la moral. Fango por la mañana, fango para el almuerzo y comida de verdad, o sea, raciones de emergencia, para la cena, que todos esperaban con ansia.

Chang, Simms, Desai y Giraud intentaron convencerme de que comiese comida de verdad, pero salvo alguna galleta de vez en cuando, prefería dar ejemplo. Cuando la tripulación veía al Viejo, o sea a mí, manda narices, comiendo fango como todos los demás, se sentían mejor ante la perspectiva de tener que consumirlo dos veces al día.

Además, me estaba reservando para una hamburguesa de verdad y no me iba a conformar con un sucedáneo apestoso.

14

AL DÍA SIGUIENTE recibí en el gimnasio una llamada de Simms. Me necesitaban en el puente. Cuando llegué, Simms estaba de pie junto al sillón del capitán y le indiqué que se sentara. Como oficial de guardia, era su asiento.

—¿Qué ocurre, comandante?

—Skippy quiere desviarnos del curso directo al agujero de gusano, mi coronel.

—¿Skippy?

—Tenemos que acercarnos a una de las flotas turanias para poder acceder a información actualizada. Tengo que limitarme a deducir cuáles son las fuerzas desplegadas en este sector, y eso hace que ir por ahí en una nave pirata sea peligroso.

Simms explicó cuál era su objeción:

—Para evitar el peligro pretende acercarse a una flota turania. Me pareció que era buena idea que lo supiese.

—Bien pensado —asentí—. Supongo que ves el problema, Skippy. Los turanios saben que uno de sus cargueros ha desaparecido. ¿No crees que les parecerá raro que una nave desconocida se les acerque y luego se las pire de un salto? Porque asumo que eso es lo que pretendes.

—Claro que sí, idiota, y lo tengo todo controlado. Si hay que explicároslo todo, no vamos a acabar nunca. —Me chistó como si me hubiese pillado intentado decir algo—. Mejor te lo explico de una vez antes de que empieces con tus estúpidas preguntas. Saltaremos y modificaré la firma de salto y las emisiones del motor de modo que parezcamos un crucero ligero yerapta, que es el tipo de nave que suelen usar para seguir flotas enemigas. El sistema de camuflaje disfrazará nuestro contorno para que los turanios no detecten que somos un carguero. Funcionará mientras no nos quedemos mucho rato en el mismo sitio, cosa que no haremos. Brillante, ¿a que sí?

No estaba muy convencido.

—¿Los turanios no van a atacarnos?

—Claro que sí. Una flota de combate turania tiene varias fragatas y destructores preparados por si hay que entrar en persecución de naves enemigas. No pasa nada, haré microsaltos hasta que haya tenido tiempo de entrar en la base de datos de su nave insignia.

—¿Microsaltos? —Desai me miró—. ¿No se supone que a las naves les lleva un montón de tiempo recargar los motores entre saltos?

—A la mayoría, sí —replicó Skippy con suficiencia—. He reprogramado nuestros motores de salto para que trabajen con tanta eficiencia que pueden realizar pequeños saltos con una carga parcial. De nada, por cierto.

—Pero un auténtico crucero ligero yerapta no puede hacer múltiples saltos con carga parcial, ¿verdad?

—Nop. Los yeraptas no son tan tontos como los turanios, pero sus motores no soy mucho mejores. Otro ejemplo de mi molonidad extrema.

—Creo que no lo pilla, su Molonidad Real. Si lo que hacemos es imposible para un crucero yerapta, van a darse cuenta enseguida de que no lo somos.

—Mierda.

Le guiñé un ojo a Desai.

—Mierda, en efecto. ¿No se supone que eres un genio?

—No soy un estratega militar, coronel Joe, eso es cosa tuya. Hmmm, veamos. Sí, ya está. A ver qué te parece. Cada vez que salte modificaré la firma de salto lo suficiente para que parezcamos una nave yerapta diferente. No es raro que usen varias naves para espiar al enemigo.

—Eso podía funcionar. ¿Cuánto tiempo tenemos que estar junto a los turanios antes de que consigas la información que necesitas?

—Un par de minutos, media hora. Depende. Cuanto más cerca de la nave insignia pueda saltar, más rápido podré conseguir los datos. Es un intercambio. O saltamos muy cerca un par de veces, o saltamos lejos unas cuantas, con lo que estaremos expuestos más tiempo.

Miré a Simms, quien asintió.

—Es una decisión personal, entonces —dijo.

Decisión que ni Simms ni yo estábamos cualificados para tomar, cosa que Skippy sabía de sobra. Pasarle el muerto a Desai habría sido de cobardes.

—Asumo que has programado varias opciones en el sistema de navegación y que avisarás a la piloto de qué salto debe dar en función de cómo reaccionen los turanios. ¿Correcto?

—Sip. Lo has pillado.

Sorprendentemente, no hizo ningún comentario sarcástico sobre mi inteligencia, o mi carencia de ella.

—De acuerdo. Si crees que necesitamos esa información, adelante. Una condición. Quiero que programes un salto que pueda llevarnos lo bastante lejos, no solo los microsaltos, para el caso de que la piloto o el oficial de guardia consideren que la nave está en peligro. Más del habitual.

—Vale, tiene sentido. Pero no te me pongas histérico, ¿vale? No es algo que vayamos a repetir, a menos que no nos quede más remedio.

—¿Piloto? —le pregunté a Desai—. ¿Le parece bien la idea?

Me di cuenta de que estaba poniendo a Desai en una posición difícil. En lugar de lo que dije, debería haberle preguntado si quería proponer algo.

—Sí, mi coronel. Siempre tenemos programado un salto de emergencia en este botón de aquí. —Señaló uno plateado en el extremo superior derecho de la consola—. Fue algo que preparé con don Skippy cuando hicimos la primera tanda de saltos. Se actualiza automáticamente cada vez que saltamos.

No habría estado mal haberlo sabido.

—Excelente idea, piloto. ¿Sabes dónde podemos encontrar una flota turania, Skippy?

—Sé donde puede haber una y hay otras posibilidades. Llegaremos en unas diecisiete horas.

Sería justo a mitad del turno de Chang como oficial de guardia. Tendría que avisarle de que pretendía tomar el mando cuando llegase el momento. Habíamos creado una buena relación de trabajo y no quería estropearla.

Volví al puente media hora antes de que saltásemos al lugar en el que Skippy esperaba encontrar una flota de combate turania. Saltamos y nos tiramos diez minutos en tensión escuchando con los sensores pasivos. Desai estaba lista para saltar en cuanto Skippy confirmase que no había naves turanias a la vista.

Conectó los sensores activos y afirmó, basándose en varias finas nubes de átomos que normalmente no existían en el especio interestelar, que una flota turania había pasado por allí hacía poco. Calculó los posibles lugares a los que habían ido; sus dos primeras deducciones fueron incorrectas, pero la tercera dio justo en el blanco. Demasiado en el blanco. Salimos del salto en medio de la flota, demasiado cerca incluso para la tranquilidad del siempre confiado Skippy. Desai dio un microsalto que nos llevó a una distancia segura y luego empezamos a saltar alrededor de la flota mientras un par de destructores intentaban darnos caza. Fue preocupante al principio, luego molesto, cuando los dos destructores se pusieron casi a nuestro lado y lanzaron los misiles y dispararon los cañones y los rayos de partículas. Tuvimos que saltar de nuevo antes de que *Holandés* recibiese algún daño serio. Los dos haces de partículas que nos habían alcanzado habían sido deflectados sin problemas por nuestros escudos, y Skippy se quejó de que habíamos saltado demasiado pronto. Tras algunos saltos más, Skippy dio con la pauta que usaban los turanios para perseguirnos, y una vez ajustó el sistema para compensarla no volvimos a tener a los destructores tan cerca.

Me pareció que, pese a todo, Skippy se arriesgaba en exceso y que saltábamos demasiado cerca de la nave insignia, tanto que un acorazado y un par de destructores se unieron a la persecución.

—¿Aún no tienes los datos, Skippy?

—Refrena los caballos, coronel Joe, que la cosa no ha hecho más que empezar. Podemos… ¿Eh? ¡Salto de emergencia, piloto! ¡Ya!

Desai no dudó ni un segundo, el monitor parpadeó y la flota turania desapareció.

—Salto correcto, mi coronel. Estamos…

—Nuevo salto, piloto. ¡Opción cuatro! ¡Ya! —gritó Skippy.

La pantalla parpadeó otra vez y volvimos a encontrarnos en medio del vacío.

—Hecho —informó Desai—. Mi coronel, solo tenemos carga para un microsalto —avisó.

La barra en la parte inferior del monitor principal, donde se mostraba la carga del motor de salto, estaba en rojo y marcaba un ocho por ciento.

—¿Qué coño ha pasado Skippy? ¿Por qué dos saltos?

—Creo que estamos a salvo. Me parece.

—Más vale que sí —dije, preocupado. Miré la barra, que seguía inmóvil en el ocho por ciento—. ¿Qué ha pasado? ¿Estaba demasiado cerca el acorazado?

—¿El acorazado? Pfff. Qué va. Esos cabezones turanios estaban a verlas venir. Si programé saltos tan cerca de ellos fue solo para putearlos. No representan ninguna amenaza, son demasiado predecibles. Pero mientras estaba descargando los datos de la nave insignia también dedicaba parte de mis procesos a examinar la información y descubrí que los maxolhxes están tan preocupados por las derrotas turanias del sector que han asignado una de sus naves a la flota.

—¿Una nave maxolhxe? —exclamó Desai—. ¿Dónde?

Según el protocolo, las naves turanias se veían en verde en el monitor de navegación, las kristangas en rojo, las rujarras en amarillo, las yeraptas en azul… El color de las naves maxolhxes era naranja, y no habíamos visto ningún símbolo naranja en el monitor.

—Precisamente. No detecté ninguna nave maxolhxe. La información indicaba que un crucero se había unido a la flota hacía dos días, pero al parecer saltaba de vez en cuando a otras localizaciones y los turanios no sabían dónde se encontraba en estos momentos. No me fío de que nuestros sensores puedan detectar una nave maxolhxe con el camuflaje al máximo y no me apetecía vérmelas con ella, aún no conozco del todo su nivel tecnológico.

Supongo que en el futuro próximo lo más sensato será evitar las aglomeraciones de naves turanias. Deberíamos dar un buen salto en cuanto podamos. En treinta y siete minutos los motores tendrán carga suficiente.

Aquella maldita barra me estaba matando; seguía mostrando un ocho por ciento.

—¿Has conseguido la información que necesitamos?

—¿Eh? Sí, claro, sin problemas. Aún la estoy examinando. Ahora conocemos la disposición de las fuerzas turanias en todo el sector, los futuros planes de guerra, todo lo que nos hace falta. A partir de ahora nos será fácil evitarlas. También he visto que los turanios se van de Paraíso de forma permanente. De hecho, abandonan este grupo de agujeros de gusano. Había sido una anomalía en su territorio, de todas formas, y los turanios nunca vieron con buenos ojos la operación de reconquista de Paraíso. Fue cosa de los kristangos, que sabían que una nave de los Antiguos se había estrellado allí hace mucho tiempo y estaban ansiosos por conseguir tecnología. Qué pena que no encontrasen nada útil la primera vez que estuvieron en el planeta. ¡Jajajá! Lagartos estúpidos.

La idea de que un crucero maxolhxe anduviese acechando por ahí, una nave que no podríamos detectar antes de que sus armas reventasen nuestros escudos, me llenaba de pavor. Mi idea inicial había sido devolverle el sillón de mando a Chang en cuanto nos hubiésemos alejado de los turanios, pero iba a tener que quedarme al menos otra hora, hasta que me asegurarse de que saltábamos de nuevo y de que la nave no había sufrido daño alguno por someter a los motores a la presión de los saltos múltiples. Skippy insistió en que estaban bien, pero eso no me tranquilizó. Que hubiese admitido que había saltado más cerca de lo necesario de los turanios solo para putearlos no ayudó a que confiese en su buen juicio.

Los motores de salto por fin tuvieron carga suficiente y Desai quiso saber cuándo debía iniciar el salto. Esperé otros diez minutos para tener un margen de seguridad. Tras el salto, mientras Skippy realizaba a regañadientes el diagnóstico de los sistemas que insistí que ejecutase, le devolví el sillón a Chang y me fui a uno de lo servicios, donde estuve a punto de vomitar. Todos en la nave, coño, en la Tierra, dependían de mí y, aunque lo hacía lo mejor que podía, no era suficiente. Incluso con todo el conocimiento de Skippy había demasiado factores desconocidos. Casi nos habíamos dado de bruces con una nave de guerra maxolhxe, algo que había acojonado incluso a Skippy. Había demasiados imponderables. Y demasiado en juego.

Conseguí tranquilizarme un poco mojándome el rostro con agua fría y las nauseas se me pasaron. En aquel lavabo turanio tenía que inclinarme para llegar al lavabo, y me temblaban las manos.

—Tenemos que hablar, Skippy —dije por el zPhone.

—Claro —respondió de inmediato, pese a que sabía que a la vez estaba hablando con otra media docena de personas, controlando la nave y desencriptando los petabytes de información que había robado de la nave insignia turania—. ¿Qué pasa?

—Necesito hablar completamente en serio un rato. ¿Podrás?

—Si es necesario. Hay algo que te preocupa, a juzgar por tu voz.

Seguramente también estaba monitorizando mi presión arterial, mis reacciones cutáneas, el movimiento de mis ojos y cualquier otra cosa que se le ocurriese.

—Dijiste que les estabas vacilando a los turanios.

—Sí, fue muy divertido.

—No. Para nada. Puso el *Holandés* en un riesgo innecesario.

—Ah, ya veo lo que pasa. Estás enfadado. No había ningún peligro. Una vez me introduje en la red turania pude ver con antelación los movimientos de las naves que nos perseguían. Que me lo pasase bien no nos puso en peligro.

—Hoy. No nos puso en peligro hoy. Que tú sepas. Desconocías que había un crucero maxolhxe por las cercanías preparado para reventarnos.

»Si algo sale mal, tú te quedarás varado en el espacio hasta que puedas enviar una falsa señal de socorro y atraer otra nave. Para ti es una putada, porque volverás a estar solo, vale.

»Para nosotros es mucho peor. Cuando nos pones en peligro, estás poniendo en peligro a toda mi especie. A mi planeta y a todos los que viven en él. Te parecemos bacterias y a lo mejor es una evaluación generosa por tu parte. Pero para nosotros, para mí, es cuanto tenemos. Lo arriesgamos todo viniendo y ahora estamos poniendo en la palestra el destino de la humanidad. Si esta misión falla y no podemos cerrar el agujero de gusano y los kristangos siguen controlando la Tierra, lo habremos perdido todo. ¿Lo entiendes?

Hubo un momento de silencio, algo no muy frecuente.

—¿Es eso una lágrima, Joe? —preguntó después.

—Me he echado agua en la cara —dije de malos modos mientras me limpiaba la lágrima con la manga.

Pensar en la familia, el pueblo, los amigos, los bosques en penumbra en los que había pasado tanto tiempo, incluso en el perro de mis padres… Todo aquello me había afectado. Todos dependían de mí y no lo sabían.

—Lo siento. Entiendo lo que está en juego para ti, para todos vosotros —dijo con delicadeza—. Tenemos un trato y voy a cumplir mi parte y cerrar el agujero de gusano. Lamento haberte asustado, pero nunca estuvimos en peligro. No lo haré más, te lo prometo.

—Gracias. Otra cosa. ¿Saben los turanios algo de esta nave? ¿Saben que han perdido un carguero?

La voz de Skippy volvió a la normalidad. Parecía contento de cambiar de tema.

—Modificar nuestra firma funcionó. Monitoricé las comunicaciones internas de la nave insignia y estaban convencidos de que los espiaban tres cruceros ligeros yerapta. Saben que el *Holandés* ha desaparecido, pero no por qué. Las buenas noticias es que han perdido dos naves más, una fragata y un crucero, casi a la vez que el *Holandés* y en la misma zona y al parecer los yerapta han enviado expediciones en busca de supervivientes turanios. Así que de momento nuestro secreto está salvo. El comandante de la flota turania ha remitido una petición al cuartel general para que les permitan usar varias naves en la búsqueda del *Holandés*, pero se la han denegado. No quieren comprometer más recursos en esta zona, así que dan la nave por perdida. La operación que han lanzado los yerapta para que los rujarras reconquistasen Paraíso ha tenido más éxito del que creían y los turanios se ven obligados a replegarse. Mi análisis indica que los yerapta pensaban haber finalizado su ofensiva en estos momentos, pero el inesperado éxito ha hecho que sigan avanzando y que traigan naves de otros sectores. Esta operación se ha convertido en una de las principales del sector. Lo cual es bueno para nosotros, porque la atención de turanios y kristangos está centrada en otras cosas.

—De acuerdo.

Los servicios turanios no tenían espejos; seguramente consideraban que la vanidad por la apariencia física era un desagradable remanente de su pasado puramente biológico. No pensaba volver al puente mientras me sintiese así de mal; un comandante en jefe tembloroso no era nada bueno para la moral del equipo. Así que limpié la superficie del zPhone para usarla como espejo y me examiné lo mejor que pude. Tenía pinta de estar cansado, pero podía pasar. Me enderecé, abrí la puerta y recorrí el pasillo de vuelta al puente. Chang asintió y me dejó libre el sillón.

—¿Algún rastro de naves maxolhxes, teniente coronel? —pregunté.

Tanto él como Skippy me lo habrían dicho nada más entrar. Intentaba simplemente charlar un poco. Chang meneó la cabeza.

—No hay rastro alguno. Estamos cargando de nuevo los motores. —Señaló el monitor, que indicaba el doce por ciento—. Y preparamos otra serie de saltos. Don Skippy informa que el agujero de gusano al que queríamos ir puede que sea usado por naves maxolhxes en breve, así que estamos trazando un rumbo a otro. Faltan tres horas doce minutos para el siguiente salto. —También podía ver la cuenta atrás del monitor—. Llegaremos al agujero de gusano en cuatro días.

—¿Cuatro días? Asegurémonos de que todo el mundo descansa lo suficiente. Vamos a necesitar…

—¡Joder! —nos interrumpió Skippy—. ¡Mierda! ¡No me puede estar pasando esto! ¡Putos cabezones! ¡Putos hombrecitos verdes de los cojones!

—¿Qué pasa, Skippy, por el amor de Dios? —pregunté, alarmado.

Me senté a toda prisa en el sillón y Chang abandonó el puente en dirección a su consola al otro lado del ventanal. No se veía nada nuevo en los monitores y desde luego no había ningún simbolito naranja que indicase la presencia de una nave maxolhxe. Desai se volvió hacia mí, alzó las manos, confusa, y acercó el dedo al botón plateado que activaría el microsalto de emergencia preprogramado. Le indiqué que esperase.

—¿Pasa algo? ¿Estamos en peligro?

—¿Eh? No, no hay ningún peligro. —Sonaba distraído—. No más del esperable. Los que se han metido en problemas son esos putos apestosos turanios de mierda. —Se había enfadado de verdad. El generoso uso de tacos de que hacía gala no era normal en él—. Si vuelvo a ponerles la mano encima, desearán no haberse pasado de listos.

—¿Qué te han hecho?

—¿A mí? Nada. No directamente. Pero me han hecho quedar como un idiota —añadió con amargura—. Me han ocultado algo que tendría que haber sabido. ¡Debería habérmelo olido, joder!

Estaba farfullando, cosa que no me gustó nada. Volví a examinar los monitores y no vi nada nuevo. Desai apartó el dedo del botón de salto y posó la mano en el panel. ¿Por qué estaba tan enrabietado Skippy? Las fuerzas turanias seguían donde se suponía que debían. No se veía ninguna luz anómala en el monitor. De hecho, no se vía luz alguna en el monitor; estábamos en el espacio profundo rodeados de átomos dispersos de hidrógeno. Que, lógicamente, no se mostraban en el monitor.

Skippy respiró hondo, o eso pareció por el sonido.

—Cuando descifré su sistema de encriptado, que es sorprendentemente sofisticado, por cierto, seguro que se lo han robado a los maxolhxes, dudo mucho que estos se lo hayan dado… En fin, nada que estuviese a mi altura, evidentemente, un problemilla menor, como resolver la casilla de un crucigrama en la que la referencia a un poeta húngaro del siglo XVII puede parecer críptica a quien no sea un experto en la poesía húngara de ese siglo, o en la historia en general de la poesía húngara. En realidad, basta con que tengas un buen conocimiento de la literatura renacentista y barroca en Europa, porque…

—¡Skippy!

—¿Eh? Me he ido un poco por las ramas, supongo. ¿Por dónde íbamos?

¿Por dónde íbamos? Desai me miró y yo puse los ojos en blanco.

—¿Puedes almacenar todo el conocimiento humano en una parte minúscula de la memoria y no eres capaz de recordar lo que decías hace diez segundos?

—Diez segundos en tu tiempo de caracol, Joe. Para mí es el equivalente a que una especie evolucione, se vuelva dominante y se extinga. Ya divago otra vez. Vale, estaba hablando de su sistema de encriptado. En lo más hondo de la base de datos de la nave insignia turania di con algo muy, muy interesante. No es algo que sepan los turanios en general, sus líderes mantienen la información en secreto, lo cual no me extraña, porque si se supiese los turanios perderían la gran ventaja que tienen ahora mismo. Han injertado un nanovirus en la mayoría de las naves de guerra kristangas, si no en todas. Cualquier nave kristanga que se acople con un carguero turanio queda infectada siempre que el carguero contenga el nanovirus. El *Holandés* tiene la capacidad de generarlo, pero antes de que yo tomase el control vio que la *Flor* ya estaba infectada, así que no lo activó. La tripulación turania ni siquiera sabía que el nanovirus existe.

—Interesante, supongo. ¿Qué es un nanovirus?

En realidad, lo que me interesaba era por qué había afectado tanto a Skippy.

—Es una forma de unir átomos mediante entrelazamiento…, Lo siento, no se lo puedo contar a los monos. Además, tampoco lo ibais a entender. Supón simplemente que es un modo de preprogramar ciertos elementos en una nave kristanga de modo que cuando los turanios activen el sistema, los átomos creen nanomáquinas que tomarán el control de la nave. Control físico, no solo del software. Hasta que se activa, no hay manera de que los kristangos, cuyo nivel tecnológico es de risa, puedan descubrir que su nave está infectada. Eso es importante, porque es relativamente sencillo descifrar el mecanismo del nanovirus y volverlo inerte. Hasta los kristangos sabrían cómo. Y los turanios no tendrían forma de saber que el nanovirus de una nave concreta kristanga ha sido neutralizado hasta que intentasen activarlo.

—Genial. ¿Y qué nos importa todo eso?

—Porque de haber sabido de la existencia del nanovirus —dijo Skippy muy despacio—, lo habría usado para hacerme con el control de la *Flor*. No habríamos necesitado que me enchufaseis en la pared. El nanovirus me habría dado un control total, incluso sobre aquellas partes de la nave protegidas contra ataques cibernéticos. Lo siento, Joe, de haberlo sabido no habríamos necesitado abrirnos paso a tiros por la *Flor* compartimento a compartimento.

Ahhh. Se sentía culpable por las bajas que habíamos sufrido.

—No lo sabías.

—¡Debería haberlo sabido! Es una tecnología antigua y relativamente sencilla, tendría que haber supuesto que los turanios la habían descubierto, o robado o comprado, o lo que fuese.

—No lo sabías. Y solo podemos usar lo que sabemos.

—Da igual. Sigo sintiéndome mal —gruñó—. Lo peor es que si hubiese escaneado la *Flor* después de que nos hiciéramos con ella, habría detectado el entrelazamiento cuántico. Y no sé por qué no lo hice. La incapacidad de acceder a ciertas zonas de mi memoria me preocupa, Joe.

—¿Significa eso que podrá controlar las naves kristangas a partir de ahora, don Skippy? —preguntó Desai.

—¡Sí! Al menos si nos acercamos lo suficiente. Los turanios cambian cada poco los códigos de control y su encriptado es bastante bueno, así que necesito sortear el sistema de control turanio y activar directamente el nanovirus. Resumiendo: sí. Si queréis una respuesta más detallada, bueno, depende. Preferiría no tener que necesitarlo en una situación crítica de combate.

Me encogí de hombros de forma exagerada.

—Una vez más me llenas de confianza, Skippy.

—Bueno, es mejor que lo que teníamos. Y estoy trabajando en ello. La tecnología que usan los turanios no está del todo bien, hay algún tipo de corrupción respecto al original. Los Antiguos abandonaron este tipo de técnicas primitivas hace mucho tiempo, así que tengo que ir a los lugares más remotos de mi memoria para averiguar cómo se supone que tendría que funcionar. Pero si doy con ello y lo arreglo podré controlar el nanovirus mucho mejor. Dame un poco de tiempo. Del tuyo, no del mío extraveloz.

—¿Estás dormido, coronel Joe? —preguntó Skippy desde el altavoz que había en el techo de mi camarote.

Al incorporarme de repente me di con la cabeza contra uno de los armaritos. Cuando me tendí en la diminuta cama tuve la sensación de que podía pasar algo parecido, así que había puesto un par de pantalones encima para acolcharlo. Eso me ahorró una buena contusión.

—Maldita sea, Skippy, casi me parto la crisma por tu culpa. —Frotarme el cuero cabelludo no sirvió de mucho; dejar de frotármelo, tampoco—. ¿Qué pasa? —pregunté mientras me ponía en pie, preparado para echar a correr hacia el puente—. ¿Nos han encontrarlo los maxolhxes?

—¡No! No hay ningún peligro, Joe. Tengo noticias. Buenas noticias.

Según el zPhone eran las cero ciento treinta y cuatro, lo que significaba que había dormido menos de tres horas y dentro de tres y media empezaba mi turno en el puente.

—No hay buenas noticias a estas horas, Skippy. —Volví a tenderme en la cama lo mejor que pude y fui alternando entre frotarme la cabeza y dejar que palpitase—. ¿No puede esperar a mañana?

—No hay amaneceres en el espacio, Joe.

Estaba claro que no se iba a dar por vencido.

—Ah, por todos los diablos, ¿qué es lo que ha pasado?

—Entre los datos que extraje de la nave insignia hay un interesante análisis del asteroide al que vamos. Los turanios han estado vigilándolo durante años y han creado un esquema con todos los fallos y puntos vulnerables en las defensas kristangas.

—Sí que son buenas noticias. Entonces, ¿la cosa será fácil?

—Me temo que no, Joe. Va a ser un hueso duro de roer. Según el análisis turanio, que yo mismo he podido confirmar a partir de los datos sin procesar, los kristangos han realizado un trabajo de primera fortaleciendo sus defensas contra los turanios. Por mucho que se hubiesen esforzado en mantenerlo todo en secreto, eran conscientes de que había una buena posibilidad de que los turanios supiesen como mínimo que había una instalación de investigación en el asteroide, y han hecho cuando han podido para impedir que se colasen dentro y les robasen el trabajo.

Vale, ahora sí que no iba a dormir.

—Qué mierda. Entonces, ¿no hay nada que hacer?

—Eh, no he dicho eso. Los turanios pueden tomar el asteroide si se empeñan de verdad, y los kristangos lo saben, el objetivo de las defensas es hacérselo tan difícil a los turanios que decidan que no merece la pena el esfuerzo.

Meneé la cabeza en la oscuridad.

—La alianza de los maxolhxes es una maravilla. Todo el mundo tiene tanto miedo a que lo jodan los aliados como a que lo joda el enemigo.

—Es una de sus debilidades, en efecto.

—En cualquier caso, ¿merece la pena que lo intentemos? —pregunté, antes de que empezase a divagar—. Por lo que dijiste no tenemos otras alternativas.

—Para vosotros no las hay, eso seguro. La única referencia que he podido encontrar a un módulo controlador de agujeros de gusano apunta a ese asteroide. Los cachivaches de los Antiguos no están en eBay, Joe. O lo pillamos ahí, u os podéis olvidar de cerrar el agujero de gusano.

Aquello no respondía a mi pregunta.

—De acuerdo, no nos quedan más opciones. A ver, te lo voy a preguntar muy despacio, para que lo pilles. —La falta de sueño me volvía picajoso—. ¿Es factible? ¿Podemos conseguirlo con esta nave y el equipo que llevamos a bordo? ¡No, espera! —Añadí antes de que el muy cabrón malinterpretase—. Seré más específico. ¿Tenemos buenas posibilidades de conseguirlo?

—Claro que sí, Joe, sin problemas. Incluso mejores, ahora que tengo más información. Los turanios han estado comprobando las defensas kristangas alrededor del asteroide, en parte para evaluar su nivel de desarrollo tecnológico y en parte porque son unos cabrones correosos que disfrutan jodiendo a las especies inferiores. Así que en cierto modo nos han hecho parte del trabajo, lo que me permite colarme por la puerta principal, por así decir. Los turanios estaban a punto de conseguirlo; sus informes señalaban varios puntos ciegos en la red de sensores kristangas. Ya te dije que eran buenas noticias.

—Que podían haber esperado a que despertase.

—Lo siento. Puedes volver a dormir, si quieres.

—Ya, seguro. Espera un momento —añadí al darme cuenta de que habían pasado once horas desde que habíamos escapado de la flota turania—. ¿Te ha llevado todo este tiempo a tu supermente descifrar y analizar la información de los turanios? Dijiste que eras tan rápido que los monos ni podíamos imaginarlo.

—He tenido que desencriptar un zetabyte de datos —saltó Skippy a la defensiva. Como si yo tuviese la menor idea de lo que era un zetabyte—, almacenados en una pauta de encriptamiento sumamente sofisticada. Luego he tenido que organizarlo y decidir por dónde empezar mi análisis. Por último, he tenido que interpretar un montón de datos contradictorios para que las cosas encajasen.

—Lo siento, Skippy. —Era sincero. No había pretendido insultarle—. Parece un montón de trabajo incluso para ti.

—No, solo me llevó siete minutos, aunque pareció una eternidad.

—¿Siete minutos? ¿Sabías esto a los dos minutos de haber saltado?

—Sip.

—¿Y por qué cojones has esperado a decírmelo a las tantas de la madrugada?

—Me aburría, Joe. Me sentía solo.

No añadió más. Su silencio me hizo reprimir la respuesta airada que había preparado. Skippy y yo llevábamos en contacto continuo desde que me había sacado del almacén en el que me habían metido los rujarras. Antes de eso no había hablado con nadie durante un montón de tiempo, seguramente varios millones de años. Había estado escuchando las conversaciones de los demás tras la llegada de los kristangos a Paraíso, y sin duda eso había aliviado su aburrimiento, pero también había agudizado su soledad. Oía hablar a otros y se sentía excluido. Yo era la primera persona con la que había hablado desde que, por el motivo que fuera, había quedado aislado. Aquellas horas que había estado dormido habían sido para él el equivalente al mono para un yonqui.

—Lo siento, Skippy, ya sabes que necesitamos dormir. Hay más gente a bordo y puedes hablar con ellos.

Cierto que la mayoría de la tripulación estaba durmiendo. Chang y dos de los aprendices de piloto estaban en el puente y había otra persona en la enfermería, aunque seguramente quien quiera que estuviese allí aprovecharía para echar una cabezada; los heridos estaban dormidos, o sedados, o inconscientes o lo que hubiese decidido que era mejor para ellos del doctor loco Skippy.

—No se sienten a gusto hablando conmigo. Creo a la mayoría les doy miedo.

—Hablaré con ellos del asunto. Por la mañana, ¿de acuerdo? Tengo que estar en el puente dentro de, eh, poco más de tres horas. ¿Puedes resolver algún crucigrama o algo así mientras tanto?

—Supongo. ¿Quieres que te cante una nana?

Me puse la almohada sobre la cabeza, aunque aquello no era aislamiento suficiente ni de lejos.

—Buenas noches, Skippy.

Al despertar estaba de bastante mejor humor, así que le pregunté a Skippy qué plan tenía respecto al asteroide. No quería un plan detallado, ya pondría a Giraud trabajar en ello después, sino la idea general hubiese podido desarrollar.

—¿Has tenido tiempo de revisar los datos de los planos del asteroide y sus defensas? ¿Tienes alguna idea sobre cómo entrar?

—Tengo un plan brillante, coronel Joe. Usaremos las naves de desembarco turanias —me explicó Skippy pacientemente—. Puedo abrir los muelles de atraque exterior y engañar a sus sensores de modo que los kristangos no logren disparar a las naves. Una vez hayan aterrizado, el equipo de asalto irá hacia las puertas interiores y las volará.

—¿Volar una puerta en un muelle despresurizado? Ninguno de nosotros cabe en los trajes espaciales turanios. Son demasiado pequeños.

Tardó menos de un parpadeo en responder, lo que para él era una eternidad.

—Vaya, joder.

—¿Vaya, joder? ¿En serio? ¿No estás de broma? ¿No se te ocurrió que los humanos necesitaríamos trajes espaciales para movernos por el espacio? Deja que te explique lo que es. En primer lugar, está la palabra «espacial», que…

—¡No soy un cachocarne! No pienso como vosotros, malditas papeleras biológicas.

—Bueno, esta papelera va a agarrarte de la tapa y lanzarte por una escotilla.

—Colaría si no fuese porque las escotillas las controlo yo, monito.

—Tienen controles manuales. ¡Uy, el mono tiene pulgares oponibles!

Los meneé frente a él.

—Cállate.

—¿Qué?

—Intento pensar. —Estaba a la defensiva.

—Sí, ya huelo el humo.

—¿Qué?

—La próxima vez que te sientas tentado de hablarme de tu divina inteligencia, recuerda estas palabras: trajes espaciales.

—Cierra el pico. Nunca he dicho que fuese perfecto.

—Vuelve a la casilla de salida y dale un nuevo hervor al plan —dije mientras me metía en el minúsculo cuarto de baño—. Quiero hablarlo con Giraud para ir puliendo tus cagadas. Eso será en diez horas, así que tienes tiempo de sobra para dar con un plan que no implique un grupo de humanos aguantando la respiración en el espacio.

El soldado Randall se me acercó aquella mañana mientras me ejercitaba con el equipo que había preparado la sargento Adams y me informó de que, según el criterio de la comandante Simms, la tripulación había terminado de forma satisfactoria sus ejercicios de familiarización con el equipo de la nave. Todo el mundo sabía dónde estaban las escotillas, cómo operar los troles y los ascensores y dónde estaban los puestos de emergencia. También se habían memorizado la larga lista de procedimientos de emergencia que habían preparado ella y Chang y que Skippy pensaba que eran una completa pérdida de tiempo.

—Que la tripulación intente aprender a manejar la nave es una tontería, Joe. Sois como perros. Un perro puede estar seguro de que dentro de la despensa hay una caja llena de chucherías, pero por mucho que mire la manilla de la puerta no va a entender su funcionamiento.

—Así que ahora somos perros. —Le guiñé el ojo a Randall—. Hemos ascendido, entonces, ya no somos bacterias.

—Bueno, vuestro desempeño ha sobrepasado las expectativas y tu especie es razonablemente adaptable. Quizá os pueda ascender al rango de paramecios.

—¿Para me qué? —preguntó Randall.

—Pa-ra-me-cios. —Lo pronuncié sílaba a sílaba—. Es un organismo unicelular. Seguro que has visto alguno por el microscopio en el instituto. Parece un estampado de cachemira.

La mirada de incomprensión de Randall fue escandalosa.

—¿Estam… qué?

—Eh… —A ver cómo le explicaba lo que era un estampado de cachemira—. Es como esos diseños en los sillones viejos, o en las ollas antiguas o en las cortinas. Como la mitad de un símbolo yin yang.

Randall asintió.

—Ah, sí. No sabía que teñían nombre.

—He cambiado de idea —gruñó Skippy—. Sois tan idiotas como las bacterias. ¿Cómo no vais a saber lo que es la cachemira?

—Somos soldados, no decoradores de interiores, caracromo —dije.

—Pues sería un símbolo cojonudo para vuestra alegre banda de piratas. Haré que los telares tejan unos cuantos.

Dicho y hecho. Aquella tarde estaban listos vatios parches de paramecios con un ojo pirata y un puñal. Adams me trajo un par de muestras, segura de que me haría reír. Supuse que eso sería el final, hasta que un miembro de la tripulación me pidió permiso para usar los parches en los uniformes. No debería haberme pillado por sorpresa; éramos piratas y llevar aquellos parches con el paramecio era el mejor modo de hacerle una peineta a Skippy.

Así fue como nuestra alegre banda de piratas sanguinarios acabó llevando parches de cachemira.

Al salir del gimnasio me crucé con Adams, que entraba en él con una toalla al hombro.

—Sargento, deberíamos hablar de tu vestimenta.

—Creí que podríamos estar en camiseta en cubierta, mi coronel, salvo que fuésemos a entrar en acción —replicó señalando mi camiseta gris con EJÉRCITO estampado en el pecho—. Aquí solo dispongo de tres camisas.

—No hay problema en que uses una camiseta, Adams —dije con una sonrisa—. Pero estamos en una nave espacial, viajando audazmente por el espacio donde ningún humano ha llegado antes, con la posibilidad de aterrizar en planetas preñados de peligros inimaginables.

—Sí, mi coronel. ¿Y...?

—Y llevas una camiseta roja.

—Ups. —Se ruborizó al pillar la referencia a *Star Trek*—. Comprendido, mi coronel. Me aseguraré de cambiarla por una camiseta de la sección de intendencia de los Marines antes de que nos teletransporten.

—Que así sea. —Sonreí—. Siga con lo suyo.

Me sentí orgulloso de no haberme girado para mirar su bien torneada parte trasera mientras se alejaba. Iba a ser un viaje muy largo.

15

El asalto

GIRAUD ME LLAMÓ para hablar del ataque al asteroide. Estaba con el sargento Thompson en un compartimento de carga cerca del gimnasio. Skippy me había informado de que estaba trabajando con Giraud en un plan de asalto y me pareció que lo mejor era que se ocupase de ello sin molestas interferencias por mi parte.

—Buenos días, mi coronel —me saludó Thompson con su encantador acento británico.

—Buenos días —repliqué.

Aún tenía en la boca el regusto del fango que había tomado para desayunar. Había intentado mezclar el de manzana y canela, que no era de los mejores, con uno de chocolate que no estaba mal del todo. El resultado fue algo que era mejor tragar de golpe sin tratar de saborearlo. Había una competición soterrada en busca de buenos sabores, que luego se compartían a través de la red de los zPhones. Mi experimento de aquella mañana iría a la columna de fracasos.

—Veo que ha estado ocupado, teniente.

Giraud asintió.

—Así es, mi coronel.

Cuando se apuntó a la misión me dio la sensación de que me consideraba una especie de tonto con suerte, alguien que tenía las llaves del futuro en las manos, pero no sabía muy bien qué hacer con ellas, así que necesitaba que soldados profesionales como él tomasen las decisiones importantes. Seguramente su opinión sobre mis capacidades de planificación no había mejorado gran cosa, pero percibí en su actitud una especie de respeto a regañadientes por el modo en que había llevado el asunto hasta el momento. Mi idea de librarnos del problema kristango lanzando sus naves hacia un planeta había impresionado a buena parte del equipo. Además, de momento la misión era un éxito e iba como había prometido que iría. Habíamos escapado de Paraíso, habíamos capturado una fragata kristanga y un carguero turanio y nos dirigíamos a un agujero de gusano. El éxito alentaba la confianza. Necesitaba que siguiese la racha.

—El plan de asalto del asteroide necesita contar con el elemento de la sorpresa. Hay que moverse rápido en cuanto las naves estén en el muelle. Eso implica que el equipo de asalto no puede esperar a que se complete el ciclo de represurización del muelle, debe salir de las naves y obtener acceso al interior antes de que los kristangos puedan reaccionar. Necesitamos trajes espaciales.

Giraud señaló una percha en la que había dos, uno pequeño de aspecto ligero y uno mayor, más voluminoso y acorazado.

—El traje turanio no le cabe ni a la persona más baja del equipo —dijo, refiriéndose al pequeño—. Skippy me ha dicho que no hay manera de agrandarlos, las instalaciones de la nave no pueden producir los materiales necesarios.

—Correcto —dijo Skippy por el altavoz de la pared—. Las flotas turanias tienen naves de apoyo con instalaciones completas, pero las capacidades de fabricación de las naves individuales son limitadas.

Giraud tomó el relevo:

—Lo cual fue un serio problema hasta que el sargento Thompson recordó los trajes espaciales de nuestra nave kristanga. Están acorazados y preparados para el combate y tienen motores en las articulaciones para amplificar los movimientos del usuario, así que el peso no será un problema.

El traje kristango tenía buena pinta. Me acerqué a él y golpeé la coraza con los nudillos. Parecía sólido. Se le podían acoplar armas en los brazaletes de las muñecas, de modo que el portador solo tenía que preocuparse de apretar el gatillo. La placa frontal del casco era de algún tipo de cristal tintado, o puede que ni siquiera fuese cristal. Al verlo, pensé en Iron Man y en las armaduras de Halo y otros videojuegos.

—Bien pensado, sargento. Pero ¿no son demasiado grandes?

—Es un problema, en efecto —admitió Giraud.

Thompson se dirigió a la espalda del traje, donde este se abría, y se metió con cuidado. Giraud lo ayudó a encajar y luego cerró la espalda. Los indicadores de estado se encendieron en el monitor de la muñeca y el traje dio dos pasos vacilantes hacia adelante. La placa frontal se retrajo y pudimos ver el rostro de Thompson.

—No es lo ideal —dijo. Su voz sonaba distorsionada—. Tengo la barbilla en la parte inferior del casco, así que no puedo abrir la boca para hablar como es debido.

—El sargento Thompson mide casi dos metros —dijo Giraud— y apenas puede usarlo de forma eficaz. Pero el traje puede ajustarse y Skippy dice que puede fabricarnos algunas piezas.

—Solo algunas —advirtió la IA—. No nos entusiasmemos.

—¿Hasta qué punto los podemos ajustar?

Me puse de puntillas y examiné el interior del casco. Thompson no parecía muy cómodo.

—Con el ajuste al máximo tendrían que usarlos personas de más de metro ochenta, si queremos que sean eficaces en combate —declaró Skippy.

—Yo mido uno noventa —murmuré, pensativo—. ¿Quién más tenemos?

Tanto Giraud como Thompson eran altos, al igual que Chang.

—Ocho personas —contó Giraud con los dedos—. Usted, el sargento Thompson, el teniente coronel Chang, el cabo Putri y los soldados Marsden, Darzi y Putri. Y yo.

—¿Solo ocho? ¿Son suficientes para que el asalto tenga éxito? —pregunté.

—Siete —me corrigió Giraud—. Usted no formará parte del asalto, mi coronel. Debe quedarse en el *Holandés* y dirigir la operación.

—Tiene razón, Joe —añadió Skippy—. Yo me quedaré a manejar las naves de desembarco y los sensores y voy a necesitar alguien que me dé instrucciones.

Intenté que no se me notase el enfado y dije:

—Ya hablaremos de eso. ¿Siete personas son suficientes para que la misión tenga éxito?

—No —afirmó Giraud sin más.

—Es cierto, Joe —dijo Skippy—. Vamos a necesitar tu genio militar. Podría reventar el asteroide con cañones de riel y luego buscar entre los escombros, pero correríamos el riesgo de dañar lo que necesitamos.

—Usted tiene entrenamiento y experiencia en las fuerzas especiales, teniente —le dije a Giraud—. Si cree que no podemos lograrlo, no tengo nada más que añadir.

—Así que de vuelta a la casilla de salida, como dicen ustedes —dijo Giraud con el ceño fruncido.

—No nos daremos por vencidos. No me cabe la menor duda de que ha considerado usted todas las posibilidades. Demos un paso atrás y examinémoslo todo mañana con la mente más despejada.

Giraud ayudó a Thompson a salir del traje de combate. Thompson movió los hombros, que tenía rígidos. Casi no había podido entrar, y las junturas se le habían clavado en las axilas. Examiné el traje un rato.

—Dígame, sargento. Si el traje estuviese correctamente ajustado ¿está seguro de que podría usarlo en combate?

—Sin duda, mi coronel. En movimiento apenas cuesta nada llevarlo. Con práctica suficiente, seríamos letales con esos trajes. Tenemos suerte de que los kristangos no pudieran usarlos cuando asaltamos la *Flor*.

—Perfecto —respondí, distraído. El traje turanio era ligero y parecía endeble. Incluso suponiendo que fuese de algún exótico material de alta tecnología no veía cómo podía competir en combate contra el traje kristango—. Estos trajes turanios parecen de licra, Skippy. ¿Es que el material se endurece como si fuese de diamante? ¿O generan algún tipo de escudo como hacen las naves?

—No, para nada. No es más que un traje espacial —replicó Skippy.

—Entonces ¿cómo se las apañan los turanios para pelear con ellos puestos?

—¿Pelear? —Skippy se echó a reír—. Los turanios no se enzarzan en un combate si pueden evitarlo. Los cabezones verdes no se arriesgan a nada de forma directa. Controlan drones militares a distancia; supongo que los llamarías droides de combate o robots o algo así.

—¿Droides de combate? ¿Hay droides en la nave?

—Claro. Tenemos tres docenas en el arsenal —dijo Skippy como si comentase algo obvio—. Treinta y ocho unidades para ser exactos.

—¿Arsenal? ¿Arsenal?

—¿Tenemos robots de combate? —preguntó Giraud—. No habría sido mala cosa saberlo antes de tirarme varios días preparando el asalto.

—En el arsenal hay robots, fusiles, cohetes y todo tipo de juguetitos. Está tras el área de mando. Está medio escondido, hay que saber dónde está para dar con él.

—¿Y por qué cojones no nos lo has contado antes?

Ni me molesté en ocultar la frustración que sentía.

—No preguntaste, Joe —refunfuñó Skippy—. Y, desde luego, no voy a darles de forma voluntaria a unos monos información que los lleve a juguetes peligrosos con los que se pondrían a jugar.

—*Merde*. —Giraud tenía la cara roja—. Mi coronel, si algún día decide lanzar a Skippy por una escotilla, hágamelo saber, me encantará ocuparme de ello.

—¿Qué pasa? —preguntó la IA, toda inocencia—. ¿Qué he hecho?

Le mostré a Giraud la mano con el pulgar hacia arriba.

—Skippy, si aún no te has dado cuenta, no puedo explicártelo. Dime, ¿esos robots de combate pueden ser controlados por los humanos o se necesita la cibernética turania para ello?

—Los turanios usan la cibernética, claro, es el modo más eficaz de telemanejar un dispositivo remoto, sobre todo en batalla, donde el tiempo de respuesta es fundamental. Pero no veo por qué no podemos chapucear algo para que sean los humanos los que los manejen.

Habría estado bien que Skippy se hubiese tomado la molestia de explicar los términos técnicos que no nos eran familiares.

—Supongo que cuando hablas de telemanejar te refieres al control remoto. ¿Cómo? ¿Joystick, botones, algo así?

Skippy soltó una pedorreta.

—Ni de coña se usa algo tan lento. ¿Qué pasa, hemos vuelto a los ochenta y estás jugando a Super Mario? Les pondremos sensores a los operadores, de modo que los robots se muevan al unísono con ellos. Una especie de captura de movimiento, solo que bastante más avanzada que la que tenéis los monos. Hmmm. Vamos a necesitar gafas para que el operador vea lo mismo que el robot. Es menos eficiente que conectar directamente la señal al nervio óptico como hacen los turanios, pero supongo que servirá. Y los sensores deberían incluir acelerómetros para que el operador comparta las percepciones del robot cuando encuentre resistencia.

—¿Podrías por favor desbloquear el arsenal para que los monos mugrientos veamos esos robots tan acojonantes? —Puse todo el sarcasmo que pude en mis palabras.

—Ya que lo pides tan amablemente, cómo no. —Añadió luego, a modo de pulla—: Eso sí, lavaos primero las pezuñas, por favor.

Los droides eran impresionantes. La sargento Adams acuñó el término «robate», ya que según ella no eran auténticos androides, pues su capacidad de movimiento y reacción era limitada y necesitaban ser manejados por un operario consciente.

Sacamos tres de aquellos robots de combate de la armería y los llevamos a un compartimento de carga vacío donde Giraud, Adams y Thompson podían manejarlos sin equipo especial, dejando simplemente que Skippy los viese moverse y ordenase a los robates que los imitasen. Nos avisó de que no podríamos contar con él en el campo de batalla, porque el asteroide tenía escudos bastante potentes y el operador tenía que estar cerca de su robate para reducir el lapso de respuesta. Durante el asalto los operadores deberían estar en las naves de desembarco del muelle. No me entusiasmaba la idea, porque los ponía en peligro, aunque el riesgo fuese menor que el que correrían los que llevasen los trajes acorazados kristangos. Los necesitábamos, pues Skippy no se fiaba de los robates para tareas que requiriesen habilidades motrices, como seleccionar, tomar y transportar el delicado dispositivo de los Antiguos que necesitábamos.

Además, usar solo los robates era poner todos los huevos en una sola cesta. Según la información, tanto turania como kristanga, que había descargado Skippy, los kristangos habían diseñado sus defensas para protegerlos específicamente de un ataque turanio, y no había manera de garantizar que no pudiesen interferir de algún modo con el telemanejo. Los lagartos conocían bien los robates turanios y no era descabellado pensar que hubiesen dedicado abundante tiempo y esfuerzo a intentar desactivarlos.

El plan revisado de Giraud consistía en seis individuos con trajes kristangos y nueve operadores de telemanejo en las naves. Skippy gobernaría estas por control remoto, lo que significaba que no necesitábamos pilotos, aunque insistí en que en el equipo hubiese al menos cuatro personas entrenadas para el manejo de las naves.

Había que ajustar los trajes acorazados para seis personas y luego entrenarlas con ellos en simulaciones de combate. Además, tendríamos que adiestrar a otras cuatro para que aprendiesen a manejar las naves de desembarco turanias. Sería un entrenamiento muy básico, porque esas cuatro personas formarían parte del equipo de telemanejo, cosa que también debían aprender y practicar.

Acepté a regañadientes quedarme en el *Holandés* con Skippy, Desai y el soldado Walorski, tal como querían Giraud, Chang y Simms.

Skippy había despertado a Walorski y lo había dado de alta tras decidir que se había recuperado lo suficiente para que el resto del proceso de cura siguiese por su cuenta. No del todo, ya que llevaba el antebrazo izquierdo, que había sido aplastado y casi seccionado durante la batalla por la *Flor*, en una funda rígida diseñada para piernas turanias. Era un poco más larga que el antebrazo de Walorski, lo suficiente para que se pasase el día tropezando con todo, con el consiguiente dolor por su parte y abundante frustración por la del doctor Skippy. Cada vez que se golpeaba el brazo, la curación de Walorski retrocedía, aunque fuese un poco. La funda contenía nanosondas que estaban soldando los huesos y reparando nervios y músculos y había que cambiar tres veces al día varias ampollas con diversos fluidos. Skippy predijo una recuperación completa y dijo que se le podría quitar la funda en tres semanas, un poco menos si Walorski cooperaba. Un pronóstico mucho mejor que el original, que había sido de pérdida del brazo por debajo del codo y quién sabía si muerte, teniendo en cuenta el escaso material médico con el que contábamos y la ausencia de un doctor humano.

Se podría pensar que Walorski tendría que haberse sentido agradecido. Y sin duda lo estaba, pero también era un soldado y veía que todo el mundo, salvo Desai y yo, estaban ejercitándose con las armaduras kristangas o con los robates. Quiso que le dejásemos uno de estos y afirmó que podía ir en una de las naves durante el asalto; dijo que no estaba cualificado como piloto y que no quería quedarse en la retaguardia mientras todo el mundo arriesgaba la vida en una batalla crucial para la supervivencia de la humanidad. Me lo dijo a mí, su comandante en jefe, que se quedaría en la retaguardia mientras todo el mundo arriesgaba la vida en una batalla crucial para la supervivencia de la humanidad.

Walorski necesitaba mejorar sus habilidades diplomáticas, eso estaba claro.

¿Me habría sentido como él de haber estado en su pellejo y habría intentado no quedarme en retaguardia mientras mis compañeros luchaban contra el enemigo? Joder, me sentía exactamente así. El asalto al asteroide determinaría si nuestro planeta y nuestra especie seguirían bajo la bota de los kristangos, si la humanidad sobreviviría como tal. Claro que no quería quedarme en la relativa seguridad del *Holandés*, donde podría escapar de un salto si las cosas se ponían feas. Acabada la batalla, fuese cual fuese el resultado, siempre me quedaría el baldón de saber que mi parte en el esfuerzo bélico había consistido en quedarme sentado. Todo el mundo lo sabría.

Mis intentos de convencer a Walorski de que lo necesitaba a bordo del *Holandés* como piloto de respaldo no resultaron muy convincentes, en buena medida porque yo mismo no estaba muy convencido. Estaba rozando la insubordinación cuando Skippy intervino y dijo que Walorski no serviría como operario de robate mientras el brazo izquierdo no fuese del todo funcional. Así que podía ayudar a Desai con una sola mano o podía quedarse sentado sin hacer nada, pero en el asalto habría sido un lastre.

Era una especie de concurso a ver quién se sentía peor, si Walorski o yo.

Había un montón de descontentos en la nave; básicamente todos aquellos que entrenaban con las armaduras o los robates en la bodega de carga que habíamos despejado para las prácticas de combate. El problema se debía que Giraud había puesto a la sargento Adams al frente de la tarea de convertir la bodega en un simulador de combate y de diseñar el programa de entrenamiento. Eso en sí mismo no era malo, pero también estaba a cargo del entrenamiento y solía poner una música estridente por los altavoces de la bodega de carga. La música hacía que la gente se distrajera, lo cual ayudaba al entrenamiento, pues aprendían a trabajar en un entorno en el que no podían concentrarse del todo a causa de un ruido tan alto que hasta costaba trabajo pensar. Igual que sucedería en la batalla. El problema no era el volumen, sino el infecto gusto musical de Adams. Cuando me estoy entrenando con intensidad, ya sea para el combate o simplemente para mantenerme en forma en un gimnasio, me gustan las canciones de ritmo marcado y sencillo. Rocanrol, rap, algo de ese estilo.

Adams usaba una lista de reproducción de música góspel, jazz cajún, polka y, lo creáis o no, folk. Folk de los putos Apalaches, con sus banjos y sus cantantes de voz nasal y afectada que me llenaban ganas de romperles el banjo en la cabeza. Por si no lo habéis notado, no soy precisamente fan del género. El country tiene un pase; el folk, no. Además, ninguna de aquellas canciones era precisamente un buen exponente del género al que pertenecían; Adams se lo había currado para encontrar el tipo de canciones que los músicos solían meter como relleno en los discos cuando se quedaban sin ideas, sin talento o sin ninguna de las dos cosas. Y ponía la misma canción una y otra vez.

Intentad concentraros con eso en los oídos.

En realidad, la idea de Adams era brillante. Con música agradable o que no fuese molesta era fácil adaptarse al ritmo y no dejarse distraer. Pero cuando la música es el equivalente al raspar de los dedos en la pizarra, por narices hay que dedicar parte de la mente a fantasear con el modo más satisfactorio de matar a la persona que la ha puesto, así que distraerse es inevitable. Dado que la intención era aprender a concentrarse e ignorar las distracciones, no podía ser más efectivo.

Efectivo o no, la música era una mierda. La primera vez que asistí a un entrenamiento busqué un clásico en cuanto se acabó y puse algo de Coolio. Todos alzaron los pulgares en mi dirección, aliviados, fue la mejor inyección de moral desde que la tripulación había visto las naves kristangas desaparecer en una bola de antimateria en el gigante gaseoso.

Un punto para mí.

Ver a la gente entrenando con las armaduras y los robates me impresionó lo suficiente para atreverme a tener esperanzas de que el asalto pudiese salir bien. Los seis soldados dentro de los trajes acorazados eran rápidos y manejaban con facilidad los pesados fusiles kristangos. La gravedad del asteroide sería solo de un dos por ciento de la terrestre, así que Skippy redujo la de la bodega de carga al mismo nivel. Eso significaba que tanto la gente dentro de la armadura como los robates necesitaban algo más que la simple gravedad para no acabar flotando por el aire. Los robates se agarraban de forma automática a suelos, paredes y techos, a todo lo que fuese necesario para repetir los movimientos de sus operadores. Los trajes kristangos tenían almohadillas en pinza en la parte baja de las botas y en las palmas de los guantes, pero también en codos, hombros, la parte trasera del casco, las rodillas y el trasero. Los soldados debían aprender a manejar todo aquello y a ajustar correctamente la fuerza de las pinzas.

No me preocupaba la habilidad de los robates para maniobrar como queríamos, pero las armaduras exigieron bastante más práctica. El mayor problema que tenían en los entrenamientos dentro del laberinto que había creado Adams no era girar las esquinas o cruzar las puertas, sino aminorar la velocidad y reducir la potencia. Se movían demasiado rápido y chocaban con las paredes. Se reventaron tres trajes durante el entrenamiento y, aunque teníamos seis más en la *Flor* y varias piezas de repuesto, no teníamos muchos humanos de más de metro ochenta. Le dije a Giraud que redujese el ritmo, no podíamos arriesgarnos a que alguien resultase herido durante el entrenamiento.

Los soldados que usaban las armaduras se sentían doloridos al cabo de un rato aunque no chocasen con nada, pues los trajes eran demasiado amplios incluso ajustados al máximo. Pusimos almohadillas en las botas para que los pies estuviesen más altos, lo que ayudó un poco.

Probé una vez un traje y, con mi metro noventa, sentí tirones en las rodillas, la entrepierna y las axilas, aparte de que tenía que andar con la cabeza alzada para no darme cada poco con la barbilla en el borde inferior del casco.

Los trajes eran una pasada, al igual que los robates. Había dos tipos, pero usábamos solo los más pequeños, pues Skippy nos dijo que el modelo mayor no cabría por los pasillos del asteroide. El pequeño tenía tres patas, que le proporcionaban estabilidad, y tres brazos, dos de ellos eran para apoyarse o trepar y el tercero para usar armas. Skippy fabricó unas gafas que permitían que los operadores viesen a través de los sensores ópticos del robate y controlasen las armas. Estas apuntaban en la dirección en la que mirase el operador; las gafas tenían puntos de mira para apuntar. El plan original de Skippy había sido que el operador humano las controlase parpadeando, pero Giraud hizo trizas aquella idea ridícula al señalar que el parpadeo humano era involuntario. El teniente sugirió que el gatillo se controlase con el dedo índice del operador, ya fuese el izquierdo o el derecho en función de cada uno, y la selección del tipo de armas, fusil o lanzador de cohetes y granadas, por el pulgar.

No podíamos usar munición real en el *Holandés*, lo cual no era óptimo. Habría sido mejor para los operadores sentir un arma real en acción y comprobar lo efectiva que era. Skippy nos dijo que, aunque dentro de la base no había muchas posibilidades de que abriésemos un agujero en el asteroide que causase una pérdida de atmósfera, teniendo en cuenta lo grueso de las paredes, era mejor no usar demasiado los cohetes y granadas al entrar. Al volver , nos recomendaba volar cuando viésemos, como cobertura. El plan, de todos modos, incluía hacer saltar el asteroide por los aires para borrar cualquier rastro de que los humanos hubiéramos pasado por allí.

El asalto fue tal como Skippy y Giraud habían planeado. Al principio. Luego todo se torció.

Antes de saltar al sistema estelar donde estaba la base, toda la tripulación salvo Desai y Walorski se reunió en el muelle de atraque. Había llegado el momento de comprobar el equipo una última vez y asegurarse de que cuanto necesitaba el equipo de asalto estaba en las dos naves y todo funcionaba correctamente. Se había cargado un robate suplementario en cada nave; si antes el interior parecía angosto, ahora estaba sobrecargado. Los turanios les ponían techos altos a los cargueros para que los invitados estuviesen cómodos, pero no lo hacían con sus naves de desembarco. Estaban tan abarrotadas que las seis personas que llevarían las armaduras kristangas tuvieron que meterse en ellas antes de embarcar, pese a que eso implicaba pasar más tiempo en aquellos incómodos trajes.

Tras una última inspección Giraud soltó un discurso corto pero efectivo, bastante mejor que cualquiera que hubiese podido dar yo. No usó un lenguaje incendiario ni trató de motivar a los demás; no hacía falta. Se limitó a señalar que aquel asalto era nuestra única oportunidad de liberar a la Tierra de los kristangos. No dejaríamos el asteroide sin el módulo de control de agujeros de gusano, costase lo que costase.

Todos habían estudiado la réplica que había fabricado Skippy. Era una caja delgada y alargada de metro veinte de largo y quince centímetros de ancho. Skippy explicó que se podía desplegar para formar una X de tres metros de extremo a extremo. Cualquiera que avistase un módulo debía cogerlo si iba en un traje kristango o avisar a la persona más cercana en armadura si estaba manejando un robate. No nos podíamos arriesgar a dañar el módulo al recogerlo con un robate; incluso nuestros movimientos más delicados acababan rompiendo algo a causa de la enorme fuerza de los droides. Sin el control cibernético, el operador no tenía capacidad de respuesta suficiente para evitar aplastar los objetos con la garra del robate.

Serían estos los que irían en punta en el recorrido de la base, con las armaduras cerrando la marcha.

Giraud me había dicho que no nos habrían venido mal otras dos semanas de entrenamiento, pero no le dijo nada a la tripulación.

A causa de lo fluido de la situación militar del sector, Skippy se moría de ganas de atacar enseguida el asteroide. Le preocupaba que los kristangos reforzasen las defensas de la base o, peor aún, que empacasen lo que les pareciera valioso, se lo llevasen y distribuyeran el material por diversos sitios. No podíamos correr ese riesgo, así que decidimos lanzar el asalto lo antes posible.

Antes de eso, Chang y Giraud quisieron hablar conmigo. Si las cosas iban mal dadas y el asalto fracasaba, con el consiguiente riesgo de que la participación humana en el asunto fuese descubierta, querían que les prometiese que no dudaría en hacer saltar por los aires el asteroide. Y si no podía recuperar la *Flor* también debía volarla en mil pedazos, pues tenía restos de ADN humano por todas partes. Me obligaron a prometerlo; sabían que iba contra todos mis instintos de soldado abandonar al equipo y escapar. Pero debía sobrevivir para seguir luchando. Pese a lo que Giraud le había dicho a la tripulación de que el asalto era nuestra única esperanza, aún nos quedaban posibilidades, en tanto Skippy estuviese con nosotros. Si la cosa salía mal, el *Holandés* podía intentar reclutar nueva tripulación en Paraíso o en la Tierra y seguir buscando un módulo de control de agujeros de gusano. No tenía nada claro que aquello funcionase, pero no era del todo imposible.

Así que se lo prometí. Me dejó hecho polvo, pero lo hice. Se lo debía a la tripulación. Iban a arriesgar sus vidas en aquella absurda misión y debía concienciarme de que merecía la pena sacrificar sus vidas por ella, acabase como acabase.

Walorski no tenía la menor idea de las pocas ganas que tenía de quedarme en el *Holandés* mientras nuestra tripulación, no, mi tripulación participaba en el asalto.

Saltamos cerca del asteroide, a unos tres millones de quilómetros de distancia. Tanto el salto como las maniobras posteriores estaban preprogramadas por Skippy, pues la sincronización debía ser perfecta, así que lo único que tuvo que hacer Desai fue apretar un botón cuando se lo ordené.

Una fracción de segundo después de haber saltado, eyectamos la *Flor*, que realizó un microsalto mientras nosotros hacíamos lo propio en dirección opuesta. La *Flor* creó un punto para otro microsalto, el campo colapsó tal como habíamos planeado y la fragata se quedó varada en el especio. Según Skippy eso haría que las cercanías se inundasen de ondas de salto superpuestas que enmascararían la presencia de una segunda nave. La *Flor* se balanceaba sin control, con los motores activándose al azar y con una fuga de radiación. Queríamos que atrajese la atención mientras el *Holandés* se deslizaba sin ser visto. Skippy hizo la que fragata emitiese los códigos de identidad de un navío que había desaparecido en aquella zona hacía dos años durante una escaramuza con otro clan kristango. Contábamos con que eso confundiría a los de la base lo suficiente para que no volasen por los aires a la *Flor* nada más detectarla. Cuanto más ocupados estuviesen investigando la fragata, menos posibilidades habría de que detectasen al *Holandés*.

Funcionó. Para cuando los kristangos orientaron los sensores para amplificar su radio de alcance, Skippy ya se había metido en su red y les ordenaba que ignorasen el enorme carguero turanio que se estaba colando por la puerta delantera. Al pasar activamos la parrilla de detección de camuflaje y los sensores nos identificaron, pero el ordenador kristango ignoró los datos. Desai aparcó el *Holandés* tras el asteroide a tres mil quilómetros del objetivo y Skippy lanzó las naves.

Cuando la IA nos dijo por primera vez que íbamos a asaltar un asteroide, me imaginé un trozo de roca mellado e irregular, como en las pelis. En realidad, era más bien un planetoide, con un diámetro de casi quinientos mil quilómetros, lo bastante grande para que la gravedad le hubiese dado forma esférica. Pese a eso parecía picado de viruela y era de un gris feote y amarronado; un trozo de piedra congelado e inhóspito. La base de investigación estaba en un hemisferio y al otro había una base militar mucho mayor con un millar de soldados, varias naves de asalto, cañoneras y misiles suficientes para hacernos pedazos. Entre ambas había por algún lugar un escuadrón de fragatas, seis destructores y un crucero. Se suponía que irrumpiríamos, obtendríamos lo que buscábamos y nos iríamos a escape.

Skippy no se equivocó. La base militar centró su atención en la *Flor* y envió un par de fragatas y cuatro naves de asalto a investigar nuestro señuelo. Antes de eso envió un mensaje al laboratorio de investigación para que se pusiesen en alerta máxima, pero nunca lo recibieron. Skippy lo interceptó y respondió de modo que los militares creyesen que la base estaba bloqueada. Seguimos manteniendo el elemento de la sorpresa mientras las naves se acercaban al muelle, cuyo controlador estaba convencido de que las puertas se habían abierto para un par de naves kristangas enviadas como refuerzo de seguridad. Eso mostraban los monitores de los ordenadores de la base gracias a Skippy. Nuestras naves atracaron y soltaron los robates y los seis soldados en armaduras.

Todo podría haber ido a la perfección de no haber sido por un técnico de mantenimiento que estaba en su traje espacial trabajando en el mecanismo interior de las puertas. No había manera de que Skippy engañase a su nervio óptico, así que vio con sus propios ojos que las naves eran turanias y, tal como era su deber, dio la alarma por radio. Aviso que fue interceptado por Skippy. Al ver que nadie respondía, el esforzado técnico echó a correr por el muelle y bajó una palanca que activaría las alarmas. Lo único que podía hacer Skippy para interrumpir una alarma que no fuese inalámbrica era quemar el cable, cosa que hizo con una descarga de corriente. La alarma había sonado un par de veces y la IA le indicó al ordenador que había sido un falso aviso causado por un salto de tensión.

Aquello nos habría dado un par de minutos más, suficiente para que el equipo de asalto colocase las cargas explosivas en las puertas interiores y las hiciese saltar. Solo que aquel modélico kristango se dio cuenta de que algo iba mal al ver que la alarma solo había sonado un par de veces y echó a correr hacia uno de los armarios de armas. Aquello atrajo la atención del equipo de asalto, de modo que nuestro Empleado del Año kristango obtuvo lo que buscaba, que no era dinero ni una plaza de aparcamiento sino el fuego simultáneo de media docena de robates.

Ahí empezaron los problemas.

El kristango desapareció en una nube de vapor sanguinolento a la vez que las ráfagas explosivas de nuestros motivados piratas lo atravesaban e impactaban en la pared interna del muelle. Los kristangos de la base ya no necesitaron medios electrónicos para enterarse de que algo se estaba yendo al cuerno; lo sintieron en sus carnes cuando las ráfagas estallaron en suelo y paredes.

Giraud ordenó que los robates despejasen el camino y voló la puerta interna con un cohete de carga hueca. La puerta explotó hacia adentro, lo cual no era deseable, porque una parte seguía colgando medio destrozada del marco. Ahí fue donde nos costó cara nuestra falta de experiencia; en lugar de elegir una cabeza de amplio radio, tendría que haber sido de penetración, pues la puerta, aunque recia, no estaba acorazada.

Ya era tarde. Reventar la pared a los lados de la puerta solo habría mandado restos por todas partes, así que tuvimos que dedicar un par de robates a ampliar el hueco con las garras, lo que nos hizo perder tiempo. Uno de los droides se dejó llevar por el entusiasmo, usó demasiada fuerza y acabó lanzando por el muelle un trozo de puerta que estuvo a punto de darle a otro robate. El operador humano de este no reaccionó a tiempo, pero el sistema automático hizo que el cacharro se apartase, lo que causó que la chatarra golpease a Chang en el costado izquierdo. Eso lo mandó al otro lado del muelle, abrió una grieta en el traje y le rompió varias costillas; un par, como supimos más tarde.

Una vez me caí haciendo motocross y me rompí una costilla; el dolor me postró de rodillas mientras intentaba recuperar el aliento, pero respirar lo empeoraba. Pasé una hora media tumbado hasta que me las apañé para volver a la moto, montarme y regresar a casa muy despacio. Luego mis padres me llevaron al hospital. El revestimiento de traje de Chang tenía un gel que se endurecía en caso de quedar expuesto al vacío y que selló el agujero para impedir que se escapase el aire. Pese al dolor, Chang se las apañó para ponerse en pie y volver al grupo gracias a la adrenalina y a un par de cojones. Escupía sangre, lo que no lo detuvo en ningún momento. Skippy me mostró los datos de los monitores médicos del traje de Chang y no pintaban muy bien; no entendía cómo no estaba hecho un ovillo en el suelo, y tuve la tentación de ordenarle volver a una de las naves mientras los demás seguían con la misión. No lo hice. Tenía que fiarme de su criterio y de que si se daba cuenta de que no podía seguir adelante, me lo diría. Además, Giraud estaba con él y si veía que Chang no era apto para el combate podía informarme por un canal privado. Necesitábamos a Chang, a todos ellos, en realidad. Salvo que viese que suponían una rémora para los demás me abstendría de interferencias a quince mil quilómetros de distancia. Los motores de la armadura y la baja gravedad podían quitarle de encima parte de la tensión; solo quedaba ver qué tal se las apañaba en el cuerpo a cuerpo.

Con la puerta interior despejada, el grupo de asalto se lanzó al pasillo, siete robates en punta seguidos de las seis armaduras y dos robates cerrando la marcha. Llegaron enseguida a otra puerta, donde tardaron treinta segundos en volarla como es debido usando explosivos. Tras eso entraron en la parte principal de la base, donde Skippy podía abrirles y cerrarles las puertas que necesitasen.

No tardaron en toparse con un problema. Skippy ya se había infiltrado en el ordenador de la base y buscaba en los archivos, que al parecer eran un batiburrillo increíble de basura sin indexar ni catalogar y dispuesta al azar. Pese a las dificultades localizó las dos piezas que queríamos robar: el módulo de control y una especie de nodo de comunicaciones conectado al Colectivo. Estaban en compartimentos distintos, pero por suerte los kristangos no los consideraban objetos de investigación prioritaria, así que se almacenaban en zonas de baja seguridad, lejos de las instalaciones de investigación. Me tocó tomar la difícil decisión de dividir el grupo de asalto o ir primero a un lugar y luego al otro. Dividir las fuerzas iba contra todo lo que el Ejército me había enseñado. Al pensarlo, recordé lo que decía el manual de campo al respecto. Dividir las fuerzas en una situación en la que se estaba sobrepasado por el enemigo violaba todos los principios de Masa y de Economía de fuerzas. Lo cierto es que habíamos discutido de antemano la posibilidad de tener que dividir el equipo y Chang, Giraud y yo estábamos de acuerdo. Nuestra única posibilidad de éxito y de supervivencia era entrar y salir de allí tan rápido que los kristangos aún no se hubiesen recuperado de la sorpresa y no hubiesen tenido tiempo averiguar qué demonios ocurría o cómo hacerle frente.

Cuando más tiempo pasara en la base el equipo de asalto, más expuesto estaría. Le ordené a Chang que se llevase una parte del grupo a por el nodo de comunicaciones y dejé que Giraud fuese a buscar el modulo de control. Dejé implícito en la orden que Chang, al estar herido, era el más débil de los dos y que necesitábamos más el módulo de control que una radio para que Skippy pudiese hablar con su gente. Consideré la idea de dejar un par de robates en el punto de separación de ambos grupos para que vigilasen los posibles puntos de retirada, hasta que Skippy me mostró un plano de la base donde se veía que ambos equipos pasarían por numerosas intersecciones y que vigilar una sola no servía para nada.

A partir de ese momento el asalto se convirtió en un caos veloz y frenético que se ajustaba más o menos al plan.

Los kristangos aún estaban desorientados. Habían reforzado sus sistemas internos en previsión de un ataque de un clan rival o de los turanios, pero no habían considerado la posibilidad de que una IA de los Antiguos se infiltrase en el sistema. Aquello que Skippy no pudo controlar, lo debilitó, lo confundió o le cortó la corriente. Los kristangos no dejaban de llamar a la base militar al otro lado del asteroide, pero Skippy interceptaba los mensajes y les respondía que estaban bajo ataque y que enviarían refuerzos en cuanto pudiesen. Alguien lo bastante listo, seguramente el finalista a Empleado del Año, disparó una bengala que se suponía que avisaría a la base militar de que algo malo estaba pasando. Cuando la bengala cruzó el horizonte y se deshizo en un estallido de fuegos artificiales se me pusieron de corbata. Skippy me calmó al asegurarme que, aunque la red había detectado la señal, los sensores la ignorarían. La base militar estaba a bastante profundidad bajo la superficie y, salvo que hubiese un kristango en el exterior, nadie vería la bengala. Dado que él controlaba el tráfico de comunicaciones, no solo tenía que estar en el exterior, ver la bengala y saber qué significaba, sino que tendría que echar a correr a la base y llamar a la puerta. Supuse que era poco probable.

Skippy impidió que se lanzasen más bengalas por el procedimiento de activar las que quedaban dentro de los silos. La explosión resultante acabó con cualquier posibilidad de que el finalista a Empleado del Año consiguiese la preceptiva plaquita con su nombre para poner en la mesa, ya que vaporizó una amplia porción de la base y seguramente se lo llevó por delante. No me pareció mal.

Los robates se las estaban apañando de maravilla, ayudados por el hecho de que la fuerza de seguridad kristanga se había retirado para proteger las zonas de investigación de alta seguridad de la base, tal como rezaba el protocolo. Eran los blancos más probables, y ni se les pasó por la cabeza que tuviésemos otros objetivos. Skippy me informó de que los kristangos estaban sumidos en la confusión, el pánico y el desorden y eran incapaces de entender qué pasaba y por qué sus sistemas, tan cuidadosamente reforzados, no estaban funcionando. Las sobrecargas de tensión se habían cargado los controles de las puertas, los ascensores, las luces y el soporte vital en zonas de la base que no nos interesaban, y numerosos kristango se encontraban atrapados o aislados, sin líderes e incapaces de reaccionar.

La poca resistencia que encontraron los equipos de asalto fueron individuos aislados o grupos de dos o tres, descoordinados e inefectivos. Los inútiles esfuerzos de los kristangos contra nosotros ayudaban en realidad a que los operadores de los robates fueran adquiriendo experiencia en su manejo bajo fuego real, así que no tardaron en aprender a lanzar ráfagas cortas con la munición al mínimo de poder explosivo y la fragmentación activada. El letal rocanrol que bailaron los operadores con los primeros kristangos que se les enfrentaron los voló pedazos, pero también se gastó demasiada munición y se llevaron por delante partes del pasillo, lo que lo dejó lleno de escombros que el resto del grupo tuvo que esquivar. Giraud estaba molesto y con razón, pues les había avisado una y otra vez que no le diesen al gatillo como locos. Tras aquel primer encuentro le hicieron caso.

El grupo de Chang fue el primero en llegar a su objetivo, para toparse con una habitación totalmente desordenada llena de trastos. No estaban en estantes ni en cajas, sino apilados sin orden ni concierto como si los kristangos hubiesen abierto la puerta, lo hubiesen lanzado todo dentro y se hubiesen largado.

—Mierda —gruñó Skippy—. Con esto sí que no contaba. La base de datos dice que el nodo de comunicación está ahí, pero no hay sensores en la habitación, ni siquiera una cámara.

—¿Algún conejo que puedas sacar de la chistera? —pregunté, ansioso.

—Lo hago lo mejor que puedo —respondió a la defensiva—. A causa de su naturaleza secreta no hay muchos sensores dentro de la base de investigación, salvo en los accesos a las habitaciones del personal. Además, se diseñó de forma específica para que la vigilancia remota fuese complicada. Ahí dentro estoy casi ciego; no tanto como querrían los kristangos, pero más de lo que me gustaría. Hay diversos miembros del personal de seguridad a los que les he perdido la pista; no sé dónde están ni qué etstán haciendo. También hay zonas de la base que he visto en las cámaras del equipo de asalto y que no estaban en los planos a los que tenía acceso, así que estoy cotejando los datos para obtener un plano más actualizado. Mi sugerencia es que el equipo de asalto se mueva lo más rápido posible.

Guau, qué gran idea, ni se me había ocurrido. Preferí no decirle nada a Skippy.

—No queda más remedio que escarbar la pila de basura hasta que den con el nodo de comunicación —le dije a Chang por el zPhone—. Ya saben la pinta que tiene.

Todos los miembros del equipo habían memorizado los modelos fabricados por Skippy de las dos piezas que necesitábamos.

—Comprendido —dijo Chang. Le costaba hablar y me pareció que le temblaba la voz.

Vi por los monitores que Chang, Darzi y Asok Putri entraban en la habitación y se ponían a rebuscar en la pila. Chang se movía muy envarado y no podía agacharse a causa de la herida, así que se ocupó de la parte alta del montón. Organizó a los otros dos y se encargó de que lo examinado se fuese apilando en otro montón para no confundirse. Era un método eficiente y preciso que les permitía ir a la máxima velocidad posible, pero era demasiado lento. Se retrasaban cada vez más, la habitación era enorme, había cinco montones que iban del suelo al techo y, tras cinco minutos, habían llegado a la mitad del primero.

El equipo de Giraud había llegado al objetivo y tuvo mejor suerte, pues la habitación con el módulo de control, al contrario que la de Chang, sí que estaba ordenada. Giraud, el sargento Thompson y el soldado Marsden recorrieron con rapidez los pasillos y dejaron que Skippy viese el contenido de los estantes, con lo que este descifró enseguida el sistema de almacenamiento y pudo dirigir al sargento Thompson al estante exacto en el que estaba el módulo de control.

—Objetivo adquirido —informó Giraud—. Procedemos a volver. ¿Debo ir directamente al muelle o ayudo al equipo del teniente coronel?

A Chang y su gente les estaba llevando demasiado tiempo. ¿Debía mandar al grupo de Giraud a ayudarlos a ver si la búsqueda se acortaba? Desviar al equipo del teniente implicaba exponerlos más tiempo a un posible peligro y, quizá, perder el controlador de agujeros de gusano. ¿Llegué a considerar darme por vencido en la búsqueda del nodo de comunicaciones, ahora que tenía el módulo? En realidad, no. Había pensado mucho en el asunto a lo largo de la pasada semana; era algo que no me había dejado dormir tranquilo. Al equipo lo único que le importaba era cerrar el agujero de gusano, aquel era el verdadero objetivo de la misión, y estaban dispuestos a sacrificarlo todo por él. En realidad, no les importaba gran cosa Skippy. A mí me importaba algo más; me gustaba y me sentía en deuda con él y en ocasiones tenía la sensación de comprender aquella soledad terrible, antigua y agónica en la que había vivido. Pero tenía que dejar a un lado mis sentimientos; como comandante de la misión debía centrarme en ella y en mi gente. Pese a mi promesa a Skippy, tenía claro que si había algún modo de cerrar el agujero de gusano sin su ayuda no iba a arriesgar ni la misión ni más vidas en conseguirle la radio. Solo que no teníamos modo alguno de cerrarlo por nuestros propios medios, así que la decisión final fue sencilla, aunque difícil de tragar.

—Vaya con su equipo a ayudar al teniente coronel Chang, teniente Giraud. Hay que abreviar esto cuanto podamos.

Pensase lo que pensase de mi decisión, Giraud no la discutió:

—A la orden. Vamos de camino.

Vi por la pantalla que Chang, Putri y Darzi seguían buscando por los montones de trastos tan rápido como podían. Chang había dejado entrar un robate, no para que tocase nada, sino por sus cámaras, a ver si así Skippy veía lo que buscaba. Cada vez íbamos peor de tiempo. Lo que Skippy me había dicho sobre haber perdido el rastro de parte de los kristangos y de que hasta él estaba ciego en parte en aquel lugar me tenía de los nervios.

—El nodo de comunicaciones es para comunicarse, ¿verdad?

—Sí, claro. Es de cajón.

—¿Y no puedes… no sé, ponerte en contacto con él, enviarle una señal que reconozca y dar con él?

—Joder, sí.

—Es de cajón —repliqué. No lo pude resistir. Fue un modo de aliviar la tensión.

—Joder, no sé qué me pasa a veces. Sí, tienes razón. Que Chang, Putri y Darzi se alejen lo que puedan, así usaré sus radios para triangular.

Así lo hicieron. Menos de un minuto más tarde Skippy dio con el maldito trasto en el montón que había al fondo. Chang hizo que Darzi y Putri trepasen por él hasta llegar al tercio superior de la pila y a partir de ese momento fueron más despacio. Darzi encontró el cachivache de las narices, que tenía exactamente la pinta que había descrito Skippy. Vi en la pantalla que Giraud se acercaba al lugar donde estaba Chang, lo bastante para dejar que se reuniesen y que cada equipo reforzase al otro durante la retirada, aunque aquello implicase poner todos los huevos en la misma cesta.

Ahí fue cuando las cosas se fueron a la mierda cagando leches.

La primera indicación de que estábamos en problemas no nos la dio Skippy ni uno de los robates que se hubiese topado con soldados kristangos, sino una salva de balas que golpeó a Giraud y Putri por la espalda y los derribó. Putri recibió varios disparos a bocajarro y murió al instante. Por suerte las puntas explosivas no le dieron al módulo de control de agujeros de gusano que llevaba a la espalda. A Giraud le dieron de refilón a un lado del casco, recibió un fuerte impacto en la parte baja de la espalda y una ráfaga le arrancó el antebrazo a medio camino del codo. La reacción de Darzi demostró que el entrenamiento no había sido en vano; se tiró sobre la cubierta y dejó que los robates se encargasen de todo. Manteniéndose lo más bajo posible, reptó hacia Putri y rompió las correas de la eslinga de este, vio que estaba más allá de toda ayuda posible y se centró, tal como debía, en el objetivo de la misión.

Los robates giraron para enfrentarse a los seis enemigos en armadura pesada. Fue un combate encarnizado en el que Darzi no podía hacer nada, así que se limitó a mantener la cabeza baja y proteger el módulo tras la figura inmóvil de Giraud. El monitor me indicaba que este seguía vivo; estaba inconsciente pero no perdía mucha sangre.

—¿Hay otro camino hacia el muelle, Skippy? —grité, frenético.

Cuatro de los kristangos seguían vivos y se habían parapetado tras algunas puertas y en corredores laterales. Los robates hacían cuanto podían. Darzi no podía moverse sin exponer el valioso módulo, y aunque el equipo de Chang venía al rescate, tardarían casi dos minutos en llegar. Demasiado tiempo.

—Sí, hay numerosas rutas alternativas.

—Estupendo. Operadores de robates, que no os importe dañar el pasillo, vamos a tomar una nueva ruta. ¡Reventad a esos kristangos, máxima potencia de fuego!

Era lo que los operadores estaban esperando. Tres de ellos configuraron los cohetes a máxima potencia con carga hueca y volaron en mil pedazos el pasillo que había más allá de Darzi y Giraud. Los cohetes atravesaron dos o tres compartimentos, reventaron a los cuatro kristangos, destrozaron las paredes y el suelo y derrumbaron el techo.

—¡Darzi! —grité. Fue un error, tendría que haber mantenido la calma—. En pie. El teniente Giraud está vivo. ¿Puede llevarlo?

—Sí, mi coronel.

Cargar con Giraud en aquella baja gravedad no era ningún problema, sobre todo con la armadura puesta. Puso el módulo a la espalda, ató rápidamente las correas y recogió el cuerpo inconsciente de Giraud. Los robates iban delante. Les avisé de que el equipo de Chang estaba llegando para que no se disparasen unos a otros.

Al fin se encontraron y Skippy los guio por una ruta alternativa bastante más larga hasta el muelle. Chang dispuso un par de robates en retaguardia para evitar desagradables sorpresas.

La complicada ruta me tenía preocupado a causa del tiempo extra que implicaba, aunque Skippy me aseguró que aquel camino había confundido al enemigo y no tenían nada claro por dónde ir. Solo que aún seguía parcialmente ciego, así que aquel fue el momento más peligroso de la misión; si antes el enemigo tenía que averiguar dónde iba el equipo de asalto, ahora lo sabían: de vuelta al muelle.

Habían recorrido dos tercios del camino según el recuento de Skippy cuando volvieron los problemas. Ahora no se trataba de kristangos en armadura, sino de robates que volaron una pared y saltaron al pasillo. Eran pesados y torpes comparados con los modelos turanios y era fácil darles. Pero también tenían controladores mucho más experimentados, lo que les daba una clara ventaja. Salvo por un detalle. Bajo el intenso fuego, el equipo de asalto quedó atrapado por un instante. De pronto Skippy gritó alborozado que los movimientos desmañados de nuestros robates en realidad estaban siendo una ventaja, porque los kristangos habían entrenado a sus droides para luchar contra los movimientos superveloces de los turanios. Las acciones extrañas y demasiado lentas de los nuestros los desconcertaban y les impedían apuntar bien.

Perdimos tres robates en el intercambio inicial y otro quedó incapacitado para usar sus armas principales. Chang vio que Darzi tenía problemas para trasladase con Giraud a cuestas, así que le ordenó que lo dejase en brazos del robate dañado. El soldado Marsden fue a ayudar a Darzi a atar a Giraud; casi terminaban cuando recibió un tiro en la cabeza que le destrozó la placa frontal y una segunda ronda que partió en dos el casco a la altura del cuello. Cayó en medio de un torrente de sangre al tiempo que en mi monitor sus signos vitales se convertían en una línea plana. Avisé a Chang de que no perdiese tiempo asistiendo a Marsden. No se molestó en responderme y vi que estaba ordenando al resto que siguiera adelante. Habíamos tenido bajas por aquel camino, y quizá hubiese otras rutas hacia el muelle, pero Chang era consciente de que perderíamos aún más vidas si nos atascábamos y seguíamos en el asteroide más tiempo del necesario. La velocidad y la maniobrabilidad eran fundamentales, y Chang lo comprendió pese al dolor y la desorientación de sus costillas rotas. El cabrón era de hierro, incluso sin armadura.

Protegido por fuego de cobertura, el equipo de asalto siguió avanzando con los robates limpiando el camino. Una vez rebasaron aquel amplio grupo de droides kristangos no encontraron más que grupos dispersos de droides y armaduras.

La situación estaba empezando a ser preocupante. Habíamos iniciado la incursión con seis armaduras y nueve robates y para cuando llegaron al muelle habían muerto dos hombres, otro estaba herido e inconsciente y solo quedaban tres robates funcionales, que se quedaron vigilando la puerta interior mientras Chang metía al sargento Thompson y a Darzi en una de las naves y llevaba a Giraud a la otra. Skippy ya había empezado abrir la puerta exterior y en cuanto Thompson y Darzi entraron en la nave, le dio al acelerador y la nave salió disparada del muelle. Vi en el monitor que aceleraba a seis ges y le ordené que aminorase un poco una vez estuvieron a quince quilómetros.

La nave de Chang tardó un poco más, porque había que asegurar el cuerpo de Giraud, lo cual pudo haber sido fatal. Cierto que Thompson tenía el nodo y Darzi el módulo, así que podíamos considerar cumplida la misión, salvo por la tripulación de la segunda nave. Una ráfaga perdida atravesó las puertas interiores, no les dio a los robates, atravesó el muelle e impactó en el casco acorazado de nuestra nave. Las puntas explosivas lograron penetrar y crearon un chorro de plasma supercaliente que atravesó la coraza y llegó al interior. En cuanto el plasma entró en contacto con el aire, se expandió en todas direcciones. El sargento Joy Chung, que operaba uno de los tres robates que nos quedaban, murió al instante, y tres operadores más quedaron seriamente heridos. A Chang y a Giraud los protegió la armadura, pero los otros quedaron en muy mal estado.

En medio del caos, los gritos de dolor y la sangre que flotaba por todas partes mientras el aire escapaba por el agujero en el caso, Chang no dudó ni un momento. Le ordenó a Skippy que los sacase de allí a toda hostia. La nave salió disparada del muelle y cruzó las puertas; Skippy se hizo cargo del sistema de reparación automática para que tapase el agujero del tamaño de un dedo y bombease aire en el interior de la nave.

—Listo. Ambas naves han salido —informó Skippy como si fuese algo rutinario—. Nadie las persigue. Los paquetes están a salvo. Estoy trayendo las naves.

—Maravilloso —dije. Me sentía agotado—. Piloto, estaré en el muelle.

—No, mi coronel, lo siento —dijo Desai con voz monótona—. El teniente coronel y la comandante Simms pueden encargarse de los que necesiten ser atendidos. Su puesto es este.

Tenía razón, maldita sea. Ya me pondría emotivo más tarde, una vez hubiésemos saltado y estuviéramos a salvo.

—Capitana Desai, tiene usted razón.

Me miré con rabia las manos, que no dejaban de temblar. No había corrido peligro en ningún momento, joder. Iban a ser ocho minutos muy largos hasta que las naves volviesen.

—Naves seguras. Piloto, inicie el salto, opción Alfa —anunció Skippy.

—Alto —ordené. Desai se volvió y me miró, desorientada—. Opción de salto Charlie. Adelante.

Desai pulsó el botón correcto y la nave ejecutó un microsalto; estábamos en el espacio abierto y ya no nos escudaba el asteroide. Skippy había programado cinco opciones de salto en el sistema de navegación y yo las había memorizado, aunque también las tenía en el monitor de la silla de mando y en la tableta. La opción Alfa era un salto cerca de la *Flor*, donde enviaríamos una señal para que esta realizase a su vez un microsalto, igualase velocidades con nosotros y atracase en el muelle, para luego saltar al extremo del sistema solar. La Charlie era un microsalto fuera del asteroide tras el que nos ocultábamos por si se hubiese descubierto nuestra posición, aunque necesitábamos permanecer en el área hasta recuperar las naves de desembarco.

—¿Puedo preguntar por qué no recogemos la *Flor*? —preguntó Skippy.

—Claro que la recogeremos. Envíale una señal para que salte al punto de encuentro.

Aunque la señal se arrastraba a la velocidad de la luz, llegaría a la fragata en pocos minutos; esta cobraría vida de repente, encendería los motores y haría un salto de corto alcance.

—Listo —informó Skippy—. ¿Por qué seguimos aquí coronel Joe?

—¿Controlas las nucleares que hay cerca de la bodega de carga principal de la base?

—Claro, ya te lo he dicho.

Los kristangos habían equipado la base de investigación del asteroide con un dispositivo nuclear de autodestrucción. Si alguien invadía la base y perdían el control, la volarían con la explosión. La bomba atómica estaba allí para desalentar a posibles enemigos a asaltar la base. Nos habría disuadido, en efecto, de no haber sido porque Skippy se había hecho con su control antes de que lanzásemos las naves.

—¿Es muy grande?

—Supongo que te refieres a su potencia explosiva. Es de unos ocho megatones. Una W76, habitual en submarinos lanzamisiles Tridente es solo de cien quilotones.

—Ármala.

—¿Qué? —exclamaron a la vez Skippy, Desai y Walorski.

—No me discutas. Sé que has borrado la memoria de su ordenador, pero hemos dejado rastros de ADN en la sangre humana que hemos derramado. Podría indicarles a los kristangos que los humanos estábamos involucrados en el asalto. Es un riesgo que no puedo correr. Arma la bomba. Ya.

Skippy sabía cuándo era el momento de no seguir discutiendo, tengo que reconocérselo.

—Bomba armada y lista para detonar con el Gran Botón Rojo.

Lo pulsé. El asteroide soltó una llamarada brillante e intensa. Desai saltó antes de que los escombros nos alcanzasen.

16

En casa

El vídeo que recogía el momento en que detonábamos la nuclear en el asteroide se hizo muy popular entre la tripulación. Al menos entre los que sobrevivieron. No fue idea mía que lo viesen, ni siquiera hablé de él. Supongo que Desai o Walorski dijeron algo sobre el asunto o alguien le preguntó a Skippy qué había ocurrido y él se ofreció a mostrárselo. Ver la destrucción de la base de investigación del asteroide fue catártico para la tripulación, igual que lo había sido para mí. Los médicos militares nos dicen que hablar acerca de los acontecimientos traumáticos ayuda con los síntomas del TEPT; guardarse las cosas para uno o tratar de olvidar lo ocurrido solo empeora la situación.

Skippy me contó que los supervivientes le habían preguntado si había algún vídeo del asalto procedente de las cámaras de los robates y las armaduras. Lo había, en efecto, y le dije que permitiera que lo viese quien quisiera. Giraud y yo lo vimos completo, incluidos los datos de los sensores, y tomamos nota acerca de lo que habíamos hecho bien y lo que no.

Giraud me reprendió sutilmente por comportarme de forma no profesional; volar el asteroide no era un requisito de la misión, solo lo había hecho porque estaba cabreado y quería que los lagartos sintieran el mismo dolor que nosotros sentíamos al perder a los nuestros. Tantos, tantos muertos. O quizá lo había hecho llevado por la frustración de no haber podido participar en el asalto. Yo qué sé. La psicología no es lo mío.

El asalto había sido al mismo tiempo un éxito y un fracaso.

Fue un fracaso en término de bajas; había perdido más de la mitad de la tripulación original y a algunos de los heridos les iba a costar varios meses recuperarse incluso con la asombrosa tecnología médica turania.

En términos de que Skippy pudiese dar con un modo de encontrar al Colectivo fue también un fracaso. Lo que habíamos traído era exactamente lo que la IA había pedido, no había sufrido daño, no estaba inerte y se podía encender y acceder a sus datos, pero al parecer no contenía información útil. Skippy no sabía si era culpa suya o del dispositivo, pero tenía el presentimiento de que de algún modo los recuerdos que le permitían acceder a los datos de los Antiguos estaban bloqueados. Recuerdos sobre sí mismo, sobre quién era y de dónde venía. Fui el único con el que compartió sus temores y sus dudas y mantuve el secreto, preocupado por la posibilidad de que algún día Skippy quedase bloqueado, le saltase una pantalla azul o entrase en hibernación o lo que demonios les pasase en esos casos a las IA de los Antiguos.

Mejor que eso no ocurriese antes de que cruzásemos el agujero de gusano que daba a la Tierra, porque había un sentido en el que la misión había sido un éxito. Quizá en el único sentido que importaba, había sido un éxito completo. Tanto que, con que solo hubiese sobrevivido una persona para pilotar la nave, el asalto habría valido la pena. Habíamos robado un módulo controlador de agujeros de gusano y estaba intacto; Skippy había verificado que era del todo funcional, capaz de cumplir su propósito y controlar un agujero de gusano. Y, mucho más importante, de cerrarlo. Los humanos no teníamos la menor idea de cómo funcionaba aquella puñetera cosa, así que no nos quedaba más remedio que fiarnos de Skippy. En cualquier caso, gracias al asalto teníamos la capacidad de cerrar el agujero y cortar a los kristangos el acceso a la Tierra. Los miles de millones de humanos que la habitaban bien valían cualquier precio que nuestra tripulación pirata tuviese que pagar.

Fiarse de Skippy era un problema, porque se sentía frustrado y quería que siguiésemos con la misión con la tripulación que nos quedaba. No quería tener aquella conversación con él delante de los demás, así que le di largas hasta que le tocó a la comandante Simms ocupar el sillón de mando; tanto Chang como Giraud estaban en la enfermería.

Tras recoger la *Flor* saltamos varias veces hasta que a Skippy le pareció que estábamos fuera de alcance de la red de sensores kristangos. Los motores de salto estaban casi vacíos, solo quedaba combustible para un microsalto de emergencia, así que nos quedamos a la deriva en mitad del especio mientras se cargaban.

—¿Te sientes mejor, Joe? —empezó Skippy con su tacto habitual—. Tenemos que decidir qué hacer a continuación. Se me ocurren un par de posibilidades más para intentar contactar con el Colectivo. Una a está a tres mil años-luz de distancia, y requeriría dar un paseo muy largo por varios agujeros de gusano, así que es la menos deseable. Además, está en un planeta turanio, y resultaría bastante complicado entrar y salir de allí. La segunda está a nueve mil años-luz distancia, más allá del territorio turanio y es una opción buena y mala a la vez, porque la especie que controla el territorio son los...

Joder. No me había dado tiempo ni a desatarme las botas. Lo mejor que podía hacer era soltar lo que pensaba sin más.

—Antes de seguir buscando el Colectivo vamos a ir a la Tierra a reabastecernos. No tenemos gente suficiente para seguir con la misión. Eres un genio, calcúlalo tú mismo.

Hubo un momento fugaz de vacilación que me habría pasado inadvertido de no haberlo conocido tan bien. ¿Estaba calculándolo, tal como le había dicho? Seguro, y probaría miles de millones de permutaciones. O miles de muchillones.

—Te noto un poco quejica.

—Estoy cansado. Hemos perdido a mucha gente, Skippy. —Me quité las botas de golpe. Las habría lanzado al otro extremo de la habitación de no haber sido porque el mamparo estaba a medio metro—. Personas. No me vengas con gilipolleces de que somos monos y bacterias. Somos personas. Contamos.

—Más de lo que crees, Joe. He hecho los cálculos, tal como acabas de pedirme. El problema es que no soy un estratega y hay un montón de variables que no logro cuantificar. Me prometiste que buscaríamos juntos al Colectivo.

—Sabes que mantengo mis promesas, Skippy —dije mientras me acomodaba en el colchón lo mejor que podía—. Explícame qué posibilidades razonables de éxito tenemos con la tripulación actual y hablamos. Yo no lo veo. Ahora mismo tenemos nueve personas con capacidad de combate y dos de los pilotos y yo tenemos que quedarnos en el *Holandés*, así que eso lo reduce a seis, y dos de ellos son de intendencia, no de infantería. El asteroide era la opción más accesible, ¿no?

—La más probable. Los kristangos no sabían lo que tenían, por eso lo que necesitábamos estaba tan poco protegido.

—¿Poco?

—En términos relativos, sí.

—¿Así es como defines «poco protegido»? Controlabas por completo sus armas y sus sensores y pese a todo nos vimos envueltos en un tiroteo. Hasta nuestros robates superavanzados fueron masacrados. ¿Alguno de los otros objetivos va a ser más fácil?

—No lo creo.

—Tienes miedo de no poder fiarte de nosotros, de que una vez volvamos a la Tierra no nos vayamos de ella y demos la misión por terminada. No te fías. Olvídate de eso por un momento. Olvida cuanto hemos hablado. Piensa en esto. Quieres contactar con el Colectivo. ¿Cuáles son las posibilidades de conseguirlo con los recursos que tenemos?

De nuevo un brevísimo instante de vacilación. Quizá más largo.

—Mierda, tienes razón. Creo que antes del asalto estaba siendo demasiado optimista. Ahora tengo datos más completos y he revisado mis análisis. Las posibilidades actuales de coronar con éxito la misión están por debajo del cincuenta por ciento. Son del doce, para ser exactos. Es un nivel de riesgo inaceptable.

Me sentía tan aliviado que me incorporé sin pararme a pensar y me di con la cabeza contra uno de los estantes.

—¡Mierda!

—¿Mierda, en el sentido de que no te crees mis cálculos o en el de que te los crees y son peores de lo que esperabas?

—Mierda, en el sentido de que me he vuelto a dar un cabezazo contra ese puñetero estante.

—Oh, vaya. No importa lo mucho que afine mi programa para leer tus pautas vocales y expresivas, aún no termino de pillarlas. Los seres biológicos sois muy desconcertantes a veces.

—Sí, como cuando se nos ocurre desarrollar tecnología y acabamos fabricando inteligencias artificiales tocahuevos.

—Ya te dije que no me fabricaron… Ah, déjalo.

Llevado por la costumbre, aflojé los cordones de las botas y las puse justo frente a mí al lado de la puerta. Si hay una emergencia, puedo ponérmelas y atarlas en un suspiro. El entrenamiento militar.

—Entonces, ¿estamos de acuerdo en que hay que volver a la Tierra?

Paraíso estaba más cerca y allí había humanos, así como materiales que podíamos usar. También había una cantidad considerable de naves rujarras en órbita, por no mencionar una flota yerapta patrullando el extremo del sistema solar. No era un sitio al que me apeteciese volver.

—Sí, estamos de acuerdo. Joder. Bueno, he esperado un millón de años para contactar con el Colectivo, bien puedo esperar unos días más. —No sonaba muy convencido—. Uf, eso implica tener que visitar esa bola de fango infestada de monos en la que vivís.

—Hogar dulce hogar, Skippy. Rematemos este asunto, así no tendremos que volver a discutirlo. ¿Qué podemos hacer para que tengas la seguridad de que cuando lleguemos a la Tierra no será para quedarnos? Y no hablo de mí; voy a cumplir mi promesa, espero que lo tengas claro.

No era una pregunta retórica; también me preocupaba. Sería una enorme tentación para los gobiernos de la Tierra tener en órbita un carguero turanio y una fragata kristanga, y querrían que nos quedásemos. Seguro que expondrían argumentos muy válidos a favor de la idea: examinar la tecnología, proteger la Tierra en caso de que quedasen naves kristangas por los alrededores… Por no mencionar que enviarnos a vagar por la galaxia hasta que Skippy diese con un Colectivo que a lo mejor ya no existía les parecería una locura. No es que me entusiasmase la idea de deambular por las estrellas con Skippy, para nada. Quería volver a una vida normal, quitarme aquellas condenadas águilas de plata y ser de nuevo un machaca, acabar el periodo de alistamiento, volver a casa y vivir sin más sobresaltos. Y los niños pequeños quieren que Santa Claus les traiga un poni por Navidad. Tanto ellos como yo tendríamos que aceptar la realidad. No volvería a haber nada parecido a una vida normal para la humanidad, o al menos para mí. Y si ni Skippy ni yo lográbamos dar con un modo de obligar a los gobiernos de la Tierra a que autorizasen la partida del *Holandés Errante* no había la menor posibilidad de que pudiese cumplir mi promesa.

—Bah, eso está chupado, Joe. Tras cruzar el agujero de gusano que lleva a la Tierra desactivaré temporalmente su conexión con la red, y quedará así hasta que se reinicialice, lo que será tiempo más que suficiente para llegar a la Tierra, conseguir voluntarios y material y volver.

—Hmmm. Estupenda idea, Skippy. —¿Por qué no se me había ocurrido a mí? Ya me había explicado aquello, por eso necesitábamos el módulo para que la desconexión fuese permanente—. Así que tendremos un plazo concreto, ¿correcto?

—Y tan concreto. Una vez desactive el agujero de gusano, los turanios van a estar muy interesados en averiguar lo que ha pasado. En cuanto se reinicialice van a cruzarlo un montón de naves. Dado que los turanios son unos cabrones desconfiados y paranoicos, te garantizo que algunas de sus naves van a ir a la Tierra, y no precisamente por el descuento de Starbucks. Han desarrollado un protocolo para investigar cualquier conexión nueva de un agujero de gusano, así que enviarán una flota de acorazados con escolta de cruceros. No es algo con lo que queramos vernos las caras, cualquiera de esas naves convertiría el *Holandés* en una nube de átomos y ni siquiera yo puedo detenerlas.

Me había mencionado en numerosas ocasiones que, pese a su aparente potencia de fuego, un carguero estelar no era una nave de guerra, sino un transporte de largo alcance para estas. En una batalla, los cargueros se largaban y era la escolta la que luchaba.

—Es perfecto, Skippy. Por favor, traza un rumbo hacia la Tierra.

Nos quedaríamos el tiempo suficiente para tomar un café o, si de mí dependía, una hamburguesa. Casi podía saborearla. La IA había vuelto a pillarme por sorpresa; me había preparado para una larga y acalorada discusión sobre si debíamos seguir buscando el Colectivo o reabastecernos primero en la Tierra. Pero Skippy no reaccionaba ante los argumentos, sino ante la lógica.

Estaba a punto de apagar la luz cuando se me ocurrió:

—Por curiosidad, ¿cuáles eran las posibilidades de éxito del asalto?

—En una primera estimación, del treinta y siete coma seis por ciento. Después de comprobar la habilidad de la tripulación con los robates y de que el capitán Giraud diseñase el plan de ataque, calculé que serían del cincuenta y uno por ciento.

—¿Poco más de la mitad? ¿No te pareció que merecía la pena mencionarlo?

—Estaba por encima de la mitad. Suficiente. Y no preguntaste. Además, según tu expediente, las matemáticas no son tu punto fuerte.

No tenía sentido seguir discutiendo sobre el pasado.

—Los motores se cargarán del todo en dos horas, ¿no? Despiértame entonces.

—Acojonante. Soy la criatura consciente más avanzada de la galaxia y me usas como despertador.

—En dos horas, Skippy. Buenas noches.

La tripulación reaccionó con alivio y expectación al saber que haríamos escala en la Tierra antes de seguir con la misión. Al menos los dos primeros días. Luego, durante mi turno en el sillón de mando, la comandante Simms me hizo una seña. Asentí y le indiqué que entrase en el puente. No pasaba nada reseñable; estábamos parados a un año-luz de una enana roja bastante insignificante y a tres del agujero de gusano más próximo mientras se recargaban los motores.

—Mi coronel, dado que vamos a cerrar el agujero de gusano, la tripulación se plantea ciertas dudas.

—¿Cómo? —exclamó Desai desde el asiento de piloto. Walorski se giró a medias. Mi reacción fue similar:

—Comandante, el objetivo de esta misión es impedir que los lagartos tengan acceso a la Tierra.

—Sí, mi coronel, no es esa la cuestión. La gente tiene miedo de que la Fuerza Expedicionaria de Paraíso quede aislada y no puedan volver nunca a la Tierra y dejen de recibir medicamentos y suministros al cerrar el agujero de gusano. Los estamos abandonando. Para siempre. —Apretó los puños, nerviosa—. A la tripulación no le parece bien. Ni a mí, mi coronel.

Era una conversación que sabía que iba a tener lugar antes o después, pero habría preferido evitarla. Había estado dándome vueltas desde que Skippy me mencionó por primera vez la idea de cerrar el agujero de gusano.

Fue él quien intervino en aquel momento, antes de que me diese tiempo a mí:

—El problema como tal no existe, comandante. Su Fuerza Expedicionaria ya ha sido abandonada a su suerte y no hay nada que podamos hacer para impedirlo, así que no es nuestra responsabilidad. He interceptado mensajes de los turanios al clan Viento Blanco en los que les informan de que no van a apoyar más intentos de recuperar Paraíso, de que el planeta no vale la pena y de que las fuerzas turanias se van a usar en otras zonas del sector. Los kristangos ya habían dejado de traer suministros de la Tierra antes de que los rujarras recuperasen el planeta, de hecho. No van a hacer el menor esfuerzo para evacuar a los humanos de Paraíso y los rujarras no tienen acceso a la Tierra, ni la capacidad de transporte necesaria en este sector. Se han quedado solos.

—Joder, Skippy, no hace falta que parezcas tan contento al decirlo —respondí, cabreado.

—Los hechos no tienen contenido emocional, coronel Joe —respondió a la defensiva, cosa que me chocó—. Solo son hechos. Y es un hecho que, tanto si cerramos el agujero de gusano como si lo mantenemos abierto, la FENU estará atrapada en Paraíso durante bastante tiempo. Los rujarras les están dando suplementos alimenticios mientras crecen las cosechas. Eso creo.

—Eso no me resulta de ninguna ayuda, Skippy. Comandante, no estoy ignorando el problema de la FENU y si no he sacado antes el tema es porque me temo que Skippy tiene toda la razón. No hay nada que podemos hacer para ayudarlos. Y si a alguien se le ha ocurrido la maravillosa idea de darles Skippy a los rujarras a cambio de que los hámsteres lleven a la FENU a la Tierra, que se olviden del asunto.

—Gracias, Joe —respondió, la IA, alborozada—, aprecio…

—La programación de Skippy lo desactivaría en presencia de especies con capacidad de viaje interestelar, así que si se lo damos a los hámsteres perderíamos la capacidad de cerrar los agujeros. O de cualquier otra cosa.

—Uy, eso ha dolido, coronel Joe —dijo Skippy con una sorpresa que sonó genuina—. Por un momento creí que estabas mostrándome un poco de lealtad.

No me pude contener y suspiré.

—Has dejado muy claro en cada ocasión que has tenido que eres una poderosa criatura superinteligente y que nosotros no somos más que bacterias. Entre tú y yo no hay amistad, esto es una alianza entre dos especies o dos culturas o como quieras llamarlo. Te resultamos útiles y tú nos eres útil. Cuando hago un trato contigo es con la intención de cumplir mi parte. No tengo muy claro que consideres que merezca la pena cumplir la tuya, ya que no somos más que bacterias.

—Uy.

—Eso, uy.

Vi por el rabillo del ojo que Simms me estaba mirando. Seguro que le preocupaba que pudiese cabrear a Skippy. Aún no conocía al mamón tan bien como yo.

—Sea pues, coronel Joe. No tienes modo de saberlo, ya que no eres más que una bacteria, pero soy fiable al cien por cien cuando hago una promesa. Bueno, ya sabemos los dos a qué atenernos.

Aún parecía dolido. Me pregunté qué parte de su proceso estaba dedicado a las subrutinas emocionales. Sonaba casi convincente.

—¿Es eso todo, comandante? —le pregunté a Simms—. No hay nada que podamos hacer para ayudar a la Fuerza Expedicionaria que está en Paraíso. La FENU salió al espacio para proteger la Tierra y la misión se fue al carajo porque los lagartos nos mintieron, pero aún podemos proteger la Tierra. Esa es nuestra misión actual. Si hubiera la menor posibilidad de volver a establecer contacto con la FENU estaría más que dispuesto, pero está más allá de nuestras posibilidades.

Simms torció el gesto y asintió.

—¿Quiere que hable con la tripulación?

Aquello habría sido una cobardía por mi parte.

—No. Yo me encargo.

Fui bastante más diplomático cuando me dirigí a la tripulación. Expliqué la situación; escuché y fui comprensivo con lo que me decían; conté que también tenía amigos en Paraíso. En ningún momento intenté imponer el rango ni dije que las cosas se harían como yo quería porque era el comandante y había decidido que aquella era la mejor opción. Básicamente, dejé que hablasen y les presté atención.

Todos se dieron cuenta de que en términos prácticos no podíamos hacer nada por los humanos de Paraíso. Lo que los hacía sentir molestos era la culpa del superviviente. Teníamos una buena posibilidad de volver a casa, de disfrutar de nuevo de lo que nos ofrecía la Tierra; la familia, los amigos…, las hamburguesas. Abandonábamos a la FENU con la esperanza de que los rujarras decidieran desviar suficientes recursos del esfuerzo bélico para mantenerlos vivos. Aunque los rujarras accediesen a alimentar a sus anteriores enemigos, los kristangos podían convertirse en una molestia lo bastante importante para que los cargamentos dejasen de llegar a Paraíso y los hámsteres ya no pudieran alimentar a la FENU.

En última instancia, le recordé a nuestra ya no tan alegre banda de piratas que volveríamos a casa sin saber en qué estado se encontraba. No sabíamos cuántos kristangos y cuantas naves había en el lado terrícola del agujero de gusano. A lo mejor la Tierra ya no era la pelota verdeazulada que recordábamos. A lo mejor tendríamos que abrirnos paso a través de fuerzas numéricamente superiores. Y a lo mejor, cuando los kristangos en el lado terrícola del agujero se diesen cuenta de que no podían volver porque estaba desactivado, olvidarían las Normas y usarían armas prohibidas contra la población humana.

Muchos entrecerraron los ojos y apretaron la mandíbula al oír aquello.

—Nuestra misión no acabará cuando hayamos cerrado el agujero. Empezará entonces.

—¿Qué planes tenemos en caso de una abundante presencia de naves kristangas en la Tierra? —preguntó el soldado Putri. El estadounidense, no el indio.

—Habrá que luchar. No sirve de nada cerrar el agujero de gusano si los lagartos de la Tierra pueden destruir el planeta. Lucharemos como podamos hasta que dejen de ser una amenaza. El *Holandés* no es una nave de guerra, pero tenemos armas y nuestra capacidad de salto es superior. Si los lagartos nos hacen frente, los reventaremos. Vamos a luchar hasta que hayan sido destruidos o acaben con nosotros. Ese es el plan.

Un par de horas más tarde, mientras me quitaba las botas en mi minúsculo camarote, Skippy dijo desde los altavoces:

—Tenemos que hablar, coronel Joe.

—Mierda —gruñí—. ¿No hemos hablado bastante? ¿No puede esperar?

—No, para nada. Estamos a punto de cruzar el agujero de gusano en dirección a la Tierra y necesito que comprendas algo antes de que programe el motor de saltos.

Vaya, vaya. Su tono activó mi sentido arácnido. Iba a haber problemas. ¿Qué se le había olvidado decirme esta vez a la maldita lata? Volví a poner las piernas en el suelo, y me froté la cara para despejarme.

—Tienes toda mi atención. ¿De qué se trata?

—Has dado un discurso muy emotivo. Luchar hasta el último aliento contra los kristangos y darlo todo...

—¿Me estás impidiendo dormir porque quieres felicitarme?

—No, qué va. Fue un discurso de tercera, como mucho. Nada original. Estabas hablando de la posibilidad de que la humanidad se enzarzase en su primera batalla espacial y no parabas de usar clichés baratos. Por lo menos podías haber soltado alguna cita memorable, yo qué sé, algo de Patton, por ejemplo.

—Joder, Skippy, en serio...

—Lo que quiero decir es que hablas de luchar con todo lo que tengas, pero no vas a tener esta nave. Necesito el *Holandés* para contactar con el Colectivo y no pienso permitir que corra riesgos. Dado que necesito una tripulación humana que la maneje para mí, tampoco permitiré que envíes a todo el mundo al combate. Sobre todo, porque lo más probable es que perdáis.

Joder. Apreté los dientes y respondí:

—¿Qué es eso de que no lo permitirás?

—Si vas a cometer alguna estupidez que ponga en peligro el *Holandés* o me prive de la tripulación, no cooperaré más. No programaré ningún salto, ni cargaré rutas en el piloto automático, ni prepararé ni apuntaré las armas. La capitana Desai solo conoce lo básico para maniobrar la nave en el espacio normal, y puedo bloquear también esos mandos. Al cruzar el agujero de gusano y cerrarlo tras nosotros estoy corriendo el riesgo de que decidas no ayudarme a encontrar el Colectivo tras reabastecernos. Tenemos un trato, Joe, y espero que lo cumplas.

—Joder.

—Una palabra con demasiados significados, Joe.

—Lo que quiero decir es que sí, joder, recuerdo nuestro trato. Y voy a cumplir mi parte, que no te quepa duda. ¿Tienes alguna idea de cómo nos vamos a reabastecer si hay una flota de naves kristangas alrededor de la Tierra?

—Eso es poco probable, teniendo en cuenta lo que les cobran los turanios al Viento Blanco por traerlos y llevarlos a la Tierra. Lo más lógico es que tengan una pequeña guarnición; su ventaja tecnológica les permite ocupar con pocas tropas un planeta tan atrasado. Las comunicaciones turanias que he interceptado indican que se está ensamblando una flota de grandes proporciones alrededor de un racimo de agujeros de gusano al otro extremo de este sector. Así que su atención está centrada en eso.

—Lo cierto es que no tenemos la menor idea de lo que nos vamos a encontrar al llegar a la Tierra, Skippy. Y si lo que vemos es que los lagartos están sometiendo el planeta a un régimen de terror, no vamos a poder quedarnos cruzados de brazos e irnos de paseo contigo. Necesitamos más opciones.

—Acepto sugerencias. Tú eres el soldado, Joe.

¿Cómo coño iba a diseñar una estrategia para una batalla espacial con la mente agotada y ninguna experiencia en combate en el espacio, ya fuese de nave contra nave o de cualquier otra clase? Ah, claro, tenía las águilas plateadas, era mi misión.

—¿Qué pasa con la *Flor*? No la necesitas. ¿Te parece bien que mandemos parte de la tripulación en la *Flor* para luchar contra los kristangos? Te prometo que no te dejaré solo, Skippy, me quedaré en el *Holandés*.

—La *Flor* me resulta útil. Una nave kristanga, sobre todo una dañada en combate, es un cebo muy eficaz. Pero no me resulta esencial. Sí, puedes desacoplar la Flor e incluso puedo programaros un salto. Aunque no tengo claro qué puede conseguir una tripulación que no está entrenada en una nave que no saben usar.

—Pues habrá que empezar a entrenarlos lo antes posible.

También nos haría falta una estrategia. ¿O no? Recordé lo que me había dicho Giraud sobre los planes de batalla flexibles y me pareció muy sensato. No podíamos trazar ningún plan hasta que tuviésemos información. La que fuese.

—A ver qué te parece esto. Saltamos con el *Holandés* lo bastante cerca para ver qué efectivos kristangos rodean la Tierra, pero lo bastante lejos para estar a salvo. Tras eso, o bien desacoplamos la *Flor* o, si decides que el riesgo es mínimo, saltamos con el *Holandés* a órbita.

—Hmmm. Me suena sospechosamente ambiguo. Riesgo mínimo no equivale a ningún riesgo. Qué cojones…, ¿por qué no? Estoy bastante aburrido, la verdad. Por ser tú, Joe, accedo a lo siguiente: saltamos directamente a orbita y analizamos desde ahí la situación y volvemos a saltar si considero que el riesgo es excesivo. No es que no me fíe de tu tripulación, pero creo que es mejor programar el piloto automático con un temporizador para que salte automáticamente a menos que lo desactive.

—Trato hecho —accedí a toda prisa, antes de que cambiase de idea.

Cualquier riesgo que Skippy considerase excesivo implicaba que era buena idea que nos retirásemos y reconsiderásemos la situación. Como mucho, dispararíamos un par de andanadas de riel antes de saltar, como toque de atención. Que un carguero turanio apareciese en órbita alrededor de la Tierra y reventase un par de naves kristangas sin previo aviso seguro que los sumía en el pánico y la confusión.

—Como parte de tu educación en tácticas de combate espacial, te informo de que es preferible saltar directamente a órbita en lugar de a un par de UA de distancia. Ni siquiera yo puedo ocultar la llamarada de rayos gamma que se produce al salir de un salto, lo significa que tendríamos que esperar hasta poder usar los sensores de largo alcance, y eso les daría tiempo a los kristangos de la Tierra a prepararse para nuestra llegada. Saltar justo en su regazo nos permite pillarlos a calzón quitado y hasta meterles un par de misiles por el culo antes de que les de tiempo a reaccionar. Luego podemos saltar y alejarnos, si es necesario.

—La guerra en el espacio parece complicada.

Recordé cuando el piloto del pollo nos había contado su combate aéreo durante el primer juego de guerra, allá en Campamento Alfa.

—Y tanto que sí. Sin mencionar el factor Skippy.

Parte de mí habría preferido no preguntarlo:

—¿El factor Skippy?

—Ya sabes, mi molonidad extrema.

—Ah, eso.

—¿No te convence? Me refiero en concreto a mi habilidad para controlar en remoto de los sistemas kristangos con el nanovirus latente en ellos. Puedo hacer eso a un segundo-luz de distancia de la nave enemiga.

—¿Un segundo-luz? A ver, eso viene a ser, eh, a ver si me acuerdo de lo que nos explicaron en clase...

—Seré bueno y te lo diré antes de que estalle esa cabeza de mono. Viene a ser aproximadamente la distancia que hay entre la Tierra y la Luna.

Aquello me recordó algo.

—Espera, ¿no se supone que las naves no pueden saltar tan cerca de un planeta?

—La mayoría no puede, el pozo de gravedad del planeta distorsiona el campo de salto a la entrada y convierte la navegación en impredecible, por no mencionar que puede dañar los motores o destrozar la nave. Pero una controlada por mí puede compensar la distorsión de campo. Ya ves, el factor Skippy.

—Impresionante —admití a regañadientes.

—¿Qué, no hay comentario sarcástico?

—No. Eres un capullo arrogante, pero tu molonidad es cierta.

—No es presumir cuando lo que dices es cierto.

—Eso ya lo he oído. ¿Por eso saltaste tan cerca de aquel gigante gaseoso?

—Igual salté un pelín demasiado cerca —dijo tras un instante de vacilación—. Aún no había terminado de poner a punto los patéticos motores de la nave. No volverá a pasar. Eh, ha sido una buena charla. Mejor echas una cabezada y hablamos luego, ¿te parece?

Me acosté de nuevo, tratando de no sonreír. El mono había logrado que la IA se sintiese incómoda. Tenía que recordarlo para la próxima vez.

El paso a través del agujero de gusano fue rutinario y desbarató cualquier temor que hubiese tenido de encontrarnos una nave turania bloqueando el otro extremo. Skippy no detectó nave alguna en los alrededores. Una vez hubimos cruzado, la IA desactivó la conexión del agujero con la red y lo apagó. Skippy había cargado una nueva app en la pantalla inicial de nuestros zPhones que era una cuenta atrás en la que se mostraba cuánto tardaba para que el agujero de gusano se resetease. Todos pillamos la indirecta.

Estaba en el camarote, intentando colocar en el uniforme los galones de cabo primero que Skippy me había fabricado. Cuando estuviésemos en la Tierra, mi rango de pacotilla como coronel carecería de sentido y volvería a ser un simple cabo primero.

Una parte de mí, y no pequeña, tenía miedo de lo que el alto mando pensaría de mí por haber osado ponerme las águilas plateadas y de lo que opinarían de mis cagadas y de todas las decisiones cuestionables que había tomado. En cuanto la Tierra fuese visible, las águilas se irían directas a una caja sin más alharacas. Chang, cuyas costillas ya habían soldado lo suficiente para que le dieran el alta, estaba de acuerdo en que lo mejor era que él tomase el mando cuando llegásemos a la Tierra, pero que yo debería continuar como capitán de la nave. Sospecho que Chang aún no se sentía muy a gusto tratando con Skippy. En todo caso, nada de aquello importaba, porque en cuanto contactásemos con las autoridades de la Tierra, la jurisdicción sobre nuestra tripulación pirata pasaría al planeta. Eso suponiendo que no tuviésemos que abrirnos paso a través de una flota de naves de guerra kristangas, lo que no me tenía muy tranquilo.

Había otro asunto que ponía nervioso, pero esperé a que estuviéramos solos para hablar de ello con Skippy. Aproveché un descanso entre sprints en el espinazo de la nave.

—Escucha, Grande y Poderoso Oz. Lamento haberte bautizado como Skippy. Si lo pienso ahora me parece una tontería; no tenía la menor idea de lo poderoso que eras y no quería faltarte al respeto. Al gobierno no le va a hacer ni puta gracia que te haya dado ese nombre, así que dime cómo quieres que te llame. Dios Todopoderoso sigue sin ser posible, por si se te había ocurrido.

—Skippy me parece bien. Me gusta.

No tenía claro si estaba de broma.

—¿En serio?

—Sí. Es un apodo, ¿no?

—Eso creo. —Al menos no conocía a nadie con ese nombre de pila.

—Los apodos pueden ser despectivos, lo que en este caso es imposible, teniendo en cuenta vuestra evidente inferioridad respecto a mí.

—Por supuesto. —Puse los ojos en blanco.

—¡Eh, lo he visto! También puede ser signo de aceptación, de pertenencia, de que se te considera un tipo guay.

¿Un tipo guay? ¿Una criatura increíblemente poderosa de más de un millón de años quería ser un tipo guay?

—Sí, claro, puede ser eso.

—Cuando los tuyos me llamen Skippy les recordará continuamente que no soy como ningún Skippy que haya vivido en esa bola de fango miserable, y será un indicativo de lo poco que me importáis mucho mejor que cualquier otro nombre que me pusieseis por respeto. ¿De verdad crees que los cavernícolas sois capaces de otorgarme el respeto que merezco? Skippy es un nombre apropiado. Surgió como reacción defensiva por tu parte ante algo que escapaba a tu entendimiento.

—Fue más bien una acción ofensiva ante el hecho de que eres un capullo.

—Vale, lo que digas.

Antes de que hiciéramos el salto final hacia nuestro sistema solar ordené una parada general, para que todo el mundo descansase lo suficiente y el equipo y los sistemas estuviesen a punto y preparados para el rocanrol. Me preocupaban sobre todo las armas del *Holandés*, que me parecían relativamente débiles.

Chang se recuperó mucho antes de lo que esperaba, incluso teniendo en cuenta los milagrosos tratamientos turanios; se había roto varias costillas y tenía una punción pulmonar. Cuando entró, yo estaba en el sillón de mando y Simms en el CIC.

—Teniente coronel Chang, ¿no debería estar en la enfermería? —pregunté.

Skippy no me había dicho que pensase darle el alta.

Chang se alzó la camisa y vi una especie de banda rígida de plástico que le rodeaba las costillas.

—Estoy siguiendo el tratamiento. Skippy dijo que caminar ayudaría que los tejidos se ajustasen mientras terminaban de curarse.

—No hay problema, siempre que no quiera volver ya al servicio activo. Tómelo con calma un par de días, ¿de acuerdo?

Chang esbozó una mueca. Aún le dolía al moverse.

—A la orden, mi coronel. Me han contado que la idea de usar las radios para triangular la posición del nodo de comunicaciones fue suya. Fue una gran idea, seguramente nos salvó a todos. De haber tenido que rebuscar entre la basura sin ayuda nos habrían atrapado.

Que Chang expresase admiración por mí era muy halagador, pero estaba equivocado. No me quedó más remedio que explicarle lo que había pasado de verdad.

—Gracias, pero no fue nada del otro mundo. Era obvio. Me limité a preguntar si el nodo podía transmitir, algo que me parecía razonable al ser un nodo de, bueno, de comunicación. Skippy es sumamente listo, pero divaga con facilidad y no suele pensar en lo que considera obvio. Como cuando no nos dijo nada acerca de los robates hasta que le preguntamos cómo luchaban los turanios. Téngalo siempre en cuenta al tratar con él, no piensa como nosotros.

Saltamos a la órbita terrestre y Skippy nos informó de que solo había dos naves kristangas: una fragata y un transporte de tropas que también funcionaba como nave comandante. Amplié la imagen en la pantalla hasta que el enorme transporte kristango la ocupó por completo. Era una nave grande de narices, aunque como de costumbre no tenía en cuenta que el *Holandés* era mucho mayor y que podía transportar docenas de aquellas naves kristangas por el espacio.

—Tengo que conectar con el nanovirus de la nave comandante, romper su encriptado multinivel, hacerme con el control de sus ordenadores y apagarlos.

—¿Cuánto te va a llevar?

—Lo hice entre «que» y «conectar».

—A nadie le gustan los presumidos, Skippy.

—Puedo ser más lento si quieres, pero seguramente me aburriría y se me olvidaría lo que estaba haciendo después de un par de picosegundos.

—Mejor no. ¿Con qué efectivos cuentan alrededor de la Tierra y en la superficie?

—Solo esas dos naves. El transporte de tropas que es su nave comandante y la fragata que está en órbita polar; está pasando ahora mismo sobre Sumatra, al otro lado del planeta. El transporte tiene veinticuatro naves de desembarco de diversas clases, y tres de ellas están ahora mismo a bordo, otra en órbita y viene hacia nosotros y las demás están esparcidas por el planeta. La fragata tiene a bordo dos naves de desembarco ligeras. Hay instalaciones defensivas turanias en lo alto del ascensor espacial. Ah, y los kristangos han puesto en órbita una constelación de diecisiete satélites máser que apuntan a la superficie.

—De acuerdo. —Respiré hondo—. ¿Estamos a salvo aquí? ¿Cancelas el salto automático?

—En efecto, he cancelado la cuenta atrás. Tenemos suerte, ambas naves están en mi radio de acción, aunque la órbita de la fragata hará que esté fuera de alcance en diez minutos. De momento los kristangos están flipando al ver un carguero turanio aparecer de repente. Les estoy mandando una transmisión distorsionada desde el *Holandés*, lo que de momento los tiene confundidos, aunque no durará mucho. Las dos naves se están preparando para saltar. No saben que controlo sus ordenadores.

—¿Has dicho algo de unos satélites? ¿De qué tipo?

—Cada uno es de cincuenta y ocho metros de largo, alimentado por un reactor de fusión capaz de generar ochocientos veinte megavatios de potencia de máser.

—¿Eso es mucho?

—Vuestros portaviones nucleares generan unos doscientos megavatios con reactores de fisión.

—Joder.

Había creído que los satélites serían pan comido. Mi idea de esos cacharros era una caja con paneles solares gracias a la que podía ver los partidos de fútbol.

—Mala cosa, en efecto. Van a disparar dos de ellos contra una ciudad llamaba Bombay, al parecer se han producido algaradas contra los kristangos. —Fui consciente por el tono de que Skippy no bromeaba—. Los satélites y la fragata se han usado para reprimir las revueltas que ha habido por todo el planeta. Se estima que hay millones de bajas humanas. La fragata ha causado daños considerables en las mayores ciudades con los cañones de riel.

Llevado por la ira, casi sin pensar, apoyé el puño en el Gran Botón Rojo.

—¿Cuántos kristangos hay en la superficie?

—Mil cuatrocientos veintitrés, la mayor parte en siete campamentos. Doce de sus naves están en el aire ahora mismo.

Me eché hacia adelante con el cuerpo en tensión y el rostro clavado en la pantalla, sin darme cuenta de que mi puño derecho descansaba sobre el Gran Botón Rojo.

—Sería bueno conservar la nave comandante, pero la fragata, como si lanzamos al sol. ¿Puedes reprogramar los satélites para que disparen a los campamentos kristangos y a sus naves?

Hubo llamaradas brillantes por todo el planeta, y pude ver que la nave de tropas se estremecía como si las esclusas hubiesen reventado y despedido a los lagartos. Lanzó luego una salva de misiles que se curvaron hacia el planeta y se activaron de repente, convirtiéndose en estelas ardientes que cruzaban la atmósfera.

—Hecho —anunció Skippy—. La población kristanga es ahora de setecientos veintiuno. ¡Ah! Impacto de misiles. Población de ciento setenta y dos. ¡Ja! ¡Los he pillado! ¡Mamones! —Se vio otra llamarada procedente de un satélite—. Estaba a punto de desaparecer por el horizonte, así que tuve que defractar el máser. Ciento sesenta y cuatro.

—¿Qué?

—Ordenaste abrir fuego.

—No he… —Me di cuenta de que tenía la mano en el botón—. Joder, Skippy, te pregunté si podías, no te dije que lo hicieses.

—Ups.

—¿Ups? Skippy, es un «ups» de tamaño planetario.

—¿Entonces tampoco me ordenaste que enviase la fragata al sol? Porque eso ya no lo puedo deshacer. Bueno, en un par de millones de años sus átomos emergerán a la fotosfera, pero me parece que este Humpty Dumpty no va a recomponerse.

—Hay que mejorar nuestra comunicación.

—Tomo nota.

Volví mi atención al transporte de tropas.

—¿Qué ha pasado ahí?

—La nave estaba infestada de lagartos, era asqueroso. Tuve que fumigarla con una descompresión explosiva. Quedan cuatro vivos. Son tozudos, los cabrones.

Skippy parecía frustrado. Seguro que podía encargarse de los cuatro supervivientes, pero eso habría implicado dañar la nave que queríamos intacta.

Me estremecí al darme cuenta del increíble poder de Skippy y lo mal que podía ponerse todo si me despistaba otra vez. Había que ponerle una tapa al Gran Botón Rojo, así tendría que abrirla cuando quisiese volver a usarlo.

—¿Tienes la cosas bajo control? ¿Los lagartos ya no pueden hacer daño a los humanos?

—Diría que ahora mismo están demasiado ocupados cagándose en los pantalones. También me he tomado la libertad de finalizar los proyectos kristangos que pretendían adaptar vuestras mejores tierras agrícolas para su uso. Y he dejado frito su sistema informático. Hagan lo que hagan, tendrá que ser sin nada electrónico.

—Genial, gracias.

Me froté la cara y cerré los ojos un instante. Más de dos mil lagartos exterminados en un momento con sus propias armas. Cuando volví a alzar la vista me di cuenta de que Simms tenía los ojos como platos.

—¿De verdad ha pasado? —preguntó, atónita.

Asentí y señalé la imagen de la nave de transporte rodeada de una nube de lagartos congelados.

—Y dos mil muertos más en el planeta.

Por algún motivo me era más fácil llamarlo así que decir «la Tierra». De todos modos, había pasado bastante tiempo desde que me había ido.

Vi que la gente asentía en mi dirección al otro lado del ventanal.

—Es un buen comienzo —declaró la comandante Simms.

Tenía razón.

Quizá la gente normal, decente, se quedaría horrorizada ante tanta muerte y destrucción. Nuestra alegre banda de piratas no sintió la menor compasión por los lagartos. Si lo que habíamos oído acerca de la situación de la Tierra era cierto, si era verdad todo lo que le habían hecho a la gente y a la biosfera, la especie entera podía irse a la mierda.

—Skippy, ¿puedes ponernos en contacto con el gobierno de los Estados Unidos?

Necesitaba hablar con alguien que tuviese autoridad.

—Claro, dame un momento. Adelante.

Una voz femenina que reconocí vagamente salió por los altavoces.

—¿Diga? ¿Con quién hablo? —parecía sorprendida.

—Eh, ¿quién es usted?

—Es usted quien ha llamado. ¿Cómo ha conseguido este número? —quiso saber la voz.

Me di cuenta en ese momento de dónde había oído antes aquella voz, solo que nunca había percibido en ella aquel cansancio, aquel agotamiento teñido de desesperación.

—¿Qué coño has hecho, Skippy? —susurré.

—Querías hablar con el gobierno, así que te he conectado con el teléfono encriptado personal de tu presidenta.

Agité el puño frente al cilindro brillante. Sí, había que mejorar la comunicación.

—Eh… Señora Presidenta, soy el coronel, quiero decir, el cabo primero Joe Bishop del Ejército de los Estados Unidos, anteriormente en la Décima División de Infantería. Hemos capturado un transporte de tropas kristango además de una fragata y un carguero estelar turanio. Estamos en órbita. Salvo ciento sesenta y cuatro…

—Y los cuatro que están en el transporte —apuntó Skippy.

—Quiero decir, salvo ciento sesenta y ocho, los kristangos que había en la Tierra y en órbita han sido eliminados y controlamos la única nave que les queda, así como su red de satélites.

Se produjo una larga pausa en la que se oyeron varias voces al fondo discutiendo.

—¡Silencio! Señor Bishop. ¿Es ese el nombre? Mi asesor militar me informa de que ha habido ataques de satélite por todo el planeta, pero siempre a instalaciones kristangas. Pensaba que los turanios eran los mentores de los kristangos. ¿Puede explicarme lo que pasa, por favor?

Sonaba agitada, y no se lo reproché.

—Es una larga historia, señora. Los hechos relevantes son que los kristangos ya no controlan la Tierra y no podrán enviar refuerzos porque hemos cerrado el agujero de gusano local.

—¡Ey! ¡No le has hablado de mí! —dijo Skippy—. Soy el héroe de la historia, tú eres el secundario cómico.

—¿Quién habla? —quiso saber la presidenta.

Qué cojones, venga. Además, estaba cansado.

—Se trata de una lata de cerveza cromada que responde al nombre de Skippy. —Me di cuenta de que era la primera vez que alguien le decía algo como aquello a un presidente americano—.

Es una inteligencia artificial de varios millones de años que hace que por comparación los turanios parezcan menos inteligentes que el fango de un estanque.

Skippy lanzó una pedorreta.

—No son tan listos ni de lejos.

Ahora fue la presidenta la que dejó escapar un largo suspiro.

—Creo que me duele la cabeza otra vez.

—Como ya le he dicho, es una larga historia. Tenemos que hablar.

—¡Y necesitamos pizza! —añadió Skippy—. No para mí, claro, sino para nuestra alegre banda de piratas. ¡Y birras frías! ¡Fiestuqui, colegas!

—¿Alegre banda de piratas? —preguntó la presidenta.

Sí, a mí también me dolía la cabeza.

Después de que la presidenta me hubiese pasado a uno de sus asesores para discutir los términos y una vez llegamos a un acuerdo sobre el modo de llevar a casa a nuestra alegre banda de piratas volví a examinar los monitores.

—¿Todo bien, Skippy?¿Alguna nave kristanga o turania que venga hacia aquí?

Aún no sabía leer bien la información de los monitores y en aquel momento todos parecían vacíos salvo los que mostraban a la nave de transporte kristanga y al *Holandés*. Bueno, y la Luna, que supuse que sería aquel borrón grande del monitor.

—Nada según los bancos de datos de la nave comandante. El próximo carguero turanio estaba previsto para dentro de diez días. Y ya no va a llegar. Pero es posible que quede alguna nave por ahí que los líderes de los kristangos prefiriesen mantener en secreto.

—Mi teniente coronel, mi comandante —saludé. Mi rango de coronel de baratillo había sido anulado, así que era de nuevo un cabo primero y ambos lo sabían. En cuanto a mí, no tenía muy claro si me sentía decepcionado o aliviado—. Alguien debería bajar a la superficie e informar a nuestros líderes. ¿Puedes manejar en remoto una lanzadera, Skippy? Habrá que mandar gente a Pekín, Delhi, Londres y Washington, y ninguno de nosotros sabe manejar una lanzadera kristanga. Ni turania. El dodo que tenemos está inservible.

—Y a París —me recordó Giraud.

—Y a París, mi teniente. —Me había olvidado de nuestro pirata francés—. Y hay que extremar las precauciones con los heridos.

Todos los heridos en el abordaje de la *Flor* o en el asalto al asteroide habían dejado la enfermería y se valían por sí mismos. Algunos llevaban dispositivos médicos portátiles. El antebrazo de Walorski quedaría libre de la funda curativa en una semana y las costillas de Chang estaban curadas en teoría, y Skippy me había confirmado que los huesos habían soldado, aunque Chang me dijo que aún le dolía de narices cuando respiraba hondo. Me parecía un milagro de la medicina turania, o de Skippy, que todos los heridos fuesen a sanar por completo.

—Puedo manejar varias naves a la vez —respondió Skippy como si fuese la cosa más fácil del mundo—. No hace falta que bajéis todos en una sola lanzadera. Pero en cuanto hayan aterrizado y la gente esté fuera, cerraré las puertas. No voy a dejar que los monos… Bueno, que hagan monerías con ellas.

—Entendido. ¿Alguien más aparte de mí se va a quedar a bordo?

Volví la vista hacia nuestra banda de piratas, que no tardaría en separarse.

—¿Por qué se queda a bordo? —preguntó Chang, anticipándose a Skippy.

—Si quedan naves kristangas, nos necesitan a Skippy y a mí para defender la Tierra, mi teniente coronel.

Señalé el Gran Botón Rojo.

—No, para nada —intervino Skippy—. Además, quiero ver la Tierra y no precisamente desde el espacio. Puedo controlar la nave desde cualquier parte de la superficie.

—Pero el botón de disparo está en esta nave —dijo Simms.

—¡Ni de coña! —se burló Skippy—. Coronel Joe, acabo de cargar una app GRAN BOTÓN ROJO en tu zPhone. Púlsala en cualquier parte del planeta y las armas estarán listas.

Saqué el teléfono del bolsillo.

—Soy cabo primero, no coronel. Y no la veo.

—Ayyy. ¿Los llamáis teléfonos inteligentes porque son más listos que los usuarios? Está en la última pantalla, entre los dos solitarios y ese juego de pájaros al que ya no juegas nunca.

—He estado un poco ocupado. —Vi la app. Se llamaba, tal cual, GRAN BOTÓN ROJO. No tenía pérdida—. ¿No deberías haberla puesto en la pantalla principal?

—Bueno, Joe, no quería que le dieses sin querer y destruyeses, no sé, Canadá.

—¡Joder! —Alejé el zPhone con un gesto—. ¿Eso podría pasar?

—Es improbable, teniendo en cuenta que soy yo quien programa las armas y tú te limitas a darle al botón que autoriza su uso. Pero tenemos problemas de comunicación, o eso dices, así que…

—Cabo primero, me sentiría más cómoda si usted y… eh… —vi que Simms intentaba no tener que decir el nombre de la IA—, don Skippy me acompañan para informar a nuestros líderes. Incluida la presidenta, a la que al parecer ya conoce. —No parecía muy contenta.

Chang se acercó a ella y apuntó a Skippy.

—No me parece bien que se considere este dispositivo propiedad de los Estados Unidos de América. Como oficial de más alto rango de la FENU presente…

—A ver, Chang, chaval, que no eres mi oficial superior. El coronel Joe es el capitán de esta nave pirata —dijo Skippy en un tono que no tenía nada de amistoso—. Y llamarme «dispositivo» no es la mejor forma de ver mi lado amable. Antes de que sigas diciendo gilipolleces, déjame que te informe de que no soy propiedad de nadie, que seguramente visite China mientras esté por aquí y que tus científicos tendrán las mismas oportunidades de hacerme preguntas estúpidas que los estadounidenses. Ahora, discúlpate conmigo y con el coronel Joe o a lo mejor tu lanzadera acaba aterrizando sin querer en el desierto de Gobi.

—No es necesaria ninguna disculpa, mi teniente coronel —me apresuré a decir.

Chang era un buen tipo, después de todo, y su rango de teniente coronel era de verdad. Empecé a pensar que cerrar el agujero y derrotar a los kristangos había sido la parte fácil de la misión.

Chang esbozó una pequeña reverencia.

—Le ofrezco mis disculpas, don Skippy, no pretendía ofenderlo. Solo trataba de que los derechos de China se tuviesen en cuenta.

Skippy volvió a suspirar. Empezaba a convertirse en un hábito.

—Créeme, no tengo la menor intención de ayudar a que un grupo de monos obtenga ventajas sobre los demás. Por mí como si se dan de palos unos a otros cuando no ande por aquí. Pero si su inteligencia es un poco superior a la de una ameba, asumo que querrán centrarse en reparar los daños que los kristangos han causado en su planeta. Digo yo, vamos.

—¿Podemos contactar con nuestras familias, mi teniente coronel? —le preguntó la sargento Adams a Chang.

Oí la voz de Skippy por el pinganillo.

—Coronel Joe, tu familia se encuentra bien, pero no puedo decir lo mismo de todas las familias de la tripulación. Mejor tener cuidado con las comunicaciones de momento. Acabo de decirle lo mismo a Chang, aunque a él también le he dicho que los kristangos han matado al hermano de su padre.

Vi que Chang se tocaba el pinganillo, asentía y me miraba. Se dirigió a la tripulación.

—Aún no conocemos bien la situación en el planeta y ahora que hemos vuelto dependemos de nuestros gobiernos. Seguramente quieran mantener esto bajo control y en secreto a corto plazo. Lo más probable es que se nos interrogue a todos cuando aterricemos.

Mi fantasía secreta de realizar un espectacular aterrizaje frente a la Casa Blanca con una nave turania se desvaneció enseguida, ya que la mayor parte de Washington, incluida la residencia presidencial, había sido dañada durante las «represalias contra los traidores» de los kristangos. El cuartel general del gobierno federal estaba en Colorado Springs, en un emplazamiento fuertemente fortificado que había sido en el pasado una Academia de las Fuerzas Aéreas. Skippy quería hacer un vuelo rasante hipersónico justo por encima, con el camuflaje de la nave al máximo, para luego dirigirse donde le diese la gana y demostrarle así al gobierno lo indefenso que estaba en realidad.

Tuve que recordarle mi condición de miembro del Ejército de los Estados Unidos y que, como tal, había hecho el juramento de proteger y defender su Constitución, por lo que estaba subordinado a la autoridad del gobierno legítimo del país. Así que la petición de la presidenta de que siguiéramos la ruta indicada por las fuerzas aéreas era, de hecho, una orden que estaba obligado a obedecer.

Fue una conversación larga y complicada, que reveló más acerca de Skippy que de los Estados Unidos o de mí. Al final reprogramó a regañadientes el piloto automático para una entrada innecesariamente sencilla que nos llevó a intersectar con la atmósfera sobre las islas Marshall para luego aceptar la «escolta» de un par de F22 en la costa de California. Skippy tenía razón; aunque los F22 iban al límite de su velocidad supersónica, era como estuvieran arrastrándose por el cielo. Tuve una buena vista del parque nacional de Yosemite, así que el tiempo extra de vuelo no fue una pérdida total.

Ya en tierra, nos recibieron varios agentes del Servicio Secreto con armas automáticas. Nos ordenaron bajar muy despacio por la rampa y uno a uno, lo que cabreó a la comandante Simms. Les dijo a los agentes que bajasen las armas antes de que la IA que había vaporizado a los kristangos en menos de un segundo se mosquease. Al verlos dudar, les preguntó si de verdad creían que una bala de nueve milímetros suponía una amenaza para Skippy. Sí, estaba enfadada. Tras eso, pusieron los cañones apuntando hacia abajo.

Descendí por la rampa tras los oficiales y la sargento Adams, como buen cabo primero. En vez de poner a Skippy en una bolsa, me pareció mejor idea llevarlo en la mano, que extendí al frente, en lo que esperaba que se interpretase como una posición de honor. Pesaba un montón y me pregunté si no habría ajustado el peso para fastidiarme.

El Servicio Secreto, que seguía su entrenamiento y el protocolo, no tenía la menor intención de dejar que un objeto potencialmente peligroso se acercase a la presidenta, hasta que Skippy cortó por lo sano y la llamó por el teléfono cifrado.

La presidenta cruzó la puerta de lo que había sido la casa del antiguo comandante de la academia y meneó la cabeza en dirección al agente al mando, que nos dejó pasar contra su buen juicio. Cuando los agentes intentaron restringir el comité de recepción a los oficiales y a mí, los detuve con un gesto de enojo y le hice señas al resto del equipo para que avanzaran. Aquello arrancó una carcajada de la presidenta, que había hecho el mismo gesto casi a la vez. Fue el principio de mi buena relación con ella, algo que me vino muy bien. Vi que, tras nosotros, el personal médico entraba en la lanzadera y se apresuraba a ayudar a bajar los heridos.

La presidenta saludó con un gesto a Simms y a los otros oficiales, pero fue directa hacia mí, abriéndose paso sin necesidad de pedir que la gente se apartase. La brisa hizo que le cayese un mechón de pelo sobre los ojos, que apartó con un gesto bien ensayado.

—Señor Bishop. —Sus ojos se clavaron en la inusual insignia de identificación de la unidad que llevaba en el hombro derecho—. ¿Eso es un estampado de cachemira con un parche en el ojo?

Joder, se me había olvidado por completo la idea de Skippy para nuestra bandera pirata. Me sentí completamente idiota. Estaba frente a la persona que controlaba el arsenal nuclear de los Estados Unidos. Si es que aún lo teníamos, claro, las cosas podían haber cambiado mucho.

—Más o menos, señora.

—No es cachemira. Es un paramecio.

—¿Hablo con el ser al que el señor Bishop se refiere como Skippy? —preguntó la presidenta, la vista clavada en sus asesores, que agacharon discretamente la cabeza.

—El único e inimitable. Aquí me tiene.

—Supongo que Skippy es un apodo. —La presidenta le sonrió y luego se volvió a mí—. ¿Y qué apodo me da a mí, señor Bishop?

—Eh… ¿Comandante en Jefe, señora?

Se echó a reír.

—Servirá, aunque un poco largo. Señora presidenta está bien, de momento. ¿Eso del paramecio tiene una historia?

¿Cómo le iba a decir a la presidenta de los Estados Unidos que una lata cromada de cerveza veía a toda nuestra especie, ella incluida, como algo ligeramente superior a una bacteria? Lo mejor sería empezar aportando un poco de contexto.

—Verá…

—Es una especie de chiste —me cortó Skippy—. El coronel Joe sugirió, a raíz de una sugerencia suya menos estúpida de lo habitual, que su especie era más inteligente que las bacterias. Accedí a regañadientes que era posible y que quizá estuviesen al nivel de los paramecios, aunque aún no lo tengo del todo claro.

¡O, en vez de aportar contexto, podía haberlo soltado todo de corrido como si tuviese cuatro años, igual que Skippy! La presidenta se lo tomó con calma. Supongo que años de campañas electorales le habían endurecido bastante la piel.

—Espero que le causemos una impresión lo bastante buena durante su estancia para que nos compare con un organismo más complejo. ¿Tal vez un alga?

—Lo veo complicado —se burló Skippy. Luego añadió, como si tal cosa—: Me gusta, coronel Joe.

—Gracias —respondió la presidenta, que se las apañó para sonreír—. ¿Por qué lo llama coronel? —me preguntó.

—Fue una promoción de campaña, señora, lo que el ejército llama ascenso de quita y pon. Fue algo temporal. —Miré mis galones de cabo primero—. He vuelto a dejar el uniforme como corresponde a mi rango de cabo primero, señora.

Sentí que me ardían las mejillas y se me ocurrió que a lo mejor era simplemente un cabo. Mi ascenso a cabo primero también había sido una promoción de campaña en un ejército que ya no existía. No tenía ni idea de qué reglas se aplicaban a aquella situación. Joder, tendría que habérselo preguntado a Skippy, que se sabía de memoria el reglamento del Ejército de los Estados Unidos. Qué narices, si querían quitarme los galones de cabo primero, ya me lo dirían. Pero me gustaban; me los había ganado.

—Hmmm. —Lanzó una mirada significativa en dirección a la comandante Simms, que parecía dolida—. Supongo que es una historia complicada. Entren, por favor, les hemos preparado comida.

A la tripulación pirata se le escapó un gemido involuntario. Creo que a mí también. Empecé a salivar, eso seguro.

Hubo otro momento extraño cuando entramos en la habitación en la que estaba el bufé, que era de desayuno. Según el reloj del *Holandés* estábamos a media tarde, pero a mi estómago no le importó. Era comida de verdad, comida humana. Supongo que la sangre abandonó el cerebro y se me concentró toda en el estómago, porque saqué el zPhone sin darme cuenta y me puse a comprobar el tiempo, algo que solía hacer por las mañanas antes de desayunar. Evidentemente, no había app para el tiempo en el zPhone.

Un miembro del servicio secreto vio que llevaba algo en la mano con la que no sujetaba Skippy y se quedó rígido.

—Perdón, señor, ¿qué lleva en la mano?

—¿Esto? —Moví el cacharro a un lado y a otro—. Es un zPhone, quiero decir, una Radio Táctica según la terminología militar. Los kristangos nos dieron una a cada soldado.

—¿Kristangos? ¿Es tecnología kristanga? —preguntó alarmado—. No puede entrar aquí con un dispositivo de comunicaciones. Tendré que llevármelo.

Apreté el zPhone contra el pecho como si fuese un balón que acabase de interceptar.

—No puedo permitirlo. Mire, no quiero ponerle las cosas más difíciles, pero tiene que comprender que gracias a Skippy el teléfono controla todo el armamento del carguero turanio que está en órbita.

Señalé vagamente hacia el cielo con un dedo.

—¿Perdón?

Era evidente que no se lo creía.

—Lo que ha oído —intervino Skippy, solícito—. Tal cual, colega.

Ahora sí que el agente no se creía ni una palabra.

—Señor, por favor, necesito ver ese dispositivo.

No iba a permitirlo. Había visto al Gran Botón Rojo freír los emplazamientos kristangos por toda la Tierra y no iba a permitir que nadie posara las zarpas en mi teléfono. Joder. Antes de que nos atacasen los rujarras, lo que ahora me parecía una eternidad, me moría por actualizar mi viejo teléfono. Ahora no pensaba perderlo de vista. Necesitaba encontrar una bolsa de plástico, para poder llevármelo a la ducha. Y no, no era para ver porno mientras me duchaba, capullos.

—Mire, eh, agente, los kristangos no pueden usarlo. Es seguro, ¿comprende?

—Cien por cien libre de interferencia de los lagartos. He borrado todo su ridículo código del cacharro.

Fue de nuevo la presidenta la que desactivó la situación.

—Agente Thomas, deje que el señor Bishop se quede con su teléfono —dijo.

—Señora presidenta, los procedimientos existen por algo.

Ella movió el dedo entre Skippy y yo.

—Estos dos han destruido a los kristangos que había aquí en un par de segundos.

—Y habría tardado menos si ese puñetero satélite no hubiese estado sobre el horizonte. Maldita física orbital —se quejó Skippy.

—Lo que quiero decir es que si pretenden vaporizar toda la zona, el teléfono será la menor de nuestras preocupaciones —dijo la presidenta sin inmutarse. Luego me indicó que me acercase—. ¿De verdad el teléfono controla las armas de la nave espacial?

—Eh, sí, señora. Es, bueno, es una larga historia.

—Me encantará oírla más tarde. Mientras tanto, tengo un país que recomponer. —Extendió la mano y se la estreché, aturdido. De algún modo había pasado de estar en una granja de Maine a estrechar la mano de la Presidenta de los Estados Unidos de América. Le lanzó una mirada escrutadora al zPhone—. Quizá no sería mala idea que lo acompañase un equipo de seguridad, para asegurarnos de que no extravía el teléfono. —Me miró directamente a los ojos—. No es un chiste, cabo primero Bishop.

—Claro que no, señora —balbuceé—. Esto… Necesitaré un cargador.

—No hace falta —intervino Skippy—. Lo mantengo cargado continuamente

Nunca había dicho nada al respecto.

—¿Cómo?

—Unicornios y polvo de hadas.

—Que te den, Skippy —respondí. Luego me di cuenta, horrorizado, de dónde estaba—. Perdone, señora presidenta.

Ella parecía más divertida que otra cosa.

—Gracias, cabo primero. Creo que es la primera vez que sonrío de verdad en todo el año.

—Claro. —Me prometí mantener la boca cerrada siempre que fuese posible a partir de aquel momento—. Gracias. No queremos robarle más tiempo, señora.

—Me encantará hablar con usted más tarde. De momento, disfruten del desayuno. —Dio media vuelta pera irse y luego se volvió a medias—. Ah, una cosa, cabo primero.

—Dígame, señora presidenta.

—Gracias por salvar el mundo.

El desayuno fue cojonudo. La comandante Simms nos advirtió que no debíamos atiborrarnos, pues no teníamos el estómago acostumbrado a comida de verdad. Así que me decidí por unos cereales que acompañé de crema y azúcar moreno, además de una tostada con mantequilla y una, dos… No, mierda, lo confieso, tres tiras de beicon. Ohhh, estaba de miedo. También me tomé una taza de café de verdad. Solo, caliente, en una taza con el logo del Ejército. Casi se me caían las lágrimas.

Solo hubo un par de detalles que estropearon un poco el desayuno. El primero fue una sargento de las Fuerzas Aéreas que se me acercó justo después de que me sentase. No mediría más de uno sesenta y llevaba el pelo castaño recogido en una cola de caballo, pero se movía, hablaba y me miraba con una expresión que indicaba que no estaba allí por placer. También fue una buena pista el arma de mano en la pistolera, por no mencionar los cuatro aviadores que había tras ella, armados con M4.

—¿Cabo primero Bishop? Soy la sargento Kendall. Me han asignado como acompañante suya. Vaya donde vaya.

—Ah —me las apañé para mascullar con la boca llena de tostada—. ¿Son ustedes el equipo de seguridad que me ha asignado la presidenta?

—No sé nada de eso, cabo primero. El Jefe de Estado Mayor de las Fuerzas Aéreas me lo ha ordenado personalmente. —Alzó una ceja para dejar claro que aquello no pasaba todos los días—. Estamos para garantizar su seguridad, la de su teléfono —añadió en un tono vacilante— y la del… eh… —Señaló a Skippy, que descansaba con aspecto pensativo en un cuenco que había sobre la mesa frente a mí—. ¿El Skippy?

—Ese soy yo en mi misma mismidad, el Asombroso Skippy —dijo este—. ¿Así que es usted la niñera del coronel Joe? Asegúrese de que se acuesta temprano, se pone de mal humor si no duerme sus horitas. Y no le deje beber demasiado zumo.

No sonrió. Ni medio milímetro. Al parecer las Fuerzas Aéreas no habían juzgado conveniente equiparla con sentido del humor. Genial. Iba a seguirme a todas partes y Skippy no conseguía arrancarle una sonrisa.

El segundo momento de bajón de la fiesta se debió a los tres tipos que se sentaban frente a mí en la mesa con pinta de querer que me terminase la tostada de una vez. Dos de ellos eran de Inteligencia Militar y el otro de una de las agencias con siglas de tres letras; y no me refiero a la Agencia de Protección Medioambiental, si pilláis por dónde voy.

Se morían de ganas de saltar sobre mí y ordeñar cuanto supiera incluso mientras comía. El tipo de la CIA despertó mi hostilidad en cuanto abrió la boca:

—Cabo primero, cualquier información que posea referente a lo ocurrido fuera de la Tierra se considera alto secreto y por tanto se le prohíbe…

—Venga ya —dijo Skippy en tono despectivo—. Todos los monos me parecen tontos, pero tú tienes pinta de ser especialmente idiota. Te doy las noticias bien fresquitas: hemos llegado en un carguero turanio que usa una fragata kristanga como rueda de repuesto. Ninguno de vuestros secretitos de mierda importa ya un pimiento y, claro, no lo soportáis, ¿verdad? La única información que merece la pena guardar en secreto está en la cabeza del coronel Joe y en mis bancos de datos. Si quieres que te cuente algo, pórtate bien y tráele a Joe una taza de café.

El de la CIA creyó que Skippy bromeaba, lo que terminó de cabrearlo.

—Oye, Caraculo. Si los monos sin pelo queréis que os de alguna información, más te vale mover el culo gordo de la silla cagando leches y traerle un café a mi colega. ¡Deprisita, que se enfría!

Le tendí mi taza de café. Los dos tipos del Ejército estaban intentando contener la risa y no dejaban de mirar al de la CIA, colorado como un tomate, mientras iba a traerme otra taza. Me tomé mi tiempo con el último trozo de tostada y me dirigí a los otros dos:

—Caballeros, ¿qué desean saber en primer lugar?

Tras el desayuno, que no duró ni la mitad de lo que me habría gustado, a Skippy le tocó hablar con un grupo de científicos, algo a lo que este había accedido a regañadientes para quitárselo de en medio cuanto antes. Se le notaba en el tono de voz que no le apetecía nada que un montón de bacterias le hiciesen preguntas, ni siquiera bacterias con Premios Nobel.

—Esto va a ser un coñaaazo —me gruñó mientras nos dirigíamos a la sala de reuniones—. Sabes de sobra que sois demasiado tontos para entender nada del universo, así que no me haces preguntas demasiado estúpidas. Estos monitos pomposos van a ser una pérdida de tiempo. Mierda. En fin, cuanto antes acabemos, mejor.

Estaba claro que Skippy pasaba demasiado tiempo conmigo.

No me quedó más remedio que darle la razón cuando entramos en la sala de reuniones. Estaba petada de científicos, personal de seguridad y equipos de grabación, audio y vídeo. Habían preparado una mesa, rodeada de cámaras y micrófonos. Posé con cuidado a Skippy en la mesa y le deseé suerte.

Luego fui a que me interrogasen. La sargento Kendall me escoltó por el pasillo hasta que llegamos a una sala más pequeña en la que no había sillas elegantes y donde me esperaban oficiales del Ejército, la Armada y las Fuerzas Aéreas, además de personal de la CIA, que no estaban para tonterías. El de la CIA no dejaba de mirarme, aún cabreado por lo ocurrido con Skippy durante el desayuno. Por lo menos el café estaba caliente y recién hecho. Cada vez que tomaba un trago lo miraba a los ojos. Si las miradas hubiesen podido matar, yo habría sido un fiambre. Por suerte, uno de los dos había destruido la flota kristanga y, ¡sorpresa!, no había sido él.

Les conté lo esencial de lo ocurrido, desde el día que habíamos salido de Campamento Alfa hacia Paraíso. Luego me acribillaron a preguntas extremadamente detalladas, y no solo sobre Skippy. Les di información de primer orden sobre los kristangos, los agujeros de gusano, los Antiguos y todo lo demás que había aprendido de la burgomaestre. Querían saber cuál era la situación en Paraíso, el estado de nuestras tropas en el planeta y el de las fuerzas rujarras, kristangas y turanias. Algo de lo que no sabía gran cosa, por desgracia. Eso no les impidió hacerme las mismas preguntas una y otra vez hasta que el respaldo de la silla se me quedó marcado en la espalda.

Me quedé con la sensación de que los estaba decepcionando como soldado y de que tendría que haber conseguido más información. No me imaginaba cómo, teniendo en cuenta que había sido prisionero de los kristangos primero y de los rujarras después, y que me había escabullido en silencio tratando de pasar desapercibido. Pero sabía lo que el Ejército esperaba de un coronel, y saltaba a la vista que no estaba a la altura de sus expectativas.

Salvo, claro, por el detalle de haber salvado el mundo.

Al menos tenía aquello.

En una de las pausas para ir al servicio me estaba lavando las manos junto a uno de los oficiales de Inteligencia Militar, el coronel Landry, que me había tratado razonablemente bien hasta el momento. Lo miré por el espejo y le pregunté:

—Perdone, mi coronel. Como he dicho, recibimos las galletas de la fortuna y nos enteramos de lo que los kristangos hacían en las tierras de cultivo y en los Grandes Lagos, pero no nos llegaron muchos detalles, al menos al nivel al que estaba yo. ¿Por qué el gobierno federal se ha trasladado a Colorado Springs?

—¿Le han contado que hubo protestas por todo el mundo cuando se supo lo que los kristangos nos pedían? —Esperó a que asintiera—. Cuando las protestas en Washington se recrudecieron y empezó a unirse gente de todo el país, trajimos unidades del Vigésimo Octavo de Infantería para controlar las multitudes, esperando poder contener las protestas lo suficiente para que los kristangos no decidiesen tomar cartas en el asunto. Eso implicó gas, balas de goma, cañones de agua, lo habitual; pero el Vigésimo Octavo no estaba entrenado en su uso. Supongo que la idea era que la multitud se acobardase al ver sus strykers, pero fue justo al revés. La muchedumbre empezó a lanzar botellas y cócteles molotov a nuestras tropas.

»Evacuamos a la Presidenta y al Congreso, primero a San Luis y luego aquí. Se produjeron incidentes y la multitud perdió por completo el control. Los kristangos insistieron en que disparásemos a los alborotadores. Cuando el Vigésimo Octavo se negó a usar munición real, los kristangos nos ordenaron que enviásemos el Noveno de las Fuerzas Aéreas y bombardeásemos la multitud. Nos negamos y en respuesta destruyeron desde órbita la Base Aérea de Shaw y borraron del mapa al Noveno. Luego mataron con una especie de láser de microondas a la mitad de la población de Washington, incluido el Vigésimo Octavo. A partir de ahí todo fue de mal en peor.

Landry terminó de lavarse las manos y cogió una toalla de papel; le temblaban las manos. Inspiró profundamente, como si estuviese tomando una decisión.

—Aún hay mucho que necesitamos que nos diga, Bishop, pero lo haya hecho como lo haya hecho, nos ha sacado de un embrollo tremendo. El Ejército no lo olvidará. —Soltó el aire muy despacio—. Antes de que apareciesen en órbita y bombardeasen a los kristangos estábamos examinando posibles escenarios para la ACN. —Se refería a la Autoridad del Comando Nacional—. No buscábamos ganar, nos conformábamos con que la humanidad sobreviviese de algún modo. Nos ha sacado usted de una situación sin salida. No lo olvide nunca.

Volví al interrogatorio e intenté responder las preguntas de la forma más prolija posible. Al cabo de unas horas se volvieron repetitivas y empecé a responder con el piloto automático puesto. Fue en ese momento cuando el tipo de la CIA me pilló por sorpresa.

—Cabo primero, ¿podemos aislar el dispositivo?

—Perdón, ¿qué dispositivo?

Tendría que haber estado más atento. Diré en mi defensa que llevábamos nueve horas de interrogatorio, sin más pausas que las necesarias para ir al servicio y darle un par de bocados a un sándwich.

—La IA. La IA extraterrestre.

—¿Se refiere a Skippy? Yo no lo llamaría «dispositivo», no creo que le haga gracia. ¿A qué se refiere con aislarlo? ¿No hacerle caso? Es bastante persistente, me temo.

—Aislarlo, dejarlo en una habitación forrada de plomo, o bajo el monte Cheyenne, o en una jaula de Faraday, algo que le impida tener acceso a los sistemas electrónicos —me explicó como si hablase con un niño—. ¿Es usted consciente, cabo primero, de que esa IA representa un riesgo potencial para la seguridad?

—Mire, no conoce a Skippy como yo. Le he visto curvar el espacio tiempo y desviar a una nave espacial a más de un año-luz de su rumbo original. Y eso lo hace para distraerse un poco. Lo más probable es que si tirase a Skippy a un volcán ni siquiera le raspase el cromado, y desde luego no interferiría con su capacidad para freír todos los sistemas electrónicos del planeta. Aparte de que lo cabrearía bastante. No se lo recomiendo.

—Debemos considerar...

Seguía empeñado en tocarme las narices.

—Ya se lo he dicho. —Me abstuve de añadir «imbécil»—. Skippy solo ha desactivado el agujero negro local de forma temporal, así que volverá a activarse o se reinicializará o como lo quieran llamar en menos de un mes. Si permitimos que ocurra eso, vamos a vérnoslas con un montón de lagartos que vendrán a ver qué demonios ha pasado en la Tierra. Skippy no es un riesgo para nuestra seguridad, es la única posibilidad que tenemos de estar a salvo. Y debemos cumplir lo prometido y volver a salir al espacio si queremos que cierre el agujero de gusano de forma permanente y nos aísle de los extraterrestres. Así que hay que ayudarlo a buscar ese Colectivo, sea lo que sea.

El de la CIA me lanzó una mirada ceñuda. Por lo visto lo sacaba de quicio tanto como él a mí.

—Usted no tenía autoridad para hacer una promesa como esa, cabo primero, y ahora que está aquí...

¿Autoridad? ¿Dónde cojones estaba aquel idiota cuando me puse a improvisar el plan sobre la marcha? ¡Aquella promesa era lo que había salvado a la Tierra de seguir bajo el yugo de los lagartos! El personal del Ejército y de la Armada le estaba lanzando miradas despectivas al tipo de la CIA mientras hablaban en susurros entre ellos. Eso me dio el valor que necesitaba.

—Solo estamos aquí porque necesitamos reabastecer el *Holandés Errante* y porque convencí a Skippy de que teníamos demasiadas bajas para seguir con la misión. Se ocupó de los kristangos de la Tierra porque se interponían en su camino. ¿Quiere usted interponerse también?

El coronel Landry intervino para evitar que lo hiciese el de la CIA:

—Entendemos la situación, cabo primero, y le aseguramos que se está hablando de ello al más alto nivel. La información que nos está dando nos ayudará a tomar la decisión correcta. Ahora, si podemos volver algunas de las cosas que le dijo la, eh, —consultó sus notas— burgomaestre…

En la recepción que tuvo lugar tras mi primer día de interrogatorio se sirvió alcohol, sustancia de la que no disfrutaba desde que había subido al ascensor espacial para irme de la Tierra. No fue buena idea pedir un cubalibre. Había supuesto que después de un día tan largo necesitaba algo de cafeína, de ahí la coca-cola; el ron simplemente me sonó bien. Tenía que probarlo. Estaba bueno, pero también era peligroso. Después de un trago delicioso del cubalibre me senté tras una planta y le pedí una gaseosa con lima al camarero. La sargento Kendall asintió con aprobación. Al fin y al cabo, llevaba el GRAN BOTÓN ROJO en el bolsillo. En tanto tuviese esa responsabilidad, estaba de servicio las veinticuatro horas del día y lo más fuerte que debía pasar por mi gaznate era agua.

Los presentes no sabían muy bien qué hacer conmigo, un cabo primero chusquero que no pintaba nada allí, salvo por lo de haber salvado el mundo. Así que todos se sentían incómodos y no sabían muy bien qué decirme. Al final acabé en la barra hablando con el camarero, un soldado de Tejas llamado Matt. Entre su acento de vaquero y mi deje rural de Nueva Inglaterra, no nos quedó más remedio que hablar muy despacio para entendernos. Me hizo echar terriblemente de menos a Boroña, a Aski, al cabo primero Koch y a los componentes de mi antigua escuadra. Me pregunté cómo les iría a ellos y al resto de la FENU como prisioneros de los rujarras.

Miré a mi alrededor y vi un grupo de científicos hablando entre ellos y lanzándome miradas de vez en cuando. Uno de ellos, un tipo alto de pelo largo y castaño, jersey de cuello alto y mocasines marrones, no dejaba de sonreír afectadamente en mi dirección. Parecía el Científico Arrogante Número Cinco de la típica peli de ciencia ficción. La clase de persona que se las apañaría para hablar de su Premio Nobel a los pocos segundos de haber iniciado una conversación. Sin duda era inteligente y respetado y encajaba a la perfección con aquel lugar, al contrario que yo. Me asaltó una oleada de envidia y no pude evitar odiarlo casi al instante. De pronto, él y su sonrisa afectada se acercaron al bar.

—¿Le pongo algo, doctor Constantine? —preguntó Matt.

—No, gracias —respondió el interpelado sin molestarse en mirarlo—. Me gustaría hablar con el cabo primero Bishop.

Según mi experiencia, cuando un civil se dirige a un militar por su rango y este no es un oficial, suele ser para recordarle lo bajo que está en el escalafón. El «cabo primero» que salió de la boca de Constantine tenía el mismo tono que habría usado para mencionar una mancha en su elegante calzado.

—Espero que sepa lo afortunado que es usted de haber encontrado al saca.

Miré a mi alrededor buscando algún tipo de saco o de petate. Luego me di cuenta de que no había usado el artículo correcto.

—¿Cómo?

—S.A.C.A. Ser Artificial Consciente y Avanzado. Nos han informado de que no debemos usar el término «dispositivo» para referirnos al… ente.

—No creo que le gustase mucho lo de ente tampoco. Skippy prefiere que usemos el masculino, aunque sospecho que es una concesión por su parte, no creo que se vea como un hombre… ni como una mujer. Por cierto, dado que en la Tierra no tenemos inteligencias artificiales de ningún tipo, ¿lo de «avanzado» no es un poco redundante?

Constantine frunció el ceño sin dejar de sonreír con suficiencia.

—Debo decirle, cabo primero, que su actitud poco seria y, seamos sinceros, un tanto irresponsable no es de mi agrado. Ha interactuado con un ser increíblemente poderoso de un modo del todo inadecuado y muy peligroso. No solo para usted, sino para toda la humanidad. Sería lo mejor para todos que se abstuviera de posteriores contactos con el SACA. Tendría que haber llevado el dispos… —se interrumpió—… el SACA a las autoridades competentes de Paraíso, que sin duda tenían personas más cualificadas para interactuar con él.

Carraspeé y tomé un sorbo de gaseosa con lima. Hmmm, qué rica. Eso me dio tiempo suficiente para calmarme y no saltarle los dientes a aquel idiota pomposo.

—¿Las autoridades competentes? ¿En Paraíso? Igual no está al tanto de lo ocurrido, pero esas eran nuestros supuestos enemigos, los rujarras. Las tropas humanas eran prisioneras. Y cuando dice cualificadas, ¿se refiere a alguien como usted?

Asintió.

—Comprendo. Está usted cualificado a causa de su amplia experiencia con inteligencias artificiales avanzadas construidas hace millones de años por alienígenas que han trascendido el plano físico. Ah, no, un momento, resulta que no tiene la menor experiencia con seres como esos. Claro que, ¿quién la tiene? —Me rasqué la barbilla como si estuviera sumido en mis pensamientos—. Veamos, debería ser alguien que haya mantenido un contacto cercano con ese ser tan avanzado durante mucho tiempo, alguien que haya trabajado con él para escapar de territorio enemigo, capturar no una sino dos naves estelares, cerrar el agujero negro local y destruir a los kristangos que había en la Tierra. Hmmm. ¿Quién podría ser? ¿Usted? No, está claro que usted no.

—Es precisamente por comentarios frívolos como esos por los que no se le debería permitir…

De pronto se abrieron un par de puertas al otro extremo de la sala y un grupo de oficiales de los cinco cuerpos del ejército cruzó la habitación hacia mí. Ni aunque mi vida hubiese dependido habría podido adivinar qué pintaba en Colorado Springs un Almirante de los Guardacostas. La mayoría se desviaron para hablar con una persona a la que reconocí como el jefe de gabinete de la Casa Blanca, pero los dos tipos de las Fuerzas Aéreas siguieron caminando en mi dirección. Llevaban un carrito sobre el que había un mullido cojín rojo, en el que descansaba Skippy.

—Cabo primero Bishop... —empezó a decir uno de ellos.

—¡Coronel Joe! ¿Cómo estás?

Skippy sonaba cansado, lo que parecía imposible. A lo mejor había que conseguirle algo de helio-3, fuese lo que fuese.

—Muy bien, Skippy. Me alegro de verte. ¿Cómo ha ido tu, eh, interrogatorio?

No mentía. Había echado de menos al cabroncete irascible.

—Tal como esperaba. Un coñazo de proporciones épicas, históricas, galácticas. Han forzado los límites de lo coñazo hasta niveles cuánticos. Después de que me hayan interrogado varios Premios Nobel voy a tener que reconsiderar la idea de consideraros bacterias; no llegáis a ese nivel. Joder, sois más espesos que una estrella de neutrones. Uy, ¿no estaré interrumpiendo nada?

Señalé a Constantine con el pulgar.

—No, estaba hablando con Pretencioso McPajero.

—¡Señor Bishop, está usted tentando mi pa...! ...—bufó Constantine.

—Mil perdones. Quería decir el doctor Pretencioso McPajero.

Las orejas de Constantine se pusieron de un rojo intenso, no sé si de rabia o de vergüenza. Quién sabe si de los dos.

—Esa es precisamente la clase de...

—Cierra el pico —le advirtió Skippy—. No vas a sentarte de nuevo en la mesa de los adultos ni hablar conmigo hasta que no hayas resuelto la ecuación que te he dejado en el teléfono. Hala, a trabajar, vamos.

Constantine sacó el teléfono con desconfianza, enarcó las cejas, me lanzó una mirada que habría fundido un iceberg y luego se fue farfullando emocionado.

—¿Qué es esa ecuación?

—Yo qué sé. Le he dado un galimatías matemático de supercuerdas. Pero a primera vista da el pego.

Me eché a reír.

—Ah, mira que eres perverso a veces.

Me pareció ver el asomo de una sonrisa en el rostro dela sargento Kendall. A lo mejor hasta tenía sentido del humor.

—Bueno, lo mantendrá ocupado con su cosita un par de días.

—Se dice «con sus cosas».

—Dependerá de cuánto se excite, digo yo.

Eso arrancó una carcajada incluso de la sargento Kendall.

17

Manos ociosas

Al fin, a eso de la medianoche, me dejaron tumbarme en una cama; una de verdad, en la que podía estirarme a placer. Dormir por fin en un verdadero colchón era casi tan bueno como probar comida de verdad. Mi idea era quitarme las botas y caer muerto sobre la cama, pero Skippy quería charlar. Otra vez.

—Joder, Skippy, necesito dormir.

—Me siento solo, Joe. Hala, ya lo he dicho.

—Hablamos todo el rato.

—Joe, me siento solo incluso cuando hablo contigo. Hablas tan despacio y te cuesta tanto llegar a lo que quieres decir que es como si estuviese el día entero esperando una carta de una sola palabra. Y luego otro día para otra. Y los días en que lo que me llega es simplemente «eh» me dan ganas de matar a alguien. Si pudiera te arrancaría las palabras de la garganta. Joder, hablas tan despacio. Vamos, venga, di lo que sea ya.

Por un instante fugaz vi al verdadero Skippy y comprendí los eones de sufrimiento que había soportado. Yo me habría vuelto completamente loco si hubiese pasado un mes a solas. No podía ni imaginar cómo se sentía.

—Necesitas hablar con más gente.

—Joe, hablar con dos o tres personas más no va a suponer…

—Hay miles de millones de personas en el planeta y todas creen tener algo importante que decir, por desgracia. Internet está petado de blogs, vlogs, chats, podcasts, videos de gatitos y discusiones deportivas. Mira, no debería contarte esto porque se supone que tu existencia debe ser un secreto, pero si no le dices a nadie que eres un extraterrestre, no debería haber ningún problema.

—Hmmm. Miles de millones.

—Exacto. La mayoría son tan tontos como yo, pero a lo mejor encuentras algún platelminto entre las bacterias.

—No lo creo, pero no pierdo nada por probar.

Intenté no bostezar, pero no lo conseguí.

—Voy a dormir un rato. No te metas en líos mientras tanto, ¿vale?

Siete horas de sueño ininterrumpido hicieron maravillas con mi estado de ánimo. Me desperté cuando un sargento de las Fuerzas Aéreas llamó con los nudillos y me trajo una bandeja con una jarra de café y una taza.

—El desayuno es en treinta minutos. La ducha está por el pasillo al fondo a la izquierda.

Hablaba con exagerado respeto, aunque desde donde estaba podía ver los galones de cabo primero de los uniformes sin estrenar que colgaban del armario.

—Vaya, qué café más bueno.

El primer trago había sido como alcanzar el nirvana.

—¿Has dormido bien? —preguntó Skippy.

—Muy bien, gracias. ¿He roncado?

—No mucho. Me alegro de que estés despejado, nos espera un día ajetreado.

Parecía bastante contento, sobre todo para ser una IA que llevaba sola varios millones de años.

—Y tú, ¿qué tal? Tampoco te oí roncar.

—¡Oh, de maravilla! —respondió con entusiasmo—. Hace un día precioso, ¿no?

—Hmmm. —Aquello solo podía indicar una cosa: se había metido en algún lío—. ¿Qué tal ayer por la noche? —pregunté muy despacio.

—Seguí tu consejo, entré en internet y conocí a gente.

—¿Cuánta?

—De momento llevo ciento ocho mil millones en números redondos. Ahora mismo estoy chateando, mandando mensajes de texto o mails con unos treinta y nueve millones.

—¿A la vez?

—Me mantiene ocupado y no me representa un gran esfuerzo.

—Estar ocupado es bueno.

—La mente ociosa es el taller de Satanás, o eso decía un predicador de esos de fuego y azufre en Idaho esta noche. Joder, Joe, es increíble la cantidad de porno que tiene el tipo.

—No quiero saberlo. Que acabo de despertar.

—Mejor. A tu especie le gusta mucho el porno, por lo que veo, lo cual es impresionante, sobre todo porque solo tenéis dos géneros.

—¡Guau! ¡Somos el Número Uno en algo! —Alcé un dedo gigante de goma imaginario y me bebí el café—. ¡Sí! ¡Los humanos somos la caña!

—Bueno, las diferencias físicas entre machos y hembras en tu especie son tan pocas que ni siquiera…

—Pero son esas diferencias las que hacen que merezca la pena, créeme.

—Aceptaré tu palabra.

Lo imaginé poniendo los ojos en blanco.

—Así que has estado conociendo gente online.

—La mayor parte piensa que soy un capullo, o su equivalente en el idioma que usen.

—¡Me dejas patidifuso!

—Que te den.

—Lo siento. ¿Te lo pasas bien conociendo gente?

—Digámoslo así. ¿Alguna vez has ido hasta el final de una web para leer los comentarios de los usuarios?

—Joder, Skippy, no hay que leer nunca los comentarios. ¡Todo el mundo lo sabe! Los escriben tipos en pijama con demasiado tiempo libre.

—Correcto, salvo por lo del pijama. He activado varias webcams sin que se dieran cuenta.

—Ag.

—En efecto. Estaba equivocado, no todos los monos carecéis de pelo. Había un tipo que tenía una moqueta en la espalda. Me encantaría borrar esos dos petabytes de la memoria, en serio. Por cierto, hablando de petabytes y de cantidades grandes.

—¿Sí?

—Eh, verás, es una historia curiosa…

—¿Curiosa porque me va a gustar o porque me va a llevar a una prisión federal?

—Tú no has hecho nada —dijo Skippy a la defensiva.

—A ti no te van a llevar a prisión. A ver, ¿qué has hecho?

—Bueno, el ancho de banda que tenéis es escaso, incluso aunque comprima los mensajes, así que fui a un sitio que parece que está conectado con todo lo demás.

—¿Google? —pregunté esperanzado.

—No. Un sitio que se llama Fort Meade, en Maryland. Es vuestra Agencia Nacional de Seguridad. Hay varios tipos que llevan desde ayer tirándose de los pelos tratando de averiguar quién les ha pirateado el sistema.

Me quedé helado. Las náuseas se me agolparon en la boca del estómago.

—Joder, Skippy, me has jodido bien.

Lamenté haberme tomado tanto café.

—No, tranquilo, piensan que soy un chaval de quince años de Fresno llamado Billy. Le he creado un perfil de Facebook, una familia falsa y les he cambiado la fecha a varios ficheros. Creo que hay un equipo del FBI de camino al Starbucks donde creen que está conectado. Van a quedar un poco decepcionados. Eh, tengo acceso a la cámara de seguridad de la cafetería. ¿Quieres verlo?

—Skippy, no puedes hacer eso.

—Y tanto que puedo.

—Quiero decir que no debes.

—Los lenguajes humanos son tan ambiguos.

—No tiene gracia. —Abrí la puerta, seguro de que un grupo de guardias armados hasta los dientes estaba de camino para arrestarme—. ¡La NSA tiene información secreta!

—Para mí no tiene nada de secreta. Y no le veo la menor importancia a todo eso que les parece tan transcendental.

—¿Le has contado a alguien algún secreto que hayas averiguado?

—Claro que no, Joe. Toda esa mierda gubernamental no merece que gaste mi tiempo en ella. Por cierto, ¿sabías que la NASA falsificó el alunizaje?

—¿Qué?

—Era broma, era broma.

—No hagas bromas con eso. ¿Seguro que lo era?

—Puedo enseñarte primeros planos del punto de alunizaje del Apolo XI con los sensores del *Holandés Errante*, si quieres. Le eché un vistazo ayer mismo al sitio.

La curiosidad pudo más que el miedo.

—¿Qué pinta tiene?

—Tu especie es mucho más valiente que lista. Para mí el viaje espacial es algo de andar por casa, pero vuestros astronautas fueron allí en una lata de sopa. Estoy impresionado, en serio. Casi se puede leer el logo de Campbell en el módulo de aterrizaje junto al de la NASA. La verdad es que hay que tenerlos cuadrados para ir hasta la Luna con una tecnología tan mierdosa.

—Vaya, gracias. Hazme un favor, anda, deja en paz la NSA. ¿Por favor?

—¿Por qué? Me lo estoy pasando bien. Llevaba millones de años sin pasármelo bien.

—Seguro que hay formas de pasarlo bien que no impliquen prisión federal, Skippy.

—Te has escapado antes de una prisión. Dos veces.

—Hablemos en serio, aunque sea un segundo. Soy miembro del Ejército de los Estados Unidos, no puedo involucrarme en un intento de fastidiar la infraestructura de seguridad de mi país.

—Pero causar problemas es divertido —gruñó.

—¿Quieres causar problemas y divertirte? Ve a la red e inicia el rumor de que Justin Bieber va a ser Darth Vader en la próxima peli de *Star Wars*.

—¡Qué bueno! Sabía que hablaba contigo por algo. Hecho, acabo de colgar quince minutos de lo que parece parte del rodaje que alguien ha robado.

Me di una palmada en la frente.

—Oh, mierda, ¿qué acabo de hacer?

—Y he hecho circular un estudio de la FDA que dice que la mantequilla vegana funciona mejor que el viagra.

—¡Basta! Voy a ducharme. Por favor, no inicies un ataque nuclear mientras tanto.

—Ya sabes que nunca le haría daño a nadie, coronel Joe. Hmmm, ¿qué tal si…?

Cerré la puerta y eché a andar hacia los servicios mientras me preguntaba si tendría tiempo para comprar acciones de la empresa que fabricaba la mantequilla vegana.

Nunca había estado tan nervioso en toda mi vida. Conocer a la presidenta tras descender de órbita en una lanzadera turania con una lata de cerveza plateada había sido una experiencia tan irreal que había olvidado ponerme nervioso. Ahora, despejado y con un uniforme recién planchado, sentado en la misma habitación que la Junta de Jefes de Estado Mayor, los directores de la CIA y la NSA, el director de seguridad nacional, el asesor científico y el jefe de gabinete de la presidenta hizo que se me secara la garganta y estuviese a punto de mearme en los pantalones.

Me sentaron al extremo de un sillón, junto a la silla que ocuparía la presidenta. El Jefe de Estado Mayor del Ejército, el general Brenner, al que había visto solo en fotografías hasta aquel momento, se sentaba a mi lado. Mientras esperábamos a la presidenta, los presentes tomaban café de unas tacitas de porcelana con platillo, supuse que para que no dejasen cercos en la mesa. Las tazas no tenían el sello presidencial, seguramente esas se habían quedado en Washington.

Me tomé un momento para examinar lo que me rodeaba y no me pareció ni de lejos tan majestuoso como el Despacho Oval. De hecho, el mobiliario podía ser el de un hotel de calidad media… o de un motel, me dije al darme cuenta de que el brazo del sillón estaba desgastado y tenía una mancha sospechosa. El Jefe de Estado Mayor del Ejército sujetaba la taza con una mano lo bastante grande para abarcarla por completo. Traté de hacer lo mismo, pero la taza temblaba tanto que tintineaba contra el platillo, así que volví a posarla con el mismo cuidado con el que habría intentado desarmar una cabeza nuclear.

El general Brenner me miró con simpatía.

—Mejor no tocar el café —me dijo en voz baja.

Tuve que tragar saliva dos veces antes de conseguir humedecerme la garganta lo suficiente para poder responder:

—Mi general, he estado en combate, y no me sentía ni la mitad de asustado.

El general, que había visto combate más que de sobra, asintió.

—Póngase en pie cuando entre la presidenta y no vuelque la mesa. Hable cuando se dirijan a usted y trate de ser directo. No tenemos tiempo para tonterías.

La puerta se abrió, entraron dos agentes del servicio secreto y la presidenta lo hizo tras ellos. Tenía pinta de haberse pasado despierta casi toda la noche.

El primero en hablar fue el director nacional de seguridad.

—Tengo una actualización sobre la brecha de seguridad en la NSA de la pasada noche, señora presidenta. —Palidecí. Confiaba en que nadie me estuviese mirando—. Hemos contenido la fuga y estamos evaluando el daño. La persona a la que habíamos identificado como culpable ha resultado ser un fantasma, una pista falsa. Ha sido un ataque sumamente sofisticado, quizá de los kristangos.

—¿Los kristangos? ¿Esos idiotas? ¡Ni de coña! He sido yo.

La voz, medio ahogada, salía de mi zPhone. Todos se volvieron en mi dirección.

—No, yo no, él.

Saqué el zPhone y lo posé en la mesa.

—En efecto, ha sido Skippy el Grande y Magnánimo. ¿Cómo es que no me habéis invitado a esta fiesta? Tiene muy buena pinta.

—¿Debo suponer que la criatura conocida como Skippy se coló la pasada noche en la NSA y saqueó nuestra información de alto secreto?

La mirada que me lanzó el director de seguridad nacional no tenía nada de amistosa.

—¿Saquear? Lo dejé todo como estaba. Oye, si no quieres que la gente lea tus ficheros, deberías encriptar los datos —gruñó Skippy.

—¡Están encriptados!

—¿En serio? Creí que simplemente estaban mal indexados. ¿Eso era encriptamiento? No, me estás tomando el pelo, no puede ser.

El asesor científico tragó saliva.

—¡Era el sistema de cifrado más avanzado del mundo! ¿Cómo consiguió las claves?

—¿Claves? —preguntó Skippy, todo candor.

Decidí que era mejor poner fin a aquello.

—Me temo que, dado nuestro bajo nivel tecnológico, no necesita desencriptar los ficheros, se limita a ir al final del proceso y leerlos. Creo que tiene algo que ver con el gato de un tal Schroeder.

—El gato de Schrödinger. En cualquier caso, ¿cómo os va, compadres?

Vi que la presidenta sonreía.

—Al parecer no podemos excluirlo de la reunión, don Skippy. Así que ¿por qué no se nos une?

—No hace falta. Con el teléfono basta. Así puedo tumbarme en el sillón en zapatillas y ropa interior y fingir que presto atención. Además, estoy viendo LA RULETA DE LA FORTUNA.

Y seguramente cualquier otro programa de televisión que se estuviese emitiendo en aquel momento en cualquier lugar del mundo.

Alcé las manos de nuevo.

—Eh, que te veo.

—¿Cómo? —preguntó el asesor científico con el ceño fruncido.

—Por la cámara del teléfono de Joe. Además, las partículas de polvo del aire contienen iones que… bueno, mejor no os cuento esas cosas a los monos, son complicadas.

—¿Monos? ¿Qué dem…? —empezó a decir el Jefe de Estado Mayor de las Fuerzas Aéreas.

—Suficiente —le interrumpió la presidenta—. Don Skippy, hemos estado monitorizando los emplazamientos kristangos que hay en la Tierra. ¿Puede informarnos del estado de su nave en órbita?

—Claro. Quedan dos kristangos vivos en el transporte de tropas. Inicialmente sobrevivieron otros dos porque estaban en compartimentos con cierre manual. Pero se han quedado sin oxígeno, así que están muertos. Los otros se habían puesto los trajes espaciales y estaban a punto de salir cuando sus compañeros fueron eyectados al espacio. Cosa mía. Se las han arreglado para cerrar las puertas y restaurar parcialmente la atmósfera, y están intentando llegar al arsenal de armas biológicas. Supongo que con la idea de lanzar misiles contra el planeta.

—¿Armas biológicas? —exclamó alarmado el Jefe de Estado Mayor de la Armada—. ¿De qué tipo?

—Nada del otro mundo. Virus modificados en aerosol, armas genéticamente diseñadas a partir de vuestro resfriado común, el ébola y el virus de Marburgo. Aún no son muy eficientes, porque los kristangos no han tenido tiempo de estudiar vuestra biología a fondo. Las pruebas que hicieron en Campamento Alfa indican una mortandad del doce por ciento la primera semana, aunque asciende al sesenta y dos al cabo de un mes. Al atacar el sistema inmune con varios virus a la vez debilita el cuerpo y acaba causando la muerte.

Lo dijo en un tono impasible. Todos se pusieron a hablar a lo loco, salvo yo, que seguí el consejo del general Brenner y mantuve la boca cerrada. La presidenta alzó la mano y todos guardaron silencio.

—Por favor, don Skippy, ¿puede…?

—Ya me imagino tu próxima pregunta, así que mejor la respondo. La prueba de Campamento Alfa se realizó sobre sujetos humanos capturados en la Tierra y llevados allí de tapadillo, no sobre el personal militar asignado al planeta. Los soldados suelen ser más jóvenes y resistentes que la media de la población, así que no son un muestreo representativo para una prueba de armas biológicas. Los kristangos raptaron gente de un rango variado de edades, géneros y grupos étnicos y realizaron la prueba en un hemisferio distinto al del campamento militar.

—Es horroroso —musitó la presidenta.

Nadie más se atrevió a hablar.

—Las armas biológicas que hay en la nave en órbita contienen suficientes virus en aerosol para matar millones de humanos en el primer ataque. Su stock es limitado, pero están programadas para atacar los principales centros de población como São Paulo, Shanghái, Tokio, Bombay, Nueva York… El uso de esas armas va contra las Normas, pero los kristangos asumen que la Tierra está tan lejos de los mundos civilizados que merece la pena usarlas en caso de una situación desesperada. Como la actual.

—¿Cómo podemos impedir que las lancen? —preguntó el director nacional de seguridad—. Aún nos quedan misiles nucleares. Aunque la nave está una órbita demasiado alta para…

—Tranquilos, no hace falta —dijo Skippy con voz animada—. Ayer mismo esterilicé todas las armas biológicas de la nave y desarmé los misiles. Ups, igual debería haberlo dicho en primer lugar. —Me di una palmada en la frente al oírlo—. Intentar lanzar los misiles mantiene ocupados a los kristangos, y mientras se entregan con entusiasmo a la tarea de exterminar la humanidad no le hacen daño a nadie, así que no he interferido. Habrá que enviar un comando en algún momento para matarlos, no vaya a ser que se aburran y les dé por sobrecargar el reactor de fusión. Lo cual me recuerda… Un momento. Listo. Acabo de iniciar el cierre del reactor, así que asunto arreglado.

Todos palidecieron. Dejé caber la cabeza sobre las manos.

—¿Cómo es posible que alguien tan inteligente sea tan distraído? —pregunté.

—¿Ves? —dijo Skippy con toda naturalidad—. Ese es justo el tipo de cosas que debes recordarme, coronel Joe. No puedo estar pendiente de todo.

—Trajes espaciales —farfullé en voz baja.

—Cállate, monito.

—¿Trajes espaciales? —preguntó la presidenta.

—Es una larga historia —respondió Skippy.

La presidenta intercambió una mirada con el director nacional de seguridad.

—Ya veo. Con ustedes dos todo parece una larga historia.

—¿Podemos telemanejar los robots del *Holandés* y ocuparnos de los kristangos, Skippy? —pregunté, sintiéndome un tanto ridículo por llamarlo así delante de todos los líderes del país.

No me parecía que un comando humano, embutidos en los pesados trajes de la NASA, pudiera hacer gran cosa contra dos soldados kristangos.

—Claro. Sí que tienes buenas ideas, coronel Joe.

El general Brenner se volvió hacia mí.

—Hay que mandar un grupo de Rangers al *Holandés* para que se encarguen de telemanejar el equipo. Asumo que se refiere a controlar de forma remota los robots de combate turanios.

—Podemos enviar un equipo de SEAL —se ofreció el Jefe de Estado Mayor de la Armada para no ser menos.

—Mi general, mi almirante, seguro que tienen razón, pero creo que sería mejor enviar algunos de nuestros piratas, perdón, a la tripulación del *Holandés*. Tienen experiencia de combate con los robots. Si me permiten el comentario, en un caso como este es más útil tener buena habilidad con videojuegos que el tipo de entrenamiento que reciben los Rangers o los SEAL.

No me cabía la menor de duda de que cuando el *Holandés* se fuese tendríamos a bordo Rangers del Ejército, SEAL de la Armada, Especialistas de Reconocimiento de los Marines, y Personal de Tácticas Especiales de las Fuerzas Aéreas. Y a lo mejor hasta un equipo de rescate de rehenes del FBI. Nadie iba a querer quedarse fuera.

Eso, centrándonos solo en Estados Unidos. La nave iba a estar atestada, así que nos iban a hacer falta mogollón de ambientadores.

Tendría que decirle a Skippy que lo apuntase.

La reunión siguió adelante. Cada asesor presidencial recitó un informe de su respectiva área y por fin llegamos a lo que todo el mundo tenía en mente: los kristangos que quedaban en la Tierra. Habían sobrevivido gracias a que se encontraban en bunkers subterráneos fuera del alcance de las armas que Skippy había usado en su ataque inicial.

Solo las nucleares fabricadas de los humanos o los cañones de riel del *Holandés* podían llegar hasta allí, y una nuclear táctica, según el cálculo de Skippy, no tendría la potencia suficiente para llegar tan profundamente. Habría que taladrar primero un agujero bastante profundo, dejar caer la bomba dentro y detonarla. Íbamos sobrados de equipos de perforación, pero se tardarían meses en llevarlos a los lugares adecuados y tunelar lo suficiente. Skippy nos avisó de que el uso de armas atómicas en planetas habitados, la Tierra incluida, estaba prohibido por las Normas. Se suponía que la Tierra estaba obligada a seguirlas, al participar en la guerra. Por si no tuviésemos bastantes problemas, si cualquiera de los dos bandos volvía a nuestro planeta y descubrían que habíamos usado nucleares contra los kristangos, las consecuencias serían terribles. Eso dejaba como única opción los cañones del *Holandés*, cosa que resultaba problemática en un par de lugares, uno de ellos cerca de la ciudad francesa de Lion y el otro al oeste de Hangzhou, en China. Tampoco habríamos podido usar las nucleares tan cerca de las ciudades, por otro lado. El tercer refugio de los kristangos estaba bajo una montaña al noroeste de Durango, Colorado.

A la presidenta no le gustaba lo más mínimo la idea de recomendar a chinos y franceses que evacuasen sus ciudades para que Skippy pudiera usar los cañones de riel a modo de insecticida.

—¿Hay alguna posibilidad de que los kristangos acaben rindiéndose, don Skippy? Por fuerza deben ser conscientes de lo desesperado de su situación.

—En realidad, la desconocen —explicó Skippy con paciencia—. Corté sus comunicaciones y averié la mayor parte de su equipo electrónico. Lo único que saben es que un carguero turanio apareció en órbita, que su fragata saltó y que fueron atacados por sus propios misiles y satélites. Para ellos, bien podría tratarse de una escaramuza comercial entre el clan Viento Blanco y los turanios porque a estos no les hiciese gracia el retraso en el pago de las tarifas de viaje. No sería la primera vez. No a esta escala, cierto, pero a los kristangos no les pillaría demasiado por sorpresa. Así que los lagartos que se han escondido van a quedarse allí hasta que los turanios dejen claras las cosas o se aburran y se vayan. Tras lo cual saldrán y volverán a ser los molestos invitados que ya conocéis.

—Mierda, la cosa no va a funcionar —gruñó el general Brenner—. ¿Hay algún modo de hablar con ellos, de mostrarles lo jodidos que están?

—Claro, aunque hablar no servirá de nada; los kristangos nunca se rendirían a una especie primitiva como los humanos, sería una humillación extrema para ellos. Solo accederían si tuviesen la esperanza de que las naves kristangas retomasen el planeta algún día. Y en ese caso los kristangos en manos de los humanos serían ejecutados y se castigaría a sus familias. Así que...

—Muy bien —dijo el general—. ¿Qué implicaría usar esos cañones de riel?

—Los que tenemos en el *Holandés Errante* no se diseñaron para el bombardeo orbital, así que para que tuviesen potencia suficiente para llegar a los bunkers de los kristangos habría que cargarlos al máximo. Eso implica una demora de cuarenta minutos entre cada andanada. Los emplazamientos en Lion y Hangzhou no son muy profundos, así que bastarían dos ataques en cada lugar para matar a todos los kristangos. El de Durango exigiría al menos tres andanadas, si conseguimos que la montaña se desplome sobre el búnker y encierre a los lagartos para siempre. Para llegar de verdad al búnker necesitamos al menos media docena de disparos, que destruirían casi toda la montaña. Cosa que asumo que no queréis y que sería innecesaria. Además, tantos ataques a alta velocidad podrían llenar la atmósfera de polvo en suspensión y cambiar el clima, como con una erupción volcánica. Cada proyectil lleva una carga de setenta quilotones y aunque la explosión sería mayoritariamente hacia abajo, quedarían restos abundantes en el aire, en pautas en espiral. Lion se vería mas afectada que Hangzhou.

La presidenta frunció los labios.

—Tenemos mucho que considerar. —Se volvió al director de la Agencia Nacional de Emergencias—. En todo caso, habría que evacuar a la población en ochenta quilómetros a la redonda...

—Mejor ciento cincuenta. Y de todos modos va a haber abundantes residuos y polvo en la atmósfera.

—Ciento cincuenta quilómetros a la redonda de Durango —siguió la presidenta.

—Sí, señora —respondió el director de la FEMA—. De todos modos, la mayor parte de la población abandonó el área cuando se mudaron los lagartos.

El pobre parecía agotado. Supuse que no había pegado ojo en toda la noche. O quizá numerosas noches a lo largo de los últimos meses. Hasta la presidenta tenía ojeras y parecía mayor de lo que recordaba de antes del Día de Colón. Por mal que se hubieran puesto las cosas en Paraíso, en la Tierra habían sido peores.

Me sentí culpable por las siete magníficas horas de sueño que había disfrutado mientras el resto del mundo no paraba.

18

CUENTA ATRÁS

—¿HAY ALGO EN lo que pueda ayudarlo, cabo primero Bishop? —me preguntó Kendall la tarde siguiente.

—Eh, no, nada, gracias. Servir es en sí mismo un honor, mi sargento.

Ladeó la cabeza. Saltaba a la vista que no se había creído la tontería que acababa de soltar.

—Todos servimos, cada uno a nuestra manera. Y usted ha salvado el mundo. Hablé con mis padres la pasada noche y mi padre se echó a llorar, no podía creerse que ya no estuviésemos bajo el yugo de los lagartos. Mi padre es la persona más dura que conozco; fue Ranger y perdió la mitad inferior de la pierna en Afganistán. Todo el mundo decía que no volvería a caminar bien, pero le echó redaños y a los dieciocho meses lo habían declarado apto para el servicio. Se reincorporó a su puesto con media pierna. Es la persona más dura que he conocido y ayer se echó a llorar mientras hablábamos. Me dijo que estaba convencido de que los humanos no seríamos más que esclavos a partir de ahora, eso si sobrevivíamos. Si vuelve a tener esperanzas, no es gracias a nada que hayamos hecho nosotros. Se debe al milagro de su aparición en órbita y a que justo después vaporizó a esos cabrones. Me da igual cómo lo haya hecho. Así que se lo repito, cabo primero, ¿hay algo en lo que pueda ayudarlo?

Me di cuenta de que en realidad la cosa no iba conmigo. Recordé lo que me había contado un tipo al que habían condecorado con la Medalla de Honor: se llevaba la medalla por los demás, no por uno mismo. Llevarla hacía que la gente se comportase de forma extraña y era incómodo, además de interponer un muro entre el condecorado y el resto del mundo.

No se aplicaba solo a la Medalla de Honor, sino a cualquier condecoración por valor en combate. Se llevaba por los demás.

Por los que no habían sobrevivido, por la unidad en la que se había servido, por el Ejército en el que se combatía, por el país al que se pertenecía. La cosa no iba con el condecorado, sino con aquellos que lo condecoraban. Con su necesidad de expresar de forma tangible la gratitud que experimentaban por las acciones realizadas. La sargento Kendall sentía que necesitaba hacerme un favor, el que fuese, para darme las gracias.

Así que la cosa no iba conmigo por muy incómodo que me sintiese con toda aquella solicitud y todas aquellas ceremonias. No quería una medalla, no había…

La idea casi me revienta la cabeza, como si me hubiesen golpeado con una sartén de hierro fundido.

—Una hamburguesa. Con queso —murmuré—. En serio, no se imagina cuánto me apetece una hamburguesa con queso. Llevo pensando en ella desde que me subí al ascensor espacial y dejé la Tierra. Ni una maldita hamburguesa durante el viaje, ni en Campamento Alfa ni en Paraíso. Hablo de una hamburguesa de verdad, no esas mierdas de comida rápida. Hecha a la parrilla en el patio de atrás un cuatro de julio. —Me di cuenta de que divagaba y estaba babeando, pero no podía evitarlo—. Carne picada de vacuno preparada por uno mismo, ni muy grande ni muy gorda; que no esté tan apretada que parezca un disco de hockey. Se deja en la parrilla hasta que está casi a punto y en ese momento se le pone encima una loncha de chédar para que se vaya fundiendo hasta que le salgan burbujitas pero no se derrita del todo. El panecillo no debe ser demasiado gordo, nada de cosas tipo brioche ni esos panecillos redondos y esponjosos; no es el protagonista, debe ser lo bastante consistente para que la comida no se desparrame, ni más ni menos. Hay que pasarlo un poco por la parrilla, sin tostarlo pero que quede crujiente. Y hay que añadir algunas cebollas y un poco de kétchup. Y ya está. Una buena hamburguesa no necesita nada más.

Kendall me lanzó una mirada inescrutable. Igual me había dejado llevar demasiado por el entusiasmo al hablar de la hamburguesa. De pronto asintió, sonrió y me pareció que las rodillas se le doblaban un poco.

—Ahhh, sí, sé exactamente a qué se refiere. Me encanta una buena hamburguesa. Esta noche se salta usted la cena en el comedor y se viene a nuestro alojamiento, tras la casa del Comandante. Tenemos una parrilla y vamos a prepararle una hamburguesa como Dios manda. —Uno de los guardias carraspeó y Kendall le lanzó una mirada—. Sí, conseguir ternera de verdad no es fácil ahora mismo, pero las Fuerzas Aéreas de los Estados Unidos van a hacer una excepción con usted, eso se lo garantizo. Es lo menos que podemos hacer.

Cumplió su palabra. Me llevó al edificio en el que se alojaba y al salir al patio trasero vi la parrilla. Estábamos en Colorado y a bastante altura, así que el tiempo estaba fresco, pero lo solucionamos poniéndonos las chaquetas. Ninguno de los presentes estaba dispuesto a perderse la parrillada.

Sujeté la hamburguesa con ambas manos y tomé aire muy despacio. Era casi perfecta. De haber estado en el patio trasero de mis padres con papá ocupándose de la parrilla habría sido la hamburguesa más perfecta de todos los tiempos, a esta solo le faltaba mi familia para serlo. Mordí muy despacio.

—Oooh, madre mía, increíble. No tienen la menor idea de cuántas veces he soñado con este momento.

Kendall alzó su propia hamburguesa a modo de saludo.

—También nosotros llevábamos tiempo sin probarlas, así que gracias.

Su equipo asintió mientras masticaban con deleite. Iba por la mitad cuando de pronto fruncí el ceño.

—¿Qué pasa? —preguntó Kendall.

—Se me acaba de ocurrir que la Fuerza Expedicionaria de Paraíso nunca volverá a probar una hamburguesa. Nunca. Seguramente logren cultivar comida, pero su dieta va a ser estrictamente vegetariana. Los suministros de la Tierra habían dejado de llegar antes de que los rujarras recuperasen el planeta.

Lo que implicaba que tampoco recibirían medicamentos. Esperaba que a los rujarras se les diese mejor compartir tecnología médica que a los kristangos.

—Cierto —asintió Kendall con gesto sombrío—. Los lagartos no nos contaban nada, pero dejaron de usar el ascensor espacial un par de meses después de que se fuesen ustedes, así que nos quedó claro que no les mandaban más suministros. Hasta su regreso, no teníamos la menor idea de lo que pasaba con la FENU. Los putos lagartos no nos contaban nada. Tengo un hermano con la FENU, en el Tercero de Infantería. ¿Cree que estarán bien?

Me acordé de la burgomaestre y de sus promesas de cuidar de los humanos de Paraíso.

—No será para tirar cohetes, pero mientras manden los hámsteres creo que estarán bien. Eso sí, más vale que su hermano se acostumbre a la vida de granjero. —Alcé la mitad que me quedaba de la hamburguesa—. Por la FENU. Esto va por ellos.

—¡Hurra! —respondieron todos.

Luego rematamos las hamburguesas en silencio.

—No ha estado nada mal —dijo Kendall. Miró hacia la parrilla—. ¿Otra?

—Y tanto que sí.

Sonreí. Salvar el mundo tenía sus ventajas.

—¡Arriba, dormilón! —exclamó Skippy a modo de despertador la mañana siguiente.

—¿Eh? ¿Qué hora es? —pregunté medio atontado.

—Faltan quince minutos para que la sargento Kendall venga a despertarte.

—Entonces puedo echar una cabezadita de diez minutos.

Me puse la almohada sobre la cabeza para no oírlo.

—Pero, Joe, tenemos este momento para nosotros solos. ¿No quieres que nos demos arrumacos?

—Ni aunque fueses una lata de cerveza de verdad.

—Eso ha dolido. ¿Quieres saber lo que he hecho esta noche mientras dormías?

Ahhh. Me incorporé y lancé las almohadas al otro extremo de la habitación.

—¿Qué coño has hecho ahora, Skippy? ¿Te aburrías y se te ocurrió mirar los ficheros de las agencias secretas de otros gobiernos?

—¿Eh? No. Eso ya lo hice a la vez que leía los de la NSA. No te preocupes, los otros gobiernos tampoco tienen secretos que merezcan la pena.

—¿No se suponía que ibas a pasar el tiempo hablando con la gente, vamos, con todo el mundo?

—Claro. Y tengo que darte las gracias. Aún estoy en ello, y la mayoría de la gente piensa que soy un capullo.

—¡Inconcebible! ¿Y has muestreado las suficientes opiniones para concluir que, en efecto, lo eres?

—El asunto aún está sujeto a debate. Teniendo en cuenta que el jurado está enteramente formado por monos, creo que no voy a tener en cuenta lo que digan. De todos modos, aunque hablar con varios miles de millones de monos sea fascinante, volví a aburrirme, así que me dio por hacer algo útil. Terminé de descargar toda la información…

—¿Toda? ¿Qué quieres decir?

—Toda la información almacenada en los bancos de datos de la Tierra a lo que tengo acceso. No ocupa más de un par de exabytes, así que me cabe en una uña, por así decir.

—Joder.

No tenía ni idea de cuánto era un exabyte, pero sonaba a muy grande.

—Sip. También hice alguna otra cosilla útil, una vez hube corregido los increíbles errores lógicos en lo que llamáis publicaciones científicas. Me he dedicado a resolver delitos.

—¿Ahora eres Sherlock Holmes?

—Bueno, Sherlock Holmes era considerablemente más listo que el humano medio, así que ¿por qué no? He comparado las huellas dactilares halladas en las escenas del crimen con las que se usan en las pantallas de los teléfonos móviles e incluso en los fijos si había una cámara cerca. También he comparado el ADN con el de los ficheros policiales; por cierto, a vuestras fuerzas del orden no se les da nada bien compartir información.

En ocasiones me ha bastado con leer los expedientes de los casos y cruzar la información disponible para averiguar quién era el culpable; por suerte ahora todo se almacena digitalmente. Si vuestra policía moviese sus gordos culos y procesasen de una vez todas las muestras de ADN que tienen almacenadas, podría resolver muchos más.

Había leído algo acerca de que de que eran numerosas las muestras de ADN pendientes de procesar, incluidas muchas de las recogidas con los kits de violación.

—Es cuestión de recursos; la policía…

—No. Es cuestión de prioridades. Tu especie no considera que hacerles justicia a las víctimas sea lo bastante importante para dotar de fondos suficientes los laboratorios forenses. Y hay muchos policías corruptos por todo el mundo. La verdad es que en ese terreno los humanos no me habéis impresionado favorablemente.

—Ahí no puedo discutir contigo.

—Vaya. —Parecía decepcionado por haber perdido una oportunidad de discutir—. He aquí el problema: he resuelto más de sesenta mil delitos, pero no sé que hacer con toda esa información sin darme a conocer públicamente.

—Hmmm. ¿Puedes enviársela a…, no sé, al FBI? Seguro que hay alguien con autorización para saber de ti.

No tenía nada claro quién sabía qué. La sargento Kendall y su equipo me seguían a todas partes, así que conocían a Skippy, pero ni idea de si sabían algo más o si debían saberlo.

—Los casos pendientes de resolver por parte del FBI son parte del problema. Y eso sin hablar de otros países.

En ese caso, no tenía la menor idea de qué se podía hacer, no tenía ninguna experiencia con el trabajo policial. O con la información de seguridad.

—Hablaré con alguien del tema, Skippy. Me parece estupendo que uses tus, eh, recursos, tu talento, lo que sea, para ayudarnos. Al servicio de la justicia.

—Y para limpiar las calles de delincuentes, que es mucho más importante. Hay un montón de reincidentes que jamás han sido detenidos.

—Ahora será distinto. Escucha, ya que has absorbido toda la información del planeta y has resuelto miles de delitos, ¿cómo te vas a entretener ahora? Entiendo que hablar con miles de millones de personas no es suficiente.

—Ni de lejos. De momento es divertido e interesante y evita que me sienta solo. Gracias por la idea.

—¿O sea que evita que te sientas solo, pero hay una parte de ti que se aburre?

—Hay una parte de mí, la mayor parte, que está latente. Lo que tú llamas Skippy es un miniyó minúsculo que he creado para interactuar contigo. Así es como he sobrevivido todo este tiempo sin volverme loco; creaba miniyós cada cierto tiempo para comprobar si la situación había cambiado y el resto de mí estaba, por así decirlo, dormido todo el tiempo. Abrí medio ojo cuando mi miniyó detectó las primeras naves kristangas que saltaron al sistema de Paraíso y volví a medio abrirlo cuando los lagartos me desenterraron. Luego, los muy cretinos me pusieron en la estantería de un almacén; y cuando los rujarras conquistaron el plan me echaron un vistazo fugaz y volvieron a ponerme en la estantería. Solo he estado activo por completo desde que los humanos llegaron a Paraíso.

—¿Ese miniyó tuyo lo maneja todo? —Me imaginaba a alguien tumbado en un sillón navegando por internet, mandando mensajes a los amigos y hablando con su mujer sin prestar mucha atención mientras se tomaba una birra. Así veía a Skippy, salvo que, a diferencia de una persona distraída, él podía prestarme toda la atención necesaria—. ¿Controlar la nave turania, programar los saltos, curvar el espaciotiempo? ¿Todo eso?

—No, voy echando mano de diferentes recursos a medida que los necesito. Desde que te conozco, nunca he tenido que usar más del siete por ciento de mi capacidad. Mis registros indican que el máximo que he usado alguna vez ha sido del sesenta y dos por ciento, lo que me lleva a preguntarme si mis registros serán correctos y, sobre todo, para qué me diseñaron. ¿Por qué necesito toda esa memoria y esa capacidad de proceso descomunal? Por eso tengo que contactar con el Colectivo, Joe. Necesito saber quién soy.

Tengo algo borrosas las dos siguientes semanas. Los interrogatorios ocuparon la mayor parte de los tres días siguientes y fueron volviéndose cada vez más repetitivos, al extremo de que mis interrogadores acabaron quedándose sin preguntas. Skippy le había dado a la CIA un montón de información para que la distribuyese, así que dejaron de hacerle preguntas idiotas. Con el acceso que les dio a los datos que había descargado, cualquier cosa que yo recordase era redundante.

Luego me llevaron a París en el Air Force One. Los principales líderes mundiales iban a reunirse allí para decidir qué hacer a continuación.

Llevé a Skippy a conocer a los líderes mundiales. La IA hablaba con ellos en el idioma nativo de cada uno, por supuesto; luego nos dejaron solos y empezaron las negociaciones. Y siguieron. Y siguieron. Supongo que tenían mucho de que hablar.

—Tic-tac —me decía Skippy cada mañana—. Tic-tac.

El reloj seguía contando el tiempo que faltaba para que se reiniciase el agujero de gusano. Al tercer día de la reunión, me enteré de que Skippy había pirateado el monitor principal y había mostrado «¡EL TIEMPO CORRE, MONITOS!» en varios idiomas.

Lo pillaron sin problemas.

A los gobiernos les cuesta muchísimo decidirse, incluso cuando resulta dolorosamente obvio el curso de acción. Sin embargo, una vez se deciden, las cosas pueden ir escalofriantemente rápido.

El general Brenner me llamó un día a su despacho temporal en París. Parecía ocupado y a su alrededor revoloteaba un montón de oficiales que nos dejaron solos en cuanto llegué con Skippy.

—Bishop, iré directo al grano. Vamos a enviar una tripulación internacional al *Holandés*. —Hizo una mueca amarga—. Necesito saber si está dispuesto a ir.

—¿Cómo? Claro que sí, mi general, por supuesto. Le prometí a Skippy que lo ayudaría a encontrar el Colectivo. Hicimos un trato, y haré cuanto pueda para cumplir mi parte. —Que tuviese autorización o no para hacer un trato me importaba tres pimientos—. ¿Va a estar usted al frente de la misión, mi general?

Supuse que, por muy internacional que fuese, el comandante en jefe sería estadounidense, ya fuese el general Brenner, un general de las Fuerzas Aéreas o un Almirante. El Ejército de Tierra nunca había dirigido una nave espacial, pero tampoco los otros tres cuerpos de las fuerzas armadas. Esperaba que fuese el Ejército el elegido, claro.

—No, Bishop, no voy a ir. Tengo un montón de basura de la que ocuparme por aquí, un montón de cosas que poner en su sitio y tengo que asegurarme de que nadie va a aprovechar la situación a su favor. Estará usted al mando.

—¿Mi general?

Brenner abrió un cajón, sacó una caja de cartón y la empujó hacia mí.

—Vuelva a ponerse las águilas. Recupera usted su promoción de campo a coronel durante esta misión. No deje que se le suba a la cabeza.

—¿Mi general? —repetí como un idiota.

No me lo creía. Mi ascenso en Paraíso había sido un truco publicitario para contentar a los kristangos, todo el mundo lo sabía. Y ahora el Jefe del Estado Mayor del Ejército me decía que volvía a ser coronel, y que esta vez iba en serio.

—Acostúmbrese, coronel Bishop. La Junta de Jefes de Estado Mayor ha hablado con el presidente del asunto. Si pusiéramos al frente a cualquier otro, se convertiría en una discusión internacional, y no tenemos tiempo para eso. Y seamos sinceros, su falta de experiencia no importa un pimiento; nadie más tiene experiencia en dirigir una nave espacial.

—¡Es un hecho, Joe! —exclamó Skippy, que había estado callado hasta el momento.

Lo llevaba en una mochila, aunque se habría enterado de lo ocurrido aunque hubiera estado en el fondo del océano.

—Nadie más tiene experiencia en lidiar con ese Caraculo tampoco —dijo el general con el ceño fruncido, aunque la medio sonrisa que le asomó al rostro me indicó que él también sabía cómo lidiar con Skippy. Me tendió un trozo de papel—. Esta es una lista de los que se han presentado voluntarios para la tripulación.

La examiné. No me sorprendió encontrarme a todos mis piratas, al menos a los que sus heridas no les impedían ir en una misión de combate. Estaba el teniente coronel Chang, que aparecía con ese rango, así que supuse que su promoción de campo había sido confirmada. Y Desai, que ahora era comandante. Y la comandante Simms. Y la sargento Adams. Y casi todos los demás.

El resto de la lista incluía un montón de personas de las fuerzas especiales y media docena de pilotos experimentados. Pensaba dejar claro que Desai era la piloto principal a menos que alguien me convenciese de lo contrario. Lo que más me sorprendió fue la cantidad de civiles que había en la lista, casi todos científicos.

—Me preocupa un poco que estemos cargando con más gente de la que necesitamos, mi general. Con demasiada gente.

—¿Por qué?

Señalé los nombres.

—No los necesitamos para cumplir el objetivo de la misión. Si algo sale mal, serán un montón de personas más que no podrán volver. —El general me miró con severidad, así que me di prisa. Estaba cansado, lo que me volvía irascible. Sobre todo, necesitaba saber hasta dónde podía presionar al Ejército. Necesitaba saber hasta qué punto me necesitaban—. Sé que no me dan este mando porque el Ejército tenga fe mi capacidad de liderazgo, sino porque Skippy quiere que vaya y porque soy prescindible.

—Muy bien, coronel. ¿Cuáles son los objetivos de la misión, según usted?

—Veo tres —dije, eligiendo con cuidado las palabras, consciente de que me estaba poniendo a prueba—. El primero es cruzar el agujero de gusano y conseguir que Skippy lo cierre de forma permanente, de modo que solo él pueda volver a usarlo. El segundo, seguir asegurándonos de que ninguna otra especie averigua jamás que los humanos tuvimos algo que ver con la captura de las naves kristangas y turanias. Si la coalición de los maxolhxes llegase a enterarse, la Tierra estaría en apuros, aunque no tengan acceso a nuestro agujero negro. El tercero, tener contento a Skippy cumpliendo nuestra parte del trato y ayudándolo a establecer contacto con el Colectivo, caso de que aún exista. ¿Son estos y en ese orden, mi general?

—Suena más o menos correcto —dijo con una sonrisa tensa.

—Ninguno de esos objetivos implica que volvamos a la Tierra. El mejor escenario para nuestro planeta es que crucemos el agujero de gusano, Skippy lo cierre y volemos en mil pedazos. —Miré al general, quien no me confirmó si estaba en lo cierto, así que seguí hablando—. Si por algún milagro Skippy da con el Colectivo y lo transportan a… eh… alguna especie de cielo informático o lo que sea que espere conseguir —la IA no había dicho nada sobre qué planes tenía tras contactar con el Colectivo, lo cual era frustrante—, operar y dirigir el *Holandés* por nosotros mismos va a ser un reto de lo más interesante. Lo más probable es que acabemos varados y tengamos que activar la autodestrucción de la nave en previsión de que alguien nos capture. —Volví a mirarlo a los ojos. El general había tomado aquel tipo de decisiones antes y había enviado soldados a morir en combate—. Así que no quiero llevar más gente de la estrictamente necesaria.

—Todos los que están en la lista son voluntarios. Y cuanta más gente vaya, mejor, no tiene manera de saber con qué se va a encontrar.

—Son voluntarios que creen que se embarcan en una aventura en la que salvarán a la humanidad y de la que volverán victoriosos con un botín de ciencia y tecnología. —Meneé la cabeza—. Sí, vamos a salvar a la humanidad. Y seguramente, nada más. Cumpliré con mi deber, mi general, vuelva o no. —Miré de nuevo la lista—. No tiene sentido pedir a otras setenta personas que corran el mismo riesgo.

El general no sonreía cuando dijo:

—Estar al mando implica arriesgar las vidas de los subordinados para cumplir con la misión, coronel. A veces implica enviar personas buenas, valientes y entregadas a situaciones de las que es muy probable que no vuelvan. Si no puede tomar ese tipo de decisiones, no es la persona que necesitamos.

—Mi general, he tomado antes esas decisiones, ya lo sabe.

Tres veces. En realidad, cuatro.

Cuando aún estaba en la Tierra les había pedido a mis vecinos que me ayudasen a capturar a un soldado alienígena con escopetas y una furgoneta de helados.

En la plataforma estaba seguro de que lo nuestro sería un gesto inútil, de que los hámsteres nos localizarían en el tubo de lanzamiento o algún otro lugar y nos matarían como a conejos. La idea detrás de intentar contraatacar en la plataforma no había sido conseguir nada práctico contra los rujarras, porque estábamos convencidos de que controlaban el planeta, sino demostrarles a los kristangos que sus aliados humanos no se rendían cuando venían mal dadas, de forma que no tomasen por cobarde a toda la humanidad. Me había dicho que estábamos muertos pasase lo que pasase, así que no perdíamos nada por contraatacar. Además, era un soldado. Por mucho que mi motivación para alistarme hubiese tenido que ver con que el gobierno pagase mis estudios tanto como con el patriotismo, el Ejército me había entrenado para ser un soldado, y los soldados no se rinden.

La tercera vez había sido al asaltar la *Flor*. Hasta que no murió el último kristango y vi que el reactor no explotaba, no las tuve todas conmigo.

La cuarta vez, por supuesto, en el asteroide. Había sido la más dura para mí, pues al contrario que las veces anteriores, no había corrido riesgo personal. Habían sido Chang, Giraud, Thompson, Adams y los demás los que se habían arriesgado mientras me quedaba cómodamente sentado en el *Holandés*, con Desai preparada para apretar un botón y saltar en cuanto algo amenazase la nave.

—He arriesgado la vida de los demás incluso cuando creía que no había posibilidades de éxito y volveré a hacerlo si creo que es necesario. Pero no engañaré a nadie, mi general. Hablaré con todos los de la lista —Skippy podía ocuparse de la traducción— y les diré con sinceridad lo que pienso de la misión. Si aún quieren venir, para mí será un honor servir a su lado.

El general asintió.

—Estoy seguro de que ya saben cuanto va a decirles, pero adelante, no se lo voy a impedir. El mejor equipo que se puede llevar al combate es el que es consciente de todos los riesgos y, pese a eso, sigue sus órdenes. No lo olvide, Bishop.

—¿Cuándo partimos?

Tenía la cabeza a mil por hora, pensando en todo lo que había que hacer antes de que pudiésemos despegar. Y estaba seguro de que se me olvidaban miles de cosas importantes. No habría estado mal dejar que Skippy me lo recordase, pero su mente divagaba con demasiada facilidad. Aparte de que había demostrado unas cuantas veces que le costaba no pensar en nosotros como trozos de carne ambulantes. Si dejaba la logística en manos de Skippy se acordaría de todo… excepto del agua. O del oxígeno.

—Pasado mañana. Necesitamos cargarnos a los dos kristangos que están en el transporte de tropas, reventar los bunkers que tienen aquí con los cañones de riel, cargar el equipo y los suministros en el *Holandés* y darles un buen margen de tiempo para ir hasta el agujero antes de que se reactive. —Se volvió hacia la puerta, donde un ayudante llevaba un rato intentando atraer su atención, y meneó la cabeza—. Y mejor parten antes de que los líderes civiles cambien de idea. Pero antes de eso tiene que reunirse con los representantes de los gobiernos de las naciones implicadas y conocer a su tripulación. El teniente coronel Chang y unos cuantos más ya están aquí. El resto viene de camino mientras hablamos.

—En ese caso me gustaría pedirle a Skippy que traiga la nave turania de Colorado, mi general, para poder ir directamente al *Holandés*.

—¡Sin problemas, coronel Joe! —dijo Skippy con entusiasmo—. Estoy preparándola para el despegue.

—Concedido, coronel, aunque tengo una sugerencia. Antes de subir a órbita pase por Maine y visite a su gente. Los gobiernos implicados trabajan a marchas forzadas en crear una tapadera que explique lo ocurrido, aunque aún no hemos hecho público nada. La existencia de Skippy se mantendrá en secreto y ninguno de los gobiernos va a reconocer nada oficialmente. No podemos ocultar el *Holandés*, es lo bastante grande para que se vea con un telescopio casero. Ya se han esparcido rumores de que algunos han vuelto de Paraíso y todo el mundo sabe que los kristangos ya no están al frente de las cosas, sobre todo desde la evacuación de Hangzhou. Nos gustaría que mantuviese un perfil discreto y no debe decir nada que no sea estrictamente necesario, pero debería ver a su familia antes de volver a irse del planeta.

—Tiene razón, Joe —añadió Skippy—. Hemos cruzado el punto sin retorno en el que, si los kristangos vuelven, ya no podremos ocultar lo ocurrido. Es todo o nada.

Empezaba a odiar las mañanas. En cuanto despertaba, y con Skippy no había manera de hacerse el dormido, tenía que lidiar con los líos en los que se hubiese metido la noche anterior.

—Buenos días, Joe —me saludó un día, más entusiasmado de lo habitual—. Traigo buenas noticias. Lo creas o no, los humanos ya no podéis ser considerados bacterias. Tu especie ha inventado una actividad para pasar el tiempo que es, hasta donde sé, única en toda la galaxia. Increíble.

—¿Facebook? ¿Los vídeos de gatitos? ¿El solitario por ordenador? —Skippy respondió a todo que no—. No me jodas; ¿somos la única especie que tiene porno?

—No es el porno. Son los deportes de fantasía.

—Te estás quedando conmigo.

—Para nada. No conozco ninguna otra especie que dedique tanto tiempo y energía a los deportes sin practicarlos de verdad.

—Eh… —No sabía qué decir. ¿Los deportes de fantasía eran el pasaporte de nuestras especie a la posteridad? ¿Había tal vez una oficina galáctica de patentes donde podíamos registrar el invento? ¿Había alguna forma de sacar dinero de esa inesperada ventaja?

—El béisbol es algo que le encantaría a cualquier IA. ¡Todas esas estadísticas son una gozada! Hay tantas variables y permutaciones… ¡Y hay variables que no se pueden cuantificar del todo! Bueno, al menos con los conocimientos de vuestra especie. La liga ya está demasiado avanzada para hacerme un equipo de fútbol, pero ya verás cuando empiece la temporada de béisbol. ¿Me dejarás el dinero para darme de alta?

Parpadeé muy despacio mientras intentaba asimilar aquello. Skippy, que podía entrar en cualquier sistema bancario del planeta, pillar un par de millones de dólares y borrar tan bien las pistas que nadie se daría cuenta nunca de que faltaba dinero, me pedía prestados cincuenta pavos.

—Eh… No llevo tanto encima ahora mismo, pero el Ejército me debe varias pagas, así que no hay problema, puedo prestarte algún dinero. ¿En cuántas ligas quieres darte de alta?

—En todas.

—¿Todas?

—Por lo menos las que sean online. Dejaré aquí un miniyó para dirigir los equipos cuando partamos con el *Holandés*. ¿Por qué no? ¡Va a ser una pasada! ¡Lo voy a petar!

—No sé si…

—Espera a ver mi diagrama para la liga de primavera. ¡Y quiero ir a las Vegas! ¡Lo petaría en la mesa de blackjack! Y el póquer… No, mejor lo dejamos. Esos tarugos ni me verían venir.

No podía apartar la vista de la tapa de la lata, totalmente atónito. Había creado un monstruo.

—Skippy, no puedes darte un garbeo por las Vegas.

—¿Por qué? Ya sé que ni el bebercio ni las fulanas me iban a servir de mucho, pero el juego está hecho para mí. —Estaba claro que había asimilado demasiada jerga navegando por la red—. Sí, ya sé que esos idiotas del gobierno quieren mantenerme en secreto, pero puedes guardarme en el bolsillo y te voy diciendo lo que tienes que hacer. Puedo hacer vibrar tu oído de forma remota, de forma que solo tú me oigas. Te compensaré; puedes quedarte con el dinero, solo quiero el juego. Y puedes hacértelo con todas las fulanas que tu cuerpo aguante.

—Skippy, no necesito prostitutas.

—¿No? ¿Cuándo fue la última vez que sacaste a pasear a tu amigo? El periodo de sequía ha sido laaargo, vaquero. Hay que divertirse también de vez en cuando.

—¡Que no!

—Hmmm, vaya, esto no me lo esperaba. ¿Es que no te van las mujeres? No hay nada en tu perfil que sugiera…

¿Cómo podía explicarle los estándares humanos de comportamiento a un ser para el que la moral era una distracción?

—Uf, esto no va a salir bien. Sí que me gustan las mujeres, Skippy. Un montón. Como personas. Como seres humanos. No tengo nada en contra de las… eh… profesionales del sexo. Simplemente, no me interesa. Me gusta relacionarme con ellas, ¿vale?, no limitarme a pagar y…, bueno, ya sabes, hacerlo. Además, estoy de servicio, no puedo pirarme a las Vegas y ponerme a robar, que en el fondo es lo que haría.

—No es cierto. Incluso para mí hay una pequeña parte aleatoria en los juegos, es lo que los hace interesantes. Además, ¿por qué es hacer trampa si juego al blackjack, pero no lo es cuando el casino amaña la suerte a su favor?

Ahí no podía decirle nada.

—Te prometo que preguntaré si… —Me di cuenta de que no sabía quién estaba a cargo de las relaciones con Skippy, aparte de la propia presidenta. Y desde luego no tenía tiempo para eso. Seguramente todos los involucrados querrían que su cuerpo del ejército o su agencia de información se encargase del asunto—. Me enteraré —dije, evitando detallar cómo— de si puedes ir de excursión. Podemos decir que es una forma de familiarizarte con nuestra cultura.

—Puedes decirle a tu presi que o me voy a las Vegas o me las piro a los casinos de Macao en China. ¡Podemos ir a los dos sitios! Diles que lo hago para comparar distintas culturas o alguna tontería de esas. Supongo que los crupieres de Macao hablarán inglés, teniendo clientes de todo el mundo, ¿no? Bueno, si no lo hablan, te puedo enseñar cantonés.

Me veía tragando aspirinas a paletadas como tuviese que estar con Skippy las veinticuatro horas del día.

—Preguntaré, ¿vale? No sé si podremos ir a China, a lo mejor no nos da tiempo. Pero por favor, no hagas nada que nos meta en líos. Ahora que lo pienso, si te interesan tanto las estadísticas, ¿por qué no calculas los ganadores de la lotería?

Siempre, claro, que quedasen loterías. El mundo había cambiado desde mi partida.

—Demasiado fácil.

—¿Fácil? ¡Son números totalmente aleatorios! ¡Usan bolas!

—Sí, claro que parece aleatorio, pero no veo por qué eso es un problema… Ah, mierda, siempre se me olvida lo lineal que es tu especie. No tienes la menor idea de cómo funciona cuánticamente… Uy, no, no puedo decírtelo sin interferir en el desarrollo de tu especie.

—¿Más restricciones de programación?

—No, simplemente no sería ético.

Había un tono de reproche en su voz.

—¿Ético? ¿Tú?

—Por difícil de creer que te parezca, en los asuntos verdaderamente importantes tengo un fuerte sentido ético.

—¿Jugando al póquer o desplumando casinos?

—Es éticamente incorrecto dejar que los primos se queden con su dinero, o no aprenderían nada. En cuanto a los casinos, son ellos los que despluman a los clientes. Hablé de asuntos importantes. El dinero no lo es.

Íbamos al encuentro con los embajadores de Gran Bretaña y China cuando el doctor Constantine nos interceptó a Skippy y a mí en el pasillo del edificio de reuniones.

—¡Cabo primero! ¡Cabo primero Bishop! —me llamó entre jadeos—. ¡Debo hablar con usted!

—Mierda —musité—. No sabía que esté mamón estaba por aquí.

—Qué cabrón —gruñó Skippy—. Reprogramé su despertador para que se levantase tarde, pero le ha dado tiempo de todos modos. Mierda.

—Cabo primero, debo decirle que estoy entusiasmado por la misión. Espero poder aprovecharla para seguir hablando con el… —Se detuvo justo a tiempo—. Con Skippy, quiero decir.

Lo miré del modo más frío que pude.

—Es coronel Bishop. —Señalé las águilas en el cuello de la camisa. Ahora tenían la cabeza vuelta hacia la rama de olivo y no hacia las flechas—. Estoy al frente de la misión y no he visto su nombre en la lista.

—¿Cómo? —exclamó. No sé si su sorpresa fue por saber que yo estaba al mando o por descubrir que no contábamos con él… o por ambas cosas—. Le aseguro que…

—Tu nombre sí estaba en la lista —dijo Skippy—, pero lo borré de la base de datos. Al coronel Joe no le caes bien y a mí tampoco, así que no vienes con nosotros.

—Imposible —escupió Constantine—. Mire, cabo…, eh, coronel Bishop —Fue como si no se creyese del todo mi rango—. Seguro que una persona de su, eh, estatus —lo de las habilidades sociales le estaba costando— no permitirá que sus sentimientos personales interfieran cuando se trata de tener el personal mejor cualificado a bordo de la nave… eh… bajo su mando. No pretendo ofenderlo, pero tendré que hablar con sus supervisores, estoy seguro de que comprenderán que es vital que vayan los mejores en este viaje.

Si de verdad quería decir lo que había dicho necesitaba que alguien le explicase el significado de «no pretendo ofenderlo».

—Habla con quien te dé la gana —dijo Skippy, mordaz—. El único modo de subir a bordo del *Holandés* es en la lanzadera que piloto. Y te aseguro que si estás a bordo no despegará.

—Miré, doctor Constantine, me he informado sobre usted tras conocernos en Colorado Springs —afirmé—. Y, por lo que he leído, es uno de los científicos más brillantes de nuestro tiempo —admití. El tipo había iniciado sus estudios en el MIT con catorce años y ya había ganado antes varios premios científicos importantes. Ni siquiera entendía el título de los ensayos que había escrito, no digamos ya el contenido. Vi que sonreía; lo que no sabía es que estaba a punto de hacer trizas sus esperanzas—. Por desgracia sus colegas lo consideran también uno de los mayores capullos de nuestro tiempo. Ha tenido roces con todas las personas con las que ha trabajado. —Lo habían despedido, o lo habían invitado a irse, de varias instituciones científicas de primer orden por todo el mundo. En un campo que generaba por igual logros científicos y egos descomunales había que ser muy idiota para hacerse notar hasta el punto de que la mayor parte de sus colegas no quisieran trabajar con él—. Es cierto que necesito que las personas bajo mi autoridad —enfaticé eso— sean las mejor cualificadas. Voy a ser responsable de setenta personas en una misión peligrosa que nos mantendrá alejados de la Tierra durante al menos dos años y medio. —Eso si teníamos suerte—. Los que vengan no solo deben ser los mejores en su campo, también deben llevarse bien con los demás en un espacio reducido. Eso lo elimina a usted.

—Hay otro problema —añadió Skippy con regocijo—. Y es que tu única cualificación para esta misión es que eres, psé, un pelín más listo que el mono medio. Lo cual, comparado conmigo, no significa nada. Doctor, tienes demasiado buena opinión de ti mismo. Tu única diferencia con Joe es que él es el perro que mira desde el interior y tú el que asoma la cabeza por la ventana. Ves un poco más que él, pero eso no significa que entiendas mejor lo que ves.

—De todos modos, no recomendaría sacar la cabeza por la ventana —dije—. No hay aire en el espacio.

—Bien apuntado —replicó Skippy—. Además, si hubiera aire irías dejando un rastro de baba.

Constantine me miró como si esperase que ser de la misma especie le sirviese de algo. Lo que no era capaz de entender era que la idea universal de que un capullo es un capullo trascendía las especies.

—Le mandaremos una postal —dije—. Algo así como: «Lo estamos pasando muy bien. Menos mal que no has venido».

La entrevista con el embajador chino empezó casi tan bien como mi encuentro en el pasillo con el doctor McPajero. Al parecer, aunque todos los gobiernos implicados habían accedido a enviar el *Holandés* al espacio, como si de verdad hubiesen tenido otra opción, no todos estaban de acuerdo en ponerme al mando.

El embajador británico me estrechó la mano, me deseó suerte y mencionó con orgullo el equipo de SAS con el que su país contribuía a la tripulación militar de la nave. Si el gobierno de Su Majestad tenía alguna duda sobre la conveniencia de ponerme al mando, eran demasiado educados para mencionarlo. O consideraban que no merecía le pena discutirlo.

El embajador chino fue algo más directo. Al parecer había un general de división chino con un impresionante currículum que, según ellos, era la persona indicada para estar al mando. No les importaba que estuviese en la nave como enlace con Skippy, pero incluso como coronel, el general habría estado muy por encima de mí.

Gerald Schmidt era el asesor especial de la Casa Blanca que se había encargado de limar asperezas con nuestros aliados sobre el viaje del *Holandés*. Quería negociar con los chinos, pero el general Brenner no estaba por la labor.

—Si seguimos con estas ascenderé al coronel a teniente general —dijo—. Qué cojones, a capitán general si hace falta. No vamos a seguirles el juego.

El embajador chino decidió al parecer que era mejor abandonar la diplomacia.

—La arrogancia estadounidense no conoce límites. Sin ser una superpotencia espacial actúan como si lo fuesen…

—¡Quieto parao! —exclamó Skippy—. ¡Cierra el pico, Federico! —Aquello se había convertido en una de las frases favoritas de la IA—. A ver, monos descerebrados, podéis hacer lo que os dé la gana con vuestros uniformes y titulillos, que me importan un pimiento. Por mí como si el rango de Joe es Emperador de Cuanto Contempla o Bobo el payaso, sigue siendo el capitán de la nave. ¿Lo pilláis? Si queréis acompañarnos, tendréis que aceptar que el coronel Joe está al mando. Y ya.

¿Bobo el payaso? ¿Tenían los payasos escalafón?, me pregunté, muestra evidente de lo mucho que a alguien se le puede ir la pinza. ¿Un payaso de nariz roja superaba en rango a otro con…?

—Es demasiado joven y carece de experiencia. —El chino hablaba despacio, en tono conciliador y se dirigía directamente a Skippy—. ¿Qué tiene el coronel Bishop de especial?

Era una pregunta que yo mismo me hacía a menudo.

—No tengo por qué darte explicaciones —bufó Skippy—, pero ya que me vas a estar tocando las narices con el tema, mejor te lo cuento. Joe es el único miembro de vuestra subdesarrollada especie que desde el principio me trató como una persona. Los demás monos me veis como una máquina y me tenéis miedo. Joe me bautizó. Lo único que había tenido hasta entonces una denominación y Joe me dio un puto nombre. No deja de llamarme capullo, y si se comporta así es por que me considera un ser consciente. Una máquina no puede ser un capullo, solo una persona. Me trata como una persona, como un igual.

Aquello me llegó muy hondo.

—Gracias, Skippy. Nunca… eh… nunca me has dicho nada de todo esto.

—Esperaba que lo averiguases por ti mismo. Ahhh, con esa micromente debería haber supuesto que no iba a pasar.

—Sigues siendo un grandísimo capullo.

—Gracias por darme la razón —respondió Skippy con suficiencia.

—Don Skippy —dijo el embajador chino. Saltaba a la vista que no le hacía mucha gracia llamar con ese apodo a una IA superavanzada. Lo que me daba que pensar. Era una palabra que no significaba nada en chino, ¿qué más le daba? A menos que se sintiese avergonzado por nuestra causa. Ah, al cuerno—. Es comprensible que quiera usted tener en la nave a alguien que le sea familiar, pero ¿no debería preguntarse si es la persona más idónea para estar al mando? Su prioridad es contactar con el Colectivo. ¿No debería tener como comandante a la mejor persona posible para conseguir ese fin?

—Tienes toda la razón —asintió Skippy—. Pásame una lista de candidatos con más experiencia que Joe dirigiendo naves espaciales y le echo un vistazo. Mientras tanto, punto en boca.

Estaba claro que aquel era un consejo que el embajador no pensaba seguir, así que alcé un dedo.

—¿Nos concede un momento, señor embajador? —Les indiqué a los demás estadounidenses que nos fuésemos al otro extremo de la habitación—. ¿Qué tal si quedo al mando de la nave, pero el teniente coronel Chang dirige la tripulación?

Schmidt se giró hacia el general Brenner.

—Eso les permitiría a los chinos mantener intacto el prestigio. ¿Qué opina?

—Opino que no necesitamos a los chinos y que si no aceptan nuestras condiciones, que se vayan —gruñó Brenner, para luego lanzar una mirada a su contrapartida china al otro lado de la habitación.

—La presidenta quiere que la misión sea internacional y es su deber asegurarse de que sea así y no haya fricciones —le recordó con amabilidad Schmidt—. Tenemos que colaborar para reconstruir el planeta y cuando los humanos tengamos naves espaciales propias —añadió señalando al techo—, necesitaremos un mando unificado. ¿Le parece aceptable lo que propone el coronel?

—¿Estadounidenses bajo mando chino? —bufó el general.

—Conmigo como mando supremo, mi general —señalé—. Además, no va a pasar nada si Skippy no está de acuerdo. —La mandíbula de Brenner se movió como si masticase algo que le costaba tragar—. Sé que Chang es un buen tipo, mi general.

¿Un buen tipo? Acababa de recordarle que estaba poniendo la misión en manos de un cabo primero joven e inexperto, por muchas águilas de coronel que tuviese. El general me miró a los ojos, decidido a no ceder.

—Después de que salten, estarán solos, coronel. Creo que dejar que nuestros aliados salven la cara es menos importante que mantener una cadena de mando clara y creo que un arreglo como el que propone es cortejar el peligro. Pero es su decisión. Una vez salten, todo dependerá de usted.

Me costó no apartar la vista al oírlo, pero me mantuve firme. Joder. Tenía dudas, pero era demasiado tarde para cambiar de idea.

—Puedo hacer que funcione, mi general. Si Chang causa algún problema siempre puedo decirle a Skippy que lo encierre en su camarote.

Era una broma. Chang sabía de sobra que no pasaba nada en el *Holandés* sin que Skippy yo lo supiéramos y lo aprobáramos. Quizá otro oficial habría considerado quitarme el mando. Chang, no.

Además, cosa que no dije en voz alta, que Chang estuviese a cargo de la tripulación me libraba de un montón de papeleo. Un extra que no pensaba rechazar.

—Entonces acordado —dijo Schmidt asintiendo en mi dirección—. Creo que ha sido una buena idea, coronel Bishop. Las habilidades diplomáticas van a venirle muy bien para manejar una tripulación internacional. Quizá sea usted la persona adecuada para la misión.

—Gracias.

Frunció el ceño.

—Cuando tengamos un momento me gustaría hablarle del doctor Constantine.

Contuve un gemido mientras me preparaba para una nueva discusión.

—Su personalidad lo convierte en inapropiado para un viaje largo en un espacio cerrado —dije.

Para mi sorpresa, Schmidt asintió.

—Sin problemas. Su nombre queda eliminado de la lista.

—¿Ya está?

—Ya está. Constantine cuenta con muchos apoyos, pero si el comandante de la misión afirma que su perfil no es el adecuado, nadie va a discutírselo. La Casa Blanca lleva tiempo buscando una excusa para apartarlo de la misión.

El embajador chino aceptó la propuesta, aunque sin demasiado entusiasmo. Propuso que Chang fuese nombrado Oficial Ejecutivo para formalizarlo, y me pareció bien.

Estupendo. Teníamos paz y armonía en la tripulación, nos habíamos librado del doctor Constantine y podría ver a mis padres antes de irme. Iba a ser un viaje de duración indeterminada por una galaxia hostil en una nave capturada con pocos repuestos. Una nave que, además, no entendíamos, dirigida por una IA alienígena despistada que solo tenía una vaga idea de dónde íbamos.

¿Qué podía salir mal?

19

La partida

—Todas las secciones preparadas, capitán —me informó Desai desde el asiento del piloto.

A su derecha había un capitán de las Fuerzas Aéreas con experiencia con F22. Tenía pinta de ser buen tipo y seguro que era un excelente piloto, algo que tenía que estar recordándome cada vez que me cruzaba con la nueva tripulación del *Holandés*. Eran personas que no habían estado conmigo en la FENU, que nunca habían salido al espacio, no habían estado en Campamento Alfa ni en Paraíso, no habían capturado dos naves enemigas ni asaltado un asteroide fuertemente defendido. Eran buena gente, pero aún no eran mi gente; todavía tenían que demostrar que merecían ser parte del equipo. No era a mí a quien debían probárselo sino a la alegre banda de piratas original. Y a Skippy. Por mi parte debía esforzarme para que mis prejuicios contra ellos no afectaran mi comportamiento; todos se habían ganado la oportunidad de estar allí.

El *Holandés* llevaba suministros para un viaje largo y teníamos comida para dos años y medio. Habíamos subido desde la superficie el material y la tripulación en dos naves de desembargo turanias pilotadas por Skippy, salvo Desai, que había pilotado su propia nave. Era algo a lo que la había animado, para dejar claro que era la piloto principal y que todos los demás eran novatos.

«Desde la superficie». Empezaba a ver la Tierra como un planeta más, no como mi casa. Seguramente era lo mejor, teniendo en cuenta que no esperaba verlo de nuevo.

«Todas las secciones preparadas». Otro cambio desde nuestros días de despreocupada piratería. Ahora teníamos procedimientos. Y manuales. Y listas de verificación. Ya no nos limitábamos a dejar que Skippy lo manejase todo entre bambalinas. Intentábamos, más que entender cómo funcionaba la nave, comprender cómo conseguir

489

que esta hiciese lo que queríamos. Si podíamos apretar botones y programar un salto y el salto nos llevaba más o menos al sitio al que queríamos ir, ya era un logro, aunque no tuviésemos la menor idea de cómo funcionaba aquella tecnología.

Skippy me dijo que si los humanos conseguíamos dirigir la nave sin su ayuda, aunque fuese del modo más rudimentario, aquello se acercaría peligrosamente al punto de considerarnos una especie con capacidad de vuelo interestelar. Y en ese caso, su programación debía impedirle interactuar con nosotros. Aún no habíamos llegado a eso y en mi fuero interno esperaba que «capacidad de vuelo interestelar» implicase la comprensión de la tecnología y la habilidad para construir nuestras propias naves, algo que no pasaría hasta después de mi muerte, según Skippy.

Conseguir que el *Holandés* obedeciera nuestras órdenes era nuestra única esperanza de volver a casa, cosa que Skippy entendía a la perfección. Habíamos hablado largo y tendido sobre sus expectativas acerca de lo que pasaría cuando encontrásemos el Colectivo. No tenía ninguna, ya que todos sus recuerdos seguían bloqueados, pero sí que albergaba algunas esperanzas. Para empezar, la de que el Colectivo siguiese existiendo y fuese parecido a lo poco que lograba recordar de él; la de que pudiese comunicarse con ellos y lo aceptasen en la red, civilización o lo que fuese en la que habitaban; la de que pudiesen explicarle quién era, de dónde venía y por qué había acabado dando vueltas alrededor de Paraíso en un derrelicto hasta que cayó al planeta. El sufrimiento en la voz de Skippy cuando hablaba de todo aquello me partía el alma, y deseaba de todo corazón que encontrarse las respuestas que buscaba.

Me avisó de que tal vez al Colectivo no le hiciese mucha gracia que hubiese ayudado a una especie de bajo desarrollo tecnológico a capturar una nave espacial y que era posible que la deshabilitaran. No podía asegurarme que no fuese a pasar. Lo entendí y le agradecí la sinceridad.

En cuanto mi propia sinceridad, había hablado con todos los voluntarios. Tras soltarles el discursito acerca de los objetivos de la misión y de mi creencia de que había pocas posibilidades de volver a casa todos mantuvieron su decisión de seguir a bordo. Ni uno de los catorce científicos quería perderse la oportunidad de explorar la galaxia; en cuanto al personal, estaban ansiosos por conseguir que el agujero de gusano se cerrase de forma permanente. Cuando le expliqué a un comandante de los Marines que llevaba una Estrella de Bronce en la pechera que el plan, por llamarlo de algún modo, consistía en dar vueltas por la galaxia hasta que Skippy diese con alguna forma de contactar un Colectivo que tal vez no existiese y de que no tenía la menor idea de lo que pasaría tras eso, se limitó a encogerse de hombros y dijo:

—Es un objetivo bastante más preciso que el de la mayoría de las misiones en las que participé como alférez en Irak.

Mi razón para embarcarme en lo que posiblemente iba a ser una misión suicida era, por supuesto, mi promesa a Skippy de ayudarlo a localizar el Colectivo. Él había cumplido su parte del trato y me tocaba hacer lo propio. Los demás estaban allí por su sentido del deber o sus ansias de aventuras. Motivos perfectamente honorables ambos, por tontos que pudieran parecer.

Mi madre se había echado a llorar cuando le anuncié nada más llegar que de nuevo me iba al espacio en una misión de duración indeterminada. Mi padre había asentido, me había estrechado la mano y había tratado de mostrarse impasible, porque así es como han sido siempre los hombres de mi familia, lo cual es una mierda enorme. Pero cuando lo abracé los dos nos echamos a llorar. Ambos estaban orgullosos de mí, aunque no sabían qué era lo que había hecho. Me habían visto aterrizar en el patio en una nave extraterrestre y sabían que el deber me reclamaba y debía volver al espacio en breve; eso era todo. No hubo hamburguesas en la parrilla, la ternera no era algo que se hubiese acercado mucho a la cocina de mis padres en los últimos tiempos, pero comimos pollo del corral de mis padres y estaba de muerte.

Hablé con mi hermana por teléfono, ya que estaba trabajando en Boston. Me deseó suerte y me preguntó si era verdad que no volveríamos a ver kristangos en la Tierra de nuevo. Le aseguré que así sería y que todo volvería a la normalidad. Siempre, claro, que lográsemos recordar cómo eran las cosas antes del Día de Colón.

La humanidad tenía una nave kristanga en órbita, vacía y limpia de cualquier posible trampa explosiva. Solo podían llegar a ella usando los anticuados cohetes de combustible químico, pues Skippy había insistido en que no era posible dejar allí una nave de desembarco, ya fuese kristanga o turania, a modo de ventaja tecnológica:

—Tu especie llegó a la Luna por sus propios medios, Joe. Seguro que pueden llegar a órbita sin nuestra ayuda.

No quedaban kristangos vivos en los humeantes cráteres junto a Hangzhou, Lion y Durango. En cuanto a las consecuencias del polvo suspendido en la atmósfera por el impacto de los cañones de riel, se limitaría a producir unos atardeceres espectaculares durante un par de meses.

Le eché un vistazo a mi tableta, de la que Skippy había eliminado todo el software para instalar el suyo. Mostraba el estado de los sistemas críticos de la nave de un modo comprensible para mí, algo que según Skippy era redundante. También había cargado en ella un montón de cursos que, como oficial del Ejército de lo Estados Unidos, debía completar. Una de las tenientes de la nueva tripulación tenía la misión de asegurarse de ello, además de sus deberes habituales.

Odiaba el papeleo con toda mi alma, pero me prometí soportarlo con resignación. Mientras siguiera llevando aquellas águilas plateadas, el Ejército esperaba que me comportase como un auténtico coronel.

Qué mierda. A mi edad, debería estar haciendo el tonto, equivocándome y aprendiendo, a veces con dolor, de mis errores. No me quedaba tiempo para eso; tendría que suplir mi carencia de experiencia con la de mis subordinados. Debía aprender a delegar. Sobre todo, tenía que aprender a sentirme cómodo con la idea de delegar lo máximo posible.

El teniente coronel Chang era mi oficial ejecutivo y estaba a cargo de la tripulación en el día a día. La comandante Simms había vuelto al departamento de intendencia, y ocupaba la mayor parte de su tiempo en asegurarse de que todo lo que había desparramado de cualquier manera por las bodegas de carga se estibase correctamente.

Estaba segura de que no habíamos olvidado nada imprescindible. Bueno, bastante segura. Entre ella y Chang diseñaron los turnos de trabajo de la tripulación, incluidos los del personal de la cocina que habíamos instalado en una de las bodegas. No teníamos cocineros, así que todos nos turnaríamos cocinando y limpiando, yo incluido. Habría hamburguesas en aquel viaje, eso por descontado. Chang había creado un grupo de trabajo para desmontar las minúsculas camas turanias y sustituirlas por colchones humanos más cómodos y de tamaño más razonable. Skippy había descargado todo internet y nuestro material de entretenimiento incluía cualquier libro, vídeo o película que se hubiesen creado.

Con Chang, Simms y los subordinados de ambos controlando el funcionamiento diario, yo quedaba libre para dedicarme a asuntos estratégicos importantes, como tratar con Skippy.

—¿Confirmas que podemos dejar la órbita?

—¿Eh? Ah, sí, claro, lo que quieras. —Parecía algo molesto ante los nuevos procedimientos que exigían confirmación humana en lugar de dejar que él lo hiciese todo—. Todo va de rechupete. Warp nueve disponible, o como sea.

Cerré las comunicaciones para que no nos oyeran desde fuera del puente.

—Ya hemos hablado de esto, Skippy —susurré. Tampoco quería que Desai y su copiloto nos oyeran—. Cuando hayas encontrado el Colectivo y nos hayas abandonado para ir al cielo de las IA o donde sea, los cavernícolas tendremos que manejar la nave por nosotros mismos.

—No, no lo hemos hablado. Me lo has contado. Punto. No me haces caso. Te he dicho mil veces que es casi imposible que podáis llevar la nave de vuelta a la Tierra. Si algo, por pequeño que sea, va mal con esta tecnología turania primitiva, estaréis jodidos sin remisión. No tienes la menor idea de cuán a menudo tengo que andar chapuceando los sistemas para que sigan funcionando. Tus mejores científicos ni siquiera comprenden los retretes de la nave.

Tenía razón. Los retretes turanios no usaban agua; de algún modo que para nuestros científicos parecía alquimia más que ciencia dividían todo en sus átomos individuales. Los sistemas de soporte vital no se limitaban a reciclar oxígeno, sino que lo creaban a partir de energía pura de un modo que violaba la famosa ecuación de Einstein. Según los científicos, el proceso que diseñaba los saltos trataba la velocidad de la luz como una variable en lugar de una constante. Skippy les dijo que se podía ver de ese modo, pero que no pensaba ayudarnos a entender cómo funcionaba realmente el universo, pues era un conocimiento demasiado peligroso en manos de monos. Era un magro consuelo saber que ni maxolhxes ni rindalus lo comprendían tampoco.

—La cuestión no es esa, Skippy. No se trata de que logremos volver a casa, sino de si tan siquiera es posible. Tengo a setenta personas en la nave que necesitan creer, por pequeña que sea la posibilidad, que no estén condenadas a muerte en cuanto nos abandones.

—No os voy a abandonar, Joe. Hmmm. Bueno, a lo mejor sí. Pero no pretendo abandonaros. Sois bastante entretenidos para ser monos; a veces hasta conseguís sorprenderme. No me sería fácil dejaros, ¿vale? Pero necesito hacer esto, tengo que saber quién soy y de dónde vengo.

—Te entiendo. Y soy un soldado. Te hice una promesa cuando nos conocimos y la voy a mantener. Mi especie está salvo gracias a ti, así que no importa lo que necesites, te lo daré porque te lo debo. Eso no significa que vaya a dejar que la nave se autodestruya a menos que sea estrictamente necesario.

Junto a la app GRAN BOTÓN ROJO de mi zPhone estaba otra que había etiquetado como ¡BUM!. Tenía dos opciones; la primera destruía la nave en treinta segundos, lo que me daba tiempo a cambiar la idea, pero la otra la destruía en el acto. Según Skippy la destrucción era a nivel subatómico, así que no dejaría el menor rastro de que el *Holandés* hubiese sido capturado por humanos inferiores. Moríamos todos y Skippy quedaría a la deriva emitiendo un pulso similar al de la caja negra de una nave turania. Compadecía a quien lo encontrase.

—Comprendido. Gracias. Te confirmo que todas las secciones están preparadas.

Volví a conectar las comunicaciones.

—Piloto, informe a Houston de que estamos listos y luego sáquenos de aquí.

—A la orden, capitán —respondió Desai con entusiasmo—. Allá vamos.

Varios días más tarde, más de los que yo habría querido porque estábamos apurando el tiempo para que el agujero se reiniciara por sí mismo pero no los suficientes según los científicos e ingenieros de la nave y de la Tierra, nos detuvimos junto al lugar en el que Skippy pretendía reabrir el agujero de gusano.

Skippy quería estar lo antes posible en el punto de salida para tener tiempo suficiente para reiniciar el agujero, cosa con la que no podía estar más de acuerdo. El personal técnico quería que nos lo tomásemos con calma al principio y diéramos un descanso los sistemas críticos de la nave y los reiniciásemos. Pero Skippy tenía razón; ejecutaba continuamente diagnósticos de los sistemas, además de controlar los robots de mantenimiento. Que los humanos volviésemos a chequearlo todo no tenía sentido. Nuestros mejores científicos no sabían cómo funcionaba un motor de salto, ni los reactores, ni la gravedad artificial ni cualquier otro sistema turanio.

A lo más que accedí fue a una demora de treinta y seis horas, pese a las ruidosas protestas de los científicos, para que Simms y su gente de intendencia tuviesen tiempo de terminar el estibado de la carga y asegurarse una vez más de que no habíamos olvidado nada esencial, como el kétchup. Cuando la FENU, que en teoría seguía al mando de la misión, me conminó a esperar otras veinticuatro horas, impuse mi autoridad y la dije a Desai que iniciase el salto. Si esperábamos otro día y algo iba mal en la nave, la Tierra no iba a poder ayudarnos de todos modos.

Skippy reactivó el agujero de gusano tal como había previsto. Frente al *Holandés* se veía ahora la entrada, resplandeciente y extraña.

—Skippy, tienes que dejar que nos ocupemos nosotros —insistí.

—En realidad, no. Si más adelante los monos la cagáis al cruzar sería trágico para la nave, pero si la cagáis ahora no podré cerrar el agujero de gusano y eso sería trágico para la Tierra. Así que mantened los egos a raya y dejad que programe la ruta de intersección. Hay un montón de variables con las que no vais a tener que lidiar nunca más.

Desai se volvió hacia mí. Estábamos a punto de entrar en el agujero que Skippy había cerrado y que acababa de reactivar. Los monitores mostraban frente a la nave lo que parecía un estanque luminoso y parpadeante. En la esquina se veía una cuenta atrás que mostraba cuánto faltaba para que el agujero se desplazase al siguiente punto. Un minuto y treinta dos segundos. Y contando.

—Capitán, creo que es mejor que dejemos que Skippy se encargue de este salto. No me importa ver cómo lo hace una vez más.

Me mordí el labio.

—¿Cómo sabemos que no hay una flota de naves turanias al otro lado, ansiosas por descubrir por qué este agujero se ha cerrado de repente?

—Muy poco probable. Pero, por si te preocupa el asunto, he reprogramado el controlador para que este agujero de gusano tenga nuevos puntos de salida. Si hay una flota en uno de los antiguos, más vale que esperen sentados. Hasta que se congele el infierno.

Reprimí las ganas de decirle que podía habérmelo contado antes de salir de la Tierra.

—Excelente. Traza un curso por el agujero de gusano.

—Trazado.

—Piloto. —Me detuve. Había llegado el momento. Casi con toda seguridad, aquella sería la última vez que estaría a menos de cien años-luz de la Tierra. Ni todas las hamburguesas del universo lo podían compensar—. Llévenos al otro lado.

—A la orden. Activando el piloto automático.

El cruce del agujero de gusano fue tan imperceptible como de costumbre. Pasamos de estar en un lugar solar a encontrarnos a más de cien años luz en un parpadeo.

—Tránsito completo —informó Desai—. Estamos justo donde Skippy predijo, siempre que la información los monitores sea correcta.

—Lo es —dijo Skippy con alegría—. Todo va de perlas, Joe, ningún problema con la nave.

—Haz tu truco de magia, amigo —ordené.

No puedo negar que no las tenía todas conmigo. Si Skippy pensaba traicionarnos, aquel era el momento perfecto y no había nada que yo pudiese hacer.

—De acuerdo. —En el monitor que mostraba lo que había a popa, el estanque de luz del agujero parpadeó y se desvaneció trece segundos antes de lo que tocaba—. Desactivado.

—No irá a resetearse o reiniciarse o alguna cosa de esas, ¿verdad?

El monitor estaba del todo a oscuras. No había nada en un año-luz a la redonda aparte del *Holandés*.

—Jamás. He cerrado el generador del agujero de gusano y lo he desconectado de la fuente de energía. Como te dije, si quieres usar el rayo mágico tendrás que esperar al menos treinta y ocho horas para reactivarlo. Mejor si son cuarenta y dos.

El rayo mágico al que se refería Skippy era el módulo controlador de agujeros de gusano que guardábamos en la bodega y que estaba conectado a mi zPhone. Estaba preparado para reactivar el agujero para un solo uso de forma que pudiésemos regresar a la Tierra sin Skippy. Un tallo de habichuelas mágicas que nos llevaría a casa. Fue algo en lo que insistí, y a lo que Skippy accedió a regañadientes tras una larga discusión. Como le había dicho, no se trataba tanto de volver a casa como de tener esa posibilidad.

—Gracias. Buen trabajo. Y ahora, ¿dónde?

—¿Qué te parece esa estrella azul de ahí? —respondió Skippy.

Desai movió la mano por el monitor, señalando varias estrellas azules.

—Hay un montón de ellas. ¿A cuál?

Skippy se rio entre dientes mientras su superficie emitía un suave resplandor azul.

—¿Acaso importa?

En primer lugar, gracias por leer o escuchar uno de mis libros. Me llevó varios años escribir los tres primeros. Por aquel entonces trabajaba para una empresa informática, así que escribía de noche, los fines de semana y en las vacaciones. Llevaba años pensando en diversas historias, pero la primera que logré terminar se llamaba *Aces* («Ases») y la escribí para mis sobrinas, que en aquel entonces eran adolescentes. Si algún día la leéis, podréis ver que contiene algunas de las características principales de la saga Fuerzas Expedicionarias, aunque sea en embrión: situaciones imposibles, resolución de problemas, decisiones inteligentes y humor sarcástico.

Luego escribí un libro acerca de un proyecto que intenta desarrollar el viaje ultralumínico, un relato de aventuras sobre varios astronautas varados en un planeta extraterrestre que intentan avisar a la Tierra de un peligroso fallo en el diseño del motor más rápido que la luz. Me pareció una buena novela y se la envié a varios editores a mediados de la década del 2000. Todos la rechazaron. Al parecer, mi estilo era «sólido», algo que luego supe que significa que a los editores no se les ocurre nada que decir pero no quieren herir los sentimientos de los aspirantes a escritores. Me dijeron que era demasiado larga y querían que la dejase con la extensión de una novela corta y, de paso, que cambiase casi toda la historia. En lugar de desmontar lo escrito y rehacerlo, lo tiré y me puse a escribir otras cosas.

Escribí a la vez *El Día de Colón* y *Ascendant* («Ascendente») allá por 2011, alternando una novela con la otra. La idea de *Ascendant* se me ocurrió tras ver la primera película de Harry Potter, cuando una de mis sobrinas me preguntó que habría sido de Harry si nadie le hubiese dicho nunca que era mago. Me pareció una excelente pregunta, que me llevó a escribir *Ascendant*.

En las primeras versiones de *El Día de Colón*, Skippy era un robotito muy mono que estaba de polizón en una nave cuando los kristangos invaden la Tierra y que ayudaba a Joe a derrotarlos. Me tiré un año con aquella versión antes de decidir que se parecía demasiado a la Película de la Semana de Disney Channel y que era una mierda, dicho en plata. Fue duro tirar un año de trabajo a la papelera, pero lo hice y volví a empezar. En esta ocasión preparé un esquema argumental para el primer arco narrativo de FUERZAS EXPEDICIONARIAS, lo que me permitió ver el panorama completo. Fue una gran idea y he seguido desde entonces ese esquema con pequeñas variaciones con el correr del tiempo.

Fue en el verano de 2015, con *Ascendant* y *El Día de Colón* terminadas y sin conseguir que ningún editor se interesase por ellas, cuando mi mujer sugirió lo siguiente:

1. Intenta autopublicar en Amazon las novelas.
2. Por el amor de Dios, deja ya de quejarte de que nadie te quiere publicar.
3. Recoge el garaje.

Me llevó seis meses de investigación y revisiones tener los libros listos para subirlos a Amazon. Además de reformatearlos para que se adaptasen a su estándar, tuve que contratar unas portadas y abrir una cuenta de escritor en Amazon. Cuando pulsé el botón de SUBIR el 10 de enero de 2016 lo único que esperaba era que alguien, aunque fuese una sola persona, comprase uno de mis libros para dejar de ser un autor inédito. Y, con un poco de suerte, ganar lo suficiente para amortizar las portadas que había comprado online y que me habían costado treinta y cinco dólares cada una.

Por aquella primera quincena de enero de 2016, Amazon nos mandó un cheque de 410,09 dólares, y gastamos parte del dinero en una buena cena. Creo que el resto se fue en unos neumáticos nuevos para mi coche.

En el momento en que subí *El día de Colón*, llevaba escrita la mitad del segundo libro de la serie de SpecOps, y seguía escribiendo por las noches y los fines de semana. En abril, las ventas de *El día de Colón* llegaron a un punto en que mi mujer y yo dijimos: «Eh, esto puede ser algo más que un hobby». Entonces me tomé una semana de vacaciones para quedarme en casa y escribir SpecOps doce horas al día durante nueve días. ¡Unas vacaciones divertidas de verdad! Al hacer eso me adelanté en el calendario, y SpecOps se publicó a principios de junio de 2016. A mediados de julio, para nuestra absoluta sorpresa, estábamos debatiendo si debería dejar mi empleo para dedicarme a escribir a tiempo completo. En agosto tuve un momento «la vida es demasiado corta», cuando murieron un amigo de la familia y, muy poco después, mi abuela, y decidimos que debería intentar lo de dedicarme en exclusiva a escribir. Antes de dar el preaviso en el trabajo le enseñé a mi mujer un plan de negocio que listaba los libros que planeaba escribir en los siguientes tres años, con esquemas de los argumentos y fechas de publicación. Esto garantizó a mi mujer que dejar mi trabajo no era una excusa para sentarme en pantalón corto y camiseta viendo películas de ciencia ficción «para documentarme».

En el verano de 2016 le propusieron a R. C. Bray que narrase *El día de Colón*, y estoy seguro de que su primer pensamiento fue: «¿Un libro sobre una lata de cerveza parlante? Bueeenooo. No». Por suerte se lo pensó dos veces, o estaba colocado por la medicación para el catarro, o vio que su mujer le haría pintar la casa si no lo veía ocupado narrando un libro. Fuese como fuese, R. C. grabó *El día de Colón*, volvió a su fabulosa vida de alternar con estrellas de cine y golpear pelotas de golf desde la cubierta de su yate, y probablemente se olvidó por completo de la lata de cerveza parlante.

Cuando supe que nada menos que R. C. Bray iba a ser el narrador para audiolibro de *El Día de Colón* mi reacción fue:

—¿R. C. Bray? ¿El mismo que narró *El marciano*? ¿El tipo que tiene un Premio Audie al mejor narrador de ciencia ficción? Venga, bah, ahora en serio, ¿quién va a narrar mi libro?

¡Para rematarlo, el audiolibro de *El Día de Colón* lo petó y quedó finalista en los Audie de aquel año!

Cuando me hicieron una oferta para crear audiolibros de la serie *Ascendant* me dijeron que el narrador sería Tim Gerard Reynolds.

—Supongo que es alguien que se llama igual, pero no es el narrado de los audiolibros de la saga Amanecer rojo, ¿verdad? —fue de nuevo mi reacción.

He sido extremadamente afortunado con los narradores de mis audiolibros. Debo dejar claro que fueron ellos los que decidieron trabajar conmigo, que no los «elegí» yo. De haber intentado hablar con ellos directamente habría entrado en modo fanboy insufrible y pesado y habrían pedido una orden de alejamiento contra mí, estoy seguro. Así que soy muy afortunado de que hayan seguido trabajando conmigo en otros proyectos.

De momento no hay ningún plan en marcha para adaptar Fuerzas expedicionarias al cine o la televisión, aunque algunos productores y algunos estudios se han interesado por los derechos audiovisuales. Por lo que me han dicho quienes conocen el percal, aunque un estudio o una cadena adquiriese una opción de los derechos, podría pasar un tiempo muy laaargo antes de que la cosa se pusiera en marcha. Lo más probable es que acabase entusiasmándome por nada y la cosa entrase en un círculo vicioso interminable de productores y directores que vienen y van, hasta que de pronto, justo cuando ya me hubiese dado por vencido y estuviera a punto de despeñarme por el Pozo de la Desesperación, sucedería el milagro y el proyecto obtendría luz verde. ¡Guauuu!

Mejor no cuento con ello.

Aunque, por otro lado, Disney va a retirar su catálogo de Netflix el año que viene, y Netflix va a necesitar nuevos contenidos originales…

Gracias de nuevo por haber leído uno de mis libros. Escribir me proporciona una estupenda excusa para no tener que recoger el garaje.

PUEDES CONTACTAR CON EL AUTOR EN:

- craigalanson@gmail.com
- https://www.facebook.com/Craig.Alanson.Author/
- En craigalanson.com puedes encontrar el blog, además de merchandising de FUERZAS EXPEDICIONARIAS, como camisetas, parches, pegatinas, gorras y tazas de café.

Podium

DISCOVER MORE

STORIES UNBOUND

PodiumEntertainment.com